ॐ नमो भगवते वासुदेवाय

国家十二五重点出版项目

中国社会科学院创新工程学术出版资助项目

博伽梵往世书

BHĀGAVATA PURĀṆA

第三卷 第二篇

维亚萨戴瓦 著
英文译著 A.C.巴克提韦丹塔·斯瓦米·帕布帕德
中文翻译 嘉娜娃

中国社会科学出版社

目　录

第一章

认识神的第一步

祈祷文 ॐ नमो भगवते वासुदेवाय ॥

oṁ namo bhagavate vāsudevāya

oṁ—我的主啊 / namaḥ—我虔诚地顶拜您 / bhagavate—向至尊人格首神 / vāsudevāya—向瓦苏戴瓦的儿子主奎师那

译文 啊，我的主，无所不在的人格首神，我虔诚地顶拜您。

要旨 梵文华苏戴瓦亚(Vāsudevāya)的意思是"皈依瓦苏戴瓦(Vasudeva)的儿子奎师那(Kṛṣṇa)"。吟诵、吟唱奎师那的名字——华苏戴瓦，能使人得到布施、苦行和苦修所能得到的一切成果。我们应该明白：无论是《圣典博伽瓦谭》(Śrīmad-Bhāgavatam)的作者、讲述者还是读者，只要吟诵、吟唱欧么—纳摩—巴嘎瓦忒—华苏戴瓦亚(oṁ namo bhagavate vāsudevāya)这首曼陀(mantra)，就是在向至尊主奎师那——一切快乐的源泉，致以虔敬的顶礼。

《圣典博伽瓦谭》的第1篇描述的是创造的原理，因此题名为"创造"。那么，由于《圣典博伽瓦谭》的第2篇中描述的是创造后的宇宙展示，把不同的星系描述为是至尊主宇宙身体的不同部分，所以可以题名为"宇宙展示"。第2篇共有十章，这十章阐述了《圣典博伽瓦谭》的宗旨，以及这个宗旨的不同体现。第1章描述吟诵、吟唱的荣耀，提示初习奉献者不妨采用冥想至尊主宇宙形象的方法。在第1节诗中，舒卡戴瓦·哥斯瓦米(Śukadeva Gosvāmī)回答帕瑞克西特王(Mahārāja Parīkṣit)提出的问题——"人在面临死亡时的责任是什么”。帕瑞克西特王很高兴地迎接舒卡戴瓦·哥斯瓦米。他很自豪自己是奎师那的密友阿尔诸纳(Arjuna)的后裔。帕瑞克西特王本人虽然很谦逊、温顺，但就有关主奎师那对他的祖父们(潘杜的儿子们)，特别是他的祖父阿尔诸纳很亲切这一点，他还是表达了他的喜悦之情。正因为主奎师那对帕瑞克西特王家族的成员总是很满意，所以在帕瑞克西特王面临死亡时，主奎师那便派舒卡戴瓦·哥斯瓦米去帮助他觉悟自我。帕瑞克西特王从小就是主奎师那的奉献者，因此自然对奎师那很有感情。舒卡戴瓦·哥斯瓦米能了解这位君王的奉爱之心，所以很欢迎他询问有关他自己的责任等问题。帕瑞克西特王谈到对主奎师那的崇拜是每一个生物体的最高职责，舒卡戴瓦·哥斯瓦米很高兴他的提议，于是说：“你提的问题是有关奎师那的，因此你的问题最值得赞扬。”第1节诗的译文如下。

第1节

श्रीशुक उवाच
वरीयानेष ते प्रश्नः कृतो लोकहितं नृप ।
आत्मवित्सम्मतः पुंसां श्रोतव्यादिषु यः परः ॥१॥

śrī-śuka uvāca
varīyān eṣa te praśnaḥ
kṛto loka-hitaṁ nṛpa
ātmavit-sammataḥ puṁsāṁ
śrotavyādiṣu yaḥ paraḥ

śrī-śukaḥ uvāca—圣舒卡戴瓦·哥斯瓦米说 / varīyān—光荣的 / eṣaḥ—这 / te—你的 / praśnaḥ—问题 / kṛtaḥ—由你提出的 / loka-hitam—对所有人都有益 / nṛpa—君王啊 / ātmavit—超然主义者 / sammataḥ—被认可的 / puṁsām—所有人的 / śrotavya-ādiṣu—在所有种类的聆听中 / yaḥ—什么是 / paraḥ—至高无上

译文　圣舒卡戴瓦·哥斯瓦米说：亲爱的君王，你提的问题值得称道，因为它能给所有种类的人带来极大的利益。这个问题的答案不但是聆听的最佳主题，而且得到了所有超然主义者的赞许。

要旨　这个问题是如此的好，以致成为聆听的最佳主题。仅仅是这样的询问和聆听，就能使人达到生命最完美的境界。由于主奎师那(Kṛṣṇa)是存在中的第一位至高无上的人，所以有关祂的任何问题都是既独特又完美的。圣主柴坦亚·玛哈帕布(Caitanya Mahāprabhu)说：生命最高的完美境界是达到为奎师那做超然的爱心服务的层面。正因为围绕奎师那所进行的询问和回答能把人提升到那个超然的层面，所以说帕瑞克西特王提出的有关奎师那的哲学问题是很值得称道的。帕瑞克西特王想把注意力完全集中在奎师那身上，而单凭聆听有关奎师那的各种非凡活动就能使人达到这种全神贯注的状态。例如，《博伽梵歌》(Bhagavad-gītā)中声明，人只要了解主奎师那的显现、隐迹和种种活动的超然本性，就能立即重返家园、回归首神，永远不再回到这个物质生存的悲惨环境中。因此，一直不断地聆听有关奎师那的一切，是非常吉祥的。正因为如此，帕瑞克西特王才要求舒卡戴瓦·哥斯瓦米讲述奎师那的活动，以使他能全神贯注于奎师那。奎师那的活动和奎师那本人没有区别。人在聆听奎师那所从事的这些超然活动时，就会保持远离物质生存受制约的生活状态。有关主奎师那的话题是如此吉祥，以致能净化讲述者、聆听者和询问者。这些话题被比作从主奎师那的脚趾流下来的恒河水，不论流到哪里，都能净化那里的土地，以及在恒河中沐浴的人。同样，有关奎师那的话题(kṛṣṇa-kathā)是那么纯净，无论在哪里谈论，谈论的场所，在场的聆听者、询问者、演讲者和与之有关的一切，都会得到净化。

第2节 श्रोतव्यादीनि राजेन्द्र नृणां सन्ति सहस्रशः ।
अपश्यतामात्मतत्त्वं गृहेषु गृहमेधिनाम ॥२॥

śrotavyādīni rājendra
nṛṇāṁ santi sahasraśaḥ
apaśyatām ātma-tattvaṁ
gṛheṣu gṛha-medhinām

śrotavya-ādīni—聆听的题材 / rājendra—陛下啊 / nṛṇām—人类社会的 / santi—有 / sahasraśaḥ—成百上千的 / apaśyatām—盲目的 / ātma-tattvam—有关自我的知识，终极的真理 / gṛheṣu—在家里 / gṛha-medhinām—太热衷于物质事务的人

译文 皇帝陛下啊！忙于物质事务的人，对最高真理一无所知，所以才会去听人类社会中的许多话题。

要旨 启示经典中对过家居生活的人有两种称呼，一种叫贵哈斯塔(gṛhastha)，另一种叫贵哈梅迪(gṛhamedhī)。贵哈斯塔是那些虽然与妻子、儿女住在一起，但却为了觉悟最高真理而过着超然生活的人；至于贵哈梅迪，则是那些仅仅为了家庭成员(大家族或小家庭)的利益而过活，因此去嫉妒他人的人。梵文梅迪(medhī)一词是指嫉妒他人。贵哈梅迪因为只对家庭事务有兴趣，所以肯定会嫉妒他人。为此，一个贵哈梅迪和另一个贵哈梅迪的关系并不好，而扩展开来，便是一个团体、社会或国家与另一个自私自利的对手关系不好。在喀历(Kali)年代里，所有的居士因为对最高真理的知识一无所知，所以都嫉妒彼此。他们聆听有关政治、科学、社会、经济等很多话题，但由于缺乏真正的知识，他们根本不理会生、老、病、死这些生命中最不幸的问题。实际上，人体生命是为了彻底解决生、老、病、死的问题，但贵哈梅迪却因为被物质自然所迷惑而忘了有关觉悟自我的一切。对生命中各种问题的最终解决，是回归家

园、回归首神。因此，正如《博伽梵歌》第8章的第16节诗中说明的：生、老、病、死等物质存在的痛苦被清除了。

回归家园、回归首神的程序是：聆听有关至尊主的一切，包括祂的名字、形象、属性、娱乐活动、个人用品，以及祂的多样化。愚蠢的人不知道这一点。他们想听对各种短暂事物的名字和形象等的描述，却不知道如何为了获得最大的利益来利用聆听这一倾向。像他们这些被误导了的人，也编造一些描述最高真理的名字、形象、属性等的假文献。因此，人不应该成为贵哈梅迪，仅仅为了嫉妒他人而生存，而应该按经典的训示去生活，成为真正的居士。

第3节　निद्रया ह्रियते नक्तं व्यवायेन च वा वयः ।
दिवा चार्थेहया राजन कुटुम्बभरणेन वा ॥ ३ ॥

nidrayā hriyate naktaṁ
vyavāyena ca vā vayaḥ
divā cārthehayā rājan
kuṭumba-bharaṇena vā

nidrayā—因睡眠 / hriyate—浪费 / naktam—晚上 / vyavāyena—性放纵 / ca—还有 / vā—或是 / vayaḥ—寿命 / divā—日子 / ca—和 / artha—经济的 / īhayā—成长 / rājan—君王啊 / kuṭumba—家庭成员 / bharaṇena —维持 / vā—或是

译文　这种有妒嫉心的居士度过一生光阴的方式是：夜晚睡觉或沉溺于性行为，白天赚钱维持家人的生活。

要旨　如今的人类文明主要是以晚上睡觉和放纵性生活，白天赚钱养家的原则为基础。这种形式的人类文明受到巴嘎瓦特(Bhāgavata)学派的谴责。

由于人体生命是物质和灵性灵魂的组合，整个韦达知识体系便指导人们把灵性的灵魂从物质污染中解脱出来。梵文称有关这方面的知识为阿特玛·塔特瓦(ātma-tattva)——自我的真谛。太物质化的人不知道这种知识，更倾向于为了物质享乐而发展经济。这种物质主义者被称为功利性活动者——卡尔弥(karmī)；他们被允许按经典的规定发展经济或为了性而与女人交往。思辨家(格亚尼，jñānī)、瑜伽师(yogī)和奉献者这些比功利性活动者层次高的人，都严禁纵欲。功利性活动者几乎根本没有关于自我真谛(阿特玛·塔特瓦)的知识，因此没有任何灵性收益地虚度了他们的生命。人生既不是为了赚钱而辛苦劳作，也不是为了像猪狗那样放纵性欲。人生是专门为解决物质生存的种种问题和诸般痛苦而设的。功利性活动者以晚上沉溺于性生活和睡觉，白天辛苦工作积累金钱的方式，虚度他们宝贵的人生，把注意力集中在设法提高物质生活的水准上。这节诗中概述了物质主义者的生活方式。下一节诗将描述愚蠢的人是怎样浪费他所得到的人生这一恩赐的。

第4节　देहापत्यकलत्रादिष्वात्मसैन्येष्वसत्स्वपि ।
तेषां प्रमत्तो निधनं पश्यन्नपि न पश्यति ॥ ४ ॥

dehāpatya-kalatrādiṣv
ātma-sainyeṣv asatsv api
teṣāṁ pramatto nidhanaṁ
paśyann api na paśyati

deha—身体 / apatya—子女 / kalatra—妻子 / ādiṣu—以及一切与他们有关的事物 / ātma—自己的 / sainyeṣu—战士们 / asatsu—不可靠的 / api—尽管 / teṣām—他们全体的 / pramattaḥ—太依恋 / nidhanam—灭亡 / paśyan—有经验 / api—虽然 / na—并不 / paśyati—看见

译文　对灵性知识(阿特玛·塔特瓦)毫无概念的人，因为太依恋躯体、孩子和妻子等靠不住的战士，所以不深入探求生命的问题。尽管有了足够的体验，他们还是看不清他们注定要毁灭。

要旨　这个物质世界被称为是死亡的世界。每一个生物体，上自寿命长达亿万年的布茹阿玛(Brahmā)，下至寿命只有几秒钟的细菌，都在为生存而苦苦挣扎。因此，这是与把死亡强加在每一个生物体身上的物质自然进行斗争的生活。在人体生命中，生物有足够的能力来了解这种为生存而苦苦挣扎的情况，但他由于太依恋家人、社会和国家等，便想凭借体力、儿女、妻子、亲戚等的帮助去战胜克服不了的物质自然。就有关这个问题，尽管过去的经验和已故前人的先例已经给了他足够的教训，可他就是看不到：在这场苦战中，子女、亲人、社员和国人等所谓的战士，全都是靠不住的。人应该面对事实，那就是：他父亲或他父亲的父亲已经去世，因此他本人无疑也会死亡；同样，他的那些将为人父母的子女，在一定的时候也会死亡。没人会在这场与物质自然的战斗中免于死亡。人类历史无疑证实了这一点；但尽管如此，愚蠢的人仍坚持说：将来凭借物质科学的帮助，他们可以永恒不死。人类社会所展现的这种知识贫乏肯定误导人，而造成这种情况的原因是：人们忽视了充满活力的灵魂的本性。这个物质世界的存在就像一场梦，是由我们对它的依恋造成的。事实上，充满活力的灵魂永远有别于物质自然。物质自然的汪洋上掀动着时间的波浪，而所谓的生活环境就像翻腾着的泡沫，以我们的身体、妻子、儿女、社会和国人等形式出现在我们眼前。我们因为缺乏对真正自我的知识，所以成为愚昧力量的牺牲品，浪费人生宝贵的精力，徒劳无功地在物质世界里寻求永恒的居住环境，而这种环境在物质世界里是不可能有的。

我们的朋友、亲戚，以及所谓的妻子、儿女，不仅靠不住，而且还被物质存在的外在景色所迷惑。因此，他们救不了我们。尽管如此，我们还是以为沿着围绕家庭、社会或国家的轨道而行是安全的。

整个人类文明的物质进步就像尸体上的装饰品。每个人都是只会拍几天翅膀的尸体，但却把人体生命的所有精力都浪费在粉饰这具尸体上。舒卡戴瓦·哥斯瓦米在指出被迷惑的人活动的实际情况后，将指明人类的责任。缺乏自我真谛知识(阿特玛·塔特瓦，ātma-tattva)的人被误导了，但至尊主的奉献者对超然的知识有正确的觉悟，因此不会被迷惑。

第5节 तस्माद्भारत सर्वात्मा भगवानीश्वरो हरिः ।
श्रोतव्यः कीर्तितव्यश्च स्मर्तव्यश्चेच्छताभयम्‌ ॥५॥

tasmād bhārata sarvātmā
bhagavān īśvaro hariḥ
śrotavyaḥ kīrtitavyaś ca
smartavyaś cecchatābhayam

tasmāt—为了这个原因 / bhārata—巴茹阿特的后裔啊 / sarvātmā—超灵 / bhagavān—至尊人格首神 / īśvaraḥ—控制者 / hariḥ—消除一切苦恼的至尊主 / śrotavyaḥ—应该听 / kīrtitavyaḥ—受到赞美 / ca—还有 / smartavyaḥ—被记住 / ca—和 / icchatā—想要……的人 / abhayam—自由

译文 巴茹阿特王的后裔啊！想要摆脱一切痛苦的人，必须聆听、赞美和记忆人格首神，祂是超灵、控制者，是所有痛苦之人的救星。

要旨 在前一节诗中，圣舒卡戴瓦·哥斯瓦米描述了依恋物质生活的愚蠢之人是怎样把他们的宝贵时间浪费在改善物质生活状况上的：他们把时间用于睡觉、纵欲、赚钱，以及供养一群到头来会烟消云散般消失的家属。充满活力的灵魂因为忙于从事所有这些物质活动，结果使自己深陷在业报轮回圈中不能自拔。这个生死轮回圈由八百四十万种生命形式组成，生物在经历了水生物、蔬菜、爬虫、飞禽、走兽、野蛮人等躯体后，再次得到人体，而人体是摆脱业报循环的机会。因此，如果想要摆脱这个恶性循环，就必须不再当那种要承受自己活动的好坏结果的功利性活动者。至尊主是一切最终的拥有者，我们无论要做什么，都不该为了自己的利益去做，而必须为取悦至尊主去做。《博伽梵歌》第9章的第27节诗中也推荐这种工作方法，教我们要为至尊主而工作。因此，我们必须首先聆听有关至尊主的一切，等到对至尊主有了完整、详尽的了解后，就要赞美祂的各种活动，这样才有可能一直不断地铭记至尊主的超然本性。对至尊主的聆听和赞美这种活动，与至尊主的超然本质完全一样，因此这样做将使人始终与至尊主在一起，并从而摆脱各种形式的恐惧。至尊主是处在每一个生物体心中的超灵(Paramātmā)，因此只要我们聆听和赞美祂，祂就会邀请祂创造之内的一切与祂联谊。聆听和赞美至尊主的这个方法适用于每一个人，而且无论他凭天意正在做什么，这种方法都将把他引向最后的成功。人分很多层次：功利性活动者、经验主义哲学家、神秘瑜伽师，以及处在最高层面上的纯粹奉献者。对所有这些人来说，聆听和赞美至尊主这个方法都可以使人达到最高的成就。每个人都想摆脱各种恐惧的影响，每个人都想在一生中享受到最大限度的快乐。现在，《圣典博伽瓦谭》在这里介绍了达到这一目标的方法，而《圣典博伽瓦谭》是由圣舒卡戴瓦·哥斯瓦米这样伟大的权威讲述的。聆听和赞美至尊主，能使人所从事的活动完全变成灵性的活动，从而彻底去除一切物质的痛苦。

第6节 एतावान् सांख्ययोगाभ्यां स्वधर्मपरिनिष्ठया ।
जन्मलाभः परः पुंसामन्ते नारायणस्मृतिः ॥ ६ ॥

etāvān sāṅkhya-yogābhyāṁ
sva-dharma-pariniṣṭhayā
janma-lābhaḥ paraḥ puṁsām
ante nārāyaṇa-smṛtiḥ

etāvān—所有这些 / sāṅkhya—对物质和灵性的完整知识 / yogābhyām—有关神秘力量的知识 / sva-dharma—特定的职责 / pariniṣṭhayā—通过完全了解 / janma—诞生 / lābhaḥ—赢取 / paraḥ—至尊 / puṁsām—个人的 / ante—……的终结 / nārāyaṇa—人格首神 / smṛtiḥ—记忆

译文 无论是通过掌握物质及灵性的知识，通过练神通，还是通过完美地履行规定职责，所达到的人生最高的完美境界都是：在人生结束时能记住人格首神。

要旨 纳茹阿亚纳(Nārāyaṇa)是超越物质创造之上的超然的人格首神。一切被创造、维系及最后被毁灭的事物，都存在于至尊主的被称为物质世界的物质创造实体(mahat-tattva)中。然而，人格首神纳茹阿亚纳并不在这个物质创造实体的管辖范围内。因此，纳茹阿亚纳的名字、形象、属性等，都超越物质世界的管辖范围。经验主义哲学分辨物质与灵性的区别，神秘力量能帮助培养它的人最终到达宇宙中甚至宇宙外的各个星球上，无论是进行经验主义哲学思辨、培养神秘力量，还是履行宗教职责，只要能使人达到始终记住人格首神的阶段(nārāyaṇa-smṛti)，人就能达到最完美的境界。但这一点只有在与纯粹奉献者交往的情况下才有可能做到。纯粹的奉献者可以按经典中教导的规定职责，对所有思辨家、瑜伽师和功利性活动者的超然活动起画龙点睛的作用。历史上有很多达到灵性完美的例子，例如，库玛尔四兄弟(Sanakādi Ṛṣi)，以及九位著名的圣人(Yogendra)；他们都是上升到为至尊主做奉爱服务的层面后才达到完美的。然而，至尊主的奉献者从没有一位曾经离开做奉爱服务的途径，去采用思辨家或瑜伽师所采用的方法。每一个人都渴望通过他所从事的某种活动达到最完美的境界，而这节诗里指出：完美的境界是记住人格首神纳茹阿亚纳(nārāyaṇa-smṛti)。我们每一个人都必须为此付出最大的努力。换句话说，我们应该这样过我们的一生，那就是：使我们逐渐能够在生命的每一个阶段都记住人格首神。

第7节

प्रायेण मुनयो राजन्निवृत्ता विधिषेधतः
नैर्गुण्यस्था रमन्ते स्म गुणानुकथने हरेः ॥ ७ ॥

prāyeṇa munayo rājan
nivṛttā vidhi-ṣedhataḥ
nairguṇya-sthā ramante sma
guṇānukathane hareḥ

prāyeṇa—大部分 / munayaḥ—所有的圣人 / rājan—君王啊 / nivṛttāḥ—在……之上 / vidhi—规范原则 / sedhataḥ—从限制 / nairguṇya-sthāḥ—处在超然层面上 / ramante—以……为快乐 / sma—明显地 / guṇa-anukathane—描述……荣耀 / hareḥ—至尊主的

译文　帕瑞克西特王啊！尽管有许多人描述至尊主的荣耀，但只有超越了规范原则限制的最杰出的超然主义者，靠描述至尊主的荣耀获得快乐。

要旨　最杰出的超然主义者是解脱了的灵魂，因此超出了要遵守规范原则的范畴。想要升上灵性星球的初习奉献者，需要在灵性导师的指导下遵守规范原则。他可以被比喻为是一个病人，正在医生的监管下接受治疗，而在治疗过程中要遵守各种规定。无疑，解脱了的灵魂靠描述至尊主的超然活动获得快乐。如上所述，人格首神纳茹阿亚纳——哈尔依(Hari)，超越物质创造的范围，因此祂的形象和属性都不是物质的。最杰出的超然主义者或解脱了的灵魂，凭借对超然知识的高等体验认识至尊主，因此靠谈论祂所从事的娱乐活动的超然本质获得快乐。在《博伽梵歌》第4章的第9节诗中，人格首神声明：祂的显现和所从事的活动全都是超然的——迪维亚么(divyam)。被物质能量所迷惑的普通人，理所当然地认为至尊主是像我们一样的人，因此拒不接受至尊主的形象、名字等是超然的这一事实。最杰出的超然主义者对任何物质的事物都不感兴趣。正因为如此，他对至尊主的各种活动感兴趣这一点无疑证明：至尊主跟我们这些物质世界里的人不一样。韦达文献也证实：尽管至尊主是一位，但祂既在祂纯粹奉献者的陪伴下从事超然的娱乐活动，同时又作为超灵(巴拉戴瓦的扩展)处在每一个生物体的心中。因此，超然觉悟的最高完美境界是以聆听和描述至尊主的超然品质为乐，而不是持非人格神思想的一元论者所热衷的融入至尊主的非人格布茹阿曼(Brahman，梵)。真正的超然快乐要靠赞美超然的至尊主来获得，而不是靠置身于祂的非人格特征去感受。但世上却有比最杰出的超然主义者层次低的人，他们不是通过描述至尊主的超然活动获得快乐，而是形式上谈论至尊主的这些活动，实质上想融入祂的存在。

第8节 इदं भागवतं नाम पुराणं ब्रह्मसम्मितम ।
अधीतवान्द्वापरादौ पितुर्द्वैपायनादहम ॥८॥

idaṁ bhāgavataṁ nāma
　purāṇaṁ brahma-sammitam
adhītavān dvāparādau
　pitur dvaipāyanād aham

idam—这 / bhāgavatam—《圣典博伽瓦谭》 / nāma—名为 / purāṇam—韦达经的补充读物 / brahma-sammitam—被承认是韦达经的精华 / adhītavān—研读 / dvāpara-ādau—在杜瓦帕尔年代的末期 / pituḥ—从我的父亲那里 / dvaipāyanāt—兑帕亚纳· 维亚萨 / aham—我自己

译文　在杜瓦帕尔年代结束时，从我父亲圣兑帕亚纳·维亚萨戴瓦那里，我学习了《圣典博伽瓦谭》这一韦达文献的非凡补充文献，它等同于所有的韦达经。

要旨　圣舒卡戴瓦·哥斯瓦米声明说：超越规范守则管辖范围的最杰出的超然主义者，主要的活动是聆听和歌颂人格首神。而舒卡戴瓦·哥斯瓦米本人的所作所为证明了他的声明。在帕瑞克西特王临终前最后七天的聚会上，舒卡戴瓦·哥斯瓦米被与会的所有最高级的圣人公认为是解脱了的灵魂和最杰出的超然主义者。他以自己的生活为例，说明他本人就是被至尊主的超然活动所吸引，从他伟大的父亲——圣兑帕亚纳·维亚萨戴瓦(Dvaipāyana Vyāsadeva)那里学习《圣典博伽瓦谭》。就有关这一点要明白的是：《圣典博伽瓦谭》或其他科学性的文献，是不可能凭自己的智力独自在家学习就能懂的。解剖学或生理学等医学书籍在市面上都有发售，可是没人能光靠在家阅读这些书籍成为有资格的职业医生。我们必须被获准进入医学院，在博学的教授指导下研习这些书籍。同样道理，有关首神科学的研究生级别的课题——《圣典博伽瓦谭》，只能靠去拜像圣维亚萨戴瓦那样觉悟了的灵魂为师来学习。舒卡戴瓦·哥斯瓦米虽然一出生就是解脱了的灵魂，但还是要跟他伟大的父亲圣维亚萨戴瓦学习《圣典博伽瓦谭》，而维亚萨戴瓦是在另一位伟大的灵魂圣纳茹阿达·牟尼(Nārada Muni)的指导下编纂了《圣典博伽瓦谭》的。圣主柴坦亚·玛哈帕布曾经指示一位有学识的布茹阿玛纳(brāhmaṇa，婆罗门)，让他从按照《圣典博伽瓦谭》原则生活的人(bhāgavata)那里学习《圣典博伽瓦谭》。

《圣典博伽瓦谭》讲述的基本上都是至尊主的超然名字、形象、属性、娱乐活动、随行人员和多样化，而且讲述者是人格首神的化身——圣维亚萨戴瓦。至尊主是与祂纯粹的奉献者合作从事娱乐活动的，因此由于很多历史事件都与主奎师那有关，这部伟大的文献中便提及了那些历史事件。《圣典博伽瓦谭》被称为布茹阿玛·萨密塔么(brahma-sammitam)，因为它像《博伽梵歌》一样，是主奎师那的声音展现。《博伽梵歌》由至尊主亲自讲述，因此是至尊主的声音化身；《圣典博伽瓦谭》之所以也是至尊主的声音体现，是因为它由至尊主的化身讲述有关至尊主的活动。正如这部巨著开篇所声明的：它是韦达如愿树的精华，是对有关布茹阿曼(梵)的主题的最高哲学论文《布茹阿玛·苏陀》(Brahma-sūtra)的自然评述。在杜瓦帕尔年代(Dvāpara-yuga)结束时，维亚萨戴瓦以萨提亚娃缇(Satyavatī)的儿子的身份显现，因此这节诗中才有“杜瓦帕尔年代的开始(dvāpara-ādau)”一词，在这里其实是指喀历年代(Kali-yuga)开始前。据圣吉瓦·哥斯瓦米(Jīva Gosvāmī)的解释，这段叙述的逻辑可以比喻为是：把树的顶部说成是树的开始。但事实上，树的根部才是树的开端。可是，一般的认识是：树的顶部首先被看到，因此被接受为是树的开端。

第9节 परिनिष्ठितोऽपि नैर्गुण्य उत्तमश्लोकलीलया ।
गृहीतचेता राजर्षे आख्यानं यदधीतवान ॥९॥

parinişṭhito 'pi nairguṇya
uttama-śloka-līlayā
gṛhīta-cetā rājarṣe
ākhyānaṁ yad adhītavān

pariniṣṭhitaḥ—完全觉悟了的 / api—尽管 / nairguṇye—在超然性中 / uttama—启蒙了 / śloka—诗节 / līlayā—被娱乐活动 / gṛhīta—因为受到吸引 / cetāḥ—注意力 / rājarṣe—圣主啊 / ākhyānam—描写 / yat—那 / adhītavān—我学习了

译文　圣洁的君王啊！我虽然无疑已完美地处在超然的境界中，但还是受至尊主娱乐活动的吸引，所有启发人心的诗文都描述祂。

要旨　绝对真理首先被人以哲学思辨的方式认识为是非人格布茹阿曼(梵)，后来凭借进一步的超然知识觉悟为超灵。但是，如果由于至尊主的恩典，非人格神主义者被《圣典博伽瓦谭》更高级的说明所启示，就会转变为人格首神超然的奉献者。在缺乏知识的情况下，我们对绝对真理具有人格特征这一事实感到不适应，至尊主的个人活动还遭到智慧不足的非人格神主义者的谴责。但是，理由、辩驳，再加上接近绝对真理的超然程序，甚至能帮助顽固的非人格神主义者转而变得被至尊主的个人活动所吸引。像舒卡戴瓦·哥斯瓦米这样的人不可能被任何世俗的活动所吸引，可当他被更好的方法所折服时，他肯定会被至尊主的超然活动所吸引，成为至尊主的奉献者。至尊主是超然的，祂的活动也是超然的。祂并不是不活动，也不是不具人的特征。

第10节　तदहं तेऽभिधास्यामि महापौरुषिको भवान ।
यस्य श्रद्दधतामाशु स्यान्मुकुन्दे मतिः सती ॥१०॥

tad ahaṁ te ’bhidhāsyāmi
mahā-pauruṣiko bhavān
yasya śraddadhatām āśu
syān mukunde matiḥ satī

tat—那 / aham—我 / te—向你 / abhidhāsyāmi—将背诵 / mahā-pauruṣikaḥ—主奎师那最诚恳的奉献者 / bhavān—你阁下 / yasya—属于那个 / śraddadhatām—属于给予绝对尊敬及关注的人 / āśu—很快 / syāt—这样成为 / mukunde—向赐予救赎的至尊主 / matiḥ—信心 / satī—坚定不移的

译文 我要给你背诵那部独特的《圣典博伽瓦谭》，因为你是主奎师那最真诚的奉献者。全神贯注、恭恭敬敬地聆听《圣典博伽瓦谭》的人，会获得对至尊主——拯救的赐予者的坚定信心。

要旨 《圣典博伽瓦谭》是公认的韦达智慧，而接受韦达知识的方法梵文称为阿瓦柔哈·潘塔(avaroha-panthā)，意思是：透过真正的师徒传承接受超然知识。要增进物质的知识，需要具备个人的能力和调查研究的资质；至于灵性知识的增长，则或多或少要依赖灵性导师的恩赐。门徒首先必须要让灵性导师满意；唯有如此，灵性的科学知识才会自动地展现在门徒面前。然而，我们不应该误解这个知识传递的程序会像魔术表演，灵性导师会像魔术师那样把灵性知识注入门徒体内，使他浑身如过电一般。真正的灵性导师依据权威的韦达智慧，合理地向门徒解释一切。门徒接受这种知识需要的不是聪明，而是以服从的态度询问及有愿意服务的态度。概念是：灵性导师和门徒两者都必须是名副其实的。在《圣典博伽瓦谭》此刻谈的这个事件中，门徒帕瑞克西特王是主奎师那伟大的奉献者，而灵性导师舒卡戴瓦·哥斯瓦米准备给他复述自己从伟大的父亲圣维亚萨戴瓦那里学到的知识。

主奎师那的奉献者是这样的人，他诚恳地相信：成为至尊主的奉献者，将使人完全具备灵性的一切。在《博伽梵歌》的字里行间，至尊主亲自传授了这一教导。《博伽梵歌》中明确地说：圣主奎师那就是一切，全身心地投靠、服从祂将使人成为最虔诚的人。这种对主奎师那坚定不移的信心，使人成为《圣典博伽瓦谭》的学生；而聆听舒卡戴瓦·哥斯瓦米那样的奉献者讲述《圣典博伽瓦谭》，肯定能使人像帕瑞克西特王一样在死亡时得到解脱。以朗诵《圣典博伽瓦谭》为职业赚钱的人，以及以为听一个星期的《圣典博伽瓦谭》就能达到完美的所谓奉献者，与舒卡戴瓦·哥斯瓦米和帕瑞克西特王截然不同。圣维亚萨戴瓦从《圣典博伽瓦谭》第1篇第1章的第1节诗(janmādy asya)开始，给舒卡戴瓦·哥斯瓦米解释，因此舒卡戴瓦·哥斯瓦米也以同样的方式给君王解释。《圣典博伽瓦谭》第11篇中描述，主奎师那会以圣主柴坦亚·玛哈帕布的形象显现，而这个展现奉爱特征的形象梵文叫做玛哈菩茹沙(Mahāpuruṣa)。圣柴坦亚·玛哈帕布是怀着对自己的奉爱之情的主奎师那本人，祂降临地球，把特殊的仁慈赐予这个喀历年代中堕落的灵魂。有两段诗特别适合用来向主奎师那的这位玛哈菩茹沙形象祈祷：

dhyeyaṁ sadā paribhava-ghnam abhīṣṭa-dohaṁ
tīrthāspadaṁ śiva-viriñci-nutaṁ śaraṇyam
bhṛtyārti-haṁ praṇata-pāla bhavābdhi-potaṁ
vande mahāpuruṣa te caraṇāravindam

tyaktvā su-dustyaja-surepsita-rājya-lakṣmīṁ
dharmiṣṭha ārya-vacasā yad agād araṇyam
māyā-mṛgaṁ dayitayepsitam anvadhāvad
vande mahā-puruña te caraṇāravindam

（《圣典博伽瓦谭》11.5.33-34）

“我亲爱的主，您是玛哈·菩茹沙——至尊人格首神。我崇拜您的莲花足，它们是冥想唯一永恒的对象。那双莲花足摧毁物质生活的困难处境，而且无偿地满足灵魂最大的愿望——获得对首神纯粹的爱。您的莲花足是所有圣地和奉爱服务传承中的神圣权威的庇护所，受到主希瓦(Śiva)和主布茹阿玛等强大半神人的尊敬。我的主，您是如此仁慈，甚至愿意保护那些只是向您顶礼的人；您就这样仁慈地解除了您的仆人们的所有痛苦。总之，我的主啊！您的莲花足实际上是跨越生死苦海的最合适的船只，因此就连主布茹阿玛和主希瓦都寻求您莲花足的庇护。

“啊，玛哈·菩茹沙！我崇拜您的莲花足。您放弃幸运女神的联谊和她所有的财富，而这是最难放弃，就连伟大的半神人们都在追求的。作为宗教之途的忠实信徒，您就这样离家出走到森林去，以顺应布茹阿玛纳(婆罗门)的诅咒。出于绝对的仁慈，您追赶那些一直追求梦幻般虚假享乐的堕落了的受制约灵魂，同时忙着寻找您自己想要找的对象——主夏玛孙达尔(Śyāmasundara)。”

换句话说，梵文菩茹沙的意思是享乐者，而玛哈菩茹沙的意思是至尊的享乐者——至尊人格首神圣主奎师那。有资格接近至尊主奎师那的人，被称为玛哈·袍茹希卡(mahā-pauruṣika)。任何人，只要专心地聆听真正的《圣典博伽瓦谭》朗读者的朗诵，就肯定会成为至尊主真诚的奉献者，而只有至尊主才能赐予解脱。世上没人比帕瑞克西特王更专心聆听《圣典博伽瓦谭》的主题，也没人比舒卡戴瓦·哥斯瓦米更有资格朗诵《圣典博伽瓦谭》。因此，无论是谁，不管他以理想的朗诵者舒卡戴瓦·哥斯瓦米为榜样，还是以理想的聆听者帕瑞克西特王为榜样，毫无疑问都会像他们一样得到拯救。帕瑞克西特王仅仅靠聆听而得救，舒卡戴瓦·哥斯瓦米则仅仅靠朗诵而得救。朗诵和聆听是九项奉爱活动中的两项服务，全力以赴地遵守这九项中的全部或部分原则，便能使人达到绝对的层面。因此，为了使帕瑞克西特王获得拯救，舒卡戴瓦·哥斯瓦米从《圣典博伽瓦谭》第1篇第1章的第1节诗(janmādy asya)开始，一直讲到第12篇的最后一节诗，讲述了整部《圣典博伽瓦谭》。《莲花往世书》(Padma Purāṇa)中提到：高塔玛·牟尼(Gautama Muni)建议安巴瑞施王(Mahārāja Ambarīṣa)，要有规律地聆听舒卡戴瓦·哥斯瓦米朗诵过的《圣典博伽瓦谭》。这里证实安巴瑞施王从头到尾聆听了舒卡戴瓦·哥斯瓦米朗诵过的 《圣典博伽瓦谭》。因此，真正对《圣典博伽瓦谭》有兴趣的人，绝对不该以玩赏的态度随处翻阅或聆听。我们必须向安巴瑞施王或帕瑞克西特王等伟大的君王学习，从舒卡戴瓦•哥斯瓦米的真正代表那里去聆听。

第11节 एतन्निर्विद्यमानानामिच्छतामकुतोभयम ।
योगिनां नृप निर्णीतं हरेर्नामानुकीर्तनम ॥११॥

etan nirvidyamānānām
icchatām akuto-bhayam
yogināṁ nṛpa nirṇītaṁ
harer nāmānukīrtanam

etat—它是 / nirvidyamānānām—没有丝毫物质欲望的人的 / icchatām—要享受所有物质享乐的人的 / akutaḥ-bhayam—免于一切疑惑和恐惧 / yoginām—所有内心满足的人的 / nṛpa—君王啊 / nirṇītam—决定性的真理 / hareḥ—圣主奎师那的 / nāma—圣名 / anu—按某人的方式、总是 / kīrtanam—吟诵、吟唱

译文 君王啊！无论是摆脱了一切物质欲望的人，想要进行所有的物质享乐的人，还是因为有超然的知识而内心感到满足的人，总之对所有的人来说，按伟大的权威所推荐的方式一直不断地吟诵、吟唱至尊主的圣名，是没有疑问、没有恐惧的成功之路。

要旨 前一节诗说明，获得对穆昆达(Mukunda)的依恋是极为重要的。不同类型的人想要追求不同的成就，一般来讲，十分物质化的人想要最大限度地进行物质享乐。接下来谈的是超然主义者；他们完全了解物质享乐的本质，因此远离这种虚幻的生活方式，靠觉悟自我或多或少地感受着内心的满足。比他们层次更高的是至尊主的奉献者，他们既不渴望物质世界的享乐，也不想从物质

世界解脱出去。他们唯一想的是，能使圣主奎师那满意。换句话说，至尊主的奉献者从不为自己的利益着想。如果至尊主愿意，奉献者可以接受所有种类的物质便利；如果至尊主不喜欢，奉献者可以放弃所有的便利条件，甚至放弃得救。他们只想满足至尊主，因此根本不考虑自己的满足。在这节诗中，圣舒卡戴瓦·哥斯瓦米推荐了吟诵、吟唱至尊主圣名的超然方法。没有冒犯地吟诵、吟唱和聆听至尊主的圣名，能使人熟悉至尊主的超然形象，接着是至尊主的属性，再接着是至尊主娱乐活动的超然本质，等等。这节诗里提到：人从权威那里聆听到至尊主的圣名后，应该一直不断地吟诵、吟唱。这意味着：从权威那里聆听是第一要素。聆听和吟诵、吟唱至尊主的圣名，使人逐一提升到聆听和歌颂祂的形象，接着是属性，最后是娱乐活动的阶段，但在每一个阶段中，聆听和吟诵、吟唱至尊主的圣名都是必不可少的。经典推荐这个程序，不光是为了让人成功地做奉爱服务，也是为那些执著于物质的人着想。根据圣舒卡戴瓦·哥斯瓦米的说法，这程序确实是获得成功的途径，而下此结论的不仅有他，还有其他的前辈灵性导师(ācārya)，因此不需要再有进一步的证据了。这个程序不光是推荐给已经获得成功的功利性活动者、哲学思辨家和至尊主的奉献者，也推荐给那些还在这三个方面努力争取进步的人。

圣吉瓦·哥斯瓦米教导说：应该像《莲花往世书》中推荐的那样，大声地、没有冒犯地吟唱至尊主的圣名。全身心地投靠、服从至尊主，可以使人摆脱所有罪恶的影响。托庇于至尊主的圣名，可以使人免除对至尊主莲花足冒犯的罪。但如果有人冒犯了至尊主圣名的莲花足，那他就不能自保了。《莲花往世书》中提到这类冒犯有十条：第一条是诽谤传扬至尊主荣耀的奉献者；第二条是以世俗的判断标准看待至尊主的圣名。至尊主是所有宇宙的拥有者，因此在不同的地方可以用不同的名字称呼祂，但这并没有局限至尊主的完美。任何称呼至尊主的专有名称都与其他的名称一样神圣，因为它们都是用来称呼至尊主的。这些圣名像至尊主一样强有力，因此在至尊主的创造范围内的任何地方，都可以不受限制地吟诵、吟唱当地人能明白的至尊主的圣名，以赞美至尊主。这些名字全都是吉祥的，我们不应该把至尊主的圣名当做物质商品那样加以区分。对圣名的冒犯第三条是忽视权威的灵性导师(阿查尔亚)给予的指令；第四条是诽谤启示经典或韦达知识；第五条是：擅自解释至尊主的圣名。至尊主和祂的圣名都不是虚构出来的。知识贫乏的人以为至尊主是祂的崇拜者虚构出来的，因此认为祂的圣名也是虚构的。有这种想法的人即使吟诵、吟唱至尊主的圣名，也达不到这样做所能达到的完美境界。对圣名的冒犯第六条是：擅自根据个人世俗的见解给至尊主的圣名下定义。至尊主的圣名与至尊主本人完全一样，我们必须明白，至尊主的圣名与至尊主本人没有区别。对圣名的冒犯第七条是：借着圣名的力量蓄意犯罪。经典中说，光是吟诵、吟唱至尊主的圣名，就能使人摆脱一切恶报。利用这个超然的方法继续犯罪，并期望通过吟诵、吟唱至尊主的圣名来抵消恶报的人，是圣名足下最大的冒犯者。这种冒犯者不可能靠经典推荐的任何净化法净化自己。换句话说，人在吟诵、吟唱至尊主的圣名之前也许是罪人，但托庇于至尊主的圣名，变得有免疫力之后，就要严格管束自己，不要抱着吟诵、吟唱圣名能给自己保护的希望去犯罪。对圣名的冒犯第八条是：以为至尊主的圣名和吟诵、吟唱至尊主圣名的方法，与物质的吉祥活动是一样的。为了获得物质利益可以做各种善事，但至尊主的圣名和吟诵、吟唱祂的圣名并不仅仅是吉祥的神圣仪式。毫无疑问，吟诵、吟唱至尊主的圣名确实是神圣的宗教仪式，但我们永远不该为了这样的目的来利用至尊主的圣名。既然至尊主的圣名与至尊主本人完全一样，我们就不该试图把圣名降到为人类服务的层面。真正的概念为：至尊主是至尊的享乐者；祂不是任何人的仆人，也不是供货商。同样道理，既然至尊主的圣名与至尊主本人一样，我们就不该试图用圣名来为我们个人服务。

对圣名的冒犯第九条是：教那些对吟诵、吟唱至尊主的圣名没兴趣的人有关圣名的超然本质。如果向不愿意听的听众灌输这种知识，那么这种行为就被认为是对圣名的冒犯。对圣名的冒犯第十条是：即使聆听过有关圣名的超然本性，对至尊主的圣名还是没有兴趣。吟诵、吟唱至尊主圣名的人所感受到的效果是：摆脱了假我的概念。假我的展现是：以为自己是世界的享乐者，以为世上的一切都只是为自己的享乐而存在的。整个物质世界在“我”和“我的”这种假我的概念下运行，而吟诵、吟唱圣名的实际效果是去除这种错误的概念。

第12节 किं प्रमत्तस्य बहुभिः परोक्षैर्हायनैरिह ।
वरं मुहूर्तं विदितं घटते श्रेयसे यतः ॥१२॥

kiṁ pramattasya bahubhiḥ
parokṣair hāyanair iha
varaṁ muhūrtaṁ viditaṁ
ghaṭate śreyase yataḥ

kim—什么是 / pramattasya—被困惑了的人的 / bahubhiḥ—由很多 / parokṣaiḥ—没有经验的 / hāyanaiḥ—年 / iha—在这个世界 / varam—较好 / muhūrtam—片刻 / viditam—意识 / ghaṭate—人可以尝试 / śreyase—在最高的利益方面 / yataḥ—由那

译文 在世多年却没有变得成熟，这种虚度光阴的长寿有什么价值？不如那幡然醒悟的一瞬间，因为那使人开始寻求他最高的利益。

要旨 圣舒卡戴瓦·哥斯瓦米教导帕瑞克西特王有关吟诵、吟唱至尊主圣名的重要性，这是每一个有进取心的君子都应该做的事。帕瑞克西特王只有七天可以活，为了鼓励他，圣舒卡戴瓦·哥斯瓦米声明说：在对生命问题没有任何了解的情况下活上好几百年没有用，倒不如只活片刻，但却用这片刻全神贯注地为获得人生的最高利益而努力。生命的最高利益是永恒且充满知识和快乐。被物质世界的外在特征迷惑了的人，忙着过吃喝玩乐等动物过的生活，以此让宝贵的岁月无情地流逝，浪费了生命。我们应该完全清醒地意识到，受制约的灵魂被赐予人体生命是为了取得灵性的成就，而达到这个目的最简易的程序就是吟诵、吟唱至尊主的圣名。

在上一节诗中，我们已经在某个程度上讨论了对至尊主的圣名的冒犯，现在我们来进一步说明这一点。圣吉瓦·哥斯瓦米·帕布从权威的经典中引用了很多段落，来支持他对冒犯圣名这一主题的说明。引述《维施努·亚玛拉·昙陀》(Viṣṇu-yāmala Tantra)中的说明，圣吉瓦·哥斯瓦米证明：仅仅靠吟诵、吟唱至尊主的圣名，人就能摆脱一切罪恶的影响。他还引述《玛尔康戴亚往世书》(Mārkaṇḍeya Purāṇa)说：人既不该亵渎至尊主的奉献者，也不该放任自己去听那些轻视至尊主奉献者的人所说的话。奉献者应该用割下诽谤者舌头的方式去管束他，如果做不到这一点，奉献者就应该自杀，以免听那些对至尊主的奉献者的亵渎之词。结论是：人既不该听，也不该容许他人诽谤至尊主的奉献者。谈到区别至尊主的圣名和半神人的名字，启示经典《博伽梵歌》第10章的第41节诗揭露事实说：一切具有非凡力量的生物体，都只不过是至尊能量的拥有者奎师那不可缺少的一部分。除了至尊主本人外，所有的生物体都居从属地位；没有谁能独立于至尊主而存在。由于没人比至尊主更有力或与祂平等，所以也就没有谁的名字能像至尊主的圣名那样有力。尽管不同的源头发出不同的能量，但吟诵、吟唱至尊主的圣名可以使人同时得到所有源头发出的全部能量。因此，人不该把其他的名字与至尊主的圣名等同看待。布茹阿玛、希瓦或任何其他强有力的半神人，都永远无法达到与主维施努(Viṣṇu)平等的层面。至尊主强有力的圣名肯定能使人摆脱罪恶活动的影响，但谁要是利用至尊主圣名的超然力量去从事罪恶活动，那他就是世上最可耻的人。这种人永远都不会得到至尊主本人或至尊主的代理人的宽恕。因此，人应该想尽一切办法用自己的一生没有冒犯地赞美至尊主。这样的生活哪怕只过上片刻，也比在愚昧的状态下活很长时间强无数倍。树木及其他生物体可以活好几千年，也不去从事任何能取得灵性进步的活动。

第13节 खट्वाङ्गो नाम राजर्षिर्ज्ञात्वेयत्तामिहायुषः ।
मुहूर्तात्सर्वमुत्सृज्य गतवानभयं हरिम् ॥१३॥

khaṭvāṅgo nāma rājarṣir
jñātveyattām ihāyuṣaḥ
muhūrtāt sarvam utsṛjya
gatavān abhayaṁ harim

khaṭvāṅgaḥ—卡特万嘎君王 / nāma—名字 / rāja-ṛṣiḥ—圣洁的君王 / jñātvā—知道了 / iyattām—为期 / iha—在这个世界 / āyuṣaḥ—自己的寿命的 / muhūrtāt—只在片刻之内 / sarvam—一切事物 / utsṛjya—放在一边 / gatavān—已经经历了 / abhayam—绝对安全 / harim—至尊人格首神

译文 神圣的卡特万嘎王在被告知其寿命只剩下片刻时，立即停止所有的物质活动，托庇于人格首神——最安全的庇护。

要旨 完全负责任的人，应该始终记住这一生的首要责任。解决物质生活中的即时需要并不是一切。人应该总是铭记：自己的责任是为在来生达到生命的最佳状态而努力；人生的意义就在于此。这节诗里说卡特万嘎王(Khaṭvāṅga)是一位神圣的君王，因为他即使担负着管理国家的重任，也没有忘记人生的首要责任。这样做的还有尤帝士提尔王(Yudhiṣṭhira)和帕瑞克西特王等神圣的君王(rājarṣi)。他们都很警醒地在履行他们的首要责任，因此都是典范人物。卡特万嘎王被半神人邀请到高等星球去与恶魔作战，而作为君王他在战场上的表现令半神人们十分满意。因此，半神人们想给他一些物质享乐方面的祝福。但君王卡特万嘎对自己的首要责任高度警觉，所以询问半神人他的寿命还有多长。这意思是：他在为来生做准备，因此并不渴望从半神人那里得到物质的祝福。半神人们告诉君王他的寿命只剩下片刻工夫了，君王于是立刻离开那始终充满着高水平物质享乐的天堂王国，下到这个地球来，求取唯一能给人以全面保护的至尊人格首神的最终庇护。他最后终于获得了解脱，他所付出的巨大努力取得了成功。这位神圣的君王虽然只花了片刻工夫去努力，但却成功了。究其原因，是因为他总是铭记自己的首要责任。舒卡戴瓦·哥斯瓦米就是这样鼓励帕瑞克西特王的。帕瑞克西特王在生命的最后七天里，以聆听《圣典博伽瓦谭》的形式履行他人生的首要责任。凭借至尊主的旨意，帕瑞克西特王立即见到了伟大的舒卡戴瓦·哥斯瓦米。正因为如此，他为世人留下了能使人获得灵性成功的无价之宝——《圣典博伽瓦谭》。

第14节　तवाप्येतर्हि कौरव्य सप्ताहं जीवितावधिः ।
उपकल्पय तत्सर्वं तावद्यत्साम्परायिकम्‌ ॥१४॥

tavāpy etarhi kauravya
saptāhaṁ jīvitāvadhiḥ
upakalpaya tat sarvaṁ
tāvad yat sāmparāyikam

tava—你的 / api—也 / etarhi—因此 / kauravya—诞生在库茹家族的人啊 / saptāham—七天 / jīvita—寿命 / avadhiḥ—达到极

限 / upakalpaya—去执行 / tat—那些 / sarvam—所有 / tāvat—只要 / yat—那些 / sāmparāyikam—为来生而举行的仪式

译文 玛哈茹阿佳·帕瑞克西特，你的寿命现在只剩七天了，你可以在这段时间内举行那些最有利于你来生的仪式。

要旨 舒卡戴瓦·哥斯瓦米举卡特万嘎王在很短的时间里准备自己来生的例子，鼓励帕瑞克西特王：既然他还有七天的时间可以支配，他可以轻松地利用这段时间来为自己的下一生做准备。舒卡戴瓦·哥斯瓦米间接地告诉帕瑞克西特王：他应该在他生命的最后七天里托庇于至尊主的声音化身，以使自己获得解脱。换句话说，只要聆听舒卡戴瓦·哥斯瓦米给帕瑞克西特王讲述的《圣典博伽瓦谭》，任何人都可以为自己的来生做最佳的准备。人虽然不必拘泥于形式，但还是需要遵守一些有利于灵性进步的规定。这在后面都有教导。

第15节 अन्तकाले तु पुरुष आगते गतसाध्वसः ।
छिन्द्यादसङ्गशस्त्रेण स्पृहां देहेऽनु ये च तम ॥१५॥

anta-kāle tu puruṣa
āgate gata-sādhvasaḥ
chindyād asaṅga-śastreṇa
spṛhāṁ dehe 'nu ye ca tam

anta-kāle—在生命的最后阶段 / tu—但是 / puruṣaḥ—一个人 / āgate—达到了 / gata-sādhvasaḥ—没有任何对死亡的恐惧 / chindyāt—应该斩断 / asaṅga—不依恋 / śastreṇa—以……的武器 / spṛhām—所有欲望 / dehe—物质的臭皮囊 / anu—有关 / ye—那一切 / ca—还有 / tam—他们

译文　在人生的最后阶段，人应该勇敢无畏不怕死亡。但是，人必须斩断对物质躯体的一切依恋，断绝与它相关的一切，中止因它而产生的各种欲望。

要旨　之所以说十足的物质主义者很愚蠢，是因为：尽管铁的事实已经证明，人最终不得不放弃他用人的宝贵精力在这个世界里建造的一切，但他们还是想要在这个世界里建立永久的居所。愚蠢的大政治家、大科学家和大哲学家等人，对有关灵魂的知识一无所知，以为这一生短短的几十年就是生命的一切，死亡后什么都没了。就连世上所谓的知识分子也缺乏真正的知识，而这种情况正扼杀人类的精神活力，所造成的可怕后果已被敏锐的人士感受到了。尽管如此，愚蠢的物质主义者们并不在乎来生会发生什么。《博伽梵歌》一开始的教导是：人应该知道，个体灵魂的身份即使在现有的躯体结束后也不会失去；我们现有的躯体只不过是一件外衣而已。就像人脱去旧衣换新装一样，个体灵魂也更换躯体，而这种更换就称为死亡。因此，死亡是这一世的生命结束时更换躯体的一个过程。有智慧的人必须为此做准备，必须为来世得到最好的身体而努力。最好的身体是灵性的身体，而这样的身体只有重返神的王国的人或进入布茹阿曼(梵)领域的人才能得到。有关这方面的知识，第2章中会作广泛的介绍。但就更换躯体而言，人必须现在就为来生做准备。

愚蠢的人把现在这一世短暂的生命看得很重要，因此愚蠢的领袖们便强调躯体和与躯体有关的一切。与躯体有关的一切是指：妻子、儿女、社会、国家，以及在人这一生结束时也随着完结的许多其他事物。死亡后，人便忘了与现在的躯体有关的一切。有关这一点，我们在晚上睡觉时会有一点点体验。我们睡着后就完全忘了这个躯体及与它有关的一切，尽管这种遗忘只是几个小时的短暂情况。死亡只不过是几个月的睡眠，以发展出另外一个囚禁灵魂的躯体，而这个牢笼是物质自然法律根据我们的欲望判给我们的。因此，人唯一需要做的是：利用现有的这个人体接受训练，改变自己的欲望。这种训练可以从生命的任何阶段开始，即使在死亡前几秒钟开始也可以。但一般的程序是从人生早期——布茹阿玛查瑞(brahmacarya，贞守生)阶段就开始接受训练，然后逐步经历贵哈斯塔(gṛhastha，居士)、瓦纳帕斯塔(vānaprastha，从家庭生活中隐退)及萨尼亚希(sannyāsi，出家人)的生命阶段。这种训练制度，称为四社会阶层和四灵性阶段制度(varṇāśrama-dharma)，或称为永恒的宗教(sanātana-dharma)。这是使人类生命达到完美的最佳程序。因此，经典要求人如果不能更早，至少也要在五十岁时放弃对家庭、社会或政治生涯的依恋，接受瓦纳帕斯塔和萨尼亚希的训练，以便为来生做好准备。装扮成人民大众领袖的愚蠢物质主义者，极度依恋家庭事务，根本不想切断与这一切的联系，因此成为自然法律的牺牲者，根据以往从事过的活动再三得到各种粗糙的躯体。这种愚蠢的领袖在他们的人生终结时，或许会受到人民某种程度的尊敬，但那并不意味着他们能摆脱捆绑每个人手脚的自然法律。因此，人们最好是把对家庭、社会、国家及与其有关的一切依恋，转移到为至尊主做奉爱服务上，从而放弃与家庭的关系。这节诗说明，人应该去除因为依恋家庭而产生的一切欲望。人除非有机会产生更高级的欲望，否则根本没机会去除那些病态的欲望。欲望是生物不可缺少的一部分，生物是永恒的，因此生物的欲望很自然也是永恒的。正因为如此，我们无法停止欲望。然而，我们可以改变欲望的内容。为此，我们必须培养回归家园、回归首神的欲望。对物质所得、物质荣誉和物质名望的要求，会随着奉爱服务的增加而成比例地减少。生物之所以存在，是为了服务，而他的欲望也以这种服务心态为中心。上自国家元首，下至街头那些微不足道的乞丐，每个人都在为他人做某种服务。只有把服务的欲望从物质性的转为灵性的，从为撒旦服务转而为神服务，服务的态度才会达到完美。

第16节　गृहात्प्रव्रजितो धीरः पुण्यतीर्थजलाप्लुतः ।
शुचौ विविक्त आसीनो विधिवत्कल्पितासने ॥१६॥

gṛhāt pravrajito dhīraḥ
　puṇya-tīrtha-jalāplutaḥ
śucau vivikta āsīno
　vidhivat kalpitāsane

gṛhāt—从一个人的家 / pravrajitaḥ—走出去 / dhīraḥ—自我控制 / puṇya—虔诚的 / tīrtha—圣地 / jala-āplutaḥ—完全洗净 / śucau—洗涤 / vivikte—孤独 / āsīnaḥ—坐下 / vidhivat—根据规律 / kalpita—做了之后 / āsane—在坐位上

译文　人应该离开家练习自制，应该在神圣的地方有规律地沐浴，在已被适当圣化了的僻静之处坐下。

要旨　要想为自己有更好的来生做准备，人必须离开自己那个所谓的家。四社会阶层和四灵性阶段制度(varṇāśrama-dharma)——永恒的宗教(sanātana-dharma)规定，人过五十岁后，越早摆脱家庭这个累赘越好。现代文明以最高水准的家庭舒适环境为评判标准，因此所有的人都希望退休后能住在有良好设备的房子里，与美丽、贤惠的妻子及孩子一起过十分安逸的生活，根本没有离开这种舒适的家的愿望。政府的高级行政长官们，迷恋他们获得的职权直到死亡，做梦都没想到要离开舒适的家，更不要说自己主动离开了。物质主义者被这种幻象所束缚，为过上更舒适的生活做各种准备。但是，残酷的死亡毫不留情地突然到来，不顾“大计划家”的意愿，强行把他带走，迫使他放弃现有的躯体，进入另一个躯体。根据“大计划家”的业报，他在下一生将被迫接受八百四十万种生命形式中的其中一个躯体。在下一生中，曾经过于依恋家庭舒适的人，将因为过去长期从事罪恶活动而被贬入低等生命形式中，从而糟蹋了人生全部的精力。

为了不冒糟蹋人生的危险，不依恋虚假的事物，人必须在五十岁(如果不能更早的话)时，接受死亡的警告。原则是：人应该承认，即使在五十岁之前，死亡警告就已经存在；因此，人在生命的任何阶段都应该为有个更好的来生作准备。四社会阶层和四灵性阶段制度的建立，使遵守制度的人能有机会接受训练，为更好的来生做准备，不致浪费现有的人生。世上所有的圣地都是为想要灵修的退休人士而设的，使他们可以住在那里为更好的来生做准备。对家庭的依恋被认为是物质生活的枷锁，为此，明智的人必须在五十岁后过灵性重建的生活，摆脱对家庭的依恋，在人生的末期到圣地去。到死都留在家里的人摆脱不了对物质的执著，而人只要还执著物质，就不可能了解灵性的自由，因此经典劝告人们要退出家庭生活，以摆脱对物质的执著。然而，人不该为离开家庭，或者在圣地成立另一个合法或不合法的家庭而感到自满。很多人离开家到圣地去，但由于不好的交往，又再次与异性进行不正当的接触，结果再度成为有家室的人。物质的错觉能量是如此强大，以致人在一生中每走一步都有可能受它的控制，即使离开自己那快乐的家也不例外。正因为如此，凭着过没有丝毫性放纵欲望的独身禁欲生活来练习自控，是极为重要的。对想改善生存状况的人来说，性放纵是自杀或比自杀更糟糕的事。所以，出家的真正意义在于：控制所有感官的欲望，特别是性欲。方法是：坐在用草、鹿皮和地毡铺成的、被适当圣化了的座位上，没有冒犯地吟诵至尊主的圣名。这整个程序是为了把心念从物质对象那里撤回，使它固定在至尊主的莲花足上。光是这个简单的程序，就能帮助人取得最高的灵性成就。

第17节 अभ्यसेन्मनसा शुद्धं त्रिवृद्‌ब्रह्माक्षरं परम ।
मनो यच्छेज्जितश्वासो ब्रह्मबीजमविस्मरन ॥१७॥

abhyasen manasā śuddhaṁ
trivṛd-brahmākṣaraṁ param

mano yacchej jita-śvāso
brahma-bījam avismaran

abhyaset—人应该练习 / manasā—借着心念 / śuddham—神圣的 / tri-vṛt—由三个组成 / brahma-akṣaram—超然的字母 / param—至尊的 / manaḥ—心念 / yacchet—控制住 / jita-śvāsaḥ—通过调节呼吸 / brahma—绝对 / bījam—种子 / avismaran—没有忘记

译文 按上述方式坐下后，要在心中记住三个超然的字母a-u-m，然后借助调整呼吸的程序控制住心念，以便不忘超然的种子。

要旨 超然的声音欧么卡尔(Oṁkāra)由三个超然的字母a-u-m组成，是超然觉悟的种子。配合控制呼吸的程序在心中吟诵这个圣音，是使人进入全神贯注的冥想状态的方法。这种方法超然但却机械，由经验丰富的优秀神秘瑜伽师设计，目的是帮助人控制住专注于物质活动的心念。这是改变心念习惯的方法。心念是扼杀不了的。心念或欲望不可能停止，但要培养取得灵性觉悟的欲望，我们必须改变思想的内容和专注的对象。心念是活跃的感官中枢；因此，如果思想、感受和意愿的性质改变了，那么各种感官作为工具，其活动性质自然也会改变。欧么卡尔是所有超然声音的种子，而只有超然的声音能使心念和感官发生灵性的变化。超然的声音甚至能治愈精神错乱的人。在《博伽梵歌》中，超然的欧么卡尔被接受为是至尊绝对真理直接的声音代表。人如果不能像我们在前面推荐的那样直接吟诵、吟唱至尊主的圣名，那就可以轻易地吟诵欧么卡尔这个超然的声音。这个欧么卡尔是“我的主啊！”一类的称呼之词，就像oṁ hari om的意思是“我的主啊！至尊人格首神”。正如我们在前面解释过的，至尊主的圣名与至尊主本人完全相同，欧么卡尔也是如此。但是，那些由于感官不完美而觉悟不了至尊主超然的个人形象或名字的人(初习者)，被训练以控制呼吸并同时在心中重复欧么卡尔的机械方式进行觉悟自我的实践。正如我们好几次解释过的，既然用现有的物质感官不可能了解至尊人格首神超然的名字、形象、属性和娱乐活动等，就有必要通过感官活动的中心——心念，启动这种超然的觉悟。奉献者把他们的注意力直接集中在绝对真理本人的身上。然而，不能适应绝对真理的人格特征的人，就要遵守非人格神主义灵修的纪律，训练心念，使其得到进一步升华。

第18节 नियच्छेद्विषयेभ्योऽक्षान्मनसा बुद्धिसारथिः ।
मनः कर्मभिराक्षिप्तं शुभार्थे धारयेद्धिया ॥१८॥

niyacched viṣayebhyo 'kṣān
manasā buddhi-sārathiḥ
manaḥ karmabhir ākṣiptaṁ
śubhārthe dhārayed dhiyā

niyacchet—收回 / viṣayebhyaḥ—从感官活动 / akṣān—各感官 / manasā—借着心念 / buddhi—智慧 / sārathiḥ—驾驭者 / manaḥ—心念 / karmabhiḥ—以功利性活动 / ākṣiptam—因为专注于 / śubha-arthe—为了至尊主的缘故 / dhārayet—坚持于 / dhiyā—在最高的意识状态中

译文 逐渐地，随着心念越来越灵性化，注意力便从感官活动上撤回，这时运用智力就可以控制住感官了。沉溺于物质活动的心，如果用来为人格首神服务，就会变得专注于完美的超然意识。

要旨 靠机械地吟诵欧么卡尔和控制呼吸系统来净化心念的第一步程序，术语称为帕纳亚玛(prāṇāyāma)，即完全控制呼吸的神秘瑜伽程序。这个控制呼吸体系的最高阶段是全神贯注，梵文术语是萨玛迪(samādhi)。但经验已证明，人即使在萨玛迪阶段，也控制不了专注于物质的心。例如，优秀的神秘瑜伽师维施瓦弥陀·牟尼(Viśvāmitra Muni)，即使在萨玛迪的阶段还是成为感官的受害者，与梅娜卡同居了。这在历史书上有记载。心里虽然现在不想感官活动，但在潜意识状态中却记着过去的种种感官活动，使人不能百分之百地专注于觉悟自我。正因为如此，舒卡戴瓦·哥斯瓦米推荐了确保成功的下一步策略，那就是：把心念集中在为至尊人格首神做服务上。在《博伽梵歌》第6章的第47节诗中，至尊人格首神圣主奎师那也推荐这个直接的程序。因此，人应该立刻开始以聆听和吟诵、吟唱等不同的形式为至尊主做各种各样超然的爱心服务，以灵性的方式净化心念。只要在正确的指导下这样做，那么即使对思绪纷乱的心念来说，这也肯定是最有保障的进步之途。

第19节　तत्रैकावयवं ध्यायेदव्युच्छिन्नेन चेतसा ।
मनो निर्विषयं युक्त्वा ततः किञ्चन न स्मरेत ।
पदं तत्परमं विष्णोर्मनो यत्र प्रसीदति ॥१९॥

tatraikāvayavaṁ dhyāyed
avyucchinnena cetasā
mano nirviṣayaṁ yuktvā
tataḥ kiñcana na smaret
padaṁ tat paramaṁ viṣṇor
mano yatra prasīdati

tatra—此后 / eka—逐一地 / avayavam—身体四肢 / dhyāyet—应该把注意力集中于 / avyucchinnena—没有完全脱离完整的形象 / cetasā由心念 / manaḥ—心念 / nirviṣayam—没有被感官对象所污染 / yuktvā—配合于 / tataḥ—在那之后 / kiñcana—任何事 / na—并不 / smaret—想着 / padam—人物 / tat—那 / paramam—至尊 / viṣṇoḥ—维施努的 / manaḥ—心念 / yatra—于是 / prasīdati—心满意足

译文 之后，你应该在不忘记维施努的整体形象的情况下，逐一冥想维施努的四肢。这样，人就不会再想任何物质对象。至尊人格首神维施努是最高真理，因此只有全神贯注于祂，才能感到心满意足。

要旨 愚蠢的人被维施努的外在能量所迷惑，不知道对快乐渐进地追寻，到最后便是直接与人格首神维施努接触。维施努·塔特瓦(Viṣṇu-tattva)是指人格首神扩展出的无数不同的超然形象，而维施努·塔特瓦最高的源头或原本形象是哥文达(Govinda)——主奎师那，祂是一切原因的最初原因。因此，想着维施努，或者冥想维施努的形象，特别是奎师那的超然形象，才是最好的冥想。这种冥想可以从至尊主的莲花足开始。但是，人不该忘记至尊主的整体形象，不要被误导。为此，人应该练习有顺序地想至尊主超然身体的不同部位。这节诗中肯定地说，至尊主不是不具人的特征的。祂是一个人，但祂的身体却有别于我们这些受制约的人。否则，舒卡戴瓦·哥斯瓦米不会推荐我们说：要想获得完整的灵性成就，就得从冥想神圣的声音欧么卡尔开始，直到冥想维施努本人的四肢。因此，印度的宏大神庙中所安排的对维施努形象的崇拜，并不是知识贫乏的人曲解的“偶像崇拜”。相反，那些神庙是为人们能观想维施努超然身体的四肢而设的灵性中心。至尊主不可思议的力量，使神庙内崇拜的维施努神像与主维施努本人完全一样。这样，初习者如果不能像伟大的权威舒卡戴瓦·哥斯瓦米在这节诗里推荐的那样，稳坐一处，全神贯注地冥想欧么卡尔或维施努的四肢，就可以像启示经典中介绍的那样，在庙里全神贯注地观想维施努的四肢。神庙给初习者们提供了一个更容易冥想的机会。普通人在神庙内观想维施努的形象所得到的利益，大于冥想由a-u-m所组成的灵性声音振荡欧么卡尔。欧么卡尔与维施努的各种形象没有区别，但不了解绝对真理科学的人，却把维施努的形象与欧么卡尔加以区分，试图制造纷争。这节诗里指示：维施努的形象是冥想的最高对象；正因为如此，全神贯注于维施努的形象比冥想不具人格特征的欧么卡尔要好。而且，后者做起来也比前者更困难。

第20节　रजस्तमोभ्यामाक्षिप्तं विमूढं मन आत्मनः ।
यच्छेद्धारणया धीरो हन्ति या तत्कृतं मलम्‌ ॥२०॥

rajas-tamobhyām ākṣiptaṁ
　vimūḍhaṁ mana ātmanaḥ
yacched dhāraṇayā dhīro
　hanti yā tat-kṛtaṁ malam

rajaḥ—物质自然的激情属性 / tamobhyām—还有因物质自然的愚昧属性 / ākṣiptam—冲击 / vimūḍham—迷惑 / manaḥ—心念 / ātmanaḥ—自己的 / yacchet—把它纠正过来 / dhāraṇayā—通过冥想（维施努）/ dhīraḥ—平静下来 / hanti—毁灭 / yā—所有那些 / tat-kṛtam—由他们做 / malam—肮脏的事情

译文　人的心总是受物质自然激情属性的刺激，被物质自然愚昧属性所迷惑。但人可以靠与维施努相连调整这种情况，通过清除由这些自然属性造成的污垢而变得平静。

要旨　受激情属性和愚昧属性控制的人，通常不可能真正认识神，处在超然的状态中。只有受善良属性影响的人才能有关于绝对真理的知识。激情属性和愚昧属性的影响展现为过分渴求钱财和女人。这种人只有一直不断地记着维施努所具有的非人格特征，才能改变他们过分追求钱财和女人的倾向。非人格神主义者或一元论者，通常是受激情属性和愚昧属性的影响。这些非人格神主义者以为自己是解脱了的灵魂，但却并没有关于绝对真理超然的人格特征的知识。事实上，由于缺乏有关绝对真理个人特征的知识，他们的内心并不纯洁。《博伽梵歌》中说：在经过千百世的投生后，非人格神主义哲学家才皈依人格首神。泛神论哲学为非人格神主义的初学者提供了一个认识至尊主与万事万物之关连的机会，以便他们能具备资格来认识神的人格特征。

泛神论不允许资深的学生构想绝对真理的非人格概念，但却把绝对真理的概念扩展至所谓的物质能量领域。物质能量制造的一切，都可以通过服务的态度与绝对真理相吻合；而服务态度正是生命能量的重要部分。至尊主的纯粹奉献者知道用这种服务态度把一切转入灵性存在的艺术；而只有走上奉爱之途，泛神论的理论才能达到完美的境界。

第21节 यस्यां सन्धार्यमाणायां योगिनो भक्तिलक्षणः ।
आशु सम्पद्यते योग आश्रयं भद्रमीक्षतः ॥२१॥

yasyāṁ sandhāryamāṇāyāṁ
yogino bhakti-lakṣaṇaḥ
āśu sampadyate yoga
āśrayaṁ bhadram īkṣataḥ

yasyām—通过这种有系统的记忆 / sandhāryamāṇāyām—因此稳定地保持……的习惯 / yoginaḥ—神秘家 / bhakti-lakṣaṇaḥ—因为按奉爱体系灵修 / āśu—很快 / sampadyate—得到成功 / yogaḥ—以奉爱服务联系 / āśrayam—在……的庇护下 / bhadram—绝对好的 / īkṣataḥ—见到

译文 君王啊！靠这种记忆方式，靠养成习惯看至尊主至善的个人形象，人可以迅速达到在至尊主的直接保护下为祂做奉爱服务的境界。

要旨 只有凭借奉爱态度的帮助，神秘主义者才能获得成功。泛神论——感知全能者无所不在的灵修系统，是对心念的一种训练，使它习惯于奉爱的概念。神秘主义者正是因为有这种奉爱态度，他的努力才有可能获得最后的成功。但是，如果没有加进奉爱服务的成分，人便不可能获得最后的成功。泛神论者的想象所制造的奉爱气氛，今后就会发展出奉爱服务，而那是非人格神主义者所能得到的唯一好处。《博伽梵歌》第12章的第5节诗也证实说：非人格神主义的觉悟自我之途更困难，因为尽管非人格神主义者经过很长一段时间后也会迷恋上至尊主的人格特征，但它是以间接的方法达到目标。

第22节

राजोवाच
यथा सन्धार्यते ब्रह्मन्धारणा यत्र सम्मता ।
यादृशी वा हरेदाशु पुरुषस्य मनोमलम ॥२२॥

rājovāca
yathā sandhāryate brahman
dhāraṇā yatra sammatā
yādṛśī vā hared āśu
puruṣasya mano-malam

rājā uvāca—幸运的君王说 / yathā—如是 / sandhāryate—形成的概念 / brahman—布茹阿玛纳啊 / dhāraṇā—概念 / yatra—何处及如何 / sammatā—概括地说 / yādṛśī—通过……之途 / vā—或者 / haret—摆脱 / āśu—不拖延 / puruṣasya—一个人的 / manaḥ—心念的 / malam—污秽的事物

译文 幸运的帕瑞克西特王进一步询问道：布茹阿玛纳啊！请详细解释应该如何运用心念及在哪里运用心念，以及怎么能集中意念，以便清除个人心中的污垢。

要旨 受制约的灵魂心中的污垢，是他所有烦恼的根源。物质存在所展现的痛苦包围着他，但由于太愚昧，他无法去除在物质世界里长期被囚禁期间心中积累的污垢给他引来的烦恼。他生来其实是要为至尊主的意愿服务的，但内心污垢作祟，使他喜欢为幻想出的欲望服务。这些欲望没使他心平气和，反而制造新的难题，从而把他捆绑在重复生死的循环圈中。功利性活动和经验哲学这些污垢，只有凭借与至尊主的联谊才能清除。至尊主无所不能，因而可以用祂不可思议的能量给我们祂的联谊。正因为如此，至尊主为那些不能把信心专注在绝对真理人格特征上的人提供了一个机会，使他们能与体现祂非人格特征的宇宙形象(virāṭ-rūpa)联系。至尊主宇宙形象的非人格特征，是祂无限能量的一个特征。既然有能量者和能量是同一的，那么就连至尊主非人格特征的宇宙概念也帮助受制约的灵魂间接地与至尊主取得联系，从而逐渐地上升到与至尊主本人直接接触的层面。

帕瑞克西特王已经与圣主奎师那本人直接交往了，因此没有必要问舒卡戴瓦·哥斯瓦米在何地及如何把心念运用在至尊主不具人格特征的宇宙形象上。但是，为了其他人的利益，他后来询问了与这件事情有关的详细情况。永恒、知识和极乐的形象是至尊主超然的个人特征，这是其他人所无法想象的。非奉献者们没有能力去想至尊主的人格特征；由于知识贫乏，他们对茹阿玛(Rāma)或奎师那等至尊主的人形形象十分反感。他们对至尊主的能量估计非常肤浅。在《博伽梵歌》第9章的第11节诗中，至尊主本人解释说：知识贫乏的人嘲笑至尊人格首神，把祂当成普通人。这种人对至尊主不可思议的能量一无所知。至尊主凭祂不可思议的能量，既可以在人类社会里活动，也可以在任何其他生物体的社会里活动，但同时还保持全能的至尊主的超然地位。所以，为接受不了至尊主永恒的个人形象的人的利益着想，帕瑞克西特王询问舒卡戴瓦·哥斯瓦米：如何从一开始就把注意力集中在至尊主身上。哥斯瓦米随后详细地回答了帕瑞克西特王的问题。

第23节 श्रीशुक उवाच

जितासनो जितश्वासो जितसङ्गो जितेन्द्रियः ।
स्थूले भगवतो रूपे मनः सन्धारयेद्धिया ॥२३॥

śrī-śuka uvāca
jitāsano jita-śvāso
jita-saṅgo jitendriyaḥ
sthūle bhagavato rūpe
manaḥ sandhārayed dhiyā

śrī-śukaḥ uvāca—舒卡戴瓦·哥斯瓦米说 / jita-āsanaḥ—控制坐姿 / jita-śvāsaḥ—受到控制的呼吸 / jita-saṅgaḥ—受到控制的交往 / jita-indriyaḥ—控制了的感官 / sthūle—在粗糙的物质中 / bhagavataḥ—向至尊人格首神 / rūpe—以……的特色 / manaḥ—心念 / sandhārayet—要运用 / dhiyā—以智慧

译文 舒卡戴瓦·哥斯瓦米回答道：人应该控制坐姿，靠瑜伽控制呼吸的程序调整呼吸，以此控制心念和感官，并凭借智力把心念运用于至尊主用物质的粗糙能量组成的巨大的宇宙形象(维茹阿特·茹帕)。

要旨 受制约的灵魂的心念专注于物质事物，所以不允许受制约的灵魂超越躯体化自我概念的限制。为此，这节诗里介绍了控制坐姿、调整呼吸和把心念集中在至尊者身上的瑜伽冥想系统，以便使十足的物质主义者具备资格。这类物质主义者除非能净化专注于物质的心念，否则不可能把注意力集中在思考超然的主题上。要想这样做的话，人可以把自己的心念集中在至尊主的外在特征——粗糙物质上。下面的诗中就描述了至尊主巨大的宇宙形象的各个部分。物质主义者很渴望通过按照上述的控制程序练习获得一些神秘力量，但瑜伽的真正目的，是要根除长期积累下来的物质享乐欲望、愤怒和贪婪等诸如此类的物质污染。练瑜伽的最终目的是认识神，如果练神秘瑜伽的人因为随之而来的神通转变了这个灵修目的，那他练瑜伽的使命就失败了。因此，他被劝告要把他那十足的物质主义心念固定在一个不同的概念上，从而认识至尊主的能量。人一旦明白这些能量是超然真理的工具性展示，就自然而然往前迈进了一步；逐渐地，他就有可能达到完全觉悟的阶段。

第24节 विशेषस्तस्य देहोऽयं स्थविष्ठश्च स्थवीयसाम ।
यत्रेदं व्यज्यते विश्वं भूतं भव्यं भवच्च सत ॥२४॥

viśeṣas tasya deho 'yaṁ
sthaviṣṭhaś ca sthavīyasām
yatredaṁ vyajyate viśvaṁ
bhūtaṁ bhavyaṁ bhavac ca sat

viśeṣaḥ—个人的 / tasya—祂的 / dehaḥ—身体 / ayam—这 / sthaviṣṭhaḥ—粗糙的物质 / ca—和 / sthavīyasām—所有物质的 / yatra—那里有 / idam—所有这些现象 / vyajyate—经验到 / viśvam—宇宙 / bhūtam—过去 / bhavyam—未来 / bhavat—现在 / ca—和 / sat—结果的

译文 这个可感知的物质世界的巨大展示作为一个整体，是绝对真理本人的身体。在这个宇宙形体中，可以体验到过去、现在和未来等物质时间所造成的结果。

要旨　任何事物，无论是物质的还是灵性的，都不过是至尊人格首神能量的扩展。正如《博伽梵歌》第13章的第13节诗中声明的：全能的至尊主把祂超然的眼睛、头颅和身体的其他部分遍布各处。祂虽然在绝对的世界里有自己的住所，但因为以超灵的形式与遍布各处的每一个微小灵魂做伴，所以无论在何地都能观看、聆听、触碰或展示祂自己。相对世界不过是祂超然能量的扩展，因此也是祂的现象代表。尽管祂在祂的住所里，但祂的能量却遍布各处；正如太阳在一处，但阳光却洒向各处，而太阳的光芒因为和太阳没有区别，所以被接受为是太阳球体的扩展。在《维施努往世书》(Viṣṇu Purāṇa)第1篇第22章的第52节诗中说：正如火从一处扩展它的光和热，人格首神——至尊的灵魂，以祂多种多样的能量随处扩展自己。庞大宇宙的现象展示，只不过是至尊主宇宙形体(virāṭ)的一部分。智力欠佳的人想象不了至尊主那超然而又绝对灵性的形象，却被祂不同的能量所震撼，就像土著居民对闪电、高山，或者一棵枝繁叶茂、遮天蔽日的大榕树等展示感到惊奇不已一样。土著居民崇拜老虎和大象，赞叹它们的强劲。尽管启示经典中对至尊主进行了生动细致的描述，尽管至尊主不断化身前来并展示祂非凡的力量和能量，尽管维亚萨戴瓦、纳茹阿达(Nārada)、阿西塔(Asita)、戴瓦拉(Devala)等学识渊博的前辈学者和《博伽梵歌》中的阿尔诸纳(Arjuna)，以及商卡尔(Śaṅkara)、茹阿玛努佳(Rāmānuja)、玛达瓦(Madhva)等伟大的灵性导师(ācārya)与近代显现的圣主柴坦亚，都接受奎师那为至尊人格首神，但恶魔(asura)们就是不承认至尊主的存在。恶魔既不接受启示经典提供的任何证据，也不承认伟大的灵性导师们的权威。他们想立即用眼睛去看，因此可以看至尊主巨大的宇宙形体(virāṭ)，而这个形体可以回应他们的挑战。他们既然习惯了向老虎、大象和闪电等较高的物质力量致敬，也就可以向至尊主的宇宙形象致敬。应阿尔诸纳的请求，主奎师那向恶魔展示了祂的宇宙形象。至尊主的纯粹奉献者不习惯看至尊主巨大的宇宙形象，要能看到这个形象就需要有特殊的视力。为此，至尊主赋予阿尔诸纳特殊的视力去看祂的宇宙形象，《博伽梵歌》第11章中对此进行了描述。至尊主专门展示这个宇宙形象，不是为了阿尔诸纳的利益，而是为了那些把谁都接受为是至尊主的化身并误导大众的智力欠佳人士。经典指示一般大众说：应该要求廉价的化身展示他的宇宙形象，以确定他真是一个化身。至尊主展示的宇宙形象对持不信神论的恶魔来说既是挑战又是恩惠，因为他们可以把至尊主想象为宇宙展示，从而逐渐洗清心中的污垢，以便不久的将来有资格能真正看到至尊主的超然形象。这就是绝对仁慈的至尊主给无神论者和十足的物质主义者的恩赐。

第25节 अण्डकोशे शरीरेऽस्मिन सप्तावरणसंयुते ।
वैराजः पुरुषो योऽसौ भगवान्धारणाश्रयः ॥२५॥

aṇḍa-kośe śarīre 'smin
saptāvaraṇa-saṁyute
vairājaḥ puruṣo yo 'sau
bhagavān dhāraṇāśrayaḥ

aṇḍa-kośe—在宇宙之壳内 / śarīre—在……的身体 / asmin—这 / sapta—七层的 / āvaraṇa—覆盖 / saṁyute—这样做之后 / vairājaḥ—庞大的宇宙 / puruṣaḥ—至尊主的形象 / yaḥ—那 / asau—祂 / bhagavān—至尊人格首神 / dhāraṇā—概念 / āśrayaḥ—……的对象

译文 人格首神的巨大宇宙形象，由覆盖着七层物质元素的宇宙之壳包裹着，是维茹阿特冥想的对象。

要旨 至尊主同时展示许多其他的形象，而所有这些形象都与圣主奎师那这一最原本的形象一样。《博伽梵歌》中证实：至尊人格首神圣主奎师那的形象是至尊主原本超然、永恒的形象，但祂靠祂不可思议的内在能量(ātma-māyā)，可以同时扩展出各种各样的形象和化身且丝毫不减祂的全部力量。祂是完整的；尽管有无数完整的形象来源于祂，但祂仍然完整，没有丝毫减损。那就是祂的灵性或内在能量的力量。在《博伽梵歌》第11章中，至尊人格首神主奎师那展示了祂的宇宙形象(virāṭ-rūpa)，以使那些不相信至尊主以人类形象显现的智力欠佳人士相信：祂确实有至高无上的能力证明祂就是至尊绝对的人物，没人能与祂平等或高于祂。尽管不完美，但物质主义者仍然可以想象容纳无数如太阳般大的星球的巨大宇宙空间。他们只能看到头顶上的苍穹，但却没有关于这个宇宙和其他千万个宇宙的知识。每一个宇宙其实都被土、水、火、气、空间、假我和物质创造实体这七层物质覆盖包裹着，就像一个充满了气的、密封着的巨大足球，漂浮在原因之洋上。至尊主以玛哈·维施努(Mahā-Viṣṇu)的形象躺在原因之洋上，如种子般的无数宇宙在祂呼气的时候散发出来，而祂只不过是至尊主的部分扩展的扩展而已。当玛哈·维施努大吸一口气时，由众多布茹阿玛(Brahmā)所掌管的众多宇宙便毁灭。物质世界就这样随着至尊主的至尊意愿被创造和被毁灭。愚蠢而又可怜的物质主义者可以想象一下：仅仅凭一个临死之人说的一些不着边际的话，就愚昧地把一个微不足道的生物体当成能与至尊主抗衡的化身，这有多愚蠢啊！至尊主专门展示这个宇宙形象，就是为了教训这种愚蠢的人，以使我们知道：只有当人能像主奎师那那样展示这种宇宙形象时，我们才可以接受他为至尊人格首神的化身。物质主义者为了自己的利益应该按舒卡戴瓦·哥斯瓦米的推荐，把注意力集中在至尊主巨大的宇宙形象(virāṭ)上，但他必须小心防范，以免被冒牌货所误导。这些冒牌货声称自己与主奎师那没有区别，但却不能像主奎师那那样行事或展示包含整个宇宙的形象。

第26节 पातालमेतस्य हि पादमूलं
पठन्ति पार्ष्णिप्रपदे रसातलम ।
महातलं विश्वसृजोऽथ गुल्फौ
तलातलं वै पुरुषस्य जङ्घे ॥२६॥

pātālam etasya hi pāda-mūlaṁ
paṭhanti pārṣṇi-prapade rasātalam
mahātalaṁ viśva-sṛjo 'tha gulphau
talātalaṁ vai puruṣasya jaṅghe

pātālam—在宇宙底部的众星球 / etasya—祂的 / hi—精确地 / pāda-mūlam—脚掌 / paṭhanti—他们研究过 / pārṣṇi—脚后跟 / prapade—脚趾 / rasātalam—称为茹阿萨塔拉的众星球 / mahātalam—称为玛哈塔拉的众星球 / viśva-sṛjaḥ—宇宙创造者的 / atha—如此 / gulphau—足踝 / talātalam—称为塔拉塔拉的众星球 / vai—本来 / puruṣasya—巨大的人的 / jaṅghe—胫

译文 了解至尊主宇宙形象的人们研究过：名叫帕塔拉的众星球构成宇宙之主的脚掌，名叫茹阿萨塔拉的众星球是祂的脚后跟和脚趾，名叫玛哈塔拉的众星球是祂的脚踝，而祂的小腿由名叫塔拉塔拉的众星球构成。

要旨 除了至尊人格首神的身体存在外，展示的宇宙存在并不具真实性。正如《博伽梵歌》第9章的第4节诗所证实的那样，展示了的世界中的万事万物，都依赖至尊主而存在。但是，那并不意味着物质主义者所看到的一切都是至尊人物。至尊主的宇宙形象的概念，给物质主义者一个机会能想起至尊主，但他们必须明确地知道：他们以主宰世界的心态去想象世界，并不是对神的认识。至尊主外在能量的迷惑，使人产生剥削物质资源的物质主义视野。因此，人倘若要通过构想至尊主的宇宙形象去了解至尊真理，就必须培养服务的心态。除非恢复服务的心态，否则对观想者来说，观想至尊主的宇宙形象(virāṭ)不会有什么效果。超然的至尊主，无论祂以哪种形象显现，都永远不是物质创造的一部分。至尊主永远以祂的内在能量存在；祂在所有的情况下都保持至尊灵魂的身份，从不受物质自然三种属性的影响，相反所有的物质事物都是被污染了的。

宇宙被分成十四个星系，其中七个顺序而上的星系称为布尔(Bhūr，地球)、布瓦尔(Bhuvar，空气界)、斯瓦尔(Svar，光明界)、玛哈尔(Mahar，宇宙毁灭时不死的圣人所居住的地方)、佳纳斯(Janas，布茹阿玛的儿子及其他神性人物的住所)、塔帕斯(Tapas，佳纳斯之上的世界)和萨提亚(Satya，布茹阿玛的住所)；还有七个顺序而下的星系称为阿塔拉(Atala)、维塔拉(Vitala)、苏塔拉(Sutala)、塔拉塔拉(Talātala)、玛哈塔拉(Mahātala)、茹阿萨塔拉(Rasātala)和帕塔拉(Pātāla)。这节诗之所以由基底部的星系开始描述，是因为奉爱传承的规则为：对至尊主身体的描述要从祂的莲花足开始。舒卡戴瓦·哥斯瓦米是被公认的至尊主的奉献者，他这样描述是完全正确的。

第27节

द्वे जानुनी सुतलं विश्वमूर्ते-
रूरुद्वयं वितलं चातलं च ।
महीतलं तज्जघनं महीपते
नभस्तलं नाभिसरो गृणन्ति ॥२७॥

dve jānunī sutalaṁ viśva-mūrter
ūru-dvayaṁ vitalaṁ cātalaṁ ca
mahītalaṁ taj-jaghanaṁ mahīpate
nabhastalaṁ nābhi-saro gṛṇanti

dve—两 / jānunī—双膝 / sutalam—称为苏塔拉的众星球 / viśva-mūrteḥ—宇宙形象的 / ūru-dvayam—双腿 / vitalam—称为维塔拉的众星球 / ca—还有 / atalam—称为阿塔拉的众星球 / ca—还有 / mahītalam—称为玛黑塔拉的星系 / tat—属于那 / jaghanam—臀部 / mahīpate—君王啊 / nabhastalam—外太空 / nābhi-sarah—肚脐洼陷处 / gṛṇanti—他们这样认为

译文 宇宙形象的膝盖由称为苏塔拉的星系构成，两条大腿由维塔拉和阿塔拉星系构成。玛黑塔拉星球是祂的臀部，外太空则是祂肚脐的洼陷部。

第28节 उरःस्थलं ज्योतिरनीकमस्य
ग्रीवा महर्वदनं वै जनोऽस्य ।
तपो वराटीं विदुरादिपुंसः
सत्यं तु शीर्षाणि सहस्रशीर्ष्णः ॥२८॥

uraḥ-sthalaṁ jyotir-anīkam asya
grīvā mahar vadanaṁ vai jano 'sya
tapo varāṭīṁ vidur ādi-puṁsaḥ
satyaṁ tu śīrṣāṇi sahasra-śīrṣṇaḥ

uraḥ—高 / sthalam—地方（胸部）/ jyotiḥ-anīkam—发亮的星球 / asya—祂的 / grīvā—颈项 / mahaḥ—光明星球之上的星系 / vadanam—口 / vai—正确地 / janaḥ—玛哈尔星球之上的星系 / asya—祂的 / tapaḥ—佳纳斯星球之上的星系 / varāṭīm—额头 / viduḥ—见称 / ādi—原始的 / puṁsaḥ—人物 / satyam—最高的星系 / tu—但是 / śīrṣāṇi—头颅 / sahasra—一千 / śīrṣṇaḥ—有众多头颅的人

国际奎师那意识协会创办人、一代宗师

圣恩 A.C.巴克提韦丹塔·斯瓦米·帕布帕德

至尊人格首神的完整扩展——超灵，处在每一个生物体的心脏部位。至尊主高尚的娱乐活动以及祂微笑的脸庞上那闪亮的目光，都是祂多方面给予祝福的象征。(见第 78—82 页)

按照神秘瑜伽程序打坐冥想的奉献者，应该缓慢地把生命之气从肚脐推上心脏，再从心脏推到胸膛，然后是上颚底部。接着，应该把生命之气推到两眉间，最后从头顶的孔穴离开躯体，放弃与物质有关的一切，到至尊主那里去。（见第 96 页）

当布茹阿玛坐在莲花上冥想时，至尊主奎师那的笛音以韦达曼陀“歐麼（om）”的音振传入他的耳朵。就这样，布茹阿玛获得了完整的韦达知识，成为所有生物体的第一位灵性导师。（见第119页）

主奎师那最重要的十个娱乐活动化身,从左上角开始分别是:(1)鱼化身玛茨亚;(2)乌龟化身库玛尔;(3)雄猪化身瓦茹阿哈;(4)半人半狮化身尼尔星哈;(5)侏儒婆罗门化身瓦玛纳戴瓦;(6)主帕茹阿苏茹阿玛;(7)主茹阿玛禅铎;(8)主奎师那本人;(9)佛陀;(10)主考克依。(见第 191 页)

纳茹阿达·牟尼去找父亲布茹阿玛，向他询问谁是宇宙的第一个创造者；布茹阿玛回答说，是至尊人格首神主奎师那。（见第233页）

主奎师那永恒地住在祂光辉灿烂的灵性星球哥珞卡·温达文中，在那里与祂那些永恒解脱的同伴共享快乐。为了创造物质宇宙，祂扩展出四臂形象的玛哈·维施努。玛哈·维施努躺在原因之洋中，无数的宇宙从祂皮肤的毛孔中产生出来。（见第269页）

正当至尊主的雄猪化身瓦茹阿哈从孕诞之洋的深处把地球托起来时，凶残的恶魔黑冉亚克沙来攻击祂。他们之间展开了激烈的搏斗。（见第 347 页）

主尼尔星哈抓起强有力的恶魔黑冉亚卡希普放在自己的膝盖上，撕开他的胸膛，把他的内脏挖了出来。（见第 371 页）

象王嘎坚铎虔诚地举起一枝莲花，献给前来救他的主维施努。主维施努把他从鳄鱼嘴里和物质生活中拯救了出来。（见第 372 页）

在经历了长期的流放生活及与恶魔茹阿瓦纳的大战后，主茹阿玛登基为王，与祂兄弟拉珂施曼、爱侣悉塔和忠诚的仆人哈努曼一起统治阿尤迪亚。（见第 387—391 页）

当众多不信神的君王给世界造成过重的负担时，主奎师那就与祂的完整扩展巴拉茹阿玛一起降临，减轻世界的痛苦。（见第 392 页）

女恶魔菩坦娜企图毒杀奎师那时，反被奎师那杀死。她摔倒在地时原形毕露。经典说，她庞大的身体长达六英里。（见第 394 页）

恶魔沙卡塔苏茹阿变形为一辆货车，但躺在下面的婴儿奎师那愤怒地抬腿一踢，踢死了化身为货车的恶魔。（见第 395 页）

主奎师那快速追上商卡楚达，挥拳击打恶魔的脑袋。（见第 403 页）

当人类社会完全堕落时，至尊主就会化身为至尊惩罚者考克依，杀尽所有的邪恶之人。（见第 409 页）

译文 存在中第一位人物的宇宙形象的胸部是发光的星系，祂的脖子是众玛哈尔星球，祂的嘴是众佳纳斯星球，祂的前额是塔帕斯星系。名叫萨提亚珞卡的最高星系是祂的头颅，而祂有着一千个头颅。

要旨 太阳和月亮等发光的星球几乎处在宇宙的中央，因此被称为是至尊主庞大形象的胸部。在这些发光体——掌管宇宙事务的半神人居住的天堂之上，是玛哈尔(宇宙毁灭时不死的圣人所居住的地方)、佳纳斯(布茹阿玛的儿子及其他神性人物的住所)、塔帕斯(佳纳斯之上的世界)等星系。在这一切之上，是萨提亚珞卡(布茹阿玛的住所)，物质自然三种属性的掌管者维施努、布茹阿玛和希瓦就住在那里。这个维施努被称为祺柔达卡沙依·维施努(Kṣīrodakaśāyī Viṣṇu)，祂作为每一个生物体心中的超灵行事。原因之洋上飘浮着无数的宇宙，而每一个宇宙中都有至尊主的宇宙形象代表，以及太阳、月亮、半神人、布茹阿玛、维施努和希瓦。但是，《博伽梵歌》第10章的第42节诗声明，他们全都处在主奎师那不可思议的能量的一小部分当中。

第29节 इन्द्रादयो बाहव आहुरुस्राः
कर्णौ दिशः श्रोत्रममुष्य शब्दः ।
नासत्यदस्रौ परमस्य नासे
घ्राणोऽस्य गन्धो मुखमग्निरिद्धः ॥२९॥

indrādayo bāhava āhur usrāḥ
karṇau diśaḥ śrotram amuṣya śabdaḥ
nāsatya-dasrau paramasya nāse
ghrāṇo 'sya gandho mukham agnir iddhaḥ

indra-ādayaḥ— 以天帝因铎为首的半神人 / bāhavaḥ— 手臂 /

āhuḥ—被称为 / usrāḥ—半神人们 / karṇau—耳朵 / diśaḥ—四方 / śrotram—听觉 / amuṣya—至尊主的 / śabdaḥ—声音 / nāsatya-dasrau—称为阿施维尼·库玛尔的半神人 / paramasya—至尊者的 / nāse—鼻孔 / ghrāṇaḥ—嗅觉 / asya—祂的 / gandhaḥ—芬香 / mukham—嘴巴 / agniḥ—火 / iddhaḥ—炽热燃烧的

译文 以因铎为首的半神人是祂的手臂，十个方向是祂的耳朵，物质的声音是祂的听觉。祂的鼻孔是两位阿施维尼·库玛尔，而物质的芳香是祂的嗅觉。祂的嘴是熊熊烈火。

要旨 《博伽梵歌》第11章中对至尊人格首神庞大形象的描述，在《圣典博伽瓦谭》的这节诗里有进一步解释。《博伽梵歌》第11章的第30节诗中描述说："维施努啊！我看到，您用您喷火的嘴吞没了来自四面八方的人；您的光芒覆盖着所有的宇宙，您用可怕的灼热光线展示自己。"由此可见，对《博伽梵歌》的学生来说，《圣典博伽瓦谭》是研究生课程。这两部经典阐述的都是有关绝对真理奎师那的科学，因此是互补的。

宇宙形象(virāṭ-puruṣa)的概念——至尊主庞大的形象，包含了所有掌管宇宙事务的半神人和被管辖的众生。就连生物体身上最微小的部分都受至尊主授权的代理所控制。既然至尊主的庞大形象包含了半神人，因此，崇拜至尊主，无论是崇拜祂庞大的物质概念，还是崇拜祂作为圣主奎师那的永恒超然形象，都会使众半神人和至尊主其他不可缺少的部分满足；正如把水浇在树根部，能量就会分布到树的其他部分。结果是：就连物质主义者崇拜至尊主庞大的宇宙形象，都会引他步入正确的途径。人不必为满足各种欲望，去冒因为接近许多半神人而被误导的风险。一切都包含在至尊主体内，因此真正的实体是至尊主本人，其他的不过是想象出来的。

第30节　　द्यौरक्षिणी चक्षुरभूत्पतङ्गः
पक्ष्माणि विष्णोरहनी उभे च ।
तद्भ्रूविजृम्भः परमेष्ठिधिष्ण्य-
मापोऽस्य तालू रस एव जिह्वा ॥३०॥

dyaur akṣiṇī cakṣur abhūt pataṅgaḥ
pakṣmāṇi viṣṇor ahanī ubhe ca
tad-bhrū-vijṛmbhaḥ parameṣṭhi-dhiṣṇyam
āpo 'sya tālū rasa eva jihvā

dyauḥ—外太空球体 / akṣiṇī—眼球 / cakṣuḥ—眼睛的(感官) / abhūt—这样成为 / pataṅgaḥ—太阳 / pakṣmāṇi—眼皮 / viṣṇoḥ—至尊人格首神维施努的 / ahanī—日和夜 / ubhe—两者 / ca—和 / tat—祂的 / bhrū—眉毛 / vijṛmbhaḥ—动作 / parameṣṭhi—至尊的生物(布茹阿玛) / dhiṣṇyam—职位 / āpaḥ—水神瓦茹纳 / asya—祂的 / tālū—上颚、味觉 / rasaḥ—液汁 / eva—肯定地 / jihvā—舌头

译文　外太空的球体构成祂的眼窝，而祂的眼球是作为视力的太阳。白天和黑夜是祂的眼皮，在祂眉毛的挑动中，居住着布茹阿玛和类似的至尊人物。祂的味觉是水神瓦茹纳，而万物的汁液或精华是祂的舌头。

要旨　从常识的角度看，这节诗中的描述看来有点自相矛盾，因为太阳有时被描述为是眼球，有时被描述为外太空的球体。可是，经典(śāstra)的训示中并没有留余地给常识。我们必须接受经典的描述，更专注于至尊主的宇宙形象，而不是常识。常识总是有缺陷，而经典的描述则既完美又完整。如果我们觉得有任何不一致，是因为我们有缺陷，而不是经典。这就是接受韦达智慧的方法。

第31节

छन्दांस्यनन्तस्य शिरो गृणन्ति
दंष्ट्रा यमः स्नेहकला द्विजानि ।
हासो जनोन्मादकरी च माया
दुरन्तसर्गो यदपाङ्गमोक्षः ॥३१॥

chandāṁsy anantasya śiro gṛṇanti
damṣṭrā yamaḥ sneha-kalā dvijāni
hāso janonmāda-karī ca māyā
duranta-sargo yad-apāṅga-mokṣaḥ

chandāṁsi—韦达诗歌 / anantasya—至尊者的 / śiraḥ—脑通道 / gṛṇanti—他们说 / daṁṣṭrāḥ—牙床 / yamaḥ—罪人的审判者亚玛茹阿佳(阎罗王) / sneha-kalāḥ—情爱的艺术 / dvijāni—一排牙齿 / hāsaḥ—微笑 / jana-unmāda-karī—最具诱惑力的 / ca—和 / māyā—错觉能量 / duranta—不可超越的 / sargaḥ—物质创造 / yat-apāṅga—……的瞥视 / mokṣaḥ—浏览

译文 他们说：韦达赞歌是至尊主的脑通道，负责惩罚罪人的死神亚玛是祂的牙床；情感的艺术是祂的整排牙齿，最诱人的物质错觉能量是祂的微笑；这个物质创造的汪洋只不过是祂对我们的瞥视。

要旨 根据韦达经典的说法，这个物质创造是至尊主看了一眼物质能量的结果。这节诗中把物质能量描述为是最诱惑人的错觉能量。被这一物质能量诱惑的受制约的灵魂应该知道：短暂的物质创造只不过是对真实存在的模仿，是赝品；那些被至尊主这一诱人的瞥视迷惑的人，会被置于掌管罪人的阎罗王(Yamarāja)的控制下。至尊主深情地露齿微笑，能真正了解至尊主的智者，就会成为彻底皈依祂的灵魂。

第32节　व्रीडोत्तरौष्ठोऽधर एव लोभो
धर्मः स्तनोऽधर्मपथोऽस्य पृष्ठम ।
कस्तस्य मेढ्रं वृषणौ च मित्रौ
कुक्षिः समुद्रा गिरयोऽस्थिसङ्घाः ॥३२॥

vrīḍottarauṣṭho 'dhara eva lobho
dharmaḥ stano 'dharma-patho 'sya pṛṣṭham
kas tasya meḍhraṁ vṛṣaṇau ca mitrau
kukṣiḥ samudrā girayo 'sthi-saṅghāḥ

vrīḍa—谦逊 / uttara—上部 / oṣṭhaḥ—嘴唇 / adharaḥ—下巴 / eva—肯定地 / lobhaḥ—渴望 / dharmaḥ—宗教 / stanaḥ—胸膛 / adharma—反宗教 / pathaḥ—途径 / asya—祂的 / pṛṣṭham—背部 / kaḥ—布茹阿玛 / tasya—祂的 / meḍhram—生殖器 / vṛṣaṇau—睾丸 / ca—和 / mitrau—弥陀·瓦茹纳 / kukṣiḥ—腰部 / samudrāḥ—海洋 / girayaḥ—山丘 / asthi—骨头 / saṅghāḥ—堆

译文　谦逊是至尊主的上唇，渴望是祂的下颚，宗教是祂的胸膛，而非宗教是祂的背部。生育了物质世界里的众生的布茹阿玛吉，是祂的生殖器，弥陀·瓦茹纳们是祂的双睪。海洋是祂的腰部，高山、丘陵是祂的骨架。

要旨　至尊主并不是像智力欠佳的人想象的那样，不具人的特征。恰恰相反，正如所有权威的韦达文献所确认，祂是至尊的人。但是，祂的人格特征与我们所能想象的不同。这节诗里说：布茹阿玛作为祂的生殖器行事，而弥陀·瓦茹纳(Mitrā-varuṇa)们是祂的两个睪丸。这意味着：祂作为一个人，有着全套的身体器官，但那些器官跟我们的器官不属同一类型，有着与我们的器官不一样的力量。因此，当至尊主被描述为是不具人的特征时，我们应该了解：祂的人格特征与我们不完美的推测不完全一样。不过，人甚至可以把山峦、海洋或天空视为至尊主庞大身躯(宇宙形象)的各个所属部分来崇拜。主奎师那向阿尔诸纳展示的宇宙形象，是对不信神的人的一个挑战。

第33节

नद्योऽस्य नाड्योऽथ तनूरुहाणि
महीरुहा विश्वतनोर्नृपेन्द्र ।
अनन्तवीर्यः श्वसितं मातरिश्वा
गतिर्वयः कर्म गुणप्रवाहः ॥ ३३ ॥

nadyo 'sya nāḍyo 'tha tanū-ruhāṇi
mahī-ruhā viśva-tanor nṛpendra
ananta-vīryaḥ śvasitaṁ mātariśvā
gatir vayaḥ karma guṇa-pravāhaḥ

nadyaḥ—河流 / asya—祂的 / nāḍyaḥ—血脉 / atha—此后 / tanū-ruhāṇi—身上的毛发 / mahī-ruhāḥ—草木 / viśva-tanoḥ—宇宙形象的 / nṛpa-indra—君王啊 / ananta-vīryaḥ—全能者的 / śvasitam—呼吸 / mātariśvā—空气 / gatiḥ—动作 / vayaḥ—年代的流逝 / karma—活动 / guṇa-pravāhaḥ—物质属性的种种反应

译文 君王啊！河流是庞大宇宙身躯的血管，树木是祂的毛发，全能的空气是祂的呼吸。流转的年代是祂的移动，物质自然三种属性的相互作用是祂的活动。

要旨 人格首神并不像思想贫乏的学者想象的那样，是一块没有生命的石头，是不活动的。祂随时间的推移而行动，因此清楚地知道过去和未来的一切，以及祂自己现在的种种活动。没有一件事情祂不知道。受制约的灵魂受物质自然属性相互作用的驱使，而那些相互作用是至尊主的各种活动。《博伽梵歌》第7章的第12节诗中说明：物质自然属性只按照至尊主的指令行事。所以，大自然的作用既不是盲目的，也不是自动的。这些活动背后的力量由至尊主监控，因此认为至尊主不活动的想法是错误的。韦达经说：就像上司不需要亲自做事一样，至尊主不亲自做事，但一切都在祂的指挥下完成。正如经典所说：没有祂的允许，连一根草都不会动。《布茹阿玛•萨密塔》(Brahma-saṁhitā)第5章的第48节诗中说：所有的宇宙及每一个宇宙的掌管者(布茹阿玛)，只在至尊主呼气的时候生存。这里证实了这一点。众多的宇宙和宇宙内众多的星球赖以生存的空气，只不过是无可质疑的宇宙主宰(virāṭ-puruṣa)的一点呼吸而已。因此，人即使研究河流、树木、空气和过去的年代，也可以使人想象人格首神，而不至于被那些说至尊主是没有形象的概念所误引。《博伽梵歌》第12章的第5节诗中说：那些过于喜欢“至尊真理没有形象”的概念的人，所遇到的麻烦，比那些能明智地想象祂的人形的人要多。

第34节

ईशस्य केशान विदुरम्बुवाहान
वासस्तु सन्ध्यां कुरुवर्य भूम्नः ।
अव्यक्तमाहुर्हृदयं मनश्च
स चन्द्रमाः सर्वविकारकोशः ।।३४।।

īśasya keśān vidur ambuvāhān
vāsas tu sandhyāṁ kuru-varya bhūmnaḥ
avyaktam āhur hṛdayaṁ manaś ca
sa candramāḥ sarva-vikāra-kośaḥ

īśasya—至尊控制者的 / keśān—头发 / viduḥ—你不妨从我这里知道 / ambu-vāhān—雨云 / vāsaḥ tu—衣服 / sandhyām—日和夜的终结 / kuru-varya—库茹族中最优秀的人 / bhūmnaḥ—全能者的 / avyaktam—物质创造的根本 / āhuḥ—据说 / hṛdayam—智慧 /

manaḥ ca—和心念 / saḥ—祂 / candramāḥ—月亮 / sarva-vikāra-kośaḥ—一切变化的泉源

译文 库茹族成员中最优秀的人啊！携带水分的云朵是祂的头发，白天和夜晚结束的时刻是祂的服装，物质创造的根本原因是祂的智慧。祂的心念是月亮——一切变化的泉源。

第35节 विज्ञानशक्तिं महिमामनन्ति
सर्वात्मनोऽन्तःकरणं गिरित्रम ।
अश्वाश्वतर्युष्ट्रगजा नखानि
सर्वे मृगाः पशवः श्रोणिदेशे ॥३५॥

vijñāna-śaktiṁ mahim āmananti
sarvātmano 'ntaḥ-karaṇaṁ giritram
aśvāśvatary-uṣṭra-gajā nakhāni
sarve mṛgāḥ paśavaḥ śroṇi-deśe

vijñāna-śaktim—意识 / mahim—事物的原则 / āmananti—他们这样称呼 / sarva-ātmanaḥ—无处不在者的 / antaḥ-karaṇam—自我 / giritram—茹铎（希瓦）/ aśva—马 / aśvatari—骡子 / uṣṭra—骆驼 / gajāḥ—大象 / nakhāni—指甲 / sarve—所有其他 / mṛgāḥ—雄鹿 / paśavaḥ—四脚动物 / śroṇi-deśe—在腰部

译文 正如专家所言：物质能量总体(玛哈特·塔特瓦)是无所不在的至尊主的意识，而茹铎戴瓦是祂的自我。马匹、骡子、骆驼和大象，是祂的指甲，野生动物和所有的四足动物都处在至尊主的腰部。

第36节　वयांसि तद्व्याकरणं विचित्रं
मनुर्मनीषा मनुजो निवासः ।
गन्धर्वविद्याधरचारणाप्सरः
स्वरस्मृतीरसुरानीकवीर्यः ॥३६॥

vayāṁsi tad-vyākaraṇaṁ vicitraṁ
manur manīṣā manujo nivāsaḥ
gandharva-vidyādhara-cāraṇāpsaraḥ
svara-smṛtīr asurānīka-vīryaḥ

vayāṁsi—各种各样的鸟 / tat-vyākaraṇam—以语音字母为单位的词 / vicitram—艺术的 / manuḥ—人类的祖先 / manīṣā—思想 / manujaḥ—人类(玛努之子) / nivāsaḥ—居所 / gandharva—称为甘达尔瓦(歌仙)的人类 / vidyādhara—维迪亚达尔 / cāraṇa—查冉纳 / apsaraḥ—天使 / svara—音乐节奏 / smṛtīḥ—记忆 / asura-anīka—邪恶的士兵 / vīryaḥ—英勇、技艺超凡

译文　各种飞禽是祂高度艺术感的象征，人类的始祖玛努是祂标准智慧的代表，人类是祂的居所。甘达尔瓦、维迪亚达尔、查冉纳和天使等天国中的人类，都代表祂的音乐节奏，邪恶的士兵是祂神奇力量的代表。

要旨　至尊主的审美感表现在对孔雀、鹦鹉、杜鹃等鸟类的艺术及富有色彩的创造中。甘达尔瓦(Gandharva，歌仙)和维迪亚达尔(Vidyādhara，精通符咒的仙人)等天国中的人类，不仅歌喉美妙动人，甚至能诱惑天堂半神人。他们的音乐旋律代表至尊主的音乐感。因此，至尊主怎么能不具人的特征呢？祂的音乐鉴赏力、艺术感和绝对可靠的标准智慧，从各方面体现出祂就是至高无上的人物。《玛努法典》(Manu-saṁhitā)是人类标准的法律典籍，经典劝告所有的人都该遵守这部有关社会知识的伟大典籍。

人类社会是至尊主的居所。这诗句的意思是：人生的目的是要觉悟神，与神交往。人生给受制约的灵魂一个机会，使他能重新唤醒他永恒的神意识，从而履行生命的职责。帕拉德·玛哈茹阿佳(Prahlāda Mahārāja)是至尊主在恶魔(asura)家族中的合适代表。没有一个生物能离开至尊主巨大的身躯，每一个生物都有与这个至尊身体相关的特定责任。中断至尊主指派给其他生物该履行的特别责任，是生物之间不和谐的原因。然而，一旦以跟至尊主的关系为中心重新建立彼此的关系，所有的生物之间就会完全联合起来，就连野性的动物和人类之间也能和平共处。主柴坦亚·玛哈帕布在玛德亚·帕戴施(Madhya Pradesh)的丛林时，这种联合就曾生动地展示过；在那里，就连老虎、大象和许多其他凶猛的野兽都完美地合作，一起歌颂至尊主，而这正是全世界居民和平友好相处的方法。

第37节

ब्रह्माननं क्षत्रभुजो महात्मा
विडूरुरङ्घ्रिश्रितकृष्णवर्णः ।
नानाभिधाभीज्यगणोपपन्नो
द्रव्यात्मकः कर्म वितानयोगः ॥३७॥

brahmānanaṁ kṣatra-bhujo mahātmā
viḍ ūrur aṅghri-śrita-kṛṣṇa-varṇaḥ
nānābhidhābhījya-gaṇopapanno
dravyātmakaḥ karma vitāna-yogaḥ

brahma—布茹阿玛纳 / ānanam—脸庞 / kṣatra—查锤亚 / bhujaḥ—双臂 / mahātmā—至尊主巨大的宇宙形象(virāṭ-puruṣa) / viṭ—外夏 / ūruḥ—大腿 / aṅghri-śrita—在祂双足的保护下 / kṛṣṇa-varṇaḥ—庶铎 / nānā—许多 / abhidhā—以名字 / abhījya-gaṇa—半神人们 / upapannaḥ—受控制 / dravya-ātmakaḥ—适当的物品 / karma—活动 / vitāna-yogaḥ—祭祀的执行

译文　宇宙形象(维茹阿特·菩茹沙)的脸庞是布茹阿玛纳，手臂是查锤亚，大腿是外夏，而祂足下保护着的是庶铎。全体值得崇拜的半神人也受祂的控制；每一个人的责任是：利用适当的物品举行祭祀，以满足至尊主。

要旨　这里谈的其实是一神论。韦达文献中谈到为许多名字各不相同的半神人举行祭祀，但这节诗告诉我们：至尊人格首神的形象里包含了所有不同的半神人；他们只不过是整体不可缺少的一部分而已。同样，布茹阿玛纳(智慧阶层)、查锤亚(管理阶层)、外夏(商业阶层)和庶铎(劳动阶层)等人类社会各阶层，也全都在至尊者的体内。因此，这里建议每一个人都要用适当的物品举行祭祀，以满足至尊者。举行祭祀通常是供奉纯酥油和五谷，但随着时间的推移，人类社会用神的物质自然提供的原材料制造出各种各样的产品。因此，人必须学习不光通过供奉纯酥油举行祭祀，还要用其他制品去传扬至尊主的光荣，这么做将把人类社会带至完美的境界。智慧阶层人士——布茹阿玛纳(婆罗门)，可以向前辈灵性导师学习，然后去指导举行祭祀；管理人员——查锤亚(刹帝利)，可以为举行这种祭祀提供方便条件；生产货品的商人——外夏(吠舍)，可以在举行祭祀时供奉这些产品；而劳动阶层——庶铎(首陀罗)，则可以提供他们的劳动力，使祭祀得以顺利完成。这样，为了世上全体人类的幸福，靠人类各阶层的通力合作，就能举行经典推荐给这个年代的祭祀——集体齐唱至尊主圣名的祭祀。

第38节　इयानसावीश्वरविग्रहस्य
यः सन्निवेशः कथितो मया ते ।
सन्धार्यतेऽस्मिन वपुषि स्थविष्ठे
मनः स्वबुद्ध्या न यतोऽस्ति किञ्चित ॥३८॥

iyān asāv īśvara-vigrahasya
　yaḥ sanniveśaḥ kathito mayā te
sandhāryate 'smin vapuṣi sthaviṣṭhe
　manaḥ sva-buddhyā na yato 'sti kiñcit

iyān—所有这些 / asau—那 / īśvara—至尊主 / vigrahasya—形象的 / yaḥ—不论什么 / sanniveśaḥ—按他们的位置 / kathitaḥ—解释 / mayā—由我 / te—向你 / sandhāryate—人应该集中精神 / asmin—在这 / vapuṣi—崇高的形象 / sthaviṣṭhe—粗糙的 / manaḥ—心念 / sva-buddhyā—以自己的智慧 / na—不 / yataḥ—超越祂 / asti—有 / kiñcit—任何其他的事

译文　至此，我给你解释了人格首神那由粗糙物质构成的巨大的宇宙形象。真想解脱的人全神贯注于至尊主的这个形象，因为在物质世界里除了这个形象外别无他物。

要旨　在《博伽梵歌》第9章的第10节诗中，至尊人格首神已经明确地解释说：物质自然只不过是执行祂命令的代理而已。她是至尊主各种不同能量中的一种，只是在祂的命令下行事。至高无上、超然的至尊主，光是瞥视了一眼物质自然，就刺激物质开始活动，使物质通过六种逐渐变化的结果一个接一个地展示出来。所有的物质创造都是这样进行的，在一定的时候显现，在一定的时候消失。

主奎师那凭祂不可思议的能力像人一样显现(《博伽梵歌》9.11)，智力欠佳的人因为知识贫乏而不接受这一事实。祂像我们中的一分子那样在物质世界里显现，其实是对堕落了的灵魂没有缘故的仁慈。祂超越一切物质概念，但出于对纯粹奉献者的无限仁慈，降临物质世界，展示自己是人格首神。物质主义哲学家和科学家过分地把注意力集中在原子能和巨大的宇宙形象上，更认真地向物质展示的外在现象特征致以敬意，但却很少尊敬灵性存在的本体。他们靠这种物质活动无法了解至尊主的超然形象，至尊主既处在局部同时又无所不在这一点令他们难以想象，因为他们总是按自己的经验去想一切。他们不能接受至尊主的人格特征，至尊主便极为仁慈地展现祂超然形象的宇宙(virāṭ)特征。在此，圣舒卡戴瓦·哥斯瓦米生动地描述了这个形象；他总结说：在至尊主的这个巨大的形象之外别无他物。没有任何一个物质主义思想家能想象超出这个巨大形象的概念。物质主义者的心念变化不定，一直不断地从一个方面转向另一个方面。因此，经典建议他们，用想至尊主巨大身躯的任何一个部位的方式去思念祂；而且，只有人体所具有的智力允许受制约的灵魂以物质世界的任何一个展示去想祂，这些展示包括森林、山丘、海洋、人、动物、半神人、飞禽、走兽或其他事物。物质展示中的每一样事物都是至尊主巨大形体的一部分，因此变化不定的心念只能集中在至尊主身上，而没有别的。这个把注意力集中在至尊主身体不同部位上的过程，会逐渐减少无神论思想的邪恶挑战，使人逐渐培养、发展出为至尊主做奉爱服务的心态。每一样事物都是完整的整体中不可缺少的一部分，初习者将逐渐觉悟到《至尊奥义书》(Īśopaniṣad)中说明至尊主无所不在的赞歌，从而学习到不冒犯至尊主身体的艺术。这种对神的意识，将削减人要挑战神的存在的那份骄傲。这样，人就能够学习对一切表示尊敬了，因为万事万物都是至尊身体不可缺少的一部分。

第39节

स सर्वधीवृत्त्यनुभूतसर्व
आत्मा यथा स्वप्नजनेक्षितैकः ।
तं सत्यमानन्दनिधिं भजेत
नान्यत्र सज्जेद्यत आत्मपातः ॥३९॥

sa sarva-dhī-vṛtty-anubhūta-sarva
ātmā yathā svapna-janekṣitaikaḥ
taṁ satyam ānanda-nidhiṁ bhajeta
nānyatra sajjed yata ātma-pātaḥ

saḥ—祂(至尊的人) / sarva-dhī-vṛtti—以各种智慧去觉悟的程序 / anubhūta—知悉 / sarve—每一个人 / ātmā—超灵 / yathā—正如 / svapna-jana—做梦的人 / īkṣita—被看到 / ekaḥ—同一个 / tam—向祂 / satyam—至尊真理 / ānanda-nidhim—喜乐之洋 / bhajeta—人要崇拜 / na—永不 / anyatra—任何其他事 / sajjet—会执著 / yataḥ—通过 / ātma-pātaḥ—自我堕落

译文 人应该全神贯注于至尊人格首神，祂独自以如此众多的形式展示祂自己，正如普通人在梦里编织出成千上万的情景。人必须全神贯注于祂——唯一充满喜悦的绝对真理。否则，人就会被误导，使自己堕落。

要旨 在这节诗中，伟大的哥斯瓦米——圣舒卡戴瓦，为我们指出了奉爱服务的方法。他强调，与其分散注意力去关注几个觉悟自我的分支程序，不如全神贯注于至尊人格首神，视祂为至高无上的觉悟对象、崇拜对象和热爱的对象。觉悟自我一直是为了永恒的生命而抵抗物质生存挣扎的一场争战，因此外在能量幻影式的恩典，使瑜伽师(yogī)或奉献者面对很多诱惑，而这些诱惑可以把一个伟大的战士重新束缚在物质存在中。瑜伽师可以获得奇异的物质成就，例如，梵文术语称为阿尼玛(aṇimā)和拉给玛(laghimā)的神通，靠这种神通人可以变得比最小的还小、最轻的还轻；或者，人可以获得以财富和女人为代表的一般的物质利益。但是，经典警告人们要抗拒这些诱惑，因为再次被捆绑在这种虚幻的快乐中，意味着自我的堕落和延长在物质世界里被囚禁的期限。接受这种警告的人，应该始终保持警惕性。

至尊主占有一位，但祂的扩展多种多样。祂是一切的超灵。人无论看到什么都必须知道：他的看是次要的，而至尊主的看是首要的。在至尊主还没先看过那事物之前，人什么都看不见。这就是韦达经(Vedas)和众多奥义书(Upaniṣads)的教导。所以，无论我们看什么或做什么，我们要记住：至尊主是一切活动的超灵。正因为如此，圣主柴坦亚·玛哈帕布提出“个体灵魂与超灵即是一体同时又有区别”(acintya-bhedābheda-tattva)的哲学理论。至尊主巨大的宇宙形体(virāṭ-rūpa)包含着物质展示的一切，因此祂的这个形象是一切有生命个体和无生命个体的超灵。然而，这个宇宙形象是纳茹阿亚纳或维施努的展示，我们只要继续追寻上去，最终就会看到：主奎师那是一切存在的终极超灵。结论是：人应该毫不犹豫地开始崇拜主奎师那或祂的完整扩展纳茹阿亚纳，而不崇拜他人。韦达赞歌中清楚地说：是纳茹阿亚纳先瞥视了一眼物质，然后才有了创造。在创造之前，既没有布茹阿玛也没有希瓦，更不用说其他人了。纳茹阿亚纳超出物质创造，所有其他的人物则都在物质创造之中：圣恩商卡尔查尔亚(Śaṇkarācārya)明确地接受了这一点。因此，整个物质创造与纳茹阿亚纳既是一体又不一样，而这正好支持了圣主柴坦亚·玛哈帕布的“个体灵魂与超灵即是一体同时又有区别”的哲学。整个物质创造作为纳茹阿亚纳瞥视力量的产物，与纳茹阿亚纳本人没有区别；但由于它是纳茹阿亚纳外在能量(bahiraṅgā māyā)作用的结果，远离纳茹阿亚纳的内在能量(ātma-māyā)，所以同时又有别于纳茹阿亚纳。这节诗中所举的例子非常生动，那就是：做梦的人会在梦境中编出许多事物，使他自己成为纠缠其中的见者，受到梦境中种种结果的影响。这个物质创造就像至尊主创造的梦境一样，但祂作为超然的超灵，既不会纠缠其中，也不受其影响。祂永远处在祂超然的状态中；祂实质上是一切，没有事物离开祂而存在。作为祂的一部分，人应该只是全神贯注于祂，从不分心，否则肯定会被物质创造的各种力量逐一击败。《博伽梵歌》第9章的第7节诗证实如下：

sarva-bhūtāni kaunteya
prakṛtiṁ yānti māmikām

kalpa-kṣaye punas tāni
kalpādau visṛjāmy aham

“琨缇的儿子啊！在一个周期之末，所有的物质展示都进入我的自然；在另一个周期开始时，我用自己的能量重新创造它们。”

然而，人体生命给予我们一个机会，可以摆脱这个创造和毁灭的重复圈。借这个人体生命，我们可以逃脱至尊主外在能量的钳制，进入祂的内在能量。

到此为止，结束了巴克提韦丹塔对《圣典博伽瓦谭》第2篇第1章——“认识神的第一步”所作的阐释。

第二章

心中的至尊主

第1节

श्रीशुक उवाच
एवं पुरा धारणयात्मयोनि-
नर्ष्टां स्मृतिं प्रत्यवरुध्य तुष्टात ।
तथा ससर्जेदममोघदृष्टि-
र्यथाप्ययात्प्राग्व्यवसायबुद्धिः ॥१॥

śrī-śuka uvāca
evaṁ purā dhāraṇayātma-yonir
naṣṭāṁ smṛtiṁ pratyavarudhya tuṣṭāt
tathā sasarjedam amogha-dṛṣṭir
yathāpyayāt prāg vyavasāya-buddhiḥ

śrī-śukaḥ uvāca—圣舒卡戴瓦·哥斯瓦米说 / evam—就以同样的方式 / purā—在宇宙展示前 / dhāraṇayā—借着这样一个概念 / ātma-yoniḥ—布茹阿玛的 / naṣṭām—失去了的 / smṛtim—记忆 / pratya-varudhya—凭借意识的恢复 / tuṣṭāt—由于满足了至尊主 / tathā—此后 / sasarja—创造 / idam—这个物质世界 / amogha-dṛṣṭiḥ—获得了看清事物的能力的人 / yathā—正如 / apyayāt—创造 / prāk—如以前 / vyavasāya—明确的 / buddhiḥ—智力

译文 圣舒卡戴瓦·哥斯瓦米说：在宇宙展示前，主布茹阿玛靠冥想至尊主巨大的宇宙形象(维茹阿特·茹帕)满足了至尊主，恢复了他曾失去的意识。这样他才有能力重建宇宙，把它恢复成先前的模样。

要旨 这里举了圣布茹阿玛(Brahmā)遗忘事情的例子。布茹阿玛是至尊主的物质世界属性化身中的一位。作为物质自然激情属性的化身，他被至尊主赋予了使美丽的物质世界得以展示的力量。但他因为是芸芸众生中的一分子，所以自然有遗忘自己的创造力的倾向。上自布茹阿玛，下至最微不足道的蚂蚁，所有的生物体都有这种遗忘的倾向，但冥想至尊主的宇宙形象(virāṭ-rūpa)可以使人抵制这种倾向。人体生命为生物提供了抵制这种倾向的机会；人如果按《圣典博伽瓦谭》(Śrīmad-Bhāgavatam)的教导开始冥想至尊主的宇宙形象，就会立刻恢复他的纯粹意识，抵制并去除他遗忘与至尊主的永恒关系的倾向。人一旦去除了遗忘的倾向，就会随即产生这节诗和《博伽梵歌》第2章的第41节诗中所提及的那种坚定的智力(vyavasāya-buddhi)。那坚定的智力会引领生物为至尊主做爱心服务，而生物需要做这种服务。神的王国无限广阔，因此至尊主的助手也数不胜数。《博伽梵歌》第13章的第14节诗中声明，至尊主在祂创造的每一个角落里都有祂的手、腿、眼睛和嘴巴。这意思是：被称为吉瓦(jīva)的个体生物，作为至尊主不可缺少的一部分，都是祂的助手，其存在目的就是要为祂做某种特定的服务。然而，受制约的灵魂，即使是处在布茹阿玛的位置上，也毫不例外地受假我的产物——错觉能量(物质能量)的影响而遗忘这一点。我们可以靠唤醒对神的爱来消除这种假我。解脱意味着像布茹阿玛那样，摆脱遗忘的沉睡状态，转而处在为至尊主做真正的爱心服务的状态中。布茹阿玛所做的服务是在解脱状态中做服务范例，完全有别于充满错误和遗忘的各种所谓的利他活动。解脱永远不是不活动，而是在不犯他人会犯的错误的情况下做服务。

第2节

शाब्दस्य हि ब्रह्मण एष पन्था
यन्नामभिर्ध्यायति धीरपार्थैः ।
परिभ्रमंस्तत्र न विन्दतेऽर्थान
मायामये वासनया शयानः ॥ २ ॥

śābdasya hi brahmaṇa eṣa panthā
yan nāmabhir dhyāyati dhīr apārthaiḥ
paribhramaṁs tatra na vindate 'rthān
māyāmaye vāsanayā śayānaḥ

śābdasya—韦达声音的 / hi—肯定地 / brahmaṇaḥ—韦达经的 / eṣaḥ—这些 / panthāḥ—方式 / yat—什么是 / nāmabhiḥ—以不同的名字 / dhyāyati—深思熟虑 / dhīḥ—智力 / apārthaiḥ—以毫无意义的想法 / paribhraman—徘徊 / tatra—那里 / na—永不 / vindate—享受 / arthān—真实的事 / māyā-maye—在虚假的事物中 / vāsanayā—借着各种不同的欲望 / śayānaḥ—就像在睡觉时做梦一样

译文　韦达知识所呈现的方式是如此的令人迷惑，以致把人的智力引向了天堂王国等毫无意义的事情上。受制约的灵魂徘徊在虚幻的天堂快乐的梦境中，但实际上并没有在那种地方品尝到实质性的快乐。

要旨　在物质世界里，受制约的灵魂始终都在为获得快乐而制定各种计划，甚至想到宇宙的最高处去寻找快乐。他虽然正在竭尽全力地剥削地球上的自然资源，但对已经得到的便利设施还不满足，还要到月亮或金星上去剥削那里的资源。但是，在《博伽梵歌》(Bhagavad-gītā)第8章的第16节诗中，至尊主警告过我们：这个宇宙中数不胜数的星球，以及其他宇宙中的那些星球，都是没有价值的。物质世界里有无数的宇宙，而每一个宇宙中又有无数的星球，但没有一个星球能免于生老病死这些物质存在的首要痛苦。至尊主说，就连名为布茹阿玛珞卡(Brahmaloka)或萨提亚珞卡(Satyaloka)的最高等星球上都存在着上述的物质痛苦，因此并不是居住的乐土，更不要说天堂等其他星球了。受制约的灵魂受严格的业报法律的控制，所以就像没有智慧的儿童玩旋转木马一样，有时升上布茹阿玛珞卡，然后又下降到帕塔拉珞卡(Pātālaloka)。真正的快乐在神的王国中，那里没有物质存在的痛苦。因此，韦达知识中给生物介绍的功利性活动是误导人的。人想要在这个国家或那个国家，这个星球或别的星球寻求更好的生活方式，但物质世界里没有一个地方能满足他真正的生活愿望——过充满智慧和极乐的永恒生活。圣舒卡戴瓦·哥斯瓦米间接地指出：在生命的最后阶段，帕瑞克西特王(Mahārāja Parīkṣit)不应该想着要把自己转到所谓的天堂星球上去，而应该做好重返家园、回归首神的准备。没有一个物质的星球和星球上的生活设施是永恒持久的，因此人必须拒绝享受这种短暂的快乐才行。

第3节

अतः कविर्नामसु यावदर्थः
स्यादप्रमत्तो व्यवसायबुद्धिः ।
सिद्धेऽन्यथार्थे न यतेत तत्र
परिश्रमं तत्र समीक्षमाणः ॥ ३ ॥

ataḥ kavir nāmasu yāvad arthaḥ
syād apramatto vyavasāya-buddhiḥ
siddhe 'nyathārthe na yateta tatra
pariśramaṁ tatra samīkṣamāṇaḥ

ataḥ—为了这个原因 / kaviḥ—得到启蒙的人 / nāmasu—名字罢了 / yāvat—最低限度的 / arthaḥ—所需 / syāt—必定要 / apramattaḥ—不疯狂追求 / vyavasāya-buddhiḥ—稳固的智慧 / siddhe—为了成功 / anyathā—别的方式 / arthe—为……的利益 / na—永不应该 / yateta—努力 / tatra—那里 / pariśramam—辛苦工作 / tatra—那里 / samīkṣamāṇaḥ—看问题实际的人

译文 正因为如此，在一切只不过是名称的世界里生活时，有知识的人应该只为维生的基本需要而努力。他应该有稳固的智慧，永远不为不必要的事情而努力，要有能力体察到：所有这些努力都是徒劳无功的。

要旨　《圣典博伽瓦谭》的教导——巴嘎瓦塔·达尔玛(bhāgavata-dharma)，与被奉献者认为不过是浪费时间的功利性活动截然不同。整个宇宙存在，或者说一切物质(jagat)存在的目的是：尽管每一个人都看到，这个物质存在既不舒适也不安全，而且无论情况如何发展都永远不会变得舒适或安全，但每一个人所制定的计划还是要使自己的处境更舒适或更安全。被物质文明“进步”的幻象迷惑而追求变幻莫测的虚幻事物的人，无疑是疯子。整个物质创造只不过是名称游戏而已；事实上，它仅仅是由土、水、火等物质元素组合成的令人迷惑的产物。建筑物、家具、汽车、住房、制造厂、工厂、工业、和平、战争甚或物质科技的最完美境界——原子能和电子，等等，都不过是各种物质元素加上三种物质自然属性相互作用所产生的令人困惑的名称罢了。至尊主的奉献者十分清楚地了解这一切，因此没兴趣为了一个一点儿都不真实、不比海浪发出的嘈杂声更有意义的名称世界而去制造不必要的东西。伟大的君王、领袖和战士们，为了使自己永垂青史而拔刀相向。但经过一段时间后，他们就被遗忘了，历史又翻开了新的一页。然而，奉献者知道：所谓的历史和历史人物，只不过是转瞬即逝的时间所制造的废品。功利性活动者渴望在钱财、女人和世俗名望等方面鸿运当头，但清楚地了解完美的真实之人，却对那种不实在的事物根本没兴趣。对他们来说，追求那些只不过是在浪费时间。由于人生的每一秒钟时间都是重要的，进步的文明人便应该十分谨慎地善加利用。一寸光阴一寸金，寸金难买寸光阴，人就算花费千百万块金币，也换不回在物质世界里为获得快乐而徒劳地制定计划所消耗的人生一秒钟。因此，这节诗里警告那些想摆脱玛亚(māyā，错觉活动)钳制的超然主义者，不要被功利性活动者的表象所迷惑。

人生永远不是为了感官享乐，而是为了觉悟自我。《圣典博伽瓦谭》从头到尾都只就这个主体教导我们。以觉悟自我这个最高完美境界为目标的文化，从不沉迷于制造不必要的东西。这种完美的文明训练人只接受生命中最起码的必需品，或者遵循“最佳利用不划算的交易”之原则。我们的物质躯体和与这躯体有关的生命是一笔不划算的交易，因为生物实际上是灵性的，而生物的灵性进步是绝对必要的。人生是为了觉悟这重要的事实，而人应该按这个目的行事，只接受维生所需要的基本事物，更多地依赖神的恩赐，不把人生的精力浪费在疯狂地追求物质享乐等其他事情上。物质文明进步被称为“恶魔的文明”，其最终的结果是战争和资源匮乏。这节诗里特别提醒超然主义者，一定要坚定；这样，即使在遵循“简朴的生活，崇高的思想”这一原则时遇到困难，他坚定的决心也不会有一丝一毫的动摇。对超然主义者来说，与世上的感官享乐者密切交往无疑是在自杀，因为这样做无益于他获得生命的最高利益。舒卡戴瓦·哥斯瓦米是在帕瑞克西特王感到有必要见他时才去见帕瑞克西特王的。超然主义者的责任是帮助那些真正想解脱的人并宣扬解脱的重要性。值得注意的是：舒卡戴瓦·哥斯瓦米在帕瑞克西特王作为伟大的君王统治世界时并没有去看过他。下一节诗将解释超然主义者的活动模式。

第4节

सत्यां क्षितौ किं कशिपोः प्रयासै-
र्बाहौ स्वसिद्धे ह्युपबर्हणैः किम ।
सत्यञ्जलौ किं पुरुधान्नपात्र्या
दिग्वल्कलादौ सति किं दुकूलैः ॥ ४ ॥

satyāṁ kṣitau kiṁ kaśipoḥ prayāsair
bāhau svasiddhe hy upabarhaṇaiḥ kim
saty añjalau kiṁ purudhānna-pātryā
dig-valkalādau sati kiṁ dukūlaiḥ

satyām—因为拥有 / kṣitau—平地 / kim—那里有……的需要 / kaśipoḥ—床 / prayāsaiḥ—竭力求取 / bāhau—手臂 / sva-siddhe—自足 / hi—肯定地 / upabarhaṇaiḥ—卧床和床架 / kim—有什么用 / sati—因为有 / añjalau—手掌 / kim—有什么用 / purudhā—各种各样的 / anna—可以吃的东西 / pātryā—用器皿 / dik—空间 / valkala-ādau—树皮 / sati—因为存在 / kim—有什么用 / dukūlaiḥ—衣服

译文　当有足够的平地可以躺下时，还需要床铺做什么？当人可以用自己的手臂时，还需要枕头做什么？当人可以用自己的手掌时，还需要各种器皿做什么？当有足够遮体的东西或树皮时，还需要衣服做什么？

要旨　我们一定不要无谓地增加保护身体和使其感到舒服的生活基本需求。徒劳地追求这种虚幻的快乐是在浪费人的精力。人如果能躺在地板上，为什么还要设法弄个床架和软垫躺在上面？休息时如果头枕大自然赋予的柔软双臂，就没必要去找枕头。我们如果研究一下动物的生活状况，就会发现：它们没有盖高楼大厦、制做家具和其他家用物品的才智，但却靠躺在空地上维持健康的生活；它们不懂得烹饪或调配食品，但却比人类更轻松地过着健康的生活。这并不是说人类文明要回到动物的生活方式，或者说人类要赤身露体地在森林里生活，没有文化、教养以及道德感。有才智的人不可能过动物般的生活；反之，人应该将其才智用于艺术、科学、诗歌和哲学方面，以使人类文明不断向前迈进。在这节诗里，圣舒卡戴瓦·哥斯瓦米所提出的概念是：人的精神层次比动物的精神层次高很多，因此应该用保存下来的精力觉悟自我。

人类文明的进步必须是以“重建我们失去了的与神的关系”为目标，这在其他的生命形式中是做不到的。我们必须认识到，物质现象只不过是瞬息万变的幻景，因此没有实际的用处，我们必须努力解决人生的各种不幸。因拥有适合感官享乐的上过光的动物文明而洋洋自得是一种错觉，这样的“文明”名不副实。在追求这些虚假事物的活动中，人便受制于玛亚(错觉)的钳制。昔日伟大的圣哲贤人并没有居住在装备了上好家具的琼楼玉宇中，过所谓舒适的生活。他们习惯住在茅草屋中、小树林里，坐在平地上，但却给我们留下完美无瑕、博大精深的高级知识宝藏。圣茹帕·哥斯瓦米(Rūpa Gosvāmī)和萨纳坦·哥斯瓦米(Sanātana Gosvāmī)都曾经担任政府的高级行政长官，但却能在每晚睡在一棵树下的情况下为我们留下许多有关超然知识的优秀著作。他们甚至不在同一棵树下住两个晚上，更何谈住进装备着现代化生活享受设施的房间里呢？然而，他们却能给予我们有关觉悟自我的最重要文献。所谓的舒适生活对人类文明进步不但没有真正的帮助，反而有害。在四社会阶层和四灵性阶段(sanātana-dharma)这一提高觉悟的体系中，有充分的机会和足够的指引使人过进步的生活并最终得到快乐。那体系奉劝诚恳的追随者，为达到人生的最高目标而自愿过弃绝的生活。人如果一开始不习惯一直过弃绝和克己的生活，就应该像舒卡戴瓦·哥斯瓦米推荐的那样，在生命的稍后阶段努力使自己习惯这种生活，而那将会帮助人取得最大的成功。

第5节

चीराणि किं पथि न सन्ति दिशन्ति भिक्षां
नैवाङ्घ्रिपाः परभृतः सरितोऽप्यशुष्यन ।
रुद्धा गुहाः किमजितोऽवति नोपसन्नान,
कस्माद्भजन्ति कवयो धनदुर्मदान्धान ॥५॥

cīrāṇi kiṁ pathi na santi diśanti bhikṣāṁ
naivāṅghripāḥ para-bhṛtaḥ sarito 'py aśuṣyan
ruddhā guhāḥ kim ajito 'vati nopasannān
kasmād bhajanti kavayo dhana-durmadāndhān

cīrāṇi—破衣服 / kim—是否 / pathi—在路上 / na—不 / santi—有 / diśanti—施舍 / bhikṣām—救济品 / na—不 / eva—还有 / aṅghripāḥ—树木 / para-bhṛtaḥ—赡养别人的人 / saritaḥ—河流 / api—也 / aśuṣyan—干涸了 / ruddhāḥ—封闭了 / guhāḥ—山洞 / kim—是否 / ajitaḥ—全能的至尊主 / avati—给予保护 / na—不 / pasannān—皈依了的灵魂 / kasmāt—为什么 / bhajanti—奉承 / kavayaḥ—有学识的人 / dhana—财富 / durmada-andhān—得意忘形

译文 路上捡不到破旧的衣服吗？为供养他人而存在的树木不再布施了吗？难道河流干枯，不再为口渴的人提供水了吗？难道山洞现在关闭了？或者，最重要的，难道全能的至尊主不再保护全身心投靠祂的灵魂了吗？那么，博学的圣人们为什么要去奉承那些辛苦赚来钱财后便得意忘形的人呢？

要旨 弃绝阶层的生活从不意味着乞讨或像寄生虫一样靠别人养活。按照字典的解释：寄生虫是靠社会养活而没有对社会作出任何贡献的献媚者。进入弃绝阶层是为了要对社会作出某些实质性的贡献，而不依赖居士的收入。相反，真正的出家人从居士那里接受捐献，是圣人为捐赠人的实际利益考虑而给予他们的机会。在永恒的宗教(sanātana-dharma)制度中，给出家人捐赠是居士责任的一部分。经典中告诉居士们：应该像对自家的孩子那样对待出家人，不等他们开口请求就给他们提供衣服和食物等。因此，伪装出家人的人不该利用忠诚的居士们的慈悲心，占他们的便宜。弃绝阶层的人的首要责任，是为人类的利益撰写一些著作，以便把人们引向觉悟自我的路途。在圣萨纳坦·哥斯瓦米、圣茹帕·哥斯瓦米和温达文(Vṛndāvana)的其他哥斯瓦米等弃绝阶层人士所履行的各项职责中，最重要的一项是在温达文的一个叫塞瓦琨佳(Sevākuñja)的地方聚会，进行学术研讨。那个地方是圣吉瓦·哥斯瓦米兴建圣茹阿妲·达摩达尔庙的地方，也是圣茹帕·哥斯瓦米和圣吉瓦·哥斯瓦米的真正墓地之所在。为了整个人类社会的利益，这些哥斯瓦米们给我们留下了大量有关灵修非常重要的优秀文献。同样，所有自愿进入人生弃绝阶层的灵性导师们(ācārya)，其目的都是为了造福人类社会，而不是靠别人供养，过安逸舒适或不负责任的生活。

那些不能为人类社会作出积极贡献的人，不应该到居士家向他们要饭，因为这种向居士化缘的托钵僧，对灵性的最高阶层来说是一种耻辱。舒卡戴瓦·哥斯瓦米针对那些为解决自己的经济问题而把当托钵僧作为一种职业的人提出特别警告。这种托钵僧在喀历(Kali)年代里很多。人一旦自愿或因环境所迫当了托钵僧，就必须坚定不移地相信：既然至尊主是宇宙中所有生物体的供养者，那么，祂为什么要忽视供养一个百分之百投靠、服从祂，正在全心全意地为祂做服务的灵魂呢？一个普通的主人都会照顾他仆人的所需，更不要说全能和绝对富有的至尊主会怎样关照完全皈依祂的灵魂的生活需要了！一般的规则是：奉献者出家人在不要求任何人给予布施的情况下，捡一小块别人丢弃在街上的废布来遮体；肚子饿的时候到慷慨的树下捡起掉在地上的果实吃，口渴的时候从流淌的河中捧水喝。他不需要住在舒适的房子里，他因为相信居住在每个生物体心中的神而不惧怕丛林中的野兽，所以在山上找个洞穴栖身。至尊主可以直接命令老虎和其他丛林野兽不去打扰祂的奉献者。圣主柴坦亚(Caitanya)的一位伟大的奉献者哈尔依达斯·塔库尔(Haridāsa Ṭhākura)，就曾住过这样一个山洞。那时，刚巧有一条巨大的毒蛇也住在那洞里，有些仰慕哈尔依达斯·塔库尔并每天去拜访他的人害怕那条蛇，于是便建议他离开那洞穴。哈尔依达斯·塔库尔考虑到他的奉献者害怕那条蛇，但又要定期来山洞看他，便答应了他们的请求。可一旦事情这样决定下来，那条蛇竟当着在场所有人的面爬出它藏身的小洞，永远离开了山洞。以超灵的身份住在那条蛇心中的至尊主命令那条蛇，那条蛇便善待哈尔依达斯·塔库尔，决定离开那山洞不再打扰他。这就是至尊主如何保护像哈尔依达斯·塔库尔那样的真正奉献者的实例。

按照生物的永恒宗教制度(sanātana-dharma)的规定，人一开始就要接受训练——在所有的情况下都完全依赖至尊主的保护。那些完成了训练、完全净化了自己的人，便被推荐进入弃绝之途。《博伽梵歌》第16章的第5节诗把人生的这个阶段描述为是灵性的资产(daivisampat)。人需要积累灵性的资产，否则另一种选择——物质的资产(āsurī sampat)，就会很快征服他，使他被迫受物质世界各种痛苦的折磨。萨尼亚希(sannyāsī，出家人)应该在没人陪伴的情况下独处，而且必须无所畏惧。他应该从不怕独自生活，尽管他永远不是孤独的。至尊主处在每个生物体的心中，人除非通过规定的程序净化自己，否则就会感到孤独。在弃绝阶层中的人必须按规定的程序净化自己；这样，他就会处处感到至尊主的存在，变得无所畏惧(例如没有同伴)。每一个人，只要他通过履行人生每一个阶段的规定职责净化了自己，他就能成为诚实、无所畏惧的人。人可以靠认真地聆听韦达教导并为至尊主做奉爱服务消化吸收韦达知识的精华，来帮助自己稳定地履行自己的规定职责。

第6节

एवं स्वचित्ते स्वत एव सिद्ध
आत्मा प्रियोऽर्थो भगवाननन्तः ।
तं निर्वृतो नियतार्थो भजेत
संसारहेतूपरमश्च यत्र ॥ ६ ॥

evaṁ sva-citte svata eva siddha
ātmā priyo 'rtho bhagavān anantaḥ
taṁ nirvṛto niyatārtho bhajeta
saṁsāra-hetūparamaś ca yatra

evam—如此 / sva-citte—在自己的心中 / svataḥ—由于祂的全

能 / eva—肯定地 / siddhaḥ—完全代表了 / ātmā—超灵 / priyaḥ—很亲切 / arthaḥ—实质 / bhagavān—至尊人格首神 / anantaḥ—永恒的无限 / tam—向祂 / nirvṛtaḥ—因为不依恋这个世界 / niyata—永恒的 / arthaḥ—至高的利益 / bhajeta—人必须崇拜 / saṁsāra-hetu—受制约的生存的原因 / uparamaḥ—终止 / ca—肯定地 / yatra—在那里

译文 这样坚定后，人必须为凭借无限的力量处在每一个生物体心中的超灵服务。祂永恒、不受限制，是全能的人格首神，因此是人生的最高目标；靠崇拜祂，人可以终止受制约的生存。

要旨 正如《博伽梵歌》第18章的第61节诗所确认的：至尊人格首神圣主奎师那是无所不在的超灵。祂是实体而不是错觉，因此瑜伽师只崇拜祂。每一个生物体都在为某种事物服务。生物的原本状态就是做服务，但在错觉能量玛亚作用下的受制约的生存状态中，受制约的灵魂却在忙着为幻象服务。他为他短暂的躯体及妻子儿女等与躯体有关联的人服务；为得到维护躯体所需要的用品，以及房子、土地、财产、社会和国家等与躯体有关的事物而工作。可是，他不知道，他所做的这些服务，完全是不实在的。我们以前谈过很多次，这个物质世界本身就是幻象，像沙漠里的海市蜃楼一样。沙漠里有类似水的幻象，而愚蠢的动物受这种幻象的诱惑，便在沙漠里追寻那水的幻象，尽管那幻象中根本没有水。但是，人不会因为沙漠里没有水，就下结论说世上根本没有水。有智慧的人清楚地知道：水肯定是存在的，海洋里就有水，只是这种大水体离沙漠很遥远；因此，人应该到海洋附近去找水，而不是到沙漠里去找。我们每一个人都在寻求包含永恒生命、无限知识和无止境喜悦在内的生命的真正快乐。但愚蠢的人不知道真实存在的实体，却在幻象中寻求生命的真实。这个物质躯体不会长生不死，妻子、儿女、社会、国家等与这个短暂的躯体有关的一切，都会随着躯体的改变而改变。这就称为生老病死的轮回(saṁsāra)。我们都想解决所有这些问题，但却不知道方法。这节诗中建议：想要结束不断重复生老病死的痛苦生活的人，必须崇拜至尊主，没有其他的方法。这也是《博伽梵歌》第18章的第65节诗最终所给的建议。我们如果坚决要去除受制约的生命状况的根源，就必须采取崇拜圣主奎师那这一方法。出于对众生自然的爱，至尊主处在每一个生物体的心中，而生物其实是至尊主不可缺少的一部分(《博伽梵歌》18. 61)。

母亲怀里的婴孩自然依恋母亲，母亲也依恋孩子。可孩子一旦长大，受环境的影响便渐渐不再依恋母亲了。尽管母亲总期望长大的孩子能为她做一些事情，但即使孩子忘恩负义，母亲对他的爱却还是不变。同样道理，由于我们都是至尊主不可缺少的一部分，至尊主始终都深爱着我们，总是想方设法让我们重返家园、回到祂身边。但我们这些受制约的灵魂根本不在乎祂，反去追求虚幻的躯体关系。至尊主是最高的真实，因此我们必须摆脱世上一切不实在的联系，追求与至尊主的团聚，努力为祂做服务。事实上，我们渴求祂就像孩子寻找母亲一样。我们其实不需要到其他地方去找至尊人格首神，因为祂就在我们心中。这么说并不是建议我们不要去神庙、教堂和清真寺等崇拜神的地方去。至尊主无所不在，所以这些崇拜神的圣地也是至尊主的所在地。对普通人来说，这些神圣的地方是学习有关神的科学的中心。庙宇没有活动时，大众就会对这些地方失去兴趣，逐渐变得不信神，而无神论的文化就是这样培养出来的。这种地狱般的文化，使人的生活越来越物质化，越来越违反自然，生存对每一个人来说都变得越来越难以忍受了。无神论文化中的愚蠢领袖们，以物质至上的心态努力制定各种计划，想给这不信神的世界带来和平与繁荣。但由于他们的努力只不过是错觉指导下的行动，所以尽管人们一个接一个地选举出盲目而又无能的领袖，但那些人就是解决不了问题。如果我们想从根本上结束无神论文化这一反常事物的话，就必须遵循《圣典博伽瓦谭》一类启示经典的原则，按照圣舒卡戴瓦·哥斯瓦米等不受物质利益吸引的人的教导去做。

第7节 कस्तां त्वनादृत्य परानुचिन्ता-
मृते पशूनसतीं नाम कुर्यात ।
पश्यञ्जनं पतितं वैतरण्यां
स्वकर्मजान परितापाञ्जुषाणम ॥७॥

kas tāṁ tv anādṛtya parānucintām
ṛte paśūn asatīṁ nāma kuryāt
paśyañ janaṁ patitaṁ vaitaraṇyāṁ
sva-karmajān paritāpāñ juṣāṇam

kaḥ—还有谁 / tām—那 / tu—但是 / anādṛtya—由于忽视 / para-anucintām—超然的思想 / ṛte—没有 / paśūn—物质主义者 / asatīm—在不永恒中 / nāma—名字 / kuryāt—会采取 / paśyan—确实看到 / janam—人民大众 / patitam—堕落了 / vaitaraṇyām—在外塔茹阿尼河（受苦受难之河）中 / sva-karma-jān—由自己的活动所产生 / paritāpān—受苦 / juṣāṇam—因为受到……的控制

译文 眼看着众多的人因为自己的所作所为而坠入痛苦的河流，除了十足的物质主义者外，谁还会不在乎这种超然的想法而只在乎短暂的名称呢？

要旨 韦达经(Vedas)中说：谁在不理会至尊人格首神的情况下依恋半神人，谁就像即使被领到屠宰场也还要跟随牧人的动物。物质主义者们就像动物一样，因为忽视至尊人的超然思想而不知道自己被怎样误导了。没人可以保持思想空白。据说空闲的头脑是魔鬼的工厂，因为不能正确思考的人必定会想一些会给自己和他人带来灾难的事情。尽管《博伽梵歌》第7章的第20节诗中谴责崇拜半神人，但物质主义者们总是在崇拜一些比至尊人格首神低的半神人。人只要受物质收益的迷惑，就会请求不同的半神人给予他们某种利益，而那利益不过是些不持久的幻象。得到了知识的超然主义者，不受这些幻象的引诱，因此总是全神贯注地想着至尊者的布茹阿曼(Brahman，梵)、帕茹阿玛特玛(Paramātmā，超灵)和巴嘎万(Bhagavān，人格首神)这些不同层次的特征，处在超然的觉悟状态中。前一节诗建议人应该冥想比非人格布茹阿曼(梵)层次更高的超灵。

能正确看事物的智者，可以仔细地看一下在八百四十万种生命形式中游荡的生物的一般情况。经典中说，阎罗王(Yamarāja)负责以不同的方式惩罚罪人，在他所在的冥王星入口处有一条无止境的水流带，称为外塔茹阿尼(Vaitaraṇī)河。在受过不同惩罚的痛苦后，罪人就会因过去的所作所为被赐予某个特定的躯体。这些受到阎罗王惩罚的生物，存在于各种各样受制约的生命形式中，有些在天堂里，有些在地狱中；有些是布茹阿玛纳(brāhmaṇa，婆罗门)，有些是吝啬鬼。但在这个物质世界里，没有谁是快乐的。所有这些物质世界里的囚犯，无论属于甲等、乙等还是丙等，都因为自己所作所为而在受苦。至尊主平等对待在各种状况中受苦的生物，但对托庇于祂莲花足的那一位生物则给予适当的保护，并把这样的生物带回家，带回到祂那里。

第8节

केचित्स्वदेहान्तर्हृदयावकाशे
प्रादेशमात्रं पुरुषं वसन्तम् ।
चतुर्भुजं कञ्जरथाङ्गशङ्ख-
गदाधरं धारणया स्मरन्ति ॥ ८ ॥

kecit sva-dehāntar-hṛdayāvakāśe
prādeśa-mātraṁ puruṣaṁ vasantam

catur-bhujaṁ kañja-rathāṅga-śaṅkha-
gadā-dharaṁ dhāraṇayā smaranti

kecit—其他人 / sva-deha-antaḥ—在体内 / hṛdaya-avakāśe—在心脏部位 / prādeśa-mātram—只有八英寸的高度 / puruṣam—人格首神 / vasantam—居住在 / catuḥ-bhujam—以四只手 / kañja—莲花 / ratha-aṅga—飞轮 / śaṅkha—海螺 / gadā-dharam—手持一根大头棒 / dhāraṇayā—那样冥想 / smaranti—冥想着祂

译文 其他人冥想人格首神居住在人体的心脏部位，身长只有八英寸，四只手分别拿着莲花、飞轮、海螺和大头棒。

要旨 无所不在的至尊人格首神以超灵的形式居处在每一个生物体的心中。在局部区域扩展的至尊人格首神，高度约八英寸，将近是摊开手掌后无名指指尖到大拇指指尖的长度。这节诗描述至尊主的四臂形象有不同的标志——从在最低位置的右手开始向上再到最低位置的左手，四只手中按顺序分别持有莲花、飞轮、海螺、大头棒。至尊主的这个形象名叫佳纳尔丹(Janārdana)，意思是：控制众生的至尊主的完整扩展。至尊主还有许多其他形象，不同位置的手中持有莲花、海螺等标志。那些形象分别叫：菩茹首塔玛(Puruṣottama)、阿秋塔(Acyuta)、尼尔星哈(Narasiṁha)、特瑞维夸玛(Trivikrama)、慧希凯施(Hṛṣīkeśa)、凯沙瓦(Keśava)、玛达瓦(Mādhava)、阿尼如达(Aniruddha)、帕杜么纳(Pradyumna)、桑卡尔珊(Saṅkarṣaṇa)、施瑞达尔(Śrīdhara)、华苏戴瓦(Vāsudeva)、达摩达尔(Dāmodara)、佳纳尔丹、纳茹阿亚纳(Nārāyaṇa)、哈尔依(Hari)、帕德玛纳巴(Padmanābha)、瓦玛纳(Vāmana)、玛杜苏丹(Madhusūdana)、哥文达(Govinda)、奎师那、维施努穆尔提(Viṣṇumūrti)、阿窦克沙佳(Adhokṣaja)和乌彭铎(Upendra)。人格首神在局部区域扩展的这二十四个形象，在不同星系的不同星球上受到崇拜。在灵性天空(paravyoma)

中的每一个外琨塔(Vaikuṇṭha)星球上，都有至尊主的一位化身。至尊主有千百万个不同的形象，而每个形象在灵性天空中都有一个特定的星球，物质天空只不过是灵性天空的一块碎片而已。至尊主以主宰(puruṣa)——男性享乐者的身份存在，物质世界里根本没有任何男性形象可以和祂相比。但至尊主所有的形象实质上都没有分别(advaita)，而且每一个形象都永远年轻。正如下面的诗节所描述的，有着四只手臂的年轻的至尊主，打扮得非常俊美。

第9节　प्रसन्नवक्त्रं नलिनायतेक्षणं
कदम्बकिञ्जल्कपिशङ्गवाससम ।
लसन्महारत्नहिरण्मयाङ्गदं
स्फुरन्महारत्नकिरीटकुण्डलम ॥९॥

prasanna-vaktraṁ nalināyatekṣaṇaṁ
kadamba-kiñjalka-piśaṅga-vāsasam
lasan-mahā-ratna-hiraṇmayāṅgadaṁ
sphuran-mahā-ratna-kirīṭa-kuṇḍalam

prasanna—流露着快乐和幸福 / vaktram—嘴 / nalina-āyata—伸展开来像莲花瓣 / īkṣaṇam—眼睛 / kadamba—卡当芭花 / kiñjalka—番红花色 / piśaṅga—黄色 / vāsasam—衣服 / lasat—悬挂 / mahā-ratna—珍贵的珠宝 / hiraṇmaya—用金打造的 / aṅgadam—装饰 / sphurat—光亮的 / mahā-ratna—珍贵的珠宝 / kirīṭa—头巾 / kuṇḍalam—耳环

译文　祂的嘴表达了祂的快乐，眼睛仿佛舒展的莲花瓣；祂的衣服用贵重的珠宝装饰着，颜色像卡当芭花一样是淡黄色的。祂戴着闪亮的头巾，佩戴的首饰用纯金打造，还镶嵌着珠宝。

第10节 उन्निद्रहृत्पङ्कजकर्णिकालये
योगेश्वरास्थापितपादपल्लवम् ।
श्रीलक्षणं कौस्तुभरत्नकन्धर-
मम्लानलक्ष्म्या वनमालयाचितम् ॥१०॥

unnidra-hṛt-paṅkaja-karṇikālaye
yogeśvarāsthāpita-pāda-pallavam
śrī-lakṣaṇaṁ kaustubha-ratna-kandharam
amlāna-lakṣmyā vana-mālayācitam

unnidra—开花 / hṛt—心 / paṅkaja—莲花 / karṇikā-ālaye—在花心轮的表面 / yoga-īśvara—伟大的神秘主义者 / āsthāpita—放置 / pāda-pallavam—莲花足 / śrī—幸运女神或一头小牛犊 / lakṣaṇam—那样的标记 / kaustubha—考斯图巴宝石 / ratna—其他珠宝 / kandharam—在肩上 / amlāna—颇清新 / lakṣmyā—美丽 / vana-mālayā—以一串花环 / ācitam—覆盖

译文 祂的莲花足置于伟大的神秘主义者那莲花似的心轮上。祂胸前佩戴一块雕刻着美丽牛犊的考斯图巴宝石，肩膀上戴着其他宝石，身体由一串鲜花花环围绕着。

要旨 人格首神超然身体上的首饰、鲜花、衣服和所有其他的饰物，与至尊主的身体一样都不是物质成分构成的，否则根本没机会装饰祂的身体。因此，在灵性天空(paravyoma)中，灵性的万事万物有别于物质的万事万物。

第11节 विभूषितं मेखलयाङ्गुलीयकै-
र्महाधनैर्नूपुरकङ्कणादिभिः ।
स्निग्धामलाकुञ्चितनीलकुन्तलै-
र्विरोचमानाननहासपेशलम् ॥११॥

vibhūṣitaṁ mekhalayāṅgulīyakair
　mahā-dhanair nūpura-kaṅkaṇādibhiḥ
snigdhāmalākuñcita-nīla-kuntalair
　virocamānānana-hāsa-peśalam

vibhūṣitam—装饰得很美的 / mekhalayā—腰部有一串花环围绕 / aṅgulīyakaiḥ—以指环 / mahā-dhanaiḥ—全是贵重的 / nūpura—发出声响的脚环 / kaṅkaṇa-ādibhiḥ—也以手镯 / snigdha—有光泽的 / amala—没有瑕疵的 / ākuñcita—卷曲的 / nīla—带蓝色的 / kuntalaiḥ—头发 / virocamāna—十分悦目 / ānana—脸庞 / hāsa—微笑 / peśalam—美丽的

译文　一条美丽的腰带环绕，点缀着祂的腰部，祂的手指上戴着镶嵌着贵重宝石的戒指。祂的脚镯、手镯、美丽的笑脸，以及油光闪亮微呈蓝色的卷发，都令人十分喜爱。

要旨　至尊人格首神是所有生物中最美的人物。为了告诉非人格神主义者，人格首神并不是奉献者为了方便崇拜想象出来的人物，而是实实在在、有形有象的至尊人，圣舒卡戴瓦·哥斯瓦米逐一描述了祂超然美丽的每一个部分。绝对真理的非人格特征只不过是祂放射出的光芒，就像太阳放射出太阳光一样。

第12节　अदीनलीलाहसितेक्षणोल्लसद्-
　भ्रूभङ्गसंसूचितभूर्यनुग्रहम् ।
ईक्षेत चिन्तामयमेनमीश्वरं
　यावन्मनो धारणयावतिष्ठते ॥१२॥

adīna-līlā-hasitekṣaṇollasad-
　bhrū-bhaṅga-saṁsūcita-bhūry-anugraham

īkṣeta cintāmayam enam īśvaraṁ
yāvan mano dhāraṇayāvatiṣṭhate

adīna—高尚的 / līlā—娱乐活动 / hasita—微笑 / īkṣaṇa—通过目光 / ullasat—发亮 / bhrū-bhaṅga—眼眉的信号 / saṁsūcita—指示 / bhūri—广泛的 / anugraham—祝福 / īkṣeta—人必须专注于 / cintāmayam—超然的 / enam—这特殊的 / īśvaram—至尊主 / yāvat—只要 / manaḥ—心 / dhāraṇayā—以冥想 / avatiṣṭhate—能够坚定于

译文 至尊主高尚的娱乐活动，以及祂微笑的脸庞上那闪亮的目光，都是祂多方面给予祝福的象征。因此，人只要能通过冥想把注意力集中在至尊主身上，就必须全神贯注于至尊主的这一超然形象。

要旨 《博伽梵歌》第12章的第5节诗中说，冥想绝对真理的非人格特征，使非人格神主义者在灵性进步的路途上历尽困苦、举步维艰。但奉献者因为直接为至尊主本人服务，很轻易地就取得了灵性进步。因此，冥想至尊主的非人格特征，是非人格神主义者苦恼的根源。在此，奉献者比非人格神主义哲学家有优势。非人格神主义者怀疑至尊主有人格特征，因此总是冥想一些看不见的非实物性东西。有鉴于此，《博伽瓦谭》就有关如何以积极的方式把注意力集中于冥想至尊主的真实形象方面，给予我们翔实的说明。

这节诗里推荐的冥想方式是奉爱瑜伽(bhakti-yoga)——人在摆脱物质制约后做奉爱服务的方式。思辨瑜伽(jñāna-yoga)是摆脱物质制约的程序。正如这一章的前面所说明的，当人摆脱了物质存在的制约，摆脱了一切物质需求——处在尼维塔(nivṛtta)的状态时，他就变得有资格练奉爱瑜伽了。因此，奉爱瑜伽实际包括了思辨瑜伽；或者换句话说，按照纯粹的奉爱服务程序做，能同时达到练思辨瑜伽所要达到的目的；逐渐培养做纯粹的奉爱服务，自然就会达到摆脱物质制约的解脱目的。奉爱瑜伽的这些效果梵文称之为“消除要不得的东西(anartha-nivṛtti)”。不好的习惯会随着做奉爱服务(bhakti-yoga)所取得的进步而逐渐消失。在奉爱服务路途上迈出的第一步——冥想人格首神的莲花足，必然会通过“消除要不得的东西”来显出它的成效。把受制约的灵魂束缚在物质存在中的最要不得的东西就是性欲，这性欲在男性与女性的结合中逐渐膨胀。男女一旦结合，性欲便以累积房子、儿女、朋友、亲属和财富等形式进一步膨胀起来。当所有这些都得到后，受制约的灵魂便被这些捆绑所制服，假我——“我自己”和“我的”感觉就变得十分明显，而性欲更膨胀为去从事各种各样的政治、社会、利他、博爱和许多其他不需要的活动。这些事物就像海浪上的泡沫一样，一时显著，但转瞬间就像天空中的云一样很快消散了。受制约的灵魂就这样被性欲的这些产物所包围。练奉爱瑜伽使人逐渐去除以获得利益、被崇拜和想出名这三项标志为主体的性欲。所有受制约的灵魂都疯狂地追求这些由性欲所展示出的不同形式；人应该反省自己，究竟去除了多少这种基于性欲的物质渴求。正如人每吃一口食物都会感到饥饿感减少了一点；同样道理，他必然能看到自己摆脱性欲的程度。按照奉爱瑜伽的程序做，性欲及其展现出的种种形式便随之消退，因为由于至尊主的恩典，奉爱瑜伽会自然而然产生知识与弃绝的显著效果，即使奉献者从物质的角度看没有受过很好的教育也不例外。知识的意思是：了解事物的真相。如果得到知识的人经过深思熟虑，发现有些东西是根本不需要的，那他自然就会不再理睬那些不必要的东西。受制约的灵魂一旦通过培养知识发现“物质所需是要不得的东西”，就会不再留恋那些要不得的事物。知识的这个阶段称为“离弃要不得的东西(vairāgya)”。我们在前面讲过：超然主义者应该自给自足，不该为了满足基本的生活所需而向那些被金钱蒙蔽住双眼的有钱人乞讨。舒卡戴瓦·哥斯瓦米就解决吃、睡、住这些生活基本需求提出一些可供选择的建议，但并没有就如何满足性欲提出任何建议。仍然有性欲的人根本不该尝试进入生命的弃绝阶段。对还没有达到这个阶段的人，根本谈不上过弃绝阶层的生活。因此，在一位真正的灵性导师指引下逐渐按奉爱服务的程序做，并遵守《博伽瓦谭》设立的原则，人必然能在真正进入弃绝阶层前最起码控制住粗糙的性欲。

因此，净化意味着逐渐消除性欲，而通过按这节诗中描述的“从冥想人格首神的莲花足开始冥想祂”的方法做，就能达到这个目的。人不应该在没有看清自己到底去除了多少性欲的情况下，就不实际地向更高的阶段攀升。《圣典博伽瓦谭》第10篇是至尊主的笑脸，有许多傲慢自负的人立即就想去看第10篇，特别是其中描述至尊主与牧牛姑娘跳舞的娱乐活动(rāsa-līlā)的那五章。这无疑是错误的。物质的机会主义者这样错误地研读或聆听《博伽瓦谭》之后，便打着《博伽瓦谭》的名义放纵性生活，践踏《博伽瓦谭》的尊严。这种对《博伽瓦谭》的践踏由所谓的奉献者所为。人在试图表演朗诵《博伽瓦谭》之前，应该摆脱所有种类的性欲。圣维施瓦纳特·查夸瓦尔提·塔库尔(Viśvanātha Cakravartī Ṭhākura)明确地说明，净化意味着停止纵欲。他说：人靠净化智力后，不再沉醉于纵欲，就应该向前迈一步作进一步的冥想。换句话说，随着内心的逐渐净化，人应该进一步冥想至尊主超然身体的四肢(yathā yathā dhīś ca śudhyati viṣaya-lāmpaṭyaṁ tyajati，tathā tathā dhārayed iti citta- śuddhi-tārata-myenaiva dhyāna-tāratamyam uktam)。结论是：仍沉溺于纵欲的人，永远不该进一步去冥想至尊主莲花足以上的部位；因此，他们要是想朗诵《圣典博伽瓦谭》，就应该限于只朗诵这部伟大文献的第1篇和第2篇。人必须通过吸收消化前九篇的内容完成净化的过程，然后才能获准进入《圣典博伽瓦谭》第10篇的领域。

第13节 एकैकशोऽङ्गानि धियानुभावयेत
पादादि यावद्धसितं गदाभृतः ।

जितं जितं स्थानमपोह्य धारयेत
परं परं शुद्ध्यति धीर्यथा यथा ॥१३॥

ekaikaśo 'ṅgāni dhiyānubhāvayet
pādādi yāvad dhasitaṁ gadābhṛtaḥ
jitaṁ jitaṁ sthānam apohya dhārayet
paraṁ paraṁ śuddhyati dhīr yathā yathā

eka-ekaśaḥ—一个接一个 / aṅgāni—四肢 / dhiyā—以注意力 / anubhāvayet—冥想着 / pāda-ādi—腿等 / yāvat—直至 / hasitam—微笑 / gadā-bhṛtaḥ—人格首神 / jitam jitam—渐渐控制心念 / sthānam—地方 / apohya—离开 / dhārayet—冥想着 / param param—越来越高 / śuddhyati—净化 / dhīḥ—智力 / yathā yathā—随着

译文　冥想应该从至尊主的莲花足开始，然后逐渐到祂微笑的脸庞。冥想的程序应该是：至尊主的莲花足，然后渐次是小腿、大腿……这样一直向上升。注意力越能顺序集中在至尊主四肢的不同部位，智力就越得到净化。

要旨　《圣典博伽瓦谭》中推荐的冥想程序，并不是让人把注意力集中在某些不具人格特征或虚无的事物上。冥想应该是全神贯注于至尊首神这个人物身上；如经典描述的那样，要么是冥想祂巨大的宇宙形象(virāṭ-rūpa)，要么冥想祂充满知识和快乐的永恒形象(sac-cid-ānanda-vigraha)。有关维施努(Viṣṇu)的各种形象，有经授权的描述，庙里也有经授权的神像代表。这样，人便可以练习冥想神像，把心念完全集中于至尊主的莲花足，并逐级上升，直到祂微笑的脸庞。

按《博伽瓦谭》学派的说法，至尊主跳的茹阿萨(rāsa)舞是祂微笑的脸庞。既然这节诗劝告人们冥想至尊主应该逐渐从祂的莲花足上升到微笑的脸庞，我们就不该立刻去了解至尊主跳茹阿萨舞的娱乐活动。最好是通过向至尊主的莲花足供奉鲜花和图拉西(tulasi)叶，练习集中我们的注意力。这样，我们就可以通过崇拜神像(arcanā)的程序逐渐得到净化。我们为至尊主穿衣服，替祂沐浴，等等，所有这些超然的活动都帮助我们净化自己。我们达到更高的净化水准后，如果看至尊主微笑的脸庞或聆听祂跳茹阿萨舞的娱乐活动，就能欣赏祂的活动。正因为如此，《圣典博伽瓦谭》才在第10篇的第29—34章里描述茹阿萨舞的娱乐活动。

人越是专注于至尊主的超然形象，无论是祂的莲花足、小腿、大腿或胸膛，就越变得净化。这节诗清楚地说："智力就越得到净化。"这意思是，人就越不留恋感官享乐。在现在这种受制约的生活状况中，我们的智力因为被感官享乐所束缚，所以是不纯洁的。冥想至尊主超然形象的结果，将会以人不再进行感官享乐的形式展现出来。因此，冥想的最终结果是人的智力得到净化。

沉溺于感官享乐的人，不被允许去崇拜神像(arcanā)和触碰茹阿妲·奎师那(Rādhā-Kṛṣṇa)或维施努神像的超然身体。对他们来说，最好是按下一节诗推荐的，去冥想至尊主巨大的宇宙形象。正因为如此，非人格神主义者和虚无主义者被推荐去冥想至尊主的宇宙形象，而奉献者则被推荐去冥想神庙中对神像的崇拜。非人格神主义者和虚无主义者所从事的灵性活动还没有使他们得到充分的净化，所以不适合进行神像崇拜。

第14节

यावन्न जायेत परावरेऽस्मिन
विश्वेश्वरे द्रष्टरि भक्तियोगः ।
तावत्स्थवीयः पुरुषस्य रूपं
क्रियावसाने प्रयतः स्मरेत ॥१४॥

yāvan na jāyeta parāvare 'smin
viśveśvare draṣṭari bhakti-yogaḥ

tāvat sthavīyaḥ puruṣasya rūpaṁ
kriyāvasāne prayataḥ smareta

yāvat—只要 / na—不 / jāyeta—发展 / para—超然的 / avare—世俗的 / asmin—以……的形式 / viśva-īśvare—一切世界的主人 / draṣṭari—向观看的人 / bhakti-yogaḥ—奉爱服务 / tāvat—只要 / sthavīyaḥ—十足的物质主义者 / puruṣasya—宇宙主宰的 / rūpam—宇宙形象 / kriyā-avasāne—履行规定责任后 / prayataḥ—专心地 / smareta—人必须记着

译文　至尊主是超然世界和物质世界的监督者，十足的物质主义者除非能培养为祂做爱心服务的心态，否则就应该在履行完自己的规定职责后记忆或冥想祂的宇宙形象。

要旨　至尊主是包括物质世界和超然世界在内的所有世界的监督者。换句话说，正如《博伽梵歌》第5章的第29节诗中所证实的：至尊主是所有世界最高的受益人和享受者。灵性世界是至尊主内在能量的展示，而物质世界则是祂内在能量的展示。生物是至尊主的边缘能量，他们可以自己选择住在超然的世界里或在物质世界里生活。物质世界不是一个适合生物居住的地方，因为生物与至尊主一样是灵性的。在物质世界里，生物受制于物质世界的法律。至尊主想要所有的生物——祂不可缺少的一部分，与祂一起住在超然的世界里。为了启明物质世界里受制约的灵魂，至尊主赐予我们所有的韦达经和启示经典，召唤受制约的灵魂回归家园、回归首神。

不幸的是，受制约的灵魂虽然一直在承受受制约生活中的三种痛苦的折磨，但却对回到首神身边不感兴趣。那是因为他们被罪恶与美德交织的生活方式所误导。有些品性良好的人开始重建自己与至尊主失去了的关系，但却了解不了至尊主的人格特征。生命的真正目的是与至尊主交往并为祂服务。那才是生物的原本的自然状态。但非人格神主义者还不能为至尊主做任何爱心服务，因此被建议去冥想至尊主的非人格特征——祂的宇宙形象。人如果确实想过真正快乐的生活，恢复他原本不受束缚的自由状态，就必须想方设法重建他遗忘了的、与至尊主的关系。对没有很多智慧的初习者来说，冥想至尊主不具人格特征的宇宙形象，会使他逐渐具备与至尊主本人接触的资格。正因为如此，这节诗奉劝那种人去冥想前面章节中所详细描述的至尊主的宇宙形象，以便了解：不同的星球、海洋、山脉、河流、飞禽、走兽、人和半神人，以及我们所能想到的一切，都只不过是至尊主宇宙形体的不同部位和四肢罢了。这也是冥想绝对真理的一种方法，而人一旦开始这样冥想，就会发展出神性品质，整个世界看上去就是全世界人民平静、快乐的住所。人只要不去冥想神，无论是祂的人格特征还是非人格特征，人类所具有的美好品质就会因为他们对自己的原本状态的错误认识而被掩盖起来。没有有关神的高等知识，整个世界就会成为人间地狱。

第15节

स्थिरं सुखं चासनमास्थितो यति-
यदा जिहासुरिममङ्ग लोकम ।
काले च देशे च मनो न सज्जयेत
प्राणान्नियच्छेन्मनसा जितासुः ॥१५॥

sthiraṁ sukhaṁ cāsanam āsthito yatir
yadā jihāsur imam aṅga lokam
kāle ca deśe ca mano na sajjayet
prāṇān niyacchen manasā jitāsuḥ

sthiram—不受打扰 / sukham—舒适的 / ca—还有 / āsanam—座位 / āsthitaḥ—因为处于 / yatiḥ—圣人 / yadā—每当 / jihāsuḥ—想放弃 / imam—这个 / aṅga—君王啊 / lokam—这个身体 / kāle—在适当的时候 / ca—和 / deśe—在适当的地方 / ca—还有 / manaḥ—心念 /

na—不 / sajjayet—不致混乱 / prāṇān—感官 / niyacchet—必须控制 / manasā—以心念 / jita-asuḥ—控制生命之气

译文　君王啊！瑜伽师在想要离开这个世界时，无论何时都不该担心时间或地点是否合适，而应该在不受干扰的情况下舒舒服服地坐下，调节生命之气，用心念控制住感官。

要旨　《博伽梵歌》第8章的第14节诗清楚地说明：全心全意为至尊主做超然的爱心服务并时时刻刻记着祂的人，可以轻易得到祂的仁慈——与祂本人直接交往。这样的奉献者不需要寻找有利时机离开现有的躯体。然而，那些混杂了功利性活动或经验主义哲学思辨的混合型奉献者，就需要选择离开这个躯体的有利时机。《博伽梵歌》第8章的第23—26节诗中，为他们解说了离开躯体的有利时机。但是，这些时机并不比成为成功的瑜伽师来得重要，因为成功的瑜伽师能随心所欲地离开自己的躯体。这样的瑜伽师必须有能力用心念控制感官；而人只要把注意力集中在至尊主的莲花足上，就能轻易地控制心念。逐渐地，靠这种服务，所有的感官就会自动开始为至尊主做服务。那才是融入至尊绝对真理的方法。

第16节　मनः स्वबुद्ध्यामलया नियम्य
क्षेत्रज्ञ एतां निनयेत्तमात्मनि ।
आत्मानमात्मन्यवरुध्य धीरो
लब्धोपशान्तिर्विरमेत कृत्यात ॥१६॥

manaḥ sva-buddhyāmalayā niyamya
kṣetra-jña etāṁ ninayet tam ātmani
ātmānam ātmany avarudhya dhīro
labdhopaśāntir virameta kṛtyāt

manaḥ—心念 / sva-buddhyā—以自己的智力 / amalayā—纯粹

的 / niyamya—通过调整 / kṣetra-jñe—向生物 / etām—他们全体 / ninayet—融入 / tam—那 / ātmani—自我 / ātmānam—自我 / ātmani—在超灵中 / avarudhya—因为被锁上 / dhīraḥ—完全满足了的人 / labdha-upaśāntiḥ—得到极乐的人 / virameta—停止再做 / kṛtyāt—所有其他活动

译文 因此，瑜伽师应该用他纯净的智力把心念融入灵魂，然后把个体灵魂融入超灵。通过这样做，心满意足的个体灵魂就会处在最高的满足境界，不再从事其他活动。

要旨 心念的功用是思考、感受和愿望。当心念是物质型的或专注于物质的接触时，它便为物质的知识进步而工作，结果是发明毁灭性的核子武器。但当心念在灵性的推动下工作时，它就会为重返家园、回归首神，过上完全快乐、永恒的生活而作出神奇的贡献。因此，必须要有优秀、纯净的智力来操控心念。为至尊主服务是完美的智慧。人应该足够聪明能了解到：在所有的情况下，生物体都是环境的仆人。每一个生物体都在为欲望、愤怒、色欲、错觉、疯狂和嫉妒这些物质影响的产物所发的指令服务。然而，即使他在执行这些不同的指令，他也一直不快乐。当人真正感觉到这一点并转而用智力去向正确的源头咨询时，他就会得到有关为至尊主做超然的爱心服务的信息。如果生物体不再用其智力以物质的方式为上述的各种躯体冲动服务，那他的智力就会使他摆脱由物质化的生命观念导致的错觉所引起的不快乐。这样，纯净的智力就会带着心念为至尊主做服务。

至尊主和为至尊主服务是同一的，都处在绝对的层面上。因此，纯净的智力和心念便融入至尊主。这时，生物体便不再是观察者，而是被至尊主超然地观看着的对象。至尊主一旦直接看那生物体，就会命令那生物体按祂的意愿去行事；而那生物体一旦完全听从祂的指令，就不再为自己那错觉性的满足而履行其他责任了。生物体在达到纯洁无瑕的状态时，就会体验到十足的快乐(labdhopa-śānti)，因而不再有任何物质的渴求。

第17节

न यत्र कालोऽनिमिषां परः प्रभुः
कुतो नु देवा जगतां य ईशिरे ।
न यत्र सत्त्वं न रजस्तमश्च
न वै विकारो न महान प्रधानम ॥१७॥

na yatra kālo 'nimiṣāṁ paraḥ prabhuḥ
kuto nu devā jagatāṁ ya īśire
na yatra sattvaṁ na rajas tamaś ca
na vai vikāro na mahān pradhānam

na—不 / yatra—那里 / kālaḥ—毁灭性的时间 / animiṣām—天上的半神人的 / paraḥ—上级 / prabhuḥ—控制者 / kutaḥ—那里有 / nu—肯定地 / devāḥ—半神人 / jagatām—世俗的生物 / ye—那些 / īśire—规范守则 / na—不 / yatra—那里 / sattvam—物质善良 / na—不 / rajaḥ—物质的激情属性 / tamaḥ—物质的愚昧属性 / ca—还有 / na—不 / vai—肯定地 / vikāraḥ—转变 / na—不 / mahān—物质的原因之洋 / pradhānam—物质自然

译文 那超然的极乐境界，不受毁灭一切的时间的控制，尽管这时间甚至控制着被授权统治宇宙的天堂半神人。那境界里没有物质的善良、激情和愚昧属性，甚至没有假我和物质的原因海洋，以及物质自然。

要旨 毁灭一切的时间，通过过去、现在和未来的展示甚至控制着天国的半神人，但却在超然的层面上不起作用。时间以生、老、病、死这四个征象来显示它的影响力，而这四种物质存在状况遍及物质宇宙的每一个角落，就连在最高处的布茹阿玛珞卡(Brahmaloka)这个在我们看来其居民的寿命难以置信的长的星球上也不例外。不可超越的时间甚至给布茹阿玛带去死亡，还用说因铎(Indra)、昌铎(Candra)、苏尔亚(Sūrya)、瓦尤(Vāyu)和瓦茹纳(Varuṇa)等其他半神人吗？在超然的层面上，由不同的半神人施加在世俗生物体身上的星相影响也显然不存在。在物质存在中，众生都惧怕不吉祥的影响，但处在超然层面上的奉献者根本没有这种恐惧。生物在不同的物质自然属性影响下不断地更换着不同形状的物质躯体，但在超然状态中的奉献者不受善良、激情和愚昧这三种物质自然属性的影响，是古纳·提塔(guṇa-tīta)。因此，在超然的层面上没有“我是我看到的一切的主宰”这种假我的概念。在物质世界里，生物体的假我概念，使他像飞蛾扑火一样地要去主宰物质自然。飞蛾被火焰的耀眼美丽所吸引，当它扑过去要享受那火焰之美时，熊熊的烈火便把它吞灭了。处在超然状态中的生物，其意识是纯净的，因此没有主宰物质自然的假我概念。相反，他那纯净的意识指引他投奔至尊主，正如《博伽梵歌》第7章的第19节诗所说：“……知道我是一切原因的原因，是一切。这样的灵魂是伟大的、罕见的(vāsu- devaḥ sarvam iti sa mahātmā sudurlabhaḥ)。”所有这一切都说明，在超然的状况中既没有物质创造，也没有为物质自然而设的原因之洋。

上述种种情况都真实地存在于超然的层面上，但只有当超然主义者意识纯净、完全处在知识层面上时才会实际地向他揭示出来。超然主义者分两类，一类是非人格神主义者，一类是奉献者。对非人格神主义者来说，最高的目的地是灵性天空中的梵光(brahmajyoti)；但对奉献者来说，最高的目的地是众多的外琨塔(Vaikuṇṭha)星球。奉献者在获得灵性形象以便为至尊主做超然的爱心服务时，会体验到上述的事实。可是，非人格神主义者因为忽视与至尊主交往，所以没有培育出一个能从事灵性活动的灵性身体，而只能以灵性火花的状态融入至尊人格首神放射出的光辉灿烂的灵性光芒中。

至尊主有着集永恒、知识和快乐于一身的丰满形象，没有形象的梵光中只有永恒和知识。众多的外琨塔星球也具有永恒、知识和快乐的特征，因此被允许进入至尊主住所的奉献者，也会得到永恒、知识和快乐的身体。所以，至尊主的住所、名字、声望和随行人员等，都具有同样的超然品质，彼此没有区别。这节诗中解释了这个超然的品质与物质世界有着怎样的区别。在《博伽梵歌》中，主奎师那解释了活动瑜伽(karma-yoga)、思辨瑜伽(jñāna-yoga)和奉爱瑜伽(bhakti-yoga)这三个主要的瑜伽体系。但是，人仅仅练奉爱瑜伽就可以进入外琨塔星球，而其他两种瑜伽则只能帮助人进入光辉灿烂的梵光，不能帮助人进入外琨塔星球。

第18节　परं पदं वैष्णवमामनन्ति तद
　　यन्नेति नेतीत्यतदुत्सिसृक्षवः ।
विसृज्य दौरात्म्यमनन्यसौहृदा
　　हृदोपगुह्यार्हपदं पदे पदे ॥१८॥

paraṁ padaṁ vaiṣṇavam āmananti tad
yan neti netīty atad utsisṛkṣavaḥ
visṛjya daurātmyam ananya-sauhṛdā
hṛdopaguhyārha-padaṁ pade pade

param—至尊／padam—处境／vaiṣṇavam—与至尊人格首神有关／āmananti—他们知道／tat—那／yat—那／naiti—不是这个／naiti—不是这个／iti—如此／atat—无神的／utsisṛkṣavaḥ—那些想逃避……的人／visṛjya—完全放弃／daurātmyam—混乱／ananya—绝对地／sauhṛdāḥ—善意／hṛdā upaguhya—把它们置于心中／arha—那唯一值得崇拜的／padam—莲花足／pade pade—每时每刻

译文　超然主义者知道，在至高无上的境界中，一切都与至尊主维施努有关，因此想要避开一切无神论的事物。所以，全神贯注于跟至尊主保持协调一致的纯粹奉献者，从不制造任何混乱，而是把至尊主的莲花足置于心中，时时刻刻崇拜它们。

要旨 《博伽梵歌》中多次提到“我的住所(mad-dhāma)”。根据至尊人格首神圣主奎师那的说法，存在着广阔无垠的灵性天空，而那里的星球称为外琨塔(Vaikuṇṭha)——至尊人格首神的居所。在那片离物质天空及其七层覆盖极为遥远的灵性天空中，既不需要太阳或月亮，也不用电力来照明，因为那里的星球本身都发光，而且亮度比物质的太阳放射出的光芒强多了。

至尊主纯粹的奉献者与人格首神绝对协调一致。换句话说，他们始终想着至尊主是他们唯一可靠的朋友和祝福者。他们不在乎任何世俗的生物体，就连这个宇宙的统治者布茹阿玛也不例外。毫无疑问，只有他们才对外琨塔有清楚的认识。这种纯粹的奉献者因为完全由至尊主指导，所以既不会浪费时间去谈论什么是布茹阿曼(梵)，什么不是布茹阿曼而是玛亚，并因而人为地造成对超然主题理解上的混乱；不错误地认为自己等同于至尊主；也不会争辩说，“至尊主并不是独立存在的”，“根本没有神”，“生物本身就是神”，“神化身降临时接受物质躯体”，等等。他们根本不去理会许许多多晦涩的推测理论，那些理论实际上是超然觉悟之途上的众多绊脚石。除了非人格神主义者或非奉献者一类人之外，世上还有些人伪装成至尊主的奉献者，但心里始终想着要靠融入非人格梵光得到解脱。他们错误地自编出一套做奉爱服务的方法，公开地纵情酒色，误导那些像他们一样的傻瓜和浪荡子。按照维施瓦纳特·查夸瓦尔提的说法，所有这些非奉献者和浪荡子，实际上都是装扮成伟大灵魂(mahātmā)的邪恶灵魂(durātmā)。舒卡戴瓦·哥斯瓦米在这节诗中的陈述，把这类非奉献者和浪荡子完全从超然主义者的名单上删除掉了。

所以，外琨塔星球实际上是至高无上的居所，梵文称之为帕茹阿么·帕达么(paraṁ padam)。不具人格特征的梵光因为是众多的外琨塔星球放射出的光芒，就像是太阳放射出的阳光一样，因此也被称为帕茹阿么·帕达么。《博伽梵歌》第14章的第27节诗中清楚地说，至尊主本人是梵光的基础，而由于梵光是一切事物直接或间接的基础，所以一切事物都来自至尊主，都依赖祂而存在，并在毁灭后融入祂体内。因此，没有什么是独立于至尊主而存在的。至尊主纯粹的奉献者不会浪费宝贵的时间去分辨什么是布茹阿曼(梵)什么不是布茹阿曼，因为他清楚地知道：至尊主是至尊布茹阿曼(Parabrahman)，祂凭祂的布茹阿曼能量存在于万事万物中。正因为如此，奉献者看一切都是至尊主的财产。奉献者设法把一切都用来为至尊主服务，而不是通过错误地想主宰至尊主的创造来制造混乱。他忠心耿耿地把自己和一切都用来为至尊主做超然的爱心服务。奉献者在一切事物中都看到至尊主的存在，也在至尊主那里看到万事万物。邪恶的灵魂(durātmā)因为坚持认为至尊主的超然形象是物质的，所以给他人造成特别的干扰。

第19节　इत्थं मुनिस्तूपरमेद्व्यवस्थितो
विज्ञानदृग्वीर्यसुरन्धिताशयः ।
स्वपार्ष्णिनापीड्य गुदं ततोऽनिलं
स्थानेषु षट्सून्नमयेज्जितक्लमः ॥१९॥

itthaṁ munis tūparamed vyavasthito
vijñāna-dṛg-vīrya-surandhitāśayaḥ
sva-pārṣṇināpīḍya gudaṁ tato 'nilaṁ
sthāneṣu ṣaṭsūnnamayej jita-klamaḥ

ittham—这样，凭借对布茹阿曼的觉悟 / muniḥ—哲学家 / tu—但是 / uparamet—应该退出 / vyavasthitaḥ—安处 / vijñāna-dṛk—以科

学知识 / vīrya—力量 / su-randhita—调节得很好的 / āśayaḥ—生命的目标 / sva-pārṣṇinā—用脚跟 / āpīḍya—堵塞 / gudam—气孔 / tataḥ—随着 / anilam—生命之气 / sthāneṣu—在……地方 / ṣaṭsu—六个主要的 / unnamayet—应该上升 / jita-klamaḥ—借着消灭物质欲望

译文 依靠科学知识的力量，人应该稳定地处在完全觉悟的层面上，以便能消除所有的物质欲望。随后，人应该用自己的脚后跟堵住气洞(肛门)，然后把生命之气渐次从六个主要的部位提升上来，以便最后放弃物质躯体。

要旨 有很多邪恶的灵魂(durātmā)声称已经觉悟到自己就是布茹阿曼(梵)，但却克制不了他们的物质欲望。《博伽梵歌》第18章的第54节诗清楚地解释说，绝对自觉了的灵魂不再有任何物质欲望。生物体的假我概念是产生物质欲望的基础，而物质欲望透过要战胜物质自然法律的种种幼稚而无用的活动及想要主宰五大元素构成的资源展露出来。这种心态使人相信物质科学的力量。凭借发现原子能和借由机械式交通工具到太空旅行这一点点物质科技进步，那些狂妄自负的人竟然要向至尊主的力量提出挑战，而至尊主实际上可以在不到一秒钟的时间里摧毁人类所有微不足道的努力。

状态良好的自我——觉悟了布茹阿曼(梵)的灵魂，十分清楚：至尊布茹阿曼——人格首神是全能的华苏戴瓦(Vāsudeva)，而他(觉悟了自我的生物)则是至尊整体不可缺少的一部分；正因为如此，他的原本地位是在所有的方面与至尊主合作，而他与至尊主的超然关系是仆人和被侍奉者的关系。这样一位觉悟了自我的灵魂，不再想通过主宰物质自然的无益活动来展示他自己。有了对绝对真理充分科学的认识以后，他便忠心耿耿、全心全意地为至尊主做服务。

按规定的瑜伽系统方法极为认真地练习控制生命之气的瑜伽专家，被告知按这样的程序离开躯体，那就是：他应该用脚后跟堵住肛门，然后把生命之气渐次上移，经过丹田、肚脐、心脏、喉部、眉心和头顶部六个部位。用规定的瑜伽程序控制生命之气是机械的做法，或多或少是为了灵性完美而做的身体方面的努力。古时候，超然主义者们通常都以这样的方式灵修，因为那个时代的特征和生活方式都适宜这么做。可如今这个喀历年代的影响是如此令人不安，几乎没人受过这种身体方面练习的技能训练。在这个年代里，吟诵、吟唱至尊主的圣名更容易使人集中注意力，其结果比那种使生命之气在体内运行所达到的结果更为有效。

第20节 नाभ्यां स्थितं हृद्यधिरोप्य तस्मा-
दुदानगत्योरसि तं नयेन्मुनिः ।
ततोऽनुसन्धाय धिया मनस्वी
स्वतालुमूलं शनकैर्नयेत ॥२०॥

nābhyāṁ sthitaṁ hṛdy adhiropya tasmād
udāna-gatyorasi taṁ nayen muniḥ
tato 'nusandhāya dhiyā manasvī
sva-tālu-mūlaṁ śanakair nayeta

nābhyām—在肚脐 / sthitam—处于 / hṛdi—在心中 / adhiropya—放置 / tasmāt—从那里 / udāna—上涌的 / gatya—力量 / urasi—在胸膛 / tam—然后 / nayet—要提起 / muniḥ—正在冥想的奉献者 / tataḥ—他们 / anusandhāya—只是寻找 / dhiyā—用智慧 / manasvī—打坐冥想的人 / sva-tālu-mūlam—颚根 / śanakaiḥ—慢慢地 / nayeta—可以带进

译文 打坐冥想的奉献者应该缓慢地把生命之气从肚脐推向心脏，再从心脏推到胸膛，然后是上颚底部。他应该用智慧找出这些正确的部位。

要旨 生命之气有六个旋转轮，聪明的奉爱瑜伽师(bhakti-yogī)应该在冥想的状态中用智慧找出这些旋转轮所在的位置。在上述的六个轮中，其中一个轮叫力源气轮(svādhiṣṭhāna-cakra)，是生命之气的发放所；在力源气轮之上的是脐轮(maṇi-pūraka-cakra)，位置就在腹部和肚脐之下；进一步向上寻找到的位置，就是在心脏内的心轮(anāhata-cakra)；再向上，当生命之气被推至上颚底部时，就达到了喉轮(viśuddhi-cakra)。

第21节

तस्माद भ्रुवोरन्तरमुन्नयेत
निरुद्धसप्तायतनोऽनपेक्षः ।
स्थित्वा मुहूर्तार्धमकुण्ठदृष्टि-
निर्भिद्य मूर्धन विसृजेत्परं गतः ॥२१॥

tasmād bhruvor antaram unnayeta
niruddha-saptāyatano 'napekṣaḥ
sthitvā muhūrtārdham akuṇṭha-dṛṣṭir
nirbhidya mūrdhan visṛjet paraṁ gataḥ

tasmāt—从那里 / bhruvoḥ—眉毛的 / antaram—中间 / unnayeta—要带进 / niruddha—靠堵塞 / sapta—七个 / āyatanaḥ—生命之气的出口 / anapekṣaḥ—停止一切物质享乐 / sthitvā—靠保持 / muhūrta—片刻 / ardham—一半 / akuṇṭha—重返家园、回归首神 / dṛṣṭiḥ—这样定下目标的人 / nirbhidya—冲破 / mūrdhan—头顶上的孔 / visṛjet—要放弃躯体 / param—至尊者 / gataḥ—去了

译文 那以后，奉爱宗的瑜伽师应该把生命之气推到两眉间，然后锁住生命之气的七个出口。他应该坚持回归家园、回归首神的目标。如果他彻底摆脱了要进行物质享乐的全部欲望，那他就会到达头顶的孔穴，并从那里放弃他与物质有关的一切，到至尊者那里去。

要旨　这节诗里介绍了切断一切物质联系，重返家园、回归至尊首神的程序。条件是：人必须彻底去除物质享乐的欲望。就寿命和满足感官而言，存在着不同程度的物质享乐。《博伽梵歌》第9章的第20节诗中，提及了最长的寿命和最高级的感官享乐。所有这些都只不过是物质享乐而已，人应该坚信：他并不需要那么长的寿命，即使在布茹阿玛珞卡(Brahmaloka)也不例外；他必须回家，回到首神的身边，因此不必依恋任何物质享受条件。《博伽梵歌》第2章的第59节诗说：当人体验到生命的最高快乐，就会放弃对物质享乐的依恋(paraṁ dṛṣṭvā nivartate)。人除非全部了解了灵性生活的本质，否则不可能不受物质的吸引。有一类非人格神主义者宣传说，灵性生活就是虚空，没有丰富多彩的生活。这样的宣传很危险，因为它误导人，使其越来越受物质享乐的吸引。知识贫乏的人对至尊者(param)一无所知，因此尽管自以为是觉悟了布茹阿曼(梵)的灵魂，但却拼命追求各种各样的物质享乐。就如这节诗谈到的，这种智力欠佳的人对至尊者不可能有任何了解，也接近不了祂。然而，奉献者完全了解灵性世界、人格首神，以及在无数被称为外琨塔珞卡(Vaikuṇṭhaloka)的灵性星球上的至尊主那些超然的同伴。这节诗里谈到“定下重返家园、回归首神的目标的人(akuṇṭha-dṛṣṭiḥ)”，其中“重返家园、回归首神(akuṇṭha)”这个词与外琨塔这个词的含义是一样的。只有把目标设定为回灵性世界直接跟首神交往的人，才能做到即使生活在物质世界里也可以切断与物质的联系这一点。《博伽梵歌》中多处提到的“至尊者(param)”和“至高无上的住所(paraṁ dhāma)”是同一件事。到至高无上的住所去的人，不用回这个物质世界。这种自由即使在物质世界里的最高星球上也得不到。

生命之气通过两眼、双耳、两个鼻孔和嘴这七窍流出。普通人死的时候，生命之气一般是经口流出的。但诗中谈到的瑜伽师，因为自己控制生命之气，所以通常是穿破头顶的孔穴把它释放出去。瑜伽师会锁住上述的七窍，以使生命之气能自然冲破头顶孔穴释放出去。这是伟大的奉献者离开物质连接的明确征象。

第22节 यदि प्रयास्यन्नृप पारमेष्ठ्यं
वैहायसानामुत यद्विहारम ।
अष्टाधिपत्यं गुणसन्निवाये
सहैव गच्छेन्मनसेन्द्रियैश्च ॥२२॥

yadi prayāsyan nṛpa pārameṣṭhyaṁ
vaihāyasānām uta yad vihāram
aṣṭādhipatyaṁ guṇa-sannivāye
sahaiva gacchen manasendriyaiś ca

yadi—不过 / prayāsyan—保持欲望 / nṛpa—君王啊 / pārameṣṭhyam—物质世界最高的星球 / vaihāyasānām—称为空中飞人(外哈亚萨)的一类生物体 / uta—据说 / yat—什么是 / vihāram—享乐的地方 / aṣṭa-ādhipatyam—以八种神秘力量去主宰 / guṇa-sannivāye—在物质自然三种属性的世界里 / saha—随着 / eva—肯定地 / gacchet—应该去 / manasā—带着心念 / indriyaiḥ—以及感官 / ca—和

译文 然而，君王啊！如果瑜伽师还有要进行高级物质享受的欲望，比如想转入最高的星球布茹阿玛珞卡，或者获得八种神通，与外哈亚萨同在外太空遨游，以及还留恋千百万个星球中的某个星球上的生存状态，那他就会带着他用物质欲念塑造的心念和感官一起离开。

要旨 物质宇宙中上层星系的物质享乐条件，比下层星系的条件要好千百万倍。由布茹阿玛珞卡和北极星(Dhruvaloka)等星球所组成的最高星系，在玛哈尔珞卡(Maharloka，圣人星球)的上方。那些星球上的居民天生就具备八种神通，根本不用按神秘瑜伽的程序练，就有能变得如一颗粒子般小(aṇimā-siddhi)或比一根羽毛还轻(laghimā-siddhi)的神秘力量。他们可以随心所欲地隔空取物(prāpti-siddhi)；可以变得比最重的东西还重(mahimā-siddhi)；可以自由行事，甚至只凭意愿就造出神奇的东西或毁灭东西(īśitva-siddhi)；可以控制所有的物质元素(vaśtva-siddhi)；拥有心想事成的力量(prākāmya-siddhi)；还可以使自己变形，甚至变出异想天开的形状(kāmāvasāyitā-siddhi)。对那些高等星球的居民来说，所有这些神通都是与生俱来的，因此并不稀奇。他们不需要借助任何机器就能在外太空遨游，并随意从一个星球瞬间转到另一个星球。地球上的居民除非靠太空船一类的机器帮助，否则就连最近的星球都去不了，可高等星球上那些生来就有神通的居民却不费吹灰之力就能办到。

物质主义者通常对那些星球上到底有什么都很好奇，所以想亲眼去看去体验。好奇心强的人去周游世界，以便对每一个地方有直接的观感；同样，缺少智慧的超然主义者听了那些星球上的很多神奇事情后，也想去亲自体验一下。无论如何，瑜伽师可以通过带着现有的心念和感官去那些星球，很容易就满足自己的愿望。物质主义者的主要倾向是主宰物质世界，而上述所有的神通都有主宰世界的特征。至尊主的奉献者没有野心要去支配虚假、短暂的现象世界，相反想被至尊控制者所支配。想为至尊控制者服务的愿望是灵性的、超然的。人必须先净化心念和感官，以便获准进入灵性王国。带着物质的心念，人可以升上宇宙中最好的星球，但却进不了神的王国。当感官不再从事感官享乐的活动时，就说感官被灵性净化了。感官需要有所从事，当它们完全被用来为至尊主做超然的爱心服务时，它们就没机会受物质影响的污染了。

第23节　योगेश्वराणां गतिमाहुरन्त-
बर्हिस्त्रिलोक्याः पवनान्तरात्मनाम ।

न कर्मभिस्तां गतिमाप्नुवन्ति
विद्यातपोयोगसमाधिभाजाम ॥२३॥

yogeśvarāṇāṁ gatim āhur antar-
bahis-tri-lokyāḥ pavanāntar-ātmanām
na karmabhis tāṁ gatim āpnuvanti
vidyā-tapo-yoga-samādhi-bhājām

yoga-īśvarāṇām—大圣人和优秀奉献者的 / gatim—目的地 / āhuḥ—据说 / antaḥ—在……之内 / bahiḥ—在……之外 / tri-lokyāḥ—三个星系的 / pavana-antaḥ—在空气中 / ātmanām—精微身体的 / na—永不 / karmabhiḥ—以功利性活动 / tām—那 / gatim—速度 / āpnuvanti—达到 / vidyā—奉爱服务 / tapaḥ—苦行 / yoga—神秘力量 / samādhi—知识 / bhājām—那些心存……想法的人

译文 超然主义者关心灵性的身体。正因为如此，凭借他们做奉爱服务的力量，以及他们的苦行、神秘力量和超然的知识，他们可以不受限制地在物质世界和灵性世界游走。功利性工作者或十足的物质主义者，永远都不可能这样不受限制地迁移。

要旨 物质主义科学家想要借助机械交通工具去其他星球的努力，是徒劳无功的。人可以靠积累功德到天堂星球去，但永远不要期望能借着机械交通工具或无论是粗糙还是精微的物质主义活动，到达比斯瓦尔星球(Svargaloka，光明界)和佳纳斯星球(Janaloka，布茹阿玛的儿子及其他神性人物的住所)还要高的星球上去。不再认同粗糙躯体的超然主义者们，能随意出入物质世界。在物质世界里，他们可以去玛哈尔星球(Maharloka，宇宙毁灭时不死的圣人所居住的地方)，佳纳斯星球、塔帕斯星球(Tapasloka，佳纳斯之上的世界)、萨缇亚星球(Satyaloka，布茹阿玛的住所)；而在物质世界之外，他们能像太空人一样不受限制地在各个外琨塔星球间穿梭往来。纳茹阿达·牟尼(Nārada Muni)就是这类太空人的典范之一，而杜尔瓦萨·牟尼(Durvāsā Muni)是这类神秘瑜伽师中的一位。凭借奉爱服务的力量、苦行、神秘力量和超然知识，任何人都可以像纳茹阿达·牟尼或杜尔瓦萨·牟尼那样不受限制地到处游走。经典中说，杜尔瓦萨·牟尼只用了不到一年的时间，就游遍了整个物质世界，以及一部分灵性世界。超然主义者旅行的速度，是物质主义者无论用粗糙的方式还是精微的方式都永远无法追赶上的。

第24节　वैश्वानरं याति विहायसा गतः
सुषुम्णया ब्रह्मपथेन शोचिषा ।
विधूतकल्कोऽथ हरेरुदस्तात
प्रयाति चक्रं नृप शैशुमारम ॥२४॥

vaiśvānaraṁ yāti vihāyasā gataḥ
suṣumṇayā brahma-pathena śociṣā
vidhūta-kalko 'tha harer udastāt
prayāti cakraṁ nṛpa śaiśumāram

vaiśvānaram—掌管火的神明 / yāti—去 / vihāyasā—取道天空(银河) / gataḥ—越过 / suṣumṇayā—通过苏舒么纳 / brahma—布茹阿玛珞卡 / pathena—到……之途 / śociṣā—光亮的 / vidhūta—洗净了 / kalkaḥ—污垢 / atha—然后 / hareḥ—主哈尔依的 / udastāt—向上 / prayāti—达到 / cakram—环 / nṛpa—君王啊 / śaiśumāram—名叫锡舒玛尔

译文　君王啊！当神秘主义者经由发光的苏舒么纳穿过银河到达最高的星球布茹阿玛珞卡前，他先去火神居住的外施瓦纳尔星球，在那里彻底清除一切污染；然后再向上行到锡舒玛尔环，与人格首神主哈尔依联系上。

要旨 宇宙中的北极星和围绕着它的环被统称为锡舒玛尔环(Śiśumāra)，那里有人格首神牛奶之洋维施努(Kṣīrodakaśāyī Viṣṇu)居住的地方。在到达那里之前，神秘瑜伽师得先经过银河到布茹阿玛珞卡(Brahmaloka)。在到布茹阿玛珞卡的途中，瑜伽师必须先去火神居住的外施瓦纳尔(Vaiśvānara)星球，在那里彻底清除与物质世界接触所沾染的罪恶污点。这节诗里指明，天上的银河是去宇宙中最高的星球布茹阿玛珞卡的通道。

第25节

तद्विश्वनाभिं त्वतिवर्त्य विष्णो-
रणीयसा विरजेनात्मनैकः ।
नमस्कृतं ब्रह्मविदामुपैति
कल्पायुषो यद्विबुधा रमन्ते ॥२५॥

tad viśva-nābhiṁ tv ativartya viṣṇor
aṇīyasā virajenātmanaikaḥ
namaskṛtaṁ brahma-vidām upaiti
kalpāyuṣo yad vibudhā ramante

tat—那 / viśva-nābhim—宇宙至尊人格首神的肚脐 / tu—但是 / ativartya—越过 / viṣṇoḥ—至尊人格首神主维施努的 / aṇīyasā—由于完美的神通 / virajena—由净化了的 / ātmanā—由生物体 / ekaḥ—单独 / namaskṛtam—值得崇拜的 / brahma-vidām—由那些处在超然层面上的人 / upaiti—达到 / kalpa-āyuṣaḥ—为期四十三亿太阳年 / yat—地方 / vibudhāḥ—觉悟了自我的灵魂 / ramante—享受

译文 这个锡舒玛尔环是整个宇宙的转动轴，被称为是维施努(嘎尔博达卡沙依·维施努)的肚脐。瑜伽师独自穿越这个锡舒玛尔环到达玛哈尔珞卡，布瑞古等纯洁的圣人们在那里享受四十三亿太阳年的寿命。这个星球甚至受到处在超然状态中的圣人们的崇拜。

第26节

अथो अनन्तस्य मुखानलेन
दन्दह्यमानं स निरीक्ष्य विश्वम ।
निर्याति सिद्धेश्वरयुष्टधिष्ण्यं
यद द्वैपरार्ध्यं तदु पारमेष्ठ्यम ॥२६॥

atho anantasya mukhānalena
dandahyamānaṁ sa nirīkṣya viśvam
niryāti siddheśvara-yuṣṭa-dhiṣṇyaṁ
yad dvai-parārdhyaṁ tad u pārameṣṭhyam

atho—当时 / anantasya—首神的休息化身阿南塔的 / mukha-analena—借着从祂口中喷出的火 / dandahyamānam—烧成灰烬 / saḥ—他 / nirīkṣya—看到这情形 / viśvam—宇宙 / niryāti—出发 / siddheśvara-myuṣṭa-dhiṣṇyam—由净化了的伟大灵魂所使用的飞机 / yat—地方 / dvai-parārdhyam—十五万四千八百亿太阳年 / tat—那 / u—崇高的 / pārameṣṭhyam—布茹阿玛居住的地方萨提亚珞卡

译文　在整个宇宙最终毁灭(布茹阿玛的寿命终结)的时候，(来自宇宙底部的)阿南达嘴里会喷射出火焰。瑜伽师看到宇宙里所有的星球都化为灰烬，于是便乘坐伟大、纯洁的灵魂所乘坐的飞机前往萨提亚珞卡。萨提亚珞卡中居民的寿命是十五万四千八百亿太阳年。

要旨　这节诗中说，玛哈尔星球(宇宙毁灭时不死的圣人所居住的地方)上那些净化了的生物体——半神人，享有长达四十三亿太阳年的寿命，他们拥有可以承载他们到宇宙最高星球萨缇亚星球去的太空船。换句话说，《圣典博伽瓦谭》为我们提供了很多离我们极为遥远的星球上情况的线索，那些星球离我们那么遥远，现代的飞机或太空船根本到不了那里，即使以能想象得出来的速度也到不了那里。施瑞达尔·斯瓦米(Śrīdhara Svāmī)、茹阿玛努佳查尔亚

(Rāmānujācārya)和瓦拉巴查尔亚(Vallabhācārya)等伟大的灵性导师们，都接受《圣典博伽瓦谭》给予的说明。圣主柴坦亚 ·玛哈帕布(Caitanya Mahāprabhu)，更是把《圣典博伽瓦谭》看成是没有瑕疵的韦达权威，因此神智健全的人不能忽视《圣典博伽瓦谭》中的说明。《圣典博伽瓦谭》由觉悟了自我的灵魂圣舒卡戴瓦 · 哥斯瓦米讲述，而舒卡戴瓦 · 哥斯瓦米是在重复他那伟大的父亲圣维亚萨戴瓦(Vyāsadeva)——全部韦达文献的编纂者给他讲述的内容。在至尊主的创造中，我们每日每夜都能用自己的眼睛看到很多奇妙的事物，但却无法用现代物质科学所制造出的装备触及它们。因此，我们不该依赖物质科技那片断的权威去了解超出科技范畴以外的事物。对普通人来说，他们只能接受现代科学和韦达智慧，因为他们靠自己的力量证实不了现代科学或韦达文献所给予的说明。普通人的选择是：要么两者都信，要么只信其中一者的说法。可是韦达文献给予的信息更具有权威性，因为前辈灵性导师(ācārya)们都接受韦达文献的信息。灵性导师们不仅是诚实可信、有学识的人，而且还是解脱了的灵魂，没有受制约的灵魂所具有的缺点。但是，现代科学家们却是会犯各种错误的受制约的灵魂。所以，最安全的做法是：既然伟大的灵性导师们一致接受《圣典博伽瓦谭》等韦达文献的权威阐释，我们也就予以接受。

第27节

न यत्र शोको न जरा न मृत्यु-
नार्तिर्न चोद्वेग ऋते कुतश्चित ।
यच्चित्ततोऽदः कृपयानिदंविदां
दुरन्तदुःखप्रभवानुदर्शनात ॥२७॥

na yatra śoko na jarā na mṛtyur
nārtir na codvega ṛte kutaścit
yac cit tato ’daḥ kṛpayānidaṁ-vidāṁ
duranta-duḥkha-prabhavānudarśanāt

na—永不 / yatra—有 / śokaḥ—悲伤 / na—没有 / jarā—老年 / na—没有 / jarā—死亡 / na—没有 / artiḥ—痛苦 / na—没有 / ca—和 / udvegaḥ—忧虑 / ṛte—除了 / kutaścit—有时候 / yat—因为 / cit—意识 / tataḥ—所以 / adaḥ—同情 / kṛpayā—由心底产生的怜悯 / anidam-vidām—不知道奉爱服务的人的 / duranta—不能超越的 / duḥkha—不幸、痛苦 / prabhava—生生死死 / anudarśanāt—通过不断经历

译文　萨提亚珞卡中既没有不幸，也没有年老或死亡。那里没有任何痛苦，所以那里的居民除了有时意识到其他生物体因不知道奉爱服务而成为物质世界痛苦折磨的对象不得超脱，因而对其感到同情外，根本没有焦虑。

要旨　物质倾向十足的蠢人，不理睬经授权传承下来的知识。韦达知识是神授予的知识，只能靠真正的权威对韦达文献的权威解释而得到，凭经验是得不到的。单凭成为理论学者不可能了解韦达知识，人必须去找一位从师徒传承接受了韦达知识的真正权威，从他那里学习。就有关这一点，《博伽梵歌》第4章的第2节诗中有清楚的说明，主奎师那确认说：《博伽梵歌》里所阐释的知识体系，祂曾对太阳神解释过，太阳神通过师徒传承的方式把这知识传授给他儿子玛努(Manu)，主茹阿玛禅铎(Rāmacandra)的祖先依克施瓦库(Ikṣvāku)则从玛努那里接受知识；如此，这个知识体系就由伟大的圣人们一个接一个地传递下去。但随着时间的流逝，经授权的传承中断了。为此，至尊主再次向阿尔诸纳(Arjuna)解释这同样的知识，以重新明确这门知识的真正含义。阿尔诸纳是至尊主纯粹的奉献者，所以是了解这门知识的真正有资格的人。尽管阿尔诸纳对《博伽梵歌》的理解，在《博伽梵歌》第10章的第12—13节诗中已经说明，但还是有许多愚蠢的人不按阿尔诸纳对《博伽梵歌》的理解

去了解《博伽梵歌》的真正含义。相反，他们编出一些像他们本人一样愚蠢的解释。他们这么做，只不过是在真正理解《博伽梵歌》的路途上设置障碍，误导那些缺乏智慧的无辜信众(śūdra)。经典说，人在能理解韦达信息之前应该先成为布茹阿玛纳(brāhmaṇa，婆罗门)。这种限制与“没从法学院毕业就不具备当律师资格”的限制一样重要。这种限制并不是给任何人的进步设置障碍，而是需要防止人对一门特殊科学进行不正确的理解。韦达知识被那些不合格的布茹阿玛纳进行了错误的解释。只有在真正的灵性导师的指导下受过严格训练的人，才是有资格的布茹阿玛纳。

韦达智慧指导我们去了解我们与至尊主奎师那的关系，并为实现回归家园、回归首神这一最高目标而采取正确的行动。但物质主义者们不明白这一点。他们想制定计划，争取在根本没有快乐可言的地方得到快乐。为了得到虚假的快乐，他们试图借着举行韦达仪式或乘坐太空船到其他星球去。但他们应该知道：在一个注定要受苦的地方，为得到快乐而做任何物质性的调整，都肯定不会对那些被误导的人有好处；因为整个宇宙连同附带的一切设施，毕竟在一定的时间后就会被毁灭。那时，为获得物质的快乐所制定的一切计划自然也就落空了。因此，有智慧的人为重返家园、回归首神而制定计划。这样的智者超越生、老、病、死等一切物质存在的痛苦。他没有对物质生存的焦虑，所以是真正快乐的。可是，慈悲为怀的他，会因为物质主义者在受苦而感到不快。为此，他有时会到物质主义者的面前，告诉他们应该回到首神那里去。所有真正的灵性导师都教导重返家园、回归首神的这个真理，并警告人们不要为了在一个快乐只是天方夜谭的地方得到快乐而错误地制定计划。

第28节 ततो विशेषं प्रतिपद्य निर्भय-
स्तेनात्मनापोऽनलमूर्तिरत्वरन ।

ज्योतिर्मयो वायुमुपेत्य काले
वाय्वात्मना खं बृहदात्मलिङ्गम ॥२८॥

tato viśeṣaṁ pratipadya nirbhayas
tenātmanāpo 'nala-mūrtir atvaran
jyotirmayo vāyum upetya kāle
vāyv-ātmanā khaṁ bṛhad ātma-liṅgam

tataḥ—然后 / viśeṣam—特别是 / pratipadya—靠得到 / nirbhayaḥ—没有任何怀疑 / tena—由那 / ātmanā—纯洁的自我 / āpaḥ—水 / anala—火 / mūrtiḥ—形象 / atvaran—通过超越 / jyotiḥ-mayaḥ—发光的 / vāyum—大气 / upetya—达到了那里 / kāle—在适当的时候 / vāyu—空气 / ātmanā—靠自我 / kham—空间的 / bṛhat t—伟大的 / ātma-liṅgam—自我的真正形象

译文　到达萨提亚珞卡后，奉献者躯体的构成元素逐一地从土到水、从水到火、从火到光、从光到气，然后是以空间元素构成的躯体，直到得到一个与粗糙躯体形象一样的精微躯体。在这整个过程中，奉献者从没有害怕的感觉。

要旨　有三种人可以靠灵修到达布茹阿玛珞卡(萨提亚珞卡)，一种人凭虔诚活动到那里；一种人靠崇拜至尊主的宇宙形象(virāṭ)或称为黑冉亚嘎尔巴(Hiraṇyagarbha)的形象到那里，并在布茹阿玛获得解脱时与他一起解脱；但靠做奉爱服务到那里的人，会以这节诗中特别谈到的方式穿过宇宙的各层覆盖，直到最终在至尊存在的绝对氛围中露出自己的灵性身份。

根据圣吉瓦·哥斯瓦米(Jīva Gosvāmī)的说法：物质世界里充满了成串、成堆的宇宙，而每一个宇宙都有七层覆盖物。七层覆盖物的外围用水包裹着，每一层覆盖物都比前一层厚十倍。通过自己的呼吸创造所有这些宇宙的人格首神，就躺在成串、成堆的这些宇宙之上。原因之洋的水不同于包裹宇宙的水；原因之洋的水是灵性的，而包裹宇宙的水则是物质的。因此，这里提到的包裹宇宙的水，被认为是包裹着众生的假我；这里谈到的从各层物质覆盖逐一解脱的程序，也就是从粗糙的物质躯体的假我概念中逐步解脱的过程；先是与精微躯体认同，接着超脱与精微躯体的认同，直到在神的王国这一绝对领域中获得纯粹灵性的身体为止。

圣施瑞达尔·斯瓦米证实说：物质自然的一部分，在被至尊主启动后称为物质创造实体(mahat-tattva)，物质创造实体的一小部分称为假我；假我的一部分是声音震荡，而声音震荡的一部分便是大气；大气的一部分转变成形象，形象构成了电力或热力；热产生土的香味，而泥土就是这些香味的产物；所有这一切组合起来就构成了宇宙现象，宇宙现象的直径计算起来有四十亿英里，接着就是宇宙覆盖的开始；覆盖的第一层据计算有八千万英里厚，而接下来的火、光、气、空间等各层覆盖，每一层都比它的前一层厚十倍；至尊主那些无畏的奉献者穿过每一层覆盖，最后到达绝对超然的世界，那里的一切都是灵性的；接着，奉献者进入众多外琨塔星球中的一个，在那里现出与至尊主一样的形象，并以那种形象为至尊主做超然的爱心服务。那就是奉爱生活最完美的境界。除了这个境界，完美的瑜伽师别无所求。

第29节 घ्राणेन गन्धं रसनेन वै रसं
रूपं च दृष्ट्या श्वसनं त्वचैव ।
श्रोत्रेण चोपेत्य नभोगुणत्वं
प्राणेन चाकूतिमुपैति योगी ॥२९॥

ghrāṇena gandhaṁ rasanena vai rasaṁ
rūpaṁ ca dṛṣṭyā śvasanaṁ tvacaiva
śrotreṇa copetya nabho-guṇatvaṁ
prāṇena cākūtim upaiti yogī

ghrāṇena—通过嗅(闻) / gandham—气味 / rasanena—通过尝 / vai—确切 / rasam—味觉 / rūpam—形象 / ca—还有 / dṛṣṭyā—通过看 / śvasanam—接触 / tvacā—触觉 / eva—正如 / śrotreṇa—凭借听觉的震动 / ca—还有 / upetya—达到 / nabhaḥ-guṇatvam—与空间认同 / prāṇena—靠感官 / ca—还有 / ākūtim—种种物质活动 / upaiti—达到 / yogī—奉献者

译文　奉献者就这样超越感官的各种精微对象，例如，通过嗅闻超越气味，通过品尝超越滋味，通过观看超越景象，通过接触超越触碰对象，通过对空间的确认超越听觉的震荡，通过物质活动超越感觉器官。

要旨　包裹在空间外层的是精微的覆盖物，与各个宇宙的粗糙覆盖物类似。粗糙的覆盖物由部分精微的成分发展而成。因此，瑜伽师或奉献者，随着清除掉粗糙元素，也离开了精微的成分，例如通过嗅超越气味。这样，纯粹的灵性火花——生物，便完全清除了一切物质污染，变得有资格进入神的王国。

第30节　स भूतसूक्ष्मेन्द्रियसन्निकर्षं
मनोमयं देवमयं विकार्यम ।
संसाद्य गत्या सह तेन याति
विज्ञानतत्त्वं गुणसन्निरोधम ॥३०॥

sa bhūta-sūkṣmendriya-sannikarṣaṁ
manomayaṁ devamayaṁ vikāryam
saṁsādya gatyā saha tena yāti
vijñāna-tattvaṁ guṇa-sannirodham

saḥ—他(奉献者) / bhūta—粗糙的 / sūkṣma—以及精微的 / indriya—各感官 / sannikarṣam—中和点 / manaḥ-mayam—心智层面 /

deva-mayam—在善良属性中 / vikāryam—自我 / saṁsādya—超越 / gatyā—凭借进步 / saha—连同 / tena—他们 / yāti—去 / vijñāna—完美的知识 / tattvam—真理 / guṇa—物质属性 / sannirodham—完全停歇

译文 奉献者这样超越了粗糙和精微的覆盖后，进入自我的层面。在那个阶段，他中和掉物质的(愚昧和激情)属性，然后达到善良型的自我层面。这以后，所有的自我都融入物质创造实体(玛哈特·塔特瓦)，而他得到纯粹的自我觉悟。

要旨 正如我们谈过几次的："承认自己是至尊主的永恒仆人"这一纯净的意识，是彻底的自我觉悟。这样，就像下一节诗会明确解释的，人便恢复他为至尊主做超然的爱心服务的原本状态。人只有在物质感官得到净化，恢复原本纯洁的状态时，才能开始为至尊主做超然的爱心服务，而且不再期望从至尊主那里得到任何回报。这节诗里建议用瑜伽的方式净化感官，也就是：使粗糙的感官融入愚昧属性，精微的感官融入激情属性。心念受善良属性的影响，所以称为虔诚的(devamaya)。当人坚信自己是至尊主的永恒仆人时，心念就有可能得到彻底的净化。因此，仅仅达到善良属性的层面还没有摆脱物质；人还得超越物质的善良层面，达到纯粹的善良层面(vasudeva-sattva)。这纯粹的善良帮助人进入神的王国。

我们也许还记得上面谈到的奉献者逐渐解脱的程序。那程序虽然是经授权的，但在这个年代里却不可行，因为人们基本上不知道练瑜伽的程序。以教瑜伽为职业赚钱的人教的所谓瑜伽，也许对肉体有好处，但如此的小成就不能帮助人获得这里所说的灵性解脱。五千年前，当人类社会还在完美地遵守韦达文明制度时，这里所提及的瑜伽程序还是众所周知的事；特别是布茹阿玛纳(婆罗门)和查锤亚(kṣatriya，刹帝利)，都在当学生时(brahmacarya)远离家庭，在灵性导师的照管下接受训练，学习这超然的技术。然而，现代人没有能力完全领悟这技术。

为此，圣主柴坦亚告诉我们下述特殊的方法，以使现在这个年代要当奉献者的人更容易实践。尽管方法不同，但最终的结果是一样的。最首要的一点是：人必须明白奉爱瑜伽(bhakti-yoga)对我们是头等重要的。生物按照自己的业报在不同的生命种族中经历不同的囚禁，但在当人时，谁如果能在从事各种活动时得到一些做奉爱瑜伽的虔诚后果，谁就能凭借至尊主和灵性导师没有缘故的仁慈，了解到为至尊主服务的重要性。至尊主帮助真诚的灵魂，安排他与至尊主的代表——真正的灵性导师相遇。靠这样一位灵性导师的教导，真诚的灵魂就会得到奉爱瑜伽的种子。圣主柴坦亚·玛哈帕布介绍说：奉献者用聆听和吟诵、吟唱至尊主的圣名及声威等圣水，滋养播在心田里的奉爱瑜伽种子。没有冒犯地吟诵、吟唱和聆听至尊主的圣名这种简单的方法，会很快使人逐渐上升到解脱的层面。吟诵、吟唱至尊主的圣名有三个阶段：第一个阶段是在冒犯的情况下吟诵、吟唱圣名；第二个阶段是在反省的状态下吟诵、吟唱圣名；第三个阶段是毫无冒犯地吟诵、吟唱至尊主的圣名。光是在第二个阶段，也就是在冒犯与毫无冒犯之间的反省阶段，人自然就会达到解脱的层面。在毫无冒犯地吟诵、吟唱圣名的阶段，人虽然看起来躯体还在物质世界里，但实际上已经进入了神的王国。要想达到没有冒犯的阶段，人必须要警惕下面会谈到的情况。

我们在谈聆听和吟诵、吟唱时，并不是单指吟诵、吟唱和聆听茹阿玛及奎师那等至尊主的圣名(或有系统地吟诵、吟唱哈瑞·奎师那　哈瑞·奎师那　奎师那·奎师那　哈瑞·哈瑞／哈瑞·茹阿玛　哈瑞·茹阿玛　茹阿玛·茹阿玛　哈瑞·哈瑞这十六个梵文名字)，还指要与奉献者一起阅读和聆听《博伽梵歌》和《圣典博伽瓦谭》。一旦开始练奉爱瑜伽，就会使已经播在心田里的种子萌芽；而靠上述有规律的浇水过程，奉爱瑜伽的藤蔓就会开始成长。有系统的滋养会使藤蔓逐渐爬高，甚至穿过宇宙的重重覆盖，到达前几节诗里描述的光辉灿烂的梵光中(brahmajyoti)，再继续向上攀爬到有着无数外琨塔星球的灵性天空。在所有这些灵性星球之上的是奎师那珞卡(Kṛṣṇaloka)——哥珞卡·温达文(Goloka Vṛndāvana)，奉爱瑜伽的藤蔓会进入那里，停靠在存在中的第一位人格首神——圣主奎师那的莲花足上。这时，聆听和阅读与至尊主有关的一切，包括在纯粹的状态下吟诵、吟唱祂的圣名这一浇水的过程，就会开花结果。这粒在哥珞卡·温达文里成长的以对神的爱为形式的果实，会被奉献者真正品尝到，尽管他还在这个物质世界里。只有按上述方法一直不断浇水的奉献者，才能品尝到对神的爱的成熟果实。可是，正在为此努力的奉献者必须始终留意不要让那成长着的藤蔓死去。因此，他必须十分留心以下几点事项：

⑴冒犯纯粹奉献者的莲花足，就像一头疯象进入一个美丽的花园后会把花园毁坏殆尽一样。

⑵人必须像围起篱笆来保护藤蔓一样警惕自己，不要冒犯纯粹奉献者的莲花足。

⑶在浇水的过程中也会有杂草滋生，除非把这些杂草连根拔除，否则奉爱瑜伽这根藤蔓的培育过程就会有阻碍。

⑷想要进行物质享乐，想要靠抹杀自己的个体性融入绝对，以及在宗教、经济发展、感官享乐和解脱这些领域里的许多欲望，其实都是这些杂草。

⑸还有很多其他的杂草会阻碍奉爱瑜伽藤蔓的成长，例如，不遵守启示经典里的原则，从事不必要从事的活动，杀动物，追求物质性的收获、声望和崇拜。

⑹如果看护得不够小心、仔细，浇水的过程就只会帮助杂草繁殖，妨碍奉爱瑜伽这根主藤蔓的健康成长，最后结不成对神的爱这种果实。

⑺因此，奉献者从一开始就要十分小心地把各种杂草连根拔除。只有这样，奉爱瑜伽这根主藤蔓才会健康成长。

(8)奉献者这样做的话，就能品尝到对神的爱这种果实；即使在这一生中，也能真正与主奎师那同在，随时随地看到祂。

最完美的生命境界，就是一直不断地与至尊主交往、联谊，享受生活。能品尝到这种甜美生活的人，不会通过其他途径去追求物质世界的短暂享乐。

第31节

तेनात्मनात्मानमुपैति शान्त-
मानन्दमानन्दमयोऽवसाने ।
एतां गतिं भागवतीं गतो यः
स वै पुनर्नेह विषज्जतेऽङ्ग ॥३१॥

tenātmanātmānam upaiti śāntam
ānandam ānandamayo 'vasāne
etāṁ gatiṁ bhāgavatīṁ gato yaḥ
sa vai punar neha viṣajjate 'ṅga

tena—由净化了的 / ātmanā—借着自我 / ātmānam—超灵 / upaiti—获得 / śāntam—平静 / ānandam—满足 / ānanda-mayaḥ—很自然地这样 / avasāne—摆脱了所有的物质污染 / etām—如此 / gatim—目的地 / bhāgavatīm—奉爱的 / gataḥ—由……达到 / yaḥ—那人 / saḥ—他 / vai—肯定地 / punaḥ—再次 / na—永不 / iha—在这个物质世界 / viṣajjate—受到吸引 / aṅga—帕瑞克西特王啊

译文　只有净化了的灵魂，才能达到怀着心满意足的喜悦心情，以原本的状态与人格首神交往的完美境界。能够恢复这种奉爱的完美状态的人，永远都不会再受这个物质世界的吸引，也永远都不会再回来。

要旨　我们应该特别注意这节诗中所说的“奉爱的目的地(gatiṁ bhāgavatīm)”一词。布茹阿玛瓦迪(brahmavādī)派的非人格神主义者，想要融入至尊人格首神(Parabrahman)的光芒中，但那并不是奉爱的(bhāgavatīm)完美境界。奉献者(bhāgavata)从不想融入至尊主那不具人格特征的光芒中，却总是渴望能在灵性天空里的一个外琨塔星球上与至尊主直接交往。整个灵性天空中布满了数不胜数的外琨塔星球，物质天空在灵性天空中只占微不足道的一小部分位置。进入某个外琨塔星球，是奉献者的人生目的。人格首神扩展出无数的祂自己，在每一个外琨塔星球上与祂无数的纯粹奉献者交往、联谊，享受快乐。在物质世界里受制约的灵魂，通过做奉爱服务获得解脱后，被提升到这些外琨塔星球上。当然，在外琨塔星球中的永恒解脱的灵魂，比在物质世界里受限制的灵魂多得多。这些永恒解脱的灵魂根本不屑于来访问这个悲惨的物质世界。

非人格神主义者只渴望融入至尊主那光辉灿烂、不具人格特征的梵光(brahmajyoti)中，但却没有在祂的灵性展示中为祂本人做奉爱服务的概念。这些非人格神主义者可以被比作某种鱼；那种鱼在河流和小溪中出生后，便移居大海，但感官享乐的冲动会把它们带回到河流和小溪产卵，因此不能在大海中定居下来。同样道理，当物质主义者在受制约的物质世界里追求享乐的努力受到挫折后，他或许会渴望通过融入原因之洋或至尊主不具人格特征的梵光获得非人格解脱。然而，不管是原因之洋还是不具人格特征的梵光，都不能使他品尝到比感官活动更高级的快乐，于是非人格神主义者便重新坠入受制约的物质世界，再次受生死轮回的束缚，受无法控制的感官活动欲望的驱使。但是，奉献者通过用自己的感官做奉爱服务、从事超然的活动进入神的王国，在那里与人格首神和解脱了的灵魂联谊，就永远不会被物质世界受限制的环境所吸引。

在《博伽梵歌》第8章的第15节诗，至尊主也证实这一点说：“伟大的灵魂——热爱着我的瑜伽师，到我那里后永不重返这个充满痛苦的短暂世界，因为他们达到了最高的完美境界。”因此，生命最完美的境界是能与至尊主交往，除此之外没有别的。练奉爱瑜伽的瑜伽师

(bhakti-yogī)，因为全心全意地为至尊主服务，所以根本不受思辨瑜伽(jñāna)或神秘瑜伽等其他解脱程序的吸引。纯粹的奉献者是对至尊主百分之百忠心耿耿的奉献者，他们除了至尊主不想别的。

在这节诗中，我们还要注意“平静(śāntam)”和“满足(ānandam)”这两个词。它们表示，为至尊主服务真能使奉献者得到平静和满足这两种重要的祝福。非人格神主义者想与至尊者合一，也就是说想成为至尊者。这只不过是异想天开而已。练神秘瑜伽的瑜伽师被各种各样的玄秘功能所拖累，因此既不平静也不满足。只有奉献者因为能与完整的整体交往，所以能变得彻底平静和心满意足。正因为如此，不管是融入绝对真理，还是得到一些神秘力量，对奉献者来说都没有吸引力。

得到对首神的爱，意思是对其他的一切不再有任何兴趣。受制约的灵魂有许多热望，例如，成为宗教家、有钱人、一流的享受者或神本人，像神秘瑜伽师那样神通广大、为所欲为或想要什么就能得到什么。可是，真正想要唤醒心中沉睡的对神的爱的奉献者，应该放弃这一切热望。有杂念的奉献者想通过做奉爱服务得到上述的一切，但纯粹的奉献者心中没有一丝一毫上述的杂念。那些杂念是受物质欲望、非人格主义思辨和追求玄秘功能的影响的结果。做纯粹的奉爱服务——在有知识的情况下为奉献者至爱的对象至尊人格神做无私的服务，可以使人获得对神的爱。

更明确地说：要想获得对首神的爱，就必须放弃所有物质享乐的欲望；应该停止崇拜半神人，而只忠心耿耿地崇拜至尊人格首神；应该放弃与至尊主合一的愚蠢念头，放弃为了得到世人的一时崇拜而要获得神奇力量的欲望。纯粹的奉献者只是诚心诚意地为至尊主服务，而不希求任何回报。这样做就会使人获得对首神的爱或这节诗中说的“和平(śāntam)”与“满足(ānandam)”。

第32节 एते सृती ते नृप वेदगीते
त्वयाभिपृष्टे च सनातने च ।
ये वै पुरा ब्रह्मण आह तुष्ट
आराधितो भगवान वासुदेवः ॥३२॥

ete sṛtī te nṛpa veda-gīte
tvayābhipṛṣṭe ca sanātane ca
ye vai purā brahmaṇa āha tuṣṭa
ārādhito bhagavān vāsudevaḥ

ete—描述过的一切 / sṛtī—方式 / te—向你 / nṛpa—帕瑞克西特·玛哈茹阿佳啊 / veda-gīte—根据韦达经的看法 / tvayā—由陛下您 / abhipṛṣṭe—适当的被问及 / ca—还有 / sanātane—有关永恒的真理 / ca—真正地 / ye—那 / vai—肯定地 / purā—以前 / brahmaṇe—向主布茹阿玛 / āha—说 / tuṣṭaḥ—感到满足 / ārādhitaḥ—正被崇拜 / bhagavān—至尊人格首神 / vāsudevaḥ—主奎师那

译文 玛哈茹阿佳·帕瑞克西特陛下，要知道，我为回答你提出的恰当问题所描述的一切，都是韦达经中讲述的，是永恒的真理。主奎师那对布茹阿玛的正确崇拜感到满意后，曾亲自给布茹阿玛讲解过这真理。

要旨 舒卡戴瓦·哥斯瓦米完全按照韦达经(Vedas)中的说法，阐述了上升到灵性天空，从而摆脱一切物质束缚的两条途径。这两条途径分别是：直接进入神的王国的程序，以及通过宇宙中的高等星球逐渐上升到灵性世界的程序。就有关这一点，韦达文献中说：“物质欲望是心中的疾病，摆脱了一切物质欲望的人能战胜死亡，经阿尔祺(Arci，火焰)星球进入神的王国(yadā sarve pramucyante kāmā ye 'sya hṛidi śritāḥ/ atha martyo 'mḥto bhavaty atra brahma samaśnute以及te 'rcir abhisambhavanti)。”(《大森林奥义书》4.4.7和6.2.15)

韦达文献的这些说法证实了《圣典博伽瓦谭》的观点，舒卡戴瓦·哥斯瓦米在此又进一步确认说：至尊人格首神圣主奎师那——华苏戴瓦(Vāsudeva)，向韦达经的第一位作者布茹阿玛揭示了真理。韦达经以师徒传承的方式传递下来，先是主奎师那传给布茹阿玛，然后由布茹阿玛传给纳茹阿达，再由纳茹阿达传给维亚萨戴瓦，维亚萨戴瓦传给舒卡戴瓦·哥斯瓦米……因此，所有权威的观点彼此并没有差异。真理是永恒的，所以不可能有新的解释。这才是了解韦达经中所含知识的途径。真理不是靠渊博的学问或世俗学者赶时髦的解释去了解的。真理就是真理，不需要增加什么，也不需要减少什么。人毕竟总是要接受某位权威。普通人要了解某些科学真相时，就把现代科学家当权威，以他们的观点为准。这表示普通人要追随权威。韦达知识也是以这样的方式为人们所接受。普通人不知道天空之外或宇宙之外是什么，因此无法对此进行争辩，必须接受由权威的师徒传承传下来的韦达经说法。《博伽梵歌》第4章中也说明了了解《博伽梵歌》的同一个程序。如果我们不接受师徒传承中灵性导师(ācārya)们的权威解释，那么尽管我们探寻韦达经中阐述的真理，但结果将是徒劳无功。

第33节　न ह्यतोऽन्यः शिवः पन्था विशतः संसृताविह ।
वासुदेवे भगवति भक्तियोगो यतो भवेत ॥३३॥

na hy ato 'nyaḥ śivaḥ panthā
viśataḥ saṁsṛtāv iha
vāsudeve bhagavati
bhakti-yogo yato bhavet

na—永不 / hi—肯定地 / ataḥ—超过这个 / anyaḥ—任何其他的 / śivaḥ—吉祥的 / panthāḥ—方法 / viśataḥ—游荡 / saṁsṛtau—在物质世界 / iha—在这一生 / vāsudeve—向主华苏戴瓦（奎师那）/ bhagavati—至尊人格首神 / bhakti-yogaḥ—直接做奉爱服务 / yataḥ—

其中 / bhavet—会造成

译文 对那些在物质宇宙里游荡的灵魂来说，靠直接为主奎师那做奉爱服务获救的方法最吉祥；再也没有比这更吉祥的方法了。

要旨 正如下一节诗要阐明的，做奉爱服务——直接练奉爱瑜伽(bhakti-yoga)，是从物质存在的控制中获救的唯一绝对、吉祥的方法。摆脱物质存在控制的间接方法有很多，但没有一种会像奉爱瑜伽那么容易，那么吉祥。人不可能仅仅靠思辨(jñāna)和神秘瑜伽及与之相关的训练而获救。这些活动会帮助人在灵修了许许多多年之后达到奉爱瑜伽的层面。《博伽梵歌》第12章的第5节诗中说：一心执著于绝对真理非人格特征的人，在追求他们想要达到的目标时，会碰到很多麻烦。《博伽梵歌》第7章的第19节诗中说：追求绝对真理的经验主义哲学家，在经过许许多多次投生后，才认识到华苏戴瓦觉悟是头等重要的。至于瑜伽体系，《博伽梵歌》第6章的第47节诗中也说：在所有追寻绝对真理的神秘主义者中，始终为至尊主做服务的人最优秀。《博伽梵歌》第18章的第66节诗给予的最高指示，是劝人完全投靠、服从至尊主，停止从事其他活动，放弃觉悟自我和摆脱物质束缚的其他方法。全部韦达文献的主旨是：用所有的方法引导人为至尊主做超然的爱心服务。

正如《圣典博伽瓦谭》第1篇中解释过的：没有丝毫功利性活动色彩的奉爱瑜伽或是使人最终能达到奉爱瑜伽这一顶峰的方法，构成了最高形式的宗教。对灵修者来说，除此之外其余的一切都不过是在浪费时间而已。

圣施瑞达尔·斯瓦米和像吉瓦·哥斯瓦米那样的其他灵性导师(ācārya)都认为：奉爱瑜伽不光是容易、简便、自然、没麻烦，而且还是人类快乐的唯一泉源。

第34节 भगवान ब्रह्म कार्त्स्न्येन त्रिरन्वीक्ष्य मनीषया ।
तदध्यवस्यत्कूटस्थो रतिरात्मन यतो भवेत ॥३४॥

bhagavān brahma kārtsnyena
trir anvīkṣya manīṣayā
tad adhyavasyat kūṭa-stho
ratir ātman yato bhavet

bhagavān—伟大的人物布茹阿玛 / brahma—韦达经 / kārtsnyena—概括地 / triḥ—三次 / anvīkṣya—详细审查 / manīṣayā—以学者般的专注 / tat—那 / adhyavasyat—确定它 / kūṭa-sthaḥ—专心地 / ratiḥ—吸引 / ātman (ātmani)—向至尊人格首神圣主奎师那 / yataḥ—由那 / bhavet—恰巧

译文 伟大的人物布茹阿玛集中全副精力，全神贯注地研究韦达经三次；在详细审查它们后，他确定：受至尊人格首神圣主奎师那的吸引是最完美的宗教。

要旨 圣舒卡戴瓦·哥斯瓦米谈到韦达知识的最高权威布茹阿玛——奎师那的属性化身。在物质创造的一开始，布茹阿玛接受了韦达经的教导。圣布茹阿玛虽然直接从人格首神那里聆听了韦达训导，但为了满足未来所有对韦达知识感兴趣的学生的好奇心，便像学者一样研究了三遍韦达经。所有的学者一般都是这样做事的。圣布茹阿玛专心地研究，全神贯注于韦达经的主旨。在详细审查过整个程序后，他确定：成为至尊人格首神圣主奎师那纯粹的奉献者，是一切宗教原则中最完美的原则。这也是人格首神在《博伽梵歌》中亲口给予的最高指示。所有的灵性导师们都接受这个韦达结论，反对这个结论的人在《博伽梵歌》第2章的第42节诗中被说成是“韦达经所谓的追随者(veda-vāda-rata)”。

第35节 भगवान सर्वभूतेषु लक्षितः स्वात्मना हरिः ।
दृश्यैर्बुद्ध्यादिभिर्द्रष्टा लक्षणैरनुमापकैः ॥३५॥

bhagavān sarva-bhūteṣu
lakṣitaḥ svātmanā hariḥ
dṛśyair buddhy-ādibhir draṣṭā
lakṣaṇair anumāpakaiḥ

bhagavān—至尊人格首神 / sarva—所有 / bhūteṣu—在生物体中 / lakṣitaḥ—可见的 / sva-ātmanā—与自我 / hariḥ—至尊主 / dṛśyaiḥ—由可以见到的 / buddhi-ādibhiḥ—以智慧 / draṣṭā—看的人 / lakṣaṇaiḥ—以不同的象征 / anumāpakaiḥ—凭着假设

译文 人格首神圣主奎师那，在每一个生物体的体内陪伴着个体灵魂。我们已经经由观察和借助于智慧，感知并猜测到了这一事实。

要旨 普通人一般都会争论说，既然我们用眼睛看不见至尊主，我们怎么能投靠、服从祂，或者为祂做超然的爱心服务呢？在这节诗里，圣舒卡戴瓦·哥斯瓦米就如何通过感性认识和理性认识来了解至尊主这一点，给这类普通人提出了非常实际的建议。事实上，我们用现有的物质感官知觉不到至尊主，但当人借由具体服务的心态深信至尊主的存在时，至尊主就会仁慈地揭示祂自己，使纯粹的奉献者随时随地能感知到至尊主的存在。他可以感知到：至尊人格首神的部分扩展——超灵(Paramātmā)，通过给予我们智慧来指导我们。要了解陪伴着每一个生物体的超灵的存在，并不是一件困难的事，即使对普通人来说也不例外，程序是这样的：人可以感觉到自己是一个个体，可以明确地感到自己的存在。他也许不能一下子感觉出来，但只要运用一点点智慧，就能感觉到他并不是这个躯体。他可以感觉到手、脚、头颅、毛发和四肢都是他躯体的一部分，但正因为如此，它们并不是他本人。所以，只要运用智慧，他就能把自我和他所看到的一切区分开来。因此他自然会得出结论：生物体——无论是人还是动物，都是观看者，他看到他自身以外的其他一切事物。因此，观看者和被看者之间是不一样的。现在，运用一点点智慧，我们也就会毫不犹豫地同意这一事实，那就是：用普通视力去看超出自我以外事物的生物体，没有独立看和动的能力。我们平常的一举一动和知觉，都依赖大自然以各种组合形式为我们提供的各种能力。我们的听、触、看、嗅和尝这五个感觉感官，以及手、腿、说话、排泄器官和生殖器官这五个行动感官，再加上心念、智力和假我这三个精微感官，总共十三个感官，都是由自然能量以各种粗糙或精微的形式提供给我们的。同样明显的事实是：我们所知觉到的对象也只不过是自然能量以无数种排列组合形式生产出的产品。由于这最终证明普通生物体没有独立知觉或行动的能力，由于我们确实感到我们的存在受自然能量的制约，我们便得出结论：观看者是灵性的，而感官和知觉对象则是物质的。观看者的灵性品质表现在我们对受制约的物质存在不满意这一点上。那就是物质和灵性的区别。有些智力欠佳的人争论说，某些有机物的发展，致使物质发展出看的力量和移动力量。但我们不能接受这样的说辞，因为并没有实验证明物质在什么地方产生过生物体。如果是真理的话，当下就是真理，而不是将来会成为真理。说物质将来会转变成生命体的空话其实很蠢，因为无论在世界的哪个角落，都不曾有过物质发展出看的能力和移动能力的事情。所以说，物质和灵性的特性无疑是截然不同的，我们只要运用一下智慧就能得出这样的结论。智慧就像某个给人以指导的更高权威，在不运用智慧的情况下，生物体不能看、不能动、不能进食、不能做任何事情。人一旦不能运用智慧了，就会变成疯子。因此，生物体依赖智慧或更高级生物的指导。这种智慧无所不在，每个生物体都有他的智慧，而这作为更高权威指导的智慧，就像父亲给儿子指示一样。住在每一个个体生物体内的更高权威就是超灵。

当研究到这一点时，我们也许会考虑这样的问题，那就是：我们虽然认识到我们所有的知觉和活动都受物质自然安排的制约，但通常还是感觉并声称："我在知觉着"或"我在做"。因此，我们可以说：我们把自我与物质躯体认同后，导致了我们感知和行动的物质感官的运作，而超灵根据我们的愿望以更高的原则在指导和满足我们。借助以智慧形式展现的超灵给我们的指导，我们可以要么继续研究并具体体验"我不是这个躯体"的结论，要么选择继续保持错误的物质认同，幻想我们是拥有者或行为者。我们可以自由选择，是接受愚昧、物质的错误概念，还是接受真正、灵性的概念。我们可以通过承认超灵是我们的朋友兼向导，并把自己的智慧与超灵的更高智慧相吻合，轻易地获得真正、灵性的概念。超灵和个体灵魂都是灵性的，因此在质上一样，有别于物质。尽管如此，超灵和个体灵魂却不在同一个层面上，因为超灵给予指导或提供智慧，而个体灵魂则按指示行事。只有这样，才能正确行事。个体自我无论是要看、听、思考、感受还是愿望，每一步都要遵从超灵的指示，因此是完全依靠超灵指导的。

从常识的角度看，我们得出结论：世上存在着物质、灵魂和超灵这三者。我们现在如果去看《博伽梵歌》——韦达智慧，就能进一步了解：物质、个体灵魂和超灵这三者，全都依赖至尊人格首神。超灵是至尊人格首神的部分扩展或在局部区域的代表。《博伽梵歌》证实说：至尊人格首神只用祂在局部区域的代表就主宰了整个物质世界。神是伟大的，祂不可能只是一个提供个体灵魂所需的人而已，因此超灵不可能完全代表至尊灵魂——绝对人格首神菩茹首塔玛(Puruṣottama)。个体灵魂对超灵的觉悟是觉悟自我的开始，随着这种认识的提高，人就能凭借智慧、权威经典的帮助，以及最主要是至尊主的恩典，觉悟到至尊人格首神。《博伽梵歌》中介绍的是有关至尊人格首神圣主奎师那的初步概念，《圣典博伽瓦谭》

是对神的科学的进一步阐释。一些奥义书(Upaniṣad)中解释说：就像同一棵树上住着两只鸟儿，超灵这位智慧的指导者就跟个体灵魂一起坐在同一个躯体里。因此，毫无疑问，只要我们下定决心并祈求智慧的指导者赐予我们仁慈，韦达经中的启示知识的要义，就会清晰地呈现在我们面前。这样，要了解至尊人格首神华苏戴瓦(Vāsudeva)就没有困难了。正因为如此，就像《博伽梵歌》第7章的第19节诗所证实的那样，明智的人在生生世世这样运用智慧后，便投靠了华苏戴瓦的莲花足。

第36节　तस्मात्सर्वात्मना राजन हरिः सर्वत्र सर्वदा ।
श्रोतव्यः कीर्तितव्यश्च स्मर्तव्यो भगवान्नृणाम ॥३६॥

tasmāt sarvātmanā rājan
harih sarvatra sarvadā
śrotavyaḥ kīrtitavyaś ca
smartavyo bhagavān nṛṇām

tasmāt—因此 / sarva—所有 / ātmanā—灵魂 / rājan—君王啊 / hariḥ—至尊主 / sarvatra—到处 / sarvadā—总是 / śrotavyaḥ—必须聆听 / kīrtitavyaḥ—赞扬 / ca—还有 / smartavyaḥ—记忆 / bhagavān—至尊人格首神 / nṛṇām—由人类

译文　因此，君王啊！对每一个人来说，随时随地都聆听、赞美和记忆至尊主——人格首神，是最重要的。

要旨　圣舒卡戴瓦·哥斯瓦米以“因此(tasmāt)”一词开始了这节诗。这是因为在上一节诗中，他已经解释过：除了奉爱瑜伽这一超卓的程序，没有其他更吉祥的解脱方法了。奉爱瑜伽的内容包括聆听、吟诵(吟唱)、记忆、侍奉至尊主的莲花足、崇拜、祈祷、做爱心服务、成为至尊主的朋友、把自己有的一切献给至尊主。这九种方法都是真正有效的方法，奉献者们就通过按这些方法实践来练奉爱瑜伽；无论实践所有的方法，是其中的几种，或是其中的一种，都能使真诚的奉献者实现人生最崇高的愿望。

但是，在这九种不同的方法中，第一种方法——聆听，是奉爱瑜伽程序中最重要的活动。没有正确和充分的聆听，就不能以任何其他的灵修方式取得进步。仅仅是为了让人们能有正确和充分的聆听，首神赋予力量的化身——权威人物维亚萨戴瓦，才编纂了所有的韦达文献。既然我们已经确知至尊主是一切的超灵，就应该随时随地聆听祂、赞美祂。这是人类的特殊责任。人一旦停止聆听有关无所不在的人格首神的一切，就会去聆听人造机器播出的废话，成为受害者。机器本身没有好坏之分，我们可以用来聆听有关至尊主的一切。但如今，机器被用来达到不可告人的目的，所以它正在使人类文明迅速堕落。这节诗里说，聆听是人类的责任，因为《博伽梵歌》和《圣典博伽瓦谭》等经典都是为人类的聆听而有的。人类以外的其他生物体没有能力聆听这样的韦达文献。不虔诚的人总是想把整个社会拉下水，人类社会如果致力于聆听韦达文献，就不会成为那些人发出的邪恶声音的牺牲品。

吟诵、吟唱可以巩固聆听的内容。从完美的源头那里进行了正确、充分的聆听后，人就会对无所不在的人格首神坚信不疑，进而热情地赞美祂。茹阿玛努佳(Rāmānuja)、玛德瓦(Madhva)、柴坦亚、萨茹阿斯瓦提· 塔库尔(Sarasvatī Ṭhākura)等印度所有伟大的灵性导师，甚至穆罕默德、基督等其他国家的大圣人，都是随时随地在歌唱、赞美神。既然至尊主无所不在，那么随时随地赞美祂是非常重要的。赞美至尊主不该受时间和地点的限制。这么做梵文称为萨纳坦·达尔玛(sanātana-dharma)或巴嘎瓦塔·达尔玛(bhāgavata-dharma)。梵文萨纳坦的意思是永恒、总是和各处，而巴嘎瓦塔的意思是与至尊主巴嘎万(Bhagavān)有关。至尊主是一切时间和空间的主人，因此全世界都必须聆听、赞美和记忆祂的圣名。这样做将会给世人带来渴盼已久的和平与繁荣。梵文“还有(ca)”一词，包括了上述奉爱瑜伽所有的程序或方法。

第37节 पिबन्ति ये भगवत आत्मनः सतां
कथामृतं श्रवणपुटेषु सम्भृतम ।
पुनन्ति ते विषयविदूषिताशयं
व्रजन्ति तच्चरणसरोरुहान्तिकम ॥३७॥

pibanti ye bhagavata ātmanaḥ satāṁ
kathāmṛtaṁ śravaṇa-puṭeṣu sambhṛtam
punanti te viṣaya-vidūṣitāśayaṁ
vrajanti tac-caraṇa-saroruhāntikam

pibanti—喝……的人 / ye—那些 / bhagavataḥ—至尊人格首神的 / ātmanaḥ—最亲爱的 / satām—奉献者的 / kathā-amṛtam—讯息的甘露 / śravaṇa-puṭeṣu—在耳孔内 / sambhṛtam—充满了 / punanti—净化 / te—他们的 / viṣaya—物质享乐 / vidūṣita-āśayam—被污染了的生命目标 / vrajanti—回到 / tat—至尊主的 / caraṇa—双足 / saroruha-antikam—接近莲花

译文 主奎师那是奉献者心爱的人，那些靠聆听来喝饮充满主奎师那的信息之甘露的人，净化被污染的、称为物质享乐的人生目标，从此回归首神，回到祂的莲花足旁。

要旨 要主宰物质资源的人生目标是被污染了的人生目标，也是人类社会受苦受难的根源。人类社会越是为了感官享乐去开采未开发的物质资源，就越是受至尊主的物质能量——错觉能量的捆绑。正因为如此，世界上的痛苦不但没有减少，反而在不断地增加。至尊主以五谷、牛奶、水果、木材、石块、糖、丝、珠宝、棉花、盐、水和蔬菜等形式，为人类提供充足的生活必需品，其分量不但足以养活和照顾世上所有的人，还够宇宙中每一个星球上的生物体使用。供应是充足的，人只需要用一点点精力来获取他的生活必需品。人类并不需要机械装置或庞大的钢厂，以非自然的方式创造所谓舒适的生活环境。非自然的需求永远不会令生活舒适，但简朴的生活和崇高的思想却能使人生活舒服、轻松。舒卡戴瓦·哥斯瓦米在这节诗里提出，人类社会最完美的思想就是充分聆听《圣典博伽瓦谭》。对于在这个喀历年代里丧失了对生命的完美视力的人来说，这部《圣典博伽瓦谭》是照亮真正路途的火炬。圣吉瓦·哥斯瓦米·帕布帕德曾就这节诗中的梵文“讯息的甘露(kathāmṛtam)”一词进行评论并指出：《圣典博伽瓦谭》是有关人格首神甘露般的信息。充分地聆听《圣典博伽瓦谭》，可以使人放弃“主宰物质”这一污染了的人生目标。这样，世界各地的人民大众才有可能过上有知识和快乐的和平生活。

对至尊主的奉献者来说，任何与至尊主的名字、声望、品质、随行人员等有关的话题都令人喜悦，因为这些话题备受纳茹阿达、哈努曼(Hanumān)、南达·玛哈茹阿佳(Nanda Mahārāja)和温达文其他居民的喜爱。这样的信息无疑是超然的，使人心旷神怡。

舒卡戴瓦·哥斯瓦米在这节诗中保证说：人如果一直不断地聆听《博伽梵歌》，接着是《圣典博伽瓦谭》的讯息，就会到人格首神那里去，在那个名叫哥珞卡·温达文、酷似一朵大莲花的灵性星球上为至尊主做超然的爱心服务。

因此，通过练奉爱瑜伽，并像这节诗中建议的那样靠充分聆听至尊主的超然信息并直接加以接受，人就可以在没有尝试冥想至尊主不具人格特征的宇宙概念的情况下，直接清除物质的污染。练奉爱瑜伽而没有清除物质污染的人，必定是伪装的奉献者。对这种冒牌货来说，没有方法可以使他摆脱物质的束缚。

到此为止，结束了巴克提韦丹塔对《圣典博伽瓦谭》第2篇第2章——“心中的至尊主”所作的阐释。

第三章

纯粹的奉爱服务：内心的变化

第1节

श्रीशुक उवाच
एवमेतन्निगदितं पृष्टवान यद्भवान्मम ।
नृणां यन्म्रियमाणानां मनुष्येषु मनीषिणाम ॥१॥

śrī-śuka uvāca
evam etan nigaditaṁ
pṛṣṭavān yad bhavān mama
nṛṇāṁ yan mriyamāṇānāṁ
manuṣyeṣu manīṣiṇām

śrī-śukaḥ uvāca—圣舒卡戴瓦·哥斯瓦米说 / evam—如此 / etat—所有这些 / nigaditam—答复了 / pṛṣṭavān—如你所询问 / yat—什么 / bhavān—阁下你 / mama—向我 / nṛṇām—人类的 / yat—一个 / mriyamāṇānām—在死亡的门槛上 / manuṣyeṣu—在人类当中 / manīṣiṇām—有智慧的人的

译文 圣舒卡戴瓦·哥斯瓦米说：玛哈茹阿佳·帕瑞克西特，你所问的有关踩在死亡门槛上的明智之人的责任问题，我已经回答你了。

要旨 整个世界的人类社会中有亿万的男人和亿万的女人，他们中几乎所有的人都缺乏对灵魂的知识，所以都没什么智慧。尽管他们事实上并不是粗糙和精微的物质躯体，但他们中几乎所有的人都认为自己是，因此都持有错误的生命概念。用人类的社会标准来衡量，他们的地位也许高、也许低，但我们应该清楚：人除非询问超出他的躯体和心智之外的自我，否则作为人的一生所从事的一切活动都是失败的。正因为如此，在千万人当中，或许会有一个人探询有关他的灵性自我，并为此去查阅《韦丹塔·苏陀》(Vedānta-sūtra)、《博伽梵歌》(Bhagavad-gītā)和《圣典博伽瓦谭》(Śrīmad-Bhāgavatam)等启示经典。但是，如果我们不接触一位觉悟了的灵性导师，那么即使我们阅读和聆听这类经典，我们也不可能对自我真正的本性等一类问题有真正的了解。在千百万人当中，也许有人知道主奎师那真正是什么。《永恒的柴坦亚经》(Caitanya-caritāmṛta)中篇第20章的第122—123节诗中说：主奎师那出于没有缘故的仁慈，透过维亚萨戴瓦(Vyāsadeva)这个化身编纂了韦达文献，以便人类社会中那些几乎忘了与祂的真正关系的明智之人阅读。即使是明智的人，也会忘记他们与至尊主的关系。而奉爱瑜伽(bhakti-yoga)的整个程序，就是要恢复每个人中断了的与至尊主的关系。生物在经历了八百四十万种生命形式的轮回进化后，只有在人体生命中才有可能恢复这种关系。明智之人必须认真抓住这个机会。由于不是所有的人都很聪明，所以总有太多的人不明白人生的重要性。因此，这节诗里特别用了“善于思考(manīṣiṇām)”一词。像帕瑞克西特王(Mahārāja Parīkṣit)那种善于思考的人，必须托庇于主奎师那的莲花足下，全心全意地从事聆听、歌唱至尊主的圣名和娱乐活动等奉爱服务。无论是奎师那的圣名，还是对祂从事的娱乐活动的描述，全都是“神的话题的甘露(hari-kathāmṛta)”。这项活动特别推荐给那些正在为死亡做准备的人。

第2—7节 ब्रह्मवर्चसकामस्तु यजेत ब्रह्मणः पतिम ।
इन्द्रमिन्द्रियकामस्तु प्रजाकामः प्रजापतीन ॥२॥
देवीं मायां तु श्रीकामस्तेजस्कामो विभावसुम ।
वसुकामो वसून रुद्रान वीर्यकामोऽथ वीर्यवान ॥३॥
अन्नाद्यकामस्त्वदितिं स्वर्गकामोऽदितेः सुतान ।
विश्वान्देवान राज्यकामः साध्यान, संसाधको विशाम॥४॥

आयुष्कामोऽश्विनौ देवौ पुष्टिकाम इलां यजेत ।
प्रतिष्ठाकामः पुरुषो रोदसी लोकमातरौ ॥ ५ ॥
रूपाभिकामो गन्धर्वान स्त्रीकामोऽप्सर उर्वशीम ।
आधिपत्यकामः सर्वेषां यजेत परमेष्ठिनम ॥ ६ ॥
यज्ञं यजेद्यशस्कामः कोशकामः प्रचेतसम ।
विद्याकामस्तु गिरिशं दाम्पत्यार्थ उमां सतीम ॥ ७ ॥

brahma-varcasa-kāmas tu
yajeta brahmaṇaḥ patim
indram indriya-kāmas tu
prajā-kāmaḥ prajāpatīn

devīṁ māyāṁ tu śrī-kāmas
tejas-kāmo vibhāvasum
vasu-kāmo vasūn rudrān
vīrya-kāmo 'tha vīryavān

annādya-kāmas tv aditiṁ
svarga-kāmo 'diteḥ sutān
viśvān devān rājya-kāmaḥ
sādhyān saṁsādhako viśām

āyuṣ-kāmo 'śvinau devau
puṣṭi-kāma ilāṁ yajet
pratiṣṭhā-kāmaḥ puruṣo
rodasī loka-mātarau

rūpābhikāmo gandharvān
strī-kāmo 'psara urvaśīm
ādhipatya-kāmaḥ sarveṣāṁ
yajeta parameṣṭhinam

yajñaṁ yajed yaśas-kāmaḥ
kośa-kāmaḥ pracetasam
vidyā-kāmas tu giriśaṁ
dāmpatyārtha umāṁ satīm

brahma—绝对者 / varcasa—光芒 / kāmaḥ tu—但想要那样的人 / yajeta—会崇拜 / brahmaṇaḥ—韦达经的 / patim—主人 / indram—天

帝 / indriya-kāmaḥ tu—但想要有强壮的感官的人 / prajā-kāmaḥ—想有很多后裔的人 / prajāpatīn—帕佳帕提（生物体的祖先）/ devīm—女神 / māyām—向物质世界的女主人 / tu—但是 / śrī-kāmaḥ—想要美貌的人 / tejaḥ—力量 / kāmaḥ—这样想的人 / vibhāvasum—火神 / vasu-kāmaḥ—想发财的人 / vasūn—瓦苏半神人 / rudrān—希瓦的众多扩展 / vīrya-kāmaḥ—想要身体强壮的人 / atha—因此 / vīryavān—最强大的 / anna-adya—谷类 / kāmaḥ—这样想的人 / tu—但是 / aditim—半神人的母亲阿迪缇 / svarga—天堂 / kāmaḥ—这样想 / aditeḥ sutān—阿迪缇众多的儿子 / viśvān—维施瓦戴瓦 / devān—半神人 / rājya-kāmaḥ—那些渴望得到王国的人 / sādhyān—众萨迪亚半神人 / saṁsādhakaḥ—满足愿望的…… / viśām—经商阶层的 / āyuḥ-kāmaḥ—想要长寿 / aśvinau—称为阿施维尼兄弟的两位半神人 / devau—这两位半神人 / puṣṭi-kāmaḥ—想要强壮的身体的人 / ilām—大地 / yajet—必须崇拜 / pratiṣṭhā-kāmaḥ—想出名或想职位稳定的人 / puruṣaḥ—这样的人 / rodasī—地平线 / loka-mātarau—以及大地 / rūpa—美貌 / abhikāmaḥ—积极地渴望 / gandharvān—歌仙星球上的居民(甘达尔瓦)；他们都很美丽、很会唱歌 / strī-kāmaḥ—想要贤妻的人 / apsaraḥ urvaśīm—天国的社交女郎 / ādhipatya-kāmaḥ—想支配别人的人 / sarveṣām—每个人 / yajeta—必须崇拜 / parameṣṭhinam—宇宙的总管布茹阿玛 / yajñam—人格首神 / yajet—必须崇拜 / yaśaḥ-kāmaḥ—想出名的人 / kośa-kāmaḥ—想要银行存款很多的人 / pracetasam—称为瓦茹纳的天堂司库 / vidyā-kāmaḥ tu—但是想得到教育的人 / giriśam—喜马拉雅山的主人希瓦 / dāmpatya-arthaḥ—至于夫妻之情 / umām satīm—主希瓦贞洁的妻子乌玛

译文 想要全神贯注于不具人格特征的梵光(布茹阿玛玖提)的人,应该崇拜韦达经的导师(布茹阿玛或博学的祭司

毕尔哈斯帕提)；想要增强性能力的人，应该崇拜天帝因铎；想要子孙优秀的人，应该崇拜名叫帕佳帕提的伟大祖先。想要交好运的人，应该崇拜物质世界的掌管者杜尔嘎女神。想要强大有力的人，应该崇拜火；只追求钱财的人，应该崇拜瓦苏们。人要想成为伟大的英雄，就应该崇拜主希瓦的化身茹铎。想要储存大量谷物的人，应该崇拜阿迪缇。想要去天堂星球的人，应该崇拜阿迪缇的儿子们。想要拥有世上王国的人，应该崇拜维施瓦戴瓦；而想要受人民大众欢迎的人，应该崇拜萨迪亚半神人。想要长寿的人，应该崇拜名叫阿施维尼·库玛尔的半神人们；想要身体强壮的人，应该崇拜大地。想要稳固自己的地位的人，应该崇拜地平线与大地。想要容貌美丽的人，应该崇拜甘达尔瓦星球上美丽的居民们；想要有好妻子的人，应该崇拜天堂星球最美丽的舞女(阿普萨娃)和天堂星球的乌尔娃西社交女郎。想要控制他人的人，应该崇拜宇宙的领袖主布茹阿玛。想要有实质性名望的人，应该崇拜人格首神；而想要有很多银行存款的人，应该崇拜半神人瓦茹纳。想要学识渊博的人应该崇拜主希瓦；而想要夫妻关系和谐的人，应该崇拜主希瓦的妻子——贞节女神乌玛。

要旨　经典为那些想在不同的方面获得成功的人介绍了不同的崇拜方式。生活在物质世界里的受制约的灵魂，不可能享受到所有的物质便利，但如果根据自己的具体愿望，崇拜上述半神人中特定的一位，就可以得到相应的利益。茹阿瓦纳(Rāvaṇa)靠崇拜希瓦成为力量强大的人，他曾经为了取悦希瓦而给希瓦供奉砍下的头颅。凭借希瓦的恩赐，他变得那么强大有力，以致所有的半神人都怕他；他直到最后向至尊人格首神主茹阿玛禅铎(Rāmacandra)挑战，才走向了灭亡。换句话说，正如《博伽梵歌》第7章的第20节诗证实的那样，所有这类追求某些或全部物质享乐的人——十足的物质主义者，都是缺乏智慧的人。经典中说：丧失一切判断力的人，或者说是被玛亚(māyā)的迷惑能量拿走了智力的人，渴望靠取悦各种半神人或以科学进步为幌子发展物质文明来获得生活中的各种享乐。在物质世界里真正要解决的生命问题，是生、老、病、死。没人想改变他与生俱来的权利，没人想死，没人想变老或残废，也没人想生病。然而，无论是半神人的恩典，还是所谓的物质科技进步，都解决不了这些问题。《博伽梵歌》和《圣典博伽瓦谭》中，都说这些智力欠佳的人缺乏判断力。舒卡戴瓦·哥斯瓦米说，在八百四十万种生命形式中，人体生命是很罕有、珍贵的；而在罕有的人类中，那些觉察到物质问题的人更罕见；然而，比这种人更稀有的，是那些察觉到《圣典博伽瓦谭》价值的人。《圣典博伽瓦谭》包含了至尊主和至尊主纯粹的奉献者的信息。无论人是聪明还是愚蠢，都不可能避免死亡。但是，帕瑞克西特王因为在死亡来临时抛弃一切物质享乐，从正确的人物舒卡戴瓦·哥斯瓦米那里聆听至尊主的信息，以这种方式完全投靠至尊主的莲花足，因此被舒卡戴瓦·哥斯瓦米称为是心智高度发展(manīṣī)的人。相反，努力追求物质享乐的人所具有的渴望却受到谴责。这种渴望就像堕落的人类社会服用的麻醉品一样。明智的人应该努力消除这些渴望，相反追求重返家园、回归首神后的永恒生活。

第8节 धर्मार्थ उत्तमश्लोकं तन्तुः तन्वन पितॄन यजेत ।
रक्षाकामः पुण्यजनानोजस्कामो मरुद्गणान ॥८॥

dharmārtha uttama-ślokaṁ
tantuḥ tanvan pitṝn yajet
rakṣā-kāmaḥ puṇya-janān
ojas-kāmo marud-gaṇān

dharma-arthaḥ—为了灵性的进步 / uttama-ślokam—至尊主或依恋至尊主的人 / tantuḥ—为了后代 / tanvan—并为了保护他们 / pitṝn—琵垂珞卡的居民(祖先) / yajet—必须崇拜 / rakṣā-kāmaḥ—想得到保护的人 / puṇya-janān—虔诚的人 / ojaḥ-kāmaḥ—想得到力量的人应该崇拜 / marut-gaṇān—众多半神人

译文　要增长灵性知识，就该崇拜主维施努或祂的奉献者；要想王朝强盛和世代相传，就该崇拜各种各样的半神人。

要旨　真正的宗教意味着使人在灵修之途上取得进步，通过增长灵性知识认识至尊主的非人格光芒、在局部区域扩展的超灵特征及祂本人的特征，最终恢复与主维施努的永恒关系。要想建立一个强盛的王朝，通过发展短暂的躯体关系获得快乐，就应该托庇于祖先(Pitā)和其他虔诚星球上的半神人。不同半神人的崇拜者最后会到宇宙中那些半神人所在的星球去；但到梵光(brahmajyoti)中的灵性星球去的那些人，所达到的是最高的完美境界。

第9节　राज्यकामो मनून्देवान्निर्ऋतिं त्वभिचरन यजेत ।
कामकामो यजेत्सोममकामः पुरुषं परम ॥९॥

rājya-kāmo manūn devān
nirṛtiṁ tv abhicaran yajet
kāma-kāmo yajet somam
akāmaḥ puruṣaṁ param

rājya-kāmaḥ—想拥有王国的人 / manūn—神的非完整化身玛努们 / devān—半神人 / nirṛtim—恶魔 / tu—但是 / abhicaran—想战胜敌人 / yajet—应该崇拜 / kāma-kāmaḥ—想得到感官享乐的人 / yajet—应该崇拜 / somam—名叫昌铎的半神人 / akāmaḥ—没有物质欲望要满足的人 / puruṣam—至尊人格首神 / param—至尊者

译文 想要管辖一个王国或帝国，就该崇拜玛努。想要战胜敌人，就该崇拜恶魔；而想要进行感官享乐，就该崇拜月亮。但是，不想有任何物质享乐的人，应该崇拜至尊人格首神。

要旨 对解脱了的人来说，以上罗列的各种物质享乐都是毫无意义的。只有受至尊主外在能量的物质属性制约的人，才会受各种各样的物质享乐的诱惑。换句话说，超然主义者并没有什么物质欲望需要去满足，相反物质主义者却是欲壑难填。至尊主声明：想进行物质享乐并为此去找上述那些不同的半神人帮忙的物质主义者，控制不了他们的感官，因而浪费精力去做很无聊的事情。所以，人不该有任何的物质享乐欲望，要足够明智地去崇拜至尊人格首神。无聊之人的领袖们甚至更荒唐，他们公开宣传他们愚蠢的看法说：人想崇拜什么半神人就崇拜什么半神人，其结果是一样的。这类宣传不仅违反《博伽梵歌》和《圣典博伽瓦谭》的教导，而且愚蠢透顶；其性质就像愚蠢地说，随便买什么旅行票证都能去同一个目的地一样。没人能买一张从德里到巴若德的票，却可以从德里到孟买去。这里明确、详细地说明：欲望不同，崇拜的模式就不同；但没有物质享乐欲望的人应该崇拜至尊主——人格神奎师那，而这种崇拜程序称为奉爱服务。纯粹的奉爱服务意味着：不带丝毫物质欲望地为至尊主做服务；物质欲望是指包括功利性活动和经验主义心智思辨在内的各种欲望。人们也许为满足物质欲望而崇拜至尊主，但正如下一节诗中会解释的，这种崇拜的结果会不同。一般来说，至尊主不会去满足任何人要进行感官享乐的物质欲望，但会赐予崇拜祂的人这类祝福，因为他们最后会去除物质享乐的欲望。结论是：人必须把物质享乐的欲望减至最低限度；为做到这一点，人应该崇拜至尊人格首神。至尊主在这节诗里被描述为是“超越一切物质的(param)”。圣商卡尔查尔亚(Śaṅkarācārya)也说过：至尊主在物质的包围圈之外(nārāyaṇaḥ paro’vyaktāt)。

第10节　अकामः सर्वकामो वा मोक्षकाम उदारधीः ।
तीव्रेण भक्तियोगेन यजेत पुरुषं परम ॥१०॥

akāmaḥ sarva-kāmo vā
moksa-kāma udāra-dhīḥ
tīvreṇa bhakti-yogena
yajeta puruṣaṁ param

akāmaḥ—超越了所有物质欲望的人 / sarva-kāmaḥ—有所有的物质欲望的人 / vā—或 / mokṣa-kāmaḥ—想得到解脱的人 / udāradhīḥ—有高度智慧 / tīvreṇa—以极大的力量 / bhakti-yogena—凭借为至尊主做奉爱服务 / yajeta—应该崇拜 / puruṣam—至尊主 / param—至尊的整体

译文　有高度智慧的人，无论内心是充满各种物质欲望，是根本没有物质欲望，还是想要得到解脱，都必须用尽所有的方法崇拜至尊的整体——人格首神。

要旨　在《博伽梵歌》中，至尊人格首神圣主奎师那被描述为是至尊的人物——菩茹首塔玛(puruṣottama)。只有祂，才能把非人格神主义者吸入祂身体放射出的梵光(brahmajyoti)中，以此方式把解脱赐予那些追求解脱的人。正如光辉灿烂的阳光不是独立于太阳球体而存在的，梵光也不是脱离至尊主而独立存在的。因此，正如《圣典博伽瓦谭》这里所推荐的，想要融入至尊非人格梵光的人，也必须通过练奉爱瑜伽来崇拜至尊主。这节诗里着重强调奉爱瑜伽是达到一切完美的方法。前一章中说，练活动瑜伽(karma-yoga)和思辨瑜伽(jñāna-yoga)的最终结果，是要练奉爱瑜伽。同样，这一章中强调：崇拜各种半神人的人，最终上升到练奉爱瑜伽的层面。因此这里推荐说：觉悟自我的最佳方法是练奉爱瑜伽。正因为如此，所有的人都必须认真地采用奉爱瑜伽的程序，即使是追求物质享乐或摆脱物质束缚的人也该认真练奉爱瑜伽。

梵文阿卡玛哈(akāmaḥ)是指没有物质欲望的人。生物原本就是至尊整体(puruṣaṁ pūrṇam)不可缺少的一部分，因此所从事的自然活动就是为至尊生物服务，正如身体的一部分或说躯体的四肢，自然是为侍奉整个躯体而存在的。所以，没有欲望的意思不是像石头一样呆滞，而是要察觉自己的原本状态，只想要至尊主给予的满足。圣吉瓦·哥斯瓦米(Jīva Gosvāmī)在他的论著(Sandarbha)中，把这种没有欲望解释为是：人应该只有在体验到至尊主的快乐时才感到快乐(bhajanīya-parama-puruṣa-sukha-mātra-sva-sukhatvam)。生物的这种本性即使在物质世界受制约的状态下也时有展现，只不过智力欠佳、心智不发达的人，是通过利他主义、博爱、社会主义和共产主义等形式来表达他们的这种本性。在世俗的范畴里，这种以社会、团体、家庭、国家或人类的形式表现出的为他人做好事，是纯洁的生物以至尊主的快乐为快乐的原本感受的部分展现。以至尊主的快乐为快乐这种美好的感受，被布阿佳布弥的少女们展现得淋漓尽致。牧牛姑娘不求任何回报地爱着至尊主，而这是无欲(akāmaḥ)精神的完美体现。物质世界里充分展现的是利欲熏心(kāma)、只想满足自己，而灵性世界里充分展现的是无欲的精神。

为了摆脱物质苦恼、满足自己而要与至尊主合一或融入梵光(brahmajyoti)的思想，也是有欲望的体现。纯粹的奉献者不想为使自己免除生存痛苦而解脱。即使得不到所谓的解脱，纯粹的奉献者也照样渴望满足至尊主。受欲望的影响，阿尔诸纳(Arjuna)一开始为满足自己而想救他的亲戚，因此拒绝在库茹柴陀(Kurukṣetra)战博上作战。可是，作为纯粹的奉献者，当他恢复理智，认识到以牺牲自己的满足为代价去满足至尊主是他的首要责任时，他同意按至尊主的指示去作战。他因此变得无欲，而这才是完美生物的完美状态。

人有高度智慧(udāra-dhīḥ)的意思是人的目光远大。有物质享乐欲望的人崇拜地位低微的半神人们，《博伽梵歌》第7章的第20节诗中谴责这种人是失去理智的人(hṛta jñāna)。没有至尊主的批准，人不可能从半神人那里得到任何祝福。因此，目光远大的人能看出最高的权威是至尊主，即使是物质利益的给予也由祂说了算。在这种情况下，目光远大的人即使有物质享乐或解脱的欲望，也应该直接去崇拜至尊主。每一个人，无论他是没有欲望(akāma)、有欲望(sakāma)，还是有解脱的欲望(mokṣa-kāma)，都应该尽快崇拜至尊主。这意味着我们应该在不混杂功利性活动和思辨的情况下完美地练奉爱瑜伽。不混杂其他光线的纯阳光十分强大有力，因此被称为“极大的力量(tīvra)”。同样道理，无论人内心的动机是什么，他都可以通过聆听和吟诵、吟唱等方法练纯粹的奉爱瑜伽。

第11节　एतावानेव यजतामिह निःश्रेयसोदयः ।
भगवत्यचलो भावो यद्भागवतसङ्गतः ॥११॥

etāvān eva yajatām
iha niḥśreyasodayaḥ
bhagavaty acalo bhāvo
yad bhāgavata-saṅgataḥ

etāvān—所有这些不同类型的崇拜者 / eva—肯定地 / yajatām—在崇拜之际 / iha—在这一生中 / niḥśreyasa—最高的祝福 / udayaḥ—发展 / bhagavati—向至尊人格首神 / acalaḥ—果断、坚定的 / bhāvaḥ—自然受……的吸引 / yat—那 / bhāgavata—主纯粹的奉献者 / saṅgataḥ—联谊

译文　只有靠至尊主纯粹的奉献者的联谊，各种崇拜半

神人的人，才能得到最完美的利益——自然而然深受至尊人格首神的吸引。

要旨 在物质创造中以各种生命形式生存的众生，从第一位半神人布茹阿玛开始，下至小蚂蚁，都受制于物质自然法律——至尊主的外在能量。生物在纯洁的状态下意识到自己是至尊主不可缺少的一部分这个事实，但当他因为想要主宰物质能量而被抛进这个物质世界后，他便受物质自然三种属性的制约，因而为生存的最高利益而奋斗。这种奋斗就好像在物质享乐魔力的驱使下追逐鬼火一样。无论是靠崇拜这一章前面诗节所介绍的半神人，还是依靠在没有神或半神人帮助的情况下取得现代科技知识的进步所制定的一切物质享乐计划，都不过是幻想而已；因为在物质创造范围内受制约的生物，虽然为获得快乐而制定所有的物质享乐计划，但却永远解决不了生老病死这些生存问题。宇宙历史中满是这种计划制定者，无数的国王和君主穿梭般来去，但留下的只是些故事而已。这类计划制定者竭尽努力，可还是解决不了生存的根本问题。

实际上，人生是专为解决这些生存的根本问题而设的。用不同的崇拜方式去满足不同的半神人，或者在没有神或半神人的帮助下取得所谓科技知识的进步，永远解决不了这些问题。只有十足的物质主义者很少理会神或半神人；韦达经(Vedas)推荐人为了不同的利益而崇拜不同的半神人，说明半神人不是假想出来的。半神人像我们一样是真实存在的，但他们因为用管理宇宙不同部门的方式直接为至尊主做服务，所以力量比我们强大得多。《博伽梵歌》不但确认了这一点，还描述了包括最高级的半神人布茹阿玛在内的半神人所居住的不同星球。十足的物质主义者不相信神或半神人的存在，也不相信宇宙中不同的星球是由不同的半神人掌管的。他们为到达离地球最近的天体——月亮(Candraloka)而制造了很大的风波，但即使用机器拼命探索，还是对月亮不甚了解。尽管骄傲的科学家或十足的物质主义者做了很多假宣传，说要卖月亮上的土地，但他们自己却不能住在那里，更不要说到其他那些他们连数都数不过来的星球上去了。然而，韦达经的追随者有另外一套获取知识的方法。正如我们在《圣典博伽瓦谭》第1篇中谈过的，他们把韦达文献的声明当权威，因此对至尊神和祂在物质天空之外所居住的星球，以及半神人和他们在这个物质世界里所居住的各个星球，有着充分且合理的知识。在所有的韦达文献中，《博伽梵歌》被商卡尔、茹阿玛努佳(Rāmānuja)、玛达瓦(Madhva)、维施努斯瓦米(Viṣṇusvāmī)、宁巴尔卡和柴坦亚(Caitanya)等印度伟大的灵性导师(ācārya)接受为是最权威的韦达文献，世上所有重要的人物也都研究它。《博伽梵歌》中谈到对半神人的崇拜和他们各自居住的星球，其中奎师那在第9章的第25节诗中证实说：

yānti deva-vratā devān
pitṝn yānti pitṛ-vratāḥ
bhūtāni yānti bhūtejyā
yānti mad-yājino 'pi mām

"崇拜半神人的人，将在半神人中投生；崇拜祖先的人，到祖先那里去；崇拜鬼魂和精灵的人，在那些生物中投生；崇拜我的人，将与我生活在一起。"

从《博伽梵歌》中我们还知道：物质世界里的所有星球，包括布茹阿玛珞卡(Brahmaloka)，都只不过是短暂的处境，过一定的时间后就都会遭到毁灭；因此，半神人和崇拜半神人的人在毁灭的时间到来时全都会被毁灭。然而，到达神的王国的人会过上永恒的生活。这就是韦达文献的定论。崇拜半神人的人因为相信韦达文献的说法，所以比不相信韦达文献的人多一种便利条件，那就是：通过相信韦达文献，他们能在与奉献者交往的过程中了解崇拜至尊主的好处。相反，十足的物质主义者因为对韦达文献没有信心，所以永远处于愚昧的状态中，被错误的信心所驱使，建立这种错误信心的基础是：不完美的经验性知识，或永远触及不了超然知识范畴的所谓物质科学。

因此，十足的物质主义者或崇拜短暂的半神人的人，除非接触到像至尊主的纯粹奉献者那样的超然主义者，否则所做的努力就只不过是在浪费精力而已。人只有依靠圣洁的人物——至尊主纯粹的奉献者的恩典，才能获得纯粹的奉爱之心，而这是人生最高的完美。只有至尊主纯粹的奉献者才能给人指出进步生活的正确途径。否则，无论是在不知道神或半神人的情况下所过的物质主义生活，还是在为追求短暂的物质享乐而去崇拜半神人的情况下所过的物质主义生活，都是不同的幻象而已。有关这一切，《博伽梵歌》也作了明确的解释，但《博伽梵歌》只有在与纯粹的奉献者联谊的情况下才能明白，而不能靠政治家或枯燥的哲学思辨者的解释去了解。

第12节 ज्ञानं यदाप्रतिनिवृत्तगुणोर्मिचक्र-
मात्मप्रसाद उत यत्र गुणेष्वसङ्गः ।
कैवल्यसम्मतपथस्त्वथ भक्तियोगः
को निर्वृतो हरिकथासु रतिं न कुर्यात ॥१२॥

jñānaṁ yad āpratinivṛtta-guṇormi-cakram
ātma-prasāda uta yatra guṇeṣv asaṅgaḥ
kaivalya-sammata-pathas tv atha bhakti-yogaḥ
ko nirvṛto hari-kathāsu ratiṁ na kuryāt

jñānam—知识 / yat—由那 / ā—直到……的限度 / ratinivṛtta—完全中止 / guṇa-ūrmi—物质属性的波浪 / cakram—旋涡 / ātma-prasādaḥ—自我满足 / uta—而且 / yatra—那里有 / guṇeṣu—在自然属性中 / asaṅgaḥ—没有执著 / kaivalya—超然的 / sammata—被认可 / pathaḥ—途径 / tu—但是 / atha—因此 / bhakti-yogaḥ—奉爱服务 / kaḥ—谁 / nirvṛtaḥ—专注于 / hari-kathāsu—有关至尊主的超然论题 / ratim—吸引 / na—不会 / kuryāt—做

译文　与至尊主哈尔依有关的超然知识，是使物质属性的浪涛和旋涡完全静止下来的知识。这样的知识因为完全没有物质的执著，而且被权威们证实为是超然的，所以能使人感到内心十分满足。因此，有谁能不受这知识的吸引呢？

要旨　《博伽梵歌》第10章的第9节诗中说：纯粹奉献者的特质是奇妙的。纯粹的奉献者所做的全部活动，就是一直不断地为至尊主服务，因此他们互相交流如痴如醉的情感，品尝超然的快乐。如果得到一位真正的灵性导师的正确指导，人甚至在练习做奉爱服务的阶段(sādhana-avasthā)就能体验到这种超然的快乐。在成熟的阶段，随着人认识到自己与至尊主的特定关系(奉献者甚至可以与至尊主有情侣之爱那种亲密的关系，从而品尝到最高的超然快乐)，这种超然的感受便发展到极致，生物从此恢复自己的原本状态。因此，奉爱瑜伽作为认识神的唯一方法，被称为"超然的(kaivalya)"。就有关这一点，圣吉瓦·哥斯瓦米引述韦达观点(eko nārāyaṇo devaḥ, parāvarāṇāṁ parama āste kaivalya-saˆjṣitaḥ)，确立这样的事实，那就是：人格首神纳茹阿亚纳(Nārāyaṇa)是那位"超然的(kaivalya)"人物，使人接近至尊主的方法则是"到首神那里去的唯一方法(kaivalya-panthā)"。这唯一的方法以聆听(śravaṇa)与人格首神有关的话题为开始，聆听与人格首神有关的话题(hari-kathā)的自然结果是得到超然的知识，使奉献者对所有的世俗话题不再有丝毫兴趣。所有的世俗活动，无论是社会的还是政治的，对奉献者来说都没有吸引力；到了成熟的阶段，这样的奉献者甚至对自己的躯体都没兴趣，更不要说与躯体有关的亲属了。在这种状态中的人，不再受各种物质自然属性浪涛的冲击。普通人非常感兴趣从事的世俗活动，对奉献者来说毫无吸引力。这种状态在这节诗中被描述为是"物质属性的浪涛完全静止下来(pratinivṛtta-guṇormi)"，当人在灵性方面完全感到满足(ātma-prasāda)时就有可能达到这种状态。至尊主一流的奉献者通过为至尊主做奉爱服务达到这种状态。然而，尽管他处在很高的层次上，但为了满足至尊主，他自愿去向世人传扬至尊主的荣耀，把一切，甚至世俗的兴趣，都与为至尊主做奉爱服务结合起来。他这样做的目的，是为了给初习者一个把世俗兴趣转变为超然快乐的机会。圣茹帕·哥斯瓦米(Rūpa Gosvāmī)评论纯粹奉献者的这种活动说：即使把世俗活动与为至尊主服务结合起来，也是公认的超然活动(nirbandhaḥ kṛṣṇa-sambandhe yuktaṁ vairāgyam ucyate)。

第13节 शौनक उवाच
इत्यभिव्याहृतं राजा निशम्य भरतर्षभः ।
किमन्यत्पृष्टवान भूयो वैयासकिमृषिं कविम ॥१३॥

śaunaka uvāca
ity abhivyāhṛtaṁ rājā
niśamya bharatarṣabhaḥ
kim anyat pṛṣṭavān bhūyo
vaiyāsakim ṛṣiṁ kavim

śaunakaḥ uvāca—绍纳卡说 / iti—如此 / abhivyāhṛtam—所有讲述过的 / rājā—君王 / niśamya—靠聆听 / bharata-ṛṣabhaḥ—帕瑞克西特·玛哈茹阿佳 / kim—什么 / anyat—更多 / pṛṣṭavān—他询问 / bhūyaḥ—再次 / vaiyāsakim—向维亚萨戴瓦的儿子 / ṛṣim—精通……的人 / kavim—很有诗意的

译文 绍纳卡说：维亚萨戴瓦的儿子——圣舒卡戴瓦·哥斯瓦米，是学识渊博的圣人，能用诗歌描述事物。玛哈茹阿佳·帕瑞克西特聆听了他所说的一切后，又问他什么问题了嘛？

要旨 至尊主纯粹的奉献者自然而然地发展出所有圣洁的品

质，其中一些有显著特征的品质是：仁慈、安详、诚实、平静、不犯错、宽宏大量、温和、清洁、没有拥有感、是众生的祝愿者、满足、投靠奎师那、没有渴望、俭朴、稳定、自制、食量适中、理智、有礼貌、不骄傲、庄重、有同情心、友好、诗人特质、精明强干和沉默。奉献者所具有的这二十六个显著的特征，在奎师那达萨·卡维茹阿佳(Kṛṣṇadāsa Kavirāja)编纂的《永恒的柴坦亚经》中有所描述，这节诗中特别提到了舒卡戴瓦·哥斯瓦米的诗人特质。他吟诵的《圣典博伽瓦谭》，是最杰出的诗作。他是觉悟了自我的、学识渊博的圣哲。换句话说，他是圣人中的诗人。

第14节　एतच्छुश्रूषतां विद्वन सूत नोऽर्हसि भाषितुम ।
कथा हरिकथोदर्काः सतां स्युः सदसि ध्रुवम ॥१४॥

etac chuśrūṣatāṁ vidvan
sūta no 'rhasi bhāṣitum
kathā hari-kathodarkāḥ
satāṁ syuḥ sadasi dhruvam

etat—这 / śuśrūṣatām—那些渴望聆听的人 / vidvan—有学识的人啊 / sūta—苏塔·哥斯瓦米 / na*f*—向我们 / arhasi—愿你这样做 / bhāṣitum—只是解释 / kathāḥ—论题 / hari-kathā-udarkāḥ—结果是有关至尊主的论题 / satām—奉献者的 / syuḥ—也许 / sadasi—在……的集会中 / dhruvam—肯定地

译文　有学识的苏塔·哥斯瓦米啊！请继续为我们解释这样的话题，我们都急切地想聆听。此外，导致谈论主哈尔依的话题，无疑应该在奉献者们聚会时论述。

要旨　正如我们上面引述的茹帕·哥斯瓦米在《奉爱服务的纯粹甘露之洋》(Bhakti-rasāmṛta-sindhu)的声明：即使是世俗的事物，

如果能与为圣主奎师那做服务结合起来，也被接受为是超然的。举例来说，《茹阿玛亚纳》(Rāmāyaṇa，《罗摩衍那》)和《玛哈巴茹阿特》(Mahābhārata，《摩呵婆罗多》)这两部特别推荐给智力欠佳人士(妇女、庶铎和较高阶层的不肖子弟)聆听的史诗，也被公认为是韦达文献，因为那里描述了与至尊主有关的各种活动。《玛哈巴茹阿特》被公认为是韦达经的第五部分，韦达经的前四部分分别称为：《萨玛》(Sāma)、《亚诸尔》(Yajur)、《瑞歌》(Ṛg)和《阿塔尔瓦》(Atharva)。智力欠佳的人不承认《玛哈巴茹阿特》是韦达经的一部分，但伟大的圣贤和权威人士都认为它是韦达经的第五部分。《博伽梵歌》是《玛哈巴茹阿特》中的一部分，其中充满了至尊主对缺乏智慧的人的教导。有些智力欠佳的人说，《博伽梵歌》不是为居士讲说的，但这些愚蠢的人忘了：《博伽梵歌》是给身为居士(gṛhastha)的阿尔诸纳讲解的，而且讲解者至尊主当时扮演的角色也是居士。因此，《博伽梵歌》虽然包含了韦达智慧的崇高哲学，但却是为学习这门超然科学的初学者讲的。《圣典博伽瓦谭》是为研究超然科学的大学毕业生和研究生准备的。《玛哈巴茹阿特》、往世书(purāṇa)及其他类似的文献，都充满对至尊主娱乐活动的描述，因此都是超然的文献，应该充满信心地在奉献者的社团中加以讨论。

困难之处在于：这些文献记载了那么多的历史事实和数字，所以当职业人士们谈论这些文献时，就使这些文献看起来像是历史或史诗一类的世俗文献。正因为如此，这节诗里说，应该在奉献者聚会时谈论这类文献。除非由奉献者谈论，否则所谓的高阶层人士欣赏不了这类文献。结论是：归根结底，至尊主不是不具人格特征的；祂是至高无上的人，从事着各种各样的活动。祂是一切生物的领袖，凭自己的意愿降临物质世界，用祂个人的能量教化堕落的灵魂。为此，祂扮演社会领袖、政治领袖或宗教领袖的角色。由于谈论这些角色自然也就谈到了至尊主，所以这些表面上看起来是世俗的话题实际上也是超然的。谈论这些话题是使人类社会的民间活动灵性化的途径。人都有阅读历史、故事、小说、戏剧、杂志和报纸等许多世俗文章的倾向，因此如果让他们把这种倾向与为至尊主做超然的服务结合起来，他们就会转而对奉献者们欣赏的话题感兴趣了。有一种宣传把至尊主说成是不具人格特征、不活动、没有名字和形象且不说话的哑巴石头。这么做只能鼓励人们成为不信神、没有信仰的恶魔；而人们越是没有机会了解至尊主的超然活动，就越是习惯从事那些为自己去地狱铺路的世俗活动，结果就越没有可能重返家园、回归首神*。《圣典博伽瓦谭》以记述潘达瓦(Pāṇḍava)五兄弟的历史及有关的政治和社会活动为开始，但却被赞誉为是至尊天鹅赞歌(Pāramahaṁsa-saṁhitā)——为最优秀的超然主义者编纂的韦达文献。这部经典阐述的是最高级的超然知识(paraṁ jñānam)。至尊主纯粹的奉献者全都是至尊天鹅(paramahaṁsa)，像天鹅一样知道怎样从水和牛奶的混合液中吸食牛奶。

第15节　स वै भागवतो राजा पाण्डवेयो महारथः ।
बालक्रीडनकैः क्रीडन कृष्णक्रीडां य आददे ॥१५॥

sa vai bhāgavato rājā
pāṇḍaveyo mahā-rathaḥ
bāla-krīḍanakaiḥ krīḍan
kṛṣṇa-krīḍāṁ ya ādade

saḥ—他 / vai—肯定地 / bhāgavataḥ—至尊主伟大的奉献者 / rājā—帕瑞克西特·玛哈茹阿佳 / pāṇḍaveyaḥ—潘达瓦五兄弟的孙

* 仅仅在五十年前，印度社会的安排还是：人们只阅读描述与至尊主的活动有关的文献，只演出与至尊主有关的戏剧，只举办与至尊主有关的节目或仪式，只参访至尊主从事过娱乐活动从而被净化了的地方。因此，就连乡村里的凡夫俗子也是从童年开始就谈论《茹阿玛亚纳》（Rāmāyaṇa，《罗摩衍那》）、《玛哈巴茹阿特》（Mahābhārata，《摩诃婆罗多》）、《博伽梵歌》和《圣典博伽瓦谭》。但如今，喀历年代的影响已经把他们拖到了猪狗文明的层面上，在不了解任何超然知识的情况下，只是为维生而辛苦地工作。

子 / mahā-rathaḥ—伟大的战士 / bāla—小孩的时候 / krīḍanakaiḥ—玩具娃娃 / krīḍan—玩 / kṛṣṇa—主奎师那 / krīḍām—种种活动 / yaḥ—谁 / ādade—接受

译文 潘达瓦兄弟的孙子玛哈茹阿佳·帕瑞克西特，从小就是至尊主伟大的奉献者。他甚至在玩玩具时，就已经开始模仿家人崇拜家中神像的样子崇拜主奎师那了。

要旨 《博伽梵歌》第6章的第41节诗中说：一个人即使在按正确的方法练瑜伽的过程中失败了，也会被给予机会投生到虔诚的布茹阿玛纳(brāhmaṇa，婆罗门)家庭里，或者投生到富有的查锤亚(kṣatriya，刹帝利)国王或商贾的家庭去。但帕瑞克西特王的情况不止如此；他因为前世就是至尊主伟大的奉献者，所以此生得以投生到库茹王族，特别是潘达瓦五兄弟的家中。正因为这样，他从孩提时代开始，就有机会在自己的家里熟悉为主奎师那做奉爱服务的艺术。潘达瓦五兄弟都是至尊主的奉献者，所以无疑会在王宫里崇拜家中的神像。在这种家庭中出生的孩子很幸运，他们甚至能在玩耍时模仿大人崇拜神像，以逐渐熟悉崇拜神像的方式。凭借圣主奎师那的恩典，我们有机会诞生在外士纳瓦(Vaiṣṇava)家庭里，在还是小孩子时就已经靠模仿父亲熟悉了崇拜主奎师那的艺术。我们的父亲从各方面鼓励我们，让我们举行花车节(Ratha-yātrā)和秋千节(Dola-yātrā)等庆典。他总是很大方地花钱，把给奎师那供奉过的食物(prasāda)分发给我们这些孩子和我们的朋友。我的灵性导师也诞生在一个外士纳瓦的家庭里；他从他伟大的外士纳瓦父亲塔库尔·巴克提维诺德(Ṭākura Bhaktivinoda)那里得到所有的鼓励。出生在外士纳瓦家庭中就是这么幸运。著名的梅茹阿·拜(Mīrā Bāī)忠心耿耿地崇拜主奎师那举起哥瓦尔丹(Govardhana)山的伟大形象，是至尊主忠诚的女奉献者。

至尊主所有伟大的奉献者在早期生活中都有类似的经历。根据吉瓦·哥斯瓦米的说法，帕瑞克西特王必定很早就听人描述过主奎师那在温达文(Vṛndāvana)所从事的孩童时期的娱乐活动，因为他小时候玩游戏总是模仿那些娱乐活动。施瑞达尔·斯瓦米(Śrīdhara Svāmī)的说法是，帕瑞克西特王小时候经常与小伙伴们一起模仿大人崇拜家里的神像。圣维施瓦纳特·查夸瓦尔提(Viṣvanātha Cakravartī)也证实了吉瓦·哥斯瓦米的看法。所以这两种说法都证明，帕瑞克西特王从很小的时候就自然而然地倾心于主奎师那。他可能模仿过上述两种活动中的一种，但无论是哪一种都说明他从小就是至尊主伟大的奉献者，表现出最伟大的奉献者(mahā-bhāgavata)所具有的特征。这种最伟大的奉献者被称为是“一出生就已解脱了的灵魂(nitya-siddha)”。当然，其他的奉献者并不是生来就已经解脱了，而是通过与奉献者交往发展出做奉爱服务的倾向。这样的奉献者被称为是靠灵修达到完美境界的灵魂(sādhana-siddha)。就最终的结果看，以上两者之间并没有分别。因此结论是：仅仅凭借与纯粹的奉献者交往，所有的人都有可能成为至尊主的奉献者。具体的例子可以看我们伟大的灵性导师圣纳茹阿达·牟尼(Nārada Muni)；他前世不过是个女仆的儿子，但与伟大的奉献者的交往，使他成为奉爱服务史上地位极为独特的奉献者。

第16节　वैयासकिश्च भगवान　वासुदेवपरायणः ।
उरुगायगुणोदाराः सतां स्युर्हि समागमे ॥१६॥

vaiyāsakiś ca bhagavān
vāsudeva-parāyaṇaḥ
urugāya-guṇodārāḥ
satāṁ syur hi samāgame

vaiyāsakiḥ—维亚萨戴瓦的儿子 / ca—还有 / bhagavān—有充分

的灵性知识 / vāsudeva—主奎师那 / parāyaṇaḥ—依恋 / urugāya—大哲学家们歌颂的至尊人格首神圣主奎师那的 / guṇa-udārāḥ—了不起的品性 / satām—奉献者的 / syuḥ—必然有 / hi—事实上 / samāgame—凭借……的出现

译文 维亚萨戴瓦的儿子舒卡戴瓦·哥斯瓦米，也具有所有的超然知识，是瓦苏戴瓦的儿子主奎师那的伟大奉献者。所以，他们肯定谈论了备受伟大的哲学家赞颂并由伟大的奉献者陪伴着的主奎师那。

要旨 这节诗中的梵文satām一词非常重要，它的意思是：除了为至尊主服务没有其他愿望的纯粹奉献者。只有在与这样的奉献者交往、联谊时，才能正确地谈论主奎师那超然的光荣。至尊主本人说：有关祂的所有的话题都充满了灵性的意义；人哪怕在与纯粹的奉献者联谊时聆听过有关祂的话题一次，就无疑会感受到巨大的力量并因此而自然达到为至尊主做奉爱服务的生命阶段。正如我们谈过的，帕瑞克西特王生来就是至尊主伟大的奉献者，舒卡戴瓦·哥斯瓦米也是。尽管帕瑞克西特看起来是个习惯了皇室生活的伟大帝王，而舒卡戴瓦·哥斯瓦米是典型的出家人，甚至连衣服都不穿，但他们两人却处在同一个层面上。表面上看，帕瑞克西特王和舒卡戴瓦·哥斯瓦米两人完全不同，但从根本上看他们都是至尊主纯粹的奉献者。这样的奉献者聚在一起时，除了谈论至尊主的光荣或奉爱瑜伽，不会浪费时间谈论别的。同样，在《博伽梵歌》中，至尊主和祂的奉献者阿尔诸纳除了谈奉爱瑜伽没谈别的。但是，世俗的学者也许会用他们自己的想法去推测《博伽梵歌》的内容。根据圣吉瓦·哥斯瓦米的说法：这节诗中的梵文“维亚萨戴瓦的儿子(vaiyāsakiḥ)”一词的后面跟着“还有(ca)”一词这种用法，表明舒卡戴瓦·哥斯瓦米和帕瑞克西特王两人早就处在同一个层面上了，尽管一个扮演导师的角色，而一个扮演学生的角色。既然主奎师那是谈话的中心，那么“主华苏戴瓦的奉献者(vāsudeva-parāyaṇaḥ)”一句，就是说主奎师那是所有奉献者共同追求的目标。尽管在帕瑞克西特王断食的地方还聚集了许多其他人，但因为当时的主讲者是舒卡戴瓦·哥斯瓦米，而首要的听众是帕瑞克西特王，所以除了谈论主奎师那的光荣外，没有其他的话题。正因为如此，由至尊主的两位主要奉献者讲述和聆听的《圣典博伽瓦谭》，唯一的内容就是歌颂至尊人格首神圣主奎师那。

第17节　आयुर्हरति वै पुंसामुद्यन्नस्तं च यन्नसौ ।
तस्यर्ते यत्क्षणो नीत उत्तमश्लोकवार्तया ॥१७॥

āyur harati vai puṁsām
udyann astaṁ ca yann asau
tasyarte yat-kṣaṇo nīta
uttama-śloka-vārtayā

āyuḥ—寿命 / harati—减少 / vai—肯定地 / puṁsām—人的 / udyan—升起 / astam—下降 / ca—还有 / yan—移动 / asau—太阳 / tasya—歌颂至尊主的人 / ṛte—除了 / yat—由谁 / kṣaṇaḥ—时间 / nītaḥ—利用 / uttama-śloka—至善的至尊人格首神 / vārtayā—有关……的话题

译文　日出日落缩减着每一个生物体的寿命，只有利用时间谈论至善的人格首神的人不受其影响。

要旨　这节诗间接地证实：赶快利用人生有限的时间为至尊主做奉爱服务，以便恢复与至尊主失去的联系，是极为重要的事情。岁月不饶人，因此如果我们不正确地利用时间来认识我们真实的灵性身份，那么由日出日落所代表的时间就被白白地浪费掉了。俗话说，千金难买寸光阴。造物主把人体赐给个体灵魂(jīva)，是为了让他能用人体去认识自己的灵性身份，认识永恒快乐的源泉。生物体，特别是人，一直在寻找快乐，因为快乐本就是生物原来的状态。但问题在于，他是在物质环境里徒然地寻找快乐。生物原本是灵性整体中的灵性火花，因此在从事灵性活动时能完美地体验到快乐。至尊主是完整的灵性整体，祂的名字、形象、特质、娱乐活动、随行人员和个性等，都与祂是一体的。人只要通过做奉爱服务正确地与至尊主所具有的上述任何一种能量接触上，那么通向完美境界的大门就立即向他敞开了。就有关这一点，在《博伽梵歌》第2章的第40节诗中，至尊主解释说："做这种努力不会失去或减少什么。在这条路上哪怕前进一点点，也能使人得到保护，从而免于最可怕的危险。"正如把一剂强效药注入静脉后，药物会立刻在整个身体起作用，由至尊主的纯粹奉献者谈论的有关至尊主的超然话题灌入人的耳朵后，对人的影响会很大。通过聆听得到的觉悟包含了做其他几项奉爱服务所能得到的觉悟，就像树的一部分结出果实，意味着所有其他部分也会结出果实一样。舒卡戴瓦·哥斯瓦米那样的纯粹奉献者，通过片刻的联谊所给人的觉悟，能使他人为获得永恒、完整的生命做好准备。正因为纯粹的奉献者一直不断地忙着为至尊主做奉爱服务，净化自己，所以太阳的升起和落下影响不了他的寿命。死亡是永恒的生物受物质影响的表现，正是由于受物质的影响，永恒的生物才会受制于生、老、病、死的定律。

布施等物质性质的虔诚活动，在圣维施瓦纳特·查夸瓦尔提·塔库尔(Viṣvanātha Cakravartī Ṭākura)所引述的经典(smṛti-śāstra)中都有推荐。把金钱捐给合适的人，无疑是为来生投保了一笔钱，而经典推荐人们应该给布茹阿玛纳(婆罗门)布施。人如果把钱给予不具备布茹阿玛纳资格的人，那么在来世就可以得到同样数量的回报；如果把钱给予具有一半布茹阿玛纳资格的人，那么在来世就会得到双倍的回报；如果把钱给予有学问并完全具备布茹阿玛纳资格的人，就会得到百倍或千倍的回报；而如果把钱给予真正觉悟了韦达经(Vedas)之途的人(veda-pāraga)，就会得到无数倍的回报。正如主奎师那在《博伽梵歌》第15章的第15节诗中所说，研习韦达经的目的是要知道我(vedaiś ca sarvair aham eva vedyaḥ)，因此韦达知识的最高目标是了解人格首神——主奎师那。布施金钱，不论多少，都保证可以得到回报。同样道理，哪怕用片刻的时间与纯粹奉献者在一起聆听和歌唱至尊主超然的讯息，都能确保我们回归家园、回归首神，过上永恒的生活(mad-dhāma gatvā punar janma na vidyate)。换句话说，至尊主的奉献者保证过上永恒的生活，这一生的年老或疾病只不过是激励他们更渴望那无疑将过上的永恒生活。

第18节　तरवः किं न जीवन्ति भस्त्राः किं न श्वसन्त्युत ।
न खादन्ति न मेहन्ति किं ग्रामे पशवोऽपरे ॥१८॥

taravaḥ kiṁ na jīvanti
bhastrāḥ kiṁ na śvasanty uta
na khādanti na mehanti
kiṁ grāme paśavo 'pare

taravaḥ—树木 / kim—是否 / na—不 / jīvanti—生存 / bhastrāḥ—风箱 / kim—是否 / na—不 / śvasanti—呼吸 / uta—还有 / na—不 / khādanti—吃 / na—不 / mehanti—射精 / kim—是否 / grāme—在那个地方 / paśavaḥ—动物般的生物体 / apare—其他的

译文　树木没有生命吗？铁匠的风箱不呼吸吗？难道在我们周围，动物们没有在吃和交配吗？

要旨　现代物质主义者会争辩说：人生或人生的一部分从不是为了进行神智学或神学方面的讨论，而是为了延年益寿、吃、喝、玩乐、赚钱和过性生活。现代人想借助物质科技的进步达到长生不死的目的，社会上也有很多有关尽量延长寿命的愚蠢理论。但《圣典博伽瓦谭》断言：人生不是为了所谓的经济发展和物质科技进步，以实现吃、喝、玩乐和交配的享乐主义哲学。人生仅仅是为了让灵魂为净化自我而苦行，以便在人生结束后过上永恒的生活。

物质主义者对来生一无所知，因此想尽可能地延长寿命。他们以为死亡后便没有生命了，于是便要在这一生中享受最大限度的舒适。对生物永恒并在物质世界里不断更换躯壳这一事实真相的无知，大肆破坏了现代人类社会的结构。结果是：现代人制定各种各样的计划，不但没有减少问题，反而增加了很多问题；为解决社会问题而制定的计划，反而使我们面临越来越多、越来越严重的麻烦。即使有可能延长人的寿命，使之超过一百年，人类文明也不会随着进步。《圣典博伽瓦谭》说，某些树可以活数百年或数千年。温达文境内称为因利塔拉(Imlitala)的地方有一棵罗望子树，据说在主奎师那降临时就已经存在，直到现在还活着。在加尔各答的植物公园里有一棵榕树，据说已经五百多岁了；世界各地有许多这样长寿的树。然而，斯瓦米·商卡尔查尔只活了三十二年，主柴坦亚在世只有四十八年。这是不是意味着上述那些长寿的树比商卡尔或柴坦亚更重要呢？没有灵性价值的长寿没意义！人们也许怀疑，不呼吸的树木是不是有生命。但鲍斯等近代科学家已经查明植物是有生命的，因此呼吸并不是生命的真正征象。《圣典博伽瓦谭》说，铁匠的风箱呼吸的声音很响，但那并不表示风箱有生命。物质主义者会争辩说：不能拿树的生命跟人的生命比，因为树不能通过吃美味佳肴或享受性生活来享受生命。对这个问题，《圣典博伽瓦谭》用一个问句作为回答：“与人同住在一个村里的猪、狗等其他动物难道不吃、不享受性生活吗？”《圣典博伽瓦谭》特别用“其他动物”一词来说明：由进食、呼吸和交配组成的生活是动物的生活，那些只是忙着计划改善这种生活的人，是人形动物。这种经过抛光的动物社会，不能使受苦的人类受益，因为一头动物很容易就可以伤害另一头动物，但很少能做有益对方的事。

第19节 श्वविड्वराहोष्ट्रखरैः संस्तुतः पुरुषः पशुः ।
न यत्कर्णपथोपेतो जातु नाम गदाग्रजः ॥१९॥

śva-viḍ-varāhoṣṭra-kharaiḥ
saṁstutaḥ puruṣaḥ paśuḥ
na yat-karṇa-pathopeto
jātu nāma gadāgrajaḥ

śva—一只狗 / viṭ-varāha—吃粪便的村猪 / uṣṭra—骆驼 / kharaiḥ—由驴子 / saṁstutaḥ—褒扬 / puruṣaḥ—人 / paśuḥ—动物 / na—永不 / yat—他的 / karṇa—耳朵 / patha—途径 / upetaḥ—达到 / jātu—在任何时候 / nāma—圣名 / gadāgrajaḥ—使人摆脱一切不幸和罪恶的主奎师那

译文 圣主奎师那救人脱离罪恶，只有像狗、猪、骆驼和驴一样活着的人，才会赞美那些从不聆听祂的超然娱乐活动的人。

要旨 一般大众除非受到系统训练，过更高级、更有价值的灵性生活，否则不比动物强，这节诗把他们具体地归在猪、狗、骆驼和驴的层面上。

现代的大学教育实际上是训练人具有狗一样的心态，以便怀着这种心态为比他强的主人服务。在完成了所谓的教育后，那些所谓受过教育的人就会像狗一样挨门逐户地求职，而大多数情况都是被赶走，被告知没有空缺。狗是微不足道的动物，而且只为一点点面包就忠心耿耿地侍奉主人；这些人就像狗一样，即使没有得到足够的报酬，也会忠心耿耿地侍奉主人。

对食物不加以区分，吃所有垃圾般食物的人，就好比猪一样。猪很喜欢吃粪便。粪便是某类动物的食物，就连石块也是某类飞禽或走兽的食品。但人不是什么东西都吃的，他应该吃谷类、蔬菜、水果、牛奶和糖等。鱼肉类食物不是给人吃的，因为人类所具有的牙齿只能切割水果和蔬菜，而不能咀嚼过于硬的食物。人类被赋予两颗犬齿，是对那些不惜代价要吃荤食的人的让步。俗话说，一个物种的食物是另一个物种的毒药。人类应该接受给圣主奎师那供奉过的食物，而主奎师那接受叶子、鲜花和水果等类型的食物(《博伽梵歌》9.26)。韦达经典中规定，不要把荤食供奉给至尊主。所以，人应该只吃某一类食物，而不该为了摄取什么维他命去模仿动物吃荤。正因为如此，这里把不加区分，什么都吃的人比作猪。

骆驼是以吃荆棘为乐的动物。想要享受家庭生活或所谓世俗享乐生活的人，被比作骆驼。物质生活中充满荆棘，因此人应该只按韦达文明规定的方式生活，以随遇而安的态度对待物质生活这一不利的状况。生物体在物质世界里是靠吸自己的鲜血在维持生活的。物质享乐之所以吸引人，就是因为有性生活，但享受性生活就是在吸自己的鲜血，这方面的道理我们不需要再作更多的解释。骆驼在咀嚼长满刺的荆棘时吸食自己的鲜血。骆驼吃进嘴里的荆棘刺伤它的舌头，舌头上涌流出的鲜血与荆棘混在一起形成了令愚蠢的它喜欢的滋味，所以它就以享受吃荆棘为乐，而这其实不是真的享乐。同样道理，商界巨子和大企业家们，辛辛苦苦、不择手段地赚钱，实际上是在吃混着他们自己鲜血的荆棘果。正因为如此，《圣典博伽瓦谭》把这些病人与骆驼相提并论。

驴是出了名的最愚蠢的动物。驴辛辛苦苦地工作，成天驮着它所能驮的最沉重的东西，但却得不到任何收益。*驴通常是受社会地

---

* 人体生命是专门为了使灵魂获得有价值的东西而设的，因此这种生命形式称为“能给予有价值的东西的形式（arthadam）”。那么，人生所能得到的最具价值的东西是什么呢？就是《博伽梵歌》第 8 章的第 15 节诗所说的：重返家园、回归首神。人如果想要自私，就应该把自私用于为达到重返家园、回归首神（接下页）

位低贱的洗衣人的驱使。驴有一个特征，那就是：它习惯了被异性所踢。尽管雄驴乞求雌驴与之交配时，会被雌驴所踢，但它还是尾随其后乞求交配的乐趣。因此，怕妻子的“妻管严”们便被比喻为是驴。一般大众都是一生辛辛苦苦地工作，尤其在这个喀历(Kali)年代里情况更是如此。在这个年代里，人实际上做着驴所做的工作，背沉重的货物、蹬三轮车或拉黄包车。所谓的人类文明进步，就是让人做驴所做的工作。大工厂里的劳工也做着这种累人的工作；在辛苦劳累了一整天后，可怜的劳工还要为了性享乐及许许多多的家务事而被妻子再三地踢。

综上所述，《圣典博伽瓦谭》把没有任何灵性知识的人划入猪、狗、骆驼和驴的范畴并不过分。领导这些无知大众的人，也许会因为受数目众多的猪狗一样的人的崇拜而感到骄傲，但那并不是件值得夸耀的事。《圣典博伽瓦谭》声明：被披着人皮的猪和狗拥为大领袖的人，如果没有与趣培养奎师那意识，便也只不过是一头

这一目的上。驴不了解它自己的利益，而只是很辛苦地为别人工作。因此谁若是只知道辛辛苦苦地为他人工作，却忘了自己在人体生命中所能得到的私益，谁就被比喻为是驴。《布茹阿玛·外瓦尔塔·普冉纳》（Brahma-vaivarta Purāna）中说：

aśītiṁ caturaś caiva
lakṣāṁs tāñ jīva-jātiṣu
bhramadbhiḥ puruṣaiḥ prāpyaṁ
mānuṣyaṁ janma-paryayāt

tad apy abhalatāṁ jātaḥ
teṣām ātmābhimāninām
varākāṇām anāśritya
govinda-caraṇa-dvayam

人体生命是如此重要，以致就连高等星球上的半神人有时都渴望投生在这个地球的人类当中，因为只有在人体内才能很容易就回到首神身边。人如果在得到这样一个重要的身体后，不重建他失去了的与哥文达（Govinda）——主奎师那的永恒关系，就无疑是个忘了自身利益的傻瓜。物质身体中这个人体，是灵魂经历了八百四十万种生命形式的逐渐进化后才得到的。可怜的人忘了他自身的重要利益，使自己身陷于那么多虚幻不实的事务中，协助他人升上政治解放领袖或经济发展领袖的地位。为政治解放或发展经济而努力并没有什么害处，但不应该忘记生命的真正目的；所有这些博爱活动都必须与回归首神的目的相吻合。不了解这一点的人被比喻为是，脑子里没有丝毫个人福利的概念，只知道替别人工作的蠢驴。

动物而已。他也许被称为是一头强壮有力或庞大的动物，但从《圣典博伽瓦谭》的划分标准看，他的不敬神品性使他永远不会被划入人的范畴。或者，换句话说，这种不敬神的披着人皮的猪狗领袖，是有着更多动物品性的大野兽。

第20节　बिले बतोरुक्रमविक्रमान ये
　　न शृण्वतः कर्णपुटे नरस्य ।
जिह्वासती दार्दुरिकेव सूत
　　न चोपगायत्युरुगायगाथाः ॥२०॥

bile batorukrama-vikramān ye
　na śṛṇvataḥ karṇa-puṭe narasya
jihvāsatī dārdurikeva sūta
　na copagāyaty urugāya-gāthāḥ

bile—蛇洞 / bata—像 / urukrama—有奇妙作为的至尊主 / vikramān—英勇的行动 / ye—所有这些 / na—永不 / śṛṇvataḥ—听过 / karṇa-puṭe—耳洞 / narasya—某人的 / jihvā—舌头 / asatī—无用的 / dārdurikā—青蛙的 / iva—就像那样 / sūta—苏塔·哥斯瓦米啊 / na—决不 / ca—还有 / upagāyati—大声歌唱 / urugāya—值得唱 / āthāḥ—歌

译文　谁没有聆听过对人格首神英勇、超凡的活动的描述，没有大声歌唱过赞美至尊主的值得称道的赞歌，谁就被认为是拥有蛇洞般的耳孔，青蛙般的舌头。

要旨　人用躯体的四肢或各个部分为至尊主做奉爱服务，奉爱服务是灵魂的超然动力。奉献者是全心全意为至尊主做服务的人。人体感官在与至尊主的联系过程中得到净化后，人就能用所有的感官为至尊主做奉爱服务了。感官和感官活动只要被用来进行感官享乐，就被认为是不纯净的或物质的。纯净的感官是百分之百用来为至尊主服务的，而不是用来进行感官享乐的。至尊主是有着所有感官的至尊者，至尊主不可缺少的一部分——仆人，也有着同样的感官。正如《博伽梵歌》所言，为至尊主服务是以绝对净化的方式在运用感官。至尊主用祂全部的感官传授祂的教导，阿尔诸纳是用全部的感官接受教导。因此，灵性导师和门徒之间完美地交流着明智合理的理解。灵性的理解根本不像愚蠢的广告商宣传的那样，由老师把电流般的能量传到门徒身上。世间所有的一切都充满了情理和逻辑，只有当门徒真正服从灵性导师的时候，两者之间才有可能交换灵性的理解。《永恒的柴坦亚经》中说：人应该运用智力和全部的感官接受主柴坦亚的教导，以使自己能真正了解祂伟大的使命。

生物体在不纯洁的状况下，用所有的感官从事世俗事务。如果耳朵不是通过聆听《博伽梵歌》或《圣典博伽瓦谭》所记载的有关至尊主的教导和活动来为至尊主服务，那么耳孔无疑将被胡说八道所填满。因此，我们应该向全世界大声传扬《博伽梵歌》和《圣典博伽瓦谭》的讯息。这是从完美的来源那里真正聆听过这些讯息的纯粹奉献者所要履行的责任。很多人都想对别人说些话，但因为没有受训讲述有关韦达智慧的话题，所以一直在胡说八道，而人们也不动脑子就全部都接收下来。世上散布世俗新闻的来源有成千上万个，人们照单全收。世人应该被告知要聆听与至尊主有关的超然话题，至尊主的奉献者必须大声宣讲，好让世人都能听到。青蛙大声呱呱叫的结果，只是把蛇请来吃掉自己。人该用自己得到的特殊舌头吟诵、吟唱韦达赞歌，而不是像青蛙那样呱呱大叫。这节诗中所用的梵文asatī一词意义重大。Asatī是指成为娼妓的女子。人们都知道妓女没有善良女性的品德。同样，当人不用自己得到的特殊舌头吟诵、吟唱韦达赞歌，而是谈论世俗的废话，那么这舌头就被认为如同妓女一般。

第21节 भारः परं पट्टकिरीटजुष्ट-
मप्युत्तमाङ्गं न नमेन्मुकुन्दम् ।
शावौ करौ नो कुरुते सपर्यां
हरेर्लसत्काञ्चनकङ्कणौ वा ॥२१॥

bhāraḥ paraṁ paṭṭa-kirīṭa-juṣṭam
apy uttamāṅgaṁ na namen mukundam
śāvau karau no kurute saparyāṁ
harer lasat-kāñcana-kaṅkaṇau vā

hāraḥ—大负担 / param—沉重 / paṭṭa—丝绸的 / kirīṭa—头巾 / juṣṭam—戴上 / api—就算 / uttama—上半部 / aṅgam—身体的部分 / na—永不 / namet—鞠躬 / mukundam—主奎师那(拯救者) / śāvau—死尸 / karau—手 / no—不 / kurute—做 / saparyām—崇拜 / hareḥ—至尊人格首神的 / lasat—闪亮的 / kāñcana—用黄金打造的 / kaṅkaṇau—手镯 / vā—即使

译文 戴着丝绸头巾的头颅，如果不用来顶拜能赐予解脱(穆克提)的人格首神，就只不过是身体沉重的负担而已。佩戴着闪亮手镯的双手，如果不用来为人格首神哈尔依服务，就跟死人的手没有两样。

要旨 如前所述，至尊主的奉献者分三类。一流的奉献者看所有的生物体都在为至尊主做服务，二流的奉献者区分奉献者和非奉献者。因此，二流的奉献者专门从事传教活动，就像上一节诗所说的，必须大声地传扬至尊主的荣耀。二流的奉献者在三流奉献者或非奉献者中收学生。有时，一流的奉献者会为传教而降到二流奉献者的层面。但这节诗里奉劝最起码该成为三流奉献者的普通人，即使是很富有的人，是带着丝绸头巾或皇冠的君王，也要朝拜至尊主的庙宇并向神像顶礼。至尊主是每一个人的主人，因此无论是伟大的帝王，还是凡夫俗子所尊重的有钱人，都必须尽可能地朝拜圣主奎师那的庙宇，经常向神像顶礼。我们永远都不要认为在神庙中受崇拜的至尊主的形象是石头或木头制成的，因为至尊主在庙里作为神像的阿尔查(arcā)化身以祂吉祥的临在，向堕落了的灵魂展示无限的恩赐。如上所述，我们可以靠聆听觉悟到至尊主在庙里的临在。因此，常规奉爱服务的第一个程序——聆听，是关键。对各个等级的奉献者来说，聆听《博伽梵歌》和《圣典博伽瓦谭》那样的权威知识是极为重要的。谁因为自己的物质地位而骄傲自大，不在庙里向至尊主的神像顶礼，或因为不知道这门科学知识而亵渎神庙崇拜，谁就必须知道：他那所谓的头巾或皇冠只会使他在物质生存的海洋中不断下沉。头顶重物的人在水中下沉的速度肯定比没有顶重物的人下沉得快。愚蠢而又骄傲自大的人蔑视神的科学并说“神对他来说毫无意义”，但当这种不信神的人在神的法律控制下患了脑血栓等疾病时，他就会被自己获得的物质财产的重量压着在无知之洋里迅速下沉。没有神意识的物质科学进步，是人类社会头上的重负。因此，人必须慎重对待这一严正警告。

普通人如果没有时间崇拜至尊主，那么至少可以用一点儿时间亲手打扫至尊主的庙宇。奥瑞萨省强有力的君王帕塔帕茹铎·玛哈茹阿佳(Pratāparudra Mahārāja)，尽管总是在日理万机地处理国事，但还是每年一次在至尊主的节日期间亲自打扫至尊主在普瑞(Purī)的佳甘纳特(Jagannātha)神庙。关键是：无论一个人的社会地位有多重要，他都必须接受至尊主的无上权威。这种神意识甚至对人在物质方面的成功都有所帮助。帕塔帕茹铎王正是因为臣服于主佳甘纳特，才成为强大的君王，以致就连当时很强大的帕坦人(阿富汗人)都因为有帕塔帕茹铎王而进不了奥瑞萨。帕塔帕茹铎王正是因为臣服于宇宙之主，才得到了主柴坦亚的恩典。所以，有钱人家的太太即使戴着金光闪闪的手镯，也必须亲自为至尊主做服务。

第22节

बर्हायिते ते नयने नराणां
लिङ्गानि विष्णोर्न निरीक्षतो ये ।
पादौ नृणां तौ द्रुमजन्मभाजौ
क्षेत्राणि नानुव्रजतो हरेर्यौ ॥२२॥

barhāyite te nayane narāṇāṁ
liṅgāni viṣṇor na nirīkṣato ye
pādau nṛṇāṁ tau druma-janma-bhājau
kṣetrāṇi nānuvrajato harer yau

barhāyite—像孔雀的羽毛 / te—那些 / nayane—眼睛 / narā-ṇām—人的 / liṅgāni—形象 / viṣṇoḥ—至尊人格首神的 / na—并不 / nirīkṣataḥ—看 / ye—所有这些 / pādau—腿 / nṛṇām—人的 / tau—那些 / druma-janma—由树所生 / bhājau—像那 / kṣetrāṇi—圣地 / na—永不 / anuvrajataḥ—追寻 / hareḥ—至尊主的 / yau—那

译文 眼睛如果不用来看人格首神维施努的代表特征(祂的形象、名字和品质等)，就无异于孔雀羽毛上的那些图案；腿如果不用来走向圣地(记忆至尊主的地方)，被认为等同于树干。

要旨 经典特别强调居士奉献者要崇拜神像。只要有可能，每一位居士都必须在灵性导师的指导下，按《外士纳瓦经》(Vaiṣṇava-tantra)和往事书(Purāṇa)等韦达经典的推荐，在家中安置茹阿妲·奎师那(Rādhā-Kṛṣṇa)、拉珂施蜜·纳茹阿亚纳(Lakṣmī-Nārāyaṇa)或特别是悉塔·茹阿玛(Sītā-Rāma)等形象的维施努(Viṣṇu)神像，或者崇拜至尊主的尼尔星哈(Nṛsiṁha)、瓦茹阿哈(Varāha)、高尔·尼泰(Gaura-Nitāi)、玛茨亚(Matsya)、库尔玛(Kūrma)和沙拉哥茹阿玛·希拉(śālagrāma-śilā)等其他形象，以及特瑞维夸玛(Trivikrama)、凯沙瓦(Keśava)、阿秋塔(Acyuta)、华苏戴瓦(Vāsudeva)、纳茹阿亚纳

(Nārāyaṇa)和达摩达尔(Dāmodara)等维施努的其他形象。居士一家人在崇拜神像时应该严格遵守崇拜神像的规则和指示(arcana-vidhi)。年龄在十二岁以上的家属成员应该接受一位真正的灵性导师的启迪，家里所有的人都应该每天从凌晨四点开始到晚上十点为止为至尊主做服务，而服务的内容包括：清晨吉祥灯仪(maṅgala-ārātrika)、在神像面前挥舞灯光(nīrājana)、服侍神像(arcana)、崇拜神像(pūjā)、集体吟唱圣名(kīrtana)、给神像穿衣打扮(ṣṛṅgāra)、下午供奉食物(bhoga-vaikāli)、黄昏吉祥灯仪(sandhyā-ārātrika)、诵经(pāṭha)、晚上供奉食物(bhoga)、就寝前吉祥灯仪(śayana-ārātrika)等。在真正的灵性导师指导下这样崇拜神像，将有助于居士净化自己，迅速增加灵性的认识。光是书本上的理论知识，对新奉献者来说是不足够的。书本上的知识是理论，而崇拜神像的程序是实践；理论和实践相结合才能培养灵性的知识，那是达到灵性完美的保证。初习奉献者做奉爱服务，必须先接受一位经验丰富的灵性导师的训练，只有真正的灵性导师才知道怎样带着他的门徒在重返家园、回归首神的路途上向前迈进。人不应该为了支付家庭开支而假冒灵性导师赚钱，必须成为一名经验丰富、能把门徒从死亡的控制下拯救出来的灵性导师。圣维施瓦纳特·查夸瓦尔提·塔库尔给真正的灵性导师下了定义，其中一节诗是这样描述的：

śrī-vigrahārādhana-nitya-nānā-
ṣṛṅgāra-tan-mandira-mārjanādau
yuktasya bhaktāṁś ca niyuñjato 'pi
vande guroḥ śrī-caraṇāravindam

诗中的梵文śrī-vigraha一词是指符合经典要求的至尊主神像(arcā)，门徒应该通过给神像穿衣打扮(śṛṇgāra)有规律地崇拜神像，应该清扫神庙(mandira-mārjana)。灵性导师仁慈地教初习奉献者做所有这些，帮助他觉悟至尊主超然的名字、特性和形象等。

只有全神贯注地为至尊主服务，特别是装饰庙宇，再加上吟唱圣名和遵循经典所给予的灵性训示，才能使普通人免受令人憎恶的电影及收音机里播放的色情歌曲的吸引。人如果没有能力在家里建庙堂供奉神像，就应该到认真在做上述所有服务的其他奉献者家中的庙堂去。到奉献者精心设置的圣洁而又优美、高雅的庙里去，观看被奉献者打扮得雍容华丽的至尊主的形象，能自然而然使人的世俗心中感受到灵性的鼓舞。人们应该拜访像温达文那样神圣的地方，那里有这种神庙，以及持之以恒的神像崇拜。过去，所有君王和富有的商人都在六位哥斯瓦米(Gosvāmī)等至尊主干练的奉献者的指导下兴建神庙，普通人有责任追随伟大的奉献者(anuvraja)，充分利用朝圣之地的这些神庙及当地举行的节日庆典给我们提供的便利条件来觉悟自我。人不该抱着观光的态度去游访这些神圣的圣地，相反必须在懂得灵性科学的人的指导下，去朝拜那些因为至尊主超然的娱乐活动而变得永垂不朽的神庙和圣地。梵文称这为阿努维茹阿佳(anuvraja)，其中阿努(anu)的意思是追随。因此，包括朝拜神庙和圣地在内的事情，最好都遵循真正的灵性导师的教导。不这样做的人，无异于受至尊主的惩罚一直站着不能动的树，因为人所具有的走动倾向被误用来去观光游览了。朝拜伟大的灵性导师们(ācārya)所确认的圣地，可以最大限度地满足人的旅游倾向。况且，这样做就不会被没有灵性知识但只想赚钱的不敬神者所作的宣传误导了。

第23节 जीवञ्छवो भागवताङ्घ्रिरेणुं
न जातु मर्त्योऽभिलभेत यस्तु ।
श्रीविष्णुपद्या मनुजस्तुलस्याः
श्वसञ्छवो यस्तु न वेद गन्धम ॥२३॥

jīvañ chavo bhāgavatāṅghri-reṇuṁ
na jātu martyo 'bhilabheta yas tu
śrī-viṣṇu-padyā manujas tulasyāḥ
śvasañ chavo yas tu na veda gandham

jīvan—活着的时候 / śavaḥ—死尸 / bhāgavata-aṅghri-reṇum—纯粹奉献者足下的尘埃 / na—永不 / jātu—在任何时候 / martyaḥ—难免一死的 / abhilabheta—特别接受 / yaḥ—人 / tu—但是 / śrī—以财富 / viṣṇū-padyāḥ—维施努莲花足的 / manu-jaḥ—玛努的后裔(人) / tulasyāḥ—图拉西叶子 / śvasan—呼吸的时候 / śavaḥ—仍然是行尸 / yaḥ—谁 / tu—但是 / naveda—从来没有经验到 / gandham—芳香

译文 从没有把至尊主纯粹奉献者脚上的尘土放在自己头上的人，无疑是一具尸体。从没有闻过从至尊主莲花足上取下的图拉西叶香气的人，虽然还在呼吸，但也只不过是死尸一具。

要旨 按照圣维施瓦纳特·查夸瓦尔提·塔库尔的说法，有呼吸的死尸其实是鬼魂；人死之后被称为死者，但当他再次以我们肉眼看不见的精微形象出现且还有活动时，这样的死尸就被称为鬼魂。鬼魂总是非常邪恶，经常会去吓唬他人。同样，像鬼魂一样的非奉献者既不尊重纯粹的奉献者，也不尊敬庙里的维施努(Viṣṇu)神像，但却一直不断地骚扰、恐吓奉献者。至尊主从不接受鬼魂一类不纯洁的生物体的供奉。常言道：爱屋及乌。只有真诚地为至尊主的纯粹奉献者服务，才能达到做纯粹奉爱服务的阶段。因此，为至尊主做奉爱服务的首要条件是先成为纯粹奉献者的仆人，而要做到这一点必须像经典训示的那样：接受为其他纯粹奉献者服务的纯粹奉献者莲花足上的尘土。这就是教授奉爱瑜伽的师徒传承所采用的方法。

茹阿胡嘎纳王(Mahārāja Rahūgaṇa)询问伟大的圣人佳达·巴茹阿特(Jaḍa Bharata)是怎样达到“至尊天鹅(paramahaṁsa)”这种解脱阶段的，伟大的圣人这样回答道：

rahūgaṇaitat tapasā na yāti
na cejyayā nirvapaṇād gṛhād vā

na cchandasā naiva jalāgni-sūryair
vinā mahat-pāda-rajo-'bhiṣekam

“茹阿胡嘎纳王啊！人除非得到伟大的奉献者足下尘埃的祝福，否则不可能达到奉爱服务的完美阶段——至尊天鹅的阶段。遵循韦达崇拜程序、进入弃绝阶层、履行居士义务、吟唱韦达赞歌，以及坐在炎热的太阳下、冰水中或熊熊大火前等苦行(tapasya)，都不可能使人达到至尊天鹅的阶段。”(《圣典博伽瓦谭》5.12.12)

换句话说，圣主奎师那属于祂那些纯粹的、无条件爱祂的奉献者。正因为如此，只有奉献者才能把奎师那送给另一位奉献者。人永远不可能直接得到奎师那。就连主柴坦亚都称祂自己是“那位维系着温达文牧牛姑娘生命的至尊主的仆人们最顺从的仆人(gopī-bhartuḥ pada-kamalayor dāsa-dāsānudāsaḥ)”。因此，纯粹的奉献者永远都不会直接去接近至尊主，而是努力去取悦至尊主的仆人们的仆人，只有这样才能让至尊主感到高兴，奉献者才能品尝到粘在至尊主莲花足上的图拉西(tulasī)叶子。《布茹阿玛・萨密塔》(Brahma-saṁhitā)中说：人永远不会因为成了韦达文献的大学者而找到至尊主，但至尊主的纯粹奉献者却很容易就能接近祂。在温达文，所有纯粹的奉献者都祈求圣茹阿妲茹阿妮(Rādhārāṇī)的仁慈。茹阿妲茹阿妮是主奎师那的快乐能量，是至尊整体的女性柔软心的部分，是世间女性完美本质的象征。因此，诚恳的奉献者很容易就能得到茹阿妲茹阿妮的恩典。只要她向主奎师那推荐哪位奉献者，主奎师那就会立即接纳那位奉献者，让他加入自己的同伴圈中。所以结论是：人应该更认真地寻求至尊主的奉献者的仁慈，而不是直接去找至尊主本人。这样做，就可以凭借奉献者的美好祝愿，自然而然唤醒心中原本就有的想要为至尊主服务的愿望。

第24节 तदश्मसारं हृदयं बतेदं
यद गृह्यमाणैर्हरिनामधेयैः ।

न विक्रियेताथ यदा विकारो
नेत्रे जलं गात्ररुहेषु हर्षः ॥२४॥

tad aśma-sāraṁ hṛdayaṁ batedaṁ
yad gṛhyamāṇair hari-nāma-dheyaiḥ
na vikriyetātha yadā vikāro
netre jalaṁ gātra-ruheṣu harṣaḥ

tat—那 / aśma-sāram—铁石心肠 / hṛdayam—心 / bataidam—肯定是 / yat—那 / gṛhyamāṇaiḥ—尽管吟诵、吟唱 / hari-nāma—至尊主的圣名 / dheyaiḥ—专心地 / na—并不 / vikriyeta—改变 / atha—因此 / yadā—当时 / vikāraḥ—反应 / netre—眼里 / jalam—泪水 / gātra-ruheṣu—毛孔 / harṣaḥ—如痴如醉情感的爆发

译文　在专注地吟诵、吟唱至尊主的圣名时，尽管显出泪如泉涌、毛发直竖等如痴如醉的征象，但心却没有改变，那么这颗心无疑是钢铸的。

要旨　我们应该留意到：这第2篇的前3章中，介绍了循序渐进的奉爱服务程序。第1章中强调奉爱服务程序中的第一个步骤——聆听和吟诵、吟唱，可以使人培养神意识，并且给初学者推荐了人格首神巨大的宇宙形象概念。神的能量在物质世界里所展示的这种巨大宇宙形象概念，可以灵性化人的心念和感官，使人逐渐把注意力集中在至尊者——主维施努身上。主维施努以超灵的形式处在每一个生物体的心中，处在物质宇宙的每一个原子中。五种崇拜体系(pañca-upāsanā)中为普通人推荐的五种心态，也是为了让人通过崇拜火、电、太阳、生物的聚集体、主希瓦(Śiva)等比自己强的形式展现的能量或人物，逐渐达到最后把注意力集中在主维施努的部分代表——超灵身上的目的。第2章中生动地描述了上述这一切，第3章中则指示人在真正达到崇拜维施努——做纯粹奉爱服务的阶段后，

该如何继续进步。这节诗里指出：在崇拜维施努的成熟阶段，人的心该有所转变。

整个灵性文化的目的在于：改变人的内心，重建他与至尊主的永恒关系，恢复他作为至尊主仆人的永恒原本状态。随着做奉爱服务不断取得进步，人就会越来越不执著由主宰世界的错误想法所引致的物质感官享乐，相反越来越想为至尊主做爱心服务，从而反映出内心的变化。现在，这节诗里强调了心念这一所有肢体活动的动力，以及与之有关的由眼睛、耳朵、鼻子、手、腿等所有肢体从事的规定的奉爱服务(Vidhi-bhakti)。人只要做规定的奉爱服务，内心就一定会改变，而这种改变一定会展现出来。如果一个人做服务但内心根本没有变化，那么他的心被认为肯定是钢铸的，因为就连吟诵、吟唱至尊主的圣名都不能使其熔化。我们必须永远记住：聆听和吟诵、吟唱是最基本的奉爱服务，如果方法得当，就会随之出现热泪盈眶、毛发直竖等如痴如醉的征象。这些都是做奉爱服务的自然结果，是奉爱服务的巴瓦(bhāva)阶段出现的初始征象。奉爱服务的巴瓦阶段，是人达到爱首神(prema)这一完美境界前的阶段。

如果在不断地聆听和吟诵、吟唱至尊主的圣名之后仍没有任何反应，那么冒犯圣名就是我们唯一要考虑的造成毫无反应的原因了。这是哥斯瓦米论著(Sandarbha)中的意见。在吟诵、吟唱至尊主圣名的初期，奉献者如果不小心避免对圣名的十种冒犯，就肯定不会有因为感到与至尊主分离而出现的热泪盈眶和毛发直竖的征象。

做奉爱服务到达巴瓦阶段时，会出现八种超然的征象，它们分别是：发呆、流汗、毛发直竖、声音哽咽、颤抖、肤色苍白、热泪盈眶，以及最后因全神贯注而出现的恍惚状态。在圣茹帕·哥斯瓦米撰写的《奉爱服务的纯粹甘露之洋》的概要——《奉爱的甘露》一书中，不但解释了上述那些征象，而且还生动地描述了在奉爱服务中其他持久或短暂的超然征象。

就有关人在奉爱服务的巴瓦阶段所出现的征象这方面，圣维施瓦纳特·查夸瓦尔提·塔库尔强烈地批判了有些狂妄的初学者为得到廉价的赞扬而模仿上述征象的作法。除了维施瓦纳特·查夸瓦尔提，圣茹帕·哥斯瓦米也痛斥那些人。世俗的奉献者(prākṛta-sahajiyās)有时会模仿上述那八种征象；但人一旦看到那些假奉献者沉溺于那么多被禁止的活动时，就会立即觉察出他们所表现出的征象是假的。人即使用一些奉献者特有的特征装扮自己，但如果沉溺于抽烟、喝酒或从事非法性行为，就不可能有上述那些如痴如醉、欣喜若狂的征象。可有时，我们看到有些人故意去模仿出这些征象。为此，圣维施瓦纳特·查夸瓦尔提谴责那些模仿者是铁石心肠的人。那些人有时受到影子般的超然征象的影响，但如果他们仍不改掉经典禁止的那些习性，就没有希望获得超然的觉悟。

主柴坦亚在高达瓦瑞(Godāvarī)河岸上与圣茹阿玛南达·若依(Rāmānanda Rāya)相见时，所有这些征象都要一涌而出的展现出来，但因为当时有些追随茹阿玛南达·若依的非奉献者布茹阿玛纳(婆罗门)也在场，主柴坦亚便抑制着不让这些征象展现出来。所以，有时环境使然，我们甚至在一流的奉献者身上也看不到这些征象。因此，人真正处在稳定的巴瓦阶段时，无疑会表现为：不再有物质欲望(kṣānti)；抓紧每分每秒为至尊主做超然的爱心服务(avyārtha-kāla-tvam)(《永恒的柴坦亚经》中篇23.18-19)；始终渴望赞美至尊主(nāma-gāne sadā ruci)(《柴坦亚·查瑞塔姆瑞塔》中篇23.32)；向往居住在至尊主从事过娱乐活动的地方(prītis tad vasati sthāle)；对物质快乐不屑一顾(virakti)；而且从不骄傲(māna-śūnya-tā)。发展出所有这些超然品德的人，真正达到了巴瓦的阶段。这样的奉献者不同于那些铁石心肠的模仿者或世俗的奉献者。

总而言之：进步的奉献者在完全没有冒犯的情况下吟诵、吟唱至尊主的圣名，而且友好地对待每一个生物体，因此能真正品尝到赞美至尊主的超然滋味。这种觉悟的结果，以上述提到的不再有任何物质欲望等表现出来。初学者因为处在奉爱服务的初级层面，所以常常嫉妒并因而不追随灵性导师(ācārya)，自己发明出一套方法。正因为如此，即使他们表现为一直不断地吟诵、吟唱至尊主的圣名，也品尝不到圣名的超然滋味。所以，热泪盈眶、颤抖、流汗或昏过去等表演是受到谴责的。然而，他们可以通过与至尊主的纯粹奉献者接触，纠正这些坏习惯。否则，他们的心肠会继续硬下去，不适合接受任何治疗。要在重返家园、回归首神的路途上一直不断地向前迈进，就必须依靠觉悟了自我的奉献者按启示经典的训示所给予的指导。

第25节

अथाभिधेह्यङ्ग मनोऽनुकूलं
प्रभाषसे भागवतप्रधानः ।
यदाह वैयासकिरात्मविद्या-
विशारदो नृपतिं साधु पृष्टः ॥२५॥

athābhidhehy aṅga mano-'nukūlaṁ
prabhāṣase bhāgavata-pradhānaḥ
yad āha vaiyāsakir ātma-vidyā-
viśārado nṛpatiṁ sādhu pṛṣṭaḥ

atha—因此 / abhidhehi—请您解释 / aṅga—苏塔·哥斯瓦米啊 / manaḥ—心 / anukūlam—顺应我们的心态 / prabhāṣase—您说 / bhāgavata—了不起的奉献者 / pradhānaḥ—主要的 / yatāha—他所说的 / vaiyāsakiḥ—舒卡戴瓦·哥斯瓦米 / ātma-vidyā—超然知识 / viśāra-daḥ—精通 / nṛpatim—向君王 / sādhu—非常好 / pṛṣṭaḥ—被询问

译文 苏塔·哥斯瓦米啊！您的话语使我们听了很开心。因此，请把伟大的奉献者舒卡戴瓦·哥斯瓦米讲过的话解释给我们听。舒卡戴瓦·哥斯瓦米精通超然的知识，并在玛哈茹阿佳·帕瑞克西特向他询问后给予讲解。

要旨　由舒卡戴瓦·哥斯瓦米那样的前辈灵性导师和接下来的苏塔·哥斯瓦米(SūtaGosvāmī)等灵性导师所解释的知识，始终是强有力的超然知识，因此，对所有顺从的学生来说是绝对有用且深入人心的。

到此为止，结束了巴克提韦丹塔对《圣典博伽瓦谭》第2篇第3章——“纯粹的奉爱服务：内心的变化”所作的阐释。

第四章

创造的过程

第1节

सूत उवाच
वैयासकेरिति वचस्तत्त्वनिश्चयमात्मनः ।
उपधार्य मतिं कृष्णे औत्तरेयः सतीं व्यधात् ॥ १ ॥

sūta uvāca
vaiyāsaker iti vacas
tattva-niścayam ātmanaḥ
upadhārya matiṁ kṛṣṇe
auttareyaḥ satīṁ vyadhāt

ksūtaḥuvāca—苏塔·哥斯瓦米说 / vaiyāsakeḥ—舒卡戴瓦·哥斯瓦米的 / iti—如此 / vacaḥ—讲说 / tattva-niścayam—那证实了真理的 / ātmanaḥ—在自我中 / upadhārya—刚好觉悟了 / matim—集中注意力 / kṛṣṇe—向主奎师那 / auttareyaḥ—乌塔茹阿之子 / satīm—贞节的 / vyadhāt—专注

译文 苏塔·哥斯瓦米说：乌塔茹阿的儿子玛哈茹阿佳·帕瑞克西特，聆听了舒卡戴瓦·哥斯瓦米讲的有关自我的真理后，把注意力牢牢地集中在主奎师那身上。

要旨 梵文satīm一词很有意义，意思是"存在"或"贞节"。对帕瑞克西特王(Parīkṣit Mahārāja)当时的情况来说，这两个意思都绝对适用。正如《博伽梵歌》(Bhagavad-gītā)第15章的第15节诗所说的，整个韦达知识的目的，就是要把人的注意力完全吸引到主奎师那的莲花足上，再也不为其他事物分心。幸运的是，帕瑞克西特王在还是几个月大小的胎儿时就已经被至尊主所吸引了。当他还在母腹中时，阿施瓦塔玛(Aśvatthāmā)向他放射一种叫布茹阿玛斯陀(brahmāstra)的原子弹，攻击他，但至尊主仁慈地救了他，使他免于被这种火武器烧到。从那以后，君王就一直不断地想着主奎师那，而这使他十分忠贞地做着奉爱服务。他自然而然就是至尊主忠心耿耿的奉献者，所以当圣舒卡戴瓦·哥斯瓦米(Śukadeva Gosvāmī)告诉他，人无论是心中有各种欲望还是没有欲望，都应该只崇拜至尊主，而不是别的什么人时，他对奎师那原本就有的感情更增强了。这些话题我们以前讨论过。

要成为主奎师那纯粹的奉献者，有两件事是很关键的：一是有机会投生在奉献者的家庭，二是得到真正灵性导师的祝福。依靠主奎师那的恩典，帕瑞克西特王这两个机会都得到了。他出生在潘达瓦(Pāṇḍavas)五兄弟这样崇高的奉献者家庭里；而且至尊主为了让潘达瓦五兄弟的王朝得以延续，赐予他们特殊的恩典，特别拯救了帕瑞克西特王。后来，在至尊主的安排下，帕瑞克西特王被一位布茹阿玛纳(brāhmaṇa,婆罗门)的儿子诅咒，因而能与像舒卡戴瓦·哥斯瓦米那样的一位灵性导师联谊。《永恒的柴坦亚经》(Caitanya-caritāmṛta)中说：凭借灵性导师和主奎师那的恩慈，幸运的人可以走上奉爱服务之途。帕瑞克西特王就完全是这样。由于投生在奉献者的家庭，他自然而然就与奎师那有接触，并因为这种接触而能一直不断地记着奎师那。最后，主奎师那还把他介绍给坚定的奉献者舒卡戴瓦·哥斯瓦米——精通觉悟自我科学的完美知识的圣人，让他有机会在奉爱服务的路途上继续前进。通过聆听真正的灵性导师的教导，帕瑞克西特王很自然就能进一步把自己那颗真诚的心完全放在奎师那身上。

第2节 आत्मजायासुतागारपशुद्रविणबन्धुषु ।
राज्ये चाविकले नित्यं विरूढां ममतां जहौ ॥ २ ॥

ātma-jāyā-sutāgāra-
paśu-draviṇa-bandhuṣu
rājye cāvikale nityaṁ
virūḍhāṁ mamatāṁ jahau

ātma—身体 / jāyā—妻子 / suta—儿子 / āgāra—王宫 / paśu—马匹和大象 / draviṇa—宝库 / bandhuṣu—向朋友及亲属 / rājye—在王国之内 / ca—还有 / avikale—没有受到骚扰 / nityam—不停地 / virūḍhām—根深蒂固的 / mamatām—情感 / jahau—放弃

译文　由于全神贯注于主奎师那，玛哈茹阿佳·帕瑞克西特有能力把对他的身体、妻子、儿女、王宫，马匹和大象等动物，以及宝库、朋友、亲戚和他那强大无敌的王国等根深蒂固的情感连根拔除。

要旨　解脱意味着不再执著自己的身体和与身体有关的一切迷惑人的事物，如：妻子、儿女等束缚。人为了身体的安逸而娶妻，结果有了子女。妻子、儿女需要住处，因此需要有房子。牛、马、狗和大象等动物都属于家畜，居士必须把它们当做家里的财产来养活它们。在现代文明中，汽车及其他马力强大的交通工具代替了马和大象。为了维持家计，人要往银行里存钱，要保持小金库的安全。为了显示物质富有，人需要跟亲戚、朋友保持良好的关系，并小心翼翼地维护自己已经拥有的地位。这就是物质依恋产生的物质文明。热爱主奎师那，对主奎师那忠诚，就意味着不再依恋上述各种物质事物。凭借主奎师那的恩典，帕瑞克西特王得到了所有的物质便利设施，以及一个繁荣昌盛的王国和稳定的王位。还是凭借至尊主的恩典，他能够断然放弃一切物质事物。这就是纯粹奉献者的状态。作为主奎师那的奉献者，帕瑞克西特王出于对主奎师那自然就有的情感，总是代表至尊主去执行他当君王的职责。作为负责任的世界君王，他总是小心防范，不让喀历(Kali)的影响进入他的王国。至尊主的奉献者从不把他的居士财产当做是自己的，而是把一切都用来为至尊主服务。因此，在奉献者照顾下的生物体都能借着奉献者主人的安排，得到觉悟神的机会。

对家庭财产的依恋和对主奎师那的依恋不能同时并进，因为一种依恋是黑暗之途，另外一种依恋是光明之途。有光明就没有黑暗；而黑暗的地方没有光明。但精明强干的奉献者，可以凭借为至尊主服务的态度，把一切都转向光明之途。有关这方面最好的例子就是潘达瓦五兄弟的例子。尤帝士提尔王(Mahārāja Yudhiṣṭhira)和像他一样的居士，都会通过用所谓的物质资产为至尊主服务来把一切转向光明。但没有受过训练或不能用一切为至尊主服务的人(nirbandhaḥ kṛṣṇa-sambandhe)，必须在能够有资格聆听和歌唱至尊主的荣耀前，放弃所有的物质联系。换句话说，人像帕瑞克西特王那样，从舒卡戴瓦·哥斯瓦米那样适当的人物那里，认真地聆听《圣典博伽瓦谭》哪怕一天，都有可能失去对物质事物的一切兴趣。仅仅为了模仿帕瑞克西特王而去听那些以讲述《圣典博伽瓦谭》为职业赚钱的人讲述《圣典博伽瓦谭》，就算是听上七百年也没有用。把讲述《圣典博伽瓦谭》当做维持家庭开支，是对至尊主的莲花足最严重的冒犯(sarva-śubha-kriyā-sāmyam api pramādaḥ)。

第3－4节 पप्रच्छ चेममेवार्थं यन्मां पृच्छथ सत्तमाः ।
कृष्णानुभावश्रवणे श्रद्दधानो महामनाः ॥ ३ ॥
संस्थां विज्ञाय सन्न्यस्य कर्म त्रैवर्गिकं च यत् ।
वासुदेवे भगवति आत्मभावं दृढं गतः ॥ ४ ॥

papraccha cemam evārthaṁ
yan māṁ pṛcchatha sattamāḥ
kṛṣṇānubhāva-śravaṇe
śraddadhāno mahā-manāḥ

saṁsthāṁ vijñāya sannyasya
karma trai-vargikaṁ ca yat

vāsudeve bhagavati
ātma-bhāvaṁ dṛḍhaṁ gataḥ

papraccha—询问 / ca—还有 / imam—这 / eva—完全像 / artham—目的 / yat—那 / mām—向我 / pṛcchatha—你们在询问 / sattamāḥ—伟大的圣人们啊 / kṛṣṇa-anubhāva—全神贯注地想着奎师那 / śravaṇe—聆听 / śraddadhānaḥ—充满信心 / mahā-manāḥ—伟大的灵魂 / saṁsthām—死亡 / vijṣāya—因被告知 / sannyasya—弃绝 / karma—功利性活动 / trai-vargikam—宗教、经济发展和感官享乐这三种原则 / ca—和 / yat—无论什么 / vāsudeve—向主奎师那 / bhagavati—至尊人格首神 / ātma-bhāvam—爱的吸引 / dṛḍham—坚定于 / gataḥ—达到

译文 伟大的圣人们啊！伟大的灵魂玛哈茹阿佳·帕瑞克西特一直不断出神地想着主奎师那，清楚地知道自己即将面临死亡，因此停止了宗教活动、经济发展和感官享乐等一切功利性活动，坚定地沉浸在他对奎师那自然而然的爱的情感中，并询问所有这些你们正在问我的问题。

要旨 宗教、经济发展和感官享乐这三种活动，吸引着在物质世界中为生存而奋斗的灵魂。韦达经中所论及的这类活动称为功利性活动(karma-kāṇḍīya)，经典建议一般居士按其中的规定做，以便在今生和来世享受物质的成功。世上大多数人都受这类活动的吸引。在现代无神论文化中，人们更关心经济发展和感官享乐，而没有任何宗教情操。身为整个世界的大帝王，帕瑞克西特王必须遵守韦达经功利性活动的规定。但与舒卡戴瓦·哥斯瓦米短时间的联谊，使他能彻底了解，他从一出生就自然而然爱着的至尊人格首神主奎师那(华苏戴瓦)是一切的一切；因此，他把心念牢牢地系于至尊主，停止从事韦达经所推荐的一切功利性活动。致力于解脱的经

验主义哲学家——格亚尼(jñānī)，在经过许许多多次诞生后才能达到帕瑞克西特王所达到的完美阶段。正如至尊主本人在《博伽梵歌》第7章的第19节诗中所宣布的：格亚尼比功利性活动者强千百倍，而在千万个这样的格亚尼中，只有一个是真正解脱了的人；在成千上万这种解脱了的人当中，很难找到一个人能完全把注意力集中在圣主奎师那的莲花足上。上面这两节诗中用伟大的灵魂(mahā-manāḥ)一词来形容帕瑞克西特王，把他与《博伽梵歌》中所描述的伟大灵魂(mahātmā)等同起来。在他之后也曾有过很多与他一样的伟大灵魂，他们全都彻底放弃生命中的各种功利性活动，完全依靠至尊人格首神奎师那。作为主奎师那本人的主柴坦亚，在祂的八条训诫(Śikṣāṣṭaka)中教导我们说：

āśliṣya vā pāda-ratāṁ pinaṣṭu mām
adarśanān marma-hatāṁ karotu vā
yathā tathā vā vidadhātu lampaṭo
mat-prāṇa-nāthas tu sa eva nāparaḥ

“众多奉献者(妇女)的爱人——主奎师那，也许会拥抱我这个完全皈依祂的女仆，也许用祂的脚踩我，也许以长时间不出现在我面前的方式令我心碎，但无论如何，祂都是我心中绝对的至尊主。”

圣茹帕·哥斯瓦米这样说：

viracaya mayi daṇḍaṁ dīna-bandho dayāmī vā
gatir iha na bhavattaḥ kācid anyā mamāsti
nipatatu śata-koṭi-nirbharaṁ vā navāmbhaḥ
tad api kila-payodaḥ stūyate cātakena

“贫苦者的主人啊！按您的意愿对待我——赐予我仁慈或处罚我。在这个世界里，除了您本人，没有我期待的人。以喝雨水维生的查塔卡鸟(cātaka)始终在祈求雨云的降临，不在乎来的是阵雨还是霹雳。”

主柴坦亚的灵性导师的灵性导师圣玛达文朵·普瑞(Mādhavendra Purī)，用以下的话语辞别功利性活动规定的所有义务：

sandhyā-vandana bhadram astu bhavato bhoḥ snāna tubhyaṁ namo
bho devāḥ pitaraś ca tarpaṇa-vidhau nāhaṁ kṣamaḥ kṣamyatām
yatra kvāpi niṣadya yādava-kulottamasya kaṁsa-dviṣaḥ
smāraṁ smāram aghaṁ harāmi tad alaṁ manye kim anyena me

"啊，我傍晚的祷告，祝福你！啊，我的晨浴，我向你告辞！啊，半神人和祖先，请原谅我。我无法再为取悦你们而做更多的贡献了。现在我决定，今后无论我身在何处，我都要记着雅杜王朝伟大的后裔、康萨的敌人(主奎师那)，以使自己摆脱一切恶报。我想这对我来说已经足够了。因此还有什么必要做更多的努力呢？"

圣玛达文朵·普瑞继续说：

mugdhaṁ māṁ nigadantu nīti-nipuṇā bhrāntaṁ muhur vaidikāḥ
mandaṁ bāndhava-sañcayā jaḍa-dhiyaṁ muktādarāḥ sodarāḥ
unmattaṁ dhanino viveka-caturāḥ kāmam mahā-dāmbhikam
moktuṁ na kṣāmate manāg api mano govinda-pāda-spṛhām

"就让那些尖刻的道德家谴责我被迷惑了吧；我不在乎。精于各种韦达活动的人可能会毁谤我被误导了，朋友和亲属或许会说我受了挫折，我的亲兄弟也许会叫我蠢材，富有的拜金主义者有可能认为我疯了，有学问的哲学家也许断定我太骄傲。尽管如此，尽管我为哥文达莲花足服务的能力还不够强，但为祂服务的决心丝毫不减。"

帕拉德·玛哈茹阿佳(Prahlāda Mahārāja)也说：

dharmārtha-kāma iti yo 'bhihitas trivarga
īkṣā trayī naya-damau vividhā ca vārtā
manye tad etad akhilaṁ nigamasya satyaṁ
svātmārpaṇaṁ sva-suhṛdaḥ paramasya puṁsaḥ

"宗教、经济发展和感官享乐，作为达到解脱之途的三种方法而闻名。在这些事物中，有关自我的知识、功利性活动和逻辑知识，以及政治学和经济学等(īkṣātrayī)，都是谋生的不同工具。所有这些都是韦达教育的不同科目。因此，我把它们视为是短暂的事物。相反，投靠、服从至尊主维施努(Viṣṇu)是生命的真正收获，我把这视为是最高的真理。”(《博伽瓦谭》7.6.26)

《博伽梵歌》第2章的第41节诗下结论说，坚定地培养奎师那意识是达到完美境界的最佳途径(vyavasāyātmikā buddhiḥ)。伟大的外士纳瓦(Vaiṣṇava)学者圣巴拉戴瓦·维迪亚布善(BaladevaVidyābhūṣaṇa)，下定义说：把为至尊主做超然的爱心服务当做首要责任，停止从事功利性活动(bhagavad-arcanā-rūpaika-niṣkāma-karmabhirviśuddha-cittaḥ)。

因此，帕瑞克西特王坚定地接受主奎师那的莲花足，抛弃生命的一切功利性活动。他这样做是完全正确的。

第5节

राजोवाच
समीचीनं वचो ब्रह्मन् सर्वज्ञस्य तवानघ ।
तमो विशीर्यते मह्यं हरेः कथयतः कथाम् ॥ ५॥

rājovāca
samīcīnaṁ vaco brahman
sarva-jñasya tavānagha
tamo viśīryate mahyaṁ
hareḥ kathayataḥ kathām

rājāuvāca—君王说 / samīcīnam—完全正确 / vacaḥ—演讲 / brahman—有学识的布茹阿玛纳啊 / sarva-jṣasya—知道一切的人 / tava—你的 / anagha—没有任何污染 / tamaḥ—愚昧的黑暗 / viśīryate—逐渐消失 / mahyam—向我 / hareḥ—至尊主的 / kathayataḥ—你说话的时候 / kathām—话题

译文 玛哈茹阿佳·帕瑞克西特说：博学的布茹阿玛纳啊！您没有受物质的污染，因此知道一切。所以，无论您对我说什么，听起来都是完全正确的。您的话正逐渐去除我的愚昧，因为您讲述的是有关至尊主的话题。

要旨 这里谈了帕瑞克西特王的亲身体验，它告诉我们：当真诚的奉献者从完全不受物质事物污染的人那里聆听有关至尊主的超然话题时，这种话题便起到注射强心剂的效果。换句话说，热衷于从事韦达经中论及的功利性活动(karma-kāṇḍīya)的人，从以朗诵《圣典博伽瓦谭》为职业赚钱的人那里听《圣典博伽瓦谭》的信息，永远不会产生这里所谈到的神奇作用。怀着奉爱之情聆听至尊主的讯息，与聆听普通的话题不同；真诚的聆听者通过体验愚昧逐渐消失而感受到这种作用。

yasya deve parā bhaktir
yathā deve tathā gurau
tasyaite kathitā hy arthāḥ
prakāśante mahātmanaḥ

(《水塔刷塔尔·奥义书》Śvetāśvatara Upaniṣad 6.23)

“韦达知识的一切含义，只会揭示给绝对相信至尊主和灵性导师的伟大灵魂。”

当一个饥饿的人有食物可以吃时，他会感到既满足又快乐，因此不用问他究竟有没有真的吃饱。聆听《圣典博伽瓦谭》的决定性检测是，人应该通过这种聆听得到实际的启示。

第6节

भूय एव विवित्सामि भगवानात्ममायया ।
यथेदं सृजते विश्वं दुर्विभाव्यमधीश्वरैः ॥६॥

bhūya eva vivitsāmi
bhagavān ātma-māyayā
yathedaṁ sṛjate viśvaṁ
durvibhāvyam adhīśvaraiḥ

bhūyaḥ—再次 / eva—还有 / vivitsāmi—我想知道 / bhagavān—人格首神 / ātma—个人的 / māyayā—凭借种种能量 / yathā—如 / idam—这个现象世界 / sṛjate—创造 / viśvam—宇宙 / durvibhāvyam—不可思议的 / adhīśvaraiḥ—由伟大的半神人

译文 我乞求您告诉我，人格首神是怎样用祂个人的能量创造了这些就连伟大的半神人们都认为不可思议的宇宙展示。

要旨 每一个好奇的人都会问一个重要的问题，那就是：这个现象世界是怎么被创造出来的。因此，从灵性导师那里了解至尊主的一切活动的帕瑞克西特王，问这样的问题是正常的。对于我们所不了解的事，我们必须向有学识的人学习和询问。像创造这样的问题，也是要从正确的人那里来了解。所以，灵性导师必须像前面对舒卡戴瓦·哥斯瓦米的形容那样是全知的(sarvajña)。这样，门徒所不知道的有关神的一切，就都可以从有资格的灵性导师那里得到答案。有关这一点，帕瑞克西特王为我们树立了具体的榜样。然而，正如我们大家在《圣典博伽瓦谭》开篇中读到的，“至尊主是所展示的众多宇宙创造、维系和毁灭的起因(janmādy asya yataḥ)”，帕瑞克西特王也已经知道：我们所看到的一切都来自至尊主的能量。他现在想要了解的是创造的过程。他知道创造的起源，否则便不会问“人格首神是如何用祂的各种能量创造这个现象世界的”了。普通人也知道万物是由创造者创造，而不是自己产生出来的。在现实世界里，我们从没见过有什么东西是自己产生出来的。愚蠢的人说创造能量是独立的，像电力一样自动运作。但聪明人知道：就连电能，也是由能干的工程师在当地发电厂里制造出来，再在留守工程师的监管下输送到各处去的。有关至尊主监督创造这一点，《博伽梵歌》第9章的第10节诗中明确地说，物质能量是至尊者众多能量中的一种能量。《奥义书》也确认这一点(parāsya śaktir vividhaiva śrūyate)。没有阅历的小孩子也许在看到电子设备自动运作或由电能传导引起的许多其他奇妙的事物后会感到惊讶，但有经验的成年人知道：这一切的背后是有人在生产这种能量。同样，世上那些所谓的学者和哲学家们，靠主观臆测提出很多有关宇宙创造的乌托邦式非人格理论，但至尊主聪明的奉献者靠研读《博伽梵歌》就能知道：正如工程师在发电厂里控制着电力的生产和输送，整个创造的背后有至尊主在控制着一切。作调查研究的学者要找出一切事物的因果关系，可就连像布茹阿玛(Brahmā)、希瓦(Śiva)、因铎(Indra)和很多其他半神人那样伟大的学者，有时都会因为看到至尊主奇妙的创造能量而困惑，更何况是只接触过一些微不足道的小事情的渺小世俗学者呢！正如宇宙中不同的星球居住环境各不相同，比如一个星球优于另一个星球，因此居于其上的生物体的大脑能力也各不相同。正如《博伽梵歌》中说明的：对这个地球上的居民来说，布茹阿玛星球上居民的寿命长得不可思议；同样，对这个星球上的任何一个伟大的科学家来说，布茹阿玛的脑力都是强大得不可思议。但就连拥有如此高级脑力的布茹阿玛，也在他的《布茹阿玛·萨密塔》(Brahma-saṁhitā)第5章的第1节诗中这样描述说：

īśvaraḥ paramaḥ kṛṣṇaḥ
　sac-cid-ānanda-vigrahaḥ
anādir ādir govindaḥ
　sarva-kāraṇa-kāraṇam

“有很多人物都拥有博伽梵(Bhagavān)的品质，但奎师那是最高的，因为没有人能优于祂。祂是至高无上的人，祂的身体是永恒、充满知识和极乐的。祂是存在中的第一位至尊主哥文达，是一切原因的起因。”

连布茹阿玛都承认主奎师那是一切原因的最高原因，但这个小地球上有着小脑袋的人却以为至尊主是他们中的一员。因此，当至尊主在《博伽梵歌》里说，祂(主奎师那)就是一切时，喜欢思辨的哲学家和世俗的辩论者嘲笑祂。对此，至尊主遗憾地说：

avajānanti māṁ mūḍhā
  mānuṣīṁ tanum āśritam
paraṁ bhāvam ajānanto
  mama bhūta-maheśvaram

“当我以人的形象降临时，愚蠢的人轻视我。他们不知道我作为万事万物的至尊主所具有的超然性。”(《博伽梵歌》9.11)

就像国王任命大臣，布茹阿玛和希瓦(更不要说其他半神人了)都是至尊主创造出来掌管宇宙事务的强大半神人(bhūtas)。大臣们确实是控制者(īśvaras)，但至尊主却是控制者的创造者(maheśvara)。知识贫乏的人不知道这一点，所以当至尊主出于没有缘故的仁慈间或以人的形象来到我们面前时，他们竟敢嘲笑至尊主。尽管至尊主以人的形象出现，但祂的身体与人类的不同，祂是绝对的人格首神(sac-cid-ānanda-vigraha)，祂的身体与灵魂没有分别。祂既是力量又是力量的拥有者。

帕瑞克西特王并没有要求他的灵性导师舒卡戴瓦·哥斯瓦米描述主奎师那在温达文(Vṛndāvana)的娱乐活动，而是要先聆听有关至尊主的创造。舒卡戴瓦·哥斯瓦米并没有说君王应该聆听至尊主直接的娱乐活动。时间很短，舒卡戴瓦·哥斯瓦米自然可以直接跳到《圣典博伽瓦谭》的第10篇去，像那些以朗诵《圣典博伽瓦谭》为职业赚钱的人那样走捷径。但无论是君王还是《圣典博伽瓦谭》的杰出讲述者，都没有像职业朗诵者那样做。他们两人都是有系统地循序渐进，以使今后的阅读者和聆听者都能以他们为榜样，按诵读《圣典博伽瓦谭》的正确步骤做。那些受至尊主的外在能量控制的人，或说那些在物质世界里的人，必须先了解至尊主的外在能量是如何在至尊人物的指挥下工作的，然后才可以尝试进入祂内在能量的种种活动。世俗之人大都是奎师那的外在能量杜尔嘎(Durgā)女神的崇拜者，可他们不知道杜尔嘎女神只不过是至尊主的影子能量。正如《博伽梵歌》第9章的第10节诗所证实的，在她所表现出的令人惊讶的物质运作背后，有至尊主在指挥。《布茹阿玛·萨密塔》断言，杜尔嘎能量在哥文达的指挥下运作，没有祂的允许，强大的杜尔嘎能量连一根草都不能动。因此，初级奉献者最好是先通过询问至尊主的创造能量的工作来了解至尊主有多伟大，而不是立即去探问祂的内在能量所展示的超然娱乐活动。《永恒的柴坦亚经》(Caitanya-caritāmṛta)中也描述了至尊主的创造能量，解释了至尊主在创造中所起的作用。《永恒的柴坦亚经》的作者警告初级奉献者，要严防犯“忽视有关奎师那是何等伟大的知识”的错误。人只有在认识到主奎师那的伟大时，才能对祂坚信不移；否则就会像普通人一样，误以为主奎师那只是众多半神人中的一位或是历史人物、神话人物而已，就连一些了不起的领袖人物也犯这样的错误。至尊主在温达文或在杜瓦尔卡所从事的超然娱乐活动，只有灵性造诣极高、有资格的人才能真正品尝到。普通人也许可以通过遵循做奉爱服务及询问的渐进程序，达到这样的层面，就像我们从帕瑞克西特王的行为处事中看到的那样。

第7节 यथा गोपायति विभुर्यथा संयच्छते पुनः ।
यां यां शक्तिमुपाश्रित्य पुरुशक्तिः परः पुमान् ।
आत्मानं क्रीडयन् क्रीडन् करोति विकरोति च ॥ ७ ॥

yathā gopāyati vibhur
yathā saṁyacchate punaḥ
yāṁ yāṁ śaktim upāśritya
puru-śaktiḥ paraḥ pumān
ātmānaṁ krīḍayan krīḍan
karoti vikaroti ca

yathā—像 / gopāyati—维持 / vibhuḥ—崇高的 / yathā—像 / saṁyacchate—收起来 / punaḥ—再次 / yāmyām—如 / śaktim—能

量 / upāśritya—通过使用 / puru-śaktiḥ—全能的 / paraḥ—至尊者 / pumān—至尊人格首神 / ātmānam—完整扩展 / krīḍayan—使他们从事 / krīḍan—正如也亲自从事 / karoti—做 / vikaroti—导致被做到 / ca—和

译文 请仁慈地为我描述，全能的至尊主是怎样安排祂不同的能量和扩展，以游戏者的精神维系并再次收起这现象世界的。

要旨 在《喀塔奥义书》(Kaṭha Upaniṣad)第2篇第2章的第13节诗中，至尊主被描述为是所有永恒的个体生物中的至尊生物(nityo nityānāṁ cetanaś cetanānām)，是维系着无数其他生物的至尊主(eko ba-hūnāṁ yo vidadhāti kāmān)。因此所有的生物，无论是受制约的还是解脱的，都由全能的至尊主维系着。至尊主通过祂不同的扩展，以及内在、外在和边缘这三种能量维系一切。生物是祂的边缘能量，他们其中的一些，如布茹阿玛、玛瑞祺(Marīci)等得到祂的信任，受委托也做一些创造性的工作。至尊主在他们心中给予他们创造的灵感(tene brahma hṛdā)。外在能量(玛亚)孕育着受制约的灵魂(jīvas)。没有受制约的灵魂都在灵性王国中活动，至尊主用祂不同的完整扩展，以各种超然的关系在灵性天空中维系着他们。就这样，一位至尊人格首神把自己扩展出许多(bahu syām)；祂虽然有别于所有其他扩展，但却不仅包含一切，自己也在一切之中。这就是至尊主不可思议的神秘力量。祂凭着这不可思议的力量，使一切与祂既是一体，同时又有区别(acintya-bhedābheda-tattva)。

第8节 नूनं भगवतो ब्रह्मन् हरेरद्भुतकर्मणः ।
दुर्विभाव्यमिवाभाति कविभिश्चापि चेष्टितम् ॥ ८ ॥

nūnaṁ bhagavato brahman
harer adbhuta-karmaṇaḥ
durvibhāvyam ivābhāti
kavibhiś cāpi ceṣṭitam

nūnam—仍然不足够 / bhagavataḥ—人格首神的 / brahman—有学识的布茹阿玛纳啊 / hareḥ—至尊主的 / adbhuta—奇妙的 / karmaṇaḥ—行动的人 / durvibhāvyam—不可思议的 / iva—像那 / ābhāti—出现 / kavibhiḥ—就算有高深学识的人 / ca—还有 / api—尽管 / ceṣṭitam—正努力于

译文　博学的布茹阿玛纳啊！至尊主的超然活动都极为奇妙；它们之所以显得不可思议，是因为：即使有许多学识渊博的学者极尽努力，也只能对那些活动有很少的了解。

要旨　在至尊主的种种活动中，单看我们这个宇宙的创造，就已经是不可思议的神奇了。可是，被创造的物质世界中还有无数的宇宙，而被创造的物质世界只不过是整个创造的一个碎片部分。物质世界只是整体存在的一部分(ekāṁśena sthito jagat)。如果说物质世界是至尊主能量展示的四分之一，那么其他四分之三就是《博伽梵歌》中描述的灵性世界(vaikuṇṭha jagat)或永恒的世界(sanātana- dhāma或mad-dhāma)。我们从前一节诗中已经了解到，至尊主处理物质世界的方法是：反复地创造并收回。但祂创造中的更大部分——灵性世界，祂让其始终存在着，永不毁灭。否则，灵性世界(Vaikuṇṭha-dhāma)就不会被称为是永恒的了。至尊主与祂的住所同存；祂永恒的名字、特性、娱乐活动、随行人员、个性，都是祂不同的能量及扩展的展示。梵文中把至尊主称为“不经创造就存在的(anādi)”或者“一切的始源(ādi)”。我们用自己不完美的脑子构想至尊主也是被创造出来的。但是，韦达经典中告诉我们：祂不是被创造出来的；相反，一切是由祂创造的(nārāyaṇaḥ paro'vyaktāt)。这一切不仅对普通人来说是值得深入思考的神奇主题，即使对大学者们来说也是不可思议的，因此他们提出相互矛盾的各种理论。就连我们所在的这个宇宙——祂创造中微不足道的碎片部分，他们都没有完整的知识，不知道这个有限的空间到底有多大，其间究竟有多少星球，而数不胜数的星球上各自的状况又如何。现代科学家对这些并没有足够的认识。他们中有些人推断，整个宇宙空间中散布着一亿个星球。一九六零年二月二十一日，莫斯科的报纸登载了以下一段新闻稿：

“俄罗斯著名的天文学教授伯里斯·伏朗措符·佛利亚米诺夫说，宇宙之内必定有无数的星球，其上居住着富有理性的生物体。

“在这些星球上，可能存在与地球生命类似的生命。

“化学博士尼考拉·济鲁夫就有关其他星球上的大气问题指出，以火星上的有机体为例，那些有机体有可能可以用其低体温很好地适应普通的生存环境。

“他说他觉得火星上大气层的气体组合，相当适合维持那些适应了那里生存环境的生物体的生命。”

《布茹阿玛·萨密塔》(Brahma-saṁhitā)中把各个星球上不同的有机体对环境的适应性称为“各种各样的力量(vibhūti-bhinnam)”。换句话说，宇宙中有无数的星球，而每一个星球上都有特定的环境，环境越好的星球，那里的生物体在科学和心理素质方面就越完美和进步。试图凭借机械设备到外天空探险或到其他星球去的科学家，必须清楚地了解：适应地球生存环境的生物体，在其他星球的生存环境中是不能生存下去的(《简易的星际旅程》)。因此，人必须准备自己，好在离开现有的躯体后能被转到其他星球去。正如《博伽梵歌》第9章的第25节诗中所说的：

yānti deva-vratā devān
pitṝn yānti pitṛ-vratāḥ

bhūtāni yānti bhūtejyā
yānti mad-yājino 'pi mām

“崇拜半神人的人，将在半神人中投生；崇拜祖先的人，到祖先那里去；崇拜鬼魂和精灵的人，在那些生物中投生；崇拜我的人，将与我生活在一起。”

帕瑞克西特王对有关至尊主创造能量的运作所作的说明，显示出他了解创造过程中的一切。既然这样，他为什么还要向舒卡戴瓦·哥斯瓦米询问呢？作为伟大的帝王、潘达瓦兄弟的后代和主奎师那伟大的奉献者，帕瑞克西特王有能力了解相当多的有关世界创造的知识，但那些知识还不够。因此他说，就连学识渊博的学者竭尽努力后都所知甚少。至尊主是无限的，祂的活动也深不可测。任何生物体，即使是宇宙中最完美的生物体布茹阿玛，也不可能用他有限的知识和不完美的感官去了解无限，连想都不要想。只有当无限者为我们作解释时，我们才能对无限有所了解，正如至尊主本人在《博伽梵歌》中所作的独一无二的说明一样。我们从舒卡戴瓦·哥斯瓦米等觉悟了自我的灵魂那里，也可以对至尊主有一定程度的了解。舒卡戴瓦·哥斯瓦米从维亚萨那里学习知识，而维亚萨是纳茹阿达的门徒。因此，我们看到，完善的知识只可以通过师徒传承世代相传，而不是靠什么古老或现代的实践性知识的积累而得到的。

第9节 यथा गुणांस्तु प्रकृतेर्युगपत्क्रमशोऽपि वा ।
बिभर्ति भूरिशस्त्वेकः कुर्वन् कर्माणि जन्मभिः ॥ ९ ॥

yathā guṇāṁs tu prakṛter
yugapat kramaśo 'pi vā
bibharti bhūriśas tv ekaḥ
kurvan karmāṇi janmabhiḥ

yathā—像他们一样 / guṇān—属性 / tu—但是 / prakṛteḥ—物质能量的 / yugapat—同时 / kramaśaḥ—渐渐地 / api—还有 / vā—

或 / bibharti—保持 / bhūriśaḥ—很多形象 / tu—但是 / ekaḥ—至尊的一位 / kurvan—行动 / karmāṇi—种种活动 / janmabhiḥ—靠各个化身

译文 至尊人格首神无论是独自运用物质自然属性行事，是同时扩展出许多形象，还是连续扩展以指挥物质自然属性，祂都是一个完整的个体。

第10节 विचिकित्सितमेतन्मे ब्रवीतु भगवान् यथा ।
शाब्दे ब्रह्मणि निष्णातः परस्मिंश्च भवान् खलु ॥१०॥

vicikitsitam etan me
bravītu bhagavān yathā
śābde brahmaṇi niṣṇātaḥ
parasmiṁś ca bhavān khalu

vicikitsitam—疑问 / etat—这 / me—我的 / bravītu—请清除 / bhagavān—像至尊主一样有力量 / yathā—就像 / śābde—超然的声音 / brahmaṇi—韦达文献 / niṣṇātaḥ—完全觉悟了 / parasmin—超然的真理 / ca—还有 / bhavān—您阁下 / khalu—事实上

译文 请仁慈地澄清所有这些疑问，因为在超然的领域里，您不仅精通韦达文献和觉悟自我，而且还是至尊主伟大的奉献者，并因此而跟人格首神一样。

要旨 《布茹阿玛·萨密塔》中说：至尊绝对真理——人格首神哥文达(Govinda)，虽然独一无二，却能扩展出无数相同的形象；虽然是存在中的第一个人，但却永远年轻，充满青春活力。仅仅靠学习韦达经中记载的超然科学很难了解祂，但祂的纯粹奉献者很容易认识祂。

至尊主扩展出不同的形象，奎师那(Kṛṣṇa)扩展出巴拉戴瓦(Baladeva)，巴拉戴瓦扩展出桑卡尔珊(Saṅkarṣnṇa)，桑卡尔珊扩展出华苏戴瓦(Vāsudeva)，华苏戴瓦扩展出安尼如达(Aniruddha)，安尼如达扩展出帕杜么纳(Pradyumna)，再由帕杜么纳扩展出第二位桑卡尔珊。第二位桑卡尔珊扩展出众多的纳茹阿亚纳主宰化身(Nārāyaṇa puruṣāvatāra)，以及无数的其他形象，就好比江河湖海中连绵不断的无尽波涛，全都一样，就像一盏灯点燃同等亮度的另一盏灯一样。那便是至尊主超然的力量。韦达经中说：祂是那么完整，以致即使从祂那里流衍出另外的完整整体，祂本身仍保持原有的完整(pūrṇasya pūrṇam ādāya pūrṇam evāvaśiṣyate)。正因为如此，用心智推测不可能对至尊主有正确的认识。所以，对世俗学者来说，至尊主始终都是个谜，无论那些学者多么精通韦达文献(vedeṣu durlabham adurlabham ātma-bhaktau)，他们也了解不了至尊主。对世俗的博学学者、哲学家或科学家来说，至尊主超乎他们所具有的认知范畴。然而，纯粹的奉献者要了解祂很容易，因为祂在《博伽梵歌》第18章的第54节诗中宣布：当人超越了理论知识的阶段，可以实际地为至尊主做奉爱服务时，他就能了解至尊主的真正本性了。人除非实际地为至尊主做超然的爱心服务，否则不可能对至尊主或祂的圣名、形象、属性和娱乐活动等有清楚的认识。《博伽梵歌》中说，人首先必须投靠、服从至尊主，停止从事与奎师那无关的其他活动。这意思是说，人必须成为至尊主绝对纯粹的奉献者。只有这样，人才能凭借奉爱服务的力量去了解祂。

帕瑞克西特王在前一节诗中承认，即使对学识最渊博的学者来说，至尊主也是不可思议的。那他为什么还要一再请求舒卡戴瓦·哥斯瓦米给他阐明有关至尊主的知识？理由很清楚。舒卡戴瓦·哥斯瓦米不仅精通韦达文献，而且还是觉悟了自我的伟大灵魂，以及至尊主强有力的奉献者。凭借至尊主的恩典，至尊主强有力的奉献者比至尊主本人还有力量。人格首神茹阿玛禅铎(Rāmacandra)为了能到兰卡岛去还要设法筑桥跨越印度洋，但祂纯粹的奉献者圣哈努曼(Hanumān)却仅仅一个跳跃便跨过了印度洋。至尊主对祂纯粹的奉献者是如此仁慈，甚至让祂所爱的奉献者显得比自己还强大有力。尽管杜尔瓦萨·牟尼(Durvāsā Muni)那么强大有力，可以在物质的状况下直接接近至尊主向祂求救，但至尊主表示自己救不了牟尼，最终是祂的奉献者安巴瑞施王(Mahārāja Ambarīṣa)救了牟尼。经典中说，不仅仅是至尊主的奉献者比至尊主还要强有力，而且崇拜至尊主的奉献者被认为比直接崇拜至尊主更有效(mad-bhakta-pūjābhyadhikā)(《圣典博伽瓦谭》11.19.21)。

因此结论是：真诚的奉献者必须先找一位灵性导师，这位灵性导师不单只精通韦达文献，还必须是至尊主伟大的奉献者，真正了解至尊主和祂不同的能量。没有这样一位奉献者灵性导师的帮助，人不可能在至尊主的超然科学领域中取得进步。像舒卡戴瓦·哥斯瓦米这样真正的灵性导师，不会只讲与至尊主的内在能量有关的主题，还会解释祂与祂的外在能量的关系如何。

至尊主用祂的内在能量所从事的娱乐活动，在温达文才展示出来，但祂的外在能量却在祂扩展的原因之洋维施努(Kāraṇārṇavaśāyī Viṣṇu)、孕诞之洋维施努(Garbhodakaśāyī Viṣṇu)和牛奶之洋维施努(Kṣīrodakaśāyī Viṣṇu)的指挥下运作。圣维施瓦纳特·查夸瓦尔提(Viśvanātha Cakravartī)忠告有分别心的外士纳瓦(Vaiṣṇava)们，说他们不应该只喜欢聆听至尊主的茹阿萨活动(rāsa-līlā)，还必须以理想的门徒帕瑞克西特王和理想的灵性导师舒卡戴瓦·哥斯瓦米为榜样，热衷于聆听至尊主那些负责创造(sṛṣṭi-tattva)的主宰化身(puruṣāvatāra)所从事的娱乐活动。

第11节

सूत उवाच
इत्युपामन्त्रितो राज्ञा गुणानुकथने हरेः ।
हृषीकेशमनुस्मृत्य प्रतिवक्तुं प्रचक्रमे ॥११

sūta uvāca
ity upāmantrito rājñā
guṇānukathane hareḥ
hṛṣīkeśam anusmṛtya
prativaktuṁ pracakrame

sūtaḥuvāca—苏塔·哥斯瓦米说 / iti—如此 / upāmantritaḥ—被要求 / rājñā—被君王 / guṇa-anukathane—描述至尊主的超然特质 / hareḥ—人格首神的 / hṛṣīkeśam—感官的主人 / anusmśtya—正确地记住 / prativaktum—只是回答 / pracakrame—准备好

译文　苏塔·哥斯瓦米说：君王这样要求舒卡戴瓦·哥斯瓦米描述人格首神的创造能量后，舒卡戴瓦·哥斯瓦米便有系统地记忆感官之主(圣奎师那)。为了恰当地回答问题，他这样说道。

要旨　至尊主的奉献者在宣讲和描述至尊主的超然属性时，并不认为自己能独立地做任何事。他们认为，只有在感官的主人——至尊主的允许下，他们才能讲话。每一个生物体的感官并不是他自己的；奉献者知道，这些感官属于至尊主，当它们被用来为至尊主服务时，便得到了正确的运用。感官是工具，物质元素是组成感官的成分，而一切都是至尊主赐予的；因此，只有在至尊主的指示下，每一个生物体才能做事、说话和观看。《博伽梵歌》第15章的第15节诗证实这一点说："我在众生的心中。记忆、知识和遗忘都来自我(sarvasya cāhaṁ hṛdi sanniviṣṭo mattaḥ smṛtir jñānam apohanaṁ ca)。"没人能不受限制地独立行事，因此人在要做事、进食或说话时应该请求至尊主的允许。凭借至尊主的祝福，奉献者所做的一切都没有受制约的灵魂所具有的四项缺陷。

第12节

श्रीशुक उवाच
नमः परस्मै पुरुषाय भूयसे
सदुद्भवस्थाननिरोधलीलया ।
गृहीतशक्तित्रितयाय देहिना-
मन्तर्भवायानुपलक्ष्यवर्त्मने ॥१२॥

śrī-śuka uvāca
namaḥ parasmai puruṣāya bhūyase
sad-udbhava-sthāna-nirodha-līlayā
gṛhīta-śakti-tritayāya dehinām
antarbhavāyānupalakṣya-vartmane

śrī-śukaḥuvāca—圣舒卡戴瓦·哥斯瓦米说 / namaḥ—顶礼 / parasmai—至尊者 / puruṣāya—人格首神 / bhūyase—向完整的整体 / sad-udbhava—物质世界的创造 / sthāna—它的维系 / nirodha—它的结束 / līlayā—借着……的娱乐活动 / gṛhīta—接受了 / śakti—力量 / tritayāya—三种属性 / dehinām—所有拥有物质躯体的 / antaḥ-bhavāya—向处在心中的祂 / anupalakṣya—不可思议的 / vartmane—以这种方式行事的人

译文 舒卡戴瓦·哥斯瓦米说：我恭恭敬敬地向至尊人格首神顶礼，祂为了创造物质世界，接受了自然的三种属性。祂是居住在每一个生物体体内的完整个体，而祂行事的方式不可思议。

要旨 这个物质世界是善良、激情和愚昧这三种属性的展示。至尊主为了物质世界的创造、维系和毁灭，接受了布茹阿玛、维施努和希瓦这三位主宰形象。作为维施努，祂进入每一个被创造的物质躯体。祂以孕诞之洋维施努(Garbhodakaśāyī Viṣṇu)的形象进入每一个宇宙中，接着又以牛奶之洋维施努(Kṣīrodakaśāyī Viṣṇu)的形象进入每一个生物体的体内。与《博伽梵歌》第15章的第18节诗中的描述一样，圣主奎师那作为所有维施努形象(viṣṇu-tattvas)的始源，在此也被称为至尊人物(paraḥ pumān和puruṣottama)。祂是完整的整体，主宰化身是祂的完整扩展。奉爱瑜伽(Bhakti-yoga)是使人具备资格了解祂的唯一程序。经验主义哲学家和神秘瑜伽师想象不了首神的人格特质，因此便称祂为行事不可思议的至尊主(anupalakṣya-vartmane)。

第13节 भूयो नमः सद्वृजिनच्छिदेऽसता-
मसम्भवायाखिलसत्त्वमूर्तये ।
पुंसां पुनः पारमहंस्य आश्रमे
व्यवस्थितानामनुमृग्यदाशुषे ॥१३॥

bhūyo namaḥ sad-vṛjina-cchide 'satām
asambhavāyākhila-sattva-mūrtaye
puṁsāṁ punaḥ pāramahaṁsya āśrame
vyavasthitānām anumṛgya-dāśuṣe

bhūyaḥ—再次 / namaḥ—我顶拜 / sat—奉献者或虔诚者的 / vṛjina—痛苦 / chide—赐予解脱的人 / asatām—无神论者、非奉献者、恶魔 / asambhavāya—终止进一步的不幸 / akhila—完整的 / sattva—善良 / mūrtaye—向人格首神 / puṁsām—超然主义者的 / punaḥ—再次 / pāramahaṁsye—灵修的最高完美阶段 / āśrame—在……的阶段 / vyavasthitānām—特别处于 / anumṛgya—目的地 / dāśuṣe—拯救者

译文 我再恭恭敬敬地向物质存在和灵性存在的完整形

象顶礼，祂把虔诚的奉献者从所有的苦恼中拯救出来，并阻止非奉献者中邪恶的无神论倾向的进一步发展。对处在最高灵性完美境界的超然主义者，祂允许他们去他们想去的目的地。

要旨 圣主奎师那是物质存在和灵性存在的完整形象。梵文akhila的意思是“完整的”或“那并不是低等的(khila)”。正如《博伽梵歌》中说明的：存在着两种自然(prakṛti)——物质自然和灵性自然，或者说是至尊主的外在能量和内在能量。梵文称物质自然是低等的(aparā)，灵性自然是高等或超然的。因此，至尊主的形象并不是低等的，不是物质自然的产物。祂是完整的超然存在。祂是穆尔提(mūrti)，有着超然的形象；缺乏智慧的人不知道祂的超然形象，于是把祂描述为是不具人格特征的布茹阿曼(Brahman,梵)。然而，布茹阿曼只不过是祂超然身体放射出的光芒(yasya prabhā)(《布茹阿玛·萨密塔》5. 40)。了解至尊主超然形象的奉献者为祂做服务，至尊主因此出于没有缘故的仁慈回报奉献者，拯救奉献者摆脱一切苦恼。祂也很爱那些遵守韦达经规定的虔诚之人，因此也保护这个世界里的虔诚人。不虔诚的人和非奉献者违反韦达经的原则；因此他们的罪恶活动总是以失败告终。他们中的有些人特别得到至尊主的优待，被祂亲自杀死，例如：茹阿瓦纳(Rāvaṇa)、黑冉亚卡希普(Hiraṇyakaśipu)和康萨(Kaṁsa)等恶魔。这些恶魔得到拯救，因而停止进一步从事罪恶活动。就像一位仁慈的父亲，不管祂是支持奉献者还是惩罚恶魔，祂总是善待所有的人，因为祂对所有的个体存在来说都是完整的存在。

至尊天鹅(paramahaṁsa)的存在阶段是最完美的灵性阶段。根据圣琨缇(Kuntīdevī)的说法，只有至尊天鹅才真正了解至尊主。正如觉悟至尊主超然的形象有一个渐进的过程，先认识祂不具备人格特征的梵光，然后认识祂在局部区域的扩展超灵(Paramātmā)，最后再认识人格首神菩茹首塔玛(Puruṣottama)——主奎师那；同样，人在灵性的弃绝阶层萨尼亚斯(sannyāsa)中也经历靠家人施舍的出家灵修(kuṭīcaka)、托钵僧(bahūdaka)、四处周游传教(parivrājakācārya)和至尊天鹅(paramahaṁsa)等渐进阶段。潘达瓦五兄弟的母亲琨缇王后，在向主奎师那祈祷时谈到了这些(《圣典博伽瓦谭》第1篇第8章)。在非人格神主义者和奉献者中都有至尊天鹅，但根据《圣典博伽瓦谭》中琨缇王后的明确声明，只有至尊天鹅才了解纯粹的奉爱瑜伽。琨缇王后特别提到，至尊主降临(paritrāṇāya sādhūnām)专门是为了把奉爱瑜伽赐给至尊天鹅。因此从真正的意义上说，至尊天鹅是至尊主纯粹的奉献者。圣吉瓦·哥斯瓦米(Jīva Gosvāmī)直截了当地承认，奉爱瑜伽是最高的目标，人通过这个程序来为至尊主做超然的爱心服务。那些接受奉爱瑜伽之途的人，是真正的至尊天鹅。

由于至尊主对每个人都很仁慈，因此那些想要借着练奉爱瑜伽融入至尊主非人格梵光(brahmajyoti)的非人格神主义者，也能获得赏赐，到达他们想要去的目的地。在《博伽梵歌》第4章的第11节诗中，至尊主向所有的人保证："我根据每个人对我皈依的情况来回报他们。"根据圣维施瓦纳特·查夸瓦尔提的说法：至尊天鹅分两类，布非人格神主义者茹阿玛南迪(brahmānandī)和奉献者普瑞玛南迪(premānandī)，而两者都会获得赏赐，到达自己想要去的目的地。尽管普瑞玛南迪比布茹阿玛南迪更幸运，但布茹阿玛南迪和普瑞玛南迪都是超然主义者，他们与充满各种生存痛苦的低等物质自然毫无关系。

第14节　नमो नमस्तेऽस्त्वृषभाय सात्वतां
विदूरकाष्ठाय मुहुः कुयोगिनाम् ।
निरस्तसाम्यातिशयेन राधसा
स्वधामनि ब्रह्मणि रंस्यते नमः ॥१४॥

namo namas te 'stv ṛṣabhāya sātvatāṁ
vidūra-kāṣṭhāya muhuḥ kuyoginām
nirasta-sāmyātiśayena rādhasā
sva-dhāmani brahmaṇi raṁsyate namaḥ

namaḥnamaḥte—让我向您顶拜 / astu—是 / ṛṣabhāya—向伟大的同伴 / sātvatām—雅杜王朝成员的 / vidūra-kāṣṭhāya—远离世俗争辩的人 / muhuḥ—总是 / ku-yoginām—非奉献者的 / nirasta—毁灭 / sāmya—同等地位 / atiśayena—凭借伟大 / rādhasā—凭借财富 / sva-dhāmani—在祂自己的居所 / brahmaṇi—在灵性天空 / raṁsyate—享受 / namaḥ—我顶礼

译文 我恭恭敬敬地向祂顶礼，祂是雅杜王朝成员的同伴，但对非奉献者来说却永远是棘手的对象。祂虽然是物质世界和灵性世界的最高享受者，但却喜欢灵性天空中祂自己的住所。祂超然的财富无穷无尽，因此没人与祂平等。

要旨 至尊主奎师那有两方面的超然展示，对纯粹的奉献者来说，祂是忠诚的同伴，例如：祂成为雅杜(Yadu)王朝的成员，阿尔诸纳(Arjuna)的朋友，温达文居民的邻居，南达·雅首达(Nanda-Yaśodā)的儿子，苏达玛(Sudāmā)、施瑞达玛(śrīdmā)和玛杜芒嘎拉(Madhumaṅgala)的朋友，以及布阿佳布弥(Vrajabhūmi)少女们的爱人，等等。那只是祂一部分的个人展现。另一方面，祂放射出遍布各处的无限梵光，展示祂不具人格特征的特性。祂那遍布各处、被比喻为是阳光的梵光，其中一部分被物质创造实体(mahat-tattva)的黑暗所遮盖，而这个微小的部分就是物质世界。这个物质世界里有无数与我们现在所经验到的宇宙一样的宇宙，每个宇宙中又有千万个像我们现在所居住的星球一样的星球。世俗之人或多或少受至尊主放射出的无限光芒的吸引，但奉献者却更关心祂个人的形象，一切都来自祂那个形象(janmādy asya yataḥ《圣典博伽瓦谭》1. 1. 1)。正如阳光是由太阳球体放射出来的，梵光是由灵性天空中最高的星球哥珞卡·温达文(Goloka Vṛndāvana)放射出的。无边无际的灵性天空中遍布著称为外琨塔(Vaikuṇṭha)的灵性星球，它们离物质天空很遥远。世俗之人对世俗天空所知甚少，又怎么能思考有关灵性天空呢？因此，世俗之人离至尊主总是很远很远。即使他们将来能制造出一些速度跟风速和心念的速度一样快的机器，他们也还是连想都想不到能到达灵性天空的灵性星球。因此，至尊主和祂的居所对他们来说将永远是神话或神秘莫测的。但对于奉献者来说，至尊主永远是随时可以找到同伴。

至尊主在灵性天空的财富是不可估量的。祂以祂无数的完整扩展，与解脱了的灵魂——祂的奉献者同伴一起，住在无数的灵性星球上。然而，那些想融入至尊主存在的非人格神主义者，被允许以灵性火花的形式融入梵光。他们没有资格成为至尊主的同伴，住在外琨塔星球上或最高的星球哥珞卡·温达文上。这些星球在《博伽梵歌》中被称为“我的住所(mad-dhāma)”，在这节诗中被称为是“祂自己的住所(sva-dhāma)”。

《博伽梵歌》第15章的第6节诗中这样描述“我的住所”或“祂自己的住所”说：

na tad bhāsayate sūryo
na śaśāṅko na pāvakaḥ
yad gatvā na nivartante
tad dhāma paramaṁ mama

“我那至高无上的住所既不靠日、月照明，也不靠火、电照明，到达那里的人永不返回这个物质世界。”

外琨塔星球和哥珞卡·温达文全都是自放光明的，由至尊主的这些住所放射出的光芒组成了梵光。韦达文献《蒙达卡奥义书》(Muṇḍaka Upaniṣad)第2篇第2章的第10节诗、《卡塔奥义书》(Kaṭha Upaniṣad)第2篇第2章的第15节诗和《水塔刷塔尔奥义书》(Śvetāśvatara Upaniṣad)第6章的第14节诗进一步证实说：

na tatra sūryo bhāti na candra-tārakaṁ
nemā vidyuto bhānti kuto 'yam agniḥ
tam eva bhāntam anu bhāti sarvaṁ
tasya bhāsā sarvam idaṁ vibhāti

至尊主本人的住所不用太阳、月亮或星星照明，也不用电照明，更何谈用点燃的灯照明？相反，由于那些星球都是自放光明的，因而组成了光芒万丈的梵光。物质世界里任何放射耀眼光芒的物体，都是反射至尊主住所光芒的结果。

被至尊主不具人格特征的梵光照花眼的人，了解不了祂人格特征的超然性。因此，《至尊奥义书》(Īśopaniṣad)第15节诗中祈祷说，至尊主移开祂耀眼的光芒，以使奉献者能看到真正的实体：

hiraṇmayena pātreṇa
satyasyāpihitaṁ mukham
tat tvaṁ pūṣann apāvṛṇu
satya-dharmāya dṛṣṭaye

“主啊，您是一切物质和灵性事物的维系者，凭借您的仁慈，一切才充满生机。为您做奉爱服务——奉爱瑜伽，是宗教真正的原则(satya-dharma)，而我就在做这种服务。请您仁慈地通过展露您的真面貌来保护我。因此，请您从您面前移开您的梵光，好让我能看到您永恒快乐和充满知识的形象。”

第15节 यत्कीर्तनं यत्स्मरणं यदीक्षणं
यद्वन्दनं यच्छ्रवणं यदर्हणम् ।
लोकस्य सद्यो विधुनोति कल्मषं
तस्मै सुभद्रश्रवसे नमो नमः ॥१५॥

yat-kīrtanaṁ yat-smaraṇaṁ yad-īkṣaṇaṁ
yad-vandanaṁ yac-chravaṇaṁ yad-arhaṇam

lokasya sadyo vidhunoti kalmaṣaṁ
tasmai subhadra-śravase namo namaḥ

yat—……的 / kīrtanam—赞美 / yat—……的 / smaraṇam—记忆 / yat—……的 / īkṣaṇam—观看 / yat—……的 / vandanam—祷告 / yat—……的 / śravaṇam—聆听有关 / yat—……的 / arhaṇam—崇拜 / lokasya—所有人的 / sadyaḥ—立刻 / vidhunoti—特别洗涤 / kalmaṣam—种种罪恶的影响 / tasmai—向祂 / subhadra—绝对吉祥 / śravase—一个被听到了的人 / namaḥ—我应有的顶礼 / namaḥ—一次又一次

译文　我恭恭敬敬地向绝对吉祥的圣主奎师那顶礼，赞美、记忆、观看、聆听、崇拜祂和向祂祈祷，可以立刻清除作恶之人的一切恶报。

要旨　最伟大的权威圣舒卡戴瓦·哥斯瓦米，在此介绍了能使人清除一切罪恶报应的崇高的宗教形式。赞美至尊主(kīrtanam)，可以有很多种方式，如：记忆，去神庙看神像，在至尊主面前祈祷，聆听《博伽梵歌》或《圣典博伽瓦谭》中所谈的至尊主的荣耀。赞美至尊主既可以用旋律优美的音乐伴奏歌唱至尊主的荣耀，也可以朗诵《博伽梵歌》或《圣典博伽瓦谭》那样的经典。

奉献者在不能面对面地与至尊主交往、联谊时不必感到沮丧。只要按照诗中提到的吟诵(吟唱)、聆听和记忆等超然的奉爱程序(无论是全部做或做其中的几项，甚至是一项)为至尊主做超然的爱心服务，就能使我们获得与至尊主交往、联谊所得到的最佳结果。即使主奎师那(Kṛṣṇa)或茹阿玛(Rāma)圣名的声音振荡，也能立刻使现场充满灵性的气氛。我们必须明确地知道：无论什么地方，只要在做这种纯粹超然的服务，至尊主就会到场；因此，毫无冒犯地赞美奎师那的人，无疑就在与至尊主联谊。同样，在经验丰富的奉献者的正确指导下，记忆和祈祷也能使我们获得最佳结果。人不该自编奉爱服务的形式。人可以在神庙中崇拜至尊主的形象，也可以在清真寺或教堂里以非人格神主义的方式怀着奉爱之情向至尊主祈祷，只要小心不有意借着做这些来免除恶报但同时继续作恶，他就肯定能清除恶报。借奉爱服务的力量作恶的心态，梵文称为nāmno balād yasya hi pāpa-buddhih, 是在做奉爱服务时会犯的最严重的冒犯。因此，为了慎防自己不致掉进罪恶的陷阱，聆听是必不可少的。为了着重强调聆听的程序，哥斯瓦米特别提到这种聆听给聆听者带来的好运。

第16节 विचक्षणा यच्चरणोपसादनात्
सङ्गं व्युदस्योभयतोऽन्तरात्मनः ।
विन्दन्ति हि ब्रह्मगतिं गतक्लमा-
स्तस्मै सुभद्रश्रवसे नमो नमः ॥१६॥

vicakṣaṇā yac-caraṇopasādanāt
sańgaṁ vyudasyobhayato 'ntar-ātmanaḥ
vindanti hi brahma-gatiṁ gata-klamās
tasmai subhadra-śravase namo namaḥ

vicakṣaṇāḥ—有高度知识 / yat—那些 / caraṇa-upasādanāt—只是把自己献给……的莲花足 / saṅgam—执著 / vyudasya—完全放弃 / ubhayataḥ—为了现在和未来的生存 / antaḥ-ātmanaḥ—心和灵魂的 / vindanti—循序渐进 / hi—肯定地 / brahma-gatim—走向灵性存在 / gata-klamāḥ—没有困难 / tasmai—向祂 / subhadra—绝对吉祥 / śravase—向被听到的人 / namaḥ—我应有的顶拜 / namaḥ—再三

译文 让我一次又一次恭恭敬敬地向绝对吉祥的圣主奎师那顶礼。有高度智慧的人仅仅通过投靠祂的莲花足，就去除了对今生和来世的一切执著，毫无困难地向灵性存在进发。

要旨 在《博伽梵歌》中，圣主奎师那一再教导阿尔诸纳，以及所有要成为祂纯粹奉献者的人，特别是在最后，也就是18章的第64—66节诗中，祂给予了最机密的教导：

sarva-guhyatamaṁ bhūyaḥ
śṛṇu me paramaṁ vacaḥ
iṣṭo 'si me dṛḍham iti
tato vakṣyāmi te hitam

man-manā bhava mad-bhakto
mad-yājī māṁ namaskuru
mām evaiṣyasi satyaṁ te
pratijāne priyo 'si me

sarva-dharmān parityajya
māṁ ekaṁ śaraṇaṁ vraja
ahaṁ tvāṁ sarva-pāpebhyo
mokṣayiṣyāmi mā śucaḥ

"由于你是我特别珍视的朋友，我才给你讲解我至高无上的训示——绝密的知识。听我说，因为它对你有好处。永远想着我，崇拜我，向我致敬，成为我的奉献者。这样，你就会成功地来到我这里。我向你保证这一点，因为你是我特别珍视的朋友。抛弃一切种类的宗教，只向我皈依。我将把你从所有的恶报中解救出来。不必害怕！"

明智之人会很重视至尊主最后的教导。了解自我是灵性觉悟的第一步，有关这方面的知识被称为是机密的知识；接下来是对神的觉悟，而这进一步的知识被称为是更机密的知识。《博伽梵歌》知识的顶峰是对神的觉悟，当人达到觉悟神的这一阶段时，他自然就会自愿地成为至尊主的奉献者，为祂做超然的爱心服务。这种为至尊主做的奉爱服务，始终以对神的爱为基础，在性质上有别于活动瑜伽(karma-yoga)、知识瑜伽(jñāna-yoga)或打坐冥想瑜伽(dhyāna-yoga)中所规定的例行服务。《博伽梵歌》中对不同种类的人有不同的指示，其中介绍了社会四阶层和灵性四阶段制度(varṇāśrama-dharma)、出家人应该遵守的规范守则(sannyāsa-dharma或yati-dharma)、控制感官、冥想、练神通等所有的知识。然而，出于发自内心对至尊主的爱而完全投靠、服从祂，为祂做服务的人，实际上吸收了韦达经中所讲述的一切知识的精华。巧妙运用为至尊主做奉爱服务这一方法的人，立即达到生命的完美境界。人生的这种完美境界称为“向灵性存在迈进(brahma-gati)”。圣吉瓦·哥斯瓦米以韦达经中给予的保证为基础说明道：向灵性存在迈进的意思是得到与至尊主一样的灵性形象，解脱了的灵魂以那个形象永恒地生活在灵性天空中的一个灵性星球上。至尊主纯粹的奉献者不需要用什么艰难的方法，就能轻易地达到生命的这种完美境界。这种奉爱生活中充满着前面诗节中提到的赞美(kīrtanam)、记忆、观看等活动。因此，为了达到这种全世界任何人都能达到的最高完美境界，人必须过这种简单的奉爱生活。当布茹阿玛在温达文遇到扮演成爱玩耍的小孩的主奎师那时，他祈祷说：

śreyaḥ-sṛtiṁ bhaktim udasya te vibho
kliśyanti ye kevala-bodha-labdhaye
teṣām asau kleśala eva śiṣyate
nānyad yathā sthūla-tuṣāvaghātinām

(《圣典博伽瓦谭》10.14.4)

明智之人会通过练奉爱瑜伽达到最高品质的完美，而不是从事大量的其他灵性活动。这里有一个例子很能说明问题。一捧真正的米粒比一堆空谷壳要有价值。同样，人不应该被功利性活动(karma-kāṇḍa)、思辨活动(jñna-kāṇḍa)或甚至是瑜伽体操所吸引，而应该在一位真正的灵性导师指导下，积极参与赞美神、记忆神等简单的活动，毫无困难地达到最完美的境界。

第17节 तपस्विनो दानपरा यशस्विनो
मनस्विनो मन्त्रविदः सुमङ्गलाः ।

क्षेमं न विन्दन्ति विना यदर्पणं
तस्मै सुभद्रश्रवसे नमो नमः ॥१७॥

tapasvino dāna-parā yaśasvino
manasvino mantra-vidaḥ sumaṅgalāḥ
kṣemaṁ na vindanti vinā yad-arpaṇaṁ
tasmai subhadra-śravase namo namaḥ

tapasvinaḥ—有学识的大圣人们 / dāna-parāḥ—大布施者 / yaśasvinaḥ—为了荣誉而工作的人 / manasvinaḥ—了不起的哲学家或神秘主义者 / mantra-vidaḥ—韦达诗歌优秀的吟唱者 / sumaṇgalāḥ—韦达原则严格的追随者 / kṣemam—结果 / na—永不 / vindanti—达到 / vinā—没有 / yat-arpaṇam—献出 / tasmai—向祂 / subhadra—吉祥 / śravase—聆听有关祂的事 / namaḥ—我顶拜 / namaḥ—再三

译文　让我恭恭敬敬地向绝对吉祥的圣主奎师那再三顶礼，博学的大圣人、大布施者、为荣誉而工作的优秀工作者、大哲学家和神秘主义者，以及韦达赞歌的优秀吟唱者和韦达原则严格的追随者，如果不把他们的专长用于为至尊主服务，就不可能获得实质性的结果。

要旨　高深的学识，乐善好施的品格，人类社会中的政治、社会或宗教领袖地位，哲学性思辨，瑜伽练习，对韦达仪式的擅长，以及人类的一切优秀品质：只有在用来为至尊主服务时才能使人达到完美。对一般人来说，如果不用所有这些品质来为至尊主做服务，这些品质就都成为烦恼之源。一切事物都可以用来满足自己的感官或替别人服务。自私自利也分两种：一种是纯粹为自己的自私，另一种是扩展了的自私。然而，这两种自私并没有本质的区别。不论是纯粹为自己的利益而盗窃，还是为家人的利益而盗窃，本质都是一样的，是犯罪行为。即使窃贼请求法庭不要判自己有罪，理由是自己为社会或国家的利益去偷窃而不是为个人，法庭也不会因此而判他无罪。任何一个国家里的法律都是这样的。一般人不知道，生物只有在自我利益与至尊主的利益吻合一致时，才能达到完美。举例来说，维持生命有什么利益？人赚钱以维持个人机体或社会机体的运作正常，但除非人具有神意识，除非人适当地保养身体以便觉悟自己与神的关系，否则为维持生命所进行的一切努力，就与动物为维持生命所做的努力没什么两样。人维生的目的有别于动物维生的目的。同样，知识进步、经济发展、哲学研究、学习韦达文献，或者是从事布施、开医院、分发食物等虔诚活动，都应该与至尊主有关系。所有这些活动和努力的目的，必须是为了取悦至尊主，而不是为了满足其他人，无论这个“其他人”是个人还是集体(saṁsiddhir hari-toṣaṇam)(《圣典博伽瓦谭》1.2.13)。《博伽梵歌》第9章的第27节诗中确认了同样的原则，那就是：无论我们做什么，吃什么，供奉或施舍什么，从事什么苦行，都必须献给祂或是为祂而做。人类文明中持无神论观点的领袖们无论多有才干，只要他们没有神意识，他们在提高教育水平或促进经济发展方面所做的种种努力，就都会以失败而告终。人要想具有神意识，就必须聆听《博伽梵歌》和《圣典博伽瓦谭》中描述的有关绝对吉祥的至尊主的一切。

第18节 किरातहूणान्ध्रपुलिन्दपुल्कशा
आभीरशुम्भा यवनाः खसादयः ।
येऽन्ये च पापा यदपाश्रयाश्रयाः
शुध्यन्ति तस्मै प्रभविष्णवे नमः ॥१८॥

kirāta-hūṇāndhra-pulinda-pulkaśā
ābhīra-śumbhā yavanāḥ khasādayaḥ
ye 'nye ca pāpā yad-apāśrayāśrayāḥ
śudhyanti tasmai prabhaviṣṇave namaḥ

kirāta—古巴茹阿特王国的一省 / hūṇa—德国和俄国的一部分 / āndhra—南印度的一个省 / pulinda—希腊人 / pulkaśāḥ—另一省 / ābhīra—古信德省的一部分 / śumbhāḥ—另外一个省 / yavanāḥ—土耳其人 / khasa-ādayaḥ—蒙古省 / ye—就算那些 / anye—其他人 / ca—还有 / pāpāḥ—沉溺于罪恶 / yat—他们的 / apāśraya-āśrayāḥ—求得至尊主奉献者的庇护 / śudhyanti—立即被净化 / tasmai—向祂 / prabhaviṣṇave—向强有力的维施努 / namaḥ—我尊敬的顶礼

译文　至尊主拥有至高无上的力量，因此克伊茹阿塔、胡纳、安朵、菩林达、菩勒喀沙、阿比茹阿、松巴、亚瓦纳、喀萨族的成员，甚至其他沉溺于罪恶活动的人，只要投靠至尊主的奉献者，就都能得到净化。我乞求允许我向祂致以恭恭敬敬的顶礼。

要旨　克伊茹阿塔(Kirāta)：《玛哈巴茹阿特》(Mahābhārata,《摩诃婆罗多》)彼士玛篇中提到的古巴茹阿特帝国的一个省份。克伊尔塔通常以印度土著部落见称，如今比哈尔省的桑投·帕尔嘎纳斯(Santal Parganas)和筹塔·纳格普尔(Chota Nagpur)有可能是组成克伊尔塔这一古老省份的地方。

胡纳(Ha)：东德地区和俄罗斯的一部分称为胡纳省。相应地，有一种山地部落有时也被称为胡纳。

安朵(Āndhra)：《玛哈巴茹阿特》彼士玛篇中提到的印度南部的一个省份。这个名字沿用至今。

菩林达(Pulinda)：《玛哈巴茹阿特》首篇第174章的第38节诗中提到这个名字，通常指菩林达省的居民。当时这个王国被比玛森纳(Bhīmasena)和萨哈戴瓦(Sahadeva)所征服。希腊人就被称为菩林达。《玛哈巴茹阿特》森林篇(Vana-parva)中谈到，世上这部分不遵守韦达文化的种族将会统治世界。菩林达省也曾是巴茹阿特帝国的一个省份，那里的居民被列入查锤亚(kṣatriya,刹帝利)阶层。但后来他们放弃了婆罗门文化，因此被称为摩累查(mleccha)，正如不追随伊斯兰文化的人被称为异教人，不追随基督文化的人被称为异教徒一样。

阿比茹阿(Ābhīra)：这个名字在《玛哈巴茹阿特》的宫廷篇(Sabhā-parva)和彼士玛篇(Bhīṣma-parva)中出现过，其中谈到这个省位于信德的莎茹阿斯瓦缇河边。现代的信德省以前的省界一直到阿拉伯海的另一边，那个省的居民都被称为阿比茹阿。他们都受尤帝士提尔王(Mahārāja Yudhiṣṭhira)的统治。根据圣人玛尔康戴亚(Mārkaṇḍeya)的说法，这个地区的摩累查也会统治整个巴茹阿特帝国。后来就像经典对菩林达的预言成为事实一样，这个预言也成为了事实。亚历山大大帝代表菩林达人征服过印度，穆罕默德·高瑞也代表阿比茹阿人征服过印度。这些阿比茹阿人以前在婆罗门文化中也是查锤亚(刹帝利)，但后来切断了联系。他们因为害怕至尊主的化身帕茹阿舒茹阿玛(Paraśurāma)，所以到高加索的丘陵地带躲藏起来，后来便被称为阿比茹阿人。他们居住的地方就叫做阿比茹阿国。

松巴人(Śumbhas)或堪卡人(Kaṅkas)：《玛哈巴茹阿特》中提到的古巴茹阿特帝国堪卡省的居民。

亚瓦纳人(Yavanas)：亚瓦纳是雅亚提王(Mahārāja Yayāti)的一个儿子的名字，雅亚提王让他的这个儿子统治土耳其。因此，作为亚瓦纳王的后裔的土耳其人，便被称为亚瓦纳人。他们也都是查锤亚，后来因为放弃婆罗门文化而成了摩累查·亚瓦纳。《玛哈巴茹阿特》首篇第85章的第34节诗中有对亚瓦纳人的描述。另一个名叫土尔瓦苏(Turvasu)的王子也叫亚瓦纳，他的国家曾经被潘达瓦五兄弟中的萨哈戴瓦征服过。库茹柴陀(Kurukṣetra)大战时，西部的亚瓦纳人在卡尔纳(Karṇa)施压的情况下加入了杜尤丹(Duryodhana)的阵营。经典也预言了这些亚瓦纳人会征服印度的事，后来结果也确是如此。

喀萨人(Khasa)：《玛哈巴茹阿特》朵纳篇(Droṇa-parva)中提到了喀萨戴沙(Khasadeśa)地区的居民。那些上嘴唇上的胡子长得不茂密的人，一般被称为喀萨。因此，喀萨就是蒙古人、中国人和其他有这种特征的人。

上面提到的历史性名称都是世上不同的国家和种族。那些一直不断从事罪恶活动的人如果托庇于至尊主的奉献者，就可以改过从善，达到完人的标准。至尊主的两位强有力的奉献者——耶稣基督和穆罕默德，都代表至尊主为地球人类做了极大的服务。从圣舒卡戴瓦·哥斯瓦米的观点看，在当前的世界情况下，掌管世界事务的领袖们与其自己管理一个无神论文化，不如委托至尊主的奉献者来管理，因为以国际奎师那意识协会为名称和风格的全球性组织，已经在全世界开始工作。这样，凭借全能的至尊主的恩典，全世界人们的心便可以彻底改变。至尊主的奉献者被赋予这方面的力量，有能力通过净化人民大众心灵上的尘埃来实现这样的改变。世上的政治家们可以继续留在自己的位置上，因为至尊主纯粹的奉献者对政治地位及领导权没有兴趣，也不想涉入外交领域。奉献者唯一有兴趣的是：看到一般大众没有被政治宣传所误导，看到珍贵的人生不因追随一种注定要灭亡的文化而浪费。因此，如果政治家们接受奉献者的忠告和指导，那么就像主柴坦亚所展示的那样，靠奉献者具净化力的宣传，整个世界的状况无疑会发生巨大的改变。正如舒卡戴瓦·哥斯瓦米以“赞美祂(yat-kīrtanam)”一词作为祈祷的开始，主柴坦亚也介绍说，只要歌颂至尊主的圣名，人的内心就会发生巨大的变化，由政治家制造的国与国之间的误解便会立刻消除。误会之火一旦熄灭，其他利益就会随之而来。正如我们在这些篇幅中讨论过好几次的，最终目的是要重返家园，回到首神身边。

根据奉爱传承——外士纳瓦(Vaiṣṇava)传统的说法：在觉悟神的路途上迈进时没有任何限制。外士纳瓦的力量甚至足以把上述的克伊茹阿塔人等转变为至尊主的奉献者。至尊主在《博伽梵歌》第9章的第32节诗中说：成为至尊主的奉献者是没有限制条件的(就连妇女、外夏、庶铎或出身低贱的人，都可以成为至尊主的奉献者)，而成为奉献者可以使人具备资格回归家园，回到首神身边。唯一的要求是：人应该托庇于精通奎师那这门超然科学(《博伽梵歌》和《博伽瓦谭》)的至尊主的纯粹奉献者。世上任何地区的任何人，只要精通了奎师那的科学，就是纯粹的奉献者、大众的灵性导师，可以通过净化大众的内心教化他们。经常与至尊主纯粹的奉献者接触，甚至可以使罪大恶极的人立刻得到净化。因此，一位外士纳瓦可以在世上任何一个地方接受真正的门徒而不必考虑其社会阶层和信仰，通过让门徒按规范守则做，把他提升到超越布茹阿玛纳(婆罗门)文化的纯粹外士纳瓦的地位上。种姓制度——社会四阶层和灵性四阶段制度(varṇāśrama-dharma)，已经没有得到正确的贯彻，就连这个制度的所谓追随者也不例外。而且，就如今社会、政治和经济改革的情况看，要重新恢复这个制度的功能也是不可能的。无论一个人来自什么国家，其文化习俗如何，都可以在灵性上被纳入外士纳瓦传承；超然的程序中没有这些障碍。因此，凭借圣主柴坦亚·玛哈帕布的指令，《博伽瓦谭》和《博伽梵歌》教义可以传遍整个世界，教化所有愿意接受这超然教义的人。通情达理而又好学爱问的人，无疑都会接受奉献者的这种文化宣传，不会因不同国家的习俗而心存偏见。外士纳瓦从不会在接受另一位外士纳瓦时考虑其出身，就像他从不会把庙里的神像当偶像一样。圣舒卡戴瓦·哥斯瓦米为了清除这方面的一切疑惑，祈求全能的至尊主给予祝福(prabhaviṣṇave namaḥ)。正如全能的至尊主以祂的神像形象接受奉献者为崇拜祂所做的谦卑的奉爱服务(arcana)；同样，奉献者一旦献身于为至尊主服务并接受有资格的外士纳瓦的训练，他的身体就立即发生超然的变化。就有关这方面，对外士纳瓦的规定中这样指示说：“人不应该认为庙里崇拜的至尊主的神像是偶像，不应该认为被授权的灵性导师是普通人，也不应该认为纯粹的外士纳瓦属于某个阶层，等等

(arcye viṣṇau śilā-dhīr guṣu nara-matir vaiṣṇave jāti-buddhiḥ śrī-viṣṇor nāmni śabda-sāmānya-buddhiḥ)。"(《莲花往世书》)

结论是：全能的至尊主可以在任何情况下接受世上任何地区的人，祂要么亲自这么做，要么透过灵性导师——祂的代表这么做。主柴坦亚接受了许多不属于社会四阶层的奉献者。为了教导我们，祂公开说自己不属于任何社会阶层，而是温达文少女赖以活命的主人(至尊主奎师那)的仆人的永恒仆人。

第19节　स एष आत्मात्मवतामधीश्वर-
त्रयीमयो धर्ममयस्तपोमयः ।
गतव्यलीकैरजशङ्करादिभि-
र्वितर्क्यलिङ्गो भगवान् प्रसीदताम् ॥१९॥

sa eṣa ātmātmavatām adhīśvaras
trayīmayo dharmamayas tapomayaḥ
gata-vyalīkair aja-śaṅkarādibhir
vitarkya-liṅgo bhagavān prasīdatām

saḥ—祂 / eṣaḥ—这是 / ātmā—超灵 / ātmavatām—觉悟了自我的灵魂的 / adhīśvaraḥ—至尊主 / trayī-mayaḥ—韦达经的人格化身 / dharma-mayaḥ—宗教经典的人格化身 / tapaḥ-mayaḥ—苦行的人格化身 / gata-vyalīkaiḥ—由那些完全没有虚荣的人 / aja—布茹阿玛 / śaṅkara-ādibhiḥ—由主希瓦及其他人 / vitarkya-liṅgaḥ—受到敬畏尊崇的人 / bhagavān—人格首神 / prasīdatām—对我仁慈

译文　祂是超灵，是所有觉悟了自我的灵魂的至尊主。祂是韦达经、宗教经典和苦行的人格化身。祂受到布茹阿玛、希瓦，以及所有征服了骄傲和虚荣的人的崇拜。但愿被以如此敬畏之心所敬仰的至尊绝对真理对我满意。

要旨 至尊主——人格首神，虽然是所有走在各种觉悟自我路途上的人的主人，但却只能被那些超越了一切虚荣的人所了解。所有的人都在寻找永久的和平或永恒的生命；为此，人们要么研究韦达经典或其他宗教典籍，要么像经验主义哲学家、神秘瑜伽师或纯粹的奉献者那样经历严格的苦修。但由于奉献者毫不虚荣，所以只有他们才能完全了解至尊主。走在觉悟自我路途上的人，一般分为功利性活动者(karmīs)、思辨者(jñānīs)、瑜伽师(yogīs)和至尊主的奉献者。深受韦达仪式的功利性活动吸引的功利性活动者，被称为是想要物质享乐的人(bhukti-kāmī)。想靠心智思辨与至尊合一的人，被称为是想摆脱物质存在的人(mukti-kāmī)。想靠从事各种苦行得到八种物质神通并在心醉神迷的状态下最终看见超灵(Paramātmā)的神秘瑜伽师，被称为是想得到神通的人(siddhi-kāmī)。强有力的瑜伽师能获得的神通有：变得比最小的还小，比最重的还重，得到一切想要得到的东西，控制他人，造出自己喜欢的一切，等等。可是，至尊主的奉献者不会为了满足自己而想要得到上述的神通。他们只想为至尊主服务，因为至尊主最伟大，作为个体生物的他们永远是至尊主不可缺少的一部分。奉献者对自我的正确认识，帮助他变得没有欲望，不想为自己要什么。因此，奉献者被称为是没有欲望的人(niṣkāmī)。事实上，生物的原本状态使他不可能没有愿望，但想要物质享乐的人、想摆脱物质存在的人和想得到神通的人，其欲望都是为了满足自己；然而，被称为没有欲望的奉献者，是为了满足至尊主而想要一切。他们完全听命于至尊主，时刻准备为满足至尊主去履行自己的责任。

阿尔诸纳一开始显得像是要满足自己，因而不想在库茹柴陀战场上作战。至尊主为了让他变得没有欲望，为他讲述《博伽梵歌》，给他解释了活动瑜伽(karma-yoga)、知识瑜伽(jñāna-yoga)、哈塔瑜伽(haṭha-yoga)和奉爱瑜伽。阿尔诸纳因为毫不虚荣，所以改变了初衷，决定为满足至尊主而作战(kariṣye vacanaṁ tava)，并因而变得没有欲望。

这节诗里特别举了布茹阿玛和希瓦的例子，因为布茹阿玛、希瓦、圣拉珂施蜜(Lakṣmī)和库玛尔(Kumāra)四兄弟，是四个无欲的外士纳瓦传承的始祖。他们都毫不虚荣做作。圣吉瓦·哥斯瓦米解释梵文gata-vyalīkaiḥ一词的意思是“毫不虚荣(projjhita-kaitavaiḥ)，只有纯粹的奉献者才是这样。《永恒的柴坦亚经》(Caitanya-caritāmṛta)中篇第19章的第149节诗说：

kṛṣṇa-bhakta——niṣkāma, ata eva 'śānta'
bhukti-mukti-siddhi-kāmī, sakali 'aśānta'

为了追求善报而从事虔诚活动的人，想要解脱并与至尊主合一的人，以及想得到物质神通的人，因为想要满足自己，所以内心都躁动不安。但奉献者的内心十分平静，因为他自己一无所求，却时刻准备为满足至尊主而做服务。因此，结论是：至尊主是每一个人的至尊主，因为没有祂的允许，无人能获得自己想要的结果。正如至尊主在《博伽梵歌》第8章的第9节诗说明的：所有的结果都由祂赐予；祂是每一个人的最高控制者(adhīśvara)，无论是研究韦达经结论的学者(Vedāntist)、按韦达经业报之部的指示做事的人(karma-kāṇḍīya)、伟大的宗教领袖、优秀的苦行者，以及各种努力求取灵性进步的人，都受祂的控制。但最终，只有毫不虚荣的奉献者才能觉悟到祂。因此，圣舒卡戴瓦·哥斯瓦米特别强调要为至尊主做奉爱服务。

第20节　श्रियः पतिर्यज्ञपतिः प्रजापति-
धियां पतिर्लोकपतिर्धरापतिः ।
पतिर्गतिश्चान्धकवृष्णिसात्वतां
प्रसीदतां मे भगवान् सतां पतिः ॥२०॥

śriyaḥ patir yajña-patiḥ prajā-patir
dhiyāṁ patir loka-patir dharā-patiḥ

patir gatiś cāndhaka-vṛṣṇi-sātvatāṁ
prasīdatāṁ me bhagavān satāṁ patiḥ

śriyaḥ—一切财富 / patiḥ—拥有者 / yajṣa—祭祀的 / patiḥ—指导者 / prajā-patiḥ—众生的领袖 / dhiyām—智力的 / patiḥ—主人 / loka-patiḥ—一切星球的拥有者 / dharā—地球 / patiḥ—至尊者 / patiḥ—首领 / gatiḥ—目的地 / ca—还有 / andhaka—雅杜王朝的一位君王安达卡 / vṛṣṇi—雅杜王朝的第一位君王维施尼 / sātvatām—雅杜家族 / prasīdatām—仁慈 / me—对我 / bhagavān—圣主奎师那 / satām—所有奉献者的 / patiḥ—至尊主

译文 圣主奎师那是全体奉献者所崇拜的至尊主，是雅杜王朝的安达卡和维施尼等全体君王的保护者和光荣，是全体幸运女神的丈夫，是一切祭祀的指挥者并因而是众生的领袖，是一切智力的控制者、所有灵性和物质星球的拥有者，以及地球上的至尊化身(至高无上的人物)：愿祂对我仁慈。

要旨 舒卡戴瓦·哥斯瓦米是毫不虚荣的卓越者(gata-vyalīka)中的一位，没有任何错误的概念，因此表达了他自己对圣主奎师那的感悟，即：至尊人格首神是一切完美的总和。所有的人都希望得到幸运女神的宠幸，但却不知道圣主奎师那是所有幸运女神最心爱的丈夫。《布茹阿玛·萨密塔》中说：至尊主住在祂超然的住所哥珞卡·温达文中，习惯每天放牧苏茹阿碧(surabhi)乳牛，有成千上万的幸运女神在那里侍奉祂。所有这些幸运女神都是祂内在能量中的超然快乐能量(hlādinī-śakti)的展示。当至尊主在这个地球上展示自己时，为了吸引被无常、堕落的性享乐所迷惑的受制约的灵魂，祂在祂的茹阿萨舞娱乐活动(rāsa-līlā)中部分地展示了祂快乐能量的活动。像舒卡戴瓦·哥斯瓦米那样的至尊主的纯粹奉献者，完全唾弃物质世界里令人厌恶的性生活，因此他们对至尊主的快乐能量的讨论无疑与性欲无关，而是在品尝一种对追求性生活的世俗者来说不可思议的超然滋味。物质世界的性生活是灵魂被错觉镣铐捆住的根源，舒卡戴瓦·哥斯瓦米肯定永远不会对世俗的性生活感兴趣，而且至尊主的快乐能量展示也与这些堕落的事情无关。主柴坦亚是很严格的萨尼亚希(sannyāsī,出家人)，以致根本不允许任何女性靠近祂，哪怕是顶礼致敬都不行。祂甚至从不听佳干纳特(Jagannātha)庙里的女奉献者(deva-dāsī)的祈祷，因为经典严禁萨尼亚希听女士唱歌。尽管祂是如此严格的萨尼亚希，但祂却把温达文牧牛姑娘所喜爱的崇拜至尊主的方式，推崇为是可以为至尊主做的最高级的爱心服务。圣女茹阿妲茹阿妮(Rādhārāṇī)在所有的幸运女神中占首要地位，因此是至尊主的快乐形象，与奎师那没有区别。

韦达经典中推荐为获得生命中最大的利益而进行各种祭祀。毕竟，举行盛大祭祀所得到的利益都是由幸运女神赐予的；而至尊主作为幸运女神的丈夫或爱人，事实上是所有祭祀的主人。祂是各种祭祀(yajña)的最终享受者，因此主维施努的另一个名字是祭祀之主——雅格亚-帕提(Yajña-pati)。《博伽梵歌》中推荐，应该为雅格亚·帕提做一切(yajñārtāt karmaṇaḥ)，否则一个人的活动就会成为使人受制于物质自然法律的原因。没有摆脱一切错误概念(vyalīkam)的人，举行祭祀以讨好次要的半神人；可是至尊主的奉献者十分清楚，圣主奎师那是所举行的祭祀的至尊享乐者，因此他们举行经典特别推荐的祭祀——这个喀历年代该举行的集体吟唱圣名的祭祀(śravaṇaṁ kīrtanaṁ viṣṇoḥ)(《圣典博伽瓦谭》7.5.23)。在喀历年代，由于条件不够，祭司不熟练，所以举行其他类型的祭祀不实际、不可行。

我们从《博伽梵歌》第3章的第10-11节诗中得知：布茹阿玛让宇宙内受制约的灵魂再生后，就指示他们要举行祭祀，以过富足、吉利的生活。受制约的灵魂只要举行这些祭祀，就不但能轻易地维持生计，而且最终还能净化他们的生存，很自然地提升至灵性的存在，恢复生物的真正身份。受制约的灵魂在任何情况下都不该停止从事祭祀、布施和苦行。所有这些祭祀的目的是为了取悦祭祀的主人——至尊人格首神，因此至尊主也是众生之主(Prajā-pati)。《喀塔奥义书》(Kaṭha Upaniṣad)中说，独一无二的至尊主是芸芸众生的领袖。至尊主维系着一切众生(eko bahūnāṁ yo vidadhāti kāmān)，因此被称为是所有生物至尊的维系者(Bhūta-bhṛt)。

生物根据他们前生的活动而在今生获得相应的智力。《博伽梵歌》第15章的第15节诗中说，是至尊主在控制着智力的发展，因此并不是所有的生物体都生来具有相同的智力。至尊主以超灵(Paramātmā)的形式居住在每个生物体的心中，众生的记忆、知识和遗忘的力量都来自祂(mattaḥ smṛtir jñānam apohanaṁ ca)。凭借至尊主的恩典，一个人可以清楚地记着以往的活动，但其他人则不能。凭借至尊主的恩典，一个人可以有高度的智慧，但另一个人却在同样的控制下愚蠢不堪。因此至尊主是智力的主人(Dhiyām-pati)。

受制约的灵魂努力要成为物质世界的主人。每个人都试图最大限度地运用自己的智力去主宰物质自然。受制约的灵魂对智力的这种错误运用被称为疯狂。人应该把所有的聪明才智都用于摆脱物质的钳制。但受制约的灵魂仅仅是因为疯狂，便把自己的全部精力和聪明才智用于感官享乐，并为了达到这种人生目的，蓄意犯各种罪。结果是：疯狂的受制约的灵魂不但没有获得完全不受限制的自由生活，反而一再被束缚在各种类型的物质躯体中。我们在物质展示中所看到的一切，都不过是至尊主的创造而已，因此至尊主才是宇宙中一切事物的真正主人。受制约的灵魂可以在至尊主的控制下享受这个物质创造的一个碎片，但自己并不是自给自足的。这是《至尊奥义书》中的教导。人应该满足于宇宙之主赐予的事物。仅仅是因为疯狂，人才会试图侵占他人的一份物质所得。

宇宙之主出于祂对受制约的灵魂没有缘故的仁慈，通过祂的内在能量(ātma-māyā) 降临，重新建立受制约的灵魂与祂的永恒关系。祂教导人们要投靠、服从祂，而不要明明在祂的控制下却错误地声称自己是享受者。当祂这样降临时，祂证明了祂享乐的能力是无与伦比的。祂通过一次娶一万六千个妻子，展示了祂享乐的能力。受制约的灵魂哪怕只当了一个女人的丈夫都会感到很骄傲，但至尊主对此却感到很可笑；聪明人一比就知道谁是真正的丈夫。事实上，至尊主是祂创造中的所有妇女的丈夫。可是在至尊主控制下的受制约的灵魂，却因为当了一两个妇女的丈夫，便骄傲起来。

这节诗中提到的各种主人所具备的不同资格，圣主奎师那都全部拥有。因此，舒卡戴瓦·哥斯瓦米特别提到了雅杜王朝的主人(pati)和目的(gati)。雅杜王朝的成员都知道圣主奎师那就是一切，都想在主奎师那完成祂在地球上超然的娱乐活动后回到祂那里。雅杜王朝的成员因为都要与至尊主一起回家，所以整个王朝按照至尊主的旨意被毁灭了。至尊主和雅杜王朝的成员是永恒的同伴，雅杜王朝的毁灭只不过是至尊主导演的一出戏而已。至尊主是所有奉献者的指导者，舒卡戴瓦·哥斯瓦米因此充满爱心地向祂致敬。

第21节

यदङ्घ्र्यभिध्यानसमाधिधौतया
धियानुपश्यन्ति हि तत्त्वमात्मनः ।
वदन्ति चैतत्कवयो यथारुचं
स मे मुकुन्दो भगवान् प्रसीदताम् ॥२१॥

yad-aṅghry-abhidhyāna-samādhi-dhautayā
dhiyānupaśyanti hi tattvam ātmanaḥ
vadanti caitat kavayo yathā-rucaṁ
sa me mukundo bhagavān prasīdatām

yat-aṅghri—祂的莲花足 / abhidhyāna—时刻想着 / samādhi—全神贯注 / dhautayā—洗涤了 / dhiyā—由这种被净化了的智力 /

anupaśyanti—由于追随权威而看到 / hi—肯定地 / tattvam—绝对真理 / ātmanaḥ—至尊主和自己的 / vadanti—他们说 / ca—还有 / etat—这 / kavayaḥ—哲学家或学识渊博的人 / yathā-rucam—如他所想 / saḥ—祂 / me—我的 / mukundaḥ—主奎师那（解脱的赐予者穆昆达） / bhagavān—至尊人格首神 / prasīdatām—对我仁慈

译文 是人格首神圣奎师那赐予人们以解脱。靠以权威人士为榜样，时时刻刻想着祂的莲花足，如痴如醉的奉献者能看到绝对真理。然而，博学的心智思辨吝却异想天开地去想祂。愿至尊主对我满意。

要旨 神秘瑜伽师经过艰苦的努力控制住感官后，也只不过有可能在瑜伽全神贯注的恍惚状态中看到在每一个生物体心中的超灵；但是，纯粹的奉献者却通过时时刻刻记着至尊王的莲花足，而立即实实在在地处于全神贯注的如痴如醉状态中，因为对至尊主的觉悟可以彻底清除奉献者要进行物质享乐的心病。纯粹的奉献者认为自己掉进了生死苦海，团此不停地祈求至尊主把他从海里救起来。他只渴望成为至尊主莲花足下一颗小小的超然尘粒。凭借至尊主的恩典，纯粹的奉献者完全失去了对物质享乐的兴趣；为了避免被污染，他总是想着至尊主的莲花足。至尊主伟大的奉献者库拉晒卡尔王(Kulaśekhara)祈祷说：

kṛṣṇa tvadīya-pada-paṅkaja-pañjarāntam
adyaiva me viśatu mānasa-rāja-haṁsaḥ
prāṇa-prayāṇa-samaye kapha-vāta-pittaiḥ
kaṇṭhāvarodhana-vidhau smaraṇaṁ kutas te

“亲爱的奎师那，我祈祷，愿我心念的天鹅能立刻沉入您莲花足的花茎中，被关在茎中的网状物里；否则，当死亡的时刻到来，咳嗽堵塞住我的喉咙时，我怎么可能想起您呢？”

天鹅与莲花茎之间关系密切，所以这个比喻非常恰当：在没有成为天鹅或至尊天鹅前，人不能进入至尊主莲花足的茎网中。正如《布茹阿玛·萨密塔》中说明的，心智思辨者即使学识渊博并一直不断地臆测绝对真理，也永远别想甚至梦到绝对真理。至尊主保留权利，不把自己展示给这种心智思辨者。由于他们进入不了至尊主莲花足花茎的茎网，他们便得出各不相同的结论，最后不得不无奈地妥协说："有多少结论就有多少灵修方式，具体方式按个人的意愿、爱好而定(yathā-rucam)。"但是，至尊主并不像商店经理那样，试图去取悦心智思辨者中的各类顾客，跟他们做交易。至尊主就是至尊王——绝对的人格首神，祂要求绝对只皈依祂。纯粹的奉献者走前辈灵性导师(ācārya)或权威指引的路，就能通过真正灵性导师这一透明的媒介看到至尊主(anupaśyanti)。纯粹的奉献者从不试图通过心智思辨看到至尊主，而是走灵性导师走过的路(mahātjano yena gataḥ sa panthāḥ)。因此，关于至尊主和的奉献者，外士纳瓦灵性导师之间不会产生意见不同的结论。主柴坦亚断言：个体灵魂(jīva)永恒是至尊主的仆人，他与至尊主既是一体又有区别。这个真理得到外士纳瓦派的四个传承的公认(四个传承都承认，即使解脱后也永远要为至尊主服务)，没有一位权威的外士纳瓦灵性导师会认为自己与至尊王完全一样。

全心全意地为至尊主服务的奉献者所具有的谦卑，把奉献者置于可以觉悟一切的、对神全神贯注的状态中，因为正如《博伽梵歌》第10章的第10节诗中声明的：至尊主向真诚的奉献者揭示祂自己。至尊主作为每一个人的智力之主(就连非奉献者也不例外)，会把适当的智力赐给祂的奉献者，以使纯粹的奉献者有能力认识有关至尊主的真理和祂不同的能量，因而自动开悟。思辨能力或就有关绝对真理玩文字游戏，并不能使人了解至尊主，至尊主不会对这种人揭示祂自己。相反，当祂对奉献者的服务态度感到完全满意时，祂就会向祂满意的奉献者揭示祂自己。舒卡戴瓦·哥斯瓦米既不是心智思辨者，也不会对"有多少结论就有多少灵修方式"的理论妥协。恰恰相反，他只向至尊主祈祷，祈求超然的它对自己满意。那才是了解至尊主的方法。

第22节 प्रचोदिता येन पुरा सरस्वती
वितन्वताजस्य सतीं स्मृतिं हृदि ।
स्वलक्षणा प्रादुरभूत्किलास्यतः
स मे ऋषीणामृषभः प्रसीदताम् ॥२२॥

pracoditā yena purā sarasvatī
vitanvatājasya satīṁ smṛtiṁ hṛdi
sva-lakṣaṇā prādurabhūt kilāsyataḥ
sa me ṛṣīṇām ṛṣabhaḥ prasīdatām

pracoditā—启示 / yena—由祂 / purā —创造的开始 / sarasvatī—学问女神 / vitanvatā—扩充了 / ajasya—第一位被创造的生物体布茹阿玛的 / satīm smṛtim—有效的回忆 / hṛdi—在心中 / sva—在他自己的 / lakṣaṇā—针对 / prādurabhūt—被产生了 / kila—正如 / āsyataḥ—从嘴里 / saḥ—他 / me—向我 / ṛṣīṇām—老师们的 / ṛṣabhaḥ—首长 / prasīdatām—.对我仁慈

译文 在创造开始时，至尊主启发已潜伏在布茹阿玛心中的知识，并在其心中注入有关创造和祂本人的一切知识。祂显得像是从布茹阿玛嘴里生出来的。愿至尊主对我满意。

要旨 正如我们在上面讨论过的，作为从布茹阿玛到微不足道的小蚂蚁等所有生物体心中的超灵，至尊主赐予不同的生物体所需要的不同知识。生物可以有足够能力从至尊主那里得到祂全部知识的六十四分之五十，也就是百分之七十八的知识。由于生物原本是至尊主不可缺少的一部分，他吸收不了至尊主自己所拥有的全部知识。生物体在受制约的情况下，每一次在经历死亡——变更躯体后，就会忘记一切。因此至尊主就要再三把对生物体用得着的知识从每一个生物体的心中启发出来，这就叫做知识的复苏，因为它被比喻为是从沉睡或无意识状态中清醒过来。这种知识的复苏完全在至尊主的控制下，因此我们看到，在现实当中不同的人有不同程度的知识。这种知识的复苏既不是自动进行的，也不是物质相互作用的结果。知识的源头——提供知识的人，就是至尊主本人(dhiyāṁ patiḥ)，因为就连布茹阿玛也受至尊创造者的控制。

创造一开始，布茹阿玛先诞生出来；他无父无母，因为在布茹阿玛之前并没有其他生物体。布茹阿玛从生长自孕诞之洋维施努(Garbhodakaśāyī Viṣṇu)腹部的莲花上诞生出来，因此被称为阿佳(Aja)。这位布茹阿玛(阿佳)也是生物体，也是至尊主不可缺少的一部分。但由于布茹阿玛是至尊主最虔诚的奉献者，至尊主便在祂通过物质自然能量这个代理进行了主要创造后，启示布茹阿玛进行后续创造。因此，无论是物质自然还是布茹阿玛都不是独立于至尊主而存在的。物质主义科学家也只能观察物质自然的种种反应，但并不了解这些活动背后的指挥者，就像孩子只能看见电力的作用，却不知道在发电厂里操作一切的工程师一样。物质主义科学家因为贫乏知识，所以只能得到这种不完整的认知。韦达知识首先被注入布茹阿玛的心中，布茹阿玛接着便传播韦达知识。布茹阿玛无疑是韦达知识的讲述者，但他所具有的超然知识，实际上是由至尊主直接传给他的。正因为如此，韦达经被称为“不是由任何被创造的生物体传授的知识(apauruṣeya)”。

至尊主在创造之前就已经存在了(nārāyaṇaḥ paro'vyaktāt)，因此祂说出的话是超然的声音振荡。世上有两种声音，梵文分别称为帕奎塔(prākṛta)和阿帕奎塔(aprākṛta)，这两种声音在质上有着天壤之别。物理学家们只知道帕奎塔声音——物质天空中的声音振荡。因此，我们必须知道：人除非得到超然的声音振荡(阿帕奎塔)的启示，否则宇宙中的任何人都不可能明白用符号表示的韦达声音。超然的声音振荡是通过师徒传承由至尊主传给布茹阿玛，由布茹阿玛传给纳茹阿达(Nārada)，再由纳茹阿达传给维亚萨(Vyāsa)……一直传下来的。没有任何一个世俗的学者能翻译或揭示韦达曼陀(mantra，赞歌)真正的意思。人除非得到权威灵性导师的感召或启示，否则不可能理解它们。正如《博伽梵歌》第4章中明确说明的，第一位灵性导师是至尊主本人，而知识是通过师徒传承(paramparā)传递下来的。所以，人除非从权威的师徒传承接受超然的知识，否则他的知识便被认为是无用的(viphalā matāḥ)，哪怕他在世俗的艺术或科技方面有很高的造诣。

舒卡鼓瓦·哥斯瓦米凭借至尊主在他内心给予的启示向至尊主祈祷，以使他能够就帕瑞克西特王提出的问题，正确地解释创造的真实情况。灵性导师并不是像世俗学者那样的理论思辨者，而是一位精通韦达经典并全神贯注于绝对真理的人(śrotriyaṁ brahma-niṣṭham)。

第23节

भूतैर्महद्भिर्य इमाः पुरो विभु-
निर्माय शेते यदमूषु पूरुषः ।
भुङ्क्ते गुणान् षोडश षोडशात्मकः
सोऽलङ्कृषीष्ट भगवान् वचांसि मे ॥२३॥

bhūtair mahadbhir ya imāḥ puro vibhur
nirmāya śete yad amūṣu pūruṣaḥ
bhuṅkte guṇān ṣoḍaśa ṣoḍaśātmakaḥ
so 'laṅkṛṣīṣṭa bhagavān vacāṁsi me

bhūtaiḥ—由各种元素 / mahadbhiḥ—物质创造的 / yaḥ—……的祂 / imāḥ—所有这些 / puraḥ—身体 / vibhuḥ—至尊主的 / nirmāya—因为建立起 / śete—躺下 / yat amūṣu—化身到来的人 / pūruṣaḥ—主维施努 / bhuṅkte—导致受制约 / guṇān—物质自然三种属性 / ṣoḍaśa—十六种 / ṣoḍaśa-ātmakaḥ—作为这十六种元素的

生产者 / saḥ—祂 / alaṅkṛṣīṣṭa—能修饰 / bhagavān—至尊人格首神 / vacāṁsi—叙述 / me—我的

译文　至尊人格首神通过在宇宙中躺下，激活了创造物质躯体的元素。祂以祂的主宰(菩茹沙)化身，使生物受制于祂制造的十六种物质元素。但愿祂愿意修饰我的描述。

要旨　作为完全依靠至尊主的奉献者，舒卡戴瓦·哥斯瓦米(与那些对自己的能力感到骄傲的世俗之人不同)祈求至尊人格首神能对他满意，以使他能成功地回答询问，使聆听者能欣赏他回答的内容。无论成功地完成了什么任务，奉献者都不会居功自傲。他们认为自己只是奎师那的工具，因此无论做了什么，都谢绝他人对自己的称赞。与奉献者相反，无神论者想把一切功劳都归于自己，但却不知道，没有至尊灵魂——人格首神的允许，就连一根草都不能动。正因为如此，舒卡戴瓦·哥斯瓦米想按照启发布茹阿玛讲述韦达智慧的至尊主的指示行事。韦达文献中所谈的真理并不像智力欠佳的人所想的那样，是世俗之人虚构的理论。韦达真理是对真相的完美描述，不存在丝毫的错误。由于至尊主会像启发布茹阿玛那样指导舒卡戴瓦·哥斯瓦米，所以舒卡戴瓦·哥斯瓦米不想用抽象的哲学思辨理论来表述创造的真相，而是要形象生动地如实描述。正如《博伽梵歌》第15章的第15节诗说明的，至尊主本人是韦达哲学(Vedānta)知识之父，只有祂才知道韦达知识的真正主旨。因此，没有比韦达经中提到的宗教原则更高的真理了。像舒卡戴亘·哥斯瓦米这样的权威，之所以宣讲韦达知识或这样的宗教，是因为他是至尊主谦恭的、忠心耿耿的仆人，不想在至尊主没有授权的情况下自封为阐释者。术语称为师徒传承(paramparā)的方式，才是解释韦达知识的方式。

有智慧的人能清楚地看到：没有灵性的触碰，任何物质创造(无论是自己的身体还是水果、鲜花)都不可能生长而且长得那么美。只有在有了灵性生命或有了灵性的触碰时，世上最聪明的人或最伟大的科学家才能把一切呈献得很美。因此，万事万物的源头是至尊灵魂，而并不是物质主义者所误认为的“粗糙的物质”。我们从韦达文献中得知，至尊主本人首先进入物质宇宙的真空中；接着，所有的事物才一个接一个地逐渐发展起来。同样，至尊主以在局部区域展示的超灵形式处在每一个生物体内，极为出色地安排一切。至尊主本人首先生出土、水、火、空气、空间和十一个感官等十六个基本创造元素，从而让生物分享。由此可见，各种物质元素是为了生物的享乐而创造的：是至尊主的能量使一切物质展示背作美丽的安排得以实施，个体生物只能祈求至尊主让他对真相有正确的了解。正因为至尊主是至尊的个体，有别于舒卡戴瓦·哥斯瓦米，所以舒卡戴瓦·哥斯瓦米才可以向祂祈祷。至尊主帮助生物体享受物质创造，但自己却远离这种虚幻的享乐。舒卡戴瓦·哥斯瓦米祈求至尊主的仁慈，不仅是为了自己在讲述真理时能得到帮助，也是为了使那些他愿意为之讲述的人能得到帮助。

第24节　　नमस्तस्मै भगवते वासुदेवाय वेधसे ।
पपुर्ज्ञानमयं सौम्या यन्मुखाम्बुरुहासवम् ।।२४।।

namas tasmai bhagavate
vāsudevāya vedhase
papur jñānam ayaṁ saumyā
yan-mukhāmburuhāsavam

namaḥ—我的顶拜 / tasmai—向祂 / bhagavate—向至尊人格首神 / vāsudevāya—向华苏戴瓦或祂的各个化身 / vedhase—韦达文献的编纂者 / papuḥ—喝饮 / jñānam—知识 / ayam—韦达知识 / saumyāḥ—奉献者；尤其是主奎师那的爱侣们 / yat—由谁 / mukha-amburuha—莲花般的口 / āsavam—从祂口中流出的甘露

译文　我恭恭敬敬地顶拜圣维亚萨戴瓦，他是华苏戴瓦的化身、韦达经典的编纂者。纯粹的奉献者们喝饮从至尊主莲花般的口中滴下的超然知识之甘露。

要旨　按照“超然知识系统的编纂者(vedhase)”一词的特别表达方式，圣拖瑞达尔·斯瓦米(Śrīdhara Svāmī)评论说：这是在向华苏戴瓦(Vāsudeva)的化身——圣维亚萨戴瓦(Vyāsadeva)恭敬地顶礼。圣吉瓦·哥斯瓦米认同这一点，但圣维施瓦纳特，查夸瓦尔提·塔库尔进一步说明道，从主奎师那口中流出的甘露转到祂不同的爱侣身上，她们因而学习至尊主所喜爱的音乐、舞蹈、衣着、装饰等所有优美的艺术。至尊主所喜爱的音乐、舞蹈和装扮无疑都不是世俗的，因为至尊主从一开始就被称为是超然的(para)。失去记忆的受制约灵魂，不知道这种超然的知识。为此，至尊主的化身维亚萨戴瓦编纂了韦达文献，以使失去记忆的受制约灵魂重新想起他们与至尊主的永恒关系。因此，人应该努力从维亚萨戴瓦或舒卡戴瓦的莲花般的口中了解韦达经典，即：由至尊主转给祂爱侣的甘露。逐渐培养超然的知识，可以使人上升到能欣赏至尊主在茹阿萨娱乐活动(rāsa-līlā)中展示的超然音乐和舞蹈等超然艺术的层面。但在没有韦达知识的情况下，要了解至尊主的茹阿萨舞蹈和音乐的超然本质就很困难了。不过，至尊主纯粹的奉献者，既能以深奥的哲学讨论方式欣赏那甘露，也能以在跳茹阿萨舞的过程中接受至尊主亲吻的方式品尝那甘露，因为二者之间并没有世俗的那种区别。

第25节　एतदेवात्मभू राजन्नारदाय विपृच्छते ।
वेदगर्भोऽभ्यधात्साक्षाद्यदाह हरिरात्मनः ॥२५॥

etad evātma-bhū rājan
nāradāya viprc̣chate

veda-garbho 'bhyadhāt sākṣād
yad āha harir ātmanaḥ

etat—就这件事 / eva—正确无误地 / ātma-bhūḥ—首先诞生的一位(布茹阿玛) / rājan—君王陛下 / nāradāya—向纳茹阿达·牟尼 / viprcchate—从……询问过以后 / veda-garbhaḥ—一出生便被注入了韦达知识的人 / abhyadhāt—告知 / sākṣāt—直接 / yat āha—他讲述的 / hariḥ—至尊主 / ātmanaḥ—向他自己(布茹阿玛)

译文 我亲爱的君王，在宇宙中第一位出生的生物体布茹阿玛出生时，至尊主给自己的这个儿子直接灌输了韦达知识。因此，当纳茹阿达向布茹阿玛询问这个主题时，布茹阿玛按至尊主给自己灌输的知识，对纳茹阿达讲述了同样的知识。

要旨 布茹阿玛从维施努肚脐长出的莲花上一出生，就被注入了韦达知识。正因为如此，他被称为“从胎儿时就已经是韦达知识的专家了(veda-garbha)。没有韦达知识——完整而毫无错误的知识，没人能创造任何事物。所有的科学知识和完美的知识都是韦达知识。人可以从韦达经中得到所有种类的资讯。创造之始，至尊主给布茹阿玛注入了所有完美的知识，以使他能够创造。布茹阿玛准确无误地接受了至尊主哈尔依(Hari)给他讲述的有关创造的知识。当纳茹阿达询问布茹阿玛时，布茹阿玛便把他从至尊主那里直接听到的知识一五一十地告诉了纳茹阿达。纳茹阿达随后把同样的知识转述给维亚萨，维亚萨再把他从纳茹阿达那里听到的知识讲给舒卡戴瓦听。舒卡戴瓦正准备复述他从维亚萨那里听到的同样说明。那就是了解韦达知识的方法。聿达经的语言只能靠上述的师徒传承来揭示，别无他法。

光是理论没有用，知识必须是实实在在的。有很多事情非常复杂，除非由知道其中奥妙的人解释，否则外人理解不了。韦达知识也很难理解，必须经由上述的系统学习，否则根本理解不了。

因此，舒卡戴瓦·哥斯瓦米祈求至尊主的仁慈，以使他能重复至尊主直接告诉布茹阿玛的那同一个讯息，或者重复布茹阿玛直接告诉纳茹阿达的话。因此，舒卡戴瓦·哥斯瓦米对创造所作的阐释根本不像世俗之人所说的那样是一种假设的理论，而是对事实的准确描述。聆听这些讯息并努力消化吸收的人，会得到有关物质创造的完美知识。

到此为止，结束了巴克提韦丹塔对《圣典博伽瓦谭》第2篇第4章——“创造的过程”所作的阐释。

第五章

一切原因的起因

第1节

नारद उवाच
देवदेव नमस्तेऽस्तु भूतभावन पूर्वज ।
तद्विजानीहि यज्ज्ञानमात्मतत्त्वनिदर्शनम् ॥ १ ॥

nārada uvāca
deva-deva namas te 'stu
bhūta-bhāvana pūrvaja
tad vijānīhi yaj jñānam
ātma-tattva-nidarśanam

nāradaḥuvāca—圣纳茹阿达说 / deva—所有半神人的 / deva—半神人 / namaḥ—顶礼 / te—向作为……的你 / astu—是 / bhūta-bhāvana—所有生物的创造者 / pūrva-ja—首先诞生的一位 / tat vijānīhi—请您解释那种知识 / yat jñānam—那种知识 / ātma-tattva—超然的 / nidarśanam—特别指引

译文 圣纳茹阿达·牟尼问布茹阿玛吉：啊！半神人中的领袖，第一位出生的生物体！我恭恭敬敬地顶拜您。请告诉我超然的知识，这知识是特别指引人觉悟个体灵魂和超灵的真理。

要旨 这节诗里进一步确认了师徒传承(paramparā)制度的完美。前一章中说明，第一位出生的生物体布茹阿玛吉(Brahmjāī)，直接从至尊主那里接受了知识。这同样的知识被传给了下一个门徒纳茹阿达(Nārada)。纳茹阿达请求布茹阿玛吉把知识传授给他，布茹阿玛吉便回应他的请求，把知识传给了他。因此，师徒传承的规定是：向恰当的人询问超然的知识并以正确的方式接受它。《博伽梵歌》(Bhagavad-gītā)第4章的第2节诗推荐了师徒传承的程序：好问的学生必须找一位有资格的灵性导师，投靠他，以服从的态度向他询问，为他服务，用这样的方式接受超然的知识。通过服从地询问和服务所接受的知识，比用金钱换取知识更有效。来自布茹阿玛吉和纳茹阿达师徒传承的灵性导师，不要求金钱。真正的学生要以诚恳的服务取悦灵性导师，以获取有关个体灵魂与超灵之间关系和本质的知识。

第2节 यद्रूपं यदधिष्ठानं यतः सृष्टमिदं प्रभो ।
यत्संस्थं यत्परं यच्च तत्तत्त्वं वद तत्त्वतः ॥ २ ॥

yad rūpaṁ yad adhiṣṭhānaṁ
yataḥ sṛṣṭam idaṁ prabho
yat saṁsthaṁ yat paraṁ yac ca
tat tattvaṁ vada tattvataḥ

yat—什么 / rūpam—展示的征象 / yat—什么 / adhiṣṭhānam—背景 / yataḥ—从那里 / sṛṣṭam—创造 / idam—这个世界 / prabho—我的父亲啊 / yat—在那 / saṁstham—保存 / yat—什么 / param—控制之下 / yat—什么是 / ca—和 / tat—属于这 / tattvam—征象 / vada—请您描述 / tattvataḥ—实际上

译文 亲爱的父亲，请描述这个展示了的世界的实际征象。它的背景是什么？它是怎么被创造、被保存的？这一切是在谁的控制下做的？

要旨 纳茹阿达·牟尼以真正的原因和结果为基础提出的问题，看来非常合理。相反，无神论者则杜撰出许多与原因和结果毫无关系的理论。无神论者虽然以实验性知识为媒介，用他们想象力丰富的脑子编造出许多理论，但却无法解释展示了的世界和灵性的灵魂。但是，与他们那些主观推测出来的有关创造的理论截然不同，纳茹阿达·牟尼要了解的不是理论，而是创造事实的真相。

有关灵魂和超灵的超然知识包括，现象世界以及创造它的基本原理的知识。任何一个聪明人都可以在现象世界中切实地观察到三件事，那就是：生物体，展示的世界，以及对两者的终极控制。有智慧的人能看出：无论是生物体还是现象世界，都不是偶然的产物。创造的匀称和它有规律的作用与反作用使人想到：在这一切的后面有一个智慧的头脑在作计划。人通过真诚的询问，可以在了解真相之人的帮助下找出最根本的原因。

第3节　सर्वं ह्येतद्भवान् वेद भूतभव्यभवत्प्रभुः ।
करामलकवद्विश्वं विज्ञानावसितं तव ॥ ३ ॥

sarvaṁ hy etad bhavān veda
bhūta-bhavya-bhavat-prabhuḥ
karāmalaka-vad viśvaṁ
vijñānāvasitaṁ tava

sarvam—一切 / hi—肯定地 / etat—这 / bhavān—您本人 / veda—知道 / bhūta—所有被创造或诞生的 / bhavya—所有将[illegible]创造或诞生的 / bhavat—所有正在被创造的 / prabhuḥ—您，一切的主人 / kara-āmalaka-vat—就像您掌握下的核桃 / viśvam—宇宙 / vijñāna-avasitam—您有系统和准确地了解 / tava—您的

译文　亲爱的父亲，过去、现在或未来被创造的一切，这个宇宙中一切的一切，就像个核桃一样在您的掌握中，因此您系统和准确地了解所有这一切。

要旨 布茹阿玛是展示了的宇宙和宇宙内一切事物的直接创造者。因此，他知道过去发生过什么，将来会发生什么，以及现在正发生着什么。生物体、现象世界和控制者这三者，在过去、现在和未来都一直不断地在活动着，而直接管理者应该对所有这些活动和反应了如指掌，就像熟悉握在手掌中的一颗核桃一样。亲手制造了某样东西的人，应该知道自己怎样学习了制造技术，在那里得到原料，如何安排制造，怎样制成产品，等等。布茹阿玛是这个宇宙中第一位出生的生物体，因此自然应该知道创造工作中的一切。

第4节 यद्विज्ञानो यदाधारो यत्परस्त्वं यदात्मकः ।
एकः सृजसि भूतानि भूतैरेवात्ममायया ॥ ४ ॥

yad-vijñāno yad-ādhāro
yat-paras tvaṁ yad-ātmakaḥ
ekaḥ sṛjasi bhūtāni
bhūtair evātma-māyayā

yat-vijṣānaḥ—知识之源 / yat-ādhāraḥ—在谁的保护下 / yat-paraḥ—在谁的手下 / tvam—您 / yat-ātmakaḥ—以什么身份地位 / ekaḥ—单独 / sṛjasi—您在创造 / bhūtāni—生物体 / bhūtaiḥ—以物质元素的帮助 / eva—肯定地 / ātma—自我 / māyayā—以能量

译文 亲爱的父亲，您的知识来源是什么？您在谁的保护下巍然屹立？您在谁的手下工作？您真正的地位是什么？您是独自靠您的能量用物质元素创造了众生吗？

要旨 圣纳茹阿达·牟尼知道主布茹阿玛靠刻苦灵修获得了创造能力，所以明白：有人比布茹阿玛地位更高并授予了布茹阿玛创造的力量。正因为如此，他问了上述所有这些问题。所以说，科学发现及成就并不是独立的。科学家要对已经存在的事物有所了解，必须依靠他人制造的神奇头脑。科学家可以靠这样一个头脑的帮助进行工作，但却不可能造出自己的头脑或类似的一个脑子。因此，没有人可以独立地创造任何事物，而且这样的创造也不是自动发生的。

第5节　आत्मन् भावयसे तानि न पराभावयन् स्वयम् ।
आत्मशक्तिमवष्टभ्य ऊर्णनाभिरिवाक्लमः ॥ ५ ॥

ātman bhāvayase tāni
na parābhāvayan svayam
ātma-śaktim avaṣṭabhya
ūrṇanābhir ivāklamaḥ

ātman(ātmani)—由自我 / bhāvayase—展示 / tāni—所有那些 / na—不 / parābhāvayan—被击败 / svayam—您自己 / ātma-śaktim—自给自足的力量 / avaṣṭabhya—被使用 / ūrṇa-nābhiḥ—蜘蛛 / iva—像 / aklamaḥ—没有帮助

译文　正如蜘蛛很容易就编织了它的蜘蛛网，展示它不可战胜的创造力，您也运用您自给自足的能量，在没有他人帮助的情况下进行创造。

要旨　太阳是自给自足的最佳范例。太阳不需要其他物体来照明；相反，所有其他照明体是靠反射太阳光照明的，与太阳相比，其他照明体都黯然无光。纳茹阿达把布茹阿玛的地位比喻为是自给自足的蜘蛛。蜘蛛用自己的唾液织网，独自建造了自己的活动场所。

第6节　नाहं वेद परं ह्यस्मिन्नापरं न समं विभो ।
नामरूपगुणैर्भाव्यं सदसत्किञ्चिदन्यतः ॥ ६ ॥

nāhaṁ veda paraṁ hy asmin
nāparaṁ na samaṁ vibho
nāma-rūpa-guṇair bhāvyaṁ
sad-asat kiñcid anyataḥ

na—不 / aham—我自己 / veda—知道 / param—优良的 / hi—为了 / asmin—在这个世界 / na—不 / aparam—低劣的 / na—也不 / samam—相等的 / vibho—伟大的人物啊 / nāma—名字 / rūpa—特征 / guṇaiḥ—以资格 / bhāvyam—所有被创造的 / sat—永恒 / asat—短暂的 / kiṣcit—或任何那样的事 / anyataḥ—从任何其他来源

译文 我们通过具体事物的名称、特性所能明白的一切，无论是高级、低级或平等的，无论是永恒还是短暂的，都是您大人在没有其他援助的情况下独自创造的，您太伟大了！

要旨 展示了的世界中充满了各种各样被创造的生物体。在人类社会中，人认为自己是高等生物体，其中也分好的、坏的、同等的……纳茹阿达推测，除了他父亲布茹阿玛吉，没有其他创造之源了。为此，他想从布茹阿玛那里了解有关的一切。

第7节 स भवानचरद्घोरं यत्तपः सुसमाहितः ।
तेन खेदयसे नस्त्वं पराशङ्कां च यच्छसि ॥ ७ ॥

sa bhavān acarad ghoraṁ
yat tapaḥ susamāhitaḥ
tena khedayase nas tvaṁ
parā-śaṅkāṁ ca yacchasi

saḥ—他 / bhavān—您本人 / acarat—从事 / ghoram—严格的 / yattapaḥ—冥想、苦行 / su-samāhitaḥ—严格的纪律 / tena—为了那个原因 / khedayase—给予苦楚 / naḥ—我们自己 / tvam—您自己 / parā—最高的真理 / śaṅkām—怀疑 / ca—还有 / yacchasi—给我们机会

译文 但是，当我们想到您在严格遵守苦行原则的情况下所从事的巨大苦行，我们便开始怀疑世上存在着比您更强有力的人物，尽管您本人在创造方面是如此的强大有力。

要旨 人应该以纳茹阿达·牟尼为榜样，不盲目地把自己的灵性导师当做神本人。灵性导师受到与神同等程度的尊敬，但灵性导师一旦自称是神，就应该立即予以拒绝。布茹阿玛在创造过程中所表现的神奇举动，使纳茹阿达·牟尼视他为至尊者。但是，纳茹阿达·牟尼看到布茹阿玛在崇拜更高的权威时，心中便生出疑问。至尊者是至高无上的，没有谁比祂高、需要祂去崇拜。认为自己变成了神本人而崇拜自己的人(ahaṅgrahopāsitā)是在骗人骗己，但有智慧的门徒立即知道至尊神不需要为了成为神而崇拜任何人，包括祂自己。崇拜自己的方法(ahaṅgrahopāsanā)也许算是获得超然觉悟的方法之一，但按这种方法做的人永远不可能成为神。没有谁能靠按照获得超然觉悟的程序灵修而成为神。纳茹阿达·牟尼一开始以为布茹阿玛吉是至尊的人，但当他看到布茹阿玛也在按获得超然觉悟的程序灵修时，心中便生起疑惑。为此，他要弄清真相。

第8节 एतन्मे पृच्छतः सर्वं सर्वज्ञ सकलेश्वर ।
विजानीहि यथैवेदमहं बुध्येऽनुशासितः ॥ ८ ॥

etan me pṛcchataḥ sarvaṁ
sarva-jña sakaleśvara
vijānīhi yathaivedam
ahaṁ budhye 'nuśāsitaḥ

etat—所有那些 / me—向我 / pṛcchataḥ—求知的 / sarvam—所有被问及的 / sarva-jṣa—知道一切的人 / sakala—整体来说 / īśvara—控

制者 / vijānīhi—请您解释 / yathā—像 / eva—他们 / idam—这个 / aham—我自己 / budhye—能够明白 / anuśāsitaḥ—正受教于您

译文 亲爱的父亲，您知道一切，而且是一切的控制者。因此，请您仁慈地告诉我，我问您的所有这些问题，让做学生的我能够有所了解。

要旨 纳茹阿达·牟尼问的问题对每一位相关人士都很重要，因此他请求布茹阿玛吉回答这些问题是对的，以使所有其他进入布茹阿玛传承(Brahma-sampradāya)的人也能毫无困难地正确了解有关这方面的知识。

第9节

ब्रह्मोवाच
सम्यक्कारुणिकस्येदं वत्स ते विचिकित्सितम् ।
यदहं चोदितः सौम्य भगवद्वीर्यदर्शने ॥ ९ ॥

brahmovāca
samyak kāruṇikasyedaṁ
vatsa te vicikitsitam
yad ahaṁ coditaḥ saumya
bhagavad-vīrya-darśane

brahmā uvāca—主布茹阿玛说 / samyak—完整地 / kāruṇikasya—你的非常仁慈的 / idam—这个 / vatsa—我亲爱的孩子 / te—你的 / vicikitsitam—好奇心 / yat—由那个 / aham—我自己 / coditaḥ—被激发 / saumya—温柔的人啊 / bhagavat—至尊人格首神的 / vīrya—力量 / darśane—有关的事

译文 主布茹阿玛说：亲爱的孩子纳茹阿达，出于对众生(包括我)的仁慈，你询问了所有这些问题，激励我深入观察全能的人格首神的非凡之处。

要旨　布茹阿玛听纳茹阿达询问以上问题后非常高兴，向他表示感谢，奉献者在有人向自己询问有关全能的人格首神的问题时，通常都会变得很热情。那就是纯粹奉献者的征象。这种对至尊主超然活动的谈论，净化谈论所在地的气氛，奉献者在回答这些问题时会感到快乐非凡，充满活力。谈论有关至尊人格首神的话题，会净化询问者和解答者。纯粹的奉献者不仅仅满足于了解有关至尊主的一切，而且还非常渴望把有关的讯息传播给他人，因为他们想看到所有的人都知道至尊主的荣耀。正因为如此，奉献者一旦得到传播至尊主荣耀的机会就会感到满足。这就是传教活动的基本原理。

第10节　नानृतं तव तच्चापि यथा मां प्रब्रवीषि भोः ।
अविज्ञाय परं मत्त एतावत्त्वं यतो हि मे ॥१०॥

nānṛtaṁ tava tac cāpi
yathā māṁ prabravīṣi bhoḥ
avijñāya paraṁ matta
etāvat tvaṁ yato hi me

na—不 / anṛtam—假的 / tava—你的 / tat—那 / ca—和 / api—如你所说 / yathā—有关 / mām—我自己的 / prabravīṣi—如你所描述 / bhoḥ—我的儿子啊 / avijṣāya—不知道 / param—至尊者 / mattaḥ—我以外 / etāvat—你讲过的一切事 / tvam—你自己 / yataḥ—为了……的原因 / hi—肯定地 / me—有关我

译文　你所说的有关我的一切没有错，人除非知道人格首神是高于我的最高真理，否则肯定会因为看到我强有力的活动而产生错觉。

要旨　“井底之蛙”的故事说明：住在井里的青蛙，想象不了汪洋大海辽阔的程度。这种青蛙在听到汪洋大海时，首先是不相信海洋的存在，当人向它保证确有其事时，它就会开始通过尽力鼓胀自己的肚子，用想象估量海洋的宽阔；结果是青蛙的小肚皮爆裂开来，可怜的青蛙还没有对真正的大海有所体验就死掉了。同样道理，物质主义科学家也想靠他们青蛙般的脑子和科技成就去测量至尊主，向至尊主不可思议的能力挑战，但最后只落得像青蛙一样的下场——没有成功就死了。

有时，人们在对真正的神一无所知的情况下，会把物质上强有力的人视为神或神的化身。这种物质的估计范围也许可以逐渐扩大，直到这个宇宙中最高级的生物体布茹阿玛，而布茹阿玛的寿命是唯物主义科学家想象不了的。我们从最权威的知识典籍《博伽梵歌》第8章的第17节诗得知，布茹阿玛的一个昼夜相当于我们这个星球的千百万年。“井底之蛙”们也许不相信会有这么长的寿命，但觉悟了《博伽梵歌》中谈到的真理的人，会承认这位创造了完整宇宙中五彩缤纷事物的伟大人物的存在。启示经典中说明：这个宇宙的布茹阿玛，比起许许多多掌管其他宇宙的布茹阿玛来说年纪最轻，但他们没有一个与人格首神平等。

纳茹阿达吉是解脱了的灵魂；他解脱之后称为纳茹阿达，解脱之前是女仆的儿子。人们也许会问：那为什么纳茹阿达吉不知道至尊主？为什么他误以为布茹阿玛吉是至尊主，而他实际上并不是？解脱了的灵魂永远不会被这种错误的概念所困惑，为什么纳茹阿达像知识贫乏的普通人那样询问所有那些问题呢？阿尔诸纳(Arjuna)也有过同样的困惑，尽管他永恒是至尊主的同伴。事实上，阿尔诸纳或纳茹阿达的困惑，是至尊主安排的，以使其他未解脱的人能认识真相，了解有关至尊主的知识。纳茹阿达心中就布茹阿玛是否全能这一点产生疑问，对井底之蛙们来说是个教训，以使他们不再误解人格首神的身份(就连布茹阿玛那样的人物都无法与祂相比，更不用说谎称自己是神或神的化身的普通人了)。正如我们多次设法在这些要旨中说明的，至尊主永远是至高无上的，没有任何生物体能声称与至尊主同一，哪怕上至布茹阿玛都不能。当有人在一个大人物死后像崇拜英雄一样把他奉为神时，我们不应该被误导。历史上有很多像主茹阿玛禅铎(Rāmacandra)——阿尤迪亚城的国王那样的君王，但启示经典中并没有说他们是神。当一个好君王并不一定就具有主茹阿玛的资格，但奎师那所具有的那些伟大的品格就是人格首神的资格。我们如果仔细分析参与库茹柴陀(Kurukṣetra)战争的人的特性，就会发现：尤帝士提尔王(Mahārāja Yudhiṣṭhira)虔诚的程度不亚于主茹阿玛禅铎，道德水准比主奎师那高。主奎师那让尤帝士提尔王撒谎，但尤帝士提尔王拒绝了。可那并不意味着尤帝士提尔王与主茹阿玛禅铎或主奎师那平等。伟大的权威人士认为尤帝士提尔王是虔诚的人，但公认主茹阿玛禅铎或奎师那是人格首神。因此，至尊主在所有的情况下都是一个与众不同的个体，任何拟人论都不适于祂。至尊主永远是至尊主，普通生物永远不可能等同于祂。

第11节　येन स्वरोचिषा विश्वं रोचितं रोचयाम्यहम् ।
यथार्कोऽग्निर्यथा सोमो यथर्क्षग्रहतारकाः ॥११॥

yena sva-rociṣā viśvaṁ
rocitaṁ rocayāmy aham
yathārko 'gnir yathā somo
yatharkṣa-graha-tārakāḥ

yena—由谁 / sva-rociṣā—以祂自己的光芒 / viśvam—整个世界 / rocitam—已经潜在地被创造了 / rocayāmi—展示 / aham—我 / yathā—就像 / arkaḥ—太阳 / agniḥ—火 / yathā—像 / somaḥ—月亮 / yathā—也像 / ṛkṣa—苍穹 / graha—有影响力的星球 / tārakāḥ—星星

译文　正如月亮、天空、有影响力的星球和星星靠太阳放射的光芒发光，我是在至尊主创造后，凭借祂放射的光芒(称为布茹阿玛玖提)进行创造的。

要旨 布茹阿玛吉告诉纳茹阿达：他的那种“布茹阿玛不是创造中的最高权威”的感觉很正确。有时，智力欠佳的人愚蠢地以为布茹阿玛是一切原因的起因。但纳茹阿达想透过这个宇宙的最高权威布茹阿玛吉的声明澄清事实。正如在一个国家里，最高法院的判决是最后的判决；同样，这个宇宙的最高权威布茹阿玛的看法，在求取知识的韦达程序中是决定性的。正如我们在前一节诗中已经确认的，纳茹阿达吉是解脱了的灵魂，因此与那些智力欠佳的人不同，不会以自己的方式接受假的神和半神人。他表现得像是不够有智慧，但却聪明地提出疑问，请这位宇宙中的最高权威回答，以使没有正确知识的人注意到这个问题，并从权威那里正确地了解创造的错综复杂性和创造者。

在这节诗中，布茹阿玛吉纠正智力欠佳的人所持有的错误概念并证实：他是在圣主奎师那放射的灿烂光芒引发了潜在创造后，才创造宇宙中种类繁多的事物。布茹阿玛吉在《布茹阿玛·萨密塔》(Brahma-saṁhitā)第5章的第40节诗中也说明道：

yasya prabhā prabhavato jagad-aṇḍa-koṭi-
koṭiṣv aśeṣa-vasudhādi-vibhūti-bhinnam
tad brahma niṣkalam anantam aśeṣa-bhūtaṁ
govindam ādi-puruṣaṁ tam ahaṁ bhajāmi

“我侍奉存在中的第一位至尊人格首神哥文达(Govinda)，祂超然的身体放射出的光芒称为梵光(brahmajyoti)。这无边无际、深不可测、无所不在的光芒，是无数星球等创造的源泉，而无数星球上的气候和生活环境各不相同。”

对此，《博伽梵歌》第14章的第27节诗有同样的声明：主奎师那是梵光的源头(brahmaṇo hi pratiṣṭhāham)。《韦达词典》(Nirukti)中记载，梵文帕提斯塔(pratiṣṭhā)的意思是“建立的那个”。因此，梵光并非独立存在，也非自给自足，而是圣主奎师那放射出来的。这节诗中谈到梵光是至尊主超然的身体放射出的光芒(sva-rociṣā)。梵光普照，所有的创造都因它的潜力而成为可能，所以韦达赞歌宣称：梵光维系着存在中的一切(sarvaṁ khalv idea brahma)。梵光是一切创造的潜在种子，而这无边无际、深不可测的梵光是至尊主放射出来的。因此，圣主奎师那是一切创造最初的至尊起因(ahaṁ sarvasya prabhavaḥ)。

人不应该期望至尊主像铁匠一样，手持锤子和其他工具进行创造。至尊主用祂的能量进行创造。祂的能量种类繁多(parāsya śaktir vividhaiva śrūyate)。正如榕树果实中的微小种子有生出一棵大榕树的能量，至尊主用祂的梵光(sva-rociṣā)播撒各种各样的种子，这些种子由布茹阿玛那样的人物来浇水灌溉使之萌芽。布茹阿玛无法创造种子，但能使种子长成树，就像园丁用水浇灌植物和果树，帮助它们生长一样。在此引用太阳的例子很适当。在物质世界里，太阳是火、电和月光等光亮的来源，天空中的发光体都反射太阳的光芒，而太阳的光芒来自梵光，梵光则由至尊主放射出来。因此，至尊主是创造的根源。

第12节　तस्मै नमो भगवते वासुदेवाय धीमहि ।
यन्मायया दुर्जयया मां वदन्ति जगद्गुरुम् ॥१२॥

tasmai namo bhagavate
vāsudevāya dhīmahi
yan-māyayā durjayayā
māṁ vadanti jagad-gurum

tasmai—向祂／namaḥ—我顶礼／bhagavate—向至尊人格首神／vāsudevāya—向主奎师那／dhīmahi—冥想祂／yat—由谁／māyayā—种种能量／durjayayā—无敌的／mām—向我／vadanti—他们说／jagat—世界／gurum—主人

译文 我向人格首神主奎师那(华苏戴瓦)顶礼并冥想祂，祂用祂强大无比的能量影响他们(智力欠佳的人)，使他们称我为至高无上的控制者。

要旨 在下一节诗中，布茹阿玛吉会更清楚地解释：至尊主的错觉能量迷惑智力欠佳的人，使他们认为布茹阿玛或任何其他人为至尊主。然而，布茹阿玛不准别人这样看他，而是直接向主华苏戴瓦(Vāsudeva)——至尊人格首神主奎师那恭恭敬敬地顶礼，正如他在《布茹阿玛·萨密塔》第5章的第1节诗中所表达的同等敬意：

īśvaraḥ paramaḥ kṛṣṇaḥ
sac-cid-ānanda-vigrahaḥ
anādir ādir govindaḥ
sarva-kāraṇa-kāraṇam

“至尊主是存在中的第一位人格首神圣奎师那，祂有着超然的身体，是一切原因的起因。我崇拜那位存在中的第一位主哥文达。”

布茹阿玛吉很清楚自己的实际地位，他知道智力欠佳的人完全受至尊主错觉能量的迷惑，异想天开地接受随便什么人为神。像布茹阿玛吉那样有责任感的人，拒绝被门徒或属下称为至尊主，但愚蠢的人被有狗、猪、骆驼和驴之本性的人奉承为至尊主时就会感到很高兴。下一节诗将解释，这类人为什么喜欢别人把自己称为神，又为什么被愚蠢的崇拜者称为神。

第13节 विलज्जमानया यस्य स्थातुमीक्षापथेऽमुया ।
विमोहिता विकत्थन्ते ममाहमिति दुर्धियः ॥१३॥

vilajjamānayā yasya
sthātum īkṣā-pathe 'muyā
vimohitā vikatthante
mamāham iti durdhiyaḥ

vilajjamānayā—由一个感到羞愧的人 / yasya—其 / sthātum—居留 / īkṣā-pathe—在前面 / amuyā—令人困惑的能量 / vimohitāḥ—那些感到困惑的人 / vikatthante—胡说八道 / mama—这是我的 / aham—我是一切 / iti—这样咒骂 / durdhiyaḥ—这样错误地想

译文　至尊主的错觉能量因为对她的地位感到惭愧，所以绝不会居前，但被她迷惑的那些人却因为沉溺在“那是我”和“那是我的”观念中，所以总是胡说八道。

要旨　人格神强大无敌的错觉能量——代表无知的第三能量，可以迷惑整个有生命的世界。尽管如此，她仍没有强大到能站在至尊主的面前。“无知”站在人格首神的背后，在那里用她强大的力量误导众生。被迷惑的人的主要征象是胡说八道。韦达文献中制定的原则不支持无稽之谈，最荒谬的无稽之谈是“那是我，那是我的”。无神论文明就是在这种错误的概念引导下发展起来的；无知的人对神没有任何实际的认识，于是便接受假的神，或者谎称自己是神，误导那些已经被错觉能量迷惑了的人。然而，在至尊主面前顶礼并投靠、服从至尊主的人，不会受迷惑能量的影响，所以没有“那是我，那是我的”这些错误概念。正因为如此，他们不接受假的神，也不会摆出自己与至尊主平等的样子。这节诗清楚地告诉我们如何识别受迷惑的人。

第14节　द्रव्यं कर्म च कालश्च स्वभावो जीव एव च ।
वासुदेवात्परो ब्रह्मन्न चान्योऽर्थोऽस्ति तत्त्वतः ॥१४॥

dravyaṁ karma ca kālaś ca
svabhāvo jīva eva ca
vāsudevāt paro brahman
na cānyo ’rtho ’sti tattvataḥ

dravyam—成分(土、水、火、空气和空间) / karma—相互作用 / ca—和 / kālaḥ—永恒的时间 / ca—还有 / sva-bhāvaḥ—直觉或本性 / jīvaḥ—生物 / eva—肯定地 / ca—和 / vāsudevāt—从华苏戴瓦 / paraḥ—有区别的部分 / brahman—布茹阿玛纳啊 / na—永不 / ca—还有 / anyaḥ—分别的 / arthaḥ—价值 / asti—那里有 / tattvataḥ—实际上

译文 事实上，创造的五种元素，由永恒时间设定的它们之间的相互作用，以及个体灵魂的本性(直觉)，都是人格首神华苏戴瓦不可缺少的不同部分而已。它们本身并没有实际的价值。

要旨 这个现象世界是华苏戴瓦不具人格特征的展示，因为组成它的成分，成分间的相互影响，以及活动结果的享受者——生物，都是主奎师那的外在能量和内在能量产生的。《博伽梵歌》第7章的第4—5节诗证实了这一点。土、水、火、气和天空，以及心智和物质身份的概念，都来自至尊主的外在能量。享受由永恒时间设定的上述粗糙和精微成分之相互作用的生物，是至尊主内在能量的一部分，他有住在物质世界或灵性世界的自由选择权。生物在物质世界里受错觉、无知的诱惑，但在灵性世界里则处于灵性存在的正常状况，没有任何错觉。生物被称为至尊主的边缘能量。在任何情况下，物质成分或灵性生物都依赖人格首神华苏戴瓦，因为一切事物，无论是至尊主外在能量的产物、内在能量的产物还是边缘能量，都只不过是至尊主放射的同一光芒的展示而已。这就像光、热和烟是火的展示一样；没有一种展示是与火分开的，所有这些组合起来才称为火。同样，所有的现象展示，以及华苏戴瓦身体的光芒，都是祂的非人格特征。至于祂那充满知识和快乐的永恒超然形象(sac-cid-ānanda-vigrahaḥ)，则有别于上面提到的所有的物质成分概念。

第15节　नारायणपरा वेदा देवा नारायणाङ्गजाः ।
नारायणपरा लोका नारायणपरा मखाः ॥१५॥

nārāyaṇa-parā vedā
devā nārāyaṇāṅgajāḥ
nārāyaṇa-parā lokā
nārāyaṇa-parā makhāḥ

nārāyaṇa—至尊主 / parāḥ—是原因，而且是为了 / vedāḥ—知识 / devāḥ—半神人们 / nārāyaṇa—至尊主 / aṅga-jāḥ—助手 / nārāyaṇa—至尊人格首神 / parāḥ—为了 / lokāḥ—众星球 / nārāyaṇa—至尊主 / parāḥ—只是为了取悦祂 / makhāḥ—所有祭祀

译文　韦达文献是至尊主编纂的，而其存在是为了让人了解至尊主。半神人们作为至尊主身体的不同部分，存在是为了侍奉至尊主。不同的星球为至尊主的缘故而存在，祭祀的举行也是为了取悦祂。

要旨　根据《韦丹塔·苏陀》(Vedānta-sūtra)的说法，至尊主是所有启示经典的作者，而所有的启示经典都是为了让人了解至尊主。梵文韦达(veda)一词的意思是：把人引向至尊主的知识。编纂韦达经的目的是为了使受制约的灵魂恢复遗忘了的神意识；任何不唤醒人的神意识的文献，都会立刻遭到至尊主纳茹阿亚纳的奉献者的拒绝(nārāyaṇa-para)。那些不谈纳茹阿亚纳的书籍，并不是真正的知识书籍，而是对尘世废物有兴趣的乌鸦的游乐场。任何知识书籍(无论谈科学还是谈艺术)，都必须是导向有关纳茹阿亚纳的知识，否则就必须加以拒绝。那才是增加知识的方法。最值得崇拜的神是纳茹阿亚纳。半神人因为是管理宇宙事务的助手，所以被推荐为是与纳茹阿亚纳有关的次要崇拜对象。正如一个国家的大臣因为与国王的关系而受到尊敬，半神人因为与至尊主的关系而受崇拜。在与

至尊主没有关系的情况下单独崇拜半神人，是被禁止的(avidhi-pūrvakam)，性质就像错误地往树枝和树叶上浇水而不往树根处浇水一样。事实上，所有的半神人也都要依靠纳茹阿亚纳。不同的高等星球(loka)之所以有吸引力，是因为充满知识和快乐的永恒生活(sac-cid-ānanda-vigraha)在那里得到部分体现。每个人都想过充满快乐和知识的永恒生活。在物质世界里，物质星球的等级越高，对充满快乐和知识的永恒生活的认识就越多；到了那里的人，就想在回归首神的路途上继续向前进。星球等级越高，居住在其上的生物体的寿命就越长，所具有的快乐和知识就越多。高等星球上的生物体的寿命，可长达上万年或上百万年，但没有一个星球上有永恒的生活。然而，能到达物质世界中的最高星球布茹阿玛珞卡的灵魂，就会渴求到那些有永恒生活的灵性星球上去。因此，从一个星球到另一个星球的渐进旅程，所能到达的最高处是至尊主的最高星球(maddhāma)，那里的生活永恒且充满知识和快乐。举行各种各样的祭祀就是为了取悦主纳茹阿亚纳，以便能到祂那里去。在这个喀历(Kali)年代，经典推荐的最佳祭祀是齐颂至尊主的圣名(saṅkīrtana-yajña)。这祭祀是至尊主纳茹阿亚纳的奉献者(nārāyaṇa-para)所做的最主要的奉爱服务。

第16节 नारायणपरो योगो नारायणपरं तपः ।
नारायणपरं ज्ञानं नारायणपरा गतिः ॥१६॥

nārāyaṇa-paro yogo
nārāyaṇa-paraṁ tapaḥ
nārāyaṇa-paraṁ jñānaṁ
nārāyaṇa-parā gatiḥ

nārāyaṇa-paraḥ—只是为了了解纳茹阿亚纳 / yogaḥ—集中注意力 / nārāyaṇa-param—只抱着到纳茹阿亚纳那里去的目标 / tapaḥ—

苦修 / nārāyaṇa-param—只是为了看到纳茹阿亚纳 / jñānam—培养超然的知识 / nārāyaṇa-parā—解脱之途的最终目的是进入纳茹阿亚纳的王国 / gatiḥ—进步之途

译文　各种方式的冥想或神秘论，都是为了让人觉悟至尊主纳茹阿亚纳。所有苦行的目的是为了获得纳茹阿亚纳。培养超然的知识是为了看到纳茹阿亚纳，而最终的解脱是进入纳茹阿亚纳的王国。

要旨　冥想瑜伽体系有两种，即：八部瑜伽(aṣṭāga-yoga)和数论瑜伽(sāṇkhya-yoga)。八部瑜伽是通过按规范程序练习冥想、专注、坐姿和堵塞体内流通之气等，使自己集中注意力，把自己从世俗事务中解放出来。数论瑜伽专门把真实与短暂区别开来。这两个瑜伽体系最终都是为了使人觉悟不具人格特征的布茹阿曼(Brahman,梵)，而非人格布茹阿曼也不过是人格首神纳茹阿亚纳的部分代表。我们先前已经解释过，不具人格特征的梵光只是至尊人格首神的一部分，是至尊人格首神本人放射出来的。因此，布茹阿曼是人格首神的光辉，《博伽梵歌》和《玛茨亚往世书》(Matsya Purāṇa)也证实了这一点。梵文嘎提(Gati)是指最终目的地，也就是最高的解脱境界。与不具人格特征的梵光合一并不是最高的解脱境界，比那更高的境界是：在外琨塔(Vaikuṇṭha)天空的无数灵性星球中的一个星球上，与人格首神进行崇高的联谊。因此结论是：所有种类的瑜伽系统和各种解脱的最终目的，是纳茹阿亚纳——人格首神。

第17节　तस्यापि द्रष्टुरीशस्य कूटस्थस्याखिलात्मनः ।
सृज्यं सृजामि सृष्टोऽहमीक्षयैवाभिचोदितः ॥१७॥

tasyāpi draṣṭur īśasya
kūṭa-sthasyākhilātmanaḥ
sṛjyaṁ sṛjāmi sṛṣṭo 'ham
īkṣayaivābhicoditaḥ

tasya—祂的 / api—肯定地 / draṣṭuḥ—观看的人的 / īśasya—控制者的 / kūṭa-sthasya—超越所有人的智慧的人的 / akhila-ātmanaḥ—超灵的 / sṛjyam—那已经被创造的 / sṛjāmi—我发现 / sṛṣṭaḥ—被创造 / aham—我自己 / īkṣayā—靠瞥视 / eva—恰好 / abhicoditaḥ—因为受到祂的感召

译文 仅仅是因为受祂的启示我才发现：作为无所不在的超灵，祂已经用祂的目光创造了一切，而我也只不过是祂的创造。

要旨 就连宇宙的创造者布茹阿玛(Brahmā)都承认：他并不是真正的创造者，而只不过是由主纳茹阿亚纳赋予了创造的灵感，因此在祂的监督下创造那些已经由众生的超灵创造了的事物。就连这个宇宙的最高权威都承认：在生物体的体内存在着两个灵魂——超灵和个体灵魂。超灵是至尊主——人格首神，而个体灵魂是至尊主永恒的仆人。至尊主赋予个体灵魂以灵感，去创造至尊主已经创造了的事物；凭借至尊主的好意，发现世上某件事物的人获得发现者的美誉。据说哥伦布发现了西半球，但事实上这块土地不是哥伦布创造的。至尊主的全能使那块辽阔的大地早就存在了，哥伦布因为以前为至尊主做过服务而受到至尊主的祝福，荣获发现美洲的美誉。同样，没有至尊主的允许，没人能创造任何东西。每个人都按自己的能力视物，而这种能力也是至尊主按每个人想要为祂服务的意愿赐予的。因此，人必须自愿为至尊主服务；至尊主根据生物体投靠、服从祂莲花足的程度，相应地赋予生物体以力量。布茹阿玛是至尊主伟大的奉献者，因此至尊主授予他权利或赐予他灵感，使他能创造展现在我们面前的这样一个宇宙。在库茹柴陀战场上，至尊主也激励阿尔诸纳去作战，祂这样说：

tasmāt tvam uttiṣṭha yaśo labhasva
jitvā śatrūn bhuṅkṣva rājyaṁ samṛddham
mayaivaite nihatāḥ pūrvam eva
nimitta-mātraṁ bhava savyasācin

“因此，站起来。准备作战，赢得光荣。征服你的敌人，享受繁荣的王国。由于我的安排，他们已经被置于死地，而你，萨维雅萨祺啊！只不过是战斗中的一个工具而已。”(《博伽梵歌》11.33)

无论是库茹柴陀战争，还是发生在任何时间、任何地点的任何战争，都因至尊主的旨意而发生，因为没有祂的允许，就没人能安排这种大规模的毁灭。杜尤丹(Duryodhana)一伙侮辱了奎师那伟大的女奉献者朵帕蒂(Draupadī)，她向至尊主求救，向在场所有看着这种无端的侮辱但却袖手旁观保持沉默的人求救。后来，至尊主劝阿尔诸纳作战并获得荣誉，否则凭至尊主的旨意，杜尤丹一伙迟早也会被杀的。因此，阿尔诸纳是被劝导当代理人，领受杀死彼士玛(Bhīṣma)和卡尔纳(Karṇa)等非凡战将的荣誉。

《喀塔奥义书》(Kaṭha Upaniṣad)等韦达文献中描述至尊主是：处在所有生物体心中且凡事指导那些投靠、服从祂的灵魂的人格首神(sarva-bhūta-antarātmā)。那些不皈依祂的灵魂被至于物质自然的掌管下(bhrāmayan sarva-bhūtāni yantrārūḍhāni māyayā)，允许他们按自己的算计做事，自食其果(《博伽梵歌》18.61)。像布茹阿玛和阿尔诸纳那样的奉献者不按自己的想法做事；作为完全投靠、服从至尊主的灵魂，他们总是等待至尊主的指示。正因为如此，他们所做的事在一般人看来总是很神奇。至尊主有个名字叫乌茹夸玛(Urukrama)，意思是：行事非凡、超乎生物想象的人。正因为如此，祂的奉献者在祂的指导下做的事情看起来才非常神奇。至尊主作为一切活动的见证者，掌管着每一个生物体的智力；上至宇宙中最有智慧的生物体布茹阿玛，下至最微小的蚂蚁，无一例外。能研究思想、感情和愿望等心理作用的智者，感受得到至尊主的存在。

第18节 सत्त्वं रजस्तम इति निर्गुणस्य गुणास्त्रयः ।
स्थितिसर्गनिरोधेषु गृहीता मायया विभोः ॥१८॥

sattvaṁ rajas tama iti
nirguṇasya guṇās trayaḥ
sthiti-sarga-nirodheṣu
gṛhītā māyayā vibhoḥ

sattvam—善良属性 / rajaḥ—激情属性 / tamaḥ—愚昧属性 / iti—所有这些 / nirguṇasya—超然的 / guṇāḥtrayaḥ—是三个属性 / sthiti—维系 / sarga—创造 / nirodheṣu—毁灭当中 / gṛhītāḥ—接受了 / māyayā—由外在能量 / vibhoḥ—至高无上的

译文 至尊主是纯粹灵性的，超越所有物质的属性，但为了创造、维系和毁灭物质世界，祂还是通过祂的外在能量，接受了称为善良、激情和愚昧的物质自然属性。

要旨 至尊主是外在能量的主人，外在能量展示为善良、激情和愚昧这三种物质自然属性。作为这种能量的主人，至尊主从不受其影响和迷惑。然而，生物体——个体灵魂(jīva)，却很容易受这些物质自然属性的影响：这就是至尊主与个体生物的区别。个体生物虽然原本在质上与至尊主一样，但却受制于这些物质属性。换句话说，物质自然属性作为至尊主能量的产物，无疑与至尊主有关联，而这种关联就像主人和仆人之间的关系。至尊主是物质能量的控制者；相反，被捆绑在物质世界里的个体生物则既不是主人也不是控制者，而是受物质能量的控制。事实上，至尊主凭祂的内在能量(灵性能量)永恒地展示着，就像在碧蓝的天空中的太阳和阳光一样。但有时，正如太阳在碧蓝的天空中造出一朵云，至尊主创造物质能量。正如太阳从不被小小的云朵所影响，不受限制的至尊主也不会被祂放射出的无垠梵光(brahmajyoti)中时而展示的一小点物质能量所影响。

第19节　कार्यकारणकर्तृत्वे द्रव्यज्ञानक्रियाश्रयाः ।
बध्नन्ति नित्यदा मुक्तं मायिनं पुरुषं गुणाः ॥१९॥

kārya-kāraṇa-kartṛtve
dravya-jñāna-kriyāśrayāḥ
badhnanti nityadā muktaṁ
māyinaṁ puruṣaṁ guṇāḥ

kārya—结果 / kāraṇa—原因 / kartṛtve—活动中 / dravya—物质的 / jṣāna—知识 / kriyā-āśrayāḥ—由此类征象展示 / badhnanti—状况 / nityadā—永恒地 / muktam—超然的 / māyinam—受外在能量的影响 / puruṣam—生物体 / guṇāḥ—物质属性

译文　这三种物质自然属性进一步展示为物质元素、知识和活动，把永恒、超然的生物置于因果法律的控制下，让他为自己的活动负责。

要旨　永远超然的生物因为处于内在能量和外在能量之间，所以被称为至尊主的边缘能量。事实上，生物　不是必然要受制于物质能量的，但因为被想要主宰物质能量的错误观念影响，所以受制于这些能量，进而受物质自然三种属性的控制。至尊主的这一外在能量遮住了永恒与至尊主共存的生物所具有的纯粹知识；这种遮盖是如此持久，以至受制约的灵魂看起来像是永恒地愚昧无知。这就是外在能量——玛亚(māyā)的奇妙作为。由于物质能量的蒙蔽力量，物质科学家看不到物质范畴以外的原因；但事实上，在物质展示的背后，有阿迪布塔(adhibhūta)活动、阿迪亚特玛(adhyātma)活动和阿迪戴瓦(adhidaiva)活动，受愚昧属性控制的受制约的灵魂看不到这些。阿迪布塔的表现是使人不断地重复生老病死，阿迪亚特玛的表现是使灵魂受到制约，而阿迪戴瓦的表现形式则是控制系统。这些都是原因和结果的物质展示，以及受制约的活动者承担自己活动结果的展示。毕竟，这些都是受制约的状况的种种展示，而摆脱这种受制约的状况，是人所能达到的最高完美境界。

第20节 स एष भगवाँल्लिङ्गैस्त्रिभिरेतैरधोक्षजः ।
स्वलक्षितगतिर्ब्रह्मन् सर्वेषां मम चेश्वरः ॥२०॥

sa eṣa bhagavā' liṅgais
tribhir etair adhokṣajaḥ
svalakṣita-gatir brahman
sarveṣāṁ mama ceśvaraḥ

saḥ—祂 / eṣaḥ—这个 / bhagavān—至尊人格首神 / liṅgaiḥ—以征象 / tribhiḥ—以那三个 / etaiḥ—由所有这些 / adhokṣajaḥ—超然的观看者 / su-alakṣita—确是看不见的 / gatiḥ—运作 / brahman—纳茹阿达啊 / sarveṣām—每一个人的 / mama—我的 / ca—还有 / īśvaraḥ—控制者

译文 纳茹阿达-布茹阿玛纳啊！上述三种物质自然属性作用，使生物体的物质感官知觉不到至尊的监督者——超然的至尊主。但祂是包括我在内的众生的控制者。

要旨 在《博伽梵歌》第7章的第24—25节诗中，至尊主明确地宣称：非人格神主义者更看重至尊主的超然光芒——梵光(brahmajyoti)，认为最高的绝对真理并不具有人格特征，而只有在需要的时候才展示一个形象；他们比人格神主义者缺乏智慧，无论他们多么努力研究《韦丹塔》(Vedānta)都无济于事。事实是：这类非人格神主义者受上述三种物质自然属性的蒙蔽，因此无法了解至尊主的超然人格特征。至尊主的内在迷惑能量(yogamāyā)像一道帘子一样遮着至尊主，使人无法接近祂。但人不应该误以为至尊主以前不展示，现在展示为人的形象。由至尊主的内在迷惑能量这道帘子造成的这种认为“至尊人格首神没有形象”的错误观念，只有在受制约的灵魂皈依至尊主以后，凭借至尊的旨意才能去除。至尊主的奉献者超越上述三种物质自然属性，因此能以纯粹奉爱服务的态度用充满爱的眼睛看到至尊主绝对快乐的超然形象。

第21节　कालं कर्म स्वभावं च मायेशो मायया स्वया ।
आत्मन् यदृच्छया प्राप्तं विबुभूषुरुपाददे ॥२१॥

kālaṁ karma svabhāvaṁ ca
māyeśo māyayā svayā
ātman yadṛcchayā prāptaṁ
vibubhūṣur upādade

kālam—永恒的时间／karma—生物体的命运／svabhāvam—自然／ca—还有／māyā—能量／īśaḥ—控制者／māyayā—由那能量／svayā—祂自己的／ātman(ātmani)—向祂自己／yadṛcchayā—独自／prāptam—因为融入／vibubhūṣuḥ—看来不同／upādade—纳入再次创造

译文　一切能量的控制者——至尊主，就这样用祂自己的力量创造永恒的时间、众生的命运，以及他们各自的本性，而那本性就是他们被创造的原因。随后，祂又独自吞没他们。

要旨 物质世界一再地被创造又被毁灭，至尊主允许受制约的灵魂在其中从事活动。物质创造就像无垠的天空中的一朵云。真正的天空是灵性天空，永恒地充满着梵光的光芒。在这无限的天空中有一团被称为玛哈特-塔特瓦(mahat-tattva)的物质创造实体的云朵，那些违背至尊主的意愿要主宰物质世界的受制约的灵魂就住在其中，由至尊主外在能量的代理人控制着按自己的意愿活动。正如雨季有规律地开始和结束，《博伽梵歌》第8章的第19节诗证实说，物质创造也由至尊主控制着一再地发生和毁灭。所以，物质世界的创造和毁灭是至尊主的定期行动，目的是让受制约的灵魂按自己的愿望活动，由此造就自己的命运，在毁灭时按照各自独立的欲望而再次被创造。正因为如此，创造在某个历史时期开始(就像我们凭着一点点经验，习惯性地以为一切事物都有开始一样)。创造和毁灭的过程称为“没有开始(anādi)”，意思是并没有第一次创造这种事情，因为即使是一个部分创造就已经长达八十六亿四千万年了。韦达文献中谈到，创造的定律是：凭至尊主的旨意，每间隔一段时间就会创造，然后再毁灭。正如光和热都是火的能量的展示，整个物质创造和灵性创造都是至尊主能量的展示。至尊主的能量扩展形成祂不具人格特征的形象，而整个创造就以祂不具人格特征的形象为基础。尽管如此，祂作为完整的个体(pūrṇam)仍保持与这种创造的区别。因此，我们不要错误地认为，由于祂本人扩展出无限的非人格特征，祂的人格特征就不存在了。非人格特征的扩展是祂能量的展示，尽管祂无数的不具人格特征的能量无限地扩展着，祂始终保持祂的人格特征(《博伽梵歌》9.5-7)。人类的智力很难想象，整个创造怎么能以至尊主的能量扩展为基础；但至尊主在《博伽梵歌》中举了一个生动的例子，那就是：天空就像一切被创造的物质事物的储藏库，可尽管大气和原子都处在其中，天空仍保持与一切事物分开的状态，不受一切事物的影响。同样，尽管至尊主维系着由祂的能量扩展创造的一切事物，但祂永远保持与一切分开的状态。有关这一点，就连坚决拥护“绝对真理的形象不具人格特征”观点的商卡尔查尔亚(Śaṅkarācārya)也承认。他说；纳茹阿亚纳与祂不具人格特征的创造能量，以分开的状态分别存在(nārāyaṇaḥ paro'vyaktāt)。毁灭时，整个创造融入纳茹阿亚纳超然的体内；再创造时，创造又从至尊主体内发出，展示出同样的因素——命运和个体性等。个体生物作为至尊主不可缺少的一部分，有时被描述为“在灵性构造上一样(ātmā)”。但由于这种生物在主观上有被物质创造吸引的倾向，所以他们与至尊主不同。

第22节　कालाद्गुणव्यतिकरः परिणामः स्वभावतः ।
कर्मणो जन्म महतः पुरुषाधिष्ठितादभूत् ॥२२॥

kālād guṇa-vyatikaraḥ
pariṇāmaḥ svabhāvataḥ
karmaṇo janma mahataḥ
puruṣādhiṣṭhitād abhūt

kālāt—从永恒时间 / guṇa-vyatikaraḥ—三种属性因为反应而有所转变 / pariṇāmaḥ—转变 / svabhāvataḥ—从自然 / karmaṇaḥ—活动的 / janma—创造 / mahataḥ—玛哈特·塔特瓦的 / puruṣa-adhiṣṭhitāt—由于至尊主的菩茹沙化身 / abhūt—发生

译文　继第一个控制者(菩茹沙)卡冉纳尔纳瓦沙伊·维施努后，物质创造实体(玛哈特·塔特瓦)产生了，接着时间展示了，最后出现的是物质自然三种属性。大自然是指三种属性的呈现，而它们转化为种种活动。

要旨　是至尊主的全能，使整个物质创造经一个接一个的变化和反应过程逐渐展开；又是同样的全能，使这些创造一个接一个地再次被收起来，保存在至尊者体内。卡拉(Kāla)——时间，是自然界的同义词，是物质创造本源变化了形式的展示。所以，时间可以被视为是一切创造的第一原因，自然属性的转化使物质世界各种活动变得显而易见。这些活动可以被视为是每一个生物体乃至是无生命物体的本性；活动展示后，就会产生同样本性的各种产品和副产品。而所有这一切，最初都是由至尊主引发的。正因为如此，《韦丹塔·苏陀》和《圣典博伽瓦谭》(Śrīmad-Bhāgavatam)便以“绝对真理是一切创造的起源”为开篇(janmādy asya yataḥ《圣典博伽瓦谭》1. 1. 1)

第23节 महतस्तु विकुर्वाणाद्रजःसत्त्वोपबृंहितात् ।
तमःप्रधानस्त्वभवद्द्रव्यज्ञानक्रियात्मकः ॥२३॥

mahatas tu vikurvāṇād
rajaḥ-sattvopabṛṁhitāt
tamaḥ-pradhānas tv abhavad
dravya-jñāna-kriyātmakaḥ

mahataḥ—玛哈特·塔特瓦的 / tu—但是 / vikurvāṇāt—转变成 / rajaḥ—物质激情属性 / sattva—善良属性 / upabṛṁhitāt—由于增加了 / tamaḥ—愚昧属性 / pradhānaḥ—因为突出 / tu—但是 / abhavat—发生 / dravya—物质 / jṣāna—物质知识 / kriyā-ātmakaḥ—多数是物质的活动

译文 物质创造实体被激活是物质活动的原因。首先是善良属性和激情属性的转化；接着，由于愚昧属性的作用，物质、物质知识和物质知识的各种活动便发生了。

要旨 各种各样的物质创造或多或少是激情属性(rajas)发展

的结果。物质创造实体(mahat-tattva)是物质创造的本源，它一旦受到至尊者意愿的刺激，便先显示出激情属性和善良属性；接着，激情属性因为各种各样的物质活动而在一段时间后变得越来越突出，使生物体越来越陷入愚昧中。布茹阿玛是激情属性的代表，维施努(Viṣṇu)是善良属性的代表，而物质活动之父希瓦(Śiva)代表愚昧属性。物质自然被称为母亲，而物质主义生活的创始人是父亲希瓦。因此，生物体的一切物质创造由激情属性开始。在不同的年代，不同的属性占优势，因此产生的影响也不一样。在喀历年代(激情属性最显著)，各种各样的物质活动以人类文明进步的名义开展起来，使生物体越来越忘记他们灵性的本质、真正的身份。稍微培养一点善良属性，都可以使人感知到灵性本质的一线光明，但激情属性的增强和突出，使善良属性变得混杂不纯了。因此，人超越不了物质属性的限制并认识永远超越物质自然属性的至尊主，哪怕是通过各种方式培养善良属性，善良属性突出时都很困难。换句话说，粗糙的物质称为阿迪布塔么(adhibhūtam)，维系它们的半神人称为阿迪戴瓦(adhidaivam)，引发物质活动的生物称为阿迪布塔么。在物质世界里，上述三者展现为原料、原料的定期供应者，以及为感官享乐而运用这些原料的被迷惑的生物。

第24节　सोऽहङ्कार इति प्रोक्तो विकुर्वन् समभूत्त्रिधा ।
वैकारिकस्तैजसश्च तामसश्चेति यद्भिदा ।
द्रव्यशक्तिः क्रियाशक्तिर्ज्ञानशक्तिरिति प्रभो ॥२४॥

so 'haṅkāra iti prokto
vikurvan samabhūt tridhā
vaikārikas taijasaś ca
tāmasaś ceti yad-bhidā
dravya-śaktiḥ kriyā-śaktir
jñāna-śaktir iti prabho

saḥ—同一件事 / ahaṅkāraḥ—自我 / iti—如此 / proktaḥ—说 / vikurvan—被转变成 / samabhūt—展示了 / tridhā—以三种特征 / vaikārikaḥ—在善良属性中 / taijasaḥ—在激情属性中 / ca—和 / tāmasaḥ—在愚昧属性中 / ca—和 / iti—如此 / yat—什么是 / bhidā—分开的 / dravya-śaktiḥ—释放物质的能量 / kriyā-śaktiḥ—创造的能量 / jṣāna-śaktiḥ—起指导作用的分辨力 / iti—如此 / prabho—主人啊

译文　以自我为中心的假我，就这样转化为善良属性、激情属性和愚昧属性。而这三种属性作为一个总体又可以相应地分成三个部分，即：指导物质活动的分辨力、创造的能量和释放物质的能量。

要旨　物质的自我意识，也就是与物质认同的概念，是极为自我中心的，缺乏对神的存在的清楚认知。持唯物论的生物体这种以自我为中心的利己观念，是使他们受其他事物制约并继续被物质存在束缚的原因。就有关这种以自我为中心的利己观念，《博伽梵歌》第7章的第24—27节诗作了明确的解释。以自我为中心的非人格神主义者对人格首神没有清楚的了解，便自己下结论说：人格首神的灵性存在状态原本不具人格特征，但为了完成特定的使命，祂接受了一个物质形象。以自我为中心的非人格神主义者，即使看起来对《布茹阿玛经》(Brahma-sūtra)和其他高级知识经典等韦达文献很感兴趣，但还会继续保持他们对至尊主的错误观念。对至尊主的人格特征的这种无知，是受混合在一起的各种物质自然属性影响的结果。所以，非人格神主义者想象不了至尊主有充满知识和快乐的永恒灵性形象。这其中的原因是：非奉献者们即使仔细研读过《博伽梵歌》等文献，但还是因为固执而坚持非人格神的观点；为此，至尊主保留不在他们面前暴露自己的权利。非人格神主义者的这种固执是至尊主本人的内在错觉能量尤嘎玛亚(yogamāyā)活动的结果，尤嘎玛亚是至尊主的侍从武官，负责遮蔽顽固的非人格神主义者的视阈。这样被迷惑了的人，无法了解至尊主那不经出生就存在且永不改变的超然形象，因此被经典称为是十足的傻瓜(mūḍha)。至尊主如果以祂原本的非人格形象接受一个物质形象，那就意味着祂经过出生的过程，而且形象可以从不具人格特征改变为有人格特征。然而，祂不仅形象不变，而且永远不会像受制约的灵魂那样经过出生的过程。相反，受制约的灵魂因为受制约的生存状况而一世复一世的出生，接受不同的形象。可是，以自我为中心的非人格神主义者虽然有所谓高深的韦丹塔(Vedānta)知识，但却出于十足的愚昧及以自我为中心的假我观念而把至尊主当成是他们中的一员。至尊主处在每个生物体的心中，因此清楚地了解这种受制约的灵魂过去、现在和未来发展的趋向，但受制约的、困惑的灵魂却很难了解有着永恒形象的祂。所以，由于至尊主的旨意，非人格神主义者即使知道了至尊主的布茹阿曼(梵)和超灵(Paramātmā)的特征，但仍不知道祂作为超越物质创造、永恒存在的纳茹阿亚纳的永恒人格特征。

造成这种愚昧的原因是：物质主义者一直不断地从事人为增加物质需求的活动。要了解至尊人格首神，人必须靠做奉爱服务净化物质感官。善良属性，或者韦达文献推荐的布茹阿玛纳(婆罗门)文化，有助于这种灵性觉悟。指导物质活动的分辨力(jñāna-śakti)高于创造的能量(kriyā-śakti)和释放物质的能量(dravya-śakti)。整个物质文明就是通过大量积累物质来展现的。换句话说，由于对灵性生活无知，人们才会为了工业生产而大量积累原料、扩大工厂企业(kriyā-śakti)。为了纠正这种以创造的能量和释放物质的能量为基础的物质文明的反常现象，我们必须采用《博伽梵歌》第9章第27节诗中谈到的通过遵守活动瑜伽(karma-yoga)为至尊主做奉爱服务的程序，那就是：

yat karoṣi yad aśnāsi
　　yaj juhoṣi dadāsi yat

yat tapasyasi kaunteya
tat kuruṣva mad-arpaṇam

“琨缇的儿子啊！无论你做什么，吃什么，供奉或施舍什么，从事什么苦行，都应该把它们当做给我的供奉去做。”

第25节 तामसादपि भूतादेर्विकुर्वाणादभून्नभः ।
तस्य मात्रा गुणः शब्दो लिङ्गं यद्द्रष्टृदृश्ययोः ॥२५॥

tāmasād api bhūtāder
vikurvāṇād abhūn nabhaḥ
tasya mātrā guṇaḥ śabdo
liṅgaṁ yad draṣṭṛ-dṛśyayoḥ

tāmasāt—从假我的黑暗 / api—肯定地 / bhūta-ādeḥ—属于物质元素的 / vikurvāṇāt—由于转变 / abhūt—产生了 / nabhaḥ—天空 / tasya—它的 / mātrā—精微形式 / guṇaḥ—品质 / śabdaḥ—声音 / liṅgam—特质 / yat—作为它的 / draṣṭṛ—观看的人 / dṛśyayoḥ—被看的对象的

译文 从假我的黑暗中，五个元素中的第一个元素天空产生了。正如观看者与观看对象的关系一样，天空的精微形式是声音。

要旨 天空、空气、火、水和土这五种元素，只不过是假我的黑暗所具有的不同品质。这意味着物质创造实体(mahat-tattva)总体形式中的假我是由至尊主的边缘能量产生的，而由于这个主宰物质自然的假我作祟，提供生物虚假享乐的成分便随之产生。生物作为享受者实际上是物质元素的支配者，尽管在背后控制一切的是至尊主。事实上，除了至尊主以外，没人能被称为享受者，但生物却幻想成为享受者。这就是假我的根源。困惑的生物一旦这样幻想时，幻象元素便凭着至尊主的旨意产生出来，而生物被允许像追随幻景一样追逐它们。

经典中说：首先被创造出来的是耳朵的感官对象(tan-mātrā)——声音。这节诗证实了这一点，但同时又说声音是天空的精微形式，区别就像观看者与观看对象的关系一样。声音是实物的代表，正如讲述某件物体所发出的声音给人以该物体的概念。因此，声音是实物的精微特质。同样道理，描述至尊主特质的声音化身，就是至尊主的完整形象，与主奎师那的父亲瓦苏戴瓦(Vasudeva)和主茹阿玛(Rāma)的父亲达沙茹阿特王(Mahārāja Daśaratha)所看到的至尊主的形象完全一样。至尊主的声音化身与至尊主本身没有区别，因为祂与祂的声音化身都是绝对的知识。主柴坦亚(Caitanya)教导我们：至尊主把所有的能量都注入祂的声音代表，也就是祂的圣名中。因此，靠纯洁地发出至尊主圣名的声音，人能立即享受到与至尊主的连接，对至尊主会立刻浮现在纯粹奉献者的面前。正因为如此，纯粹奉献者片刻都不曾离开至尊主。所以，渴望始终与至尊主保持联系的奉献者，可以一直不停地吟诵、吟唱经典里推荐的至尊主的圣名：哈瑞·奎师那　哈瑞·奎师那　奎师那·奎师那　哈瑞·哈瑞 / 哈瑞·茹阿玛　哈瑞·茹阿玛　茹阿玛·茹阿玛　哈瑞·哈瑞。能够这样与至尊主交往的人，肯定会得到拯救，摆脱这个被创造的世界中由假我所产生的黑暗(tamasi mā jyotir gama)。

第26—29节　नभसोऽथ विकुर्वाणादभूत्स्पर्शगुणोऽनिलः ।
परान्वयाच्छब्दवांश्च प्राण ओजः सहो बलम् ॥२६॥
वायोरपि विकुर्वाणात्कालकर्मस्वभावतः ।
उदपद्यत तेजो वै रूपवत्स्पर्शशब्दवत् ॥२७॥
तेजसस्तु विकुर्वाणादासीदम्भो रसात्मकम् ।

रूपवत्स्पर्शवच्चाम्भो घोषवच्च परान्वयात् ॥२८॥
विशेषस्तु विकुर्वाणादम्भसो गन्धवानभूत् ।
परान्वयाद्रसस्पर्शशब्दरूपगुणान्वितः ॥२९॥

nabhaso 'tha vikurvāṇād
abhūt sparśa-guṇo 'nilaḥ
parānvayāc chabdavāṁś ca
prāṇa ojaḥ saho balam

vāyor api vikurvāṇāt
kāla-karma-svabhāvataḥ
udapadyata tejo vai
rūpavat sparśa-śabdavat

tejasas tu vikurvāṇād
āsīd ambho rasātmakam
rūpavat sparśavac cāmbho
ghoṣavac ca parānvayāt

viśeṣas tu vikurvāṇād
ambhaso gandhavān abhūt
parānvayād rasa-sparśa-
śabda-rūpa-guṇānvitaḥ

nabhasaḥ—天空的 / atha—如此 / vikurvāṇāt—被转变 / abhūt—产生了 / sparśa—触觉 / guṇaḥ—特色 / anilaḥ—空气 / para—先前的 / anvayāt—按次序逐一地 / śabdavān—充满声音 / ca—还有 / prāṇaḥ—生命 / ojaḥ—感觉 / sahaḥ—脂肪 / balam—力量 / vāyoḥ—空气的 / api—还有 / vikurvāṇāt—通过转变 / kāla—时间 / karma—过往的反应 / svabhāvataḥ—基于自然 / udapadyata—产生 / tejaḥ—火 / vai—适时地 / rūpavat—以形象 / sparśa—触觉 / śabdavat—也以声音 / tejasaḥ—火的 / tu—但是 / vikurvāṇāt—经过转变 / āsīt—这样发生 / ambhaḥ—水 / rasa-ātmakam—以汁液组成 / rūpavat—和形象 / sparśavat—和触觉 / ca—和 / ambhaḥ—水 / ghoṣavat—和声音 / ca—和 / para—先前的 / anvayāt—按次序逐一地 / viśeṣaḥ—种种变化 /

tu—但是 / vikurvāṇāt—通过转变 / ambhasaḥ—水的 / gandha-vān—气味 / abhūt—成为 / para—先前的 / anvayāt—按次序逐一地 / rasa—液汁 / sparśa—触觉 / śabda—声音 / rūpa-guṇa-anvitaḥ—性质上的

译文　接着，从天空这一元素中，具有接触功能的空气元素产生了。空气元素因为由天空元素转化而来，所以充满声音，以及感觉、心力及体力这三个寿命的要素。随着时间的流逝和自然的影响，从空气元素中，具有形象、接触功能和声音的火元素产生了。从火元素中，充满滋味的水元素展示出来，并像前面的元素一样具有形象、接触功能和声音。从水元素中，具有气味的各种土元素产生出来。而且，它像前面的元素一样充满了滋味、接触功能、声音和形象。

要旨　整个创造过程是一个元素到另一个元素的渐进和发展过程，直到地球上有了那么多的花草、树木、山脉、河流、爬虫、飞禽、走兽和各种各样的人，呈现出丰富多彩的多样化。感官知觉的性质也是渐进的，先是听觉，然后是触觉，接着是视觉；味觉和嗅觉也随着天空、空气、火、水和土的顺序产生而产生。它们彼此互为因果，但最初的起因是至尊主本人的完整扩展——躺在物质创造实体(mahat-tattva)的原因之水中的玛哈·维施努(Mahā-Viṣṇu)。正因为如此，《布茹阿玛·萨密塔》(Brahma-saṁhitā)中描述至尊主是一切原因的起因。就有关这一点，《博伽梵歌》第10章的第8节诗证实说：

aham sarvasya prabhavo
mattaḥ sarvaṁ pravartate
iti matvā bhajante māṁ
budhā bhāva-samanvitāḥ

“我是灵性世界和物质世界的源头。一切都来自我。精通这一点的明智之人为我做奉爱服务，诚心诚意地崇拜我。”

感官知觉的性质完全展现在土里，而在其他元素里展现得越来越少。空中只有声音；气中有声音和触觉；火中有声音、触觉和形状；水中除了有声音、触觉和形状外，还有滋味。然而，在土中，除了上述的性质外，还加上了气味。正因为如此，地球上充分展现了丰富多彩的生命形式，而一切都是以气为基础开始的。生物的尘世之躯生病，是因为体内的气乱了，精神病是体内之气特别错乱的结果。正因为如此，瑜伽练习对保持体内之气的正常运行特别有好处，这种练习使机体几乎不生病。正确的瑜伽练习还可以延长人的寿命，可以让人控制死亡。完美的瑜伽师能控制死亡；当他能把自己转到一个合适的星球上去时，他就选择适当的时刻离开身体。不过，练奉爱瑜伽的瑜伽师(bhakti-yogi)高于所有练其他瑜伽的瑜伽师，因为凭借他为至尊主做的奉爱服务，他会被提升到远离物质天空的地带，凭至尊主——一切事物的控制者的至尊意愿，被安置在灵性天空中的一个灵性星球上。

第30节 वैकारिकान्मनो जज्ञे देवा वैकारिका दश ।
दिग्वातार्कप्रचेतोऽश्विवह्नीन्द्रोपेन्द्रमित्रकाः ॥३०॥

vaikārikān mano jajñe
devā vaikārikā daśa
dig-vātārka-praceto 'śvi-
vahnīndropendra-mitra-kāḥ

vaikārikāt—从善良属性 / manaḥ—心念 / jajñe—产生了 / devāḥ—半神人们 / vaikārikāḥ—在善良属性 / daśa—十个 / dik—方向的控制者 / vāta—空气的控制者 / arka—太阳 / pracetaḥ—瓦茹纳 / aśvi—阿施维尼·库玛尔兄弟 / vahni—火神 / indra—天帝 / upendra—天堂中的神明 / mitra—十二位阿迪缇亚兄弟之一 / kāḥ—帕佳帕提·布茹阿玛

译文　从善良属性中，心念和十位控制躯体活动的半神人产生并展示出来。这些展示出来的半神人分别称为：方向的控制者，空气的控制者，太阳神，帕佳帕提·达克沙之父，阿施维尼·库玛尔们，火神，天帝，天堂中受崇拜的神明，阿迪缇亚的领袖，生物体的祖先布茹阿玛。

要旨　善良属性(Vaikārika)是创造的中性阶段，激情属性(tejas)是创造的开始，而愚昧属性(tamas)是在愚昧的黑暗魔力下物质创造的全盘展示。在喀历年代(机器年代)，尤为突出的是在工厂车间里制造"生活必需品"，而这是最黑暗的。人类社会开创的这些制造业都处在愚昧属性的控制下，因为人实际上不需要制造这些商品。人类社会需要的主要是用以维生的食物、睡觉用的遮盖、防卫用的设备，以及满足感官的日用品。感官是生命的实际标志，这在下一节诗将会解释。人类文明的目的是要净化感官，不应该人为地增加感官的需求，因此只有在绝对需要时才可以提供满足感官的对象。食物、遮盖物、防卫设备和感官享乐，只有在物质存在的状态下才需要。否则，在纯净、无污染的原本生活状态中，生物并不需要这些。因此，这些需要是不自然的，在纯粹的生活状态中没有这种需要。所以，增加人为的需要，就如同那是物质文明的标准，或者人类社会的经济发展，都属于愚昧无知的活动。人类从事这类活动是在损耗自己的精力，而人类的精力主要是为了用于净化感官，以便用它们去满足至尊主的感官。至尊主作为灵性感官的至尊拥有者，是感官的主人慧希凯施(Hṛṣīkeśa)。梵文慧希卡(Hṛṣīka)的意思是"感官"，伊沙(īśa)的意思是"主人"。至尊主不是感官的仆人；换句话说，祂并不听命于感官。相反，受制约的灵魂或个体生物则是感官的仆人，受感官的驱使。因此，物质文明只不过是从事感官享乐的一种活动而已。应该把治愈感官享乐这种疾病当做人类文明的标准，人只有为满足至尊主的灵性感官而活动才能做到这一点。

永远不要人为地使感官停止活动，而应该净化它们，用它们为满足感官之主的感官做纯粹的服务。这就是整部《博伽梵歌》的教导。阿尔诸纳想先满足自己的感官，所以决定不跟他家族的成员和朋友作战，但圣主奎师那教导他，给他讲述了《博伽梵歌》，净化他，改变他为了感官享乐而做的决定。结果，阿尔诸纳同意为满足至尊主的感官而按至尊主的意愿在库茹柴陀(Kurukṣetra)战场上作战。

韦达经教导我们迈向光明之途，摆脱黑暗的存在(tamasi mā jyotir gama)，光明之途就是去满足至尊主的感官。被误导了的人或智力欠佳的人，不走阿尔诸纳和至尊主其他奉献者为我们指出的光明之路，相反去走那些在不努力满足至尊主超然感官的情况下觉悟自我的路，要么试图人为地停止感官活动(瑜伽体系)，要么否认至尊主有超然的感官(思辨体系)。然而，奉献者比瑜伽师(yogī)和思辨者(jñānī)都高级，他们不否认至尊主有感官，想去满足至尊主的感官。瑜伽师和思辨者完全是出于愚昧才否认至尊主有感官，因此想人为地设法控制病态感官的种种活动。感官在患病的状态下为增加物质需求而过度操劳。当人开始看清增加感官活动的害处时，他就被称为思辨者；当人努力通过练瑜伽去停止感官活动时，他就被称为瑜伽师；而当人完全了解至尊主有超然的感官并设法满足祂的感官时，他就成了至尊主的奉献者。至尊主的奉献者既不想否认至尊主有感官这一事实，也不非自然地停止自己的感官活动，而是像阿尔诸纳一样，自愿用净化了的感官为感官的主人做服务，因此很容易达到取悦至尊主的完美境界——一切完美的最高境界。

第31节 तैजसात्तु विकुर्वाणादिन्द्रियाणि दशाभवन् ।
ज्ञानशक्तिः क्रियाशक्तिर्बुद्धिः प्राणश्च तैजसौ ।
श्रोत्रं त्वग्घ्राणदृग्जिह्वा वाग्दोर्मेढ्राङ्घ्रिपायवः ॥३१॥

taijasāt tu vikurvāṇād
　indriyāṇi daśābhavan
jñāna-śaktiḥ kriyā-śaktir
　buddhiḥ prāṇaś ca taijasau
śrotraṁ tvag-ghrāṇa-dṛg-jihvā
　vāg-dor-meḍhrāṅghri-pāyavaḥ

taijasāt—由激情的假我 / tu—但是 / vikurvāṇāt—……的转变 / indriyāṇi—感官 / daśa—十个 / abhavan—被产生 / jṣāna-śaktiḥ—获取知识的五个感官 / kriyā-śaktiḥ—五个活动感官 / buddhiḥ—智力 / prāṇaḥ—生命力 / ca—还有 / taijasau—所有激情属性的产物 / śrotram—听觉 / tvak—触觉 / ghrāṇa—嗅觉 / dṛk—视觉 / jihvāḥ—味觉 / vāk—说话的功能 / doḥ—手 / meḍhra—生殖器 / aṅghri—腿 / pāyavaḥ—排泄机能

译文　从激情属性中，耳朵、皮肤、鼻子、眼睛、舌头、嘴、手、生殖器、腿和排泄口等感官，与智力和生命力一起全部产生了。

要旨　生物体的物质生存状况，或多或少要依赖他自己的智力和生命力。为生存而苦苦挣扎所需要的智力，由获取知识的感官协助；而生命力则通过运用手和腿等活动感官来维持自己。但总体而言，为生存而奋斗是激情属性的努力。因此，由智力和生命力(prāṇa)率领的所有感官，都是物质自然第二种属性——激情属性的产物及副产品。然而，这个激情属性，是前面描述的空气元素的产物。

第32节　यदैतेऽसङ्गता भावा भूतेन्द्रियमनोगुणाः ।
यदायतननिर्माणे न शेकुर्ब्रह्मवित्तम ॥३२॥

yadaite 'saṅgatā bhāvā
　bhūtendriya-mano-guṇāḥ

yadāyatana-nirmāṇe
na śekur brahma-vittama

yadā—只要 / ete—所有这些 / asaṅgatāḥ—没有组合 / bhāvāḥ—保持这样 / bhūta—元素 / indriya—感官 / manaḥ—心念 / guṇāḥ—自然属性 / yadā—只要 / āyatana—身体 / nirmāṇe—形成 / na śekuḥ—不可能 / brahma-vit-tama—最了解超然知识的人纳茹阿达

译文 啊，纳茹阿达，最优秀的超然主义者！在元素、感官、心念和自然属性这些创造的部件没有组合起来之前，不可能有躯体形象。

要旨 由各种部件构成的不同生物体的躯体，就像由各种零件组装成的各种类型的汽车。汽车组装好后，司机就坐进去，开着它到自己想去的地方。就有关这一点，《博伽梵歌》第18章的第61节诗也证实说：生物坐在躯体这种机器内，由物质自然控制着开动躯体这辆车，就像火车在控制员的指挥下开动一样。然而，生物并不是躯体；他们与躯体是分开的。可是，智力欠佳的物质主义科学家明白不了由感官、心念和物质属性组合成躯体各部分的过程。每一个生物都是一个灵性的火花，是至尊生物不可缺少的一部分；至尊主仁慈(父亲对儿子总是仁慈的)地赐予个体生物少许自主权，使他们可以按照他们主宰物质自然的意愿去行动。正如父亲给啼哭中的小孩一些玩具以满足他，整个物质创造凭借至尊主的旨意创造出来，好让被迷惑的生物按自己的心愿去主宰事物，但这种“主宰”必须在至尊主的代理的控制下进行。个体生物就像小孩，由至尊主的女仆(物质自然)控制着在物质场所里玩耍。他们把玛亚(māyā)——女仆，视为一切的一切，因此错误地认为至尊真理是女性(杜尔嘎女神等)。愚昧、幼稚的物质主义者超越不了女仆(物质自然)的概念，但聪明的、长大成年的儿子清楚地知道：物质自然的一切行动都受至尊主的控制，就像女仆受主人(未成年孩子的父亲)的控制一样。

感官等躯体的部分是物质创造实体(mahat-tattva)的创造，当至尊主的意愿使它们组合在一起时，就形成了物质躯体，允许生物用它从事进一步的活动。这一点在下面会解释。

第33节　तदा संहत्य चान्योन्यं भगवच्छक्तिचोदिताः ।
सदसत्त्वमुपादाय चोभयं ससृजुर्ह्यदः ॥३३॥

tadā saṁhatya cānyonyaṁ
bhagavac-chakti-coditāḥ
sad-asattvam upādāya
cobhayaṁ sasṛjur hy adaḥ

tadā—所有那些 / saṁhatya—由于组合 / ca—还有 / anyonyam—互相 / bhagavat—由至尊人格首神 / śakti—能量 / coditāḥ—正在运用 / sat-asattvam—主要的和次要的 / upādāya—接受 / ca—和 / ubhayam—两者 / sasṛjuḥ—形成 / hi—肯定地 / adaḥ—这个宇宙

译文　因此，当所有这一切部件被至尊人格首神能量的力量组合在一起后，这个宇宙便通过接受创造的首要和次要原因展现了。

要旨　这节诗中清楚地提到，至尊人格首神用祂不同的能量进行创造，而不是祂自己变成了物质创造。祂扩展出各种能量和完整扩展。在梵光(brahmajyoti)形成的灵性天空中，某个角落里有时会出现一朵灵性的云，被这朵云遮住的部分称为物质创造实体(mahat-tattva)。接着，至尊主的完整扩展玛哈·维施努(Mahā-Viṣṇu)躺在实体的水上，那水体称为原因之洋(Kāraṇa-jala)。玛哈·维施努在原因之洋中睡觉时，无数的宇宙随着祂的呼吸产生出来。这些宇宙飘浮、遍布在整个原因之洋中，存在的时间只是从玛哈·维施努的一呼到一吸之间。玛哈·维施努扩展出许多孕诞之洋维施努(Garbhodakaśāyī Viṣṇu)，进入每一个宇宙球体，躺在像蛇一样的蛇沙(Śeṣa)化身上，从祂的肚脐长出一支莲花；在莲花上，宇宙之主——布茹阿玛诞生了。布茹阿玛根据宇宙中所有生物的不同欲望，创造了各种各样的躯体。他还创造了太阳、月亮和其他半神人。

所以，正如《博伽梵歌》第9章的第10节诗所证实的：物质创造的总工程师是至尊主本人，是祂指挥物质自然去生产各种动与不动的创造物。

物质创造分两个部分：一部分是如上所述的由玛哈·维施努创造的宇宙群，接下来是每一个宇宙内的创造。这两部分都是至尊主完成的；之后，宇宙才有了我们看到的形状。

第34节 वर्षपूगसहस्रान्ते तदण्डमुदके शयम् ।
कालकर्मस्वभावस्थो जीवोऽजीवमजीवयत् ॥३४॥

varṣa-pūga-sahasrānte
tad aṇḍam udake śayam
kāla-karma-svabhāva-stho
jīvo 'jīvam ajīvayat

varṣa-pūga—很多年 / sahasra-ante—几千年的 / tat—那 / aṇḍam—宇宙天体 / udake—在原因之水 / śayam—被淹没 / kāla—永恒的时间 / karma—活动 / svabhāva-sthaḥ—按照自然属性 / jīvaḥ—生物的主人 / ajīvam—没有生机的 / ajīvayat—使有生机

译文 就这样，在千万个年代里，所有的宇宙全都浸在水里(原因之洋)，而生物的主人进入每一个宇宙中，使它们充满生机。

要旨 这节诗描述至尊主是吉瓦(jīva)，因为祂是所有其他吉瓦(生物)的主人。在韦达经中，祂被描述为尼提亚(nitya, 永恒者)，是所有其他尼提亚(永恒者)的领袖。至尊主与个体生物的关系就像父亲和儿子的关系。儿子和父亲在质上相同，但父亲永远不是儿子，儿子也永远不是生他的父亲。因此，如上所述，至尊主作为孕诞之洋维施努或黑冉亚嘎尔巴超灵(Hiraṇyagarbha)进入每一个宇宙；并如《博伽梵歌》第14章的第3节诗证实的那样，通过往物质自然的子宫里注入生物，使每一个宇宙充满生机。物质创造每一次毁灭后，所有的生物都进入至尊主的体内；等再创造后，他们又被注入物质能量。因此，在物质生存中，从表面看物质能量是生物体的母亲，至尊主是父亲。然而，当宇宙有了生机后，生物便在时间和能量的运作中恢复他们的物质活动。这样，各种各样的生物体便展示出来。所以，至尊主是物质世界中一切生机的根源。

第35节 स एव पुरुषस्तस्मादण्डं निर्भिद्य निर्गतः ।
सहस्रोर्वङ्घ्रिबाह्वक्षः सहस्राननशीर्षवान् ॥३५॥

sa eva puruṣas tasmād
aṇḍaṁ nirbhidya nirgataḥ
sahasrorv-aṅghri-bāhv-akṣaḥ
sahasrānana-śīrṣavān

saḥ—祂(至尊主) / eva—祂自己 / puruṣaḥ—至尊人格首神 / tasmāt—从宇宙之内 / aṇḍam—黑冉亚嘎尔巴 / nirbhidya—划分 / nirgataḥ—走出来 / sahasra—数千的 / ūru—大腿 / aṅghri—小腿 / bāhu—手臂 / akṣaḥ—眼 / sahasra—数千的 / ānana—嘴巴 / śīrṣavān—还有头颅

译文 躺在原因之洋中的至尊主(玛哈·维施努)，把自已扩展为黑冉亚嘎尔巴，进入每一个宇宙，展现为有着成千上万的腿、手臂、嘴和头颅等的巨大宇宙形象(维茹阿特·茹帕)。

要旨 所有宇宙中的所有星系都处在至尊主的宇宙形象内(virāṭ-rūpa)，下面将对它们进行详细的描述。

第36节 यस्येहावयवैर्लोकान् कल्पयन्ति मनीषिणः ।
कट्यादिभिरधः सप्त सप्तोर्ध्वं जघनादिभिः ॥३६॥

yasyehāvayavair lokān
kalpayanti manīṣiṇaḥ
kaṭy-ādibhir adhaḥ sapta
saptordhvaṁ jaghanādibhiḥ

yasya—……的 / iha—在宇宙 / avayavaiḥ—由身体四肢 / lokān—所有星球 / kalpayanti—想象 / manīṣiṇaḥ—伟大的哲学家 / kaṭiādibhiḥ—从腰以下 / adhaḥ—往下方 / sapta—七个星系 / sapta ūrdhvam—七个向上的星系 / jaghana-ādibhiḥ—前部

译文 大哲学家们想象：宇宙中完整的星系，是至尊主宇宙形象上部和下部肢体的不同展示。

要旨 梵文“想象(kalpayanti)”一词很有意义。喜欢思辨的哲学家不习惯看圣主奎师那永恒的两臂形象，因此想象出绝对真理的宇宙形象。这个宇宙形象虽然是至尊主的一种形象，但或多或少是想象出来的。经典说，七个高等星系处在宇宙形象的腰部以上，而低等星系处在祂的腰部以下。这节诗里所表达的概念是，至尊主察觉到祂身体的每一部分，创造内没有一个地方的一个事物不在祂的控制下。

第37节　पुरुषस्य मुखं ब्रह्म क्षत्रमेतस्य बाहवः ।
ऊर्वोर्वैश्यो भगवतः पद्भ्यां शूद्रो व्यजायत ॥३७॥

puruṣasya mukhaṁ brahma
kṣatram etasya bāhavaḥ
ūrvor vaiśyo bhagavataḥ
padbhyāṁ śūdro vyajāyata

puruṣasya—至尊人格首神的 / mukham—嘴巴 / brahma—是布茹阿玛纳们 / kṣatram—皇族 / etasya—祂的 / bāhavaḥ—手臂 / ūrvoḥ—大腿 / vaiśyaḥ—是商人 / bhagavataḥ—至尊人格首神的 / padbhyām—从祂的小腿 / śūdraḥ—劳动阶层 / vyajāyata—展示了

译文　布茹阿玛纳代表祂的嘴，查锤亚代表祂的手臂，外夏代表祂的大腿，而庶朵来自于祂的小腿。

要旨　所有的生物都是至尊主不可缺少的一部分，这节诗解释了他们怎么是不可缺少的一部分。知识分子阶层(布茹阿玛纳)、管理阶层(查锤亚)、商人阶层(外夏)和劳动阶层(庶朵)等人类社会的四个阶层，都是至尊主身体的不同部分。从组织构造上看，嘴巴和腿没什么区别；但从功用上看，嘴巴或头部要比腿部重要。与此同时，嘴巴、小腿、手臂和大腿全都是身体的一部分。至尊主身体的这些部分所存在的目的都是为了侍奉整个身体，嘴巴的功用是说话和进食，手臂的功用是保护身体，腿的功用是承载身体，而腰部的功用是维持身体。因此，社会中的智慧分子阶层必须代表身体说话，并接受食物以喂饱身体。至尊主是通过接受祭祀的果实来喂饱身体的。布茹阿玛纳(婆罗门)——智慧分子阶层，必须是举行这些祭祀的专家，比他们低的阶层必须参与这些祭祀。为至尊主说话的意思是赞美至尊主，方法是：原原本本地传播至尊主的知识、祂的真实本性，以及祂这个整体上各部分的真正地位。因此，布茹阿玛纳需要掌握知识的最高源头——韦达经(Vedas)。梵文韦达(veda)的意思是知识，安塔(anta)的意思是它的目的。根据《博伽梵歌》的说法，至尊主是一切的源头(ahaṁ sarvasya prabhavaḥ)，因此一切知识的目的是要知道至尊主，知道我们与祂的关系并根据那种关系去行事。身体的各个部分与整个身体有关；同样，生物必须知道自己与至尊主的关系。人生的目的就是为了了解每一个生物与至尊主的真正关系。不知道这种关系的人生，是虚度的人生。正因为如此，智慧分子——布茹阿玛纳，特别有责任去传播我们与至尊主关系的知识，把人民大众领向正途；管理阶层专门负责保护生物，以使他们能达到这个目的；农商阶层专门负责生产粮食并分发到整个人类社会，使所有的人能够舒适生活，履行人生的责任。农商阶层也被要求保护乳牛，以获取足够的牛奶和奶制品，因为只有奶制品才能使人真正健康并有智慧去维持一个完全是为了了解最高真理而发展的文明。劳动阶层的人既没有智慧也没有力量，但可以凭体力劳动协助其他较高阶层的人，通过与其他阶层的合作而受益。宇宙是一个与至尊主有关的完整单元，如果没有这种关系，整个人类社会就会混乱不堪，没有和平与繁荣。就有关这一点，韦达经中证实说：布茹阿玛纳从祂的嘴中显现，查锤亚从祂的双臂中显现(brāhmaṇo'sya mukham āsīd, bāhū rājanyaḥ kṛtaḥ.)。

第38节 भूर्लोकः कल्पितः पद्भ्यां भुवर्लोकोऽस्य नाभितः ।
हृदा स्वर्लोक उरसा महर्लोको महात्मनः ॥३८॥

bhūrlokaḥ kalpitaḥ padbhyāṁ
bhuvarloko 'sya nābhitaḥ
hṛdā svarloka urasā
maharloko mahātmanaḥ

bhūḥ—上至地球层面的低等星系 / lokaḥ—各星球 / kalpitaḥ—

这样构想或这样说 / padbhyām—从腿中 / bhuvaḥ—高等的 / lokaḥ—星系 / asya—祂（至尊主）的 / nābhitaḥ—从肚脐 / hṛdā—心脏区域 / svarlokaḥ—半神人们所占据的星系 / urasā—胸部区域 / maharlokaḥ—大圣人们所居住的星系 / mahā-ātmanaḥ—至尊人格首神的

译文　低等星系向上直到地球，被说成是处在祂的腿部。由布瓦尔珞卡开始算的中等星系，处在祂肚脐的部位。半神人和有高度修养的圣人们居住的较高星系，处在至尊主的胸部。

要旨　这个宇宙中有十四层星系，梵文称低等星系是布尔珞卡(Bhūrloka)，中等星系是布瓦尔珞卡(Bhuvarloka)，上至宇宙中最高星球布茹阿玛珞卡(Brahmaloka)的高等星系是斯瓦尔珞卡(Svarloka)。所有这些星系都处在至尊主的宇宙形象中。换句话说，在这个宇宙中，没有谁是与至尊主无关的。

第39节　ग्रीवायां जनलोकोऽस्य तपोलोकः स्तनद्वयात् ।
मूर्धभिः सत्यलोकस्तु ब्रह्मलोकः सनातनः ॥३९॥

grīvāyāṁ janaloko 'sya
tapolokaḥ stana-dvayāt
mūrdhabhiḥ satyalokas tu
brahmalokaḥ sanātanaḥ

grīvāyām—上至颈部 / janalokaḥ—佳纳珞卡星系 / asya—祂的 / tapolokaḥ—塔帕珞卡星系 / stana-dvayāt—从胸部开始 / mūrdhabhiḥ—头部区域 / satyalokaḥ—萨提亚珞卡星系 / tu—但是 / brahmalokaḥ—灵性星球 / sanātanaḥ—永恒的

译文 从至尊主宇宙形象的胸部最高层面上升到颈部，是名叫佳纳珞卡和塔珀珞卡的星系。至于最高的星系萨提亚珞卡，它处在至尊主宇宙形象的头部。然而，众多的灵性星球则是永恒的。

要旨 在这些篇幅中，我们已经多次谈过，众多的灵性星球全都处在物质天空之外，这节诗的描述证实了这一点，其中梵文“永恒(sanātana)”一词意义重大。《博伽梵歌》第8章的第20节诗中解释“永恒”这个概念说：物质创造之外是灵性天空，那里的一切事物都是永恒的。布茹阿玛居住的萨提亚珞卡(Satyaloka)有时又被称为布茹阿玛珞卡(Brahmaloka)，但这节诗里的梵文词布茹阿玛珞卡不是指萨提亚珞卡星系。这里谈到的布茹阿玛珞卡是永恒的，但萨提亚珞卡星系不是永恒的。为了区分这两者，这节诗用了“永恒”这个形容词。按照圣吉瓦·哥斯瓦米(Jīva Gosvāmī)的说法，这个布茹阿玛珞卡是布茹阿曼(Brahman，梵)——至尊主的居所。在灵性天空中，所有的星球都与至尊主本人相同。至尊主是绝对灵性的，而由于祂是绝对的，祂的名字、声威、荣耀、品质及娱乐活动等都与祂没有区别。正因为如此，神的王国中的星球也与祂没有区别。在那些星球上，灵魂不但和身体没有区别，也不受时间的影响，与我们在物质世界里所经验到的完全不同。除了没有时间的影响，由于布茹阿玛珞卡是灵性的，所以那里从没有毁灭发生。灵性星球上的多样化与至尊主也是一体的，因此韦达格言“只有一个绝对真理(ekam evādvitīyam)”完美地体现在充满多样化的永恒世界里。这个物质世界只不过是至尊主的灵性王国的幻影，而由于它是影子，所以从来都不是永恒的；二元性(灵性和物质)的物质世界中所具有的多样化，与灵性世界的多样化无法相比。由于知识贫乏，智力欠佳的人有时误以为影子世界的状况与灵性世界的状况一样，因此错把至尊主和祂在物质世界里从事的娱乐活动当成是受制约的灵魂和他们的活动。至尊主在《博伽梵歌》第9章的第11节诗里谴责这种缺乏智慧的人说：

avajānanti māṁ mūḍhā
mānuṣīṁ tanum āśritam
paraṁ bhāvam ajānanto
mama bhūta-maheśvaram

“当我以人的形象降临时，愚蠢的人轻视我。他们不知道我作为万事万物的至尊主所具有的超然性。”

至尊主每一次化身前来，都是用祂全部的内在能量(ātma-māyā)去达成目的，但智力欠佳的人却误以为祂是物质创造中的一分子。为此，圣施瑞达尔·斯瓦米(Śrīdhara Svāmī)很恰当地评论这节诗说，这里提到的布茹阿玛路卡是外琨塔(Vaikuṇṭha)——神的王国，那里是永恒的(sanātana)，因而与上面描述的物质创造不同。至尊主的宇宙形象是对物质世界的一个想象，与神的王国——灵性世界无关。

第40－41节　तत्कटयां चातलं क्लृप्तमूरुभ्यां वितलं विभोः ।
जानुभ्यां सुतलं शुद्धं जङ्घाभ्यां तु तलातलम् ॥४०॥
महातलं तु गुल्फाभ्यां प्रपदाभ्यां रसातलम् ।
पातालं पादतलत इति लोकमयः पुमान् ॥४१॥

tat-kaṭyāṁ cātalaṁ kḷptam
ūrubhyāṁ vitalaṁ vibhoḥ
jānubhyāṁ sutalaṁ śuddhaṁ
jaṅghābhyāṁ tu talātalam

mahātalaṁ tu gulphābhyāṁ
prapadābhyāṁ rasātalam
pātālaṁ pāda-talata
iti lokamayaḥ pumān

tat—在祂的 / kaṭyām—腰部 / ca—和 / atalam—地球之下的第一个星系 / kḷptam—处于 / ūrubhyām—在大腿 / vitalam—下面的第二

个星系 / vibhoḥ—至尊主的 / jānubhyām—在足踝 / sutalam—下面的第三个星系 / śuddham—净化了 / jaṅghābhyām—在关节的部位 / tu—但是 / talātalam—下面的第四个星系 / mahātalam—下面的第五个星系 / tu—但是 / gulphābhyām—处于小腿 / prapadābhyām—在足的前部或上部 / rasātalam—下面的第六个星系 / pātālam—下面的第七个星系 / pādatalataḥ—在足的底部或脚掌 / iti—如此 / lokamayaḥ—充满了星系 / pumān—至尊主

译文 亲爱的儿子纳茹阿达，告诉你，在总共十四层星系里，有七层是低等星系。由上往下看，第一层星系叫阿塔拉，处在至尊主宇宙形象的腰部；第二层星系叫维塔拉，处在宇宙形象的大腿部；第三层星系叫苏塔拉，处在宇宙形象的膝盖部位；第四层星系叫塔拉塔拉，处在宇宙形象的小腿部位；第五层星系叫玛哈塔拉，在宇宙形象的踝部；第六层星系叫茹阿萨塔拉，在宇宙形象的脚面；第七层星系叫帕塔拉，在宇宙形象的脚底部。就这样，至尊主宇宙的形象，充满了所有的星系。

要旨 现代冒险家(宇航员、太空人)可以从《圣典博伽瓦谭》中得知，在太空中有十四个星系。这是从称为布尔珞卡(Bhūrloka)的地球星系计算的。布尔珞卡之上的是布瓦尔珞卡(Bhuvarloka)，最高的星系称为萨提亚珞卡(Satyaloka)。这些是七层高等星系。同样，有七层低等星系自上而下分别称为阿塔拉、维塔拉、苏塔拉、塔拉塔拉、玛哈塔拉、茹阿萨塔拉和帕塔拉。所有这些星系布满了整个宇宙，占据的面积为二十亿乘二十亿平方英里。现代太空人只能离开地球几千英里，因此他们要遨游太空的尝试就像小孩子在辽阔海洋的岸边嬉戏。月亮处在高等星系的第三层。在《圣典博伽瓦谭》第5篇中，我们将会了解到，散布在广阔的物质天空中的各种星球之间的距离。在我们被置于其中的这个物质宇宙之外还有无数宇宙，而所有这些物质宇宙只占据被上一节诗描述为是永恒的布茹阿玛珞卡(sanātana Brahmaloka)的灵性天空中微不足道的一部分。在《博伽梵歌》第8章的第16节诗中，至尊主极为仁慈地邀请有智慧的人重返家园，回归首神。祂这样说：

ā-brahma-bhuvanāl lokāḥ
punar āvartino 'rjuna
mām upetya tu kaunteya
punar janma na vidyate

“在物质世界中，从最高等的星球到最低等的星球，都是有生死轮回的痛苦之地。但是，琨缇的儿子啊！到达我住所的人，永远不再投生。”

宇宙的最高星球萨提亚珞卡，刚好处在永恒的布茹阿玛珞卡之下，从它开始往下的所有星球都是物质的。住在这些物质星球中任何一个星球上的生物，都要受制于生、老、病、死的自然法律。然而，人一旦进入神的王国——布茹阿玛珞卡的永恒氛围，就能完全摆脱生老病死这些物质痛苦。人只有在成为至尊主的奉献者后，才能获得那些喜欢思辨的哲学家和神秘者所朝思暮想的解脱。不是奉献者的人进不去神的王国。人只有在超然的状态中具备了为至尊主服务的态度，才能进入神的王国。因此，善于思辨的哲学家和神秘主义者，在可以真正得到解脱之前，必须先受到奉爱服务的吸引。

第42节　भूर्लोकः कल्पितः पद्भ्यां भुवर्लोकोऽस्य नाभितः ।
स्वर्लोकः कल्पितो मूर्ध्ना इति वा लोककल्पना ॥४२॥

bhūrlokaḥ kalpitaḥ padbhyāṁ
bhuvarloko 'sya nābhitaḥ
svarlokaḥ kalpito mūrdhnā
iti vā loka-kalpanā

bhūrlokaḥ—从帕塔拉至地球的所有星系 / kalpitaḥ—想象的 / padbhyām—处于腿部 / bhuvarlokaḥ—布瓦尔珞卡星系 / asya—至尊主宇宙形象的 / nābhitaḥ—从肚脐出来 / svarlokaḥ—从天堂开始的高等星系 / kalpitaḥ—被想象的 / mūrdhnā—从胸部到头部 / iti—如此 / vā—或 / loka—星系 / kalpanā—想象

译文 有些人也许会把整个星系划分为三等：低等星系(直上到地球)在至尊主宇宙形象的腿部，中等星系在宇宙形象的脐部，而高等星系(斯瓦尔珞卡)处在至尊人物的胸部到头部这一段。

要旨 这节诗谈了整个星系的三个部分；其他人想象的十四个星系，我们也解释过了。

到此为止，结束了巴克提韦丹塔对《圣典博伽瓦谭》第2篇第5章——“一切原因的起因”所作的阐释。

第六章

赞美至尊主的颂歌得到证实

第1节

ब्रह्मोवाच
वाचां वह्नेर्मुखं क्षेत्रं छन्दसां सप्त धातवः ।
हव्यकव्यामृतान्नानां जिह्वा सर्वरसस्य च ॥ १ ॥

brahmovāca
vācāṁ vahner mukhaṁ kṣetraṁ
chandasāṁ sapta dhātavaḥ
havya-kavyāmṛtānnānāṁ
jihvā sarva-rasasya ca

brahmā uvāca—主布茹阿玛说 / vācām—声音的 / vahneḥ—火的 / mukham—嘴巴 / kṣetram—产生的中心 / chandasām—韦达赞歌(如嘎雅垂·曼陀)的 / sapta—七个 / dhātavaḥ—皮肤和其他六层身体结构 / havya-kavya—给半神人和祖先的供奉 / amṛta—人类的食物 / annānām—各种食物的 / jihvā—舌头 / sarva—所有 / rasasya—佳肴的 / ca—和

译文　主布茹阿玛说：至尊主宇宙形象(维茹阿特·菩茹沙)的嘴，是声音产生的中心，其控制神明是火神。祂的皮肤和其他六层身体构造是韦达赞歌的产生中心，祂的舌头是供养半神人、祖先和一般大众各种精美食物的生产中心。

要旨　这节诗描述了至尊主宇宙形象的辉煌财富，说祂的嘴是所有声音产生的中心，其控制神明是火神。祂的皮肤和其他六层身体构造是嘎雅垂(Gāyatrī)等七种韦达赞歌的具有代表性的产生中心。嘎雅垂是所有韦达曼陀(mantra)的开端，《圣典博伽瓦谭》(Śrīmad-Bhāgavatam)第1篇中对它进行了解释。既然经典说至尊主宇宙形象的嘴、舌头、皮肤等不同部位都是生产中心，而且至尊主的形象超越物质创造，那我们就可以明白，至尊主的超然形象不可能没有声音、舌头、皮肤等所有这一切。物质的声音或进食能力，原本是从至尊主那里产生出来的；这些都只不过是原本存在被扭曲了的倒影罢了——超然的环境中并不是没有灵性的多样化。物质世界里的所有扭曲了的倒影——物质多样化，都在灵性世界里完美展现着它们原本的灵性身份。唯一的区别是：物质的一切都沾染着物质自然三种属性，相反灵性世界的一切都是纯洁无瑕的，因为一切都用来为至尊主做纯粹超然的爱心服务。在灵性世界中，至尊主是一切事物最高的享受者，所有的生物都在为祂做超然的爱心服务，丝毫不受物质自然属性的污染。灵性世界的活动丝毫没有物质世界里的缺陷，但那并不意味着灵性层面上存在着非人格神主义者所说的不具人格特征的虚无。韦达文献《纳茹阿达·潘查茹阿陀》(Nārada-pañcarātra)中，这样解释奉爱服务说：

sarvopādhi-vinirmuktaṁ
tat-paratvena nirmalam
hṛṣīkeṇa hṛṣīkeśa-
sevanaṁ bhaktir ucyate

(《永恒的柴坦亚经》中篇19.170)

本来，既然所有的感官都产自至尊主的感官储藏库，那么物质世界里的感官活动就要靠奉爱服务的程序来净化；因此，只要净化我们现在的物质活动，就能达到生命的完美境界。净化程序的第一步是摆脱各种称号概念的影响。每一个生物都在做着某种服务，不管是为自己、为家庭、为社会，还是为国家……但不幸的是，所有这些服务都是因为物质的依恋而做。只要把物质依恋的倾向转向为至尊主做服务，摆脱物质依恋的程序便自动开始了。因此，再也没有比做奉爱服务更容易的解脱方法了，《博伽梵歌》第12章的第5节诗说：一心执著于至尊不展示的非人格特征的人，灵修是很艰难的，会遇到各种磨难(kleśo'dhikataras teṣām avyaktāsakta-cetasām)。

第2节　सर्वासूनां च वायोश्च तन्नासे परमायणे ।
अश्विनोरोषधीनां च घ्राणो मोदप्रमोदयोः ॥ २ ॥

sarvāsūnāṁ ca vāyoś ca
tan-nāse paramāyaṇe
aśvinor oṣadhīnāṁ ca
ghrāṇo moda-pramodayoḥ

sarva—所有 / asūnām—各种生命之气 / ca—和 / vāyoḥ—空气的 / ca—和 / tat—祂的 / nāse—在鼻孔 / parama-āyaṇe—在超然的生产中心 / aśvinoḥ—阿施维尼·库玛尔半神人的 / oṣadhīnām—所有草药的 / ca—还有 / ghrāṇaḥ—祂嗅觉的能力 / moda—快乐 / pramodayoḥ—特殊运动

译文　祂的两个鼻孔是我们呼吸和其他空气的产生中心；祂的嗅觉产生了阿施维尼·库玛尔半神人，以及所有种类的草药；祂呼吸的能量产生各种芳香。

第3节　रूपाणां तेजसां चक्षुर्दिवः सूर्यस्य चाक्षिणी ।
कर्णौ दिशां च तीर्थानां श्रोत्रमाकाशशब्दयोः ॥ ३ ॥

rūpāṇāṁ tejasāṁ cakṣur
divaḥ sūryasya cākṣiṇī
karṇau diśāṁ ca tīrthānāṁ
śrotram ākāśa-śabdayoḥ

rūpāṇām—为了各类形象 / tejasām—一切照明的 / cakṣuḥ—眼睛 / divaḥ—闪烁的东西 / sūryasya—太阳的 / ca—和 / akṣiṇī—眼

球 / karṇau—耳朵 / diśām—四面八方的 / ca—和 / tīrthānām—所有韦达经的 / śrotram—听觉 / ākāśa—天空 / śabdayoḥ—各类声音的

译文　祂的眼睛闪烁着光芒，是各种形象产生的中心。祂的眼球恰似太阳和天堂星球。祂的耳朵聆听四面八方的声音，是盛放所有韦达经典的容器。祂聆听的感官是天空和所有的声音产生的中心。

要旨　梵文“提尔塔纳么(tīrthānām)”一词有时被解释为是朝圣之地，但圣吉瓦·哥斯瓦米(Jīva Gosvāmī)说，它的意思是：对韦达超然知识的接受。给予韦达知识的人被称为“提尔塔(tīrtha)”。

第4节　तद्गात्रं वस्तुसाराणां सौभगस्य च भाजनम् ।
त्वगस्य स्पर्शवायोश्च सर्वमेधस्य चैव हि ॥ ४ ॥

tad-gātraṁ vastu-sārāṇāṁ
saubhagasya ca bhājanam
tvag asya sparśa-vāyoś ca
sarva-medhasya caiva hi

tat—祂的 / gātram—身体表面 / vastu-sārāṇām—万事万物的要素 / saubhagasya—一切吉祥机会的 / ca—和 / bhājanam—生产场所 / tvak—皮肤 / asya—祂的 / sparśa—触觉 / vāyoḥ—气流的 / ca—和 / sarva—各类的 / medhasya—祭祀的 / ca—和 / eva—肯定地 / hi—正确地

译文　祂的体表是孕育万事万物的必要因素和各种吉祥机会的土地。祂的皮肤恰似流动的空气，是产生各种触觉的中心，以及举行各种祭祀的地方。

要旨 正如流动的空气推动所有星球移动，祭祀使受制约的灵魂到达他有资格去的星球，祭祀是宇宙形象的体表，自然也是所有吉祥机会的根源。

第5节 रोमाण्युद्भिज्जजातीनां यैर्वा यज्ञस्तु सम्भृतः ।
केशश्मश्रुनखान्यस्य शिलालोहाभ्रविद्युताम् ॥ ५ ॥

romāṇy udbhijja-jātīnāṁ
yair vā yajñas tu sambhṛtaḥ
keśa-śmaśru-nakhāny asya
śilā-lohābhra-vidyutām

romāṇi—身体的毛发 / udbhijja—植物 / jātīnām—王国的 / yaiḥ—由那 / vā—或 / yajñaḥ—祭祀 / tu—但是 / sambhṛtaḥ—被特别侍奉 / keśa—头发 / śmaśru—脸毛 / nakhāni—指甲 / asya—祂的 / śilā—石头 / loha—铁矿 / abhra—云朵 / vidyutām—电

译文 祂身上的毛发是所有的植物，特别是那些祭祀要用的树木产生的根源。祂的头发和面庞上的毛发是云朵的泉源，而祂的指甲是孕育电流、石头和铁矿石的土壤。

要旨 至尊主光亮的指甲产生电流，云朵则依靠着祂的头发。所以，人可以从至尊主本人的身上收集所有种类的生活必需品，韦达经证实：一切事物都是由至尊主引起的。至尊主是一切原因的最初原因。

第6节 बाहवो लोकपालानां प्रायशः क्षेमकर्मणाम् ॥ ६ ॥

bāhavo loka-pālānāṁ
prāyaśaḥ kṣema-karmaṇām

bāhavaḥ—双臂 / loka-pālānām—各星球的主宰神明半神人的 / prāyaśaḥ—几乎总是 / kṣema-karmaṇām—那些民众的领袖和保护者的

译文 至尊主的手臂是半神人和其他保护大众的生物体领袖产生的场所。

要旨 《博伽梵歌》第10章的第41—42节诗证实并清楚地解释这节重要的诗说：

yad yad vibhūtimat sattvaṁ
śrīmad ūrjitam eva vā
tat tad evāvagaccha tvaṁ
mama tejo-'ṁśa-sambhavam

athavā bahunaitena
kiṁ jñātena tavārjuna
viṣṭabhyāham idaṁ kṛtsnam
ekāṁśena sthito jagat

"要知道：一切丰富、美丽和辉煌的创造，都不过是从我的光辉中跃起的一个火花。但是，阿尔诸纳啊，这一切细节性的知识有什么用呢？我只以我极微小的一部分就遍布并维系了这整个宇宙。"

有很多强有力的君王、领袖、博学的学者、科学家、艺术家、工程师、发明家、发掘者、考古学家、企业家、政治家、经济学家、商界要人，以及布茹阿玛(Brahmā)、希瓦(Śiva)、因铎(Indra)、昌铎(Candra)、苏尔亚(Sūrya)、瓦茹纳(Varuṇa)和玛茹特(Marut)等众多强大的半神人，都在不同的岗位上负责宇宙事务，维护着宇宙利益。他们全都是至尊主不可缺少的强有力的各个部分。至尊主奎师那(Kṛṣṇa)是众生的父亲，这些生物因为各自的欲望或渴求而被置于高低不等的地位上，其中一些生物，比如上述那些生物，则因至尊主的旨意而特别被赋予了力量。明智的人必须清楚：一个生物体，无论他多有力量，他都既不是绝对的，也不是独立的。众生必须接受这诗节谈到的他们所具有的特殊力量的来源。如果他们按照至尊主的指示，根据自己的能力履行各自的职责，就能达到生命的最完美境界，即获得永恒的生命、完整的知识和无尽的极乐。世上有力量的人一天不接受他们各自力量的来源——人格首神，玛亚(错觉能量)就一天不停止作用。物质能量玛亚是这样工作的：她用错觉误导有力量的人，使他们错误地以为自己是天下最了不起的，因此不培养神意识。就这样，世上假我的错误意识(我自己和我的)越来越强，人类社会便要为生存而苦苦挣扎。所以，有智慧的人必须承认至尊主是一切能量的源头，向神表示敬意，感谢祂的祝福。人只要接受至尊主是万事万物的至尊拥有者这一事实，就能达到生命最完美的境界。一个人无论他的社会地位高低，只要他努力与至尊人格首神交流爱的情感，满足于至尊主给他的祝福，他就会立刻感到生生世世所追求的心灵平静。心灵平静这种健康的心理状态，只有当人用心念为至尊主做超然的爱心服务时才能达到。正如商业巨头的儿子被授以特殊的权利去管理，至尊主不可缺少的一部分天生具有为至尊主做服务的力量。孝顺的儿子从来都不会违背父亲的意愿，并因为与作为一家之主的父亲保持一致而平静地生活。同样，至尊主既然是父亲，众生便应该像忠诚的儿子一样，忠心耿耿地履行职责，按父亲的心愿做，让祂满意。这种心态将立刻带给人类社会和平与繁荣。

第7节　विक्रमो भूर्भुवः स्वश्च क्षेमस्य शरणस्य च ।
सर्वकामवरस्यापि हरेश्चरण आस्पदम् ॥ ७ ॥

vikramo bhūr bhuvaḥ svaś ca
kṣemasya śaraṇasya ca
sarva-kāma-varasyāpi
hareś caraṇa āspadam

vikramaḥ—向前的步伐 / bhūḥ bhuvaḥ—低等和高等星球的 / svaḥ—还有天堂 / ca—和 / kṣemasya—保护我们所有的一切的 / śaraṇasya—没有惧怕的 / ca—和 / sarva-kāma—我们所需要的一切 / varasya—所有祝福的 / api—准确地 / hareḥ—至尊主的 / caraṇaḥ—莲花足 / āspadam—庇护

译文 至尊主前进的步伐，是低等、中等和天堂星球的庇护所，以及我们所需要的一切庇护。祂的莲花足保护我们免于所有种类的惧怕。

要旨 不仅仅是在这个星球，其实在所有高、低等星球、天堂星球，要想免于一切种类的恐惧，得到绝对的保护及生命所需的一切，我们都必须托庇于至尊主的莲花足。这种对至尊主莲花足的绝对依赖，称为纯粹的奉爱服务，这节诗中直接点明了这一点。对此，人们既不该心存丝毫怀疑，也不该想要去寻求任何半神人的帮助，因为所有的半神人实际上也都是依靠至尊主的。除了至尊主本人，没有谁能够不依靠至尊主的仁慈；就连无所不在的超灵都依靠至尊人格首神——巴嘎万(Bhagavān)。

第8节 अपां वीर्यस्य सर्गस्य पर्जन्यस्य प्रजापतेः ।
पुंसः शिश्न उपस्थस्तु प्रजात्यानन्दनिर्वृतेः ॥ ८ ॥

apāṁ vīryasya sargasya
parjanyasya prajāpateḥ
puṁsaḥ śiśna upasthas tu
prajāty-ānanda-nirvṛteḥ

apām—水的 / vīryasya—精液的 / sargasya—生殖力的 / parjanyasya—雨的 / prajāpateḥ—创造者的 / puṁsaḥ—至尊主的 / śiśnaḥ—生殖器 / upasthaḥ tu—生殖器所在的地方 / prajāti—因为生

殖 / ānanda—快感 / nirvṛteḥ—原因

译文　水、精液、生殖力、雨水和生物体的祖先，都来自至尊主的生殖器。祂的生殖器是抵消生育之苦的快乐根源。

要旨　生殖器和性生活的快乐抵消了家庭拖累的苦恼。如果不是至尊主仁慈地使生殖器官表面覆盖一层会令人产生快感的物质的话，人就会完全停止生育。这层物质能给予人如此强烈的快感，以致可以完全抵消有家庭拖累的苦恼。人因为深受这层产生快感的物质的吸引，所以不满足于只过一次性生活，生一个孩子，而是要增加子女的数目；仅仅为了这层可以产生快感的物质，人便不顾要冒养活子女的巨大风险。当然，这层能给人以快感的物质并不是假的，因为它产自至尊主的超然之躯。换句话说，这层使人产生快感的物质是真实的，但却由于物质的污染而被误用了。在物质世界里，物质的接触使性生活成为无尽苦恼的原因，因此不应该鼓励人过不必要的性生活。在物质世界里有繁殖后代的需要，但生儿育女必须负起灵性教育的全部责任。在物质的生存状态中，人的生命形式可以觉悟到生命的灵性价值，所以人必须在考虑灵性价值(而不是别的)的前提下制定家庭计划。用避孕等堕落的方法控制家庭人数，是最受物质污染的表现。物质主义者因为不了解灵性的重要性，所以想利用这些违背自然的方法充分享受覆盖在生殖器上的那层可以使人产生快感的物质。在不了解灵性价值的情况下，智力欠佳的人只一味地要享受生殖器的物质感官快乐。

第9节　पायुर्यमस्य मित्रस्य परिमोक्षस्य नारद ।
हिंसाया निर्ऋतेर्मृत्योर्निरयस्य गुदं स्मृतः ॥ ९ ॥

pāyur yamasya mitrasya
parimokṣasya nārada

himsāyā nirṛter mṛtyor
　nirayasya gudaṁ smṛtaḥ

pāyuḥ—排泄口 / yamasya—控制死亡的神明 / mitrasya—弥陀的 / parimokṣasya—排泄孔洞的 / nārada—纳茹阿达啊 / hiṁsāyāḥ—嫉妒的 / nirṛteḥ—不幸的 / mṛtyoḥ—死亡的 / nirayasya—地狱的 / gudam—肛门 / smṛtaḥ—被理解

译文　纳茹阿达啊！至尊主宇宙形象的排泄口，是控制死亡的神明弥陀的居所。至尊主的肛门和直肠，是地狱、邪恶、不幸与死亡的场所。

第10节　पराभूतेरधर्मस्य तमसश्चापि पश्चिमः ।
नाड्यो नदनदीनां च गोत्राणामस्थिसंहतिः ॥१०॥

parābhūter adharmasya
　tamasaś cāpi paścimaḥ
nāḍyo nada-nadīnāṁ ca
　gotrāṇām asthi-saṁhatiḥ

parābhūteḥ—挫折的 / adharmasya—不道德的 / tamasaḥ—愚昧的 / ca—和 / api—还有 / paścimaḥ—背部 / nāḍyaḥ—肠子的 / nada—大河流的 / nadīnām—小河流的 / ca—还有 / gotrāṇām—山脉的 / asthi—骨骼 / saṁhatiḥ—积累

译文　至尊主的背部是各种挫折、愚昧和不道德的所在地。祂的血管里流动着河流与小溪，祂的骨骼支撑着高山。

要旨　为了反驳“至尊人格首神不具人格特征”的说法，这节诗里系统地分析了至尊主超然之躯的生理和解剖结构。从看到的对至尊主身体(宇宙形象)的描述，我们可以清楚地知道：至尊主的形象有别于平凡世俗概念中的各种形象。无论在什么情况下，祂永远都不是没有形象的虚无。愚昧是至尊主的背部，因此智力欠佳之人的愚昧也脱离不了祂的身体概念。既然祂的身体包含了万事万物，是完整的整体，我们就不能非说祂不具备人格特征。恰恰相反，对至尊主的完整描述说明，祂同时具有非人格特征和人格特征。人格首神是至尊主的原本形象，祂的非人格特征只不过是祂超然身体放射出的光芒。那些够幸运看到至尊主前面的人能了解祂的人格特征；相反，感到挫折并因此而只看到至尊主背面的人，也就是留在愚昧一边的人，就只能认识到祂的非人格特征。

第11节　अव्यक्तरससिन्धूनां भूतानां निधनस्य च ।
उदरं विदितं पुंसो हृदयं मनसः पदम् ॥११॥

avyakta-rasa-sindhūnāṁ
　bhūtānāṁ nidhanasya ca
udaraṁ viditaṁ puṁso
　hṛdayaṁ manasaḥ padam

avyakta—非人格特征 / rasa-sindhūnām—海洋的 / bhūtānām—那些在物质世界里出生的生物 / nidhanasya—毁灭的 / ca—还有 / udaram—祂的肚腹 / viditam—有智慧的人所认识的 / puṁsaḥ—伟大人物的 / hṛdayam—心脏 / manasaḥ—精微身体的 / padam—地方

译文　智慧阶层的人士认为：至尊主的非人格特征是汪洋的居所，而祂的腹部是物质上遭毁灭的生物的栖息地。祂的心脏是生物的精微物质躯体的所在地。

要旨　《博伽梵歌》第8章的第17—18节诗中说：按照人类的计算，布茹阿玛的一个白天等于一千个包含了四个年代的周期年

(四百三十万年)，他的一个夜晚也是同样的长度。布茹阿玛活上一百个这样的年后才死亡。布茹阿玛通常是至尊主优秀的奉献者，在活了上述那么长的一段时间后就会得到解脱，而他所控制的像球一样的宇宙(brahmāṇḍa)及宇宙中各星球上的居民也便随之毁灭。这节诗中提到的“非人格特征(avyakta)”一词，是指布茹阿玛的夜晚——宇宙毁灭时。当一个宇宙发生毁灭时，那个球形宇宙中的生物体，包括住在最高星球布茹阿玛珞卡(Brahmaloka)上的居民，就会与大海等一起全部进入至尊主宰(virāṭ-puruṣa)的肚腹里休息。布茹阿玛的夜晚结束时，创造便重新开始，在至尊主肚腹内的生物都被释放出来，继续扮演各自的角色，就像从沉睡中醒来一样。由于生物永远不会被毁灭，所以物质世界的毁灭并不能毁灭他的存在，但直到他获得解脱之前，他不得不一个接一个地接受物质躯体。人体生命就是为了能让生物解决这个重复更换躯体的问题，从而被允许进入一切都是永恒、充满知识和极乐的灵性天空。换句话说，个体生物的精微形象先在至尊神的心中形成，创造时那形象便得到一个实体。

第12节 धर्मस्य मम तुभ्यं च कुमाराणां भवस्य च ।
विज्ञानस्य च सत्त्वस्य परस्यात्मा परायणम् ॥१२॥

dharmasya mama tubhyaṁ ca
kumārāṇāṁ bhavasya ca
vijñānasya ca sattvasya
parasyātmā parāyaṇam

dharmasya—宗教原则的或亚玛茹阿佳(阎罗王)的 / mama—我的 / tubhyam—你的 / ca—和 / kumārāṇām—库玛尔四兄弟的 / bhavasya—主希瓦 / ca—还有 / vijṣānasya—超然知识的 / ca—还有 / sattvasya—真理的 / parasya—伟大人物的 / ātmā—意识 / parāyaṇam—有赖于

译文　还有，至尊主这位伟大人物的意识，是宗教原则的所在地。这宗教原则是我的、你的，也是萨纳卡、萨纳坦、萨纳特·库玛尔和萨南丹那四位独身学者的。祂的意识还是真理和超然知识的居所。

第13—16节　अहं भवान् भवश्चैव त इमे मुनयोऽग्रजाः ।
सुरासुरनरा नागाः खगा मृगसरीसृपाः ॥१३॥
गन्धर्वाप्सरसो यक्षा रक्षोभूतगणोरगाः ।
पशवः पितरः सिद्धा विद्याध्राश्चारणा द्रुमाः ॥१४॥
अन्ये च विविधा जीवा जलस्थलनभौकसः ।
ग्रहर्क्षकेतवस्तारास्तडितः स्तनयित्नवः ॥१५॥
सर्वं पुरुष एवेदं भूतं भव्यं भवच्च यत् ।
तेनेदमावृतं विश्वं वितस्तिमधितिष्ठति ॥१६॥

ahaṁ bhavān bhavaś caiva
ta ime munayo 'grajāḥ
surāsura-narā nāgāḥ
khagā mṛga-sarīsṛpāḥ

gandharvāpsaraso yakṣā
rakṣo-bhūta-gaṇoragāḥ
paśavaḥ pitaraḥ siddhā
vidyādhrāś cāraṇā drumāḥ

anye ca vividhā jīvā
jala-sthala-nabhaukasaḥ
graharkṣa-ketavas tārās
taḍitaḥ stanayitnavaḥ

sarvaṁ puruṣa evedaṁ
bhūtaṁ bhavyaṁ bhavac ca yat
tenedam āvṛtaṁ viśvaṁ
vitastim adhitiṣṭhati

aham—我自己 / bhavān—您阁下 / bhavaḥ—主希瓦 / ca—还

有 / eva—肯定地 / te—他们 / ime—所有 / munayaḥ—伟大的圣人 / agra-jāḥ—在你之前诞生 / sura—半神人 / asura—恶魔 / narāḥ—人类 / nāgāḥ—纳嘎(天蛇)星球上的居民 / khagāḥ—飞禽 / mṛga—走兽 / sarīsṛpāḥ—爬虫 / gandharva-apsarasaḥ, yakṣāḥ, rakṣaḥ-bhūta-gaṇa-uragāḥ, paśavaḥ, pitaraḥ, siddhāḥ, vidyādhrāḥ, cāraṇāḥ—各星球的生物体 / drumāḥ—植物王国 / anye—很多其他的 / ca—还有 / vividhāḥ—各种各样的 / jīvāḥ—生物体 / jala—水 / sthala—陆地 / nabhaokasaḥ—天上的飞鸟 / graha—小行星 / ṛkṣa—有影响力的星球 / ketavaḥ—彗星 / tārāḥ—发光的天体 / taḍitaḥ—闪电 / stanayitnavaḥ—云朵的声音 / sarvam—一切事物 / puruṣaḥ—人格首神 / eva idam—肯定所有这些 / bhūtam—创造出的一切 / bhavyam—将会被创造的一切 / bhavat—过去被创造了的一切 / ca—还有 / yat—任何事 / tenaidam—全都凭祂 / āvṛtam—覆盖 / viśvam—包含了整个宇宙 / vitastim—半腕尺 / adhitiṣṭhati—处于

译文 从我(布茹阿玛)开始，下至你、希瓦(巴瓦)、在你之前出生的全体大圣人、半神人、恶魔、纳嘎、人类、飞禽、走兽和爬虫等，宇宙中所有可感知的展示，包括星球、恒星、小行星、发光体、闪电、霹雳，以及甘达尔瓦、阿普萨茹阿、亚克刹、茹阿克刹、布塔嘎纳、乌茹阿嘎、帕舒、琵塔、希达哈、维迪亚达尔、查冉纳等各星系上的居民，和存在中的万事万物，在过去、现在和未来所有的时间里，全都被至尊主的宇宙形象所覆盖；尽管祂超越所有这一切，以不超过九英寸的形象永恒存在。

要旨 至尊人格首神用祂的潜能，透过祂在局部区域的代表——长度不超过九英寸的超灵，扩展出宇宙形象，这宇宙形象包括由各种有机和无几物质所展示的一切。因此，就像各种形状的金

饰与金矿的金子没有分别一样，宇宙丰富多彩的展示与至尊主没有分别。换句话说，至尊主既是控制创造中一切的至尊者，同时还保持至高无上的个体性，有别于所有展示了的物质创造。正因为如此，《博伽梵歌》第9章中称祂为神秘力量的控制者(Yogeśvara)。尽管万事万物都依靠圣主奎师那的能量，但至尊主仍保持有别于一切并超越一切的状态。就有关这一点，韦达经《瑞歌·韦达》(Rg veda)的“赞美至尊主的颂歌(Puruṣa-sūkta)”中也作了证实。对此，圣主柴坦亚·玛哈帕布(Caitanya Mahāprabhu)提出“不可思议的既是一体又有区别(acintya-bhedābheda-tattva)”的哲学真理。布茹阿玛、纳茹阿达(Nārada)和所有其他人都与至尊主既是一体又有区别。我们与祂在质上都是一样的，正如黄金首饰与金矿的金子在质上一样，但在量上绝对不一样。我们无论制作多少金饰，金矿的金子也不会被耗尽，因为金矿是完整的(pūrṇam)；就算从完整减去完整，至尊的完整也还是完整的。以我们现有的不完美的感官来说，这一事实是不可思议的。为此，主柴坦亚把祂的哲学理论说成是不可思议的(acintya)。正如《博伽梵歌》和《博伽瓦谭》中证实的，主柴坦亚“不可思议的既是一体又有区别”的理论，是有关绝对真理的完美哲学。

第17节　स्वधिष्ण्यं प्रतपन् प्राणो बहिश्च प्रतपत्यसौ ।
एवं विराजं प्रतपंस्तपत्यन्तर्बहिः पुमान् ॥१७॥

sva-dhiṣṇyaṁ pratapan prāṇo
bahiś ca pratapaty asau
evaṁ virājaṁ pratapaṁs
tapaty antar bahiḥ pumān

sva-dhiṣṇyam—放射 / pratapan—以扩展 / prāṇaḥ—生命力 / bahiḥ—外在的 / ca—和 / pratapati—照明了 / asau—太阳 / evam—同样地 / virājam—宇宙形象 / pratapan—通过扩展 / tapati—使生气

蓬勃 / antaḥ—内在地 / bahiḥ—外在地 / pumān—至尊人物

译文 太阳通过放射光芒照亮了太阳星球本身和它以外的世界。同样，至尊人格首神通过扩展祂的宇宙形象，从外在和内在维系着创造中的一切。

要旨 这里清楚地解释了至尊主的宇宙形象——被称为梵光(brahmajyoti)的非人格特征，并用太阳发射出的光芒与之作比。阳光可以照遍宇宙各处，但阳光的来源——太阳球体或是称为苏尔亚·纳茹阿亚纳(Sūrya-nārāyaṇa)的神明，却是这些射线的源头。同样，不具人格特征的梵光是至尊人格首神主奎师那发射出来的，祂是非人格特征的基础。《博伽梵歌》第14章的第27节诗证实了这一点。因此，至尊主的宇宙形象是对至尊主不具人格特征的形象的想象，至尊主的原本形象是有两只手、吹着祂永恒的笛子的夏玛逊达尔(Śyāmasundara)形象。在至尊主放射出的光芒中，有百分之七十五的扩展是灵性天空的展示(tripād-vibhūti)，百分之二十五的扩展是众多的物质宇宙展示。这一点在《博伽梵歌》第10章的第42节诗中也有解释。祂放射出的光芒的百分之七十五的扩展，称为祂的内在能量；而另外的百分之二十五的扩展，称为祂的外在能量。既可以住在灵性扩展中，也可以住在物质扩展中的全体生物，是祂的边缘能量(taṭastha śakti)；他们可以自由选择生活在至尊主的外在能量范畴内还是内在能量范畴中。在至尊主的灵性扩展中生活的生物，是解脱了的灵魂；住在外在扩展中的居民，是受制约的灵魂。我们如果能估计一下住在内在扩展中的居民数量和外在扩展中的居民数量，再做一个比较，就很容易得出结论：解脱了的灵魂远比受制约的灵魂多。

第18节 सोऽमृतस्याभयस्येशो मर्त्यमन्नं यदत्यगात् ।
महिमैष ततो ब्रह्मन् पुरुषस्य दुरत्ययः ॥१८॥

so 'mṛtasyābhayasyeśo
martyam annaṁ yad atyagāt
mahimaiṣa tato brahman
puruṣasya duratyayaḥ

saḥ—祂(至尊主) / amṛtasya—不朽的 / abhayasya—没有恐惧的 / īśaḥ—控制者 / martyam—垂死的 / annam—功利性活动 / yat—有……的人 / atyagāt—超越了 / mahimā—荣耀 / eṣaḥ—祂的 / tataḥ—因此 / brahman—婆罗门纳茹阿达啊 / puruṣasya—至尊人物的 / duratyayaḥ—不可估量的

译文 至尊人格首神控制着不朽和无畏。祂超越物质世界的死亡和功利性活动。啊，纳茹阿达，布茹阿玛纳！因此，要估量这位至尊人物的荣耀极为困难。

要旨 《莲花往世书》(Padma Purāṇa)最后一篇(Uttara-khaṇḍa)中，说明了至尊主超然的百分之七十五的内在能量的荣耀；其中说，占百分之七十五比例的至尊主内在能量扩展的灵性天空中的那些星球，比至尊主外在能量组成的所有宇宙中的星球组合多得多。《永恒的柴坦亚经》(Caitanya-caritāmṛta)中，把至尊主的外在能量中所有的宇宙，比喻为是满满一桶的芥菜种子，其中一粒芥子算是一个宇宙，而我们现在就生活在众多宇宙中的一个当中。人的脑力就连一个宇宙中有多少星球都数不清，我们又怎么能想得清楚被比喻为满满一桶芥子的众多宇宙的总数呢？灵性天空中的星球数量至少是物质天空中的星球数量的三倍。那些星球因为是灵性的，所以实际上超越三种物质属性，是由纯粹的善良属性构成的。那些星球上充满了灵性的极乐(brahmānanda)，每一个都永恒、不灭，没有物质世界里所经验到的各种缺陷。每一个灵性星球都是自放光芒，亮度比物质世界里的百万个太阳合起来放射出的光芒要强得多(如果我们能想象的话）。那些星球上的居民都没有生老病死，都对一切充满了知识；所有的生物都很敬神，没有丝毫的物质渴求。他们在那里唯一做的事就是，怀着爱心侍奉掌管众多外琨塔(Vaikuṇṭha)星球的至尊主纳茹阿亚纳(Nārāyaṇa)。那些解脱了的灵魂不停地唱着《萨玛·韦达》(Sāma Veda)中记载的赞歌(vedaiḥ sāṅga-pada-kramopa-niṣadair gāyanti yaṁ sāmagāḥ)；他们全都是五部奥义书(Upaniṣad)的人格化身。我们所说的至尊主内在能量的那百分之七十五的扩展(tripād-vibhūti)，是远离物质天空的神的王国；而我们称为祂外在能量的那百分之二十五(pāda-vibhūti)的组合，就是指物质世界。《莲花往世书》中也说，占至尊主总体扩展的百分之七十五的王国是超然的、永恒的，而那百分之二十五的区域是世俗的、短暂的。

至尊主和祂的那些在超然王国里的永恒仆人，全都有着吉祥、无瑕、灵性和永远青春的形象。换句话说，那里没有生、老、病、死。那个永恒的地方充满了美丽、极乐和超然的享受。这一事实，在《圣典博伽瓦谭》的这节诗里也得到了证实；超然的本性在这节诗中被描述为是“不灭的(amṛta)”。正如韦达经中所描述的：至尊主是不朽之主(utāmṛtatvasyeśānaḥ)。换句话说，至尊主是不死不灭的，而由于祂是不朽之主，祂可以把不死不灭赐予祂的奉献者。在《博伽梵歌》第8章的第16节诗中，至尊主本人也保证说：无论是谁，只要到了祂那没有死亡的居所，就永远都不会再回到这个充满了三种痛苦且必有一死的地方。至尊主与世俗世界的老板不同。世俗世界的老板或主人不但永远不会和他的下属享受同等的快乐，而且由于自己并非不死不灭的，所以也不可能把永生给予下属。至尊主是芸芸众生的领袖，能够把祂个人的品质赐给祂的奉献者，包括永生和灵性的快乐。在物质世界里，所有的生物体心中都时刻充满了焦虑或恐慌，但至尊主作为最无畏的人，可以把同样的无畏赐予祂纯粹的奉献者。物质存在本身就是一种恐惧，因为在所有物质的躯体中，生、老、病、死的影响始终把生物紧紧地束缚在恐惧中。

在物质世界里，时间一直在影响着一切，使事物从一个阶段到另一个阶段地不断发生变化。原本是不变(avikāra)的生物，承受着因为时间的影响而不断改变的巨大痛苦。然而，在神永恒的王国中，永恒时间的变化效力明显不存在，因此应该明白：那里根本没有时间的影响，更不存在任何恐惧。在物质世界里，所谓的快乐是自己工作的结果。人可以通过辛勤劳作成为有钱人，可这样得到的快乐能持续多久呢？这是人始终恐惧和疑惑的。但是，在神的王国里，人没有必要为了得到一定程度的快乐而去努力。快乐是灵魂的本性，就如《韦丹塔·苏陀》(Vedānta-sūtra)中所说：灵魂本性是充满快乐的(ānandamayo 'bhyāsāt)。灵性世界的快乐总是随着进一步的欣赏而不断增强，根本不存在减少的问题。我们在物质宇宙中找不到这种纯粹的灵性快乐，即使佳纳珞卡(Janaloka)、玛哈尔珞卡(Maharloka)和萨提亚珞卡(Satyaloka)也不例外，因为就连布茹阿玛也要受制于功利性活动的业报法律和生死定律。正因为如此，这节诗里说灵性世界是“不可估量的(duratyayaḥ)”。换句话说，就连优秀的布茹阿玛查瑞(brahmacārī,独身禁欲的学生)和萨尼亚希(sannyāsī,出家人)也想象不了神的永恒王国里的灵性快乐，尽管他们已经有资格升上超越天堂地带的星球。或者说，至尊主是如此伟大，以致就连优秀的布茹阿玛查瑞或萨尼亚希也想象不了祂有多伟大。然而，凭借至尊主的恩典，祂纯粹的奉献者却可以实际得到这种快乐。

第19节　पादेषु सर्वभूतानि पुंसः स्थितिपदो विदुः ।
अमृतं क्षेममभयं त्रिमूर्ध्नोऽधायि मूर्धसु ॥१९॥

pādeṣu sarva-bhūtāni
puṁsaḥ sthiti-pado viduḥ
amṛtaṁ kṣemam abhayaṁ
tri-mūrdhno 'dhāyi mūrdhasu

pādeṣu—在四分之一 / sarva—所有 / bhūtāni—生物体 / puṁsaḥ—至尊人的 / sthiti-padaḥ—一切物质财富的泉源 / viduḥ—你要知道 / amṛtam—不死不灭 / kṣemam—一切快乐，摆脱对老年和疾病等的焦虑等 / abhayam—无畏 / tri-mūrdhnaḥ—超越三个较高等的星系 / adhāyi—存在 / mūrdhasu—超越物质的层层覆盖

译文 至尊人格首神被称为是一切物质财富的来源，而众生生存其中的物质财富由祂的四分之一能量构成。神的王国超越三层高等星系和物质覆盖层，其中没有死亡、恐惧，也不存在对年老体衰和疾病的焦虑。

要旨 在至尊主的桑迪尼(sandhinī)能量的整个展示中，四分之一展示为物质世界，四分之三展示为灵性世界。至尊主的能量分三部分：桑迪尼、桑维特(saṁvit)和拉迪尼(hlādinī)。换句话说，祂是存在、知识和快乐的完整展示。在物质世界里，这种存在、知识和快乐的感受有极少量的展示。所有的生物作为至尊主不可缺少的一小部分，在解脱的阶段都有资格品尝到一点点这种存在、知识和快乐的感觉，但在受制约的物质生存阶段却很难正确的辨别什么是真实存在的、可认知的，什么是生命的纯真快乐。解脱了的灵魂远比在物质世界里受制约的灵魂多，他们能透过永生、无畏和没有老年与疾病的事实，实际体验到至尊主的桑迪尼、桑维特和拉迪尼能量。

物质世界里的星系分三个层次，分别称为特瑞珞卡(triloka)——斯瓦尔嘎珞卡(Svargaloka)、玛尔提亚珞卡(Martyaloka)和帕塔拉珞卡(Pātālaloka)，全部合起来由桑迪尼能量的四分之一构成。在由七层物质覆盖着的三个星系之外，是有着无数外琨塔星球的灵性天空。在特瑞珞卡星系中没人能体验到永恒、充满知识和快乐的状态。较高的三个星系称为萨特维卡(sāttvika)星系，因为那里提供很长的寿命及使人相对免于疾病、老年等的便利条件，并使人比较没有恐惧

的感觉。大圣人可以升上高于低等天堂星球的玛哈尔珞卡，但那里也不是完全没有恐惧的地方，因为在一个“卡勒帕(kalpa)”结束时，玛哈尔珞卡也要毁灭，那里的居民不得不转移到更高的星球。但是，即使是那些更高的星球上，人也不能免于死亡。尽管那里的寿命较长、知识和快乐的感觉也较强，但真正的永生和无畏，以及没有老年和疾病等，只有在物质宇宙覆盖层之外才能找到。这些都处在宇宙形象的头顶上(adhāyi mūrdhasu)。

第20节　पादास्त्रयो बहिश्चासन्नप्रजानां य आश्रमाः ।
अन्तस्त्रिलोक्यास्त्वपरो गृहमेधोऽबृहद्व्रतः ॥२०॥

pādās trayo bahiś cāsann
aprajānāṁ ya āśramāḥ
antas tri-lokyās tv aparo
gṛha-medho 'bṛhad-vrataḥ

pādāḥ trayaḥ—由至尊主能量的四分之三组成的灵性世界 / bahiḥ—这样地处在……之外 / ca—和为了所有 / āsan—是 / aprajānām—那些不用再投生的人的 / ye—那些 / āśramāḥ—生命的阶段 / antaḥ—其中 / tri-lokyāḥ—三个世界的 / tu—但是 / aparaḥ—其他人 / gṛha-medhaḥ—依恋家庭生活 / abṛhat-vrataḥ—没有严格遵守禁欲的誓言

译文　由至尊主的四分之三能量构成的灵性世界，在这个物质世界之外，是专给那些永不投生的灵魂居住的。那些依恋家庭生活、不严格遵守独身禁欲誓言的灵魂，必须住在物质三界中。

要旨　《圣典博伽瓦谭》的这节诗，清楚地解释了社会四阶层和灵性四阶段制度(varṇāśrama-dharma)——永恒的宗教(sanātana-dharma)。人类所能获得的最高利益，就是训练自己不依恋性生活，因为正是对性的嗜好，才使受物质存在制约的生命一世复一世地继续下去。不控制性生活的人类文明是四流的文明，因为在这种氛围中，被关在物质躯体中的灵魂没有解脱可言。生、老、病、死与物质躯体有关，但与灵魂毫无关系。然而，如果鼓励人们为了感官享乐而依恋躯体，那么个体灵魂就要被迫继续接受被比喻为是“注定会损坏的外衣”的物质躯体，一直不断地重复生死。

社会四阶层和灵性四阶段制度，训练追随者们从布茹阿玛查瑞(独身禁欲的学生)阶段就开始遵守独身禁欲的誓言，以使人能得到人生的最高利益。布茹阿玛查瑞生活专门训练学生严格地遵守独身禁欲的誓言。没有体验过性生活的年轻人很容易遵守独身禁欲的誓言，而人一旦坚定地遵守这样的生活原则，就能轻易地一直保持最完美的状态，直至到达由至尊主能量的四分之三所组成的祂的王国。我们已经解释过，由至尊主能量的四分之三组成的众多灵性宇宙中，既没有死亡也没有恐惧，而是充满了快乐和知识。一个居士如果曾经受过布茹阿玛查瑞生活原则的训练，就能轻易放弃放纵性生活的家庭生活。经典奉劝居士过五十岁后就离开家庭到森林去(pañcaśordhvaṁ vanaṁ vrajet)，等完全不再依恋家庭情感后，就可以进入弃绝阶层，当一个萨尼亚希(出家人)，全心全意地为至尊主服务。对人类来说，任何训练信徒遵守禁欲的宗教原则都是好的，因为只有受过这种训练的人，才能停止物质存在的痛苦生活。佛祖(Buddha)提出的涅槃(nirvāṇa)教义，也是为了使人停止物质存在的痛苦生活。尽管佛教、商卡尔宗(Śaṅkarites)和外士纳瓦(Vaiṣṇavites)传承的程序从根本上没有区别，但《圣典博伽瓦谭》在这节诗里推荐的是这个程序的最高阶段，并清楚地指明了理想的完美是什么。为了让人能提升到摆脱生死、焦虑和恐惧的最完美境界，没有一个程序会允许其追随者违背禁欲的誓言。

故意破坏禁欲誓言的人或居士进不了没有死亡的王国。虔诚的居士、堕落了的瑜伽师或堕落了的超然主义者，可以升到物质世界里的高等星球(至尊主能量的四分之一)，但不能进入没有死亡的国度。梵文“没有严格遵守禁欲的誓言(abṛhad-vratas)”，是指那些中断了禁欲誓言的人。瓦尔纳帕斯塔(vānaprastha，退出家庭生活的人)、萨尼亚希和布茹阿玛查瑞，如果想获得灵修的成功，就绝不能打破禁欲的誓言。布茹阿玛查瑞、瓦尔纳帕斯塔和萨尼亚希，既不想要再投生(apraja)，也不想秘密地纵情于性生活。灵修人士如果在这方面堕落的话，也许可以在来生得到一个补救的机会，即出生在有学识的布茹阿玛纳(婆罗门)或有钱商贾这类环境良好的家庭中，以作进一步的提升。然而，最好还是抓住获得人体生命的机会，尽快达到没有死亡的最高完美境界，否则就会白白浪费掉人的一生。就有关禁欲问题，主柴坦亚对祂的追随者要求极为严格，祂的一个贴身仆人稠塔·哈尔伊达斯(Choṭa Haridāsa)因为没能严格遵守禁欲誓言而受到祂严厉的处罚。因此，对一心一意想要提升到没有物质痛苦的超然王国去的人，特别是处在弃绝阶层的人，明知故犯地放纵性生活比自杀还要糟糕。弃绝阶层中的人过性生活，是宗教生活中最堕落的行为，这种误入歧途的人，只有在有机会遇到纯粹奉献者时，才能获得拯救。

第21节　सृती विचक्रमे विश्वङ् साशनानशने उभे ।
यदविद्या च विद्या च पुरुषस्तूभयाश्रयः ॥२१॥

sṛtī vicakrame viśvaṅ
sāśanānaśane ubhe
yad avidyā ca vidyā ca
puruṣas tūbhayāśrayaḥ

sṛtī—生物体的目的地 / vicakrame—整体性的存在 / viśvaṅ—无

所不在的至尊人格首神 / sāśana—主宰控制的种种活动 / anaśane—奉爱服务的种种活动 / ubhe—两者 / yat—什么是 / avidyā—愚昧 / ca—还有 / vidyā—真知 / ca—和 / puruṣaḥ—至尊的人 / tu—但是 / ubhaya—对于两者 / āśrayaḥ—主人

译文 就这样，无所不在的人格首神凭借祂的能量，全面控制着管理活动和奉爱服务。祂是一切愚昧和真知的至尊主人。

要旨 在这节诗中，“无所不在的至尊人格首神(viśvaṅ)”一词意义重大。在所有的活动领域都能做到应付自如、游刃有余的人，被称为控制者(puruṣa)或场地的知悉者(kṣetrajña)。这两个梵文词同样适用于个体自我和至尊自我(至尊主)。就这个问题，《博伽梵歌》第13章的第3节诗解释说：

kṣetrajñaṁ cāpi māṁ viddhi
sarva-kṣetreṣu bhārata
kṣetra-kṣetrajñayor jñānaṁ
yat taj jñānaṁ mataṁ mama

“巴茹阿特的后裔啊！您应该明白：我也是躯体的知悉者。对这个躯体和躯体知悉者的了解，称为知识。这就是我的观点。”

梵文柴陀(kṣetra)的意思是场所，了解场所者被称为场所的知悉者(kṣetrajña)。个体灵魂只了解他有限的活动场所，但是至尊灵魂——至尊主，知道无限的活动场所。个体灵魂只知道自己的思想、感觉和意愿，但超灵(Paramātmā)——至尊的控制者，因为无所不在，所以知道每一个生物体的思想、感觉和意愿。因此，个体灵魂是他个人事务的小主人，而至尊人格首神却是众生过去、现在和未来活动的主人(vedāhaṁ samatītāni，etc)。只有愚昧的人不知道至尊主和生物体之间的这个区别。与无生命的物质不同，生物在质上可能与至尊主相同，但对过去、现在和未来的认识，却永远不能和至尊主的完整认识相提并论。

个体灵魂因为其认识是部分性的，所以有时会忘记自己的身份。这种遗忘具体体现在至尊主能量的四分之一区域(ekapād-vibhūti)——物质世界。在至尊主能量的四分之三区域(tripād-vibhūti)——灵性世界，生物没有遗忘的问题，因为他们不受物质存在的遗忘所带来的各种污染结果的影响。物质躯体是遗忘的粗糙形式和精微形式的表现，因此梵文称物质世界的整体氛围是“无知(avidyā)”，而灵性世界的整体氛围是“充满了知识(vidyā)”。无知分不同的阶段，分别称为宗教信仰(dharma)、感官享乐(kāma)、经济发展(artha)和解脱(mokṣa)。一元论者所持有的“生物将与至尊主合为一体”的解脱概念，是物质主义或遗忘的最后阶段。“自我和至尊自我在质上与至尊主一样”的知识是部分性的知识，也算是愚昧，因为如前所述，它没有包含“自我与至尊自我在量上不同”的知识。我们永远都不能认为个体灵魂与至尊主是平等的，否则就会被至于遗忘的境地。正因为个体自我或生物会遗忘，所以他与至尊主之间永远有着天壤之别，就像部分与整体之间的区别一样。部分与整体之间永远不能画等号。因此，以为生物与至尊主百分之百一样的概念也属无知。

在无知的领域内，生物所从事的都是想要控制物质创造的活动。所以，在物质世界里，众生都忙着获取物质财富、主宰物质世界。为此，经常会发生冲突，感到挫折，而这些都是无知的表现。但在知识的领域里，因为大家都在为至尊主做奉爱服务(bhakti)，所以生物在那种解脱境界中没有机会被无知和遗忘的影响所污染。至尊主是一切无知和真知领域的主人，这意味着生物可以选择在其中任何一个领域中生存。

第22节 यस्मादण्डं विराड् जज्ञे भूतेन्द्रियगुणात्मकः ।
तद्द्रव्यमत्यगाद्विश्वं गोभिः सूर्य इवातपन् ॥२२॥

yasmād aṇḍaṁ virāḍ jajñe
bhūtendriya-guṇātmakaḥ
tad dravyam atyagād viśvaṁ
gobhiḥ sūrya ivātapan

yasmāt—从那人 / aṇḍam—宇宙球体 / virāṭ—以及庞大的宇宙形象 / jajṣe—出现 / bhūta—元素 / indriya—感官 / guṇa-ātmakaḥ—品质上 / tat dravyam—众宇宙和宇宙形象等 / atyagāt—超越了 / viśvam—一切宇宙 / gobhiḥ—借着光线 / sūryaḥ—太阳 / iva—像 / ātapan—散播光和热

译文 所有的宇宙球体和携带着物质元素、品质及感官的宇宙形象，都来自人格首神。尽管如此，祂却远离这种物质展示，就像太阳与它的光芒和热是分开的。

要旨 前一节诗已经说明：至尊真理是至尊人(puruṣa或puruṣottama)。绝对至尊的人，是通过祂的各种能量行事的至尊控制者(īśvara)。至尊主能量的四分之一区域——物质展示，用《博伽梵歌》中的话说是：就像祂众多的嫔妃中祂并不太在乎的那一个(bhinnā prakṛtiḥ)。但至尊主能量的四分之三区域作为祂纯粹的灵性展示，可以说是对祂更有吸引力。至尊主通过让物质能量受孕使物质展示出来，然后在展示之内扩展出巨大的宇宙形象(viśva-rūpa)。至尊主给阿尔诸纳(Arjuna)展示的宇宙形象，并不是祂原本的形象。至尊主原本的形象是超然的奎师那形象。这节诗里生动地解释说，祂像太阳一样扩展自己。太阳通过灼热和强光扩展自己，但却始终保持与这样的光和热分开的状态。非人格神主义者只考虑至尊主放射的光芒，却不知道祂有形、超然、被称为奎师那的永恒形象。因此，奎师那双手持笛的至尊人形，使那些只能适应至尊主庞大的宇宙形象的非人格神主义者困惑。他们应该知道，阳光从属于太阳，同样，至尊主不具人格特征的巨大形象也从属于至尊主宰(Puruṣottama)的人形。《布茹阿玛・萨密塔》(Brahma-saṁhitā)第5章的第37节诗中证实这一声明说：

ānanda-cinmaya-rasa-pratibhāvitābhis
tābhir ya eva nija-rūpatayā kalābhiḥ
goloka eva nivasaty akhilātma-bhūto
govindam ādi-puruṣaṁ tam ahaṁ bhajāmi

"至尊人格首神哥文达(Govinda)用祂身体放射出的光芒使所有生物的感官都充满活力。祂住在名叫哥珞卡(Goloka)的超然居所中，但却通过放射祂的快乐灵性光芒，也就是祂本人的快乐能量，存在于祂创造中的每一个角落。"

因此，至尊主凭着祂不可思议的力量，同时展现祂的人格特征和非人格特征；或者说，独一无二的至尊主，以丰富多彩的物质和灵性展示来展现祂完整的一体性。祂与一切事物分开，但一切与祂没有分别。

第23节 यदास्य नाभ्यान्नलिनादहमासं महात्मनः ।
नाविदं यज्ञसम्भारान् पुरुषावयवानृते ॥२३॥

yadāsya nābhyān nalinād
aham āsaṁ mahātmanaḥ
nāvidaṁ yajña-sambhārān
puruṣāvayavān ṛte

yadā—在……的时候 / asya—祂的 / nābhyāt—从肚腹 / nalināt—从莲花 / aham—我自己 / āsam—诞生 / mahā-ātmanaḥ—伟大的人

的 / na avidam—不知道 / yajṣa—祭祀的 / sambhārān—成分 / puruṣa—至尊主的 / avayavān—本身的身体四肢 / ṛte—除了

译文 当我从至尊主(玛哈·维施努)这位非凡人物的腹部生出的莲花上出生时，除了伟大的人格首神的肢体外，我没有举行祭祀所需要的材料。

要旨 宇宙展示的创造者布茹阿玛被称为斯瓦阳布(Svayambhū)——在无父无母的情况下出生的人。生物体一般都是经由男性父亲和女性母亲交媾后出生的，但宇宙中的第一位生物体布茹阿玛，却是从主奎师那的完整扩展玛哈· 维施努(Mahā-Viṣṇu)的腹部长出的莲花上生出来的。至尊主腹部的莲花是祂身体的一部分，而布茹阿玛是从那朵莲花诞生出来的，因此布茹阿玛也是至尊主身体的一部分。布茹阿玛在宇宙巨大的中空地带出现后，看到周围漆黑一片、空无一物，感到困惑。这时，至尊主在他心中启示他要进行苦修，从而获得举行祭祀所需要的一切。但当时，除了至尊主玛哈·维施努和从祂身体的一部分诞生出来的布茹阿玛本人之外别无他物，而举行祭祀所需要的东西很多，特别是动物。动物献祭从不是为了杀动物，而是为了获得祭祀的成果。可以说，当动物被献到祭祀之火中时它是死了，但熟练的祭司吟唱的韦达赞歌可以使它马上获得新生。当世上再也没有这种熟练的祭司时，往祭坛的祭祀之火中献祭动物就是被禁止的。因此，布茹阿玛甚至从孕诞之洋维施努(Garbhodakaśāyī Viṣṇu)的身体四肢生产出祭祀用的一切，这意味着：宇宙秩序是由布茹阿玛创造的；而且，没有什么是凭空造出来的，一切都产自至尊主本人。至尊主在《博伽梵歌》第10章的第8节诗中说：“一切都产自我的身体四肢，所以我是一切创造的源头(ahaṁ sarvasya prabhavo mattaḥ sarvaṁ pravartate)。”

非人格神主义者争论说：一切都只不过是至尊主本人，因此根本没必要崇拜至尊主。与他们相反，人格神主义者出于极大的感恩之情，用产自至尊主身体四肢的一切来崇拜祂。大地出产水果和鲜花，但明智的奉献者还是用大地出产的一切来崇拜大地母亲。同样，人们用恒河水崇拜恒河母亲，但却享受这种崇拜的结果。崇拜至尊主所用的一切其实都产自至尊主的身体四肢，但本身就是至尊主的一部分的崇拜者，却获得为至尊主做奉爱服务的成果。当非人格神主义者错误地下结论说他自己就是至尊主本人时，人格神主义者却怀着巨大的感恩之情崇拜至尊主，通过为祂做奉爱服务来崇拜祂。奉献者清楚地知道没有什么与至尊主有别，知道一切都是至尊主的财产，没人能声称有什么是自己的，因此应该尽量用一切为至尊主服务。一体性的这种完美概念，帮助崇拜者为至尊主做爱心服务；相反，非人格神主义者因为骄傲自大，不被至尊主所接受，所以永远当不了奉献者。

第24节　तेषु यज्ञस्य पशवः सवनस्पतयः कुशाः ।
इदं च देवयजनं कालश्चोरुगुणान्वितः ॥२४॥

teṣu yajñasya paśavaḥ
savanaspatayaḥ kuśāḥ
idaṁ ca deva-yajanaṁ
kālaś coru-guṇānvitaḥ

teṣu—在这样的祭祀中 / yajṣasya—祭祀的举行的 / paśavaḥ—动物或祭祀用物 / sa-vanaspatayaḥ—以及鲜花和叶子 / kuśāḥ—库沙草 / idam—所有这些 / ca—还有 / deva-yajanam—祭坛 / kālaḥ—适当的时间 / ca—还有 / uru—伟大的 / guṇa-anvitaḥ—有资格的

译文　举行祭祀仪式需要有鲜花、叶子和稻草，以及祭坛和合适的时间(春天)等祭祀条件。

第25节 वस्तून्योषधयः स्नेहा रसलोहमृदो जलम् ।
ऋचो यजूंषि सामानि चातुर्होत्रं च सत्तम ॥२५॥

vastūny oṣadhayaḥ snehā
rasa-loha-mṛdo jalam
ṛco yajūṁṣi sāmāni
cātur-hotraṁ ca sattama

vastūni—器皿 / oṣadhayaḥ—谷类 / snehāḥ—提炼过的黄油(butter) / rasa-loha-mṛdaḥ—蜂蜜、黄金、泥土 / jalam—水 / ṛcaḥ—《瑞歌·韦达》/ yajūṁṣi—《亚诸尔·韦达》/ sāmāni—《萨玛·韦达》/ cātuḥ-hotram—四个举行祭祀的人 / ca—所有这些 / sattama—最虔诚的一位啊

译文 举行祭祀还需要器具、谷物、纯黄油、蜂蜜、金子、土、水、《瑞歌·韦达》、《亚诸尔·韦达》、《萨玛·韦达》和主持祭祀的四位祭司。

要旨 要成功地举行一场祭祀，至少需要有四位熟练的祭师：一位负责供奉(hotā)，一位负责吟诵韦达曼陀(udgātā)，一位能在不需要借助其他设备的情况下点燃祭祀之火(adhvaryu)，另一位负责监督、指导(brahmā)。这样的祭祀从宇宙中第一个被创造的生物体布茹阿玛诞生开始就举行，一直持续到尤帝士提尔王(Yudhiṣṭhira Mahārtāja)统治的年代。然而，在我们所处的这个贪污、腐化和纷争的年代，精通专业的布茹阿玛纳(婆罗门)祭司极为少有，因此经典推荐在现在这个年代只应该举行吟诵、吟唱至尊主圣名的祭祀。经典指示说：

harer nāma harer nāma
harer nāmaiva kevalam
kalau nāsty eva nāsty eva
nāsty eva gatir anyathā

“在这纷争、虚伪的年代中，得救的唯一方法是吟诵、吟唱至尊主的圣名。别无它法，别无它法，别无它法。”

第26节　नामधेयानि मन्त्राश्च दक्षिणाश्च व्रतानि च ।
देवतानुक्रमः कल्पः सङ्कल्पस्तन्त्रमेव च ॥२६॥

nāma-dheyāni mantrāś ca
dakṣiṇāś ca vratāni ca
devatānukramaḥ kalpaḥ
saṅkalpas tantram eva ca

nāma-dheyāni—呼唤半神人们的名字 / mantrāḥ—专门献给某个半神人的赞歌 / ca—还有 / dakṣiṇāḥ—酬谢 / ca—和 / vratāni—誓言 / ca—和 / devatā-anukramaḥ—一个接一个的半神人 / kalpaḥ—特定的经典 / saṅkalpaḥ—特定的目的 / tantram—特定的程序 / eva—如他们本来的 / ca—还有

译文　为了不同的目的，用不同的祭祀程序举行不同的祭祀时，通过特殊的赞歌和酬谢礼召唤有不同名字的半神人也是必需要做的。

要旨　举行祭祀的整个过程都属于功利性活动的范畴，这样的活动极为科学，主要依靠特定的声调发出声音振荡。这是一门非凡的科学，但由于缺乏合格的布茹阿玛纳(婆罗门)，人们有超过四千年的时间没有正确的使用它，因此举行这样的祭祀已不再有效，而且经典也不推荐人们在整个堕落的年代使用它。自作聪明的僧侣在这个年代如果举行任何表演性的祭祀，都只不过是在骗人罢了。这类祭祀表演的任何一个步骤都没有效果。从事功利性活动要凭借物质科学的帮助，而且在一定程度上要借助粗糙的物质，但物质主义者还期望靠韦达赞歌的声音振荡获得更精微的效果。粗糙的物质科学不能使人把注意力转向人生的真正目的。物质科学只会使人增加人为的需要，但却解决不了生命的问题，因此物质主义生活方式把人类文明引入歧途。既然人生的最高目标是灵性觉悟，那么直接的方法就是前面提到的、主柴坦亚所明确推荐的方法——求助于至尊主圣名的庇护。现代人可以很容易地利用这个适合复杂社会结构的简单方法。

第27节 गतयो मतयश्चैव प्रायश्चित्तं समर्पणम् ।
पुरुषावयवैरेते सम्भाराः सम्भृता मया ॥२७॥

gatayo matayaś caiva
prāyaścittaṁ samarpaṇam
puruṣāvayavair ete
sambhārāḥ sambhṛtā mayā

gatayaḥ—走向终极的目标(维施努) / matayaḥ—崇拜众半神人 / ca—还有 / eva—肯定地 / prāyaścittam—报酬 / samarpaṇam—最终的供奉 / puruṣa—至尊人格首神 / avayavaiḥ—从至尊人格首神身体的各部分 / ete—这些 / sambhārāḥ—成分 / sambhṛtāḥ—安排妥 / mayā—由我

译文 因此，我必须安排从人格首神身体的各个部分取得祭祀所需要的所有这些材料和用品。最后，通过呼唤半神人们的名字，逐渐达到了最终的目标——维施努。这样，酬谢和最终的供奉就完成了。

要旨 这节诗特别强调了一切供给的源头至尊主这位至尊人，而不是祂不具人格特征的梵光。举行祭祀的最终目的是取悦至尊主纳茹阿亚纳，吟唱韦达赞歌就是为了达到这个目的。取悦纳茹阿亚纳可以使人有一个成功的人生，并在离开物质躯体后进入灵性王国外琨塔，与纳茹阿亚纳直接交往、联谊。

第28节 इति सम्भृतसम्भारः पुरुषावयवैरहम् ।
तमेव पुरुषं यज्ञं तेनैवायजमीश्वरम् ॥२८॥

iti sambhṛta-sambhāraḥ
puruṣāvayavair aham
tam eva puruṣaṁ yajñaṁ
tenaivāyajam īśvaram

iti—如此 / sambhṛta—执行了 / sambhāraḥ—很好地装备自己 / puruṣa—至尊人格首神 / avayavaiḥ—以不可缺少的部分 / aham—我 / tam eva—向祂 / puruṣam—至尊人格首神 / yajṣam—一切祭祀的享受者 / tenaeva—由所有那些 / ayajam—崇拜 / īśvaram—至尊控制者

译文 我用祭祀的享受者至尊主身体的各个部分，制造了祭祀的材料和用品，然后举行祭祀以取悦至尊主。

要旨 人民大众始终渴望心灵平静及世界和平，但却不知道如何在物质世界获得这一切。这要靠举行祭祀和苦修来获得。《博伽梵歌》第5章的第29节诗指示说：

bhoktāraṁ yajña-tapasāṁ
sarva-loka-maheśvaram
suhṛdaṁ sarva-bhūtānāṁ
jñātvā māṁ śāntim ṛcchati

“完全意识到我的人知道我是一切祭祀和苦行的最终受益者，是一切星球和半神人的至尊主，是众生的恩人和祝愿者，因此获得平静，不再受物质痛苦的折磨。”

练活动瑜伽的人(karma-yogī)知道至尊主是所有祭祀和苦行的真正享受者和维护者，也知道至尊主是所有星球的至尊拥有者和众生真正的朋友。具有这些知识的活动瑜伽师，通过与至尊主纯粹的奉献者交往、联谊，逐渐转变为纯粹奉献者，因而能够摆脱物质的束缚。

这个物质世界中的第一个生物体布茹阿玛，教导我们祭祀这一方法。“祭祀”一词表示：为取悦、满足另一个人而贡献出自己的利益。那是一切活动的方向。每个人都在为他人牺牲自己的利益，对象要么是家庭、社会、团体、国家，要么是整个人类社会。但如果人们为取悦至尊主而举行这种祭祀，做出牺牲，那他们就会达到做祭祀的完美境界。由于至尊主是一切的拥有者、众生的朋友，由于至尊主是举行祭祀之人的维护者和祭祀用品的供应者，所以只有祂才应该是一切祭祀取悦和满足的对象，而不是别人。

整个世界都在为增长学识、提高社会素质、发展经济和计划改善人类处境而贡献精力；但却没人有兴趣按《博伽梵歌》中的劝告去做——为取悦至尊主做出贡献。正因为如此，世界上没有和平。人类如果真想要世界和平，就必须为取悦和满足至尊的拥有者及众生的朋友而做祭祀。

第29节 ततस्ते भ्रातर इमे प्रजानां पतयो नव ।
अयजन् व्यक्तमव्यक्तं पुरुषं सुसमाहिताः ॥२९॥

tatas te bhrātara ime
prajānāṁ patayo nava
ayajan vyaktam avyaktaṁ
puruṣaṁ su-samāhitāḥ

tataḥ—此后 / te—你的 / bhrātaraḥ—兄弟们 / ime—这些 / prajānām—生物体的 / patayaḥ—主人 / nava—九位 / ayajan—举行 / vyaktam—展示了的 / avyaktam—没有展示的 / puruṣam—人物 / susamāhitāḥ—以适当的仪式

译文　我亲爱的儿子，从那以后，你的九个兄弟——生物体的主人，也举行了适当的祭祀仪式，以取悦已经展示和还未展示的人物。

要旨　已经展示了的人物是天帝因铎(Indra)以及和他一起的半神人，没有展示的人物就是至尊主本人。展示了的人物是物质事务的世俗控制者，而没有展示的人格首神则是超然的，处在物质范畴之外。在这个喀历(Kali)年代里，由于星球间的往来完全中断了，所以即使是展示了的半神人我们也看不到。正因为如此，对盲目的现代人来说，至尊人格首神和强大有力的半神人都是不展示的。现代人虽然不够资格，但却认为"眼见为实"，所以要用他们的眼睛看一切。结果，他们因为看不到而不相信半神人或至尊神的存在。他们应该透过真正的经典的教导去看一切，而不应该只相信透过他们那没有资格的眼睛所看到的事物。即使是现在，我们也可以用涂了爱神眼膏的、有资格的眼睛看到神。

第30节　ततश्च मनवः काले ईजिरे ऋषयोऽपरे ।
पितरो विबुधा दैत्या मनुष्याः क्रतुभिर्विभुम् ॥३०॥

tataś ca manavaḥ kāle
　īјire ṛṣayo 'pare
pitaro vibudhā daityā
　manuṣyāḥ kratubhir vibhum

tataḥ—之后 / ca—还有 / manavaḥ—人类的父亲众玛努 / kāle—在适当的时候 / ījire—崇拜 / ṛṣayaḥ—伟大的圣人 / apare—其他人 / pitaraḥ—祖先们 / vibudhāḥ—学识渊博的学者 / daityāḥ—半神人的大奉献者 / manuṣyāḥ—人类 / kratubhiḥ vibhum—举行祭祀以取悦至尊主

译文 继他们之后，人类的祖先玛努们、伟大的圣人们、生物体的祖先们、博学的学者们、戴提亚和人类，也为取悦至尊主举行了祭祀。

要旨 戴提亚(daitya)是那些为了能从半神人那里获得最大的物质利益而崇拜半神人的人。至尊主的奉献者是全心全意只想为至尊主做奉爱服务的人(eka-niṣṭha)，因此几乎根本没有时间去寻求物质的便利条件。他们因为认识了自己的灵性身份，所以更关心灵性的解脱，而不是物质方面的舒适。

第31节 नारायणे भगवति तदिदं विश्वमाहितम् ।
गृहीतमायोरुगुणः सर्गादावगुणः स्वतः ॥३१॥

nārāyaṇe bhagavati
tad idaṁ viśvam āhitam
gṛhīta-māyoru-guṇaḥ
sargādāv aguṇaḥ svataḥ

nārāyaṇe—向纳茹阿亚纳 / bhagavati—至尊人格首神 / tat idam—所有这些物质的展示 / viśvam—所有宇宙 / āhitam—处于 / gṛhīta—接受了 / māyā—种种物质能量 / uru-guṇaḥ—极为有力量的 / sargaādau—在创造、维系和毁灭 / aguṇaḥ—和物质属性没有密切的关联 / svataḥ—自给自足

译文 因此，众多宇宙的所有物质展示，都在祂自给自足的强大物质能量中，尽管祂跟物质自然属性永远不直接接触。

要旨 纳茹阿达向布茹阿玛询问的有关物质创造的维系问题，如此便有了答案。物质主义科学家所能观察到的物质的作用和

反作用这些表面现象，根本不是有关创造、维系和毁灭的最终真相。物质能量是至尊主的一种在时间范畴中展示出来的力量，至尊主以维施努、布茹阿玛和希瓦的形象分别掌管物质能量的善良、激情和愚昧属性。因此，尽管至尊主始终超越所有物质活动，但物质能量却是在祂至尊控制力的控制下工作的。一个富人只要花钱就可以请人盖一所大房子，同样也可以花钱请人拆掉一所大房子，但维护、保养房子的事，他总是要亲自去照管。至尊主始终完全拥有六种财富，所以是富人中最富有的人。正因为如此，祂不需要亲自去做任何事，物质世界里的每一件事都按照祂的意愿和指挥在进行。所以说，整个物质展示都处在至尊人格首神纳茹阿亚纳之中。只有缺乏知识的人，才会认为至尊真理不具备人格特征。这一事实由宇宙事务的创造者布茹阿玛给予了明确的解释。布茹阿玛是韦达智慧的最高权威，因此他就有关这方面的声明是最高的知识。

第32节　सृजामि तन्नियुक्तोऽहं हरो हरति तद्वशः ।
विश्वं पुरुषरूपेण परिपाति त्रिशक्तिधृक् ॥३२॥

sṛjāmi tan-niyukto 'haṁ
haro harati tad-vaśaḥ
viśvaṁ puruṣa-rūpeṇa
paripāti tri-śakti-dhṛk

sṛjāmi—创造 / tat—由祂的 / niyuktaḥ—指令 / aham—我 / haraḥ—主希瓦 / harati—毁灭 / tat-vaśaḥ—从属于祂 / viśvam—整个宇宙 / puruṣa—至尊人格首神 / rūpeṇa—以祂永恒的形象 / paripāti—维持 / tri-śakti-dhṛk—三种能量的控制者

译文　凭祂的意愿，我负责创造，主希瓦负责毁灭，而祂自己则作为人格首神以祂永恒的形象负责维系一切。祂是这三种能量强大的控制者。

要旨 这节诗里明确证实了“独一无二”的概念。这个“一”是指主华苏戴瓦(Vāsudeva)，物质世界和灵性世界里的一切，都只不过是祂的各种能量和扩展的不同展示。在物质世界里，主华苏戴瓦也是一切。正如《博伽梵歌》第7章的第19节诗中声明的：“我是一切原因的原因，是一切(vāsudevaḥ sarvam iti)。”韦达赞歌中也把这同一位华苏戴瓦说成是至尊者。韦达经(Vedas)中说：“事实上，除了华苏戴瓦外没有更高的真理(vāsudevāt paro Brahman na cānyo 'rtho 'sti tattvataḥ)。”在《博伽梵歌》第7章的第7节诗中，主奎师那宣布了同样的真相：“我(主奎师那)是至高无上的真理(mattaḥ parataraṁ nānyat)。”因此，至尊主的奉献者也接受非人格神主义者们所过分强调的一体性概念。所不同的是，非人格神主义者最终否认至尊主具有人格特性，而持人格神主义观点的奉献者更注重人格首神。《圣典博伽瓦谭》中解释我们现在正在讨论的这节诗所阐述的这个真理说：主华苏戴瓦是独一无二的至尊主，由于祂是全能的，祂可以在扩展祂的同时展示祂的全能。这节诗中描述至尊主通过三种能量(tri-śakti-dhṛk)展示祂的全能。祂的三种能量分别是内在能量、边缘能量和外在能量。祂的外在能量又表现出善良、激情和愚昧三种属性。同样，祂的内在能量也表现出知识(saṁvit)、存在(sandhinī)和快乐(hlādinī)这三种灵性的属性。至尊主的边缘能量——生物，也是灵性的(prakṛtiṁ viddhi me parām)，但生物永远不可能与至尊主平等。经典说至尊主是没有谁比祂伟大或与祂平等的人(nirasta-sāmya- atiśaya)。因此，个体生物，哪怕是布茹阿玛和希瓦那样伟大的人物，都是至尊主的属下。在物质世界里，至尊主以维施努的永恒形象控制、维系着包括布茹阿玛和希瓦在内的半神人，以及他们所管理的一切事务。

第33节 इति तेऽभिहितं तात यथेदमनुपृच्छसि ।
नान्यद्भगवतः किञ्चिद्भाव्यं सदसदात्मकम् ॥३३॥

iti te 'bhihitaṁ tāta
　yathedam anupṛcchasi
nānyad bhagavataḥ kiñcid
　bhāvyaṁ sad-asad-ātmakam

iti—这样 / te—向你 / abhihitam—解释了 / tāta—我亲爱的儿子 / yathā—如 / idam—所有这些 / anupṛcchasi—如你询问过的 / na—永不 / anyat—任何其他事物 / bhagavataḥ—超越至尊人格首神 / kiṣcit—什么都没有 / bhāvyam—被认为是 / sat—原因 / asat—结果 / ātmakam—就有关的问题

译文　亲爱的儿子，至此，我已经给你解释了你向我询问的问题。你必须清楚，存在的一切(物质世界和灵性世界里的一切因与果)都依靠至尊人格首神。

要旨　广阔无垠的整体创造——至尊主的能量在物质和灵性范畴中的展示，首先作为原因进行运作，接着作为结果来行事。但是，最初的原因是至尊人格首神。最初的原因所造成的结果又成为引起其他结果的原因。所以说，一切事物，无论是永恒的还是短暂的，都以因果的形式运作。由于至尊主是所有人物和一切能量的最初原因，祂被称为一切原因的起因。对此，《布茹阿玛·萨密塔》(Brahma-saṁhitā)和《博伽梵歌》中都给予了证实。《布茹阿玛·萨密塔》第5章的第1节诗声言：

īśvaraḥ paramaḥ kṛṣṇaḥ
　sac-cid-ānanda-vigrahaḥ
anādir ādir govindaḥ
　sarva-kāraṇa-kāraṇam

“有很多化身都拥有巴嘎万(博伽梵)的品质，但奎师那是至高无上的，因为没人能超过祂。祂是至尊者，祂的身体永恒、全知、极乐。祂是存在中的第一位至尊主——哥文达，是一切原因的起因。”

《博伽梵歌》第10章的第8节诗说：

aham sarvasya prabhavo
mattaḥ sarvaṁ pravartate
iti matvā bhajante māṁ
budhā bhāva-samanvitāḥ

“我是灵性世界和物质世界的源头。一切都来自我。精通这一点的明智之人为我做奉爱服务，诚心诚意地崇拜我。”

因此，最初的起因是有人格特征的神(vigraha)，不具人格特征的灵性光芒——梵光(brahmajyoti)，也是至尊梵主奎师那这一原因引起的结果(brahmaṇo hi pratiṣṭhāham)(《博伽梵歌》14. 27)。

第34节 न भारती मेऽङ्ग मृषोपलक्ष्यते
न वै क्वचिन्मे मनसो मृषा गतिः ।
न मे हृषीकाणि पतन्त्यसत्पथे
यन्मे हृदौत्कण्ठ्यवता धृतो हरिः ॥३४॥

na bhāratī me 'ṅga mṛṣopalakṣyate
na vai kvacin me manaso mṛṣā gatiḥ
na me hṛṣīkāṇi patanty asat-pathe
yan me hṛdautkaṇṭhyavatā dhṛto hariḥ

na—永不 / bhāratī—声言 / me—我的 / aṅga—纳茹阿达啊 / mṛṣā—不真实 / upalakṣyate—证明是 / na—永不 / vai—肯定地 / kvacit—在任何时候 / me—我的 / manasaḥ—心念的 / mṛṣā—不真实 / gatiḥ—进步 / na—不 / me—我的 / hṛṣīkāṇi—感官 / patanti—堕落了 / asatpathe—短暂的事物 / yat—因为 / me—我的 / hṛdā—心 / autkaṇṭhyavatā以极大的热诚 / dhṛtaḥ—抓着 / hariḥ—至尊人格首神

译文 纳茹阿达啊！事实证明：由于我以巨大的热诚紧

紧抓住至尊人格首神哈尔依的莲花足，我所说的一切都不是假的，我的思想进步从没有停止过，我的感官从没有因短暂的物质依恋而堕落。

要旨　韦达知识最初由布茹阿玛讲给纳茹阿达听，纳茹阿达则通过维亚萨戴瓦(Vyāsadeva)等他的门徒，把这超然的知识传遍全世界。韦达知识的信奉者把布茹阿玛的声明视为是无可置疑的真理，因此这超然的知识便从创造一开始，就通过师徒传承的方式传遍全世界，时间久远到无法追溯的程度。布茹阿玛是物质世界中完美的解脱了的灵魂；因此，所有真诚地求取超然知识的学生，都必须把布茹阿玛的声明当做绝对正确的话来接受。之所以说韦达知识绝对正确，是因为它是由至尊主直接传到布茹阿玛心中，而布茹阿玛又是这个物质世界里最完美的生物，他的话永远正确无误。这其中的原因在于：布茹阿玛是至尊主伟大的奉献者，诚挚地把至尊主的莲花足视为至尊真理。在《布茹阿玛·萨密塔》中，布茹阿玛不断重复说："我崇拜存在中的第一位至尊人格首神哥文达(govindam ādi-puruṣaṁ tam ahaṁ bhajāmi)。"因此，由于他与至尊人格首神哥文达有直接而又亲密的关系，他所说、所想和所做的一切通常都被接受为是真理。圣哥文达很高兴接受祂的奉献者怀着爱心为祂所做的超然服务，祂对祂的奉献者的言语和行动给予全面的保护。在《博伽梵歌》第9章的第31节诗中，至尊主宣告说："琨缇的儿子啊！你勇敢地宣布(kaunteya pratijānīhi)。"至尊主让阿尔诸纳去宣布，这是为什么？因为在世人看来，哥文达本人所说的话有时是相互矛盾的，但至尊主的奉献者所说的话从没有什么矛盾的地方。至尊主给予奉献者特殊的保护，以使他们永不犯错误。因此，奉爱服务的程序永远是从为师徒传承中的奉献者服务开始的。奉献者始终是解脱的，但那并不意味着他们不是人。至尊主永远是人，至尊主的奉献者也永远是人。奉献者因为即使解脱了也还有感官，所以永远是人；至尊主因为接受并完全回报奉献者为祂做的服务，所以也是人，只不过祂的身体完全是灵性的。奉献者一直在用自己的感官为至尊主做服务，因此永远不会受虚假物质享乐的吸引而误入歧途。奉献者所作的计划永远不会落空，而这全是奉献者忠心耿耿地为至尊主服务的结果。这就是完美和解脱的标准。所有的人，上至布茹阿玛，下至普通人，只要极为真诚地依恋至尊主奎师那——存在中的首位至尊主，便立即步入解脱之途。在《博伽梵歌》第14章的第26节诗中，至尊主证实说：

māṁ ca yo 'vyabhicāreṇa
bhakti-yogena sevate
sa guṇān samatītyaitān
brahma-bhūyāya kalpate

“在任何情况下都全心全意地做奉爱服务，就能立即超越物质自然属性，达到布茹阿曼(梵)的层面。”

因此，无论是谁，只要他从心底里极为真诚地想要与人格首神进行亲密的接触，为祂做超然的爱心服务，那他的言语和行动就永远是没有错误的。之所以是这样，其原因在于：至尊主是绝对真理，任何与绝对真理密切配合的事物也获得同样超然的品质。相反，任何凭借物质科学和知识的力量所进行的大量推测，只要没有与绝对真理有真正的接触，就肯定是世俗的谎言，是错误的。这种无神论的、不忠实的言论和行动，无论在物质上进行怎样的装饰，也永远是不可信任的。这就是这节重要的诗的主旨。一点点的奉爱要比大量的不忠不信更有价值。

第35节

सोऽहं समाम्नायमयस्तपोमयः
प्रजापतीनामभिवन्दितः पतिः ।
आस्थाय योगं निपुणं समाहित-
स्तं नाध्यगच्छं यत आत्मसम्भवः ॥३५॥

so 'haṁ samāmnāyamayas tapomayaḥ
prajāpatīnām abhivanditaḥ patiḥ
āsthāya yogaṁ nipuṇaṁ samāhitas
taṁ nādhyagacchaṁ yata ātma-sambhavaḥ

saḥ aham—我自己(伟大的布茹阿玛) / samāmnāya-mayaḥ—在韦达知识的师徒传承中 / tapaḥ-mayaḥ—圆满地进行了一切苦修 / prajāpatīnām—众生的祖先的 / abhivanditaḥ—值得崇拜的 / patiḥ—主人 / āsthāya—成功地修习了 / yogam—神秘力量 / nipuṇam—非常有经验 / samāhitaḥ—觉悟了自我的 / tam—至尊主 / na—并不 / adhyagaccham—正确地了解 / yataḥ—从……人那里 / ātma—自我 / sambhavaḥ—产生了

译文 尽管我被称为伟大的布茹阿玛，精通经师徒传承传递的韦达知识，尽管我从事过所有的苦修，精于神秘力量和觉悟自我，尽管生物体的伟大祖先们这样看待我，恭恭敬敬地向我顶礼，但我却不能了解至尊主——我出生的源头。

要旨 宇宙中最伟大的生物体布茹阿玛承认：他虽然精通广博的韦达知识，虽然苦修、苦行、觉悟自我并具有神秘力量，虽然受到生物体伟大的祖先帕佳帕提(Prajāpati)们的崇拜，但却无法了解至尊主。所以，具备上述这些资格并不足以了解至尊主。布茹阿玛只有在他怀着奉爱之心(hṛdautkaṇṭhyavatā)急切地努力为至尊主服务时，才能对至尊主有一点点了解。因此，人只能靠真诚的服务心态了解至尊主；光凭当个科学家、哲学思辨家或练就神通等物质资格，无法了解至尊主。就有关这一真相，《博伽梵歌》第18章的第54—55节诗中明确地证实说：

brahma-bhūtaḥ prasannātmā
na śocati na kāṅkṣati

samaḥ sarveṣu bhūteṣu
mad-bhaktiṁ labhate parām

bhaktyā mām abhijānāti
yāvān yaś cāsmi tattvataḥ
tato māṁ tattvato jñātvā
viśate tad anantaram

“这样处在超然境界中的人，立即觉悟至尊布茹阿曼(梵)，变得充满喜悦。他永不悲伤，不再想得到什么。他平等对待众生。在这种状态下，他达到为我做纯粹奉爱服务的境界。只有做奉爱服务，才能如实地了解作为至尊人格首神的我。当人这样满怀对我的意识时，他就能进入神的王国。”

觉悟自我，以及靠学习韦达知识、从事苦修来获得上述的高级资格等，能帮助人走上奉爱服务之途。但如果不做奉爱服务，人就始终是不完美的，因为他即使有了对自我的觉悟，也不可能真正了解至尊主。觉悟自我能使人有资格成为奉献者，而奉献者只有凭借服务的态度(bhaktyā)，才能逐渐认识人格首神。

人不应该把《博伽梵歌》上述诗节中的梵文“进入(viśate)”一词的意思，误解为是融入至尊者的存在。即使在物质存在中，人也是融在至尊主的存在中的。没有哪一个物质主义者能使自己摆脱物质的束缚，因为自我与至尊主的外在能量融在一起。正如外行人不会把奶油从牛奶中分离出来，一般人也不可能凭借获得的某种物质资格，使融入物质的自我摆脱出来。这个凭借奉爱态度的“进入(viśate)”，意味着能加入与至尊主本人进行交往、联谊的行列。为至尊主做的奉爱服务(bhakti)，意味着摆脱物质束缚，然后进入神的王国，具有与祂同样的本质。练奉爱瑜伽或成为至尊主的奉献者，目的并不是要丧失自己的个体性。解脱分五种形式，其中一种是融入至尊主的存在或身体，梵文称为萨尤佳·穆克提(sāyujya-mukti)。除了这种形式的解脱，获得其他四种形式的解脱的灵魂，都保持自己的个体性，永恒地为至尊主做超然的爱心服务。因此，《博伽梵歌》诗节中用的“进入”一词，只针对根本不想要任何形式的解脱的奉献者而言。这些奉献者只满足于为至尊主做服务，根本不在乎身处的环境和状况。

布茹阿玛是这个物质宇宙中第一个被创造的生物体，他直接从至尊主那里学到韦达知识(tene brahma hṛdā ya ādi-kavaye)。因此，有谁能是比布茹阿玛更优秀的韦达知识学者(Vedāntist)呢？他承认，尽管他有完美的韦达知识，但却没有能力了解至尊主的荣耀。既然没人能比得上布茹阿玛，那些所谓的韦达知识学者又怎么能全面了解绝对真理呢？因此，所谓的韦达知识学者们除非接受觉悟自我+奉爱(bhakti-vedānta)的训练，否则不可能进入至尊主的存在。梵文韦丹塔(vedānta)的意思是“自我觉悟”，巴克提(bhakti)的意思是“在某种程度上认识人格首神”。没人能完全了解人格首神，但凭借投靠服从至尊主和奉爱的态度，人至少能对绝对真理——人格首神有某种程度的了解。《布茹阿玛·萨密塔》中也说：光是研读韦达知识的人很难找到人格首神的存在(vedeṣu durlabham)，但至尊主的奉献者却很容易找到祂(adurlabham ātma-bhaktau)。正因为如此，圣维亚萨戴瓦并没有因为编纂了《韦丹塔·苏陀》就感到满足，而是在听他灵性导师纳茹阿达的劝告后，编纂了《圣典博伽瓦谭》，以便了解觉悟自我的真正意思。因此，《圣典博伽瓦谭》是了解绝对真理的绝对媒介。

第36节

नतोऽस्म्यहं तच्चरणं समीयुषां
　भवच्छिदं स्वस्त्ययनं सुमङ्गलम् ।
यो ह्यात्ममायाविभवं स्म पर्यगाद्
　यथा नभः स्वान्तमथापरे कुतः ॥३६॥

nato 'smy ahaṁ tac-caraṇaṁ samīyuṣāṁ
　bhavac-chidaṁ svasty-ayanaṁ sumaṅgalam

yo hy ātma-māyā-vibhavaṁ sma paryagād
yathā nabhaḥ svāntam athāpare kutaḥ

nataḥ—让我顶礼 / asmi—是 / aham—我 / tat—至尊主的 / caraṇam—足 / samīyuṣām—皈依了的灵魂的 / bhavat-chidam—终止重复生死的 / svasti-ayanam—感受到全面的快乐 / su-maṅgalam—绝对吉祥的 / yaḥ—……的人 / hi—准确地 / ātma-māyā—个人能量 / vibhavam—力量 / sma—肯定地 / paryagāt—不能估计 / yathā—正如 / nabhaḥ—天空 / sva-antam—自己的界限 / atha—因此 / apare—其他人 / kutaḥ—怎样

译文 因此，我最好是投靠祂的莲花足；仅仅是祂的莲花足，就能把人从生死轮回的痛苦中解救出来。这种皈依绝对吉祥，让人感受到所有的快乐。就连天空都估量不了它自己的扩展限度，更何况在至尊主本人都估量不了祂自己的极限时，其他人又能做什么？

要旨 主布茹阿玛是全体有学识的生物体中最非凡的学者，是最伟大的祭祀家、最了不起的苦行者，以及最卓越的自觉了的神秘家。身为众生最高的灵性导师，他劝我们：要想获得一切成功，甚至摆脱物质生活的痛苦，进入绝对吉祥的灵性存在，唯一该做的就是投靠至尊主的莲花足。布茹阿玛被称为祖先的祖先(pitāmaha)。就有关如何履行自己的责任问题，年轻人如果去询问他那有经验的父亲，他父亲自然便是一个好顾问。而布茹阿玛是所有父亲的父亲、祖先的祖先，是全宇宙人类的祖先玛努(Manu)的父亲的父亲。因此，在这个微不足道的星球上的人，要好好接受布茹阿玛的教导，投靠至尊主的莲花足，而不要试图去丈量至尊主力量的长宽高；这样才会一切顺利。至尊主的力量无边无际，无法估量，《水塔刷塔尔奥义书》(Śvetāśvatara Upaniṣad)第6章的第8节诗证实说：主有多方面的能力，因此祂的活动自然而然地自动进行着(parāsya śaktir vividhaiva śrūyate svābhāvikī jñāna-bala-kriyā ca)。祂是最伟大的，所有其他生物，就连最杰出的生物体布茹阿玛都承认，我们最好是投靠、服从祂。因此，只有知识极为贫乏的人才声称自己是所能看到的一切的主宰。他们能看到什么呢？连一个微小宇宙中的一小片天空的长和宽都测不出。有一个所谓的物质科学家说：要到宇宙中最高的星球上去，他需要乘坐太空船飞上四万年时间。这是一种乌托邦式的说辞，因为没人能活上四万年。除此之外，当太空船的驾驶员凯旋时，他的朋友们也不可能活到那时候去迎接他这个世上最伟大的宇航员，把他尊为现代迷惑了的科学人士中的精英。有一位不信神的科学家，热衷于为他的物质生存制定各种计划，于是开了一家医院，但医院才开业六个月他就死了。所以说，人不该只为了不实在的物质快乐，打着经济发展和科技进步的幌子增加人为的需要，以此糟蹋自己经过八百四十万种生命形式的轮回才得到的人体生命。相反，人只应该投靠至尊主的莲花足，以解除生命中的一切痛苦。这是主奎师那在《博伽梵歌》中亲自教导的，也是这个宇宙众生的祖先布茹阿玛在《圣典博伽瓦谭》中的教导。

任何人，如果他不接受《博伽梵歌》和《圣典博伽瓦谭》两部经典，以及所有其他权威经典中推荐的这个皈依方法，他就会被迫投靠、服从物质自然法律。生物的原本状态并不是独立的。他必需投靠一方，不是投靠至尊主，就是投靠物质自然。物质自然也不能独立于至尊主而存在，至尊主本人宣称物质自然是“我的能量(mamamāyā)”(《博伽梵歌》7.14)，是“我分离出的八种能量(me bhinnā prakṛtir aṣṭadhā)”(《博伽梵歌》7.4)。因此，物质自然也是至尊主控制的，正如祂在《博伽梵歌》第9章的第10节诗中声明的：“物质自然是我的一种能量，在我的指挥下活动，产生动与不动的一切(mayādhyakṣeṇa prakṛtiḥ sūyate sacarācaram)。”生物作为比较高等的能量，可以选择和判断是投靠、服从至尊主，还是投靠、服从物质自然。投靠、服从至尊主使生物得到快乐和解脱，而投靠、服从物质自然使生物受苦。因此，要结束一切痛苦就要投靠至尊主，因为这种皈依的程序本身就是摆脱一切物质痛苦(bhava-cchidam)、感知一切快乐(svasty-ayanam)，以及一切吉祥事物的起源(sumaṅgalam)。

至尊主是完全自由、快乐和绝对吉祥的，因此只有皈依至尊主才有自由、快乐和一切的好运。而且，这种解脱和快乐是无限的，诗中把它们与天空相比。尽管这种解脱和快乐比天空大无数倍，但在我们目前的情况下，只有用天空作比较，我们才能了解这种解脱和快乐的巨大程度。我们测量不了天空，但通过与至尊主交往、联谊所得到的快乐和自由远比天空要大。这种灵性快乐是那么巨大，以致就连至尊主本人都估量不了，更何况其他人呢？

经典中说：灵性的快乐是无限的(brahma-saukhyaṁ tv anantam)。这节诗里说，就连至尊主都估量不了这种快乐。这并不是说至尊主不能估量它，因此至尊主在这方面不完美。真实情况是：至尊主可以估量它，但由于至尊主处在绝对的层次，至尊主的快乐与至尊主本人一样；因此，至尊主可以估量来自祂本人的快乐，但快乐增加，至尊主再次估量它，而快乐的强度不断增加，至尊主不断去估量；就这样，快乐的增强与估量之间存在着永恒的竞争，从不停止，直到永远。灵性快乐是一个程度在不断增加的快乐海洋(ānandāmbudhi-vardhanam)。物质的海洋没有活力，但灵性的海洋充满活力。主奎师那的快乐能量圣茹阿妲茹阿妮(Rādhārāṇī)这位超然的人物，就是那充满活力且快乐不断增强的灵性快乐海洋，喀维茹阿佳·哥斯瓦米(Kavirāja Gosvāmī)在《永恒的柴坦亚经》(Caitanya-caritāmṛta)上篇第4章中对她进行了生动的描述。

第37节

नाहं न यूयं यद‍ृतां गतिं विदु-
र्न वामदेवः किमुतापरे सुराः ।

तन्मायया मोहितबुद्धयस्त्विदं
विनिर्मितं चात्मसमं विचक्ष्महे ॥३७॥

nāhaṁ na yūyaṁ yad-ṛtāṁ gatiṁ vidur
na vāmadevaḥ kim utāpare surāḥ
tan-māyayā mohita-buddhayas tv idaṁ
vinirmitaṁ cātma-samaṁ vicakṣmahe

na—既不 / aham—我 / na—既不 / yūyam—你们这些儿子 / yat—其 / ṛtām—实际上 / gatim—运动 / viduḥ—知道 / na—不 / vāmadevaḥ—主希瓦 / kim—什么 / uta—别的 / apare—其他人 / surāḥ—半神人们 / tat—由祂 / māyayā—由错觉能量 / mohita—被迷惑了 / buddhayaḥ—以这样的智慧 / tu—但是 / idam—这 / vinirmitam—创造了的事物 / ca—也 / ātma-samam—靠个人的能力 / vicakṣmahe—观察到

译文　既然主希瓦和你、我都无法确知灵性快乐的限度，其他半神人又怎么能了解这一点？而且，由于我们全体都被至尊主的外在错觉能量所迷惑，我们只能根据自己个人的能力看这个展示的宇宙。

要旨　我们已经多次提到过被挑选出来的十二个权威人士(dvādaśa-mahājana)，按照对至尊主了解的程度分，名列前三名的分别是布茹阿玛、纳茹阿达和希瓦。其他半神人、次半神人、歌仙(Gandharva)、优伶仙(Cāraṇa)、知识仙(Vidyādhara)、人类或恶魔(asura)等，不可能完全了解绝对的至尊主奎师那的各种力量。半神人、次半神人和歌仙等，全都是高等星球上有更高智慧的人物，人类是中等星球上的居民，而恶魔是低等星球上的居民。正如人类社会中的科学家或经验论哲学家对绝对真理有各自的概念和认识，各个星球上的居民对绝对真理也有各自的概念和认识。所有这些生物体都是物质自然的产物，因此都被物质自然三种属性的神奇展示所迷惑。《博伽梵歌》第7章的第13节诗中谈到这种迷惑说：整个世界都被三种属性(善良、激情、愚昧)所迷惑，不了解我(tribhir guṇamayair bhāvair ebhiḥ samam idaṁ jagat)。每一个生物体，上至布茹阿玛下至蚂蚁，都按照各自的能力认为展现在自己眼前的世界就是一切。正因为如此，20世纪人类社会中的科学家便以自己的方式计算宇宙的开始和结束。可科学家又能了解什么呢？就连布茹阿玛本人有一次也迷惑了，以为自己是受至尊主宠幸的唯一的布茹阿玛；但后来，凭借至尊主的恩典，他才知道：实际上还有无数比他更强大的布茹阿玛，生活在比他所在的这个宇宙要大得多的众多宇宙中，而所有这些宇宙加起来才是至尊主创造能量的四分之一展示。至尊主另外的四分之三能量展示在灵性世界里，所以有着一颗小脑袋瓜的渺小的科学家，又能对至尊人格首神奎师那了解什么呢？正因为如此，至尊主说：被物质自然属性迷惑的生物，不了解超越这些展示的是绝对控制着一切的我(mohitaṁ nābhijānāti mām ebhyaḥ param avyayam)。布茹阿玛、纳茹阿达和希瓦对至尊主有相当多的了解，因此人应该听从这些伟大人物的教导，而不该只满足于一颗小脑袋瓜和它所发明的太空船等一类玩具般的科技产物。就像母亲是孩子了解父亲的唯一权威，由布茹阿玛、纳茹阿达和希瓦等公认的权威给予我们的韦达经母亲，是告诉我们有关绝对真理信息的唯一权威。

第38节 यस्यावतारकर्माणि गायन्ति ह्यस्मदादयः ।
न यं विदन्ति तत्त्वेन तस्मै भगवते नमः ॥३८॥

yasyāvatāra-karmāṇi
gāyanti hy asmad-ādayaḥ
na yaṁ vidanti tattvena
tasmai bhagavate namaḥ

yasya—其 / avatāra—化身 / karmāṇi—种种活动 / gāyanti—颂扬 / hi—事实上 / asmat-ādayaḥ—像我们这样的人 / na—不 / yam—谁 / vidanti—知道 / tattvena—百分之百真实的祂 / tasmai—向祂 / bhagavate—向至尊人格首神圣主奎师那 / namaḥ—崇敬的顶拜

译文 让我们虔诚地顶拜至尊人格首神；我们虽然很难完全、如实地了解祂，但却歌唱赞美祂的化身和活动。

要旨 经典中说，粗糙的物质感官没有能力知觉到超然的名字、形象、属性、娱乐活动、事物和品格等。可是当我们通过聆听、吟诵(吟唱)、记忆和崇拜神像的莲花足等程序净化了我们的感官后，至尊主就会按照我们为祂做奉爱服务的品质相应地把自己揭示给我们(ye yathā māṁ prapadyante)。人不该期望至尊主是一个唯命是从的供货商，我们一旦想见祂，祂就必须出现在我们面前。我们必须准备履行规定的奉爱职责，走布茹阿玛、纳茹阿达等师徒传承中的权威前辈所走过的路。随着做真正的奉爱服务使奉献者的感官逐渐得到净化，至尊主就会按照奉献者的灵性进步程度相应地向奉献者揭示祂本人。但是，不在奉爱服务师徒传承中的人，只凭推算和哲学思辨是很难了解祂的。如此辛苦工作的人可以在听众面前玩文字游戏，但却永远不可能知道至尊人格首神本人的特征。在《博伽梵歌》中，至尊主明确地说：人只能通过做奉爱服务了解祂。没人能通过骄傲自大的挑衅这种物质方法了解至尊主，但谦卑的奉献者靠真诚的奉爱活动却可以取悦祂，使祂在奉献者面前根据他们对祂的奉爱之情相应地揭示祂自己。布茹阿玛作为真正的灵性导师向至尊主致以虔诚的顶礼，并劝告我们要按聆听(śravaṇa)和吟诵、吟唱(kīrtana)的程序做。仅仅靠这个程序——聆听和吟诵、吟唱至尊主化身的光荣活动，人就肯定能在自己心中看到至尊主本人。就有关这个主题，我们已经在《圣典博伽瓦谭》第1篇与之有关的诗节中进行过讨论：

tac chraddadhānā munayo
jñāna-vairāgya-yuktayā
paśyanty ātmani cātmānaṁ
bhaktyā śruta-gṛhītayā

“认真好问的学生或圣哲博学、不执著，并且按照他从奉爱服务典籍(Vedānta-śruti)中得到的指示做奉爱服务，认识绝对真理。”(《圣典博伽瓦谭》1.2.12)

结论是：任何方法都不能使人完全了解至尊人格首神，但聆听和吟诵、吟唱等奉爱服务的程序，可以使人部分地看到祂、感知到祂。

第39节 स एष आद्यः पुरुषः कल्पे कल्पे सृजत्यजः ।
आत्मात्मन्यात्मनात्मानं स संयच्छति पाति च ॥३९॥

sa eṣa ādyaḥ puruṣaḥ
kalpe kalpe sṛjaty ajaḥ
ātmātmany ātmanātmānaṁ
sa saṁyacchati pāti ca

saḥ—祂 / eṣaḥ—本人 / ādyaḥ—存在中的第一位至尊人格首神 / puruṣaḥ—哥文达的玛哈·维施努化身(主奎师那的完整扩展) / kalpe kalpe—在每一个年代里 / sṛjati—创造 / ajaḥ—无生的 / ātmā—自我 / ātmani—在自我之上 / ātmanā—由祂自己 / ātmānam—自我 / saḥ—祂 / saṁyacchati—吸入 / pāti—维系 / ca—还有

译文 存在中的第一位至尊人格首神——圣主奎师那，扩展出祂的完整扩展玛哈·维施努。至尊主的这第一个化身创造了这个展示的宇宙，但祂却是不经出生就存在的。然而，创造就在祂体内进行，物质实体和展示也全都是祂本人。祂维系它们一段时间，然后再把它们吸进祂体内。

要旨　尽管至尊主的创造与至尊主没有区分，但祂并不在创造之内。就有关这一点，《博伽梵歌》第9章的第4节诗解释说：

maya tatam idaṁ sarvaṁ
jagad avyakta-mūrtinā
mat-sthāni sarva-bhūtāni
na cāhaṁ teṣv avasthitaḥ

"我以不展示的形象遍布整个宇宙。众生都在我之中，我却不在他们中。"

绝对真理的非人格概念也是至尊主的一个形象，梵文称为阿维亚克塔·穆尔提(avyakta-mūrti)。穆尔提(mūrti)的意思是"形象"，但由于祂的非人格方面的特征对我们有限的感官来说是难以理解的，所以便称祂的不具人格特征的形象为阿维亚克塔·穆尔提——不展示的形象，而整个创造就处在祂的那个难以理解的形象中。换句话说，整个创造既是至尊主本人，又与祂没有分别；但同时，作为存在中的第一位人格首神圣主奎师那，祂远离整个创造。非人格神主义者强调至尊主的非人格形象或特征，不相信至尊主原本有的人格特征。但是，外士纳瓦(至尊主的奉献者)接受这一事实，那就是：至尊主的原本形象是两臂人形，不具人格特征的形象只不过是祂众多形象中的一种形象而已。至尊主的人格形象和非人格形象同时并存，《博伽梵歌》、《圣典博伽瓦谭》和其他韦达经典中，都明确地阐述了这一事实。这一事实对人类的智力而言是不可思议的，因此我们必然只能接受权威经典的说明。而且，这一真相实际上只有通过不断地为至尊主做奉爱服务才能觉悟到，通过心智思辨或归纳法则永远不可能觉悟到。非人格神主义者或多或少依靠归纳法了解真理，因此永远不了解至尊人格首神圣主奎师那。尽管全部的韦达典籍中都清楚地谈了所有的一切，但他们对奎师那的概念还是模糊不清。当至尊主扩展出一切并进入一切时，知识贫乏的人无法了解至尊主的原本形象。这种缺憾或多或少是由"一个实体被分割成很多部分后不可能保持原本形象”的物质概念引起的。

存在中的第一位人格首神(ādyaḥ)哥文达，扩展出玛哈·维施努化身，躺在自己创造的原因之洋中。就有关这一典，《布茹阿玛·萨密塔》第5章的第47节诗中证实说：

yaḥ kāraṇārṇava-jale bhajati sma yoga-
nidrām ananta-jagad-aṇḍa-saroma-kūpaḥ
ādhāra-śaktim avalambya parāṁ sva-mūrtiṁ
govindam ādi-puruṣaṁ tam ahaṁ bhajāmi

“我崇拜存在中的第一位至尊主哥文达，祂以祂的完整扩展玛哈·维施努形象躺在原因之洋中，所有的宇宙都从祂超然身体的毛孔中出来。祂处在永恒的神秘睡眠状态中。”

所以，玛哈·维施努是创造过程中的第一位化身，所有的宇宙和物质展示都一个接一个地从祂那里产生出来。好似灵性天空中的一片云的原因之洋——物质创造实体(mahat-tattva)，由至尊主创造，只不过是祂各种展示的一部分。灵性天空是祂个人光芒的伸展，但祂也是物质创造实体之云朵。祂躺着，宇宙经祂的呼吸产生出来。接着，祂又作为孕诞之洋维施努(Garbhodakaśāyī Viṣṇu)进入每一个宇宙中。为了维系宇宙，祂创造布茹阿玛、希瓦和许多其他半神人，随后又把一切都吸入祂体内。就有关这一点，《博伽梵歌》第9章的第7节诗证实说：

sarva-bhūtāni kaunteya
prakṛtiṁ yānti māmikām
kalpa-kṣaye punas tāni
kalpādau visṛjāmy aham

“琨缇的儿子啊！在一个周期之末，所有的物质展示都进入我的自然；在另一个周期开始时，我用自己的能量重新创造它们。”

结论是：所有这一切都只不过是至尊主本人不可思议的能量展示，没人能完全了解这整个展示。这一点我们已经讨论过了。

第40—41节 विशुद्धं केवलं ज्ञानं प्रत्यक्सम्यगवस्थितम् ।
सत्यं पूर्णमनाद्यन्तं निर्गुणं नित्यमद्वयम् ॥४०॥
ऋषे विदन्ति मुनयः प्रशान्तात्मेन्द्रियाशयाः ।
यदा तदेवासत्तर्कैस्तिरोधीयेत विप्लुतम् ॥४१॥

viśuddhaṁ kevalaṁ jñānaṁ
pratyak samyag avasthitam
satyaṁ pūrṇam anādy-antaṁ
nirguṇaṁ nityam advayam

ṛṣe vidanti munayaḥ
praśāntātmendriyāśayāḥ
yadā tad evāsat-tarkais
tirodhīyeta viplutam

viśuddham—没有任何物质的污染 / kevalam—纯洁而又完美的 / jṣānam—知识 / pratyak—无所不在的 / samyak—圆满 / avasthitam—处于 / satyam—真理 / pūrṇam—绝对的 / anādi—没有开始 / antam—因此也没有结束 / nirguṇam—而且没有物质属性 / nityam—永恒的 / advayam—没有对手 / ṛṣe—纳茹阿达啊！伟大的圣人 / vidanti—他们只能了解 / munayaḥ—伟大的思想家 / praśānta—平静 / ātma—自我 / indriya—感官 / āśayāḥ—取得庇护 / yadā—当……时 / tat—那 / eva—肯定地 / asat—不合理的 / tarkaiḥ—辩论 / tiraḥ-dhīyeta—消失 / viplutam—曲解的

译文 人格首神不受任何物质的污染，是纯净的。祂是绝对真理和完善知识的化身。祂无所不在，没有开始或结束，也没有对手。啊，纳茹阿达，伟大的圣人！在摆脱了所有的物质束缚并托庇于不受打扰的感官后，伟大的思想家可以了解祂。相反，靠没有根据的思辨性辩论，一切都会被歪曲，至尊主也会从我们的视野里消失。

要旨 这节诗是对至尊主在短暂的物质创造中所从事的种种超然活动的评价。非人格神主义假象宗(Māyāvāda)哲学，试图说至尊主在化身前来时被物质躯体所污染。这节诗通过说明至尊主在任何情况下都是至纯至粹的，来彻底否定非人格神主义假象宗歪曲事实的说法。按照假象宗哲学的说法，灵性的灵魂被无知包裹时是个体灵魂(jīva)，但摆脱这种无知后便融入绝对真理不具人格特征的存在中。可是，这节诗里说，至尊主永恒是完整和知识的象征。至尊主永恒地不受一切物质污染：这就是祂的特殊之所在，是祂与普通的个体生物之间的区别。个体生物有受制于无知的倾向，因此与物质认同。韦达经中说，至尊主充满知识和快乐(vijñānam ānandam)。受制约的个体灵魂有被污染的倾向，因此永远都无法与至尊主相比。尽管个体生物解脱后在质上与至尊主一样，但他容易受污染的倾向使他与从不会受污染的至尊主有着天壤之别。韦达经中说：个体灵魂会被罪恶污染，但至尊主从不被罪恶污染(śuddham apāpa-vid-dham)。至尊主被比喻为是强有力的太阳。太阳是如此强大，以致不但永远不会被任何有传染性的事物所污染，相反可以用自己放射的阳光消毒被污染的东西。同样道理，至尊主不但永远不会被罪恶所污染；相反，有罪的个体生物可以通过与至尊主接触被净化。这意味着至尊主像太阳普照大地一样无所不在；正因为如此，这节诗里用了梵文“无所不在的(pratyak)”一词。万事万物都在至尊主本人及祂扩展的范围内，无一例外。至尊主既在一切事物中又包含一切，且不受个体灵魂活动的打扰。因此祂无限大，而生物则极为渺小。韦达经中说，只有至尊主是独立存在的，所有其他生物都依靠祂而存在。每一个生物的生存能力都来源于祂；祂是所有其他各种真理的至尊真理。每一个生物体所拥有的财富都来自祂，因此没有谁在财富方面是与祂平等的。由于祂绝对拥有钱财、名望、力量、美丽、知识和弃绝这六种财富，祂肯定是至高无上的人；而由于祂是一个人，祂虽然超越物质自然三种属性，但还是拥有很多个人的特质。在《圣典博伽瓦谭》第1篇第7章的第10节诗中，我们已经谈过，至尊主的超然的特质是如此吸引人(itthaṁ-bhūta-guṇo hariḥ)，就连解脱的灵魂(ātmārāmas)都深受吸引。祂虽然拥有一切人格特征，但仍是全能的。正因为如此，祂本人并不需要做什么，因为一切都由祂全能的能量做好了。就有关这一点，韦达赞美诗中证实说：至尊主有多方面的能力，因此祂的活动自然而然地自动进行着(parāsya śaktir vividhaiva śrūyate svābhāvikī jñāna-bala-kriyā ca)。这暗示了生物体的物质感官所感知不到的祂特有的灵性形象。感官只有通过做奉爱服务得到净化后才能看到祂(yam evaiṣa vṛṇute tena labhyaḥ)。至尊主和个体生物之间在很多方面有着根本的区别。韦达经声明：没有谁能与至尊主相比(ekam evādvitīyaṁ brahma, dvaitād vai bhayaṁ bhavati)。至尊主没有竞争对手；祂不惧怕任何其他生物，也没有谁能与祂平等。祂虽然是所有其他生物的来源，但却与其他生物有着根本的区别。否则，前面的诗节中就没必要说“没人能完全了解祂(na yaṁ vidanti tattvena)”了。这节诗中也解释说，没人能完全了解至尊主，但具备一定的资格可以对祂有某种程度的了解。只有至尊主纯粹的奉献者(praśāntas)，才能更多地了解至尊主。这其中的原因是：奉献者对自己的生活没有任何要求，而只想成为至尊主顺从的仆人；至于其他人，无论是经验主义哲学家、神秘主义者还是功利性活动者，基本上都有所求，因此心静不下来。功利性活动者想得到工作的报酬，神秘主义者想获得某些神通，经验主义哲学家想融入至尊主的存在。无论如何，人只要有满足感官的要求，就没有平静的机会；相反，不必要地进行枯燥的推测性辩论反而使人曲解真相，越来越不了解至尊主。不过，进行枯燥思辨的人因为遵守苦修的原则，所以能在某种程度上了解至尊主的非人格特征，但却没有机会了解祂作为哥文达的最原始的形象。只有完全无罪的人才能为至尊主做纯粹的奉爱服务，正如《博伽梵歌》第7章的第28节诗中证实的：

yeṣāṁ tv anta-gataṁ pāpaṁ
janānāṁ puṇya-karmaṇām
te dvandva-moha-nirmuktā
bhajante māṁ dṛḍha-vratāḥ

"在前世和今生行善并彻底消除了恶报的人，摆脱由错觉产生的二元性，坚定地为我服务。"

第42节 आद्योऽवतारः पुरुषः परस्य
कालः स्वभावः सदसन्मनश्च ।
द्रव्यं विकारो गुण इन्द्रियाणि
विराट् स्वराट् स्थास्नु चरिष्णु भूम्नः ॥४२॥

ādyo 'vatāraḥ puruṣaḥ parasya
kālaḥ svabhāvaḥ sad-asan-manaś ca
dravyaṁ vikāro guṇa indriyāṇi
virāṭ svarāṭ sthāsnu cariṣṇu bhūmnaḥ

ādyaḥ—第一位 / avatāraḥ—化身 / puruṣaḥ—原因之洋维施努 / parasya—至尊主的 / kālaḥ—时间 / svabhāvaḥ—空间 / sat—结果 / asat—因由 / manaḥ—心念 / ca—还有 / dravyam—元素 / vikāraḥ—物质自我 / guṇaḥ—物质自然属性 / indriyāṇi—感官 / virāṭ—整个身体 / svarāṭ—嘎尔博达卡沙依·维施努 / sthāsnu—不移动的 / cariṣṇu—移动的 / bhūmnaḥ—至尊主的

译文 卡冉纳尔纳瓦沙伊·维施努，是至尊主的第一个化身，主宰着永恒的时间、空间、因果、心念、元素、物质假我、自然属性、感官、宇宙形象、嘎尔博达卡沙伊·维施努，以及所有动与不动的生物体的总和。

要旨 我们在此之前已多次谈过，物质创造不是永恒的。物质创造只不过是全能的神所拥有的物质能量的短暂展示。对于那些不愿意通过为至尊主做超然的爱心服务与至尊主交往的受制约的灵魂来说，这种物质展示可以给他们提供一个机会。受制约的灵魂不愿意为至尊主做服务，相反要模仿神去自己享受，因此不被允许进入灵性存在去过解脱的生活。个体灵魂原本是至尊主永恒的仆人，但其中一些灵魂因为误用神赐予他们的自主性而不愿意为神做服务，为此被允许享受称为错觉或假象(māyā)的物质自然。物质自然之所以被称为错觉或假象，是因为：尽管在其迷惑下生物自以为是享受者，但受其钳制的生物并不是真正的享受者。这些被迷惑了的生物间或会得到机会去纠正自己“想当物质自然的主人”的错误心态，并有机会从韦达经中学习知识，了解自己与至尊主奎师那永恒的关系(vedaiś ca sarvair aham eva vedyaḥ:《博伽梵歌》15.15)。所以，物质展示的短暂创造是至尊主物质能量的展现；为了安排整场展示，至尊主化身为原因之洋维施努——卡冉纳尔纳瓦沙伊·维施努(Kāraṇārṇavaśāyī Viṣṇu)，就像政府委派一个地方行政官去处理一些短期事务一样。这位原因之洋维施努通过看一眼祂的物质能量(sa aikṣata)，就引发了物质创造的展示。在这部经典的第1篇中，我们已经就解释至尊主作为主宰化身的完整扩展形象(jagṛhe pauruṣaṁ rūpam)的那节诗，进行了一定程度的谈论。物质创造的幻象展出的持续时间，梵文称为卡勒帕(kalpa)。我们已经谈过，创造在一个卡勒帕接一个卡勒帕地进行着。凭借祂的化身和潜在活动，所有的一切都逐一展示出来：首先是时间、空间、原因、结果、心念、粗糙和精微元素等宇宙创造的所有成分，以及善良、激情和愚昧这三种物质自然属性的相互作用；接着是各种感官和它们的源泉——作为第二个化身孕诞之洋维施努(Garbhodakaśāyī Viṣṇu)庞大的宇宙形象，还有由这第二个化身产生出来的一切动与不动的生物体。归根结底，所有这些创造元素和创造本身，都只不过是至尊主能量的展示，没有任何事物能独立于至尊生物的控制而存在。在物质创造中的第一个化身原因之洋维施努，是存在中的第一位人格首神圣主奎师那的完整扩展。《布茹阿玛·萨密塔》第5章的第48节诗这样描述说：

yasyaika-niśvasita-kālam athāvalambya
jīvanti loma-vilajā jagad-aṇḍa-nāthāḥ
viṣṇur mahān sa iha yasya kalā-viśeṣo
govindam ādi-puruṣaṁ tam ahaṁ bhajāmi

无数的宇宙都只在玛哈·维施努(原因之洋维施努)呼气时展现出来，而玛哈·维施努只不过是存在中的第一位人格首神圣主奎师那的完整扩展——哥文达的完整扩展。

第43－45节 अहं भवो यज्ञ इमे प्रजेशा
दक्षादयो ये भवदादयश्च ।
स्वर्लोकपालाः खगलोकपाला
नृलोकपालास्तललोकपालाः ॥४३॥
गन्धर्वविद्याधरचारणेशा
ये यक्षरक्षोरगनागनाथाः ।
ये वा ऋषीणामृषभाः पितॄणां
दैत्येन्द्रसिद्धेश्वरदानवेन्द्राः ।
अन्ये च ये प्रेतपिशाचभूत-
कूष्माण्डयादोमृगपक्ष्यधीशाः ॥४४॥
यत्किं च लोके भगवन्महस्व-
दोजःसहस्वद्बलवत्क्षमावत् ।
श्रीह्रीविभूत्यात्मवदद्भुतार्णं
तत्त्वं परं रूपवदस्वरूपम् ॥४५॥

ahaṁ bhavo yajña ime prajeśā
dakṣādayo ye bhavad-ādayaś ca
svarloka-pālāḥ khagaloka-pālā
nṛloka-pālās talaloka-pālāḥ

gandharva-vidyādhara-cāraṇeśā
ye yakṣa-rakṣoraga-nāga-nāthāḥ

ye vā ṛṣīṇām ṛṣabhāḥ pitṝṇāṁ
daityendra-siddheśvara-dānavendrāḥ
anye ca ye preta-piśāca-bhūta-
kūṣmāṇḍa-yādo-mṛga-pakṣy-adhīśāḥ

yat kiṁca loke bhagavan mahasvad
ojaḥ-sahasvad balavat kṣamāvat
śrī-hrī-vibhūty-ātmavad adbhutārṇaṁ
tattvaṁ paraṁ rūpavad asva-rūpam

aham—我自己(布茹阿玛) / bhavaḥ—主希瓦 / yajñaḥ—主维施努 / ime—所有这些 / prajā-īśāḥ—众生的父亲 / daṣa-ādayaḥ—达克沙、玛瑞祺、玛努等 / ye—那些 / bhavat—你自己 / ādayaḥ ca—以及四位布茹阿玛查瑞(萨纳特·库玛尔和他的兄弟们) / svarloka-pālāḥ—天堂星球的领袖 / khagaloka-pālāḥ—太空旅行者的领袖 / nṛloka-pā-lāḥ—人类的领袖 / talaloka-pālāḥ—低等星球的领袖 / gandharva—甘达尔瓦珞卡(歌仙星球)的居民 / vidyādhara—维迪亚达尔星球的居民 / cāraṇa-īśāḥ—查冉纳的领袖 / ye—还有其他人 / yakṣa—亚克沙(夜叉)的领袖 / rakṣa—恶魔 / uraga—蛇 / nāga-nāthāḥ—纳嘎珞卡的领袖(位于地球之下) / ye—其他人 / vā—还有 / ṛṣīṇām—圣哲的 / ṛṣa-bhāḥ—主要的 / pitṝṇām—祖先的 / daitya-indra—无神论者的领袖 / siddha-īśvara—希达哈珞卡的领袖(太空人) / dānava-indrāḥ—非雅利安人的领袖 / anye—除了他们 / ca—还有 / ye—那些 / preta—死尸 / piśāca—妖魔鬼怪 / bhūta—怪魔 / kūṣmāṇḍa—一种恶魔 / yādaḥ—水族 / mṛga—动物 / pakṣi-adhīśāḥ—巨鹰 / yat—任何事物 / kim ca—以及一切事物 / loke—在世上 / bhagavat—拥有“特殊的力量(巴嘎)” / mahasvat—一定程度的 / ojaḥ-sahasvat—心智上的和感官上的特别机巧 / balavat—拥有力量 / kṣamāvat—拥有宽恕心 / śrī—美丽 / hrī—羞愧于不虔诚的活动 / vibhūti—财富 / ātmavat—拥有智慧 / adbhuta—奇妙的 / arṇam—种族 / tattvam—特别的真理 / param—超然的 / rūpavat—就如……的形象 / asva-rūpam—并不是至尊

主的形象

译文 特别具有能力、财富、心智机巧、感觉灵敏、力量、宽容、美丽、谦逊和教养的一切，无论有没有形象，如我本人(布茹阿玛)，主希瓦，主维施努，达克沙等伟大的生物体祖先，你们本人(纳茹阿达和库玛尔四兄弟)，因铎和昌铎等天堂半神人，布尔星球的领袖，地球星系的领袖，低等星球的领袖，甘达尔瓦星球的领袖，维迪亚达尔星球的领袖，查茹阿纳星球的领袖，亚克刹、茹阿克刹和乌尔嘎的首领，大圣人，大恶魔，大无神论者，了不起的太空人，死尸，恶灵，撒旦们，精灵，库施曼达，巨大的水生物，巨大的走兽和飞禽，等等，也许看起来是某种真理和至尊主的形象，但事实上都不是。他们只不过是至尊主的超然能量的一个碎片而已。

要旨 上面列出的人物，从宇宙中第一个被创造的生物体布茹阿玛开始，到主希瓦、主维施努、纳茹阿达，以及其他强有力的半神人、人、超人、圣人(ṛṣis)，还有包括死尸、撒旦、邪灵、神怪、水生物、飞禽和走兽等具有特殊力量及财富的低等生物体；他们表面看起来也许像是至尊主，但实际上没有一个是至尊主。他们中的每一个个体所拥有的力量都只不过是至尊主强大能量的一个碎片部分而已。智力欠佳的人看到神奇的物质现象会惊讶不已，正如土著居民惧怕霹雳、遮天蔽日的大榕树、丛林中的高山峻岭等。对于这些尚未开化的人来说，至尊主能量的一丝展示就使他们迷惑万分。文明程度高一些的人会被半神人或女神的力量迷惑。这些被至尊主创造中的各种能量展示震慑住但对至尊主本人一无所知的人，被称为崇拜强大能量的人(śakta)。现代科学家也被现象世界中奇妙的作用与反作用所迷惑，因此也是崇拜强大能量的人。这些文明程度较低的人会逐渐提升为太阳神的崇拜者(saurīyas)或甘纳帕提的崇拜者(gāṇapatyas)。甘纳帕提的崇拜者以甘纳帕提的形象崇拜人民大众(janatā janārdana或daridra-nārāyaṇa)。接着，他们会在寻找永恒存在之灵魂的过程中上升到崇拜希瓦的层次。这以后，他们还可以继续提升，到崇拜主维施努和超灵的层次；但尽管如此，他们却丝毫不了解主维施努的源头哥文达——主奎师那。除了上述那类人，世上还有些人崇拜民族、国家、飞禽、走兽、邪灵和撒旦等。此外，崇拜掌管不幸状况的半神人沙尼戴瓦(Śanideva)和天花病的女神希塔拉黛薇(Sītalādevī)的，也大有人在。还有很多愚蠢的人崇拜大众或贫穷之人。因此可以看到，不同的个人、社会和团体，都在崇拜至尊主不同的能量展示，错误地把强大的崇拜对象当做是至尊神。但布茹阿玛在这节诗中告诫我们：他们没有一个是至尊主；他们只不过是沾了全能的至尊首神圣主奎师那的光。当至尊主在《博伽梵歌》中告诉我们要只崇拜祂本人时，我们该明白：崇拜主奎师那就包括崇拜上述的一切，因为祂——主奎师那包含了所有的生物。

每当我们看到韦达文献中说至尊主没有形象时，我们应该知道：上面提到的所有在宇宙知识经验范围内的形象，都只不过是至尊主超然能量的不同展示而已，没有一个能真正代表至尊主的超然形象。然而，当至尊主真降临地球或宇宙中的任何一个地方时，智力欠佳的人又误以为祂是他们中的一员，于是想象超然的神是没有形象或不具人格特征的。事实上，至尊主既不是没有形象，也不是具有在属于宇宙形象内可以经验到的各种形象。我们应该按照布茹阿玛的教导去认识有关至尊主的真相。

第46节　प्राधान्यतो यानृष आमनन्ति
लीलावतारान् पुरुषस्य भूम्नः ।
आपीयतां कर्णकषायशोषा-
ननुक्रमिष्ये त इमान् सुपेशान् ॥४६॥

prādhānyato yān ṛṣa āmananti
  līlāvatārān puruṣasya bhūmnaḥ
āpīyatāṁ karṇa-kaṣāya-śoṣān
  anukramiṣye ta imān supeśān

prādhānyataḥ—主要地 / yān—所有那些 / ṛṣe—纳茹阿达啊 / āmananti—崇拜 / līlā—娱乐活动 / avatārān—化身 / puruṣasya—至尊人格首神的 / bhūmnaḥ—至尊者 / āpīyatām—为了由你品尝 / karṇa—耳朵 / kaṣāya—肮脏的事 / śoṣān—蒸发了 / anukramiṣye—一个接一个地讲述 / te—他们 / imān—如他们在我心中 / su-peśān—听来全都悦耳

译文 纳茹阿达啊！现在我要一个接一个地描述至尊主那些被称为丽拉·阿瓦塔尔的超然化身。聆听祂们从事的娱乐活动，将清除我们耳朵里积存的一切物质污垢。这些娱乐活动听起来令人感到快乐和津津有味。因此，我把它们铭记在心。

要旨 正如《圣典博伽瓦谭》第1篇第5章的第8节诗所说：人除非有机会聆听到至尊主的超然活动，否则是不可能通过聆听这一活动得到完全满足的。正因为如此，布茹阿玛也在这诗节中强调讲述至尊主降临到物质世界展示祂超然的娱乐活动的重要性。每一个生物体都喜欢聆听令人愉快的消息，因此几乎我们每个人都爱听电台的广播和新闻。但问题是：没人通过听广播感到了内心的满足。造成这种不满足的原因是：广播里传达的消息不符合具有活力的灵魂最深层次的要求。然而，由圣维亚萨戴瓦所特别编纂的《圣典博伽瓦谭》这部超然的文献，却能给予一般大众最大程度的满足。圣维亚萨戴瓦按照圣纳茹阿达·牟尼的指示，在这部超然的文献中讲述了至尊主的超然活动。

至尊主的超然活动主要分两类：一类涉及物质创造力在物质世界中的展示，另一类是至尊主在不同的时间和地点以不同的化身出现所从事的娱乐活动。至尊主有无数的化身，多得就像河流中的波涛层出不穷。缺少智慧的人对至尊主在物质世界内的创造力更感兴趣，但因为与至尊主切断了关系，所以便以科学研究为名提出很多有关创造的理论。然而，至尊主的奉献者却清楚地知道：至尊主的创造力量是如何靠祂的物质能量的作用与反作用协调运作的。正因为如此，他们对至尊主化身降临物质世界时所从事的各种超然活动更感兴趣。《圣典博伽瓦谭》是记载至尊主的这些活动的历史；有兴趣聆听《圣典博伽瓦谭》的人，能清除掉堆积在他们心中的世俗污垢。哪怕市面上有一千零一种的垃圾文学作品，一个对《圣典博伽瓦谭》产生兴趣的人都会立刻失去对所有那些粗俗作品的兴趣。为此，布茹阿玛准备描述至尊主的主要化身，好让纳茹阿达饮下这超然的甘露。

到此为止，结束了巴克提韦丹塔对《圣典博伽瓦谭》第2篇第6章——“赞美至尊主的颂歌得到证实”所作的阐释。

第七章

起特殊作用的化身

第1节 ब्रह्मोवाच

यत्रोद्यतः क्षितितलोद्धरणाय बिभ्रत्
क्रौडीं तनुं सकलयज्ञमयीमनन्तः ।
अन्तर्महार्णव उपागतमादिदैत्यं
तं दंष्ट्रयाद्रिमिव वज्रधरो ददार ॥१॥

brahmovāca
yatrodyataḥ kṣiti-taloddharaṇāya bibhrat
kraudīṁ tanuṁ sakala-yajña-mayīm anantaḥ
antar-mahārṇava upāgatam ādi-daityaṁ
taṁ daṁṣṭrayādrim iva vajra-dharo dadāra

brahmā uvāca—布茹阿玛说 / yatra—在那时 / udyataḥ—企图 / kṣiti-tala—地球 / uddharaṇāya—为了托起 / bibhrat—呈现 / krauḍīm—娱乐活动 / tanum—形象 / sakala—全部 / yajṣa-mayīm—无所不包的祭祀 / anantaḥ—无限者 / antar—在宇宙之内 / mahā-arṇave—庞大的嘎尔巴之洋 / upāgatam—抵达后 / ādi—第一个 / daityam—恶魔 / tam—他 / daṁṣṭrayā—以獠牙 / adrim—飞翔的山脉 / iva—像 / vajra-dharaḥ—雷电的控制者 / dadāra—刺穿

译文 主布茹阿玛说：无比强大的至尊主化身为雄猪从事娱乐活动，是为了托起淹没在宇宙内嘎尔博达卡汪洋中的地球。那时，第一个恶魔(黑冉亚克沙)出现了，至尊主用祂的獠牙刺穿了恶魔。

要旨 从创造一开始，恶魔和半神人——外士纳瓦(Vaiṣṇava)，就一直是支配宇宙中各星球的两类生物体。在这个宇宙中，布茹阿玛是第一位半神人，而黑冉亚克沙(Hiraṇyākṣa)是第一个恶魔。只有在一定的条件下，星球才会像无重量的球体一样在空中飘浮；这些条件一旦被破坏，星球就有可能坠入孕诞之洋(Garbhodaka Ocean)。整个宇宙的空间有一半由孕诞之洋占据，另一半是有无数星系存在其中的球状穹隆。星球之所以能以无重量状态飘浮在空中，是星球内部的特殊构造使然。为了开采石油而用现代化的钻探技术在地球上钻孔，是现代恶魔对地球的一种破坏行为，结果会严重打破地球处在漂浮状态的条件。类似的破坏，在很久以前也由以黑冉亚克沙(大量挖掘黄金者)为首的恶魔制造过，他使地球失去了无重量状态，坠入孕诞之洋。为此，至尊主作为整个物质世界创造的维系者，以有着相称猪鼻子的巨大雄猪形象出现，把地球从孕诞之洋的水中捞起。外士纳瓦伟大的诗人圣佳亚戴瓦·哥斯瓦米(Jayadeva Gosvāmī)，吟诵以下的诗句：

vasati daśana-śikhare dharaṇī tava lagnā
śaśini kalaṅka-kaleva nimagnā
keśava dhṛta-śūkara-rūpa
jaya jagadīśa hare

“啊，凯沙瓦(Keśava)！化身为雄猪形象的至尊主！主啊！地球躺在您的獠牙上，看上去恰似雕刻着许多斑点的月亮。”

这就是至尊主化身的征象。至尊主的化身并非是由富于幻想的人虚构出来的。至尊主的化身通常会在某些极为特殊的情况下出现，例如上述的情况，而化身执行的任务也绝非人类的小脑瓜所能想象。现代许多廉价化身的制造者，也许可以注意一下至尊神的真正化身，例如：巨大的雄猪，长着适合托起地球的猪鼻。

当至尊主出现要托起地球时，恶魔黑冉亚克沙曾企图在至尊主正有条不紊地做祂的事情时制造麻烦，结果被至尊主用獠牙刺死。按照圣吉瓦·哥斯瓦米(Jīva Gosvāmī)的说法，恶魔黑冉亚克沙是被至尊主用手杀死的。吉瓦说至尊主用手杀死恶魔后，再用獠牙刺穿他。圣维施瓦纳特·查夸瓦尔提·塔库尔(Viśvanātha Cakravartī Thākura)证实了吉瓦·哥斯瓦米的这种说法。

第2节　जातो रुचेरजनयत्सुयमान् सुयज्ञ
आकूतिसूनुरमरानथ दक्षिणायाम् ।
लोकत्रयस्य महतीमहरद्यदार्तिं
स्वायम्भुवेन मनुना हरिरित्यनूक्तः ॥ २ ॥

jāto rucer ajanayat suyamān suyajṣa
ākūti-sūnur amarān atha dakṣiṇāyām
loka-trayasya mahatīm aharad yad ārtiṁ
svāyambhuvena manunā harir ity anūktaḥ

jātaḥ—诞生 / ruceḥ—帕佳帕提的妻子 / ajanayat—生产 / suyamān—以苏亚玛为首 / suyajṣaḥ—苏雅格亚 / ākūti-sūnuḥ—阿库缇的儿子的 / amarān—众半神人 / atha—于是 / dakṣiṇāyām—向名为妲克希娜的妻子 / loka—星系 / trayasya—三个的 / mahatīm—非常伟大 / aharat—减少 / yat—所有那些 / ārtim—痛苦 / svāyambhuvena—由名为斯瓦阳布瓦的玛努 / manunā—由人类之父 / hariḥ—哈尔依 / iti—至此 / anūktaḥ—名叫

译文　首先，生物体的祖先(帕佳帕提)跟他的妻子阿库缇生了苏雅格亚。接着，苏雅格亚与他的妻子妲克希娜一起生了以苏亚玛为首的半神人们。苏雅格亚作为因铎戴瓦，减轻了(上、中、下)三个星系中的巨大痛苦。而他因为在极大的程度上减轻了宇宙的不幸，所以后来被人类的伟大祖先斯瓦阳布瓦·玛努称为哈尔依。

要旨 为了提防想象力丰富但智力欠佳的人杜撰所谓的神之化身，权威启示经典中都会提到神的真正化身的父亲的名字。因此，如果有人杜撰出一个神的化身，而我们发现经典里并没有记载他父亲的名字和他出现的村庄(或地方)的名字，那我们就不能接受他是神的化身。《博伽梵往世书》(Bhāgavata Purāṇa)中记载了神的考克依(Kalki)化身的名字，以及祂父亲和祂将显现的村庄的名字，并说祂将在差不多四十万年之后显现。因此，头脑清醒的人绝不会在不依据权威经典的情况下，随便接受任何一个廉价的“化身”。

第3节 जज्ञे च कर्दमगृहे द्विज देवहूत्यां
स्त्रीभिः समं नवभिरात्मगतिं स्वमात्रे ।
ऊचे ययात्मशमलं गुणसङ्गपङ्क-
मस्मिन् विधूय कपिलस्य गतिं प्रपेदे ॥ ३ ॥

jajṣe ca kardama-gṛhe dvija devahūtyāṁ
strībhiḥ samaṁ navabhir ātma-gatiṁ sva-mātre
ūce yayātma-śamalaṁ guṇa-saṅga-paṅkam
asmin vidhūya kapilasya gatiṁ prapede

jajṣe—诞生 / ca—并且 / kardama—名为卡尔达玛的帕佳帕提 / gṛhe—在……的房子里 / dvija—布茹阿玛纳啊 / devahūtyām—在黛瓦瑚缇的子宫中 / strīhiḥ—由妇女们 / samam—由……陪伴 / nava-bhiḥ—由九个 / ātma-gatim—灵性觉悟 / sva-mātre—向祂亲生的母亲 / ūce—说出 / yayā—由那些 / ātma-śamalam—灵魂的包裹物 / guṇa-saṅga—与自然属性联系 / paṅkam—污垢 / asmin—这一生 / vidhūya—被洗去 / kapilasya—主卡皮拉的 / gatim—解脱 / prapede—获得了

译文 至尊主接着化身为卡皮拉，以生物体的祖先卡尔达玛·布茹阿玛纳和他妻子黛瓦瑚缇的儿子的身份显现，与祂一起来到世上的还有九位女士(作为卡皮拉的姐姐)。卡皮拉对祂母亲讲了有关觉悟自我的科学，使她在那一生中彻底清除了物质自然属性的污染，用卡皮拉教导的方法获得了解脱。

要旨　主卡皮拉(Kapila)对母亲黛瓦瑚缇(Devahūti)的教导，在《圣典博伽瓦谭》(Śrīmad-Bhāgavatam)第3篇的第25—32章中有完整的记述，按祂的教导去做的人，都能得到与黛瓦瑚缇一样的解脱。至尊主宣讲《博伽梵歌》，使阿尔诸纳(Arjuna)觉悟了自我；直至今日，任何人只要走阿尔诸纳走过的路，就可以得到圣阿尔诸纳得到过的同样利益。经典的目的就在于此。愚蠢无知的人凭自己的想象解释经典，误导其追随者，使他们继续留在物质存在的牢笼中。然而，即使到今天，人只要按照主奎师那(Kṛṣṇa)或主卡皮拉给予的教导去做，就可以获得最高的利益。

灵性觉悟(ātma-gatim)一词对了解至尊的完美知识来说意义重大。人不应该仅仅满足于了解至尊主和生物在质上相等的事实。尽管我们的知识有限，但我们应该尽可能多地了解至尊主。要想完全了解至尊主本人是不可能的事，就连像希瓦(Śiva)和布茹阿玛(Brahmā)那样已经解脱了的人物都不可能完全了解祂，更何况其他半神人或尘世间的人了。尽管如此，靠遵守经典里的教导和伟大的奉献者制定的规则，我们可以在相当大的程度上了解至尊主的特征。至尊主的化身卡皮拉阁下，为祂母亲极为详尽地讲述了至尊主的个人形象，使她获得觉悟，能够到达主卡皮拉所掌管的外琨塔星球(Vaikuṇṭhaloka)。在灵性天空中，至尊主的每一个化身都有自己的住所，因此主卡皮拉也有祂自己的外琨塔星球。灵性天空不是空的，其中布满了无数的外琨塔星球，至尊主的无数扩展中的每一个都掌管着一个星球，纯粹的奉献者在那里与至尊主一起生活。

当至尊主本人降临或以祂个人的完整扩展降临时，这些化身分别被称为完整化身(aṁśa)、时间化身(kalā)、属性化身(guṇa)、年代化身(yuga)和玛努化身(manvantara)，当至尊主的同伴按祂的命令降临时，这种化身被称为被赋予了能量的化身(śaktyāveśa)。但无论如何，所有的化身都被权威经典无懈可击的说明所证实，而绝非出自某些自私的传道者的凭空想象。上述所有种类的至尊主的化身，都始终宣称：至尊人格首神是至高无上的真理，而至尊真理的非人格概念只不过是对“至尊真理有世俗形象”这一概念的一个否定过程。

生物本身的构造从灵性本质上看与至尊主完全一样，两者之间唯一的不同之处在于：至尊主永远是至高无上且纯净无瑕，不受物质自然属性污染的；而生物却由于与物质的善良、激情和愚昧属性接触，很容易被污染。这种物质属性的污染，可以用知识、弃绝和奉爱服务彻底洗净掉。为至尊主做奉爱服务是最终的结果，因此直接为至尊主做奉爱服务的人，不仅可以获得灵性科学知识的精华，还可以切断与物质的连接，获得彻底的解脱，从而升入神的王国，正如《博伽梵歌》第14章的第26节诗所说：

māṁ ca yo 'vyabhicāreṇa
bhakti-yogena sevate
sa guṇān samatītyaitān
brahma-bhūyāya kalpate

“在任何情况下都全心全意地做奉爱服务，就能立即超越物质自然属性，达到布茹阿曼(梵)的层面。”

即使在未解脱的阶段，生物也可以直接为至尊人格首神奎师那或祂的完整扩展茹阿玛(Rāma)和尼尔星哈(Narasiṁha)做超然的爱心服务。就这样，随着奉献者不断改善做这种超然的奉爱服务的质量，他本人便朝着布茹阿曼的层面(brahma-gatim)或灵性的层面(ātma-gatim)不断攀升，最后毫无困难地到达至尊主的住所(kapilasya gatim)。为至尊主做奉爱服务所具有的消毒力量是如此强大，甚至能使奉献者在今生就清除物质感染。奉献者不需要等到下一生才获得完全的解脱。

第4节 अत्रेरपत्यमभिकाङ्क्षत आह तुष्टो
दत्तो मयाहमिति यद्भगवान् स दत्तः ।
यत्पादपङ्कजपरागपवित्रदेहा
योगर्द्धिमापुरुभयीं यदुहैहयाद्याः ॥ ४ ॥

atrer apatyam abhikāṅkṣata āha tuṣṭo
datto mayāham iti yad bhagavān sa dattaḥ
yat-pāda-paṅkaja-parāga-pavitra-dehā
yogarddhim āpur ubhayīṁ yadu-haihayādyāḥ

atreḥ—圣人阿特瑞的 / apatyam—结果 / abhikāṅkṣataḥ—为……祈求了 / āha—说 / tuṣṭaḥ—感到满足 / dattaḥ—被给予 / mayā—由我 / aham—我自己 / iti—因此 / yat—因为 / bhagavān—人格首神 / saḥ—祂 / dattaḥ—达塔垂亚 / yat-pāda—脚……的人 / paṇkaja—莲花 / parāga—尘埃 / pavitra—净化了的 / dehāḥ—身体 / yoga—神秘的 / ṛddhim—财富 / āpuḥ—得到 / ubhayīm—为两个世界 / yadu—雅杜王朝之父 / haihaya-ādyāḥ—及亥哈亚王等其他人

译文 伟大的圣人阿特瑞祈求得到后裔，至尊主为了满足他，许诺化身为他的儿子达塔垂亚(阿特瑞的儿子达塔)。凭借至尊主莲花足的恩典，雅杜王朝之父及亥哈亚等许多人，都变得如此净化，以致同时获得了物质和灵性的祝福。

要旨 至尊人格首神与生物之间的超然关系，有五种建立在不同情感上的永恒关系，它们分别是：中性关系(Śānta)、主仆关系(dāsya)、朋友关系(sakhya)、父子关系(vātsalya)和爱侣关系(mādhurya)。圣人阿特瑞(Atri)与至尊主的关系是父子情感的关系，因此随着他做奉爱服务达到完美境界，他产生了想要有至尊人格首神做他儿子的愿望。至尊主接受了他的祈祷，于是把自己交给阿特瑞，当了他的儿子。至尊主与祂纯粹的奉献者之间有这种父子关系的实例还很多。至尊主是无限的，因此祂有无数的奉献者父亲。其实，至尊主是所有生物的父亲，但祂与奉献者之间超然的深情和爱，使祂更乐意当奉献者的儿子而不是父亲。从实际情况看，父亲总是在为儿子服务，儿子则只是要求父亲为自己做各种服务。正因为如此，始终想要为至尊主服务的纯粹奉献者，并不希望有至尊主当父亲，而是希望有至尊主当儿子。至尊主也乐于接受祂的奉献者以长辈的身份为祂做服务。非人格神主义者想要与至尊者合一，但至尊主却允许祂的奉献者超过祂，使奉献者的地位远远高于最伟大的一元论者所想欲的。至尊主的父母和其他亲戚因为与至尊主有亲密的关系，所以自然就拥有所有的财富。这些财富包括所有种类的物质享乐、解脱和神秘力量。正因为如此，至尊主的奉献者绝不会浪费生命中宝贵的时间去另外追求那些财富。所以，人必须充分利用生命中宝贵的时间为至尊主做超然的爱心服务，其他有价值的一切会随之自动到来。但即使获得了这些成就，我们也应该提防落入“冒犯奉献者莲花足”的陷阱中。有关这一点，亥哈亚(Haihaya)就是个典型的例子。他通过做奉爱服务获得了上述的一切，但后来却因为冒犯奉献者而被主帕茹阿舒茹阿玛(Paraśurāma)杀死。至尊主成为大圣人阿特瑞的儿子达塔垂亚(Dattātreya)。

第5节 तप्तं तपो विविधलोकसिसृक्षया मे
आदौ सनात्स्वतपसः स चतुःसनोऽभूत् ।
प्राक्कल्पसम्प्लवविनष्टमिहात्मतत्त्वं
सम्यग्जगाद मुनयो यदचक्षतात्मन् ॥ ५ ॥

taptaṁ tapo vividha-loka-sisṛkṣayā me
ādau sanāt sva-tapasaḥ sa catuḥ-sano 'bhūt

prāk-kalpa-samplava-vinaṣṭam ihātma-tattvaṁ
samyag jagāda munayo yad acakṣatātman

taptam—经历了苦行 / tapaḥ—赎罪 / vividha-loka—不同的星系 / sisṛkṣayā—想要创造 / me—属于我的 / ādau—起初 / sanāt—从人格首神 / sva-tapasaḥ—靠我自己的苦修 / saḥ—祂(至尊主) / catuḥ-sanaḥ—名为萨纳特·库玛尔、萨纳卡、萨南丹和萨纳坦的四位独身禁欲的男士 / abhūt—出现 / prāk—先前的 / kalpa—创造期 / samplava—在泛滥中 / vinaṣṭam—被毁坏 / iha—在这个物质世界中 / ātma—灵魂 / tattvam—真理 / samyak—完全的 / jagāda—展示出来 / munayaḥ—圣人们 / yat—那……的 / acakṣata—清楚地看到 / ātman—灵魂

译文　为了创造各种星系，我必须从事苦修，至尊主因此而对我很满意，于是化身为四位萨纳(萨纳卡、萨纳特·库玛尔、萨南丹和萨纳坦)。在前一个创造中，灵性真理遭到毁坏，但四位萨纳十分清楚地解释它，使圣人们立刻准确地理解了。

要旨　《维施努千名颂》(Viṣṇu-sahasra-nāma)里提到，至尊主的名字中有萨纳特(sanāt)和萨纳塔纳塔玛(sanātanatama)。至尊主和生物在质上都是萨纳坦(sanātana)——永恒的，但至尊主是萨纳塔纳塔玛——最永恒的。生物无疑是永恒的，但因为有坠入非永恒的范畴的可能，所以不是最永恒的。因此，生物在量上与最永恒的至尊主不同。

梵文san字也用于指布施，因此当奉献者把一切都献给至尊主时，至尊主便作为回报把自己交给了奉献者。就有关这一点，《博伽梵歌》第4章的第11节诗中证实说：“我根据每个人对我皈依的情

况来回报他们(ye yathā māṁ prapadyante)。”布茹阿玛想按照宇宙毁灭前的状况再创造整个宇宙；由于在上一次毁灭中，有关绝对真理的知识也随着被毁灭的一切失去了，他希望在他再创造时那同样的知识能够得以恢复，否则创造还有什么意义呢。一直受制约的灵魂在每一个创造期都会被赐予解脱的机会，而超然的知识是解脱最需要的。凭借至尊主的仁慈，萨纳卡(Sanaka)、萨纳特·库玛尔(Sanat-kumāra)、萨南丹(Sanandana)和萨纳坦(Sanātana)这四位萨纳(sana)，显现成为布茹阿玛的四个儿子，实现了布茹阿玛想要完成的使命。这四位“萨纳”都是至尊主的知识化身，因此把超然的知识解释得如此清楚，使所有的圣人立刻毫无困难地吸收了。追随库玛尔四兄弟的人，可以立即在自己的心中看到至尊人格首神。

第6节

धर्मस्य दक्षदुहितर्यजनिष्ट मूर्त्यां
नारायणो नर इति स्वतपःप्रभावः ।
दृष्ट्वात्मनो भगवतो नियमावलोपं
देव्यस्त्वनङ्गपृतना घटितुं न शेकुः ॥ ६ ॥

dharmasya dakṣa-duhitary ajaniṣṭa mūrtyāṁ
nārāyaṇo nara iti sva-tapaḥ-prabhāvaḥ
dṛṣṭvātmano bhagavato niyamāvalopaṁ
devyas tv anaṅga-pṛtanā ghaṭituṁ na śekuḥ

dharmasya—达尔玛(宗教原则的控制者) / dakṣa—生物的祖先达克沙(帕佳帕提)之一 / duhitari—对女儿 / ajaniṣṭa—诞生 / mūrtyām—名为穆尔缇的 / nārāyaṇaḥ—纳茹阿亚纳 / naraḥ—纳茹阿 / iti—因此 / sva-tapaḥ—个人的苦修 / prabhāvaḥ—力量 / dṛṣṭvā—看见 / ātmanaḥ—祂自己的 / bhagavataḥ—人格首神的 / niyama-avalopam—违背誓言 / devyaḥ—天国的美女 / tu—但是 / anaṅga-pṛtanāḥ—丘比特(爱神)的伴侣 / ghaṭitum—要发生 / na—

永不 / śekuḥ—成为可能的

译文 至尊主为了展示祂个人的苦修方法，以纳茹阿亚纳和纳茹阿这对孪生子的形象，显现在达克沙的女儿、达尔玛的妻子穆尔缇的子宫中。丘比特的那些国色天香的女伴们，企图令人格首神打破祂的誓言，但没有成功，因为她们看到从祂体内涌出很多跟她们一样美的美人。

要旨 至尊主作为万事万物的源头，当然也是所有苦修生活的起源。圣人们许下苦修(tapasya)的誓言，以期能在觉悟自我的路途上获得成功。人生是为了让人从事遵守独身禁欲生活(brahmacarya)这一非凡誓言的苦修的。在刻苦修行的严格生活中，没有与女人交往的余地。由于人生的目的是为了刻苦修行、觉悟自我，因此以人类社会四阶层和灵性四阶段制度构成的真正的人类文明(sanātana-dharma)严格规定，在人生的三个阶段中要与女人分开。人在逐渐提升文明程度的过程中，一生分四个阶段，它们分别是：独身禁欲的学生生活、居士生活、退休生活和出家生活。在人生的第一个阶段，直到二十五岁，人应该在一位真正的灵性导师指引下受训当布茹阿玛查瑞(brahmacārī，贞守生)，以便明白女性是物质存在中真正的束缚力。要摆脱受制约的物质生活的束缚，他就必须不受女人形体的吸引。女性是生物体着迷的根源，男性，尤其是人类中的男性，一生的目的是为了要觉悟自我。整个世界都在女性吸引力的迷惑下运作，男子一旦与女子结合，便被紧紧地绑住，成为物质束缚的牺牲品。尤其是刚刚与女人结合后，男人在错误的支配感的迷惑下立即产生主宰物质世界的欲望，想要购置房子、拥有土地、生儿育女并在社会上出人头地。对团体和出生地的眷恋以及对钱财的渴望，等等，都犹如变化无常的幻象或虚幻的梦境妨碍着一个人，使他在觉悟自我的过程中备受困扰，而自我觉悟才是人生真正的目标。

因此，男孩子从五岁开始就要接受布茹阿玛查瑞的训练；尤其父母是知识分子——布茹阿玛纳(brāhmaṇas，婆罗门)、行政长官——查锤亚(kṣatriyas，刹帝利)、商人或农人——外夏(vaiśyas，吠舍)的男孩，都应该在真正的灵性导师照管下接受训练直到二十五岁。就这样，经过遵守纪律的严格训练，他一边了解人生的价值，一边学习谋生的各种本领。随后，布茹阿玛查瑞得到允许返家过居士生活，娶一位合适的女子。但有许多布茹阿玛查瑞不回家当居士，而是继续过不与女性接触的独身禁欲的布茹阿玛查瑞生活(naiṣṭhika-brahmacārīs)。他们深知与女性结合会造成不必要的负担，结果将妨碍觉悟自我，于是直接从布茹阿玛查瑞进入生命的弃绝阶层，当萨尼亚希(sannyāsī，出家人)。

由于人的一生在某个阶段性欲望会特别强烈，而真正的灵性导师对每一个人的情况了如指掌，所以会特别允许那些无法始终过独身禁欲的布茹阿玛查瑞生活的人结婚。结婚后就需要有所谓的家庭计划。经典规定：受过布茹阿玛查瑞训练的人，在与女人结婚成为居士后，不能像猫狗一样过居士生活。受过训练的居士，在五十岁以后会从与女性的关系中退出，当瓦纳帕斯塔(vānaprastha)，接受训练，在不与女人接触的情况下独自生活。完成训练后，这位退出家庭生活的居士就可以成为萨尼亚希(sannyāsī)，完全与女人分开，甚至包括自己的妻子。研究这一整套与女人分开的制度，女人看起来像是觉悟自我路途上的绊脚石，而至尊主也曾化身为纳茹阿亚纳(Nārāyaṇa)显现，教导发誓一生不与女性接触的生活原则。半神人嫉妒严格的布茹阿玛查瑞过苦修生活，会派丘比特的士兵去设法使布茹阿玛查瑞打破誓言。但在至尊主化身为纳茹阿亚纳的时候，半神人的努力却失败了。当时，天堂美女们看到，至尊主可以用祂神秘的内在能量创造出无数的美女，因此根本不会受外界其他人的吸引。常言道：生产糖果、糕点的人从不会受甜品的吸引。一天到晚忙着制作糖果、糕点的人，很少想去吃它们；同样道理，至尊主用祂的快乐能量可以创造出无数的灵性美女，因此根本不会受物质创造中的假美女的吸引。不了解真相的人愚蠢地信口雌黄说，主奎师那在温达文(Vṛndvana)的茹阿萨·丽拉(rāsa-līlā)娱乐活动中与女性发生性关系，在杜瓦尔卡期间娶了一万六千位妻子并与她们发生性关系。

第7节　कामं दहन्ति कृतिनो ननु रोषदृष्ट्या
रोषं दहन्तमुत ते न दहन्त्यसह्यम् ।
सोऽयं यदन्तरमलं प्रविशन् बिभेति
कामः कथं नु पुनरस्य मनः श्रयेत ॥ ७ ॥

kāmaṁ dahanti kṛtino nanu roṣa-dṛṣṭyā
roṣaṁ dahantam uta te na dahanty asahyam
so 'yaṁ yad antaram alaṁ praviśan bibheti
kāmaḥ kathaṁ nu punar asya manaḥ śrayeta

kāmam—欲念 / dahanti—惩罚 / kṛtinaḥ—伟大的人物 / nanu—但是 / roṣa-dṛṣṭyā—以愤怒的瞥视 / roṣam—愤怒 / dahantam—克制不住 / uta—虽然 / te—他们 / na—不能 / dahanti—征服 / asahyam—难以忍受的 / saḥ—那个 / ayam—祂 / yat—因为 / antaram—在……之内 / alam—无论如何 / praviśan—进入 / bibheti—惧怕…… / kāmaḥ—欲念 / katham—怎样 / nu—事实上 / punaḥ—再次 / asya—祂的 / manaḥ—心 / śrayeta—求取……的庇护

译文　像主希瓦那样极为伟大的人物，可以凭他们愤怒的瞥视战胜色欲的人格化身，但却摆脱不了他们的愤怒所产生的巨大影响。可是，这种愤怒永远都进入不了超越一切的祂(至尊主)的心。因此，祂的心中怎么可能有色欲的立足之处呢？

要旨 当主希瓦在进行严格的苦修冥想时，色欲之神丘比特向他射出性欲之箭。希瓦对此很生气，于是狂怒地看了一眼丘比特，丘比特的身体便顷刻化为乌有。可是，希瓦虽然如此强大，却摆脱不了这种愤怒的影响。然而，看主维施努(Viṣṇu)的行为举止就会发现，任何愤怒在任何时候都影响不了祂。相反，当布瑞古·牟尼(Bhṛgu Muni)故意踢至尊主的胸膛，以考验祂的容忍度时，至尊主非但没有生布瑞古·牟尼的气，反而请他原谅并说自己的胸部太硬，可能使布瑞古·牟尼的腿受到了严重的伤害。至尊主的身上有表明祂宽容的布瑞古帕达(bhṛgupāda)标志。所以，至尊主既然从不受任何愤怒的影响，那么力量比愤怒弱的色欲又怎么能在祂心中有立足之处呢？色欲或贪图享受的欲望得不到满足时，就会产生愤怒；但在根本不存在愤怒的情况下，哪有色欲的立足之地呢？至尊主又被称为阿普塔卡么(āptakāma)，意思是祂自己就能满足自己的愿望。祂不需要别人帮助祂满足自己的愿望。至尊主是无限的，所以祂的愿望也是无限的。除了至尊主本人，所有的生物在各个方面都是有限的；而有限者又怎么能满足无限者的愿望呢？结论是：绝对的人格首神既没有色欲也没有愤怒；即使绝对者有时展示色欲和愤怒，也应该视其为是绝对的祝福。

第8节 विद्धः सपत्न्युदितपत्रिभिरन्ति राज्ञो
बालोऽपि सन्नुपगतस्तपसे वनानि ।
तस्मा अदाद् ध्रुवगतिं गृणते प्रसन्नो
दिव्याः स्तुवन्ति मुनयो यदुपर्यधस्तात् ॥ ८ ॥

viddhaḥ sapatny-udita-patribhir anti rājṣo
bālo 'pi sann upagatas tapase vanāni
tasmā adād dhruva-gatiṁ gṛṇate prasanno
divyāḥ stuvanti munayo yad upary-adhastāt

viddhaḥ—因……伤心 / sapatni—另一个妻子 / udita—由……声言 / patribhiḥ—被尖酸刻薄的言词 / anti—正在……之前 / rājṣaḥ—国王的 / bālaḥ—男孩 / api—虽然 / san—如此 / upagataḥ—开始做 / tapase—严格的苦修 / vanāni—在广大的森林中 / tasmai—因此 / adāt—给予……作为报酬 / dhruva-gatim—步向杜茹瓦星球的路 / gṛṇate—听到祷告时 / prasannaḥ—感到满足 / divyāḥ—高等星球的居民 / stuvanti—祷告 / munayaḥ—伟大的圣人 / yat—随即 / upari—在上 / adhastāt—在下

译文　尽管杜茹瓦王子只是个小孩子，但当君王的另一个王后当着君王的面，用刻薄的话语侮辱他后，他便去森林里苦修。至尊主为了满足他的祈求，赐给他杜茹瓦星球，而这个星球受到在它之上和在它之下的星球上的伟大圣人的崇拜。

要旨　乌塔纳帕德王(Mahārāja Uttānapāda)的儿子杜茹瓦(Dhruva)王子，是伟大的奉献者。在他只有五岁时，有一天正坐在他父亲的腿上，他的后母不喜欢君王抚拍另一位王后所生的儿子，于是便把他拖走并说他不可以要求坐在君王的腿上，因为他不是她所生。后母的这一行为使杜茹瓦这个小男孩感到受了侮辱；而他父亲因为太依恋自己的第二个妻子，也没有反对她的做法。这件事发生后，杜茹瓦王子向自己的亲妈诉苦，而他亲妈对这种侮辱性的言行也无力反抗，只有以泪洗面。孩子询问母亲如何才能坐上父亲的王位，可怜的王后回答说，只有至尊主才能帮助他。这孩子又问在什么地方能看到至尊主，王后回答他：据说伟大的圣人们有时会在密林深处见到至尊主。小王子于是决定，为达到自己的目的到森林里去进行严格的苦修。

人格首神为帮助杜茹瓦王子达成他的目的，特地派圣纳茹阿达·牟尼(Nārada Muni)去帮助他。在灵性导师纳茹阿达·牟尼的指导下，杜茹瓦王子进行严格的苦修。纳茹阿达传授杜茹瓦王子吟诵由十八个梵文字母组成的曼陀，其发音是：欧么纳摩—巴嘎瓦忒—华苏戴瓦亚(oṁ namo bhagavate vāsudevāya)。后来，至尊主华苏戴瓦(Vāsudeva)以人格首神的四臂形象(Pṛṣnigarbha)出现在王子面前，赐予王子处在北斗七星之上的一个特别的星球。杜茹瓦王子灵修获得成功时，面对面地见到了至尊主，他因为实现了所有的心愿而感到满足。

至尊主赐给杜茹瓦王子的星球，是凭主华苏戴瓦的意愿安置在物质世界里的一颗固定的外琨塔星球。这颗星球虽然是在物质世界中，但毁灭发生时不会被毁灭，而会继续留在它自己的位置上。由于杜茹瓦星球是永不毁灭的外琨塔星球，处在它下方的北斗七星上的居民，以及处在它上方的星球上的居民都崇拜它。伟大的圣人布瑞古所在的星球，就位于杜茹瓦星的上方。

因此，至尊主以四臂形象(Pṛṣnigarbha)显现，只是为了满足祂的纯粹奉献者。而仅仅靠吟诵另一位纯粹的奉献者纳茹阿达所传授的上述曼陀，杜茹瓦王子便达到了这个完美的境界。因此，认真灵修的人可以光靠纯粹奉献者的指导达到面见至尊主的最高完美境界，而不惜一切要面见至尊主的决心，则可以使至尊主的纯粹奉献者自动来到真诚的人的面前。

有关杜茹瓦王子的活动的详细描述，记载在《圣典博伽瓦谭》的第4篇中。

第9节 यद्वेनमुत्पथगतं द्विजवाक्यवज्र-
निष्प्लुष्टपौरुषभगं निरये पतन्तम् ।
त्रात्वार्थितो जगति पुत्रपदं च लेभे
दुग्धा वसूनि वसुधा सकलानि येन ॥ ९ ॥

yad venam utpatha-gataṁ dvija-vākya-vajra-
niṣpluṣṭa-pauruṣa-bhagaṁ niraye patantam

trātvārthito jagati putra-padaṁ ca lebhe
dugdhā vasūni vasudhā sakalāni yena

yat—当……时 / venam—对维纳王 / utpatha-gatam—偏离正义之途，走入歧途 / dvija—布茹阿玛纳的 / vākya—咒语 / vajra—霹雳 / niṣpluṣṭa—被……焚烧 / pauruṣa—伟大的功绩 / bhagam—财富 / niraye—下地狱 / patantam—向下去 / trātvā—通过拯救 / arthitaḥ—因此为……祈祷 / jagati—在世界上 / putra-padam—儿子的地位 / ca—和 / lebhe—实现 / dugdhā—开发 / vasūni—农作物 / vasudhā—地球 / sakalāni—各类的 / yena—由他

译文　维纳王背离正义之途，走入歧途，布茹阿玛纳们用霹雳般的诅咒惩罚他，把他与他的功德和财富一起化为灰烬，并送他进了地狱。至尊主出于祂没有缘故的仁慈，以维纳王的儿子的身份降临，取名普瑞图，把受谴责的维纳王从地狱中拯救出来，并通过挖出所有种类的农作物开发了地球。

要旨　按照社会四阶层和灵性四阶段制度(varṇśrama-dharma)，虔诚而又博学的布茹阿玛纳(婆罗门)自然应该是社会的指导者。布茹阿玛纳凭他们无私的贡献，指导负责掌管国事的君王如何绝对公正地治理国家，使其成为福利完善的国家。君王或查锤亚(刹帝利)行政长官，会不断地与由博学的布茹阿玛纳所组成的顾问班子磋商，从不会独断专行。《玛努法典》(Manu-saṁhitā)和其他圣哲的权威著作，都是管理指南，无需缺乏智慧的人打着民主的名义编出一套法律。就像儿童对自己未来的幸福几乎没有概念一样，缺乏智慧的人对自己的福利也所知甚少。正如单纯的孩子在成长过程中需要有经验的父亲指导，像孩童般头脑幼稚的民众也需要同样的指引。《玛努法典》和其他韦达文献中，已经阐明了标准的福利法。博学的布茹阿玛纳会按照经典中记载的那些标准，根据时间、

地点和具体情况进行指导。这样的布茹阿玛纳不是君王雇佣的仆人，因此有力量按经典的原则给君王指令。这种制度一直延续到昌铎古普塔王(Mahārāja Candragupta)的时代，查纳克亚·布茹阿玛纳是君王当时的无薪宰相。

维纳王(Mahārāja Vena)不遵照这一统治原则，不服从博学的布茹阿玛纳的指导。心胸宽阔的布茹阿玛纳不是自私自利的人；他们要为全体人民的完善福利着想。布茹阿玛纳因为维纳王品行恶劣而要惩罚他，于是边向全能的至尊主祈祷，边诅咒这个君王。

长寿、服从、美名、公正、升入高等星球的前途，以及伟大人物的祝福，都只因不服从伟大的灵魂而丧失殆尽。人应该严格地按伟大的灵魂所给予的指示行事。维纳王之所以能成为君王，毫无疑问是因为他在前世从事过公正的活动。但是，由于他故意忽视伟大的灵魂，他受到惩罚，失去了自己所获得的上述的一切。《瓦玛纳往世书》(Vāmana Purāṇa)中完整地记述了维纳王和他堕落的历史。维纳王后来投生在一个吃肉者(mleccha)的家庭中，因患麻风病而痛苦不堪。普瑞图王(Mahārāja Pṛthu)后来听说他父亲维纳过着地狱般的悲惨生活，便立即把前君王带到圣地库茹柴陀(Kurukṣetra)，使他得到净化，解除了所有的痛苦。

神的化身普瑞图王因布茹阿玛纳的祷告而降临，整顿地球的混乱情况。祂生产了所有种类的粮食，同时也履行了做儿子的责任，把父亲从地狱般的状况中拯救出来。梵文菩陀(putra)是指把人从地狱(put)解救出来的人。那才是有价值的儿子。

第10节 नाभेरसावृषभ आस सुदेविसूनु-
यो वै चचार समदृग्जडयोगचर्याम् ।
यत्पारमहंस्यमृषयः पदमामनन्ति
स्वस्थः प्रशान्तकरणः परिमुक्तसङ्गः ॥१०॥

nābher asāv ṛṣabha āsa sudevi-sūnur
 yo vai cacāra sama-dṛg jaḍa-yoga-caryām
yat pāramahaṁsyam ṛṣayaḥ padam āmananti
 svasthaḥ praśānta-karaṇaḥ parimukta-saṅgaḥ

nābheḥ—由纳比·玛哈茹阿佳 / asau—人格首神 / ṛṣabhaḥ—瑞沙巴 / āsa—成为了 / sudevi—苏黛薇 / sūnuḥ—……的儿子 / yaḥ—谁 / vai—肯定地 / cacāra—实行了 / sama-dṛk—平衡的 / jaḍa—物质的 / yoga-caryām—瑜伽练习 / yat—那 / pāramahaṁsyam—最高的完美境界 / ṛṣayaḥ—有学识的圣哲们 / padam—处境 / āmananti—接受 / svasthaḥ—自我安处 / praśānta—悬挂起 / karaṇaḥ—物质的感官 / parimukta—完全解脱了 / saṅgaḥ—物质的污染

译文 至尊主显现为纳比王之妻苏黛薇的儿子，取名瑞沙巴戴瓦。祂练装傻瑜伽以使心理平衡。这个阶段也被接受为是解脱最完美的境界。在这种境界中，人处在觉悟了自我的层面上，感到十分满足。

要旨 在为觉悟自我而从事的许多种神秘灵修程序中，装傻瑜伽(jaḍa-yoga)也是被权威人士认可的一种程序。这种瑜伽包括练习像呆傻的石头一样不受物质反应的影响。正如石头对外来的各种反复攻击无动于衷，练装傻瑜伽的人忍受有意施加在物质躯体上的痛苦。练这种瑜伽的人用许多方法给自身施加痛苦，其中一种方法是：不借助剃刀或其他工具，直接把头发连根拔出。练这种瑜伽的真正目的是，使人摆脱一切物质影响，完全处在自我中。古代的瑞萨巴戴瓦(Ṛṣabhadeva)皇帝，在他人生的最后阶段像个痴呆的疯子一样四处游荡，无论身体受到什么样的虐待都泰然处之。街道上那些智力欠佳的小孩和大人，看到他全身赤裸、蓬头垢面地像疯子一样独自徘徊，便往他身上吐口水、撒尿。他曾经长时间躺在自己的粪便上不移不动。但是，他粪便的味道像芬芳的鲜花一样香。圣洁的人能认出他是至尊天鹅(paramahaṁsa)——处在人生最高完美境界的人。不过，人如果不能使自己的粪便有鲜花的香味，就不要模仿瑞萨巴戴瓦皇帝。对瑞萨巴戴瓦和其他处在同等完美境界的人来说，练装傻瑜伽是可行的，但普通人练不了这种不寻常的瑜伽。

正如这节诗中提到的，练装傻瑜伽的真正目的是征服物质的感官(praśānta-karaṇaḥ)。整个瑜伽体系，无论是哪一种瑜伽，其练习目的都是要控制如脱缰野马般的物质感官，使自己做好觉悟自我的准备。尤其在我们目前所处的这个年代里，练装傻瑜伽不会有任何实际的好处，相反练奉爱瑜伽(bhakti-yoga)是可行的，因为它正好适合这个年代的人练习。聆听来自正确来源的知识——《圣典博伽瓦谭》中的知识：这一简单的方法将把人引上瑜伽最高的完美阶段。茹萨巴戴瓦是纳比(Nābhi)王的儿子、阿格尼达尔(āgnīdhra)王的孙子；而他是整个地球的统治者巴茹阿特(Bharata)的父亲，地球自巴茹阿特王统治后更名为巴茹阿特·瓦尔萨(Bhārata-varṣa)。这节诗里说瑞萨巴戴瓦的母亲是苏黛薇(Sudevī)，但她的另一个名字是梅茹黛薇(Merudevī)。尽管有时人们说苏黛薇是纳比王的另一个妻子，但既然经典的其他地方说瑞萨巴戴瓦是梅茹黛薇的儿子，那表明梅茹黛薇和苏黛薇是同一个人，只是名字不同而已。

第11节 सत्रे ममास भगवान् हयशीरषाथो
साक्षात्स यज्ञपुरुषस्तपनीयवर्णः ।
छन्दोमयो मखमयोऽखिलदेवतात्मा
वाचो बभूवुरुशतीः श्वसतोऽस्य नस्तः ॥११॥

satre mamāsa bhagavān haya-śīraṣātho
sākṣāt sa yajña-puruṣas tapanīya-varṇaḥ
chandomayo makhamayo 'khila-devatātmā
vāco babhūvur uśatīḥ śvasato 'sya nastaḥ

satre—在祭祀仪式上 / mama—我的 / āsa—出现 / bhagavān—人格首神 / haya-śīraṣā—以祂马一般的头 / atha—如此 / sākṣāt—直接地 / saḥ—祂 / yajña-puruṣaḥ—那个因为祭祀的举行而感到喜悦的人 / tapanīya—金色的 / varṇaḥ—颜色 / chandaḥ-mayaḥ—韦达诗歌的人格化身 / makha-mayaḥ—祭祀的人格化身 / akhila—所有的一切 / devatā-ātmā—众多半神人的灵魂 / vācaḥ—声音 / vācaḥ—变得可以听到 / uśatīḥ—听来悦耳 / śvasataḥ—呼吸的时候 / asya—祂的 / nastaḥ—通过鼻孔

译文　在我(布茹阿玛)举行的一个祭祀上，至尊主以哈亚贵瓦化身显现。祂是祭祀的人格化身，肤色呈金黄色。祂还是韦达经典的人格化身、全体半神人的超灵。当祂呼吸时，韦达赞歌甜美的妙音都从祂的鼻孔中流淌了出来。

要旨　韦达赞歌通常是功利性活动者举行祭祀时吟诵、吟唱的。这些功利性活动者也想满足半神人，以获得他们活动的成果。但至尊主既是祭祀的人格化身，也是韦达赞歌的人格化身。因此，直接为至尊主做奉爱服务的人，自然而然就获得了举行祭祀并满足半神人的结果。至尊主的奉献者虽然有可能并没有按照韦达经的教导去举行祭祀、取悦半神人，但所处的层面还是比崇拜各种半神人的功利性活动者要高。

第12节　मत्स्यो युगान्तसमये मनुनोपलब्धः
क्षोणीमयो निखिलजीवनिकायकेतः ।
विस्रंसितानुरुभये सलिले मुखान्मे
आदाय तत्र विजहार ह वेदमार्गान् ॥१२॥

matsyo yugānta-samaye manunopalabdhaḥ
kṣoṇīmayo nikhila-jīva-nikāya-ketaḥ

visraṁsitān uru-bhaye salile mukhān me
ādāya tatra vijahāra ha veda-mārgā

matsyaḥ—鱼化身 / yuga-anta—周年期之末 / samaye—在……的时候 / manunā—未来的外瓦斯瓦塔·玛努 / upalabdhaḥ—被看到 / kṣoṇīmayaḥ—上至地球星系 / nikhila—所有 / jīva—生物体 / nikāya-ketaḥ—……的庇护所 / visraṁsitān—发源于 / uru—浩大的 / bhaye—由于恐惧 / salile—在水中 / mukhāt—从口中 / me—我的 / ādāya—拿了后 / tatra—那里 / vijahāra—享用了 / ha—肯定地 / veda-mārgān—所有的韦达经

译文 在年代结束时，未来的外瓦斯瓦塔·玛努——萨提亚瓦塔，将看到至尊主以鱼化身显现，保护从下至上直到地球层面的所有种类的生物体。由于我惧怕年代结束时的大洪水，韦达经从我(布茹阿玛)的嘴里出来，而至尊主则在享受大洪水的同时保护韦达经典。

要旨 布茹阿玛的一天内有十四位玛努(Manu)，在每一个玛努统治期末，就有一次从下至上直到地球星系的毁灭，毁灭时的大洪水甚至使布茹阿玛都害怕。在未来的外瓦斯瓦塔·玛努(Vaivasvata Manu)统治期的一开始，他将会目睹这种毁灭。不仅如此，那时还会发生许多其他事件，例如：天下闻名的恶魔商卡苏茹阿(śaṅkhāsura)被杀死，等等。布茹阿玛根据自己过去的经验预言要发生的一切，他知道：在那可怕的毁灭现场，韦达经(Vedas)会从他的嘴里出来，但至尊主的鱼化身不仅会拯救半神人、动物、人类和伟大的圣人等所有的生物体，也会拯救韦达经。

第13节 क्षीरोदधावमरदानवयूथपाना-
मुन्मथ्नताममृतलब्धय आदिदेवः ।

पृष्ठेन कच्छपवपुर्विदधार गोत्रं
निद्राक्षणोऽद्रिपरिवर्तकषाणकण्डूः ॥१३॥

kṣīrodadhāv amara-dānava-yūthapānām
unmathnatām amṛta-labdhaya ādi-devaḥ
pṛṣṭhena kacchapa-vapur vidadhāra gotraṁ
nidrākṣaṇo 'dri-parivarta-kaṣāṇa-kaṇḍūḥ

kṣīra—牛奶 / udadhau—在……之洋 / amara—半神人们 / dānava—恶魔们 / yūtha-pānām—两派的领袖们 / unmathnatām—在搅拌牛奶时 / amṛta—甘露 / labdhaya—为了得到 / ādi-devaḥ—存在中的第一位至尊主 / pṛṣṭhena—以脊背 / kacchapa—龟 / vapuḥ—身体 / vidadhāra—呈现 / gotram—曼达尔山 / nidrākṣaṇaḥ—在半睡眠的状态中 / adri-parivarta—转动山峰 / kaṣāṇa—搔痒 / kaṇḍūḥ—痒

译文　接着，为了充当作为搅拌杆的曼达尔山的底座(转动轴)，存在中的第一位至尊主化身为乌龟。为了获取甘露，半神人和恶魔们用曼达尔山来搅拌牛奶之洋。这座山前后转动，摩擦着至尊主的乌龟化身，而祂在半睡眠的状态中体验着抓痒的感觉。

要旨　尽管我们感知不到，但这个宇宙中确实有一个牛奶汪洋。就连现代科学家们也承认，在我们头顶上有千百万颗星球在盘旋着，而每一颗星球的环境都各不相同。《圣典博伽瓦谭》给予我们的很多资讯，或许与我们现有的经验不相符合。但印度的圣哲们都从韦达文献中接受知识，权威人士们毫不犹豫地公认：我们应该透过权威知识典籍的篇章看事物(śāstra-cakṣurvat)。因此，除非我们做实验亲眼看到了所有盘旋在太空中的星球，否则我们就不能否认《圣典博伽瓦谭》中记载的“存在着牛奶之洋”的说明。既然我们做不了这样一个实验，我们自然就必须接受《圣典博伽瓦谭》中的说明，因为就连施瑞达尔·斯瓦米(Śrīdhara Svāmī)、吉瓦·哥斯瓦米、维施瓦纳特·查夸瓦尔提等灵性领袖也都接受。学习韦达知识的方法就是以伟大的权威为榜样，向他们学习，而这是了解超出我们想象的事物的唯一方法。

由于至尊首神是全能的，能做祂想做的一切，因此对祂来说，为达成某一个目的而化身为龟或鱼的形象是很平常的事情。所以，我们应该毫不犹豫地立刻接受《圣典博伽瓦谭》等权威经典的说明。

半神人和恶魔联合起来搅拌牛奶之洋这项庞大的工程，需要有一大片静止不动的地面或枢轴可以安置巨大的曼达尔山丘。为此，至尊首神为了帮助半神人们，便化身为巨大的乌龟，在牛奶之洋中用脊背托着曼达尔山充当枢轴。当祂处在半睡眠的状态时，曼达尔山的转动摩擦着至尊主的脊背，减轻祂痒的感觉。

第14节 त्रैपिष्टपोरुभयहा स नृसिंहरूपं
कृत्वा भ्रमद्भ्रुकुटिदंष्ट्रकरालवक्त्रम् ।
दैत्येन्द्रमाशु गदयाभिपतन्तमारा-
दूरौ निपात्य विददार नखैः स्फुरन्तम् ॥१४॥

trai-piṣṭaporu-bhaya-hā sa nṛsiṁha-rūpaṁ
kṛtvā bhramad-bhrukuṭi-daṁṣṭra-karāla-vaktram
daityendram āśu gadayābhipatantam ārād
ūrau nipātya vidadāra nakhaiḥ sphurantam

trai-piṣṭapa—半神人们 / uru-bhaya-hā—消除巨大恐惧的人 / saḥ—祂(至尊人格首神) / nṛsiṁha-rūpam—化身为尼尔星哈出现 / kṛtvā—这样做 / bhramat—以转动 / bhru-kuṭi—眉毛 / daṁ-ṣṭra—牙齿 / karāla—十分吓人的 / vaktram—口 / daitya-indram—恶魔之王 / āśu—立即 / gadayā—手持大头棒 / abhipatantam—下跌的时候 / ārāt—就近 / ūrau—在膝上 / nipātya—置于 / vidadāra—刺穿 /

nakhaiḥ—用指甲 / sphurantam—挑战的时候

译文　为了消除恶魔给半神人制造的巨大恐惧，人格首神化身为尼尔星哈戴瓦。祂把手持大头棒向祂挑战的魔王(黑冉亚卡希普)放在大腿上，用指甲撕碎魔王的身体，将其杀死。与此同时，祂愤怒地挑动祂的双眉，张开大嘴，展示祂可怕的牙齿。

要旨　《圣典博伽瓦谭》第7章中，记述了黑冉亚卡希普(Hiraṇyakaśipu)和他伟大的奉献者儿子帕拉德王(Prahlāda Mahārāja)的历史。凭借物质成就，黑冉亚卡希普变得很有力量，并且以为靠布茹阿玛的恩典可以永生不死。布茹阿玛告诉他自己也不是永生不死的，因此不能赐予他不死的祝福。但黑冉亚卡希普还是用迂回的方式取得了布茹阿玛的祝福，差不多成了一个不死的人。黑冉亚卡希普深信自己不会被任何人或半神人杀死，不会被任何一种已知的武器杀死，也不会在白天或夜晚死亡。但至尊主化身为超出黑冉亚卡希普等恶魔想象的半人半狮形象，不但杀死了恶魔，还保持与布茹阿玛的祝福相一致。至尊主在自己的膝部杀死恶魔，因此恶魔既不是在陆地、水上，也不是在空中被杀死的。恶魔是被尼尔星哈的指甲所杀，这也不是人类用的武器，所以超乎黑冉亚卡希普的想象。梵文“黑冉亚卡希普”的意思是追求黄金和软床的人，而这是所有物质主义者的最高目标。这些与神断绝关系的邪恶之徒，会逐渐因为物质的所得而骄傲，开始挑衅至尊主的权威，折磨至尊主的奉献者。帕拉德王是黑冉亚卡希普的儿子，由于这男孩是至尊主伟大的奉献者，他父亲便尽其所能地折磨他。在极度危急的状况下，至尊主化身为尼尔星哈显现，以结束这个与半神人为敌的恶魔的性命。至尊主以超乎恶魔想象的方式杀死了黑冉亚卡希普。全能的至尊主挫败不信神的恶魔所制定的一切物质方案。

第15节 अन्तःसरस्युरुबलेन पदे गृहीतो
ग्राहेण यूथपतिरम्बुजहस्त आर्तः ।
आहेदमादिपुरुषाखिललोकनाथ
तीर्थश्रवः श्रवणमङ्गलनामधेय ॥१५॥

antaḥ-sarasy uru-balena pade gṛhīto
grāheṇa yūtha-patir ambuja-hasta ārtaḥ
āhedam ādi-puruṣākhila-loka-nātha
tīrtha-śravaḥ śravaṇa-maṅgala-nāmadheya

antaḥ-sarasi—在河里 / uru-balena—以较大的气力 / pade—腿 / gṛhītaḥ—被咬住 / grāheṇa—被鳄鱼 / yūtha-patiḥ—象王的 / ambuja-hastaḥ—持莲花 / ārtaḥ—非常痛苦 / āha—对……说 / idam—像这样 / ādi-puruṣa—存在中的第一位享乐者 / akhila-loka-nātha—宇宙之主 / ādi-puruṣa—像朝圣地一样出名 / śravaṇa-maṅgala—仅仅聆听圣名便一切吉祥 / nāma-dheya—其圣名值得吟诵、吟唱的

译文 在一条河里，象王因为腿受到一条极其强壮的鳄鱼的攻击而感到十分痛苦。它用象鼻举起一朵莲花，对至尊主说："啊，存在中的第一位享受者，宇宙的主人！啊，拯救者，像圣地一样著名的人物！仅仅因为歌唱您那值得吟诵、吟唱的圣名，一切就被净化了！"

要旨 《圣典博伽瓦谭》的第8篇中，记载了象王在河水中被比它强大的鳄鱼袭击腿部，后来得到拯救的故事。至尊主是绝对知识，因此祂的圣名与祂本人没有分别。象王受到鳄鱼攻击时非常痛苦，尽管大象的力气比鳄鱼大，但在水中时鳄鱼的力气就比大象大了。由于这只大象在前生是至尊主伟大的奉献者，它前生从事虔诚活动所得到的力量使它在痛苦时有能力呼唤至尊主的圣名。在这个物质世界里，所有的生物体都始终感到痛苦，因为这世界是一个每

走一步都有烦恼的地方。但正如《博伽梵歌》第7章的第16节诗所证实的，人在前世从事虔诚活动所得到的力量，可以使他今世为至尊主做奉爱服务。《博伽梵歌》第7章的第15节诗中也说，前世从事罪恶活动的人，即使今生很痛苦，也不能为至尊主做奉爱服务。象王一旦呼唤人格首神的圣名，人格首神便立刻骑着祂永恒的坐骑嘎茹达(Garuḍa)出现，来拯救象王。

象王意识到它和至尊主的关系，祂称至尊主为“存在中的第一位享受者(ādi-puruṣa)”。至尊主和生物两者都有意识，因此都是享受者，但至尊主是存在中的第一位享受者，因为祂创造了一切。在一个家庭里，父亲和儿子无疑都是享受者，但父亲是首位享受者，儿子们则是随后的享受者。纯粹奉献者很清楚宇宙中的一切都是至尊主的财产，而生物体只能享受至尊主赐予他的事物。生物体甚至不能去碰没有分配给他的东西。就有关存在中的第一位享受者的概念，《至尊奥义书》(īśopaniśad)中有明确的解释。了解自己与至尊主之间区别的人，永远不会接受没有先给至尊主供奉过的事物。

象王称呼至尊主为“宇宙之主(akhila-loka-nātha)”，因此祂也是大象的主人。象王作为至尊主纯粹的奉献者，尤其值得至尊主来拯救它免遭鳄鱼的继续攻击；至尊主答应过祂的奉献者永不会被征服，象王呼唤至尊主保护它是很恰当的，因此仁慈的至尊主立即作出回应。至尊主是众生的保护者；对承认祂的至尊地位，没虚荣到甚至骄傲地否定祂的至尊地位或声称与祂平等的人而言，祂是直接保护人。祂永远是至尊者。至尊主纯粹的奉献者知道自己与至尊主的区别，完全依靠至尊主，也因而获得至尊主的宠爱；相反，否定至尊主的存在并声称自己是至尊主的人，被称为阿苏茹阿(asura,恶魔)，只能依赖听命于至尊主的能量的力量。由于至尊主高于所有的生物，祂的完美也至高无上，超越一切生物的想象。

象王称呼至尊主为“像圣地一样著名的人物(tīrtha-śravaḥ)”。人们为了拯救自己而前往圣地，以使自己摆脱在不知不觉中从事罪恶活动所招来的恶报。但只要记住至尊主的圣名，就能使人免除所有的恶报。因此说，至尊主与圣地一样，可以使人清除所有的恶报。人到达圣地后可以清除所有的恶报，但他只要在家中或任何一个地方歌唱至尊主的圣名，就能得到跟去圣地同样的利益。对纯粹的奉献者来说，他没有必要去朝圣之地；他只要诚挚地记着至尊主，就能获救，免除所有的恶报。至尊主纯粹的奉献者从不作恶，但由于整个世界充满着罪恶的气氛，就连纯粹的奉献者也会在不知情的情况下犯罪，这是不可避免的事。有意作恶的人不配当至尊主的奉献者，但纯粹的奉献者如果在无意间做了某种恶的话，肯定能得到至尊主的拯救，因为他一直记着至尊主。

至尊主的圣名被说成是“仅仅聆听圣名便一切吉祥(śravaṇa-maṅgala)”。《圣典博伽瓦谭》中另一个地方描述说，吟诵、吟唱至尊主的一切是虔诚的活动(puṇya-śravaṇa-kīrtana)。至尊主降临这个地球，像其他人一样在这个世界里从事活动，目的就是要制造与祂有关的话题以供人们聆听；否则，至尊主不需要在这个世界里做任何事，也没有义务做任何事。祂出于没有缘故的仁慈来到这里，按祂的意愿行事，韦达经(Veda)和往世书(purāṇa)中满载着对祂各种活动的描述，而这自然使一般大众渴望聆听、阅读有关祂的活动的一些讯息。然而，世上绝大多数人用很多的宝贵时间去阅读各种现代小说，而这种文学不但对任何人都不会起好作用，反而会毫无必要地刺激年轻人的心，更多地受激情属性和愚昧属性的影响，从而进一步受物质情况的束缚。我们最好用同样的聆听和阅读倾向来聆听和阅读至尊主的种种活动。这将使人全面受益。

结论是：至尊主的圣名，以及与祂有关的话题，永远值得聆听。正因为如此，这节诗中称祂为“其圣名值得吟诵、吟唱的人(nāma-dheya)”。

第16节 श्रुत्वा हरिस्तमरणार्थिनमप्रमेय-
श्चक्रायुधः पतगराजभुजाधिरूढः ।
चक्रेण नक्रवदनं विनिपाट्य तस्माद्
धस्ते प्रगृह्य भगवान् कृपयोज्जहार ॥१६॥

śrutvā haris tam araṇārthinam aprameyaś
cakrāyudhaḥ patagarāja-bhujādhirūḍhaḥ
cakreṇa nakra-vadanaṁ vinipāṭya tasmād
dhaste pragṛhya bhagavān kṛpayojjahāra

śrutvā—以聆听 / hariḥ—人格首神 / tam—他 / araṇa-arthinam—一个需要帮助的人 / aprameyaḥ—有无限能力的至尊主 / cakra—飞轮 / āyudhaḥ—配有祂的武器 / pataga-rāja—鸟王（嘎茹达）/ bhuja-adhirūḍhaḥ—坐在……的翅膀上 / cakreṇa—用飞轮 / nakra-vadanam—鳄鱼的嘴巴 / vinipāṭya—切成两段 / tasmāt—从鳄鱼的嘴巴 / haste—在手中 / pragṛhya—抓住象鼻 / bhagavān—人格首神 / kṛpayā—出于没有缘故的仁慈 / ujjahāra—拯救他

译文 听到大象的恳求，人格首神感到大象正承受巨大的痛苦，急需祂的帮助，于是带着祂的武器——飞轮，乘坐在鸟王嘎茹达的翅膀上出现在现场。祂用飞轮砍碎鳄鱼嘴，抓住象鼻提起大象，救了它。

要旨 至尊主住在祂的外琨塔星球上，没人能估量出这颗星球离我们到底有多远。然而据经典说，想靠乘坐太空船或心念之船去那里的人，即使旅行上百万年也找不到那颗星球。现代科学家发明出物质的太空船；瑜伽师则尝试靠心念之船进行更精微的物质旅行，并可以靠心念之船的帮助很快抵达任何遥远的地方。但外琨塔星球离物质天空极为遥远，无论是太空船还是心念船都到不了神在外琨塔星球的王国。既然是这样，大象的祈祷怎么可能被住在无限远处的星球上的至尊主听到，而至尊主又怎么会立刻出现在大象面前呢？这些超出人类想象的事，对具有无限力量的至尊主来说都不难。为此，这节诗中把至尊主描述为是“有无限能力的至尊主(aprameya)”，因为即使是最优秀的人脑，也无法通过数学计算估量出祂的力量。至尊主可以从极为遥远的地方聆听到我们在这里的祈祷，吃我们在这里供奉给祂的食物；只要通知祂一下，祂可以立刻同时出现在所有的地方。这就是至尊主的全能。

第17节 ज्यायान् गुणैरवरजोऽप्यदितेः सुतानां
लोकान् विचक्रम इमान् यदथाधियज्ञः ।
क्ष्मां वामनेन जगृहे त्रिपदच्छलेन
याञ्चामृते पथि चरन् प्रभुभिर्न चाल्यः ॥१७॥

jyāyān guṇair avarajo 'py aditeḥ sutānāṁ
lokān vicakrama imān yad athādhiyajṣaḥ
kṣmāṁ vāmanena jagṛhe tripada-cchalena
yācñāṁ ṛte pathi caran prabhubhir na cālyaḥ

jyāyān—最伟大的 / guṇaiḥ—在品质上 / avarajaḥ—超然的 / api—虽然祂是这样 / aditeḥ—阿迪缇的 / sutvnām—所有儿子(名为阿迪缇亚兄弟)的 / lokān—所有星球 / vicakrame—超越 / imān—在这个宇宙 / yat—一个……的人 / atha—因此 / adhiyajṣaḥ—至尊人格首神 / kṣmām—所有土地 / vāmanena—以瓦玛纳化身 / jagṛhe—接受了 / tripada—三步 / chalena—假装 / yācṣām—乞讨 / ṛte—没有 / pathi caran—走在正确的路上 / prabhubhiḥ由权威 / na—永不 / cālyaḥ—被剥夺

译文 至尊主超越所有的物质属性，其品质胜过阿迪缇所有的儿子——阿迪缇亚们。至尊主显现为阿迪缇最小的儿子。祂凌驾于宇宙中所有的星球之上，因此是至尊人格首神。祂假装请求巴利·玛哈茹阿佳给祂三步大的一块地，夺取了巴利·玛哈茹阿佳所有的领地。祂之所以向巴利·玛哈茹阿佳提出请求，是因为权威人士不能在不经请求的情况下，拿走他人的合法拥有物。

要旨　巴利王(Bali Mahārāja)和他给瓦玛纳戴瓦(Vāmanadeva)布施的历史，记载在《圣典博伽瓦谭》的第8篇中。巴利王征服了宇宙中所有的星球，合法地占有了它们。一个国王可以用武力去征服其他国王，以这种方式占有的土地被认为是合法的。所以，巴利王拥有宇宙中所有的土地，而他正好对布茹阿玛纳(婆罗门)乐善好施。因此，至尊主扮装成一个求乞的布茹阿玛纳，向巴利王要求三步之地。至尊主作为一切的拥有者，本可以直接收走巴利王所拥有的全部土地，但祂没有这样做，因为巴利王作为帝王有权利拥有所有那些土地。当主瓦玛纳要求巴利王给予少许布施时，巴利王的灵性导师苏夸查尔亚(Śukrācārya)予以反对，因为他知道瓦玛纳戴瓦是装扮成乞丐的维施努(Viṣṇu)本人。但巴利王即使明白乞丐就是维施努本人后，也没有服从他灵性导师的命令，而是立即同意把至尊主请求的三步之地布施给祂。在履行这协议时，主瓦玛纳用前两步跨过宇宙的全部土地，接着问巴利王第三步该放在什么地方。巴利王非常高兴至尊主把剩下的一步放在自己头上。巴利王这样做不仅没有失去拥有的一切，相反得到至尊主的祝福，使至尊主成了他永恒的同伴兼看门人。因此，把一切献给至尊主的人不仅不会失去什么，相反会得到他自己甚至从未期望过的一切。

第18节　नार्थो बलेरयमुरुक्रमपादशौच-
मापः शिखाधृतवतो विबुधाधिपत्यम् ।

यो वै प्रतिश्रुतमृते न चिकीर्षदन्य-
दात्मानमङ्ग मनसा हरयेऽभिमेने ॥१८॥

nārtho baler ayam urukrama-pāda-śaucam
āpaḥ śikhā-dhṛtavato vibudhādhipatyam
yo vai pratiśrutam ṛte na cikīrṣad anyad
ātmānam aṅga manasā haraye 'bhimene

na—永不 / arthaḥ—和……比较之下有什么价值 / baleḥ—力量的 / ayam—这个 / urukrama-pāda-śaucam—洗过人格首神莲花足的水 / āpaḥ—水 / śikhā-dhṛtavataḥ—把它放在头上的人的 / vibudha-adhipatyam—统治半神人王国的权利 / yaḥ—谁 / vai—肯定地 / prati-śrutam—正式答应过的事 / ṛte na—除此之外 / cikīrṣat—企图 / anyat—任何其他的事 / ātmānam—就算他自己的身体 / aṅga—纳茹阿达啊 / manasā—心中 / haraye—向至尊主 / abhimene—献身

译文 巴利·玛哈茹阿佳把崇拜至尊主莲花足的水洒在自己的头上，除了要履行自己的许诺根本不想其他事，尽管他的灵性导师阻止他那么做。君王把自己的身体献给至尊主，以便让至尊主踏出祂的第三步。在他这种人的眼里，即使是凭他的力量征服的天堂王国，也是毫无价值的。

要旨 巴利王用牺牲巨大的物质财富为代价，得到至尊主超然的偏爱，能够在外琨塔珞卡拥有自己的住地，享受到比他原来享有的便利条件更多的永恒享乐。因此，他牺牲用他自己的物质力量占领的天堂王国一点儿都没有损失。换句话说，当至尊主夺走一个人辛苦得到的物质财富时，是对这个人的偏爱，让他通过为至尊主本人做超然的服务赢得永恒的生活、知识和极乐。至尊主的这种“拿走”，应该被视为是祂对纯洁奉献者的特别恩宠。

物质拥有不论多么诱人，都不可能是永恒的。因此，人要么自愿放弃这些拥有，要么在离开这个物质躯体时被迫放弃。头脑清醒的人知道：所有的物质拥有都是短暂的，最好用它们为至尊主服务，以取悦至尊主，至尊主就会在祂“超然的住所(paraṁ dhāma)”赐予一处永恒的地方。

《博伽梵歌》第15章的第5—6节诗描述至尊主超然的住所说：

nirmāna-mohā jita-saṅga-doṣā
　adhyātma-nityā vinivṛtta-kāmāḥ
dvandvair vimuktāḥ sukha-duḥkha-saṁjṣair
　gacchanty amūḍhāḥ padam avyayaṁ tat

na tad bhāsayate sūryo
　na śaśāṅko na pāvakaḥ
yad gatvā na nivartante
　tad dhāma paramaṁ mama

“谁不受虚荣、幻觉和虚幻关系的影响，理解永恒，不再有物质欲望，摆脱苦乐的二元性，不迷惑，清楚地知道怎么皈依至尊人，谁就会到达永恒的王国。我那至高无上的住所既不靠日月照明，也不靠火、电照明，到达那里的人永不返回这个物质世界。”

在这个物质世界里拥有再多的房子、土地、儿女、社会、友谊和钱财等，也只不过是暂时的拥有。人不可能永远拥有这些由玛亚(māyā，错觉能量)制造的虚幻资产。这样的拥有者对觉悟自我更感茫然；正因为如此，人应该少拥有或什么都不拥有，以便能摆脱虚荣。我们因为在物质世界里与物质自然三种属性接触而受到污染。因此，人越用短暂的物质拥有为至尊主做奉爱服务，取得灵性的进步，就越能摆脱对物质假象的依恋。要达到生命的这个阶段，人必须对灵性存在和它的永恒作用坚信不移。为了正确地了解灵性存在的永恒性，人必须自愿练习少拥有物质资产或只拥有不困难就能维生的生活必需品。人不应该制造人为的需要，这样才会帮助人满足于最基本的需求。生活中的人为需要都属于感官活动。现代文明进步就基础于这些感官活动；或换句话说，这是一个感官享乐的文明。完美的文明是灵魂(ātmā)的文明。从事感官享乐的文明人与动物同处一个层次，因为动物的活动超不出感官活动的范畴。在感官之上的是心念。建立在心智思辨基础上的文明，也不是生命的完美阶段，因为心念之上是智力，而《博伽梵歌》为我们提供了有关智力文明的资讯。韦达文献为人类文明提供了各种不同的方向，包括感官文明、心智文明和灵魂文明。《博伽梵歌》谈论的主要是智力如何把人类引向灵魂文明的进步途径，《圣典博伽瓦谭》谈的是以灵魂为主题的完整的人类文明。人一旦被提升到灵魂文明的层面，就具有被升入神的王国的条件了，《博伽梵歌》的上述两节诗对神的王国作了描述。

有关神的王国的最初资讯告诉我们：那里不需要日月或电照明，而所有这些在这个黑暗的物质世界里是必不可少的。有关神的王国接下来的资讯解释说：通过采用灵魂文明或说奉爱瑜伽的方法到那个王国去的人，达到了生命最高的完美境界，处在对为至尊主做超然的爱心服务完全了解的灵魂永存状态中。巴利王以他拥有的全部物质财富为代价接受灵魂文明，使自己具备了被提升进神的王国的资格。与神的王国相比，他凭借他的物质力量得到的天堂，被视为是根本不足挂齿的。

在以感官享乐为基础的物质文明中争取到舒适条件的人，应该向巴利王学习，争取到神的王国去。巴利王以他得到的物质力量为代价，换取为至尊主做奉爱服务的机会；而这种奉爱瑜伽程序是《博伽梵歌》中推荐的，在《圣典博伽瓦谭》中也有进一步的解释。

第19节

तुभ्यं च नारद भृशं भगवान् विवृद्ध-
भावेन साधु परितुष्ट उवाच योगम् ।
ज्ञानं च भागवतमात्मसतत्त्वदीपं
यद्वासुदेवशरणा विदुरञ्जसैव ॥१९॥

tubhyaṁ ca nārada bhṛśaṁ bhagavān vivṛddha-
bhāvena sādhu parituṣṭa uvāca yogam
jñānaṁ ca bhāgavatam ātma-satattva-dīpaṁ
yad vāsudeva-śaraṇā vidur aṣjasaiva

tubhyam—向你 / ca—还有 / nārada—纳茹阿达啊 / bhṛśam—很好地 / bhagavān—人格首神 / vivṛddha—培育了 / bhāvena—以超然的爱 / sādhu—阁下 / parituṣṭaḥ—由于感到满足了 / uvāca—描述了 / yogam—服务 / jñānam—知识 / ca—和 / bhāgavatam—神的科学和为祂做奉爱服务的科学 / ātma—自我 / sa-tattva—详尽 / dīpam—就像黑暗中的光芒 / yat—那 / vāsudeva-śaraṇāḥ—那些皈依了主华苏戴瓦的灵魂 / viduḥ—认识他们 / añjasā—完全清楚 / eva—如实地

译文 纳茹阿达啊！人格首神化身为汉萨瓦塔尔，教导你有关觉悟神和为祂做超然的爱心服务的科学。你热情地为祂做奉爱服务，令祂对你很满意。祂还清楚地给你解释了有关奉爱服务的完整科学。全心全意投靠人格首神华苏戴瓦的人，最能理解这门科学。

要旨 奉献者和奉爱服务是两个相关词。人除非有成为至尊主的奉献者的倾向，否则不可能对奉爱服务的复杂细节有深入的了解。圣主奎师那之所以要给圣阿尔诸纳解释奉爱服务的科学——《博伽梵歌》，原因在于阿尔诸纳不仅是祂的朋友，而且是伟大的奉献者。所有的个体生物，因为原本是至尊生物(绝对的人格首神)不可缺少的一部分，所以有微小的独立行事的自由。因此，开始为至尊主做奉爱服务的基本资格是：愿意合作。要做到这一点，人就应该自愿与那些已经为至尊主做超然的奉爱服务的人合作。通过和这些人合作，初习奉献者就会逐渐学会奉爱服务的技巧，并随着在这种学习中不断取得进步，相应地去除与物质接触的污染。这一净化程序会建立初习奉献者的坚定信心，逐渐把他提升到对这种奉爱服务有超然体验的阶段，使他对为至尊主做奉爱服务产生真正的依恋。接着，他的信心会带他上升到奉爱服务如痴如醉的境界，而这正是对神产生超然的爱的前奏。

奉爱服务的知识可以分成两个部分，即对奉爱服务本质的初步认识，以及对如何做奉爱服务的进一步了解。《圣典博伽瓦谭》记载的是与至尊人格首神有关的一切，包括祂的美貌、声望、财富、尊贵、魅力和超然的品质。这一切都吸引人朝向祂，与祂进行爱的情感交流。为至尊主做奉爱服务是生物的自然本性，而与物质接触的影响遮盖了这种本性。《圣典博伽瓦谭》帮助人十分诚恳地移去那层遮盖。正因为如此，特别提到，《圣典博伽瓦谭》是超然知识的明灯。奉爱服务的这两部分超然知识，会向投靠华苏戴瓦的灵魂揭示出来。正如《博伽梵歌》第7章的第19节诗中所说：完全皈依华苏戴瓦莲花足的伟大灵魂十分罕见。

第20节 चक्रं च दिक्ष्वविहतं दशसु स्वतेजो
मन्वन्तरेषु मनुवंशधरो बिभर्ति ।
दुष्टेषु राजसु दमं व्यदधात्स्वकीर्तिं
सत्ये त्रिपृष्ठ उशतीं प्रथयंश्चरित्रैः ॥२०॥

cakraṁ ca dikṣv avihataṁ daśasu sva-tejo
manvantareṣu manu-vaṁśa-dharo bibharti
duṣṭeṣu rājasu damaṁ vyadadhāt sva-kīrtiṁ
satye tri-pṛṣṭha uśatīṁ prathayaṁś caritraiḥ

cakram—至尊主的飞轮 / ca—还有 / dikṣu —所有方向 / avihatam—不气馁 / daśasu—十面 / sva-tejaḥ—个人的力量 / manvantareṣu—玛努的各种化身 / manu-vaṁśa-dharaḥ—作为玛努王朝的后裔 / bibharti—统治 / duṣṭeṣu—向恶棍 / rājasu—在那种君王的身上 / damam—征服 / vyadadhāt—举行 / sva-kīrtim—个人的荣耀 /

satye—在萨提亚珞卡星球上 / tri-pṛṣṭhe—三个星系 / uśatīm—光荣的 / prathayan—建立了 / caritraiḥ—特征

译文　作为玛努的化身，至尊主成为玛努王朝的后裔，用祂那强大的飞轮武器征服邪恶的君王，统治他们。祂在任何情况下都不灰心丧气，祂光荣的名声使祂的统治极有特色。祂的名声传遍三个世界，一直上传到宇宙中最高的萨缇亚珞卡星系。

要旨　我们在第1篇中已经谈过众多的玛努化身。在布茹阿玛的一天内，一个接一个地共更换十四位玛努。这样，布茹阿玛的一个月中便有四百二十位玛努，而一年之内有五千零四十位玛努。布茹阿玛活上他的一百岁(按他的时间计算)，那么在一个布茹阿玛的任期内就有五十万四千位玛努。物质世界里有无数的布茹阿玛，而他们所有人的寿命就只有玛哈·维施努的一次呼气那么长。我们可以想象一下，至尊主的众多化身是怎样在整个物质世界里行事的，整个物质世界只占至尊人格首神总体能量的四分之一。

至尊人格首神以祂的飞轮为武器惩罚恶棍，祂的玛努化身用与祂同等的力量惩罚各个星球上的邪恶统治者。众多的玛努化身都传播至尊主的超然光荣。

第21节　धन्वन्तरिश्च भगवान् स्वयमेव कीर्ति-
नाम्ना नृणां पुरुरुजां रुज आशु हन्ति ।
यज्ञे च भागममृतायुरवावरुन्ध
आयुष्यवेदमनुशास्त्यवतीर्य लोके ॥२१॥

dhanvantariś ca bhagavān svayam eva kīrtir
nāmnā nṛṇāṁ puru-rujāṁ ruja āśu hanta

yajñe ca bhāgam amṛtāyur-avāvarundha
āyuṣya-vedam anuśāsty avatīrya loke

dhanvantariḥ—神的名叫丹宛塔瑞的化身 / ca—和 / bhagavān—人格首神 / svayameva—祂亲自 / kīrtiḥ—名望的人格化身 / nāmnā—名叫 / nṛṇām puru rujām—患病的生物体/rujaḥ—疾病 / āśu—很快 / hanti—医治 / yajñe—在祭祀中 / ca—还有 / bhāgam—分享 / amṛta—甘露 / āyuḥ—寿命 / ava—从 / avarundhe—得到 / āyuṣya—寿命的 / vedam—知识 anuśāsti—指导 / avatīrya—化身为 / loke—在宇宙中

译文 至尊主化身为丹宛塔瑞，仅仅以祂个人的声望就很快治愈了永远处在疾病状态中的生物体的疾病。而且，仅仅因为祂的缘故，半神人们才可以享受长寿。为此，人格首神永远受到赞美，而且也得到祭祀中的一份祭品。祂独自在宇宙中开创了医学——医药知识。

要旨 正如《圣典博伽瓦谭》开篇所述，一切都来自人格首神这一最初的源头；而这节诗告诉我们，医学或医药知识也是由人格首神化身为丹宛塔瑞(Dhanvantari)给予，后被记载在韦达经(Veda)中。韦达经提供了所有的知识，其中也包括完全治愈生物体疾病的医学知识。有物质躯体的生物因为其躯体构造而患疾病。躯体是疾病的征象。疾病展现的种类可能不同，但无疑存在，就像每一个生物体都有生有死一样。因此，凭借至尊主的恩典，生物体不仅可以治愈身心方面的疾病，而且可以使灵魂摆脱不断的生死轮回。至尊主的另一个名字是巴瓦奥萨迪(bhavau ṣadhi)，意思是“根治物质存在疾病的创始人”。

第22节　क्षत्रं क्षयाय विधिनोपभृतं महात्मा
ब्रह्मध्रुगुज्झितपथं नरकार्तिलिप्सु ।
उद्धन्त्यसाववनिकण्टकमुग्रवीर्य-
स्त्रिःसप्तकृत्व उरुधारपरश्वधेन ॥२२॥

kṣatraṁ kṣayāya vidhinopabhṛtaṁ mahātmā
brahma-dhrug ujjhita-pathaṁ narakārti-lipsu
uddhanty asāv avanikaṇṭakam ugra-vīryas
triḥ-sapta-kṛtva urudhāra-paraśvadhena

kṣatram—皇族 / kṣayāya—为了减轻 / vidhinā—目的地 / upabhtam—增加分量 / mahātmā—以伟大的圣人帕茹阿舒茹阿玛形象出现的至尊主 / brahma-dhruk—布茹阿曼(梵)的终极真理 / ujjhita-patham—那些放弃了绝对真理之途的人 / naraka-ārti-lipsu—想在地狱受苦 / uddhanti—强取 / asau—所有那些 / avanikaṇṭakam—世界上的荆棘 / ugra-vīryaḥ—强大得惊人 / triḥ-sapta—三乘七次 / kṛtvaḥ—履行 / urudhāra—很锋利 / paraśvadhena—以大斧头

译文　当被称为查锤亚的统治阶层的人员，偏离了绝对真理的路途，想要在地狱中受苦时，至尊主化身为圣人帕茹阿舒茹阿玛，把那些像地上的荆棘般要不得的君王连根铲除。为此，祂挥舞锋利的斧头，铲除那些查锤亚，铲除次数达二十一次之多。

要旨　查锤亚(刹帝利)——统治者，无论在宇宙中的什么地方，无论是在这个星球上还是其他星球上，其实都是全能的人格首神的代表，其职责是带领其统治对象走向认识神的路途。每一个国家，不管国家的政体是君主制、民主制、寡头制度、独裁制，还是专制制度，其统治者的首要责任都是领导国民认识神。这对全体人类来说是必需的。父亲、灵性导师及国家最高领导人，要承担起带领国民走向这个目标的责任。整个物质存在的创造目的就在于此，以使受制约的灵魂有改过自新的机会。有些灵魂因反叛至尊父亲的旨意而坠落到这个物质自然中受其制约。物质自然的力量逐渐把这些灵魂带入长期受苦的地狱般的状况中。受制约的灵魂要想摆脱受制约的状况就必须遵守制定的规范守则，不遵守规范守则的人被称为“违背绝对真理之路的人(brahmojjhita-pathas)”，必定会受到惩罚。主帕茹阿舒茹阿玛(Paraśurāma)——人格首神的化身，就是在这样的情况下显现的；他杀戮世上邪恶的君王次数达二十一次之多。当时有很多查锤亚国王逃离印度到世界其他地区去。根据《玛哈巴茹阿特》(Mahābhārata,《摩呵婆罗多》)的权威说法，埃及的国王原本就是为了逃避帕茹阿舒茹阿玛的惩罚而从印度移居过去的。同样，无论何时何地，环境如何，只要君王或统治者变得不信神并建立无神论文明，就要受到惩罚。这是全能者的命令。

第23节 अस्मत्प्रसादसुमुखः कलया कलेश
इक्ष्वाकुवंश अवतीर्य गुरोर्निदेशे ।
तिष्ठन् वनं सदयितानुज आविवेश
यस्मिन् विरुध्य दशकन्धर आर्तिमार्च्छत् ॥२३॥

asmat-prasāda-sumukhaḥ kalayā kaleśa
ikṣvāku-vaṁśa avatīrya guror nideśe
tiṣṭhan vanaṁ sa-dayitānuja āviveśa
yasmin virudhya daśa-kandhara ārtim ārcchat

asmat—向我们，从布茹阿玛开始下至微小的蚂蚁 / prasāda—没有缘故的仁慈 / sumukhaḥ—如此倾向 / kalayā—以祂的完整扩展 / kaleśaḥ—所有能量的主人 / kaleśaḥ—太阳王朝的依克施瓦库王 / vaṁśe—家族 / avatīrya —通过降临至 / guroḥ—父亲或灵性导师的 / nideśe—受命于 / tiṣṭhan—因为处于 / vanam—在森林 / sa-dayitā-anujaḥ—连同妻子和弟弟 / āviveśa进入 / yasmin—向他 / virudhya—因为反抗 / daśa-kandharaḥ—有十个头的茹阿瓦纳 / ārtim—极大的痛苦 / ārcchat—得到了

译文　至尊人格首神出于祂对宇宙众生没有缘故的仁慈，以祂的内在能量悉塔的夫君身份，与祂的完整扩展一起显现在玛哈茹阿佳·依克施瓦库的家族中。在祂父亲玛哈茹阿佳·达沙茹阿塔的命令下，祂进入森林，与祂妻子和弟弟一起在那里住了相当长的一段时间。物质上极为强大并长着十个头的茹阿瓦纳，严重地冒犯了至尊主，最终被消灭。

要旨　主茹阿玛(Rāma)是至尊人格首神，祂的三个弟弟巴茹阿特(Bharata)、拉珂施曼(Lakṣmaṣa)和沙陀格纳(Śatrughna)，都是祂的完整扩展。祂们兄弟四人都属于维施努范畴(viṣṇu-tattva)，永远不是普通人类。有很多肆无忌惮而又愚昧的人评论《茹阿玛亚纳》(Rāmāyaṇa，罗摩衍那)，说主茹阿玛禅铎(Rāmacandra)的弟弟都是普通生物体。但这部有关首神科学最权威的经典《圣典博伽瓦谭》中明确地说，祂的弟弟都是祂的完整扩展。主茹阿玛禅铎本人是人格首神的扩展华苏戴瓦(Vāsudeva)的化身，拉珂施曼是人格首神的扩展桑卡尔珊(Saṅkarṣaṇa)的化身，巴茹阿特是人格首神的扩展帕杜么纳(Pradyumna)的化身，沙陀格纳是人格首神的扩展阿尼如达(Aniruddha)的化身。拉珂施蜜·悉塔(Lakṣmījī Sītā)既不是一个普通的女人，也不是杜尔嘎(Durgā)女神的化身，而是至尊主的内在能量。杜尔嘎女神是至尊主的外在能量，希瓦的妻子。

正如《博伽梵歌》第4章的第7节诗说明的：每当真正的宗教衰落，反宗教盛行，至尊主就会降临。主茹阿玛禅铎就是在这种情况下显现的，与祂同行的还有祂的三个弟弟——至尊主的完整扩展，以及拉珂施蜜·悉塔女神。

由于情况棘手，在父亲达沙茹阿塔王(Mahārāja Daśaratha)的命令下，主茹阿玛禅铎必须离开家前往森林。作为父亲的好儿子，祂甚至在被封为阿尤迪亚(Ayodhyā)王的时刻执行父亲的这道命令。祂的一个弟弟拉珂施曼想同祂一起去森林，祂永恒的妻子悉塔也要跟祂去。至尊主答应他们两人的请求，三人于是一起进入丹达卡冉亚(Daṇśakāraṇya)森林，在那里生活了十四年。他们住在森林期间，恶魔茹阿瓦纳(Rāvaṇa)绑架了主茹阿玛禅铎的妻子悉塔。最后的结果是：强大的茹阿瓦纳连同他的王国和家族一起被击败。

悉塔是幸运女神拉珂施蜜，但她从不是由个体生物享受，而是与她丈夫圣茹阿玛禅铎一起受生物崇拜的。然而，茹阿瓦纳等物质主义者不明白这重要的事实，竟想抢走由茹阿玛保护的悉塔女神，结果反而使自己遭受巨大的痛苦。追求物质成功和富裕的物质主义者，也许应该从《茹阿玛亚纳》中汲取教训。利用至尊主的自然，但却不承认至尊主的至尊地位的政策，是茹阿瓦纳的政策。茹阿瓦纳在物质上非常进步，甚至用纯金打造他那充满了物质财富的兰卡(Laṇkā)国。但是，由于他不承认主茹阿玛禅铎的至尊地位，用绑架祂妻子悉塔的方式向祂挑衅，结果使自己连同所拥有的财富和权利都遭到毁灭。

主茹阿玛禅铎是至尊主完全拥有六种财富的化身，因此这节诗中用“一切财富的主人(kaleśaḥ)”来称呼祂。

第24节 यस्मा अदादुदधिरूढभयाङ्गवेपो
मार्गं सपद्यरिपुरं हरवद्दिधक्षोः ।
दूरे सुहृन्मथितरोषसुशोणदृष्ट्या
तातप्यमानमकरोरगनक्रचक्रः ॥२४॥

yasmā adād udadhir ūḍha-bhayāṅga-vepo
mārgaṁ sapady ari-puraṁ haravad didhakṣoḥ

dūre suhṛn-mathita-roṣa-suśoṇa-dṛṣṭyā
tātapyamāna-makaroraga-nakra-cakraḥ

yasmai—向谁 / adāt—给予 / udadhiḥ—浩瀚的印度洋 / ūḍha-bhaya—受恐惧影响 / aṅga-vepaḥ—身体颤抖 / mārgam—途径 / sapadi—很快 / ari-puram—敌人的城市 / hara-vat—像哈茹阿(主希瓦)那样 / didhakṣoḥ—想烧成灰烬 / dūre—一段很长的距离 / su-hṛt—亲密的朋友 / mathita—因为……而受委屈 / roṣa—满腔愤怒 / su-śoṇa—火红的 / dṛṣṭyā—被这样的瞥视 / tātapyamāna—炽热的 / makara—鲨鱼 / uraga—蛇 / nakra—鳄鱼 / cakraḥ—圆圈

译文　由于在远方的亲密朋友(悉塔)正在受委屈，人格首神茹阿玛禅铎便用祂那像哈茹阿(要烧毁天堂王国的人)一样通红的眼睛扫视敌人茹阿瓦纳的城市。鲨鱼、蛇和鳄鱼等水生物，都被至尊主通红的眼睛喷射出的怒火烧着了，而它们是汪洋的家人，汪洋便害怕得颤抖起来，给至尊主让出了一条路。

要旨　人格首神至高无上，是存在中的第一位生物，是其他所有生物的来源，因此像其他有情感的生物一样感情丰富。祂是尼提亚(nitya)——所有其他永恒者中至尊的永恒者。祂是最首要的那一位，所有其他的生物都是从属于祂的多数。许多的永恒者都由这一个永恒者支撑，因此这两类永恒者在质上是一样的。由于这样的同一性，两类永恒者本质上都有完整的一系列情感，但区别在于：首要的永恒者与依靠祂的永恒者的感情在量上不一样。当茹阿玛禅铎用祂那因愤怒而变得通红的眼睛注视汪洋时，整个汪洋都热起来，以致身处其中的水生物也感到热力的煎熬，海神害怕得浑身颤抖，赶快给至尊主让出一条直达敌人城市的平坦大道。非人格神主义者把灵性的完美想象成是物质的负面，因此会认为至尊主这种炽热的情感很糟糕。由于至尊主是绝对的，非人格神主义者便想象，绝对中显然不存在类似世俗情感的愤怒之情。知识贫乏使他们认识不到，绝对者的情感无论从质上还是量上都超越所有的世俗概念。主茹阿玛禅铎的感情如果是世俗的话，怎么可能使整个汪洋和其中的居民都变得心神不宁？又有哪一双世俗的通红的眼睛能使汪洋热起来？这些都是分辨绝对真理的人格概念和非人格概念的因素。正如《圣典博伽瓦谭》开篇中所说，绝对真理是万事万物的源头，因此绝对者不可能缺乏投影在短暂世俗世界中的情感。恰恰相反，绝对者本身有各种各样的情感，但无论是愤怒还是怜悯所起的作用都是一样的。换句话说，这些情感都在绝对的层面上，因此没有世俗层面的价值区别。非人格神主义者用世俗的概念评价超然的世界，以为绝对者没有这种情感，但绝对者肯定不缺这种情感。

第25节

वक्षःस्थलस्पर्शरुग्नमहेन्द्रवाह-
दन्तैर्विडम्बितककुब्जुष ऊढहासम् ।
सद्योऽसुभिः सह विनेष्यति दारहर्तु-
र्विस्फूर्जितैर्धनुष उच्चरतोऽधिसैन्ये ॥२५॥

vakṣaḥ-sthala-sparśa-rugna-mahendra-vāha-
dantair viḍambita-kakubjuṣa ūḍha-hāsam
sadyo ’subhiḥ saha vineṣyati dāra-hartur
visphūrjitair dhanuṣa uccarato ’dhisainye

vakṣaḥ-sthala—胸膛 / sparśa—被……触碰 / rugna—粉碎 / mahā-indra—天帝因铎 / vāha—输送者 / dantaiḥ—以象牙 / viḍambita—照亮了 / kakup-juṣaḥ—四面八方都侍奉了 / ūḍha-hāsam—喜出望外的笑声 / sadyaḥ—立即 / asubhiḥ—以生命 / saha—连同 / vineṣyati—被杀 / dāra-hartuḥ—绑架他人妻子的人的 / visphūrjitaiḥ—被弓箭声 / dhanuṣaḥ—弓 / uccarataḥ—快行 / adhisainye—在双方战士中间

译文　当茹阿瓦纳在战场上作战时，天帝因铎的大象坐骑鼻子因撞到茹阿瓦纳的胸部而破成碎片，四下飞溅的碎片照亮了四面八方。这使茹阿瓦纳为自己拥有的力量而感到自豪，认为自己征服了四面八方，于是开始在正作战的战士中闲逛。但他因为过度高兴而发出的大笑声，以及他的生命之气，突然被人格首神茹阿玛禅铎的弓箭发出的声响终止了。

要旨　无论一个生物体有多么强大，当他被神判罪时，就没人能救他了。相反，无论一个生物体有多么脆弱，只要至尊主保护他，就没人能毁灭他。

第26节　भूमेः सुरेतरवरूथविमर्दितायाः
क्लेशव्ययाय कलया सितकृष्णकेशः ।
जातः करिष्यति जनानुपलक्ष्यमार्गः
कर्माणि चात्ममहिमोपनिबन्धनानि ॥२६॥

bhūmeḥ suretara-varūtha-vimarditāyāḥ
kleśa-vyayāya kalayā sita-kṛṣṇa-keśaḥ
jātaḥ kariṣyati janānupalakṣya-mārgaḥ
karmāṇi cātma-mahimopanibandhanāni

bhūmeḥ—整个世界的 / sura-itara—除了神圣的人以外 / varūtha—士兵 / vimarditāyāḥ—由于重负而难过 / kleśa—苦恼 / vyayāya—为了减少 / kalayā—连同祂的完整扩展 / sita-kṛṣṇa—不仅美丽，而且还是黑色的 / keśaḥ—有这样的头发 / jātaḥ—出现了 / kariṣyati—会行动 / jana—民众 / anupalakṣya—罕见的 / mārgaḥ—路途 / karmāṇi—活动 / ca—还有 / ātma-mahimā—至尊主本人的光荣 / upanibandhanāni—与……有关

译文 当不信神的君王们的武装力量给世界造成沉重负担时，至尊主为了减轻世界的痛苦与祂的完整扩展一起降临。至尊主以祂那有着美丽黑发的原本形象到来。为了扩大祂超然的荣耀，祂以非凡的方式活动。没人能估量祂到底有多伟大。

要旨 这节诗特别描述了主奎师那和祂的直接扩展主巴拉戴瓦(Baladeva)的显现。主奎师那和主巴拉戴瓦是同一位至尊人格首神。至尊主是全能的，祂扩展出无数的形象和能量，而所有的一切总称为至尊布茹阿曼(至尊梵)。至尊主的这些扩展可分为两个部分，即个人的和有差别的。个人扩展梵文称“维施努·塔特瓦(viṣṇu-tattvas)”，而有差别的扩展梵文称“吉瓦·塔特瓦(jīva-tattvas)”。在这类扩展活动中，主巴拉戴瓦是至尊人格首神奎师那的第一位个人扩展。

《维施努往世书》(Viṣṇu Purāṇa)及《玛哈巴茹阿特》中描述说，奎师那和巴拉戴瓦即使在高龄时，仍长着一头美丽的黑发。这节诗中称至尊主是“行事不可思议的祂(anupalakṣya-mārgaḥor)”，或更技术性的梵文词是：普通人有限的感官知觉永远看不到或认识不了的那一位(avāṅ-manasāgocaraḥ)。在《博伽梵歌》第7章的第25节诗中，至尊主本人说：“我永不向愚昧、无知的人展示自己。对他们，我用我内在的能量遮住自己(nāhaṁ prakāśaḥ sarvasya yogamāyā-samāvṛtaḥ)。”换句话说，祂保留不向所有人揭示自己的权利。只有真正的奉献者能透过至尊主所具有的特殊标志认出祂；这节诗中提到了祂的许许多多标志中的一个，那就是：始终留着一头美丽黑发的那一位(sita-kṛṣṇa-keśaḥ)。主奎师那和主巴拉戴瓦两人的头上就有着这种美丽的黑发，因此即使在高龄时看来还是十六岁的少年。那是人格首神的一个特殊标志。《布茹阿玛·萨密塔》中说，尽管祂是所有生物中最年长的人物，但看来始终是个风华正茂的少年。那是灵性身体的一个征象。物质躯体的征象是生老病死，灵性身体显然没有这些征象。住在外琨塔星球中过着永恒、极乐生活的生物，有着同样不会变老的灵性身体。《圣典博伽瓦谭》第6章中描述说：把阿佳米勒(Ajāmila)从阎罗王(Yamarāja)的仆人手中救出来的维施努的仆人(Viṣṇudūta)，看起来都像是青少年。那段描述证实了这节诗的描述，表明：无论是至尊主的灵性身体，还是外琨塔星球上其他居民的灵性身体，与这个世界里的物质躯体截然不同。因此，当至尊主从那个世界降临到这个世界时，祂用由内在能量(ātma-māyā)构成的灵性身体降临，根本没有与祂的外在物质能量(bahiraṅgā-māyā)接触。有关“非人格布茹阿曼(梵)通过接受物质躯体来到这个物质世界”的说法，十分荒谬可笑。至尊主来到这个世界时的身体是灵性的，而不是物质的。不具人格特征的梵光(brahmajyoti)，只不过是至尊主身体的耀眼光芒；至尊主的身体与祂身体放射出的不具人格特征的梵光没有区别。

现在的问题是：为什么全能的至尊主要亲自前来，减轻由肆无忌惮的王侯们给这个世界制造的沉重负担？毫无疑问，至尊主根本无需亲自来解决这个问题。祂降临的真正目的是展示祂超然的娱乐活动，以此鼓励祂纯粹的奉献者，因为他们想靠歌唱祂的荣耀来享受生命。《博伽梵歌》第9章的第13—14节诗中说：至尊主伟大的奉献者(mahātmās)，以歌唱至尊主的种种活动为乐。所有的韦达文献存在的目的，都是为了将人的注意力转向至尊主和祂的超然活动。因此，至尊主与世人交往时所从事的各种活动，给祂的纯粹奉献者带来了谈论的话题。

第27节 तोकेन जीवहरणं यदुलूकिकाया-
स्त्रैमासिकस्य च पदा शकटोऽपवृत्तः ।
यद्रिङ्गतान्तरगतेन दिविस्पृशोर्वा
उन्मूलनं त्वितरथार्जुनयोर्न भाव्यम् ॥२७॥

tokena jīva-haraṇaṁ yad ulūki-kāyās
trai-māsikasya ca padā śakaṭo 'pavṛttaḥ
yad riṅgatāntara-gatena divi-spṛśor vā
unmūlanaṁ tv itarathārjunayor na bhāvyam

tokena—被一个小孩子 / jīva-haraṇam—杀死一个生物体 / yat—那 / ulūki-kāyāḥ—呈现恶魔的庞大躯体 / trai-māsikasya—一个只有三个月大的婴儿的 / ca—还有 / padā—用腿 / śakaṭ aḥapavṛttaḥ—踢翻木车 / yat—谁 / riṅgatā—爬行的时候 / antara-gatena—被压倒 / divi—高高地在空中 / spṛśoḥ—触碰 / vā—或 / unmūlanam—连根拔起 / tu—但是 / itarathā—除了……以外的人 / arjunayoḥ—两棵阿尔诸纳树的 / nabhāvyam—不可能

译文 主奎师那无疑是至尊主，否则祂怎么可能在还是个被母亲抱在怀里的婴儿时，就杀死了巨大的恶魔菩坦娜？在只有三个月大时就踢翻了一辆木制货车？怎么可能还在爬行时就连根拔起了一对参天大树——阿尔诸纳树？所有这些事，除了至尊主本人，没人能做到。

要旨 人不可以通过心智思辨或拉选票制造出一个神，但这却成了智力欠佳的人经常做的事。神永远是神，一个普通的生物永远是神不可缺少的一部分。神独一无二，而普通生物多得数不胜数。所有这些生物都由神本人维系着：这是韦达文献的定论。当奎师那还在母亲的怀抱中时，恶魔菩坦娜(Pūtanā)来到祂母亲面前，请求雅首达(Yaśodā)妈妈让她给孩子哺乳；雅首达妈妈同意了，孩子于是被转到打扮成令人尊敬的女士菩坦娜的怀里。菩坦娜把毒药涂在乳头上，想用哺乳的方式杀死这婴儿。可菩坦娜一旦把乳头塞进主奎师那的嘴里，至尊主便猛吸她的乳房，吸出了她的生命之气。这恶魔据说长达六英里的巨大身躯倒了下来。尽管主奎师那可以使自己的身体扩展超过六英里，但祂在杀她时并没有这么做。至尊主化身为瓦玛纳(Vāmana)时，以侏儒布茹阿玛纳(婆罗门)的形象出现；但当祂开始丈量巴利王答应给祂的三步土地时，祂扩展自己的步伐，直达宇宙之巅。那时，祂的一步就有千百万英里长。所以，对奎师那来说，施展神力扩张自己的身体并不是一件困难的事。但出于对雅首达妈妈的孝顺，祂并不想这么做。因为如果雅首达看到怀抱中的奎师那为对付女魔菩坦娜而把身躯伸长至六英里，那么她对奎师那自然的母爱就会受到伤害；因为这样会让雅首达知道自己所谓的儿子——奎师那，是神本人。在知道奎师那是神的情况下，雅首达妈妈会失去作为母亲对奎师那自然有的母爱。但就主奎师那而言，无论是当母亲怀中的小孩还是宇宙的覆盖者瓦玛纳，祂都永远是神。祂不需要靠严格的苦修成为神，虽然有些人想通过这种方式变成神。严格的苦修并不能使人与神合一或变得与神平等，但可以使人获得最多的神性品质。生物可以最大程度地获得神性品质，但却不能成为神。相反，奎师那永远是神，不经过任何苦修就是神，无论是在母亲的怀中还是在成长的任何阶段都是神。

祂在只有三个月大的时候，就杀死了躲在雅首达院子里一辆货车后的恶魔沙卡塔苏茹阿(Śakaṭāsura)。当祂开始在地上爬行，打扰母亲料理家务时，母亲把祂绑在研磨杵上，但这顽皮的小孩把杵拖扯到院子里一对高大的阿尔诸纳树前，用杵卡住那两棵树继续拖扯，两棵树随着一声巨响倒在地上。雅首达妈妈走出来看发生了什么事情时，还以为因为至尊主的仁慈孩子没被树压到，却不知道是至尊主本人在院子里爬行造成了这一混乱。那便是至尊主与祂的奉献者之间的爱的交流。雅首达妈妈想有至尊主当她的儿子，至尊主就完全像小孩子一样在她腿上玩耍，但同时也在有需要时扮演全能的至尊主的角色。这些娱乐活动的美好之处在于，至尊主满足每个人的愿望。在拖倒参天大树——阿尔诸纳树的事件中，至尊主的使命有两个：一个是拯救被纳茹阿达诅咒变成树木的库维尔(Kuvera)

的两个儿子；另一个是扮演在雅首达院子中爬行的幼童，因为雅首达看到至尊主在自己的院子里从事这一类的活动时，感到超然的喜乐。

至尊主在任何情况下都是宇宙之主，祂可以随心所欲地以任何形象行事，无论那形象是巨大的还是微小的。

第28节 यद्वै व्रजे व्रजपशून् विषतोयपीतान्
पालांस्त्वजीवयदनुग्रहदृष्टिवृष्ट्या ।
तच्छुद्धयेऽतिविषवीर्यविलोलजिह्व-
मुच्चाटयिष्यदुरगं विहरन् ह्रदिन्याम् ॥२८॥

yad vai vraje vraja-paśūn viṣatoya-pītān
pālāṁs tv ajīvayad anugraha-dṛṣṭi-vṛṣṭyā
tac-chuddhaye 'ti-viṣa-vīrya-vilola-jihvam
uccāṭayiṣyad uragaṁ viharan hradinyām

yat—谁 / vai—肯定地 / vraje—在温达文 / vraja-paśūn—那里的动物 / viṣa-toya—有毒的水 / pītān—那些喝了……的人 / pālān—牧牛人 / tu—还有 / ajīvayat—使苏醒 / anugraha-dṛṣṭi—仁慈的一瞥 / vṛṣṭyā—以骤雨 / tat—那 / śuddhaye—为了净化 / ati—极为 / viṣa-vīrya—剧毒的毒药 / vilola—潜藏 / jihvam—一个有如此舌头的人 / uccāṭayiṣyat—严厉地惩罚了 / uragam—向蛇 / viharan—以此为乐 / hradinyām—在河中

译文 接着，当牧牛童和他们的家畜喝了雅沐娜河里有毒的水之后，至尊主(在还是个孩子时)用祂仁慈的扫视使他们苏醒过来。而且，为了净化雅沐娜河水，祂在救活牧牛童朋友后，又跳进雅沐娜河，如玩耍般惩罚了潜藏在河中用舌头喷出大量毒液的卡利亚毒蛇。除了至尊主，谁能完成这样艰巨的任务？

第29节　तत्कर्म दिव्यमिव यन्निशि निःशयानं
दावाग्निना शुचिवने परिदह्यमाने ।
उन्नेष्यति व्रजमतोऽवसितान्तकालं
नेत्रे पिधाप्य सबलोऽनधिगम्यवीर्यः ॥२९॥

tat karma divyam iva yan niśi niḥśayānaṁ
dāvāgninā śuci-vane paridahyamāne
unneṣyati vrajam ato 'vasitānta-kālaṁ
netre pidhāpya sabalo 'nadhigamya-vīryaḥ

tat—那 / karma—活动 / divyam—超人 / iva—像 / yat—那 / niśi—晚上 / niḥśayānam—无忧无虑地睡觉 / dāva-agninā—因为森林之火的火焰 / śuci-vane—在干燥的森林里 / paridahyamāne—因为着火焚烧 / unneṣyati—会拯救 / vrajam—布阿佳的所有居民 / ataḥ—因此 / avasita—肯定地 / anta-kālam—生命的最后时刻 / netre—在眼睛上 / pidhāpya—只是闭上 / sa-balaḥ—和巴拉戴瓦一起 / anadhigamya—深不可测的 / vīryaḥ—力量

译文　就在卡利亚毒蛇受到惩罚的那天夜晚，当布阿佳布弥的居民无忧无虑地睡觉时，由干枯的树叶引起的一场森林大火，无疑像是要使大家全都葬身火海。但至尊主与巴拉茹阿玛一起，仅仅用把眼睛闭起来的方式，就拯救了大家。这些都是至尊主所从事的非凡活动。

要旨　尽管这节诗中所描述的至尊主的活动被说成是超凡、神奇的，但我们应该注意：至尊主的活动永远是超凡、神奇的，而这正是祂与普通生物的区别之所在。把参天的榕树或阿尔诸纳树连根拔起，以及仅仅闭上眼睛就熄灭了熊熊燃烧的森林大火：这些活动肯定不可能是任何人类所为。然而，并不只是这些活动听来神奇，至尊主无论做什么，其实都是超凡、神奇的。就有关这一点，

《博伽梵歌》第4章的第9节诗证实说：谁能了解我显现和活动的超然本质，谁就在离开躯体后到达我永恒的住所，不再投生于这个物质世界。因此，了解至尊主超然活动的人，在离开现有的物质躯体后，重返家园，回归首神。

第30节 गृह्णीत यद्यदुपबन्धममुष्य माता
शुल्बं सुतस्य न तु तत्तदमुष्य माति ।
यज्जृम्भतोऽस्य वदने भुवनानि गोपी
संवीक्ष्य शङ्कितमनाः प्रतिबोधितासीत् ॥३०॥

gṛhṇīta yad yad upabandham amuṣya mātā
śulbaṁ sutasya na tu tat tad amuṣya māti
yaj jṛmbhato 'sya vadane bhuvanāni gopī
saṁvīkṣya śaṅkita-manāḥ pratibodhitāsīt

gṛhṇīta—拿起 / yatyat—任何 / upabandham—捆绑用的绳子 / amuṣya—祂的 / mātā—母亲 / śulbam—绳子 / sutasya—她儿子的 / na—不 / tu—不过 / tattat—不久以后 / amuṣya—祂的 / māti—足够 / yat—那 / jṛmbhataḥ—正张开嘴 / asya—由祂 / vadane—在嘴中 / bhuvanāni—世界 / gopī—牧牛姑娘 / saṁ vīkṣya—这样看到 / śaṅkita-manāḥ—心中怀疑 / pratibodhitā—被以不同的方式说服了 / āsīt—这样做

译文 当牧牛女(奎师那的养母雅首达)想要用绳子捆绑她儿子的手时，她发现绳子总是短一截儿。当她最终放弃绑儿子的念头时，主奎师那便张开祂的嘴，母亲在祂嘴里看到了所有的宇宙。看到这情景，她虽然心中起疑，但却以另外一种方式解释她儿子的神秘本质。

要旨 一天，主奎师那作为顽皮的孩子去打扰母亲雅首达做家务事，雅首达为了惩罚祂就开始用绳子绑祂。但她发现，无论她用多少根绳子都不够。后来就在雅首达变得疲惫不堪时，至尊主张开了祂的嘴巴，让深爱祂的母亲看到，儿子的嘴巴里有所有的宇宙。母亲惊呆了，但出于对奎师那的深爱，她以为是全能的首神纳茹阿亚纳在仁慈地照顾她的儿子，保护儿子免受所发生的一连串灾祸的伤害。由于她深爱着奎师那，她永远都不能想象自己的儿子是至尊人格首神纳茹阿亚纳本人。那是至尊主的内在能量尤嘎玛亚(yogamāyā)起的作用，好让至尊主与祂各种类型的奉献者一起从事的所有娱乐活动都达到完美的境界。如果不是神的话，谁能展出这样神奇的活动？

第31节　नन्दं च मोक्ष्यति भयाद्वरुणस्य पाशाद्
गोपान् बिलेषु पिहितान्मयसूनुना च ।
अह्न्यापृतं निशि शयानमतिश्रमेण
लोकं विकुण्ठमुपनेष्यति गोकुलं स्म ॥३१॥

nandaṁ ca mokṣyati bhayād varuṇasya pāśād
gopān bileṣu pihitān maya-sūnunā ca
ahny āpṛtaṁ niśi śayānam atiśrameṇa
lokaṁ vikuṇṭham upaneṣyati gokulaṁ sma

nandam—向南达(奎师那的父亲) / ca—还有 / mokṣyati—救了 / bhayāt—免于恐惧 / varuṇasya—水神瓦茹纳的 / pāśāt—从……的掌握中 / gopān—牧牛郎 / bileṣu—在山洞里 / pihitān—放在那里 / maya-sūnunā—由玛亚的儿子 / ca—还有 / ahni āpṛtam—因为白天非常忙碌 / niśi—晚上 / śayānam—躺下 / atiśrameṇa—由于辛勤工作 / lokam—星球 / vikuṇṭham—灵性天空 / upaneṣyati—祂赐予 / goku-lam—最高的星球 / sma—肯定地

译文 主奎师那拯救了被半神人瓦茹纳抓去的养父南达·玛哈茹阿佳，拯救了被玛亚的儿子放进山洞的牧牛童。对白天工作忙碌，晚上因辛勤工作了一天而呼呼大睡的温达文居民们，主奎师那让他们升入灵性天空中的最高星球。祂的所有这些活动不仅是超然的，而且证明祂毫无疑问就是至尊人格首神。

要旨 有一次，主奎师那的养父南达王(Nanda Mahārāja)误以为黑夜已经过去，于是在深夜到雅沐娜(Yamunā)河里去沐浴；为此，半神人瓦茹纳(Varuṇa)把他带回自己的星球，以便可以看到来拯救父亲的至尊人格首神主奎师那。事实上，瓦茹纳并没有逮捕南达王，因为温达文的居民一直想着主奎师那，冥想祂的形象，始终处在萨玛迪(samadhi)状态——奉爱瑜伽的恍惚状态，所以不害怕物质存在的痛苦。《博伽梵歌》中确认说：怀着超然的爱全身心投靠、服从至尊人格首神，以这种方式与祂交往，就可以使人免于物质自然法律施加的各种痛苦。这节诗里清楚地提到，温达文的居民每天的日常工作非常繁重，由于白天工作得很累，晚上便睡得都很熟。所以，他们其实很少有时间去冥想或从事其他形式的灵修活动。尽管如此，他们实际上唯一从事的是最高级的灵性活动。他们所做的一切因为都符合他们与主奎师那的关系，所以都是灵性化了的。活动的中心点是奎师那，因此所谓物质世界里的活动充满了灵性的力量。这就是奉爱瑜伽之途的好处。人必须代表奎师那履行自己的责任；这样，他在从事所有的活动时就一直想着奎师那，而这是灵性觉悟中最高形式的全神贯注状态。

第32节 गोपैर्मखे प्रतिहते व्रजविप्लवाय
देवेऽभिवर्षति पशून् कृपया रिरक्षुः ।

धर्तोच्छिलीन्ध्रमिव सप्तदिनानि सप्त-
वर्षो महीध्रमनघैककरे सलीलम् ॥३२॥

gopair makhe pratihate vraja-viplavāya
deve 'bhivarṣati paśūn kṛpayā rirakṣuḥ
dhartocchilīndhram iva sapta-dināni sapta-
varṣo mahīdhram anaghaika-kare salīlam

gopaiḥ—由牧牛郎 / makhe—向天帝供奉祭祀 / pratihate—由于受到阻止 / vraja-viplavāya—为了毁灭整个布阿佳之地(奎师那从事娱乐活动之地) / deve—由天帝 / abhivarṣati—倾盆大雨过后 / paṣūn—动物 / kṛpayā—出于对他们没有缘故的仁慈 / rirakṣuḥ—想保护他们 / dharta—举起 / ucchilīndhram—连根拔起像伞一样 / iva—就像 / sapta-dināni—持续七天 / sapta-varṣaḥ—虽然祂只有七岁 / mahīdhram—哥瓦尔丹山 / anagha—没有因为疲倦 / eka-kare—只用一只手 / salīlam—如同儿戏

译文 当温达文的牧牛人接受奎师那的劝导，停止向天帝因铎供奉祭祀后，天空连续七天暴雨不断，称作布阿佳的辽阔大地遭受被淹没的威胁。主奎师那出于对布阿佳居民没有缘故的仁慈，仅仅用一只手就举起了哥瓦尔丹山，尽管那时祂只有七岁大。祂这样做使动物免遭雨水的攻击。

要旨 儿童们玩的伞通常被称为青蛙伞，主奎师那在只有七岁的时候，就能抓起温达文地区名叫哥瓦尔丹(Govardhana Parvata)的大山把它举起来，而且用一只手连续举了七天。祂这么做是为了保护动物和温达文的居民，免遭天帝因铎的伤害。天帝因铎因为布阿佳布弥(Vrajabhūmi，温达文)的居民不再向他供奉祭祀而变得狂怒。

事实上，为至尊主做服务的人，不需要因为半神人提供的服务而向他们供奉祭祀。韦达文献中推荐的为满足半神人而举行的祭祀，是引诱举行祭祀的人认识更高权威的存在。半神人是至尊主安排掌管物质事务的神明，按照《博伽梵歌》的说法，崇拜半神人被认为是在间接崇拜至尊主。但人若直接崇拜至尊主，就不需要崇拜半神人，或者按照韦达经的推荐向他们供奉祭祀。正因为如此，主奎师那劝布阿佳布弥的居民不要向天帝因铎供奉任何祭祀。因铎因为不知道主奎师那在布阿佳布弥，所以在对当地居民生气的情况下，想要报复他们对自己的冒犯。但至尊主是全能的，祂用自己的力量解救了布阿佳布弥的人民和动物，清楚地证明：任何人只要当至尊主的奉献者，直接为至尊主服务，就不需要再去取悦半神人，不管那个半神人有多了不起，即使是布茹阿玛和希瓦也不例外。这件事毫无疑问地证实主奎师那是人格首神；无论祂作为在母亲怀中的婴儿，作为七岁的幼童，还是作为一百二十五岁高龄的老人，祂在任何情况下都是人格首神。无论在什么情况下，祂都永远不是普通人；即使已年届高龄，祂看起来仍是十六岁的少年。这些都是至尊主超然身体所具有的特征。

第33节

क्रीडन् वने निशि निशाकररश्मिगौर्यां
रासोन्मुखः कलपदायतमूर्च्छितेन ।
उद्दीपितस्मररुजां व्रजभृद्वधूनां
हर्तुर्हरिष्यति शिरो धनदानुगस्य ॥३३॥

krīḍan vane niśi niśākara-raśmi-gauryāṁ
rāsonmukhaḥ kala-padāyata-mūrcchitena
uddīpita-smara-rujāṁ vraja-bhṛd-vadhūnāṁ
hartur hariṣyati śiro dhanadānugasya

krīḍan—从事祂的娱乐活动时 / vane—在温达文森林里 / niśi—晚上的 / niśākara—月亮 / raśmi-gauryām—白色的月光 / rāsa-unmukhaḥ—想和……共舞 / kala-padāyata—伴以甜美的歌曲 / mūrcchitena—悠扬的音乐 / uddīpita—唤醒 / smara-rujām—性欲 / vraja-bhṛt—

布阿佳之地的居民 / vadhūnām—妻子们的 / hartuḥ—俘虏者的 / hariṣyati—要歼灭 / śiraḥ—头颅 / dhanada-anugasya—富有的库维尔的追随者的

译文 至尊主在温达文森林中从事跳茹阿萨舞的娱乐活动时，用甜美的歌声激起了温达文居民妻子们的性欲。富有的天堂司库(库维尔)的追随者——名叫商卡楚达的恶魔，绑架了这些年轻的女士，至尊主把恶魔的头砍了下来。

要旨 我们要留意，这节诗仍是布茹阿玛正在对纳茹阿达描述至尊主的活动。他在给纳茹阿达讲述将来在主奎师那显现期间要发生的事。伟大的奉献者能看到过去、现在和未来，因此知道至尊主从事的娱乐活动；布茹阿玛作为他们其中的一员，预言了将来要发生的事。至尊主杀死商卡楚达(Śaṅkhacūḍa)，是在跳完茹阿萨舞(rāsa-līlā)以后，而不是在跳茹阿萨舞的同时。在前面的诗节中我们也看到，同一节诗中描述了至尊主扑灭森林大火和惩罚卡利亚(Kāliya)毒蛇这两件事；同样，这节诗描述了至尊主跳茹阿萨舞和杀死商卡楚达这两个娱乐活动。结论是：布茹阿玛对纳茹阿达预言了这一切之后，所有的事情都会陆续发生。商卡楚达是法勒古纳月(Phālguna)里至尊主在胡里卡(Holikā)从事娱乐活动期间被杀死的；在印度，直到现在，人们在每年庆祝春天到来的节日(Holi)上，都会在至尊主于胡里卡从事娱乐活动的前一天焚烧商卡楚达的肖像，作为纪念。

经典中一般都会预言至尊主将来的显现、活动，以及祂的化身，使了解权威经典中描述这些情况的人不会受假化身的欺骗。

第34－35节 ये च प्रलम्बखरदर्दुरकेश्यरिष्ट-
मल्लेभकंसयवनाः कपिपौण्ड्रकाद्याः ।

अन्ये च शाल्वकुजबल्वलदन्तवक्र-
सप्तोक्षशम्बरविदूरथरुक्मिमुख्याः ॥३४॥
ये वा मृधे समितिशालिन आत्तचापाः
काम्बोजमत्स्यकुरुसृञ्जयकैकयाद्याः ।
यास्यन्त्यदर्शनमलं बलपार्थभीम-
व्याजाह्वयेन हरिणा निलयं तदीयम् ॥३५॥

ye ca pralamba-khara-dardura-keśy-ariṣṭa-
mallebha-kaṁsa-yavanāḥ kapi-pauṇḍrakādyāḥ
anye ca śālva-kuja-balvala-dantavakra-
saptokṣa-śambara-vidūratha-rukmi-mukhyāḥ

ye vā mṛdhe samiti-śālina ātta-cāpāḥ
kāmboja-matsya-kuru-sṛñjaya-kaikayādyāḥ
yāsyanty adarśanam alaṁ bala-pārtha-bhīma-
vyājāhvayena hariṇā nilayaṁ tadīyam

ye—所有那些 / ca—完全地 / pralamba—帕朗巴恶魔 / khara—戴努卡苏茹阿 / dardura—巴卡苏茹阿 / keśī—凯西魔 / ariṣṭa—阿瑞施塔恶魔 / malla—康萨朝廷内一个摔跤手的名字 / ibha—库瓦拉亚皮达 / kaṁsa—玛图茹阿的国王及奎师那的舅父 / yavanāḥ—波斯及邻近地方的君王亚瓦纳 / kapi—兑维达 / pauṇḍraka-ādyāḥ—彭铎卡和其他人等 / anye—其他人 / ca—就如 / śālva—沙勒瓦王 / kuja—纳茹阿卡苏茹阿 / balvala—巴尔瓦拉王 / dantavakra—奎师那的死敌，锡舒帕勒的兄弟丹塔瓦夸 / saptokṣa—萨普托克沙王 / śambara—商巴尔王 / vidūratha—维杜茹阿塔王 / rukmi-mukhyāḥ—奎师那在杜瓦尔卡的首位王后茹珂蜜妮的哥哥茹珂弥 / ye—所有那些 / vā—或 / mṛdhe—在战场上 / samiti-śālinaḥ—全都非常强大 / ātta-cāpāḥ—配备了弓箭 / kāmboja—康博佳国王 / matsya—杜瓦尔班嘎王玛茨亚 / kuru—兑塔瓦施陀王众多的儿子 / sṛṣjaya—逊佳亚王 / kaikaya-ādyāḥ—凯卡亚王及其他人 / yāsyanti—会达到 / adarśanam—融入非人格梵光(布茹阿玛久提) / alam—更不用说 / bala—奎师那的长兄巴拉戴瓦 / pārtha—阿尔诸纳 / bhīma—彼玛(潘达瓦兄弟中排行第二) / vyāja-āhvayena—以虚假的名字 / hariṇā—由主哈尔依 / nila-yam—居所 / tadīyam—祂的

译文 所有邪恶的人物，包括帕朗巴、戴努卡、巴卡、凯西、阿瑞施塔、查努尔、穆施提卡、库瓦拉亚皮达大象、康萨、亚瓦纳、纳茹阿卡苏茹阿、彭铎卡、大战将沙勒瓦、猴子兑维达、巴尔瓦拉、丹塔瓦夸、七头公牛、桑巴尔、维杜茹阿塔、茹珂弥，以及伟大的武士康博佳、玛茨亚、库茹、逊佳亚和凯卡亚，等等，都直接与主哈尔依或与巴拉戴瓦、阿尔诸纳、彼玛等代表祂的人奋勇作战。而这些被杀死的恶魔，不是进入至尊主不具人格特征的梵光(布茹阿玛玖提)，就是进入祂在外琨塔星球中的住所。

要旨 物质世界和灵性世界中的一切展示，都是主奎师那各种力量的表现。人格首神巴拉戴瓦是主奎师那本人的直接扩展，彼玛(Bhīma)、阿尔诸纳等是祂的亲密同伴。至尊主无论何时显现，都会与祂所有的同伴及能量一起出现。因此，叛逆的灵魂如这节诗里提到的帕朗巴(Pralamba)等恶魔和邪恶的人，不是被至尊主亲自杀死就是被至尊主的同伴杀死。所有这些事件在第10篇中都将有清楚的解释。但我们要知道，上述所有被杀死的生物体都会得到解脱，不是融入至尊主的梵光，便是获准进入至尊主的被称为外琨塔星球的住所。有关这一点，彼士玛戴瓦(Bhīṣmadeva)已经作了解释(第1篇)。所有参加库茹柴陀(Kurukṣetra)战役的人，或者与至尊主本人及巴拉戴瓦等作战的人，都会获得“按死亡时的心态去某个灵性存在”的好处。承认至尊主的人会进入外琨塔星球，认为至尊主只是个强有力的生物体的人会得到解脱，融入至尊主非人格梵光的灵性存在。无论如何，他们每一人都会从物质存在中被释放出去。既然扮演与至尊主为敌的角色的人都能获得这样的利益，那我们可以想象一下，那些在与至尊主的超然关系中虔诚侍奉祂的人会有什么样的地位！

第36节 कालेन मीलितधियामवमृश्य नृणां
स्तोकायुषां स्वनिगमो बत दूरपारः ।
आविर्हितस्त्वनुयुगं स हि सत्यवत्यां
वेदद्रुमं विटपशो विभजिष्यति स्म ॥३६॥

kālena mīlita-dhiyām avamṛśya nṝṇāṁ
stokāyuṣāṁ sva-nigamo bata dūra-pāraḥ
āvirhitas tv anuyugaṁ sa hi satyavatyāṁ
veda-drumaṁ viṭa-paśo vibhajiṣyati sma

kālena—随着时间的流逝 / mīlita-dhiyām—智力欠佳的人 / avamṛśya—考虑到种种困难 / nṝṇām—人类大众的 / stoka-āyuṣām—短命的人的 / sva-nigamaḥ—由祂编纂的韦达文献 / bata—唉 / dūra-pāraḥ—极为困难 / āvirhitaḥ—已经出现为 / tu—但是 / anuyugam—就年代来说 / saḥ—祂(至尊主) / hi—肯定地 / satyavatyām—在萨提亚瓦缇的子宫中 / veda-drumam—如愿树般的韦达经 / viṭa-paśaḥ—以分部 / vibhajiṣyati—会分成 / sma—原样地

译文 至尊主化身为萨提亚瓦缇的儿子(维亚萨戴瓦)时，将考虑到他编纂的韦达文献对智力欠佳且又短命的人来说很难理解，因此会按照今后年代的特定环境，把韦达知识之树分成不同的分支。

要旨 布茹阿玛在这节诗中说：为了喀历(Kali)年代中短命的人，将编纂《圣典博伽瓦谭》。正如第1篇中所解释的，喀历年代中缺乏智慧的人不仅短命，不信神的社会所造成的艰难处境也使他们因面对许多人生问题而茫然不知所措。根据物质自然法律，增加身体的物质舒适是愚昧型活动。真正的知识进步意味着增加觉悟自我的知识。但在喀历年代里，缺乏智慧的人误以为短短一百年的寿命(现在实际上已经缩减到四十至六十年)就是一切。他们之所以缺乏智慧，是因为他们对永恒的生命一无所知；他们与只有四十年寿命的短暂物质躯体认同，以为它就是生命的唯一根基。经典形容这些人像驴和公牛一样。但至尊主作为所有生物仁慈的父亲，通过《博伽梵歌》和给毕业生看的《圣典博伽瓦谭》等论著，给予他们大量的韦达知识。同样，众多的往世书和《玛哈巴茹阿特》，也是维亚萨戴瓦为受物质属性影响的各种类型的人编纂的。所有这些经典，没有一部是脱离韦达原则而独立存在的。

第37节 देवद्विषां निगमवर्त्मनि निष्ठितानां
पूर्भिर्मयेन विहिताभिरदृश्यतूर्भिः ।
लोकान् घ्नतां मतिविमोहमतिप्रलोभं
वेषं विधाय बहु भाष्यत औपधर्म्यम् ॥३७॥

deva-dviṣāṁ nigama-vartmani niṣṭhitānāṁ
pūrbhir mayena vihitābhir adṛśya-tūrbhiḥ
lokān ghnatāṁ mati-vimoham atipralobhaṁ
veṣaṁ vidhāya bahu bhāṣyata aupadharmyam

deva-dviṣām—嫉妒至尊主的奉献者的人 / nigama—韦达经 / vartmani—在……的路途上 / niṣṭhitānām—成功地 / pūrbhiḥ—以火箭 / mayena—由大科学家玛亚制造的 / vihitābhiḥ—制造 / adṛśya-tūrbhiḥ—在天空中隐形 / lokān—不同的星球 / ghnatām—杀戮者的 / mati-vimoham—心中迷惑 / atipralobham—非常有魅力的 / veṣam—衣服 / vidhāya—这样做以后 / bahubhāṣyate—非常健谈 / aupadharmyam—次要的宗教原则

译文 无神论者掌握韦达科学知识后，将乘坐由伟大的科学家玛亚制造的优质火箭隐形在空中飞行，消灭不同星球上的居民。到那时，至尊主将把自己装扮成有吸引力的佛陀，传播次要的宗教原则，以迷惑他们。

要旨 这节诗中所说的至尊主的这个佛陀化身，不同于现在人类史中的佛陀化身。根据圣吉瓦·哥斯瓦米的说法，这节诗提到的佛陀化身出现在另一个喀历年代里。在一个玛努的一生中有超过七十二个的喀历年代，这节诗里提到的佛陀就在其中一个喀历年代中显现。当人们变得极度物质化时，至尊主的佛陀化身便来宣传普通常识般的宗教原则。“非暴力(ahiṁsā)”本身虽然并不是宗教原则，但对于真正的宗教人士来说，却是一项重要的品德。它基于“害人者害自己”的原则，劝导人不要害其他动物或生物体，因此实际上是一个普通常识般的宗教原则。但在学习这些非暴力的原则前，人必须学习谦卑和不骄傲这两项原则。人除非谦卑和不骄傲，否则做不到无害和非暴力。人做到非暴力后，便要学习忍受和简朴地生活。人必须向伟大的宗教传道者和灵性领袖致以敬意，并训练感官控制自己的行为，学习不依恋家庭，为至尊主做奉爱服务，等等。最后，人必须接受至尊主，成为祂的奉献者，否则便无宗教可言。神必须是宗教原则的中心；只是道德教诲的宗教原则，不过是次要的宗教原则而已，一般被说成是“接近宗教原则(upadharma)”。

第38节 यर्ह्यालयेष्वपि सतां न हरेः कथाः स्युः
पाषण्डिनो द्विजजना वृषला नृदेवाः ।
स्वाहा स्वधा वषडिति स्म गिरो न यत्र
शास्ता भविष्यति कलेर्भगवान् युगान्ते ॥३८॥

yarhy ālayeṣv api satāṁ na hareḥ kathāḥ syuḥ
pāṣaṇḍino dvija-janā vṛṣalā nṛdevāḥ
svāhā svadhā vaṣaḍ iti sma giro na yatra
śāstā bhaviṣyati kaler bhagavān yugānte

yarhi—发生的时候 / ālayeṣu—在……寓所 / api—就算 / satām—有文化的绅士 / na—不 / hareḥ—人格首神的 / kathāḥ—话题 / syuḥ—会有 / pāṣaṇḍinaḥ—无神论者 / dvija-janāḥ—自称为三个较高阶层的人(布茹阿玛纳、查锤亚和外夏) / vṛṣalāḥ—较低等的庶铎 / nṛ-devāḥ—政府长官 / svāhā—举行祭祀的赞歌 / svadhā—举行祭祀的材料 / vaṣaṭ—祭坛 / iti—所有这些 / sma—会 / giraḥ—语言 / na—永不 / yatra—任何地方 / śāstā—惩罚者 / bhaviṣyati—会出现 / kaleḥ—喀历年代的 / bhagavān—人格首神 / yuga-ante—在……的末期

译文　那以后，在喀历年代末期，当世人，甚至较高的三个社会阶层中的所谓圣人和可敬的绅士不再谈论有关神的话题时，当政权被转入通过选举当上政府官员的低等阶层人士庶铎的手中时，当祭祀的技术，甚至祭祀语言都已经不为人知时，至尊主就会以至高无上的惩罚者身份显现。

要旨　这节诗里谈了我们现在这个称为喀历年代的年代末期，物质世界中最糟糕的情况。这种情况的主要特点是人们都不信神。就连所谓的圣人和一般被称为“再生者(dvijajanas)”的社会高阶层人士，也将变成无神论者。他们所有的人几乎连至尊主的圣名都记不得，更不要说祂所从事的各种活动了。引导社会命运的知识分子，管理社会法纪及秩序的行政管理人士，以及负责社会经济发展的生产阶层人士等社会高阶层人士，全都必须精通有关至尊主的知识，真正了解祂的名字、特性、娱乐活动、随行人员、个人用品和个性。一个人是否是圣人和社会高阶层人士，其评判标准是他对

神的科学知识(tattva jñāna)精通的程度，而不是他的出身或身体称号。如果不了解神的科学，不懂得奉爱服务的实际知识，所有那些称号就只不过是死尸上的装饰品而已。人类社会一旦充满了这些经过装饰的行尸走肉，人类的进步及和平生活中便会出现很多的反常现象。社会上层人士因为缺乏训练或文化教养，所以不再被称为“再生者”。在这些伟大的文献中，有很多地方都解释过再生的重大意义，这节诗里再一次提醒人们：由父母的性生活而导致的出生，称为动物般的出生。但这种动物般的出生，以及基于吃、睡、恐惧和交配等动物生活原则(缺乏灵性生活科学的文化)的进步，称为庶铎(śūdra，首陀罗)生活，或更明确地说，是低阶层人士没有文化教养的生活。这节诗里说：在喀历年代中，人类社会的政府权力将转到没有文化教养、不信神的劳工阶层人士的手中；因此，政府官员(nṛdevas)将是些没有文化教养的社会低阶层人士(vṛṣalas)。在一个充满没有文化教养之人的人类社会中，没人能期望过上和平与繁荣的生活。如今，没有文化教养的社会动物在人类社会中已经泛滥成灾，人类领袖此刻的责任是：密切注意形势，设法通过采纳受过神意识科学训练的再生人士所介绍的原则纠正社会秩序；而通过在全世界传播《圣典博伽瓦谭》的文化，就可以实现这一目标。在人类社会堕落的情况下，至尊主将化身为考克依(Kalki)降临，毫不留情地杀死所有邪恶的人。

第39节 सर्गे तपोऽहमृषयो नव ये प्रजेशाः
स्थानेऽथ धर्ममखमन्वमरावनीशाः ।
अन्ते त्वधर्महरमन्युवशासुराद्या
मायाविभूतय इमाः पुरुशक्तिभाजः ॥३९॥

sarge tapo 'ham ṛṣayo nava ye prajeśāḥ
sthāne 'tha dharma-makha-manv-amarāvanīśāḥ

ante tv adharma-hara-manyu-vaśāsurādyā
māyā-vibhūtaya imāḥ puru-śakti-bhājaḥ

sarge—在创造的开始 / tapaḥ—苦行 / aham—我自己 / ṛṣayaḥ—圣人们 / nava—九位 / yeprajeśāḥ—那些负责繁衍的人 / sthāne—在维持创造期间 / atha—肯定地 / dharma—宗教 / makha—主维施努 / manu—人类的祖先 / amara—被委派去掌管维系事宜的半神人 / avanīśāḥ—以及各个星球的君王 / ante—最后 / tu—但是 / adharma—非宗教 / hara—主希瓦 / manyu-vaśa—受制于愤怒 / asura-ādyāḥ—无神论者，奉献者的敌人 / māyā—能量 / vibhūtayaḥ—强大的代表 / imāḥ—他们全体 / puru-śakti-bhājaḥ—最强有力的至尊主的

译文　在创造开始时，宇宙中有苦修、我本人(布茹阿玛)和负责繁衍的伟大圣人——帕佳帕提。接着，在维系创造期间，宇宙中有主维施努、控制各种力量的半神人，以及不同星球上的君王。但到一切终结时，宇宙中只有非宗教、主希瓦和满腔愤怒的无神论者等，而他们都是至尊力量(至尊主)的各种代表性的展示。

要旨　物质世界由至尊主的能量创造，那能量借由宇宙中的第一个生物体布茹阿玛的苦修在创造开始时展示出来，接着便有了九位被称为大圣人的生物体祖先——帕佳帕提(Prajāpati)。在维持创造的阶段，宇宙中有对主维施努的奉爱服务——真宗教，有各种半神人，还有在各个星球上负责维护世界的君王。最后，在创造快要被毁灭时，首先出现非宗教原则，随后是希瓦和满腔愤怒的无神论者。但所有这一切，都只不过是至尊主的不同展示而已。布茹阿玛、维施努和希瓦(Mahādeva)分别是物质自然不同属性的化身。维施努是善良属性的控制者，布茹阿玛是激情属性的控制者，而希瓦

是愚昧属性的控制者。归根结底，物质创造只不过是短暂的展示，目的是给予被困在物质世界里的受制约的灵魂获得解脱的机会。在主维施努的保护下发展善良属性的人，通过遵守外士纳瓦的原则将最有机会得到解脱，从而被提升到神的王国，不再回到这个悲惨的物质世界。

第40节 विष्णोर्नु वीर्यगणनां कतमोऽर्हतीह
यः पार्थिवान्यपि कविर्विममे रजांसि ।
चस्कम्भ यः स्वरहसास्खलता त्रिपृष्ठं
यस्मात्त्रिसाम्यसदनादुरुकम्पयानम् ॥४०॥

viṣṇor nu vīrya-gaṇanāṁ katamo 'rhatīha
yaḥ pārthivāny api kavir vimame rajāṁsi
caskambha yaḥ sva-rahasāskhalatā tri-pṛṣṭhaṁ
yasmāt tri-sāmya-sadanād uru-kampayānam

viṣṇoḥ—主维施努的 / nu—但是 / vīrya—力量 / gaṇanām—有关计算事宜 / katamaḥ—还有谁 / arhati—能够做到 / iha—在这个世界 / yaḥ—谁 / pārthivāni—原子 / api—还有 / kaviḥ—了不起的科学家 / vimame—可能数过 / rajāṁsi—分子 / caskambha—能够捕捉 / yaḥ—谁 / sva-rahasā—由祂自己的腿 / askhalatā—不受阻碍 / tri-pṛṣṭham—最高的星空 / yasmāt—由那 / tri-sāmya—三种属性的中性地带 / sadanāt—直到那里 / uru-kampayānam—剧烈晃动

译文 有谁能全部描述维施努的力量？就连计算了宇宙原子数目的科学家也描述不了。因为只有祂才能以特瑞维夸玛的形象，不费吹灰之力地一抬腿就跨过最高的星球萨提亚珞卡，直达物质自然三种属性的中性地带，使得整个世界都晃动起来。

要旨　物质科学家们的最高科学成就，是发现了原子能；可他们估算不出整个宇宙含有的原子数目。但就算有人能算出原子的总数或能像卷床垫一样把天空卷起，他也估量不出至尊主的能量和非凡能力的程度。至尊主之所以被称为特瑞维夸玛(Trivikrama)，是因为有一次，祂化身为瓦玛纳，伸长祂的腿，跨过最高的星系萨提亚珞卡，达到称为物质世界覆盖的物质属性中性地带。覆盖物质天空的覆盖物共有七层，至尊主甚至能穿过那重重覆盖。祂的足尖把覆盖层踢穿了一个洞，原因之洋的水便漏进物质天空，这道水流就是净化了三个世界的圣洁的恒河。换句话说，没人与超然有力的维施努平等。祂是全能的，没人比祂伟大或等同于祂。

第41节　नान्तं विदाम्यहममी मुनयोऽग्रजास्ते
मायाबलस्य पुरुषस्य कुतोऽवरा ये ।
गायन् गुणान्दशशताननं आदिदेवः
शेषोऽधुनापि समवस्यति नास्य पारम् ॥४१॥

nāntaṁ vidāmy aham amī munayo ’gra-jās te
māyā-balasya puruṣasya kuto ’varā ye
gāyan guṇān daśa-śatānana ādi-devaḥ
śeṣo ’dhunāpi samavasyati nāsya pāram

na—从来不 / antam—末尾 / vidāmi—我知道 / aham—我自己 / amī—以及所有那些 / munayaḥ—伟大的圣人 / agra-jāḥ—在你之前诞生的 / te—你 / māyā-balasya—全能者的 / puruṣasya—人格首神的 / kutaḥ—更不用说其他人了 / avarāḥ—在我们之后诞生 / ye—那些 / gāyan—以吟诵 / guṇān—种种品质 / daśa-śata-ānanaḥ—有一千个头颅的 / ādi-devaḥ—至尊主的第一位化身 / śeṣaḥ—称为蛇沙 / adhunā—直到现在 / api—就算 / samavasyati—能够达到 / na—不 / asya—祂的 / pāram—限度

译文 无论是我，还是在你之前出生的所有圣人，都不十分清楚人格首神的全能。因此，比我们晚出生的其他人怎么可能了解祂呢？就连至尊主的第一个化身蛇沙，即使用祂的一千张嘴描述至尊主的品质，都没有能力触及这种知识的边缘。

要旨 全能的人格首神有内在能量、外在能量和边缘能量这三种基本能量，以及三种能量的无限扩展。没有谁能估量出人格首神的这些扩展，因为就连祂本人化身为蛇沙(śeṣa)，用祂的一千张嘴一直不断地进行描述，都估量不出人格首神的能力。

第42节 येषां स एष भगवान्दययेदनन्तः
सर्वात्मनाश्रितपदो यदि निर्व्यलीकम् ।
ते दुस्तरामतितरन्ति च देवमायां
नैषां ममाहमिति धीः श्वशृगालभक्ष्ये ॥४२॥

yeṣāṁ sa eṣa bhagavān dayayed anantaḥ
sarvātmanāśrita-pado yadi nirvyalīkam
te dustarām atitaranti ca deva-māyāṁ
naiṣāṁ mamāham iti dhīḥ śva-śṛgāla-bhakṣye

yeṣām—只向那些 / saḥ—至尊主 / eṣaḥ—这 / bhagavān—人格首神 / dayayet—赐予祂的恩慈 / anantaḥ—无限的潜力 / sarva-ātma-nā—想方设法、无保留地 / āśrita-padaḥ—皈依了的灵魂 / yadi—如果这样的皈依 / nirvyalīkam—没有野心 / te—只有那些 / dustarām—不能征服的 / atitaranti—能够克服 / ca—以及 / deva-māyām—至尊主各种不同的能量 / na—不 / eṣām—他们的 / mama—我的 / aham—我自己 / iti—如此 / dhīḥ—意识 / śva—狗 / śṛgāla—豺狼 / bhakṣye—在吃这一方面

译文　但是，如果有谁因为全心全意地托庇于为至尊人格首神做服务而受到祂的特别宠爱，就能跨越不可跨越的错觉海洋，了解至尊主。但谁依恋自己那最终会被狗和豺狼吃掉的肉身，谁就了解不了至尊主。

要旨　至尊主纯粹的奉献者了解至尊主的荣耀；也就是说，他们知道至尊主有多么伟大，祂的各种能量的扩展有多么伟大。那些依恋易腐烂之躯体的人，很难进入有关首神的科学领域。物质主义者把物质躯体当做真正的自我，他们的整个世界建基在物质躯体的概念上，对神的科学一无所知。物质主义者一直在忙忙碌碌地为物质躯体的健康安乐而工作，不仅是自己的身体，还有子女、家属、团体中人和国人的身体。从政治、国家和国际的角度看，物质主义者从事很多慈善活动和利他性活动。但实际上，他们所从事的工作没有一项能超越把物质躯体与灵魂认同的错误概念的范畴。因此，人除非去除身体与灵魂的错误概念，否则不可能有关于首神的知识；而除非有关于首神的知识，否则一切物质文明进步，无论有多灿烂，都应该被认为是个失败。

第43—45节　वेदाहमङ्ग परमस्य हि योगमायां
यूयं भवश्च भगवानथ दैत्यवर्यः ।
पत्नी मनोः स च मनुश्च तदात्मजाश्च
प्राचीनबर्हिर्ऋभुरङ्ग उत ध्रुवश्च ॥४३॥
इक्ष्वाकुरैलमुचुकुन्दविदेहगाधि-
रघ्वम्बरीषसगरा गयनाहुषाद्याः ।
मान्धात्रलर्कशतधन्वनुरन्तिदेवा
देवव्रतो बलिरमूर्त्तरयो दिलीपः ॥४४॥
सौभर्युतङ्कशिबिदेवलपिप्पलाद-
सारस्वतोद्धवपराशरभूरिषेणाः ।

येऽन्ये विभीषणहनूमदुपेन्द्रदत्त-
पार्थार्ष्टिषेणविदुरश्रुतदेववर्याः ॥४५॥

vedāham aṅga paramasya hi yoga-māyāṁ
yūyaṁ bhavaś ca bhagavān atha daitya-varyaḥ
patnī manoḥ sa ca manuś ca tad-ātmajāś ca
prācīnabarhir ṛbhur aṅga uta dhruvaś ca

ikṣvākur aila-mucukunda-videha-gādhi-
raghv-ambarīṣa-sagarā gaya-nāhuṣādyāḥ
māndhātr-alarka-śatadhanv-anu-rantidevā
devavrato balir amūrttarayo dilīpaḥ

saubhary-utaṅka-śibi-devala-pippalāda-
sārasvatoddhava-parāśara-bhūriṣeṇāḥ
ye 'nye vibhīṣaṇa-hanūmad-upendradatta-
pārthārṣṭiṣeṇa-vidura-śrutadeva-varyāḥ

veda—认识它 / aham—我自己 / aṅga—纳茹阿达啊 / paramasya—至尊者的 / hi—肯定地 / yoga-māyām—能量 / yūyam—你自己 / bhavaḥ—希瓦 / ca—还有 / bhagavān—伟大的半神人 / atha—还有 / daitya-varyaḥ—至尊主的出生在无神论者家中的伟大奉献者帕拉德王 / patnī—沙塔茹帕 / manoḥ—玛努的 / saḥ—他 / ca—还有 / manuḥ—斯瓦阳布瓦·玛努 / ca—和 / tat-ātma-jāḥca—以及他的子女普瑞亚瓦塔、乌塔纳帕达、黛瓦瑚缇等 / prācīnabarhiḥ—帕祺纳巴尔黑 / ṛbhuḥ—瑞布 / aṅgaḥ—安嘎 / uta—连 / dhruvaḥ—杜茹瓦 / ca—和 / ikṣvākuḥ—依克施瓦库 / aila—艾拉 / mucukunda—穆楚昆达 / videha—玛哈茹阿佳·佳纳卡 / gādhi—嘎迪 / raghu—茹阿古 / ambarīṣa—安巴瑞施 / sagarāḥ—萨嘎茹阿 / gaya—嘎亚 / nāhuṣa—纳胡沙 / ādyāḥ—及其他 / māndhātṛ—曼达塔 / alarka—阿拉尔卡 / śatadhanu—沙塔丹努 / anu—阿努 / rantidevāḥ—冉提戴瓦 / devavrataḥ—彼士玛 / baliḥ—巴利 / amūrttarayaḥ—阿穆尔塔茹阿亚 / dilīpaḥ—迪利帕 / saubhari—骚巴瑞 / utaṅka—乌坦卡 / śibi—希比 /

devala—戴瓦拉 / pippalāda—琵帕拉达 / sārasvata—萨茹阿斯瓦塔 / uddhava—乌达瓦 / parāśara—帕茹阿沙尔 / bhūriṣeṇāḥ—布瑞什纳 / ye—那些 / anye—其他人 / vibhīṣaṇa—维比珊纳 / hanūmat—哈努曼 / upendra-datta—苏卡戴瓦·哥斯瓦米 / pārtha—阿尔诸纳 / ārṣṭiṣeṇa—阿尔施提什纳 / vidura—维杜茹阿 / śrutadeva—施茹塔戴瓦 / varyāḥ—最重要的

译文 纳茹阿达啊！尽管至尊主的力量无限、不可知，但由于我们都是皈依祂的灵魂，我们知道祂是怎样通过祂的内在能量(尤嘎玛亚)行事的。而且，全能的希瓦、恶魔家族中的伟大君王帕拉德·玛哈茹阿佳、斯瓦阳布瓦·玛努、他妻子沙塔茹帕，和普瑞亚瓦塔、乌塔纳帕达、阿库缇、黛瓦瑚缇、帕苏缇等斯瓦阳布瓦·玛努的儿女，以及帕祺纳巴尔黑、瑞布、维纳的父亲安嘎，还有玛哈茹阿佳·杜茹瓦、依克施瓦库、艾拉、穆楚昆达、玛哈茹阿佳·佳纳卡、嘎迪、茹阿古、安巴瑞施、萨嘎茹阿、嘎亚、纳胡沙、曼达塔、阿拉尔卡、沙塔丹努、阿努、冉提戴瓦、彼士玛、巴利、阿穆尔塔茹阿亚、迪利帕、骚巴瑞、乌坦卡、希比、戴瓦拉、琵帕拉达、萨茹阿斯瓦塔、乌达瓦、帕茹阿沙尔、布瑞什纳、维比珊纳、哈努曼、苏卡戴瓦·哥斯瓦米、阿尔诸纳、阿尔施提什纳、维杜茹阿和施茹塔戴瓦等，也同样都知道至尊主行事的方式。

要旨 至尊主的上述所有伟大的奉献者，都在过去或现在显扬天下。而且，所有将来会成为至尊主的奉献者的人，都将意识到至尊主的各种力量，以及祂的名字、特性、娱乐活动、随行人员、个性等的力量。他们怎么会知道呢？无疑不是通过心智思辨，也不是靠有限的获取知识的工具去尝试。靠有限的获取知识的工具(不同的感官或显微镜、望远镜等物质仪器），人甚至不能完全了解至尊主展现在我们眼前的物质力量。例如：远远超出科学家计算之外，还有亿万个星球。但这些只不过是至尊主物质能量的展示而已。因此，就有关至尊主的灵性力量，科学家能希望靠这种物质努力了解些什么呢？靠加上几十个“如果”和“或许”的主观推测，并不能增加知识，相反只能使主观推测者绝望，最后突然放弃研究并宣称不存在神。所以，头脑清醒的人停止推测超出他微小的脑力范围的对象，而是努力学习投靠至尊主，因为只有祂能把人引向真正知识的层面。奥义书(Upaniṣad)中明确地说：光靠绞尽脑汁地辛勤工作或心智思辨和文字游戏，永远都无法了解至尊人格首神。只有投靠、服从至尊主的灵魂，才能了解至尊主。在这节诗中，物质世界里最伟大的生物体布茹阿玛，承认了这一事实。因此，人必须放弃追求实验性知识的途径，停止浪费精力。人应该通过投靠至尊主获得知识，承认这节诗中所提到的人物的权威性。至尊主是无限的；祂透过尤嘎玛亚(yogamāyā)的仁慈，帮助投靠祂的灵魂按照其投靠、服从的程度相应地了解祂。

第46节　　ते वै विदन्त्यतितरन्ति च देवमायां
स्त्रीशूद्रहूणशबरा अपि पापजीवाः ।
यद्यद्भुतक्रमपरायणशीलशिक्षा-
स्तिर्यग्जना अपि किमु श्रुतधारणा ये ॥४६॥

te vai vidanty atitaranti ca deva-māyām
strī-śūdra-hūṇa-śabarā api pāpa-jīvāḥ
yady adbhuta-krama-parāyaṇa-śīla-śikṣās
tiryag-janā api kim u śruta-dhāraṇā ye

te—这些人 / vai—无疑 / vidanti—知道 / atitaranti—超越 / ca—还有 / deva-māyām—至尊主的覆盖能量 / strī—比如妇女 / śūdra—劳动阶层 / hūṇa—高山族 / śabarāḥ—那些比庶铎还要低的沙巴茹阿

人 / api—纵使 / pāpa-jīvāḥ—罪恶的生物 / yadi—只要 / adbhuta-krama—行事非常奇妙的人 / parāyaṇa—是奉献者的人 / śīla—行为 / śikṣāḥ—受……的训练 / tiryak-janāḥ—甚至那些不是人类的 / api—还有 / kim—什么 / u—讲 / śruta-dhāraṇāḥ—那些通过聆听把至尊主铭记在心的人 / ye—那些

译文　皈依了的灵魂，哪怕是来自女人、劳动阶层、山地人和沙巴茹阿人等过着罪恶生活的群体，哪怕是有飞禽走兽的躯体，只要投靠至尊主纯粹的奉献者，向他们学习做奉爱服务，也能了解有关首神的科学，摆脱错觉能量的钳制并获得解脱。

要旨　有时有人会问，人怎么才能投靠、服从至尊主？在《博伽梵歌》第18章的第66节诗中，至尊主要求阿尔诸纳皈依祂。因此，不愿意皈依的人会问，神在哪里？他们应该皈依谁？这节诗中对这类问题给予了非常恰当的回答。人格首神也许不会出现在我们眼前，但如果有人真诚地想得到这一指引，至尊主就会派一个有资格的人去指引他重返家园、回归首神。要在灵性觉悟的路途上取得进步，并不需要物质方面的资格。在物质世界里，人要做某一项服务，就必须具备某种资格，否则就不适合做那项服务。但为至尊主做奉爱服务，唯一需要具备的资格就是投靠、服从至尊主。要不要投靠、服从至尊主，是一个人可以自己决定的事。人如果愿意，就可以毫不犹豫地立刻皈依，开始自己的灵修生活。投靠、服从神的真正代表，与投靠、服从神本人是一样的。或者换句话说，至尊主钟爱的代表比至尊主更仁慈，更容易接近。罪恶的灵魂不能直接接近至尊主，但接近至尊主纯粹的奉献者比较容易。人如果愿意让至尊主所爱的奉献者来指导自己，就能够了解神的科学，也成为至尊主超然、纯粹的奉献者，从而得到解脱，重返家园、回归首神，过上永恒快乐的生活。

因此，对愿意投靠、服从至尊主的人来说，了解有关首神的科学，停止为生存进行毫无必要的挣扎，一点儿都不困难；但对于不愿意皈依至尊主而只想进行无益思辨的灵魂来说，却极为困难。

第47节 शश्वत्प्रशान्तमभयं प्रतिबोधमात्रं
शुद्धं समं सदसतः परमात्मतत्त्वम् ।
शब्दो न यत्र पुरुकारकवान् क्रियार्थो
माया परैत्यभिमुखे च विलज्जमाना ।
तद्वै पदं भगवतः परमस्य पुंसो
ब्रह्मेति यद्विदुरजस्रसुखं विशोकम् ॥४७॥

śaśvat praśāntam abhayaṁ pratibodha-mātraṁ
śuddhaṁ samaṁ sad-asataḥ paramātma-tattvam
śabdo na yatra puru-kārakavān kriyārtho
māyā paraity abhimukhe ca vilajjamānā
tad vai padaṁ bhagavataḥ paramasya puṁso
brahmeti yad vidur ajasra-sukhaṁ viśokam

śaśvat—永恒的 / praśāntam—无忧无虑 / abhayam—没有恐惧 / pratibodha-mātram—与物质意识相反的意识 / śuddham—不受污染的 / samam—没有区别 / sat-asataḥ—原因和结果的 / paramātma-tattvam—最初原因的起源 / śabdaḥ—主观推测的声音 / na—不 / yatra—那里有 / puru-kārakavān—结果是功利性活动 / kriyā-arthaḥ—为了祭祀事宜 / māyā—错觉、幻象 / paraiti—飞走 / abhimukhe—在……前面 / ca—还有 / vilajjamānā—因为羞愧 / tat—那 / vai—肯定地 / padam—终极阶段 / bhagavataḥ—人格首神的 / paramasya—至尊者的 / puṁsaḥ—那人的 / brahma—绝对者 / iti—如此 / yat—那 / viduḥ—称为 / ajasra—无限的 / sukham—快乐 / viśokam—没有悲伤

译文　绝对布茹阿曼(梵)充满无限的喜悦且毫无忧伤。绝对布茹阿曼无疑是至高无上的享受者——人格首神。祂永远没有忧虑和恐惧。祂与物质相反，是完全有意识的。祂不受污染，没有分别心，是一切原因和结果的根源。在祂那里既不存在为功利性活动而举行的祭祀，也没有错觉能量的立足之地。

要旨　至尊的享乐者人格首神，是一切原因的最初原因，因此是至尊布茹阿曼(梵)——至善。由于非人格布茹阿曼的概念与物质存在的错误概念完全相反，所以说对非人格布茹阿曼的认识是真正了解至尊主的第一步。换言之，非人格布茹阿曼是绝对者的一个特征，不同于物质的多样化；这就像光与黑暗截然不同一样。然而，对光有进一步认识的人能看见，光是色彩斑斓的。同样，对布茹阿曼的最高认识，就是认识到梵光的源头——至尊人格首神，或称至善及万事万物的起源。因此，与人格首神相会，也包括开始时认识与物质缺陷形成对比的非人格布茹阿曼。认识人格首神是布茹阿曼觉悟的第三步。正如《圣典博伽瓦谭》第1篇中解释过的，人必须了解绝对者的三个特征，那就是：布茹阿曼(梵)、超灵(Paramātmā)、巴嘎万(Bhagavān，博伽梵)。

与物质意识相反的意识(pratibodha-mātram)，正是与物质存在相反的概念。物质世界中有物质痛苦，因此对布茹阿曼的认识首先是对物质缺陷的否定，并且感受到不同于生老病死之痛苦的永恒存在。那便是对非人格布茹阿曼的基本概念。

至尊主是一切的超灵，因此在有关至尊者的概念中也有对感情的认识。灵魂对灵魂之间的关系引发感情。父亲之所以对儿子有感情，是因为儿子和父亲有一种亲密的关系。但在物质世界里，那几分感情是充满缺陷的。然而，当人遇到人格首神时，感情便充分展现出来，因为这种感情关系才是真实的。至尊主是处在每一个生物体心中的超灵，因此祂不是物质的躯体和心念所爱的对象，而是全体生物所爱的完整、无遮盖、没受过污染的对象。到解脱的阶段时，对至尊主成熟的爱便复苏了。

从此，永恒的快乐便源源不断地涌流出来。这种快乐与我们在物质世界里体验到的有中断、有恐惧的快乐不同。我们与至尊主的关系是永不中断的，因此不存在悲痛和恐惧。这种快乐既非言语所能形容，也不是靠从事举行祭祀等功利性活动所能体会到的。我们还应该知道，这节诗中所描述的、透过与至尊人——人格首神交流所得到的没有中断的快乐，超越众多的奥义书(Upaniṣad)中所谈论的神的非人格概念。奥义书中对神的非人格概念的阐述，或多或少是对事物的物质概念的否定，但并没有否认至尊主有超然的感官。这节诗中也证实了对物质元素的说明；至尊主的感官都是超然的，免于一切与物质认同的污染。不仅如此，解脱了的灵魂也不是没有感官的，否则不可能不受阻碍地与至尊主进行灵性快乐的交流，享受源源不断涌流出的快乐。至尊主和祂的奉献者所具有的全部感官，都没有物质污染，其中的原因正如这节诗中明确提出的：是因为它们“超越物质的原因和结果(sad-asataḥ param)”。物质的错觉能量在至尊主和祂超然的奉献者面前感到羞愧，因此无法起作用。物质世界里的感官活动不可能没有悲伤，但这节诗中清楚地说，至尊主和奉献者的感官不存在丝毫悲伤。物质感官和灵性感官有着天壤之别。人应该了解：千万不要因为物质的概念而否定灵性感官的存在。

物质世界中的感官满载着物质愚昧。权威人士推荐我们用所有的方法净化感官，去除物质概念。在物质世界里，感官被用来满足个人；相反，在灵性世界中，感官被正确地用来满足至尊主，而这正是感官的原本用途。这样的感官活动才是自然的；正因为如此，正因为感官得到灵性的净化，那里的感官满足才不会因物质污染而中断。那种感官满足由超然的交流者所共同分享。灵性世界的活动因为都是无限和一直不断增加的，所以没有物质努力或人为安排的余地。这种超然的快乐称为“灵性的快乐(brahma-saukhyam)”。有关这种快乐，第5篇中会有清楚的描述。

第48节　सध्र्यङ् नियम्य यतयो यमकर्तहेतिं
जह्युः स्वराडिव निपानखनित्रमिन्द्रः ॥४८॥

sadhryaṅ niyamya yatayo yama-karta-hetiṁ
jahyuḥ svarāḍ iva nipāna-khanitram indraḥ

sadhryak—造作的心智思辨或冥想 / niyamya—控制着 / yatayaḥ—神秘主义者 / yama-karta-hetim—灵性的文化程度 / jahyuḥ—放弃了 / svarāṭ—完全独立 / iva—像……一样 / nipāna—井 / khanitram—挖掘的麻烦 / indraḥ—雨神因铎

译文　在觉悟了绝对布茹阿曼以后的这个超然阶段，不需要像思辨者(格亚尼)和瑜伽师那样，人为地控制心念，进行心智思辨或冥想。人不再进行这种活动，就像天帝因铎根本不必为了得到水而经历挖井的麻烦一样。

要旨　想喝水的穷人就得挖井，经历挖井的麻烦。同样道理，没有超然觉悟的人才要进行主观推测或靠控制感官进行冥想。但他们不知道，人一旦实实在在地为至尊人格首神做超然的爱心服务，就能控制住感官，获得灵性的完美。正是为了这个原因，伟大的、解脱了的灵魂们，也要不断地聆听和吟诵、吟唱至尊主的各种活动。就有关这一点，因铎的例子非常适合。天帝因铎是负责在宇宙中调配云朵和提供雨水的半神人，因此不用为了个人饮水问题而承受挖井的麻烦。对他来说，为了用水而挖井简直是荒唐可笑的事。同样道理，真正在为至尊主做爱心服务的人，已经达到了生命的最高目的；对他们来说，根本没有必要为了发现神的真正本质或祂的活动而进行心智思辨。不仅如此，这些奉献者也不会浪费精力去冥想至尊主的真实身份或想象的身份。至尊主的纯粹奉献者因为实实在在地在为至尊主做超然的爱心服务，所以已经获得了心智思辨和冥想的结果。因此，生命真正的完美境界是为至尊主做超然的爱心服务。

第49节 स श्रेयसामपि विभुर्भगवान् यतोऽस्य
भावस्वभावविहितस्य सतः प्रसिद्धिः ।
देहे स्वधातुविगमेऽनुविशीर्यमाणे
व्योमेव तत्र पुरुषो न विशीर्यतेऽजः ॥४९॥

sa śreyasām api vibhur bhagavān yato 'sya
bhāva-svabhāva-vihitasya sataḥ prasiddhiḥ
dehe sva-dhātu-vigame 'nuviśīryamāṇe
vyomeva tatra puruṣo na viśīryate 'jaḥ

saḥ—祂 / śreyasām—绝对吉祥 / api—还有 / vibhuḥ—主人 / bhagavān—人格首神 / yataḥ—因为 / asya—生物体的 / bhāva—自然属性 / sva-bhāva—自己的本性 / vihitasya—上演 / sataḥ—所有善行 / prasiddhiḥ—最终的成功 / dehe—身体的 / sva-dhātu—形成的元素 / vigame—由于毁灭了 / anu—以后 / viśīryamāṇe—放弃了 / vyoma—天空 / iva—像 / tatra—此后 / pururaḥ—生物体 / na—永不 / viśīrya-te—就消灭了 / ajaḥ—由于不经出生就存在的

译文 人格首神之所以是一切吉祥事物的主人，原因在于：无论是物质存在中的生物还是灵性存在中的生物，所从事的一切活动的结果都由至尊主赐予。正因为如此，祂是最高的祝福者。所有的个体生物都是不经出生就存在的，所以即使在由物质元素构成的躯体毁灭后，生物依然存在，就像体内的气一样。

要旨　生物不经出生就存在，是永恒的，正如《博伽梵歌》第2章的第30节诗中所证实的：即使由物质元素构成的躯体毁灭了，生物也不结束其存在。生物只要在物质存在中，他所从事的活动就会在下一生，甚至是这一生得到奖惩。同样，他如果从事灵修活动，至尊主就会赐予他五种解脱。如果得不到至尊人格首神的赏识，就连非人格神主义者也不可能实现融入至尊存在的愿望。《博伽梵歌》第4章的第11节诗证实，至尊主在人的这一世中，就会赐予他想要的结果。生物被授予自由选择的权利，至尊主根据他们的活动给予奖惩。

因此，人为了实现自己的愿望，应该忠心耿耿地只崇拜人格首神。非人格神主义者不必进行心智思辨或冥想，而可以直接为至尊主做日常的奉爱服务，从而轻松地实现自己的愿望。

不过，奉献者自然而然地喜欢与至尊主为伴，而不是像非人格神主义者所希望的那样——融入灵性的存在。因此，奉献者按他们的本性活动，实现了当至尊主的仆人、朋友、父亲、母亲或爱侣的愿望。为至尊主所做的奉爱服务包括聆听和吟诵、吟唱等九种超然的程序，奉献者通过做如此容易且又很自然的奉爱服务，获得最高的完美结果；这结果远远高于融入梵光这一结果。正因为如此，奉献者从不被建议去热衷于推测至尊者的本性，或违反自然地去冥想虚无。

我们不要误以为现有的这个躯体毁灭后，就没有可以与至尊主面对面相见及联谊的身体了。生物不经出生就存在；他并不是随着物质躯体被制造出来而出现的。但另一方面，“生物的欲望造就物质躯体”这一点是千真万确的。物质躯体根据生物的欲望而发展。生物的欲望培育物质躯体。所以是，先有灵性的灵魂，后有物质躯体，物质躯体产自生命力。生物是永恒的，他的存在就像体内运行之气的存在一样。气存在于体内，也存在于体外。因此，当外在的包裹——物质躯体消灭后，像气一样存在于体内的生命火花还会继续存在。至尊主是至高无上的祝福者，因此生物在祂的指导下可以立即得到解脱，获得一个适合于他与至尊主交往的灵性身体。解脱的种类有：获得与至尊主有相同身体特征的解脱(sārūpya)，与至尊主住在一个星球上并享受同样生活设施的解脱(sālokya)，拥有与至尊主同等财富的解脱(sārṣṭi)，以及与至尊主平等交往的解脱(sāmīpya)。

至尊主对奉献者极为仁慈；如果一个奉献者因为与物质的接触而无法在纯粹的、没有污染的奉爱服务之途上走到终点，祂就会赐予那个奉献者另一个机会，安排那个奉献者来世出生在一个奉献者的家庭或富人的家庭里，不必为物质生存苦苦挣扎，从而能完成上一生没有完成的净化，在现有的物质躯体死亡后立刻重返家园、回归首神。对此，《博伽梵歌》给予了确认。

就有关这方面更详尽的资料，可以看圣吉瓦·哥斯瓦米·帕布帕德所著的《博伽梵颂篇》(Bhagavat-sandarbha)。正如前面的诗节中已经谈过的，奉献者一旦进入灵性存在，就永恒地住在那里了。

第50节 सोऽयं तेऽभिहितस्तात भगवान् विश्वभावनः ।
समासेन हरेर्नान्यदन्यस्मात्सदसच्च यत् ॥५०॥

so 'yaṁ te 'bhihitas tāta
  bhagavān viśva-bhāvanaḥ
samāsena harer nānyad
  anyasmāt sad-asac ca yat

saḥ—那 / ayam—同样 / te—向你 / abhihitaḥ—由我解释 / tāta—我亲爱的儿子 / bhagavān—人格首神 / viśva-bhāvanaḥ—展示了的世界的创造者 / samāsena—简单地 / hareḥ—没有至尊主哈尔依 / na—永不 / anyat—任何其他的事 / anyasmāt—作为……的原因 / sat—展示的或现象的 / asat—本体的 / ca—和 / yat—不论会有什么

译文　亲爱的儿子，现在我已经简短地描述了展示的世界的创造者——至尊人格首神。展示的世界(物质存在)和本体(其灵性原因)除了祂——至尊主哈尔依，没有其他的根源。

要旨　既然我们都对这个短暂的物质世界及受制约的灵魂试图主宰它有所体验，布茹阿玛便给纳茹阿达戴瓦解释：这个短暂的世界是至尊主外在能量运作的结果，在这里为生存而苦苦挣扎的受制约的灵魂则是至尊主的边缘能量。至尊主哈尔依(Hari)是一切原因的起因，除了祂，这些现象活动没有其他的起因。然而，这并不表示至尊主本人是以不具人格特征的方式分散各处。祂远离外在能量和边缘能量的所有这些相互作用。《博伽梵歌》第9章的第4节诗中证实说，祂仅仅凭祂的能量就遍布各处。展示了的一切事物唯一依靠的是祂的能量，但祂作为至尊人格首神，却始终远离这一切。能量与能量的拥有者既是一体，同时又有区别。

正如人不应该因为国王在国内建了一座监狱而指责国王，人也不应该因为至尊主创造了这个痛苦的世界而谴责祂。对不服从国家法律的人，政府有必要建立用来教化他们的监狱。同样道理，这个充满了痛苦的物质世界，是至尊主为那些忘了祂并试图主宰短暂展示的生物而建造的临时场所。尽管如此，祂一直渴望让那些坠落的灵魂重返家园、回归首神；为此，祂通过给予权威性经典，派祂的代表前来，以及亲自化身降临等方法，给予受制约的灵魂那么多机会。既然祂与这个物质世界没有直接的连接，我们就不该因物质世界的创造而责怪祂。

第51节　इदं भागवतं नाम यन्मे भगवतोदितम् ।
सङ्ग्रहोऽयं विभूतीनां त्वमेतद्विपुली कुरु ॥५१॥

idaṁ bhāgavataṁ nāma
yan me bhagavatoditam

saṅgraho ’yaṁ vibhūtīnāṁ
tvam etad vipulī kuru

idam—这个 / bhāgavatam—首神的科学 / nāma—称为 / yat—那 / me—向我 / bhagavatā—由人格首神 / uditam—启蒙了 / saṅgrahaḥ—是……的积累 / ayam—祂的 / vibhūtīnām—种种能量的 / tvam—您阁下 / etat—这门关于首神的科学 / vipulī—扩大解释 / kuru—去做

译文 纳茹阿达啊！《圣典博伽瓦谭》这部描述神之科学的著作,是至尊人格首神以摘要的方式对我讲述有关祂各种能量的著作。请你亲自去详细地解释这门科学。

要旨 由人格首神本人用大约六、七节诗的长度概述的《博伽瓦谭》，是有关神的科学，也是人格首神的力量代表；它将出现在后面的章节中。至尊主因为是绝对的，所以与神的科学《圣典博伽瓦谭》没有区别。布茹阿玛直接从至尊主那里接受这门有关首神的科学，并把它传给纳茹阿达，纳茹阿达又命令圣维亚萨戴瓦解释它。因此，有关至尊主的超然知识并不是世俗的争辩家心智思辨的结果，而是永恒、不受污染的完美知识，超出物质自然属性的管辖范围。正因为如此，《博伽梵往世书》(BhāgavataPurāṇa，《圣典博伽瓦谭》)是至尊主以超然的声音形式出现的直接化身，人应该从至尊主的真正代表那里接受这门超然的知识。而至尊主的真正代表，必须来自由至尊主传给布茹阿玛，由布茹阿玛传给纳茹阿达，由纳茹阿达传给维亚萨戴瓦，由维亚萨戴瓦传给舒卡戴瓦·哥斯瓦米(Śukadeva Gosvāmī)，由舒卡戴瓦·哥斯瓦米传给苏塔·哥斯瓦米(Sūta Gosvāmī)的师徒传承。韦达之树上的成熟果实是一只手传递到另一只手这样不中断地传递下来的，而不是突然从一根很高的树枝上一下子掉到地上的。因此，人除非从上述师徒传承中的真正代表那里聆听首神的科学，否则要了解首神科学的主题是很困难的。人永远不应该从以朗诵《博伽瓦谭》为职业赚钱的人那里聆听，因为他们靠满足听众的感官赚钱过活。

第52节 यथा हरौ भगवति नृणां भक्तिर्भविष्यति ।
सर्वात्मन्यखिलाधारे इति सङ्कल्प्य वर्णय ॥५२॥

yathā harau bhagavati
nṛṇāṁ bhaktir bhaviṣyati
sarvātmany akhilādhāre
iti saṅkalpya varṇaya

yathā—正如 / harau—向人格首神 / bhagavati—向至尊主 / nṛṇām—为了人类 / bhaktiḥ—奉爱服务 / bhaviṣyati—被启蒙了 / sarva-ātmani—绝对整体 / akhila-ādhāre—向至善 / iti—如此 / saṅkalpya—以决心 / varṇaya—描述

译文 请以人类能因而培养为人格首神哈尔依做超然的奉爱服务的方式，坚定地向人们解释这门有关首神的科学。至尊主哈尔依是每一个生物体的超灵，一切能量的最高源头。

要旨 《圣典博伽瓦谭》是有关奉爱服务的哲学，科学地解释了人与至尊人格首神的关系。在喀历年代到来之前，要了解至尊主与祂的能量并不需要有这样一部知识书籍。但随着喀历年代的开始，人类社会逐渐受到四种主要罪恶的影响，那就是：与女人有非法性关系，吸食麻醉品，赌博和没有必要地杀动物。这些基本的罪恶活动，使人逐渐忘了自己与神的永恒关系，因而变得盲目，可以说不知道生命的最高目标。生命的最高目标并不是像动物一样过不负责任的一生，沉溺于从事经过包装的四种动物活动，它们是：吃、睡、防卫和交配。对于迷失在愚昧的黑暗中的人类社会来说，《圣典博伽瓦谭》是让人看清事物真相的知识火炬。因此有必要从一开始——现象世界刚刚诞生的开始，就讲述有关神的科学。

正如我们已经解释过的，《圣典博伽瓦谭》是如此科学地呈现了神的科学，认真学习这门科学的学生只要细心阅读，或者经常聆听有资格的讲述者讲解，就能了解这门有关神的科学。所有的人都穷其一生追求生命中的快乐，但在这个年代里，人类社会的成员都是盲目的，看不到人格首神因为是万事万物的根源(janmādy asya yataḥ)，所以是一切快乐的泉源。要获得完美而没有妨碍的快乐，唯一的方法是我们为祂做奉爱服务，建立与祂之间爱的关系。只有凭借与祂的交往，我们才能摆脱令人苦恼的物质存在。即使想要享受这个物质世界的人，也可以托庇于《圣典博伽瓦谭》这门伟大的科学，最后获得成功。正因为如此，纳茹阿达的灵性导师要求他，制定周详的计划，坚定地向人们讲解这门科学。纳茹阿达的灵性导师从没有建议他靠宣讲《博伽瓦谭》的道理赚钱过活，而是命令他以传教的精神认真对待自己的使命。

第53节 मायां वर्णयतोऽमुष्य ईश्वरस्यानुमोदतः ।
शृण्वतः श्रद्धया नित्यं माययात्मा न मुह्यति ॥५३॥

māyāṁ varṇayato 'muṣya
īśvarasyānumodataḥ
śṛṇvataḥ śraddhayā nityaṁ
māyayātmā na muhyati

māyām—有关外在能量的事宜 / varṇayataḥ—正在描述中 / amuṣya—至尊主的 / īśvarasya—人格首神的 / anumodataḥ—如此赏识 / śṛṇvataḥ—如此聆听 / śraddhayā—怀着奉爱之心 / nityam—有规

律地 / māyayā—被错觉能量 / ātmā—生物体 / na—永不 / muhyati—受到迷惑

译文 应该按照至尊主的教导，描述、欣赏和聆听至尊主与祂的各种能量一起从事的活动。人如果怀着奉爱和恭敬之心有规律地这样做，无疑就会摆脱至尊主的错觉能量。

要旨 认真研究一个主题的科学，不同于狂热者的感情用事。狂热者或愚蠢的人可能认为，至尊主与祂的外在能量一起从事的活动对他们来说毫无用处。他们有可能错误地声称自己参与至尊主内在能量的活动，因此更高级；但事实上，至尊主与祂的外在能量一起所从事的活动跟祂与内在能量一起所从事的活动是一样的。另外，那些没有完全摆脱至尊主外在能量钳制的人，应该虔诚地经常聆听至尊主与祂的外在能量一起从事的活动。他们不应该愚蠢地一下子跳到内在能量的活动，造作地对茹阿萨・丽拉(rāsa-līlā)等至尊主与祂的内在能量一起从事的活动感兴趣。有些低级、虚伪的人在朗诵《博伽瓦谭》时非常热衷于至尊主的内在能量所从事的活动，沉溺于物质感官享乐的假奉献者，假装自己已经达到了解脱的层面，是解脱了的灵魂，结果更深地陷在外在能量的钳制中。

他们中的一些人以为，聆听至尊主的娱乐活动就是听祂与牧牛姑娘(gopī)交往的活动，或者聆听祂举起哥瓦尔丹山(Govardhana)的活动。这些人不理会至尊主作为主宰化身(puruṣāvatāra)的众多的完整扩展，以及祂们所从事的创造、维系或毁灭物质世界的娱乐活动。但纯粹的奉献者知道，至尊主所从事的各种娱乐活动，无论是茹阿萨・丽拉还是物质世界的创造、维系和毁灭，都一样的好。事实上，对至尊主作为主宰化身所从事活动的描述，专为那些仍受外在能量钳制的人的利益而准备；茹阿萨・丽拉等话题是专为解脱了的灵魂准备，而不是为受制约的灵魂准备的。因此，受制约的灵魂必须以奉爱和欣赏的心态聆听与至尊主的外在能量有关的娱乐活动，这些活动与解脱的灵魂所聆听的茹阿萨·丽拉是一样的。受制约的灵魂不应该模仿解脱了的灵魂的活动。圣主柴坦亚(Caitanya)从不与普通人一起聆听茹阿萨·丽拉。

在神的科学《圣典博伽瓦谭》中，前九篇都是在为人们聆听第10篇铺路。对这一点，本篇的最后一章将作进一步的解释，第3篇中则有更明确的说明。因此，至尊主纯粹的奉献者必须从《圣典博伽瓦谭》第1篇的一开始阅读或聆听，而不是从第10篇开始。有些所谓的奉献者曾几次要求我直接从第10篇开始讲解，但我没有这样做，因为我希望把《圣典博伽瓦谭》作为有关首神的科学来呈献，而不是作为受制约的灵魂的感官享受，圣布茹阿玛等权威人士禁止人们这样做。把《圣典博伽瓦谭》视为科学的呈献，以这样的态度阅读和聆听，可以使受制约的灵魂在摆脱以感官享乐为基础的错觉能量后，逐渐提升到超然知识的更高层面。

到此为止，结束了巴克提韦丹塔对《圣典博伽瓦谭》第2篇第7章——“起特殊作用的化身”所作的阐释。

第八章

帕瑞克西特王提的问题

第1节

राजोवाच
ब्रह्मणा चोदितो ब्रह्मन् गुणाख्यानेऽगुणस्य च ।
यस्मै यस्मै यथा प्राह नारदो देवदर्शनः ॥१॥

rājovāca
brahmaṇā codito brahman
guṇākhyāne 'guṇasya ca
yasmai yasmai yathā prāha
nārado deva-darśanaḥ

rājā—君王 / uvāca—询问 / brahmaṇā—由主布茹阿玛 / coditaḥ—受训导 / brahman—学识渊博的布茹阿玛纳(舒卡戴瓦·哥斯瓦米)啊 / guṇa-ākhyāne—在描述超然品质时 / aguṇasya—属于没有物质品质的至尊主的 / ca—还有 / yasmaiyasmai—和谁 / yathā—正如 / prāha—解释了 / nāradaḥ—纳茹阿达· 牟尼 / deva-darśanaḥ—见到他就如见到任何半神人的人

译文 帕瑞克西特王向舒卡戴瓦·哥斯瓦米询问道：聆听纳茹阿达·牟尼讲解的人，与聆听主布茹阿玛的教导的人一样幸运。至尊主没有物质的品质，那么纳茹阿达·牟尼是怎么解释有关至尊主的超然品质呢？他都给谁讲解过呢？

要旨 半神人中的圣人纳茹阿达(Nārada)直接受教于布茹阿玛(Brahmā)，布茹阿玛则直接受教于至尊主；因此，纳茹阿达对他不同的门徒的教导与至尊主的教导是一样的。这就是了解韦达知识的途径。超然的韦达知识是至尊主经由师徒传承传下来并传遍全世界的。人们没有机会从心智思辨者那里得到韦达知识。因此，无论纳茹阿达·牟尼到什么地方，他都代表至尊主的权威，他的出现就像至尊主的出现一样。同样，严格遵守超然教导的师徒传承是真正的师徒传承，传承对真正的灵性导师的检验是：师徒传承中的灵性权威所传授的知识，应该与至尊主一开始传授给奉献者的知识没有区别。至于纳茹阿达·牟尼是如何讲述至尊主的超然知识的，将在以后的篇章中给予解释。

至尊主的存在先于物质创造，所以祂超然的名字、属性等并不体现任何物质的特性。正因为如此，每当经典描述至尊主没有属性(aguṇa)时，并不是说祂没有属性，而是说祂不像受制约的灵魂那样具有善良、激情或愚昧等物质属性。祂超越一切物质概念，因此被描述是没有属性——阿古纳(aguṇa)。

第2节 एतद्वेदितुमिच्छामि तत्त्वं तत्त्वविदां वर ।
हरेरद्भुतवीर्यस्य कथा लोकसुमङ्गलाः ॥ २ ॥

etad veditum icchāmi
tattvaṁ tattva-vidāṁ vara
harer adbhuta-vīryasya
kathā loka-sumaṅgalāḥ

etat—这个 / veditum—了解 / icchāmi—我想 / tattvam—真理 / tattva-vidām—那些精通绝对真理的人的 / vara—最好的一位 / hareḥ—至尊主的 / adbhuta-vīryasya—拥有神奇能量的那一位 / kathāḥ—叙述 / loka—为了所有的星球 / su-maṅgalāḥ—吉祥的

译文 君王说：我想要知道这些。至尊主拥有众多神奇的能量；讲述有关祂的一切，毫无疑问对所有星球上的众生都是吉祥的。

要旨 满载对至尊主活动描述的《圣典博伽瓦谭》(Śrīmad-Bhāgavatam)，对居住在所有星球上的所有生物都是吉祥的。认为它只属于某个宗派的人，其认识必定是错误的。毫无疑问，至尊主所有的奉献者都很珍爱《圣典博伽瓦谭》这部经典；即使对非奉献者来说，它也是吉祥的，因为它解释说：就连在物质能量的魔力影响下徘徊的非奉献者，如果专心、热忱地聆听代表至尊主权威的师徒传承中的灵性导师讲述《圣典博伽瓦谭》，也能从物质能量的钳制中解脱出来。

第3节 कथयस्व महाभाग यथाहमखिलात्मनि ।
कृष्णे निवेश्य निःसङ्गं मनस्त्यक्ष्ये कलेवरम् ॥ ३ ॥

kathayasva mahābhāga
yathāham akhilātmani
kṛṣṇe niveśya niḥsaṅgaṁ
manas tyakṣye kalevaram

kathayasva—请您继续解说 / mahābhāga—极为幸运的一位啊 / yathā—正如 / aham—我 / akhila-ātmani—向至尊灵魂 / kṛṣṇe—向圣主奎师那 / niveśya—安置了 / niḥsaṅgam—因为摆脱了物质影响 / manaḥ—心念 / tyakṣye—可以放弃 / kalevaram—躯体

译文 极为幸运的舒卡戴瓦·哥斯瓦米啊！请继续讲述《圣典博伽瓦谭》，好让我能把注意力完全集中在至尊灵魂主奎师那的身上，从而完全清除物质的品质，最终放弃这个躯体。

要旨 全心投入地聆听《圣典博伽瓦谭》诗节中的超然描述，意味着一直不断地与至尊灵魂圣主奎师那(Kṛṣṇa)联谊。一直不断地与至尊灵魂圣主奎师那联谊，意味着摆脱物质属性。主奎师那就像太阳，物质污染就像黑暗；太阳出现便驱散黑暗，一直不断地与圣主奎师那联谊使人摆脱物质属性的污染。被物质属性所污染，导致不断的生死轮回，而摆脱物质属性就是处在超然的层面上。舒卡戴瓦·哥斯瓦米(Śukadeva Gosvmī)告诉帕瑞克西特王(Mahārāja Parī kṣit)，人生的最高完美境界是：人在一生结束时能记住纳茹阿亚纳(Nārāyaṇa)。凭借舒卡戴瓦·哥斯瓦米的恩典，帕瑞克西特王现在得到神秘的解脱，成为一个觉悟了的灵魂。帕瑞克西特王命中注定要在七天后离开他的躯体，为此他决定：通过不断谈论《圣典博伽瓦谭》的主题牢牢地记住至尊主，以便在离开他的躯体时完全意识到圣主奎师那——至尊的灵魂。

去听以朗诵《圣典博伽瓦谭》为职业赚钱的人的讲述，与帕瑞克西特王的超然聆听截然不同。帕瑞克西特王是觉悟了的灵魂，他觉悟到了绝对真理——人格首神圣主奎师那。从事功利性活动的物质主义者，不是觉悟了的灵魂；他想从所谓的聆听《圣典博伽瓦谭》的活动中得到一些物质利益。毫无疑问，这样的听众，去听以朗诵《圣典博伽瓦谭》为职业赚钱的人的朗诵，确实能得到一些他们想要的物质利益，但那并不意味着这种一星期时间的假装聆听，与帕瑞克西特王的聆听一样。

明智之人的责任是，从一个觉悟了自我的灵魂那里聆听《圣典博伽瓦谭》，而不要被以朗诵《圣典博伽瓦谭》为职业赚钱的人所愚弄。人应该一直不断地这样聆听《圣典博伽瓦谭》，直到一生结束时。这样，他就能真正得到至尊主超然的联谊、得到解脱。

帕瑞克西特王虽然已经切断了与王国和家庭的一切联系，而这些对物质主义者来说最有吸引力，但他仍然意识到自己的物质躯体。为此，他想借由一直不断地与至尊主联谊，摆脱这种束缚。

第4节　शृण्वतः श्रद्धया नित्यं गृणतश्च स्वचेष्टितम् ।
कालेन नातिदीर्घेण भगवान् विशते हृदि ॥ ४ ॥

śṛṇvataḥ śraddhayā nityaṁ
gṛṇataś ca sva-ceṣṭitam
kālena nātidīrgheṇa
bhagavān viśate hṛdi

śṛṇvataḥ—那些聆听的人的 / śraddhayā—认真热诚 / nityam—有规律、经常地 / gṛṇataḥ—对待 / ca—和 / sva-ceṣṭitam—以自己的努力一丝不苟地 / kālena—期间 / na—不 / ati-dīrgheṇa—很长的时间 / bhagavān—至尊人格首神圣主奎师那 / viśate—展示 / hṛdi—在心中

译文　对有规律且一丝不苟地聆听《圣典博伽瓦谭》的人来说，至尊人格首神奎师那将于短时间内在他们心中展现自己。

要旨　至尊主的低级奉献者或物质主义奉献者，都很想看到至尊主本人，却不考虑自己是否具备见至尊主所必须有的资格。这种三流的奉献者应该清楚：人不可能在依恋物质的同时，与至尊主本人面对面相见。这不是一个机械的程序，以朗诵《圣典博伽瓦谭》为职业赚钱的人，不能使三流的物质主义假奉献者做到这一点。就有关这一方面，那些以朗诵《圣典博伽瓦谭》为职业赚钱的人是无用的，因为他们既不是觉悟了自我的灵魂，对听众的解脱也毫无兴趣。这些人唯一感兴趣的事情是：过物质化的家庭生活，以朗诵《圣典博伽瓦谭》为职业赚取一些物质利益。帕瑞克西特王本人只能再活七天，但他推荐其他人要怀着真诚的奉爱之心一直不断地努力有规律地经常(nityam)聆听《圣典博伽瓦谭》。那将帮助人在短时间内见到展示在心中的圣主奎师那。

假奉献者们既不认真努力地经常聆听《圣典博伽瓦谭》，也不

努力去除对物质收益的依恋，但却渴望按自己的幻想看至尊主。这不是像帕瑞克西特王那样的权威所推荐的。帕瑞克西特王认真聆听《圣典博伽瓦谭》，并从中受益。

第5节 प्रविष्टः कर्णरन्ध्रेण स्वानां भावसरोरुहम् ।
धुनोति शमलं कृष्णः सलिलस्य यथा शरत् ॥ ५ ॥

praviṣṭaḥ karṇa-randhreṇa
svānāṁ bhāva-saroruham
dhunoti śamalaṁ kṛṣṇaḥ
salilasya yathā śarat

praviṣṭaḥ—这样进入了 / karṇa-randhreṇa—经耳孔 / svānām—按照一个人的解脱了的地位 / bhāva—原本的关系 / saraḥ-ruham—莲花 / dhunoti—清洁 / śamalam—如欲念、愤怒、贪婪、渴求等物质品质 / kṛṣṇaḥ—至尊人格首神主奎师那 / salilasya—水塘的 / yathā—正如 / śarat—秋季

译文 至尊灵魂主奎师那的声音化身(《圣典博伽瓦谭》)，进入觉悟了自我的奉献者的心中，坐在他与奎师那爱的关系的莲花上，仿佛秋雨洒在池塘中泥泞的水面上，以此净化他心中的欲念、愤怒和渴望等物质污垢。

要旨 据说至尊主纯洁的奉献者独自一人就能拯救世界上所有堕落了的灵魂。因此，一个真正对纳茹阿达或舒卡戴瓦·哥斯瓦米那样纯粹的奉献者有信心的人，如果能像纳茹阿达得到布茹阿玛的授权一样，得到自己灵性导师的授权，就不仅能使自己摆脱玛亚(māyā，错觉)的钳制，还能凭他的纯洁及被赋予的奉爱力量拯救整个世界。这节诗里用秋雨落在泥塘水面上作比喻非常恰当。雨季期

间，所有的河水都变得泥泞不堪，但秋季的七、八月间，只要下一点点雨，就能使世上所有泥泞的河水立即变得澄清。在城市供水站中的小水池中放一点化学药剂，水就可以变得很清澈。但这点小小的努力并不能使河水那种大水体中的水变得干净。然而，至尊主强有力的奉献者，不仅能拯救他自己，而且还能拯救很多与他交往的人。

换句话说，用其他方法(培养经验知识或练神秘体操)去净化被污染的心，只能做到清洗自己的心；但为至尊主做奉爱服务的方法是如此的强有力，被授权的纯粹奉献者所做的奉爱服务，甚至能净化大众的心。纳茹阿达、舒卡戴瓦·哥斯瓦米、主柴坦亚(Caitanya)、六位哥斯瓦米(Gosvāmī)，以及后期的圣巴克提维诺德·塔库尔(Bhaktivinoda Ṭhākura)和圣巴克提希丹塔·萨茹阿斯瓦提·塔库尔，等等，至尊主的真正代表，都能凭他们所做的被授权的奉爱服务拯救所有的人。

认真努力地聆听《圣典博伽瓦谭》，能使人觉悟到自己与至尊主原有的关系；这种超然的关系可能是仆人、朋友、父母与孩子的关系，也可能是爱侣的关系。有了这种对真正自我的认识，人便立即为至尊主做超然的爱心服务。所有纯粹的奉献者不仅像纳茹阿达那样是觉悟了自我的灵魂，而且还受灵性推动力的激励自发地从事传教工作，拯救很多受物质属性束缚的可怜灵魂。正是以有规律地聆听和崇拜的方式认真遵守《博伽瓦谭》的原则，才使这些奉献者变得如此强大有力。这些活动使处在我们心中的至尊主亲自帮助我们清除堆积在心中的物质享乐欲望等。至尊主始终处在生物体的心中，但只在为祂做奉爱服务的人的心中展示自己。

靠培养知识或练神秘瑜伽净化心灵，也许在一段时间里对个人有效，但那就像用化学药剂清洁一个小水池中的死水一样，水暂时变得澄清，脏东西沉淀下去，但轻微的搅动就能使一切重新变得浑浊不堪。同样道理，为至尊主做奉爱服务是使心灵永久纯净的唯一方法；相反，其他方法在一段时间内有表面的效果，但仍存在着一旦受到刺激，内心重又变浑浊的危险。为至尊主做奉爱服务，同时一直不断有规律地专心聆听《圣典博伽瓦谭》，是权威推荐的摆脱错觉钳制的最佳方法。

第6节 धौतात्मा पुरुषः कृष्णपादमूलं न मुञ्चति ।
मुक्तसर्वपरिक्लेशः पान्थः स्वशरणं यथा ॥ ६ ॥

dhautātmā puruṣaḥ kṛṣṇa-
pāda-mūlaṁ na muñcati
mukta-sarva-parikleśaḥ
pānthaḥ sva-śaraṇaṁ yathā

dhauta-ātmā—心灵净化了的 / puruṣaḥ—生物 / kṛṣṇa—至尊人格首神 / pāda-mūlam—莲花足的庇护 / na—永不 / muṣcati—放弃 / mukta—解脱了的 / sarva—所有 / parikleśaḥ—生命中一切苦恼的 / pānthaḥ—旅行者 / sva-śaraṇam—在他自己的居所 / yathā—如

译文 正如结束艰辛旅程后回到家的人会感到满足，被奉爱服务净化了心灵的至尊主的纯粹奉献者，因为感到心满意足而永远都不会放开主奎师那的莲花足。

要旨 人如果不是至尊主奎师那的纯粹奉献者，内心就不是完全纯净的。但内心完全净化了的人永远都不会停止为至尊主做奉爱服务。布茹阿玛曾命令纳茹阿达传播《圣典博伽瓦谭》；至尊主的代表在执行传教这项奉爱服务的过程中，有时会遇到很多各种各样所谓的困难。主尼提阿南达(Nityānanda)在拯救佳盖(Jagāi)和玛戴(Mādhāi)两个堕落了的灵魂时展现过这种情况；同样，主耶稣基督也被不相信他的人钉在了十字架上。然而，传教的奉献者们欣然面对这些困苦。这其中的原因是：尽管从事这些活动时似乎十分艰难，但因为使至尊主满意，所以至尊主的奉献者感到超然的快乐。帕拉德王(Prahlāda Mahārāja)虽然受尽折磨，但仍然始终不忘至尊主的莲花足。这是因为至尊主纯粹的奉献者内心纯洁无瑕，所以在任何环境下都离不开主奎师那的庇护。在为至尊主的服务中不存有任何自私自利的成分。思辨者(jñānī)培养知识，瑜伽师(yogī)练体位法，但最终都会放弃各自所从事的活动。然而，奉献者不能停止为至尊主服务，因为他的灵性导师命令他这么做。纳茹阿达、尼提阿南达·帕布等纯粹的奉献者，把灵性导师的命令视为生命的动力去执行。他们不在乎他们的生活今后会怎样，只是认真地执行命令，因为它来自更高的权威，来自至尊主的代表，甚至来自至尊主本人。

这节诗中所举的例子非常恰当。人离开家到很远的地方去旅行寻找财富，有时进入森林，有时潜入海洋，有时则攀上山顶。对旅行者来说，在那些陌生的地方旅行无疑困难重重；但他一旦想起家人的亲情，所有的困难便立刻显得不再重要，而一旦回到家，便把旅途中所经历的种种艰难困苦都抛在了脑后。

至尊主纯粹的奉献者与至尊主的关系正是一家人的关系，他怀着对至尊主的满腔深情，在履行他的职责时从不气馁。

第7节　यदधातुमतो ब्रह्मन्देहारम्भोऽस्य धातुभिः ।
यदृच्छया हेतुना वा भवन्तो जानते यथा ॥ ७ ॥

yad adhātu-mato brahman
　dehārambho ’sya dhātubhiḥ
yadṛcchayā hetunā vā
　bhavanto jānate yathā

yat—如何 / adhātu-mataḥ—没有物质上的构造 / brahman—学识渊博的布茹阿玛纳啊 / deha—物质躯体 / ārambhaḥ—……的开始 / asya—生物体的 / dhātubhiḥ—由物质 / yadṛcchayā—没有缘故、偶然

的 / hetunā—由于某些缘故 / vā—或 / bhavantaḥ—您阁下 / jānate—你应该知道 / yathā—请你告诉我

译文 博学的布茹阿玛纳啊！超然的灵魂与物质躯体不同。他是偶然得到物质躯体的，还是另有原因？您了解这一点，因此可否仁慈地解释给我听？

要旨 帕瑞克西特王是典型的奉献者，所以不光满足于由布茹阿玛师徒传承中的代表证实聆听《圣典博伽瓦谭》的重要性，更渴望确立《圣典博伽瓦谭》的哲学基础。《圣典博伽瓦谭》是有关至尊人格首神的科学论著。因此，认真研究它的学生心中无论泛起什么样的问题，都必须由权威的说明来澄清。走在做奉爱服务路途上的人，应该询问灵性导师一切有关神和生物的灵性身份的问题。从《博伽梵歌》(Bhagavad-gītā)和《圣典博伽瓦谭》中我们了解到：从质上讲，至尊主和生物是一体。在物质生存中受制约的生物，因不断地更换物质躯体而受制于很多次的轮回。但究竟是什么导致至尊主不可缺少的一部分受制于物质躯体呢？为了所有走在觉悟自我路途上的人和为至尊主做奉爱服务路途上的人的利益，帕瑞克西特王询问这个十分重要的问题。

他问的这个问题间接地证实：神——至尊主，没有这种更换物质躯体的问题；祂是灵性的整体，祂的身体与灵魂没有分别。不同于受制约的灵魂，与至尊主本人交往的解脱了的灵魂，也完全像至尊主一样。只有等待解脱的受制约的灵魂，才被迫更换躯体。那么，这个过程是如何开始的呢？

在奉爱服务的程序中，第一步是求取灵性导师的庇护，然后向灵性导师询问整个程序。这一询问必不可少，可以使人避免在奉爱服务的路途上犯各种错误。就连像帕瑞克西特王那样坚定地做奉爱服务的人，都仍必须向一个觉悟了自我的灵性导师询问。换句话说，灵性导师必须经验丰富、博学多识，这样才能回答奉献者提出的所有问题。因此，不熟悉权威经典，回答不了他人提出的所有这些问题的人，不应该为了物质收益而佯装灵性导师。不能拯救门徒却当灵性导师是违法的。

第8节　आसीद्यदुदरात्पद्मं लोकसंस्थानलक्षणम् ।
यावानयं वै पुरुष इयत्तावयवैः पृथक् ।
तावानसाविति प्रोक्तः संस्थावयववानिव ॥ ८ ॥

āsīd yad-udarāt padmaṁ
loka-saṁsthāna-lakṣaṇam
yāvān ayaṁ vai puruṣa
iyattāvayavaiḥ pṛthak
tāvān asāv iti proktaḥ
saṁsthāvayavavān iva

āsīt—当它生长 / yat-udarāt—从其肚腹 / padmam—莲花 / loka—世界 / saṁsthāna—处境 / lakṣaṇam—拥有 / yāvān—如它原本的 / ayam—这个 / vai—肯定地 / puruṣaḥ—至尊人格首神 / iyattā—尺寸 / avayavaiḥ—由身体 / pṛthak—不同的 / tāvān—因此 / asau—那 / itiproktaḥ—据说 / saṁsthā—处境 / avayavavān—身体 / iva—像

译文　如果腹部长出莲花茎的至尊人格首神身体极为庞大，四肢长度与躯体高度成比例，那么至尊主的身体与普通生物的躯体有什么特别的不同之处吗？

要旨　我们应该注意到，帕瑞克西特王为了科学地了解有关至尊主超然的身体，多么聪明地向灵性导师提出了问题。在这节诗之前已经有很多地方描述过，至尊主作为原因之洋维施努(Kāraṇoda-Kaśāyī Viṣṇu)时展现了一个庞大的躯体，从祂的毛孔中无数的宇宙产生出来。孕诞之洋维施努(Garbhodakaśāyī Viṣṇu)的身体被描述为有莲花茎从中长出，而宇宙里所有的星球都在那根莲花茎中，布茹阿玛则诞生在那根莲花茎顶部的莲花上。在物质世界的创造中，至尊主无疑展现了一个庞大的身体，而众生则根据需要得到或大或小的身体。比如，大象按照它的需要得到一个庞大的身体，蚂蚁也根据自己的需要得到一个小小的身体。同样道理，为了容纳所有的宇宙及每一个宇宙中所有的星球，至尊人格首神展现了一个庞大的身体。这符合按需要展现或接受某种类型之身体的原则。个体生物与至尊主的区别不光是由身体的大小决定。因此，答案取决于至尊主的身体的特殊意义，而这才是祂的身体与普通生物体的躯体的不同之处。

第9节 अजः सृजति भूतानि भूतात्मा यदनुग्रहात् ।
ददृशे येन तद्रूपं नाभिपद्मसमुद्भवः ॥ ९ ॥

ajaḥ sṛjati bhūtāni
bhūtātmā yad-anugrahāt
dadṛśe yena tad-rūpaṁ
nābhi-padma-samudbhavaḥ

ajaḥ—在没有物质源头的情况下诞生的人 / sṛjati—创造 / bhūtāni—所有有物质诞生的 / bhūta-ātmā—有着物质的躯体 / yat—那些 / anugrahāt—借着……的恩典 / dadṛśe—可以看见 / yena—由谁 / tat-rūpam—祂的身体形象 / nābhi—肚脐 / padma—莲花 / samudbhavaḥ—因为生自……

译文 布茹阿玛不是自物质的源头诞生，而是诞生在从至尊主的肚脐长出的一朵莲花上。他是所有那些有物质躯体的生物体的创造者。当然，靠至尊主的恩典，布茹阿玛能够看到至尊主的形象。

要旨　物质世界中的第一个生物体布茹阿玛，被称为“在没有物质源头的情况下诞生的人(ajaḥ)”，因为他不是从经历物质诞生的母亲的子宫中生出来的。他直接诞生在至尊主的身体扩展——莲花上。因此，要明白至尊主的身体与布茹阿玛的身体在质上是否一样，不是一件容易的事。但尽管如此，我们必须对事实有清楚的了解。有一件事是肯定的：布茹阿玛完全依靠至尊主的仁慈；因为正是至尊主的仁慈，使他能在诞生后创造生物体并看见至尊主的形象。令人困惑的是，布茹阿玛看到的至尊主的形象与布茹阿玛的形象在质上是否一样？帕瑞克西特王想从舒卡戴瓦·哥斯瓦米那里得到清楚的答案。

第10节　स चापि यत्र पुरुषो विश्वस्थित्युद्भवाप्ययः ।
मुक्त्वात्ममायां मायेशः शेते सर्वगुहाशयः ॥१०॥

sa cāpi yatra puruṣo
viśva-sthity-udbhavāpyayaḥ
muktvātma-māyāṁ māyeśaḥ
śete sarva-guhāśayaḥ

saḥ—祂 / ca—还有 / api—因为祂 / yatra—那里 / puruṣaḥ—至尊人格首神 / viśva—物质世界 / sthiti—维系 / udbhava—创造 / apyayaḥ—毁灭 / muktvā—没有被触碰 / ātma-māyām—自己的能量 / māyā-īśaḥ—一切能量的主人 / śete—躺下 / sarva-guhā-śayaḥ—处在众生心中的人

译文　还请您解释，人格首神是处在每一个生物体心中的超灵，是一切能量的主人，但祂的外在能量为什么却触碰不到祂。

要旨　毫无疑问，布茹阿玛看到的至尊主的形象必定是超然的，否则祂怎么能只是看创造能量而不被触碰到？还应该明白，那同一个主宰化身(puruṣa)也处在每一个生物体的心中。有关这一点也需要有正确的解释。

第11节 पुरुषावयवैर्लोकाः सपालाः पूर्वकल्पिताः ।
लोकैरमुष्यावयवाः सपालैरिति शुश्रुम ॥११॥

puruṣāvayavair lokāḥ
sapālāḥ pūrva-kalpitāḥ
lokair amuṣyāvayavāḥ
sa-pālair iti śuśruma

puruṣa—至尊主的宇宙形象 / avayavaiḥ—由身体的各个部分 / lokāḥ—星系 / sa-pālāḥ—各自的掌管者 / pūrva—以前的 / kalpitāḥ—讨论过 / lokaiḥ—以不同的星系 / amuṣya—祂的 / avayavāḥ—身体各部分 / sa-pālaiḥ—和各自的掌管者 / iti—如此 / śuśruma—我听说

译文 博学的布茹阿玛纳啊！我以前听说，宇宙中所有的星球及其掌管者，都处在至尊主巨大的宇宙形体(维茹阿特·普茹萨)的不同部位。我还听说，不同的星系在巨大的宇宙形象的不同部位。那么真实情况究竟如何？您能解释这个问题吗？

第12节 यावान् कल्पो विकल्पो वा यथा कालोऽनुमीयते ।
भूतभव्यभवच्छब्द आयुर्मानं च यत्सतः ॥१२॥

yāvān kalpo vikalpo vā
yathā kālo 'numīyate
bhūta-bhavya-bhavac-chabda
āyur-mānaṁ ca yat sataḥ

yāvān—多久 / kalpaḥ—创造和毁灭之间的时间 / vikalpaḥ—次要创造和毁灭 / vā—或 / yathā—也像 / kālaḥ—时间 / anumīyate—被量度 / bhūta—过去 / bhavya—未来 / bhavat—现在 / śabdaḥ—声音 / āyuḥ—寿命 / mānam—量 / ca—还有 / yat—那 / sataḥ—所有星球上的众生

译文　也请您解释创造与毁灭之间的时间长度、其他的次要创造，以及由过去、现在和未来这些词所形容的时间的本质。而且，还请您解释，在宇宙中各个星球上的半神人、人类等不同生物体的寿命长度和计算方法。

要旨　过去、现在和未来是时间不同的特征，以表明宇宙及其中所有一切的寿命，也包括各种星球上的不同生物体的寿命。

第13节　कालस्यानुगतिर्या तु लक्ष्यतेऽण्वी बृहत्यपि ।
यावत्यः कर्मगतयो यादृशीर्द्विजसत्तम ॥१३॥

kālasyānugatir yā tu
lakṣyate 'ṇvī bṛhaty api
yāvatyaḥ karma-gatayo
yādṛśīr dvija-sattama

kālasya—永恒时间的 / anugatiḥ—开始 / yātu—就像它们 / lakṣyate—被经验到 / aṇvī—小 / bṛhatī—大 / api—就算 / yāvatyaḥ—只要 / karma-gatayaḥ—就执行的工作来说 / yādṛśīḥ—也许 / dvija-sattama—全体布茹阿玛纳中最纯洁的一位啊

译文　最纯洁的布茹阿玛纳啊！还请解释造成时间长短的原因、时间的开始，以及活动的性质。

第14节 यस्मिन् कर्मसमावायो यथा येनोपगृह्यते ।
गुणानां गुणिनां चैव परिणाममभीप्सताम् ॥१४॥

yasmin karma-samāvāyo
yathā yenopagṛhyate
guṇānāṁ guṇināṁ caiva
pariṇāmam abhīpsatām

yasmin—在其中 / karma—活动 / samāvāyaḥ—累积 / yathā—至于 / yena—由那 / upagṛhyate—占有 / guṇānām—物质自然各种属性的 / guṇinām—生物的 / ca—还有 / eva—肯定地 / pariṇāmam—结果的 / abhīpsatām—欲望的

译文 接着，请再仁慈地解释，由各种物质自然属性作用导致的业报积累，以不同的比例展示，使生物在各种不同的物种中升迁或下降，有时上升当半神人，有时下降当最微不足道的生物体。

要旨 在物质自然属性影响下的一切活动(karma)，无论是从个体灵魂的角度讲，还是宇宙形象的角度讲，其作用与反作用都被积累起来，接着再按比例展现出来。活动的作用与反作用如何发生，发生的过程是怎样的，作用比例又是多少：所有这些，全都是帕瑞克西特王向伟大的布茹阿玛纳(brāhmaṇa，婆罗门)舒卡戴瓦·哥斯瓦米询问的内容。

要想到被称为天上居民住所的高等星球中去生活，不是靠太空船的力量(如今没有经验的科学家们这样构想)，而要靠在善良属性的层面上活动。

即使在我们现在所生活的这个星球上，生活比较富裕的国家也会限制富裕程度较差的其他国家的人进入。例如，富裕程度较差国家的人要进入美国，就会受到美国政府的很多限制，理由是美国人不愿意将自己的繁荣与那些还不具备当美国公民资格的外国人分享。同样道理，在居住着有更高智慧的生物体的高等星球上，这种心理也很普遍。高等星系中的每一个星球的生活状况，都处在善良属性的影响下，因此任何想进入月亮、太阳和金星等高等星球的人，都必须靠从事完全善良型的活动取得资格才行。

受善良属性影响的活动，使人具备资格可以升上宇宙的最高区域，帕瑞克西特王询问的问题与此有关。

即使在我们现在居住的这个星球上，人如果不做相应有益的工作使自己具备资格，也不可能在社会中得到一个好的地位。没有资格的人不能硬要坐到高等法院法官的座位上。同样道理，在这一生中没有通过从事善良型活动取得资格的人，也不能进入高等星系。沉溺于从事激情和愚昧型活动的人，没有机会进入高等星系，靠电子机械是不行的。

《博伽梵歌》第9章的第25节诗的声明是：努力使自己具备资格上升到高等天堂星球的人，今后可以到那里去；同样，想到祖先居住的星球(Pitṛloka)去的人可以去那里；努力改善在这个地球上生活的环境的人，也可以这样做；至于为重返家园、回归首神而努力的人，无疑会获得他想要的结果。在善良属性影响下的活动，一般是混有虔诚活动成分的奉爱服务，混有培养知识成分的奉爱服务，混有追求神通成分的奉爱服务，最后是不混有任何其他种类的善良型活动的纯粹奉爱服务。这种纯粹的奉爱服务是超然的，被称为是最高境界的奉爱(parā bhakti)。只有这样的奉爱服务，才能使人升入神的超然王国。这样一个超然的王国不是存在于神话中，而是像月亮一样真实。人必须具备超然的品格，才能了解神的王国和神本人。

第15节　भूपातालककुब्व्योमग्रहनक्षत्रभूभृताम् ।
सरित्समुद्रद्वीपानां सम्भवश्चैतदोकसाम् ॥१५॥

bhū-pātāla-kakub-vyoma-
graha-nakṣatra-bhūbhṛtām
sarit-samudra-dvīpānāṁ
sambhavaś caitad-okasām

bhū-pātāla—在陆地下面 / kakup—天堂的四方 / vyoma—天空 / graha—星球 / nakṣatra—恒星 / bhūbhṛtām—山丘的 / sarit—河流 / samudra—海洋 / dvīpānām—岛屿的 / sambhavaḥ—出现 / ca—和 / etat—他们的 / okasām—居民的

译文 最优秀的布茹阿玛纳啊！也请解释：遍布宇宙各处的球体、天堂的四个方向、天空、行星、恒星、山脉、河流、海洋、岛屿以及居住其上的居民，都是怎样被创造出来的。

要旨 居住在不同环境中的居民情况各不相同，并不是众生在所有的方面都一样。住在陆地上的居民，不同于住在水中的居民或天上的居民。同样，天空中不同星球上的居民也各不相同。至尊主的大自然法律的安排是：没有一个地方空着，但一个地方的生物体不同于其他地方的生物体。即使在人类社会中，居住在森林或沙漠里的人，就不同于居住在城市和乡村里的人。他们的躯体都是物质自然属性以不同的比例构造而成。大自然法律的这种安排不是盲目的，而是背后有一个宏大的计划。帕瑞克西特王请求伟大的圣人舒卡戴瓦·哥斯瓦米用权威的知识和正确的理解解释所有这一切。

第16节 प्रमाणमण्डकोशस्य बाह्याभ्यन्तरभेदतः ।
महतां चानुचरितं वर्णाश्रमविनिश्चयः ॥१६॥

pramāṇam aṇḍa-kośasya
bāhyābhyantara-bhedataḥ
mahatāṁ cānucaritaṁ
varṇāśrama-viniścayaḥ

pramāṇam—程度和尺寸 / aṇḍa-kośasya—宇宙的 / bāhya—外太空 / abhyantara—内太空 / bhedataḥ—以……为划分 / mahatām—伟大灵魂的 / ca—还有 / anucaritam—特点和活动 / varṇa—阶层 / āśrama—生活阶段 / viniścayaḥ—特别描述

译文 还有，请描述：被划分的宇宙内空间和宇宙外空间，伟大灵魂的特质和活动，社会阶层与灵性阶段的划分及它们各自的特点。

要旨 帕瑞克西特王是主奎师那典型的奉献者，因此渴望了解至尊主创造的完整意义。他想知道宇宙形象的内外空间。真正在追求知识的人适合了解这一切。谁要是认为至尊主的奉献者只不过是些感情用事的人，谁就可以透过帕瑞克西特王的询问得到很好的教训，了解纯粹的奉献者是多么的好学爱问，多么的想清楚地了解事物的真相。现代科学家甚至无法了解宇宙内的空间，更何谈覆盖宇宙的空间！

帕瑞克西特王不只是满足于了解物质知识，他对伟大灵魂(至尊主的奉献者)的特质和活动也很好奇。至尊主的荣光和祂的奉献者的荣耀结合起来，组成了《圣典博伽瓦谭》的完整知识。当主奎师那的母亲完全被儿子迷住，往祂嘴里看，想要看看儿子到底吃了多少泥土时，至尊主在自己的嘴里向母亲展示了整个宇宙创造。凭借至尊主的恩典，奉献者能够在至尊主的嘴里看到宇宙中的一切。

在这节诗中，帕瑞克西特王也问了有关基于个人本性把社会分为四个阶层，把人生分为灵性四阶段的科学划分问题。这种划分就像人体分四个部分。身体所属的各个部分与整个身体没有分别，但就它们本身而言，只不过是身体的一部分而已。那就是“社会四阶层和人生四阶段”这一整体科学体系的意义所在。对人类社会的这一科学划分所具有的价值，只能由为至尊主做多少奉爱服务的比例来确定。包括总统在内，任何一个为政府服务的人，都是整个政府不可缺少的一部分。所有的人都是政府的仆人，没人是政府本身。那就是在至尊主的政府内全体生物的地位。没人能谋求至尊主的至尊地位，每一个生物存在的本来目的都是侍奉至尊整体。

第17节 युगानि युगमानं च धर्मो यश्च युगे युगे ।
अवतारानुचरितं यदाश्चर्यतमं हरेः ॥१७॥

yugāni yuga-mānaṁ ca
dharmo yaś ca yuge yuge
avatārānucaritaṁ
yad āścaryatamaṁ hareḥ

yugāni—不同的年代 / yuga-mānam—每个年代的长度 / ca—还有 / dharmaḥ—个别的职责 / yaḥca—和那个 / yugeyuge—在每个年代 / avatāra—化身 / anucaritam—以及化身的活动 / yat—那个 / āścaryatamam—最神奇的活动 / hareḥ—至尊主的

译文 请解释创造持续过程中所有不同的年代，每一个年代的长度；也请告诉我，至尊主的不同化身在不同的年代里从事的各种活动。

要旨 至尊主奎师那是存在中的第一位人格首神，祂所有的化身虽然与祂没有分别，但都由祂那里而来。帕瑞克西特王向伟大而有学识的圣人舒卡戴瓦·哥斯瓦米询问这些化身的不同活动，以便权威经典记录下来，今后人们可以透过经典记载的这些活动确认至尊主的化身。帕瑞克西特王不会被普通人的感情所左右，随便接受什么人为至尊主的化身。相反，他希望以韦达文献中提到的征象及舒卡戴瓦·哥斯瓦米等灵性导师的确认为标准，接受至尊主的化身。至尊主通过祂的内在能量降临，不受制于任何自然法律，因此祂的活动也不是普通的。经典中记载了至尊主的特殊活动，我们应该知道：至尊主的活动与至尊主本人因为都处在绝对的层面上，所以是一样的。正因为如此，聆听至尊主的活动意味着直接与至尊主联谊，而直接与至尊主联谊意味着清除物质污染。我们在前一篇中已经谈到过这一点。

第18节　नृणां साधारणो धर्मः सविशेषश्च यादृशः ।
श्रेणीनां राजर्षीणां च धर्मः कृच्छ्रेषु जीवताम् ॥१८॥

nṛṇāṁ sādhāraṇo dharmaḥ
savíśeṣaś ca yādṛśaḥ
śreṇīnāṁ rājarṣīṇāṁ ca
dharmaḥ kṛcchreṣu jīvatām

nṛṇām—人类社会的 / sādhāraṇaḥ—一般 / dharmaḥ—宗教 / saviśeṣaḥ—特殊的 / ca—还有 / yādṛśaḥ—如样地 / śreṇīnām—那特殊的三个阶层的 / rājarṣīṇām—圣洁的皇族的 / ca—还有 / dharmaḥ—职责 / kṛcchreṣu—就有关苦恼的情况 / jīvatām—生物的

译文　请解释：人类社会共同的宗教是什么，人们在宗教中各自该履行的职责是什么，包括统治阶层在内的社会各阶层是怎么划分的，遇到苦恼之人的宗教原则是什么。

要旨　无论一个人是谁，是什么人，人类社会各阶层人士的共同宗教，都是做奉爱服务。就连动物都可以加入为至尊主做奉献服务的行列，这方面的最佳典范就是圣主茹阿玛(Rāma)的非凡奉献者哈努曼(Hanumān)。正如我们已经讨论过的，就连土著人和食人生番如果有幸受到至尊主名副其实的奉献者的指导，都能够为至尊主做奉爱服务。《斯康达往世书》(Skanda Purāṇa)中描述了热带丛林中的一个猎人，在圣纳茹阿达·牟尼的指导下成为觉悟高的奉献者。因此，每一个生物体都有同等机会为至尊主做奉爱服务。

因国家和文化环境不同而产生的宗教，显然不是人类共同的宗教；更确切地说，宗教的基本原则是奉爱服务。即使某种宗教派别不承认至尊人格首神的最高地位，其追随者们也要遵守那个宗教派别的宗教领袖所制定的纪律。当然，这样一个宗教派别的领袖永远不是最高领袖，因为他是经过某种苦修才当上领袖的。然而，正如我们从主奎师那的活动中所看到的，至尊人格首神不需要经过训练才能成为领袖。

每一个人，无论他处在哪一个社会阶层，哪一个灵性阶段，从事什么职业，他该履行的职责都以做奉爱服务为准则。《博伽梵歌》中说，人只要把自己履行职责的结果当做奉爱服务献给至尊主，就能达到生命最完美的境界。遵守为至尊主做奉爱服务原则的人，永远都不会被置于困境，因此根本不存在什么苦恼人的宗教(āpad-dharma)。正如最伟大的权威舒卡戴瓦·哥斯瓦米在这一著作中将要解释的：尽管为至尊主所做的奉爱服务也许形式不同；但除了为至尊主做奉爱服务，没有其他的宗教。

第19节 तत्त्वानां परिसङ्ख्यानं लक्षणं हेतुलक्षणम् ।
पुरुषाराधनविधिर्योगस्याध्यात्मिकस्य च ॥१९॥

tattvānāṁ parisaṅkhyānaṁ
lakṣaṇaṁ hetu-lakṣaṇam
puruṣārādhana-vidhir
yogasyādhyātmikasya ca

tattvānām—构成创造的元素的 / parisaṅkhyānam—这些元素的数目的 / lakṣaṇam—特点 / hetu-lakṣaṇam—原由的特点 / puruṣa—至尊主的 / ārādhana—奉爱服务的 / vidhiḥ—规范守则 / yogasya—修习瑜伽体系的 / adhyātmikasya—导致奉爱服务的灵性方法 / ca—还有

译文　请仁慈地告诉我：创造的基本元素，这些基本元素的数目，它们存在的原因和发展，以及奉爱服务的程序和培养神秘力量的方法。

第20节　योगेश्वरैश्वर्यगतिर्लिङ्गभङ्गस्तु योगिनाम् ।
वेदोपवेदधर्माणामितिहासपुराणयोः ॥२०॥

yogeśvaraiśvarya-gatir
linga-bhangas tu yoginām
vedopaveda-dharmāṇām
itihāsa-purāṇayoḥ

yoga-īśvara—神秘力量的主人的 / aiśvarya—财富 / gatiḥ—进展 / linga—精微身体 / bhangaḥ—不执著 / tu—但是 / yoginām—神秘主义者的 / veda—超然知识 / upaveda—韦达经的补充性读物 / dharmāṇām—宗教的 / itihāsa—历史 / purāṇayoḥ—往世书的

译文　伟大的神秘主义者的财富是什么，他们最终的觉悟又是什么？完美的神秘主义者怎样离开他们的精微躯体？包括史诗和往世书等补充性读物在内的韦达文献，其基础知识是什么？

要旨　尤给士瓦尔(yogeśvara)——神秘力量的主人，可以展示八种完美的神通，即变得比原子还小、比羽毛还轻，得到任何想要的一切，去任何想去的地方，甚至在天空中造出一个星球，等等。很多尤给士瓦尔都不同程度地精通这些神秘力量，而他们中最杰出的要数希瓦(Śiva)。希瓦是最伟大的瑜伽师(yogī)，他可以做出普通人连想都想不到的奇事。至尊人格首神的奉献者不直接练神秘瑜伽，但凭借至尊主的恩典，却可以击败像杜尔瓦萨·牟尼(Durvāsā

Muni)那样伟大的尤给士瓦尔。杜尔瓦萨·牟尼曾向安巴瑞施王(Mahārāja Ambarīṣa)挑衅，希望炫耀一下他练就的神通。安巴瑞施王是至尊主纯粹的奉献者，面对瑜伽师杜尔瓦萨·牟尼的怒火，他自己没做任何自救的尝试；是至尊主拯救他免受伤害，并迫使杜尔瓦萨·牟尼去乞求他的宽恕。同样，朵帕蒂(Draupadī)对神通一无所知，但当朵帕蒂身陷险境，遭到库茹(Kuru)兄弟们要当着皇室成员的面剥光她衣服的侵犯时，至尊主也救了她，为她提供无限长的莎丽遮盖她的身体。因此，正如小孩子因为父母的力量而强有力；凭借至尊主的无穷力量，至尊主的奉献者也是神秘力量的主人。他们不去设法保护自己，却因为父母的仁慈而得救。

帕瑞克西特王询问学识渊博的布茹阿玛纳(婆罗门)舒卡戴瓦·哥斯瓦米，这种伟大的神秘主义者的最高目标是什么？他们是怎样通过自己的努力或凭借至尊主的仁慈获得这类非凡力量的？他还问他们是怎样离开物质的精微和粗糙躯体的，也问了韦达知识的主旨是什么。《博伽梵歌》第15章的第15节诗声明：所有韦达经的目的是让人认识至尊人格首神，因而成为怀着爱心为祂做奉爱服务的仆人。

第21节 सम्प्लवः सर्वभूतानां विक्रमः प्रतिसङ्क्रमः ।
इष्टापूर्तस्य काम्यानां त्रिवर्गस्य च यो विधिः ॥२१॥

samplavaḥ sarva-bhūtānāṁ
vikramaḥ pratisaṅkramaḥ
iṣṭā-pūrtasya kāmyānāṁ
tri-vargasya ca yo vidhiḥ

samplavaḥ—完美的方法或彻底毁灭 / sarva-bhūtānām—所有生物的 / vikramaḥ—特别的力量或处境 / pratisaṅkramaḥ—最后的毁灭 / iṣṭā—举行韦达仪式 / pūrtasya—按照宗教原则所从事的虔诚活动 / kāmyānām—为发展经济的仪式 / tri-vargasya—宗教心、发展经

济及感官享乐三个程序 / ca—还有 / yaḥ—无论如何 / vidhiḥ—程序

译文　请给我解释：生物体是怎么产生的，怎样被维系、被毁灭的？还请告诉我：为至尊主做奉爱服务的有利条件和不利条件分别是什么？补充性的韦达文献中记载的仪式和训示是什么？有关宗教、经济发展和感官享乐的程序是什么？

要旨　这节诗中用梵文“完美的方法(samplavaḥ)”一词来形容做奉爱服务，“完美的方法”一词的反义词是“毁灭奉爱服务的……(pratisamplavaḥ)”。坚定地为至尊主做奉爱服务的人，可以在受制约的生活中很容易地履行其职责。过受制约的生活就像划一只小船在海中航行，人完全任由海洋的摆布，每时每刻都会因为海水的轻微振荡而被淹死。海上如果风平浪静，小船就肯定能航行顺利；如果有暴风雨或浓雾、乌云，小船就会被大海淹没。然而，没人能控制大海的意愿，不管船上的物质设备有多先进。曾经坐过海船的人，对什么叫任由海洋摆布或许有足够的体验。但是，凭借至尊主的恩典，人可以轻易地渡过物质存在的海洋，而不用惧怕风暴或浓雾。一切都依靠至尊主的意愿；在受制约的生命状况中若有任何不幸或危险，都没人能帮得上忙，但至尊主的纯粹奉献者因为始终有至尊主保护，所以能在没有任何焦虑的情况下轻易渡过物质存在的海洋(《博伽梵歌》9.13)。对在受制约的物质生存状态中活动的奉献者，至尊主会给予特别的关注(《博伽梵歌》9.29)。因此，所有的人都应该托庇于至尊主的莲花足，想方设法成为至尊主纯粹的奉献者。

为此，人应该找一位经验丰富的灵性导师，从他那里了解做奉爱服务的有利条件和不利条件，如帕瑞克西特王向他的灵性导师圣舒卡戴瓦·哥斯瓦米提出的问题一样。按照《奉爱服务的纯粹甘露之海》(Bhakti-rasāmṛta-sindhu)这部奉爱服务的科学典籍中的说法，人不该吃超过维持生命所需要的食物。蔬菜食物和牛奶已经足够维持人体健康，因此人不需要为了满足口欲而吃其他食物。人也不应该在物质世界里积累金钱并因而变得骄傲自大。人应该以轻松、诚实的方式赚取足以维生的钱；因为即使当一个苦力，以诚实的方式维生，也要比通过尔虞我诈成为社会名流强。人可以靠诚实地做生意，成为世上最有钱的人，但不应该为了积累金钱而牺牲以诚实的方式维生的原则，否则将不利于做奉爱服务。人不应该说废话。奉献者要做的是努力争取至尊主的喜爱，为此应该一直不断地歌颂至尊主的荣耀，包括祂的神奇创造；而不是谴责至尊主的创造，说祂创造了一个虚假的世界，以此公然反对祂。这个世界并不是假的。事实上，我们为了维生，从世界取用了很多东西，因此怎么能说这个世界是假的呢？同样，人怎样能认为至尊主是没有形象的呢？一个人怎样可能没有形象，但同时却直接和间接地有着所有的智慧和意识？所以，纯粹的奉献者要学的事情很多，他应该向舒卡戴瓦·哥斯瓦米那样的真正权威学习完美的知识。

人应该非常热情地为至尊主做奉爱服务，热情是做奉爱服务的有利条件。至尊主以柴坦亚·玛哈帕布的形象降临这个世界，希望把为至尊主做奉爱服务的程序传遍全世界的每一个角落。因此，纯粹奉献者的责任是尽最大的努力完成这个任务。每个奉献者都应该热情十足，不仅是在做日常的奉爱服务时，还应该追随主柴坦亚的步伐，努力传教。他的努力如果表面看没有成功，他也不应该因此而灰心丧气。对纯粹的奉献者来说，成功或失败并不是关键，关键是：他是在战场上作战的战士。向世人传播做奉爱服务的程序，就像是向物质生活宣战。物质主义者分很多种，有功利性活动者、心智思辨者、追求神通把戏的人，等等。他们所有的人都反对首神的存在。他们会声称自己是神，尽管他们的每一举每一动都有赖于至尊主的恩典。正因为如此，纯粹的奉献者不愿意与这群无神论者交往。至尊主强有力的奉献者不会被非奉献者的这些无神论宣传所误导，但初习奉献者要小心防范他们。奉献者应该在真正的灵性导师指导下以正确的方式做奉爱服务，不应该只死板地拘泥于形式。在真正的灵性导师指导下，人应该看自己究竟能做多少实际的服务，而不只是举行例行公事的仪式。奉献者不应该渴望什么，而应该满足于凭至尊主的旨意自动到来的一切。这应该是奉爱生活的原则。在像舒卡戴瓦·哥斯瓦米那样的灵性导师的指导下，人很容易就可以学会所有这些原则。帕瑞克西特王以正确的方式向舒卡戴瓦·哥斯瓦米询问，我们应该以他为榜样，向他学习。

帕瑞克西特询问有关物质世界的创造、维系和毁灭的问题，以及韦达仪式的程序和往世书(Purāṇas)、《玛哈布茹阿特》(《摩呵婆罗多》)等韦达经(Vedas)的补充经典中阐明的虔诚活动的执行方法。正如前面解释的，《玛哈布茹阿特》和往世书都是古印度的历史。这些韦达经(smṛtis)的补充经典描述了虔诚活动的种类，其中特别提到：挖井和修建蓄水池，为大众提供用水，在公共道路旁种树，兴建崇拜神的庙宇和中心，开设给穷人布施食物的慈善机构等活动(pūrta)。

同样，为了所有相关人士的利益，君王也询问了满足感官享乐这一自然欲望的过程。

第22节　यो वानुशायिनां सर्गः पाषण्डस्य च सम्भवः ।
आत्मनो बन्धमोक्षौ च व्यवस्थानं स्वरूपतः ॥२२॥

yo vānuśāyināṁ sargaḥ
pāṣaṇḍasya ca sambhavaḥ
ātmano bandha-mokṣau ca
vyavasthānaṁ sva-rūpataḥ

yaḥ—所有那些 / vā—或 / anuśāyinām—融入至尊主的身体 / sargaḥ—创造 / pāṣaṇḍasya—不信教的 / ca—和 / sambhavaḥ—出现 /

ātmanaḥ—生物的 / bandha—受制约的 / mokṣau—解脱的 / ca—还有 / vyavasthānam—因为处于 / sva-rūpataḥ—在没有受制约的状况下

译文 还请解释：进入至尊主身体的生物怎样被创造出来？无神论者是怎么在世上出现的？以及不受制约的生物是怎样生存的？

要旨 至尊主的争取进步的奉献者，必然会询问真正的灵性导师：融入至尊主身体的生物是怎样在重新创造时回到物质世界的？生物有两类：永远解脱了的——不受制约的，和永远受制约的。永远受制约的生物也可以分两类：信神的和不信神的。信神的生物又可以分两类：奉献者和心智思辨者。心智思辨者想融入至尊主的存在或与至尊主合一，至尊主的奉献者则想保持个体性，一直不断地为至尊主做服务。没有完全得到净化的奉献者，以及经验主义哲学家，在下一个创造时将再度进入受制约的环境，作进一步的净化。这些受制约的灵魂，通过进一步地为至尊主做奉爱服务得到解脱。帕瑞克西特王向真正的灵性导师询问所有这些问题，以便完全精通神的科学。

第23节 यथात्मतन्त्रो भगवान् विक्रीडत्यात्ममायया ।
विसृज्य वा यथा मायामुदास्ते साक्षिवद्विभुः ॥२३॥

yathātma-tantro bhagavān
vikrīḍaty ātma-māyayā
visṛjya vā yathā māyām
udāste sākṣivad vibhuḥ

yathā—如 / ātma-tantraḥ—独立的 / bhagavān—至尊人格首神 / vikrīḍati—享受祂的娱乐活动 / ātma-māyayā—由祂的内在能量 / visṛjya—放弃 / vā—也像 / yathā—如祂所愿 / māyām—外在能量 /

udāste—保持 / sākṣivat—作为见证人 / vibhuḥ—全能者

译文　独立自主的人格首神凭祂的内在能量享受祂的娱乐活动，并在毁灭时把它们留给外在能量。祂对一切始终保持见证者的身份。

要旨　圣主奎师那作为至尊人格首神和所有其他化身的源头，是世上唯一独立自主的人。祂通过按自己的愿望进行创造来享受祂的娱乐活动，又在毁灭时把这些娱乐活动留给外在能量。祂甚至在还是母亲雅首达(Yaśodā)怀中的小婴儿时，就已经开始享受祂的娱乐活动，光是凭祂的内在能量就杀了恶魔菩坦娜(Pūtanā)。当祂想离开这个世界时，祂制造了杀戮祂家族成员(Yadu-kula)的娱乐活动，却丝毫不受这种毁灭的影响。祂见证着所发生的一切，但自己却与任何事情没有关系。祂在所有的方面都是独立的。帕瑞克西特王想对一切了解得更多更彻底，因为纯粹的奉献者应该清楚一切。

第24节　सर्वमेतच्च भगवन् पृच्छतो मेऽनुपूर्वशः ।
तत्त्वतोऽर्हस्युदाहर्तुं प्रपन्नाय महामुने ॥२४॥

sarvam etac ca bhagavan
pṛcchato me 'nupūrvaśaḥ
tattvato 'rhasy udāhartuṁ
prapannāya mahā-mune

sarvam—所有这些 / etat—询问 / ca—还有我尚未询问的 / bhagavan—伟大的圣人 / pṛcchataḥ—好奇者的 / me—我自己 / anupūrvaśaḥ—从开始 / tattvataḥ—按照真理 / arhasi—恳请您解释 / udāhartum—如您将告知 / prapannāya—皈依的灵魂 / mahā-mune—伟大的圣人啊

译文 啊，伟大的圣人，至尊主的代表！请回答我向您提出的所有这些问题，以及我没有问到的问题，以满足我寻根究底的好奇心。看在我是向您皈依的灵魂的份上，请您把有关这方面的知识全部传授给我。

要旨 灵性导师时刻准备把知识传给门徒，特别是当门徒非常好奇爱问时。对求取进步的门徒来说，好奇爱问是他极为需要的品质。帕瑞克西特王十分好奇爱问，所以是典型的门徒。人如果对有关觉悟自我的知识不是很好奇，就没有必要为了表现自己是个门徒而去接近一位灵性导师。帕瑞克西特王不仅对他问的问题好奇，还渴望了解他没能询问到的一切。事实上，向灵性导师问所有的一切，对一个人来说是无法办到的，但真正的灵性导师为了门徒的利益，能够用他知道的一切教育门徒。

第25节 अत्र प्रमाणं हि भवान् परमेष्ठी यथात्मभूः ।
अपरे चानुतिष्ठन्ति पूर्वेषां पूर्वजैः कृतम् ॥२५॥

atra pramāṇaṁ hi bhavān
parameṣṭhī yathātma-bhūḥ
apare cānutiṣṭhanti
pūrveṣāṁ pūrva-jaiḥ kṛtam

atra—就这件事 / pramāṇam—事实证明 / hi—肯定地 / bhavān—你自己 / parameṣṭhī—宇宙的创造者布茹阿玛 / yathā—像 / ātma-bhūḥ—直接从至尊主诞生 / apare—其他人 / ca—仅仅 / anutiṣṭhanti—只是追随 / pūrveṣām—按照习俗 / pūrva-jaiḥ—前辈哲学家所讲过的知识 / kṛtam—已经做了

译文 伟大的圣人啊！您实际上等同于宇宙中的第一位

生物体布茹阿玛,其他人只不过在继承历代的哲学思辨者的结论而已。

要旨　有人也许会争论说：就完美的超然知识而言，舒卡戴瓦·哥斯瓦米并不是这方面唯一的权威，因为世上还有很多其他的圣人和他们的追随者。与维亚萨戴瓦(Vyāsadeva)同时代，甚至比他还早的年代里，还有高塔玛(Gautama)、喀纳德(Kaṇāda)、斋弥尼(Jaimini)、卡皮拉(Kapila)和阿施塔瓦夸(Aṣṭāvakra)等许多伟大的圣人；他们所有的人都呈献了自己的一套哲学。帕谭佳里(Patañjali)也是他们中的一员，这六位伟大的圣哲(ṛṣis)都各有自己的一套思想，就像现世的哲学家和心智思辨者一样。上述著名的圣人所提出的六个哲学体系，与舒卡戴瓦·哥斯瓦米在《圣典博伽瓦谭》中的阐述的区别在于：上述六位圣哲都是按自己的想法讲述事实，但舒卡戴瓦·哥斯瓦米讲述的是布茹阿玛直接传下来的知识。布茹阿玛被称为“由全能的人格首神生出并教育的人(ātma-bhūḥ)”。

韦达超然知识是人格首神直接传下来的。仁慈的至尊主首先把知识传授给宇宙中的第一个生物体布茹阿玛，布茹阿玛接着把知识传给纳茹阿达；维亚萨从纳茹阿达那里接受知识，随后又把那知识直接传给了他的儿子舒卡戴瓦·哥斯瓦米。这知识就这样经师徒传承完美地传了下来。人除非直接透过师徒传承接受这知识，否则不可能成为合格的灵性导师。那是接受超然知识的秘密。上述六位伟大的圣人也许是杰出的思想家，但靠心智思辨得到的知识并不完美。由经验主义哲学家提出的哲学理论无论有多么完整，那理论所呈现的知识都永远不是完美的，因为它是由有缺陷的心念创作的。这些伟大的圣人也有各自的师徒传承，但他们传授的知识因为不是独立自主的至尊人格首神纳茹阿亚纳直接传给他们的，所以没有权威性。除了纳茹阿亚纳，没有谁是独立自主的。所以，除了祂，没有谁能有完美的知识，因为每个人都靠不稳定的心念获取知识。心念是物质的，因此由物质的心智思辨者所谈出的知识永远都不是超然的，也永远不可能是完美的。世俗的哲学家们虽然自己并不完美，但还要设法使自己的哲学论点独树一帜，与其他哲学家的不一样，因为世俗哲学家除非提出自己的理论，否则就算不上哲学家。但无论世俗思辨者有多么了不起，像帕瑞克西特王这样有智慧的人都不会承认他们。帕瑞克西特王只听舒卡戴瓦·哥斯瓦米那种权威人士的话；因为正如《博伽梵歌》所特别强调的，师徒传承的制度使舒卡戴瓦·哥斯瓦米与至尊人格首神没有分别。

第26节 न मेऽसवः परायन्ति ब्रह्मन्ननशनादमी ।
पिबतोऽच्युतपीयूषम्तद्वाक्याब्धिविनिःसृतम् ॥२६॥

na me 'savaḥ parāyanti
brahmann anaśanād amī
pibato 'cyuta-pīyūṣam
tad vākyābdhi-viniḥsṛtam

na—永不 / me—我的 / asavaḥ—生命 / parāyanti—疲惫了 / brahman—有学识的布茹阿玛纳啊 / anaśanātamī—由于断食 / pibataḥ—因为我喝 / acyuta—绝对可靠的人的 / pīyūṣam—甘露 / tat—您的 / vākya-abdhi—话语的海洋 / viniḥsṛtam—从……流淌

译文 博学的布茹阿玛纳啊！人格首神永无错误、绝对可靠，您话语的海洋流淌着有关祂的信息的甘露，而我因为在喝饮这甘露，所以根本没有断食所产生的疲惫感。

要旨 布茹阿玛、纳茹阿达、维亚萨和舒卡戴瓦·哥斯瓦米组成的师徒传承，与其他传承尤其不同。其他圣人的师徒传承所传的知识因为缺乏永无错误的至尊主的信息(acyuta-kathā)，所以只不过是在浪费人的时间。心智思辨者所提出的理论虽然可以有不错的推理、论证，但这些推理、论证都不是没有漏洞的，因为总有比他们更强的心智思辨者来驳倒他们的论点。帕瑞克西特王对运用不稳定的心念所进行的思辨毫无兴趣，却只对与至尊主有关的话题感兴趣，因为他实际感受到，聆听舒卡戴瓦·哥斯瓦米讲述的这甘露般的信息，使他尽管在为即将到来的死亡而断食，却没有任何疲惫感。

人可以尽情地去听心智思辨者的话，但过不了多长时间，很快就会因为听那些平庸、陈腐的思想而感到精疲力竭。世上没有一个人会因为听这些无用的思辨而感到满足。但是，有关至尊主的信息，特别是由舒卡戴瓦·哥斯瓦米这样的人物所讲述的，就会让聆听的人永远都不感到疲倦，即使有其他原因令人疲倦，也感觉不到了。

在某些《圣典博伽瓦谭》的版本中，这节诗的最后一句是“君王可能因为想到自己即将被蛇咬死而不知所措(anyatra kupitā dvijāt)”。蛇也是经过两次出生的生物体，它的愤怒被比喻为是缺乏良好理解力的布茹阿玛纳(婆罗门)男孩的诅咒。帕瑞克西特王根本不惧怕死亡，因为至尊主的信息使他欢欣鼓舞。全神贯注于聆听永无错误的至尊主的信息的人，永远不会惧怕任何事情。

第27节

सूत उवाच
स उपामन्त्रितो राज्ञा कथायामिति सत्पतेः ।
ब्रह्मरातो भृशं प्रीतो विष्णुरातेन संसदि ॥२७॥

sūta uvāca
sa upāmantrito rājñā
kathāyām iti sat-pateḥ
brahmarāto bhṛśaṁ prīto
viṣṇurātena saṁsadi

sūtaḥuvāca—圣苏塔·哥斯瓦米说 / saḥ—他(舒卡戴瓦·哥斯瓦米) / upāmantritaḥ—这样被问及 / rājṣā—由君王 / kathāyām—有

关……的论题 / iti—如此 / sat-pateḥ—最高真理的 / brahma-rātaḥ—舒卡戴瓦·哥斯瓦米 / bhṛśam—非常 / prītaḥ—高兴 / viṣṇu-rātena—由帕瑞克西特·玛哈茹阿佳 / saṁsadi—在聚会

译文 苏塔·哥斯瓦米说：玛哈茹阿佳·帕瑞克西特，就这样请舒卡戴瓦·哥斯瓦米讲述有关圣主奎师那和祂的奉献者的话题，舒卡戴瓦·哥斯瓦米因此感到非常高兴。

要旨 《圣典博伽瓦谭》只适合在至尊主的奉献者之间讨论。正如《博伽梵歌》的谈论，是在至尊主奎师那和祂的奉献者代表阿尔诸纳之间权威地进行；同样，继《博伽梵歌》之后的研究生课程《圣典博伽瓦谭》，也可以在舒卡戴瓦·哥斯瓦米那样的学者和帕瑞克西特王那样的奉献者之间讨论，否则品尝不到真正的甘露滋味。舒卡戴瓦·哥斯瓦米对帕瑞克西特王很满意，因为他聆听至尊主的话题时一点儿都没有累的感觉，而是越来越渴望一直不断地听下去。有些愚蠢的人在还没有资格接触《博伽梵歌》和《博伽瓦谭》的主题时，就去接触这两部著作，对它们进行愚蠢的解释。非奉献者胡乱解释这两部最高级的韦达文献，对任何人没有任何好处。正因为如此，商卡尔阿查尔亚(Śṅkarācārya)根本不去评注《圣典博伽瓦谭》。商卡尔阿查尔亚在他写的对《博伽梵歌》的评注中，承认至尊主奎师那是至尊人格首神，但后来从非人格神的角度加以评注。他考虑到自己的地位，所以没有评注《圣典博伽瓦谭》。

圣舒卡戴瓦·哥斯瓦米受到主奎师那的保护(参见《布茹阿玛·外瓦尔塔往世书》)，因此被称为布茹阿玛茹阿塔(Brahmarāta)。帕瑞克西特王受到维施努的保护，因此又被称为维施努茹阿塔(Viṣṇurāta)。作为至尊主的奉献者，他们始终受到至尊主保护。就有关这方面，我们还需要明确的一点是：维施努茹阿塔应该从布茹阿玛茹阿塔那里聆听《圣典博伽瓦谭》。这样就不会有人因为听其他人错误地解释超然的知识，而浪费自己宝贵的时间了。

第28节　प्राह भागवतं नाम पुराणं ब्रह्मसम्मितम् ।
ब्रह्मणे भगवत्प्रोक्तं ब्रह्मकल्प उपागते ॥२८॥

prāha bhāgavataṁ nāma
purāṇaṁ brahma-sammitam
brahmaṇe bhagavat-proktaṁ
brahma-kalpa upāgate

prāha—他说 / bhāgavatam—至尊人格首神的科学 / nāma—名字的 / purāṇam—韦达经的补充文献 / brahma-sammitam—完全符合韦达经的教导 / brahmaṇe—向主布茹阿玛 / bhagavat-proktam—由至尊人格首神讲述 / brahma-kalpe—在布茹阿玛先诞生的那个年代 / upāgate—就在开始时

译文　他回答玛哈茹阿佳·帕瑞克西特问的问题说：在布茹阿玛诞生时，至尊主本人首次对布茹阿玛讲述了有关人格首神的科学。《圣典博伽瓦谭》是韦达文献的补充文献，其内容完全符合韦达经的教导。

要旨　《圣典博伽瓦谭》是有关至尊人格首神的科学著作。非人格神主义者不懂这门伟大的科学知识，因此一直设法曲解至尊主的个人特征。《圣典博伽瓦谭》的内容与韦达经的内涵一致，是有关至尊人格首神的科学知识。要想学习这门科学，人必须托庇于圣舒卡戴瓦的代表，必须向帕瑞克西特王学习，而不是自己愚蠢地进行胡乱的解释，由此严重地冒犯至尊主的莲花足。非奉献者曲解《圣典博伽瓦谭》所造成的危险是：造成学习《圣典博伽瓦谭》的人的理解混乱。因此，真正想学习首神科学的学生，应该始终提高警惕，不要受骗上当。

第29节 यद्यत्परीक्षिदृषभः पाण्डूनामनुपृच्छति ।
आनुपूर्व्येण तत्सर्वमाख्यातुमुपचक्रमे ॥२९॥

yad yat parīkṣid ṛṣabhaḥ
pāṇḍūnām anupṛcchati
ānupūrvyeṇa tat sarvam
ākhyātum upacakrame

yatyat—无论如何 / parīkṣit—君王 / ṛṣabhaḥ—最优秀的 / pāṇḍūnām—在潘杜的王朝中 / anupṛcchati—继续询问 / ānupūrvyeṇa—从始至终 / tat—所有那些 / sarvam—完整地 / ākhyātum—描述 / upacakrame—他做好准备

译文 他也准备回答帕瑞克西特王问他的全部问题。玛哈茹阿佳·帕瑞克西特是潘杜王朝中最优秀的成员，因此有能力向真正有资格的人提出恰当的问题。

要旨 帕瑞克西特王问了很多问题，其中有些非常奇特，目的是要了解真相。但老师没有必要按照门徒提出问题的顺序一一回答。舒卡戴瓦·哥斯瓦米作为经验丰富的老师，用他从师徒传承中接受的知识，系统地回答了帕瑞克西特王问的全部问题，无一遗漏。

到此为止，结束了巴克提韦丹塔对《圣典博伽瓦谭》第2篇第8章——“帕瑞克西特王提的问题”所作的阐释。

第九章

引用至尊主的说法作答

第1节

श्रीशुक उवाच

आत्ममायामृते राजन् परस्यानुभवात्मनः ।

न घटेतार्थसम्बन्धः स्वप्नद्रष्टुरिवाञ्जसा ॥ १ ॥

śrī-śuka uvāca
ātma-māyām ṛte rājan
parasyānubhavātmanaḥ
na ghaṭetārtha-sambandhaḥ
svapna-draṣṭur ivāñjasā

śrī-śukaḥuvāca—圣舒卡戴瓦·哥斯瓦米说／ātma—至尊人格首神／māyām—能量／ṛte—没有／rājan—君王啊／parasya—纯粹的灵魂的／anubhava-ātmanaḥ—具有纯净意识的／na—永不／ghaṭeta—可以这样发生／artha—意思／sambandhaḥ—与物质躯体的关系／svapna—梦／draṣṭuḥ—见者的／iva—像／aṣjasā—完全地

译文 圣舒卡戴瓦·哥斯瓦米说：君王啊！人除非受至尊人格首神的能量的影响，否则与具有纯净意识的纯粹灵魂建立躯体方面的关系根本没有意义。那种关系就像人在梦中看自己的身体在工作一样。

要旨 这节诗完美地回答了帕瑞克西特王(Mahārāja Parīkṣit)的问题，即：灵魂既然不同于物质的躯体和心念，他是怎样开始过物质生活的？灵魂与物质不同，但却因为受至尊主的外在能量阿特玛·玛亚(ātma-māyā)的影响，完全沉浸在物质的生命概念中。这一点在第1篇有关“维亚萨戴瓦(Vyāsadeva)对至尊主和祂的外在能量的认识”中已经作了解释。外在能量由至尊主控制，并根据至尊主的意愿控制生物。因此，生物虽然在他纯粹的状态下意识纯净，但在至尊主外在能量的影响下服从至尊主的旨意。《博伽梵歌》(Bhagavad-gītā)第15章的第15节诗也证实这同一个事实说：至尊主处在每一个生物体的心中，所有生物体的意识和遗忘都受至尊主的控制。

现在，下一个问题自然是：至尊主为什么要影响生物体有这样的意识和遗忘？答案是：至尊主很显然希望生物作为祂不可缺少的一部分，恢复其原本的纯净意识，为祂做爱心服务；但由于祂也赐予生物部分独立选择的权利，生物就有可能选择不愿意为祂做服务，而试图变得像至尊主一样完全独立自主。所有对至尊主没有奉爱之心的生物，都想变得像至尊主一样强大有力，尽管事实上这对他们来说是不可能的。生物之所以被至尊主的意愿所迷惑，是因为他们想与至尊主一样。正如不具备当国王资格的人却想当国王，生物一旦想成为至尊主，就被置于一个他以为自己是国王的梦境中。所以，生物的第一个罪恶念头就是想成为至尊主；为此，至尊主决定让生物忘记自己真实的生活，梦想着可以生活在一片自己可以当神的乌托邦土地上。小孩哭喊着要母亲给他月亮，母亲便拿一面镜子给小孩，用月亮在镜中的反射去满足啼哭不安的孩子。同样，至尊主也给祂那些哭喊的孩子以灵性世界的倒影——物质世界，让他作为功利性活动者(karmī)去主宰物质世界，在受到挫折后放弃主宰的念头，产生想与至尊主合一的念头。这两种状况都只不过是梦幻错觉。我们不需要去追查生物是何时产生这种想法的。事实是：他一旦这么想，就立即因至尊主的意旨被置于外在能量(ātma-māyā)的控制下。这样，在物质的受制约的状况下，生物梦想着“这是我的”和“这是我”。受制约的灵魂把他的物质躯体梦想成是“我”，或者错误地以为自己是至尊主，一切与他那个物质躯体有关的事物都是“我的”。因此，只有在梦中，“我”和“我的”错误概念才一世复一世地持续下去。生物只要认识不到自己的真实身份是“至尊主不可缺少的所属部分”，只要没有这种纯净的意识，就会一生复一生地轮回下去。

然而，生物只要保持纯净的意识，就没有错误概念的梦想，永远都不会认为自己是至尊主；永远都不会忘记自己是至尊主的永恒仆人，对至尊主怀着超然的爱心。

第2节 बहुरूप इवाभाति मायया बहुरूपया।
रममाणो गुणेष्वस्या ममाहमिति मन्यते ॥२॥

bahu-rūpa ivābhāti
māyayā bahu-rūpayā
ramamāṇo guṇeṣv asyā
mamāham iti manyate

bahu-rūpaḥ—多种形象 / iva—就像 / ābhāti—展示了的 / māyayā—由于外在能量的影响 / bahu-rūpayā—在各种形象中 / ramamāṇaḥ—如此享乐 / guṇeṣu—在不同的属性中 / asyāḥ—外在能量的 / mama—我的 / aham—我 / iti—因此 / manyate—想着

译文 被蒙蔽的生物以由至尊主的外在能量提供的众多形体出现，在被物质自然属性钳制的情况下享受时，错误地以“我”和“我的”等错误概念想问题。

要旨 至尊主的外在能量——错觉能量，按照生物想要享受的物质自然属性，为他们提供不同的服装，而这就是我们看到的生物体的不同形象。至尊主的外在能量——物质能量，由善良、激情和愚昧这三种属性代表。因此，即使在物质自然中，生物也有自由选择的机会；物质自然会根据他的选择为他提供不同类型的物质躯体。水中有九十万种物质躯体，植物和蔬菜类躯体有二百万种，蠕虫和爬虫类躯体有一百一十万种，飞禽类躯体有一百万种，走兽类躯体有三百万种，人类的躯体有四十万种：加起来宇宙各星球上共有八百四十万种躯体，而生物就根据他享乐的欲望不断更换不同种类的躯体，在这些躯体中不停地游荡。即使在某一个躯体中，生物体也不断地更换着躯体，从幼年到童年，从童年到青年，从青年到老年，再从老年的躯体转入由自己的行为制造的另一个躯体。生物通过自己的欲望制造自己的躯体，至尊主的外在能量则提供他所要求的形象，以便他能最大限度地实现自己的欲望。如果有哪个生物想要享受其他动物的血，那么凭至尊主的恩典，物质能量便给他提供一个老虎的躯体，以便他享受其他动物的血。同样，如果一个生物想要得到高等星球中的半神人躯体，他也可以靠至尊主的恩典如愿以偿。如果他够聪明，想得到一个能享受与至尊主为伴的灵性身体，他也会得到。就这样，生物可以充分利用他得到的微小的自由意旨；至尊主非常仁慈，生物无论想要什么躯体，至尊主都会赐予他。生物的欲望就像梦到一座金山。人知道山是什么，也知道黄金是什么，仅仅是心中的欲念，就可以使他梦到一座金山。但等他醒来后睁开眼睛，眼前却是别的东西。他发觉在清醒的状态下，他眼前既没有金子也没有高山，更不要说金山了。

在物质世界里，生物所持有的“我的”和“我”这种错误的概念，使各种各样的物质躯体展示出来，生物体的地位也因此而各不相同。功利性活动者认为这个世界是“我的”，思辨者(jñānī)相信“我是”就是一切。受制约的灵魂所构思出的政治论、社会学、博爱思想、利他主义等物质概念，都基于“我”和“我的”这种享受物质生活的强烈欲望所产生的错误概念。生物之所以会在功利主义、民族主义、家庭情感等各种概念的影响下与躯体或躯体出生的地方认同，完全是因为生物遗忘了他真正的本性。被迷惑的生物所持有的这一整套错误概念，可以通过与舒卡戴瓦·哥斯瓦米(Śukadeva Gosvāmī)和帕瑞克西特王的联谊去除掉，《圣典博伽瓦谭》(Śrīmad-Bhāgavatam)对这一切进行了解释。

第3节 यर्हि वाव महिम्नि स्वे परस्मिन् कालमाययोः ।
रमेत गतसम्मोहस्त्यक्त्वोदास्ते तदोभयम् ॥ ३ ॥

yarhi vāva mahimni sve
parasmin kāla-māyayoḥ
rameta gata-sammohas
tyaktvodāste tadobhayam

yarhi—在任何时刻 / vāva—肯定地 / mahimni—在荣耀 / sve—他自己的 / parasmin—在至尊之中 / kāla—时间 / māyayoḥ—物质能量的 / rameta—享受 / gata-sammohaḥ—由于去除错误概念 / tyaktvā—放弃 / udāste—彻底地 / tadā—跟着 / ubhayam—两者(“我”和“我的”这两个错误概念)

译文 生物一旦处在他原本的光荣地位上，开始享受超越时间和物质能量的超然时，就会立刻放弃(我和我的)这两个错误的生命概念，因而完全展示出纯净的自我。

要旨 “我”和“我的”这两个错误的生命概念，主要在两类人身上表现出来。在缺乏知识的人当中，“我的”概念表现得很突出，在比较有知识的人当中，“我”这个错误概念表现得很明显。甚至在猫狗等动物中，也可以看到它们表现出有“我的”这种错误观念，它们彼此争斗就是“我的”这个概念在作祟。在缺乏知识的人当中，“我的”这一错误概念表现突出，其表现形式为：“这是我的身体”“这是我的房子”“这是我的家”“这是我的阶级”“这是我的国家”“这是我的家乡”等等。在比较喜欢对知识进行思辨的人当中，“我的”这种错误的概念转变为“我是”或“我是一切”等。世上各种各样的人都站在各自的立场上领会“我”和“我的”这两个错误概念。但“我”的真正意义，只有当人处在“我是至尊主永恒的仆人”的意识状态中时才能领悟到。这才是纯正的意识，而所有的韦达文献都在教导我们这一生命概念。

“我是至尊主”或“我是至尊者”的错误概念，比“我的”这个错误概念更危险。尽管韦达文献中有时指导人要想着自己与至尊主合一，但那并不意味着人在每一个方面都与至尊主变得一样。毫无疑问，生物在很多方面都与至尊主一样；但尽管如此，生物最终从属于至尊主，原本是为满足至尊主的感官而存在的。正因为如此，至尊主要求受制约的灵魂皈依祂。生物如果不从属于至尊主，那至尊主为什么会要求他皈依呢？生物如果在所有方面都等同于至尊主，为什么还会被置于至尊主的外在能量玛亚的影响下？我们已经讨论过很多次，物质能量受至尊主的控制。《博伽梵歌》第9章的第10节诗，证实了至尊主对这个物质自然的控制。世上有一个生物能自称他可以跟至尊者一样控制物质自然吗？愚蠢的“我”会回答说，他将来可以做到这一点。即使我们接受他说的，在将来会像至尊主那样控制物质自然，那我们也要问，他现在为什么会受制于物质自然呢？《博伽梵歌》中说：投靠、服从至尊主的人，可以不再受物质自然的控制；但如果不皈依至尊主，生物永远都控制不了物质自然。所以，人必须通过练习做奉爱服务或坚定地处在为至尊主做超然的爱心服务的状态中，去除“我”这种错误概念。找不到工作的穷人生活会很艰辛，但如果有机会在政府中得到一份好差事的话，他就会立即快乐起来。至尊主是一切能量的控制者，因此否定至尊主的最高地位对人没有任何好处。人应该保持自己原有的光荣，即：保持自己是至尊主永恒的仆人这一纯净的意识。生物在受制约的生命状态中是错觉能量玛亚的仆人，在解脱的状态中则是至尊主纯粹的、忠心耿耿的仆人。不受物质自然属性的污染，是参加为至尊主服务行列所需要具备的资格。人只要还沉溺于主观臆测而不可自拔，就不能根除“我”和“我的”这一疾病。

至尊真理本身是错觉能量的控制者，因此不被错觉能量所污染。相对真理很容易受制于错觉能量。当人像面对太阳一样直接面对至尊真理时，就会得到最佳效果。太阳高挂在天空中时四下一片光明，但天空中一旦见不到太阳时，四下里便一片漆黑。同样，当人直接面对至尊主时，他就不会有任何错觉；否则，他就处在错觉能量玛亚的黑暗中。对此，《博伽梵歌》第14章的第26节诗证实如下：

māṁ ca yo 'vyabhicāreṇa
bhakti-yogena sevate
sa guṇān samatītyaitān
brahma-bhūyāya kalpate

"在任何情况下都全心全意地做奉爱服务，就能立即超越物质自然属性，达到布茹阿曼的层面。"

因此，人应该真诚地学习奉爱瑜伽(bhakti-yoga)这门科学：崇拜至尊主；赞美至尊主；从正确的来源聆听《圣典博伽瓦谭》，也就是聆听按《圣典博伽瓦谭》的教导生活的人讲述，而不是以朗诵《圣典博伽瓦谭》为职业赚钱的人讲述；始终与纯粹的奉献者交往、联谊。人不应该被"我"和"我的"这两个错误概念所误导。功利性活动者喜欢"我的"这一概念，心智思辨者喜欢"我"这个概念；这两者都没有资格摆脱错觉能量的束缚。为了拯救堕落的灵魂，为了使他们去除"我"和"我的"这两个错误概念，圣维亚萨戴瓦用文字把《圣典博伽瓦谭》和《博伽梵歌》这两部经典记录下来。生物必须处在不受时间和物质能量影响的超然状态中。在受制约的生命状态中，生物受制于过去、现在和未来的时间影响。心智思辨者幻想试图通过培养知识和克服假我来变成至尊主本人华苏戴瓦(Vāsudeva)，以此克服时间的影响。但这方法并不完全正确。正确的方法是：承认主华苏戴瓦是一切的至尊控制者，万事万物的源头，培养知识最完美的境界是投靠、服从祂。有这个概念的人才能摆脱"我"和"我的"这两个错误概念的影响。《博伽梵歌》和《圣典博伽瓦谭》都确认了这一点。圣维亚萨戴瓦在他的伟大文献《圣典博伽瓦谭》中，特别为迷途的生物呈献了神的科学和奉爱瑜伽的程序。受制约的灵魂应该充分利用这门伟大的科学。

第4节 आत्मतत्त्वविशुद्ध्यर्थं यदाह भगवानृतम् ।
ब्रह्मणे दर्शयन् रूपमव्यलीक व्रतादृतः ॥ ४ ॥

ātma-tattva-viśuddhy-arthaṁ
yad āha bhagavān ṛtam
brahmaṇe darśayan rūpam
avyalīka-vratādṛtaḥ

ātma-tattva—神和生物的科学 / viśuddhi—净化 / artham—目标 / yat—那 / āha—说 / bhagavān—至尊人格首神 / ṛtam—实际上 / brahmaṇe—向主布茹阿玛 / darśayan—通过展示 / rūpam—永恒的形象 / avyalīka—没有任何欺骗的动机 / vrata—誓言 / ādṛtaḥ—崇拜

译文 君王啊！由于主布茹阿玛真诚地苦修奉爱瑜伽，人格首神对他很满意，于是以永恒、超然的形象出现在他面前。而这是净化受制约的灵魂的最高目标。

要旨 梵文阿特玛·塔特瓦(ātma-tattva)的意思是“神和生物的科学”。至尊主和生物两者都被称为阿特玛(ātmā)——灵魂。至尊主被称为超灵(Paramātmā)、至尊灵魂，生物则被称为布茹阿曼(brahma，梵)或个体灵魂(jīva)。超灵(Paramātmā)和个体灵魂(jīv-ātmā)，因为都高于物质能量，所以都是灵性的。为了澄清超灵和个体灵魂的真相，舒卡戴瓦·哥斯瓦米吟诵了这节诗。人们对超灵和个体灵魂有很多错误的概念。对个体灵魂的错误概念是：把物质躯体与纯净的灵魂认同。对超灵的错误概念是：以为祂与生物一样。练奉爱瑜伽可以去除这种错误概念，正如太阳出来时，在太阳及阳光照射下的世间一切都清晰可见。在黑暗中，人既看不到太阳，也看不到自己和周围的世界。但在阳光下，人既可以看到太阳，也可以看到自己和周围的世界。正因为如此，圣舒卡戴瓦·哥斯瓦米说：至尊主对布茹阿玛(Brahmā)真诚地练奉爱服务感到满意，因此为了清除上述两个错误的概念，以祂永恒的形象出现在布茹阿玛面前。除了奉爱瑜伽，其他任何认识神和生物的科学最终都被证实是迷惑人的。

在《博伽梵歌》中，至尊主说：人只有通过练奉爱瑜伽，才能真正认识祂，从而真正理解神的科学。布茹阿玛为了练奉爱瑜伽而经历了巨大的苦行，因此得以见到至尊主的超然形象。至尊主的超然形象是百分之百灵性的，人只有在练纯粹的奉爱瑜伽时正确地从事苦行(tapasya)后，才能用被灵性化了的眼睛看到至尊主。至尊主在布茹阿玛面前展示的形象，并不是我们在物质世界中看到过的形象之一。布茹阿玛不会只为了看一个物质世界里的形象而进行那么严格的苦修。因此，帕瑞克西特王问的有关至尊主形象的问题得到了答案。至尊主的形象是永恒且充满知识和快乐的(sac-cid-ānanda)，但生物体的物质形象既不是永恒的，也不是充满知识和快乐的。那就是至尊主的形象与受制约的灵魂的形象之分别。然而，受制约的灵魂仅仅靠练奉爱瑜伽面见至尊主，就可以恢复他充满快乐和知识的永恒形象。

结论是：受制约的灵魂因为愚昧而被困在各种各样短暂的物质形象中。但至尊主没有受制约的灵魂所具有的短暂形象。祂拥有的是充满知识和快乐的永恒形象，而这就是至尊主与生物之间的区别。人可以通过练奉爱瑜伽了解这种区别。至尊主出现在布茹阿玛面前后，接着用四节诗把《圣典博伽瓦谭》的主旨告诉了布茹阿玛。因此，《圣典博伽瓦谭》并不是心智思辨者杜撰的产物。《圣典博伽瓦谭》的声音是超然的，发出它的声音与发出韦达经的声音效果一样。因此，《圣典博伽瓦谭》的话题构成了有关至尊主和生物的科学。有规律地阅读或聆听《圣典博伽瓦谭》也是奉爱瑜伽的内容；

人光是与《圣典博伽瓦谭》联谊，就能达到最高的完美境界。舒卡戴瓦·哥斯瓦米和帕瑞克西特王两人都是透过《圣典博伽瓦谭》这一媒介达到完美的。

第5节 स आदिदेवो जगतां परो गुरुः
स्वधिष्ण्यमास्थाय सिसृक्षयैक्षत ।
तां नाध्यगच्छद् दृशमत्र सम्मतां
प्रपञ्चनिर्माणविधिर्यया भवेत् ॥ ५ ॥

sa ādi-devo jagatāṁ paro guruḥ
svadhiṣṇyam āsthāya sisṛkṣayaikṣata
tāṁ nādhyagacchad dṛśam atra sammatāṁ
prapañca-nirmāṇa-vidhir yayā bhavet

saḥ—他 / ādi-devaḥ—第一位半神人 / jagatām—宇宙的 / paraḥ—至尊 / guruḥ—灵性导师 / svadhiṣṇyam—他的莲花座 / āsthāya—找出它的来源 / sisṛkṣayā—为了创造宇宙 / aikṣata—开始想 / tām—就那件事 / na—不能够 / adhyagacchat—了解 / dṛṣam—方向 / atra—那里 / sammatām—就是正确的途径 / prapaṣca—物质的 / nirmāṇa—建造 / vidhiḥ—过程 / yayā—正如 / bhavet—应该

译文 作为宇宙中的至尊者、第一位灵性导师，主布茹阿玛找不到他莲花座的来源。祂在思考创造物质世界的问题时，既不知道这项创造工作的正确方向是什么，也不知道这项创造的步骤。

要旨 舒卡戴瓦·哥斯瓦米后面将要解释至尊主的形象及住所的超然本性，而这节诗是他的序言。《圣典博伽瓦谭》在一开始就已经说过：至尊绝对真理住在祂自己的居所里，从不接触祂的迷惑能量。神的王国并不是只存在于神话中，而是实际存在着的、不同于物质星球的超然星球，名叫外琨塔(Vaikuṇ ṭha)。有关这一点在这一章中也会解释到。

灵性天空在物质天空之上很遥远的地方，有关它的全部知识只有靠练奉爱瑜伽，做奉爱服务才能得到。主布茹阿玛的创造力量也是靠练奉爱瑜伽得到的。布茹阿玛对创造事宜感到迷惑，他甚至不知道自己是从那里来的。但借由奉爱瑜伽这一媒介，他得到了所有这些知识。靠练奉爱瑜伽，人可以了解至尊主，而通过了解至尊主是至高无上的，人就能了解其他的一切了。了解至尊者的人也了解其他的一切事物。那就是所有韦达经典的观点。就连宇宙中的第一位灵性导师都是凭借至尊主的恩典得到启明，那么还有什么人能在不依靠至尊主的仁慈的情况下对一切有完美的认知呢？倘若有人想要对一切事物有完美的认知，他就必须寻求至尊主的仁慈；除此之外没有其他方法。试图靠个人的力量、自己的努力去寻求知识的人，完全是在浪费时间。

第6节　स चिन्तयन्द्व्यक्षरमेकदाम्भ-
स्युपाशृणोद् द्विर्गदितं वचो विभुः ।
स्पर्शेषु यत्षोडशमेकविंशं
निष्किञ्चनानां नृप यद्धनं विदुः ॥ ६ ॥

sa cintayan dvy-akṣaram ekadāmbhasy
upāśṛṇod dvir-gaditaṁ vaco vibhuḥ
sparśeṣu yat ṣoḍaśam ekaviṁśaṁ
niṣkiñcanānāṁ nṛpa yad dhanaṁ viduḥ

saḥ—他 / cintayan—这样想着的时候 / dvi—两个 / akṣaram—音节 / ekadā—有一次 / ambhasi—在水中 / upāśṛṇot—在附近听到 / dviḥ—两度 / gaditam—发出 / vacaḥ—字 / vibhuḥ—伟大的 / sparśeṣu—梵文子音字母中 / yat—那 / ṣoḍaśam—第十六个 /

ekaviṁśam—和第二十一个 / niṣkiṣcanānām—生命中的弃绝阶段的 / nṛpa—君王啊 / yat—什么是 / dhanam—财富 / viduḥ—以……见称

译文 就在布茹阿玛吉这样想问题时，他听到附近的水中传出两个连在一起的音节，其中一个音节是梵文子音字母(sparśa)的第十六个音节，而另一个是第二十一个音节，两个连起来的意思是弃绝阶层生活的财富。

要旨 在梵文的前二十五个子音字母中，第十六个子音字母是塔(ta)，第二十一个子音字母是帕(pa)，而这两个子音字母合起来就组成了塔帕(tapa，苦修)一词。这苦修就是布茹阿玛纳(brāhmaṇa，婆罗门)及弃绝阶层的人的财富和美之所在。按照巴嘎瓦特(Bhāgavata)哲学观点：做人的唯一目的就是为了苦修，没有其他事情要做，因为只有苦修才能使人觉悟自我；人生唯一要做的事情是觉悟自我，而不是感官享乐。苦修这种方法从创造一开始就有了，由这个宇宙的最高灵性导师布茹阿玛率先采用。要得到人生的利益，人只有靠苦修，而不是靠经过包装、闪着耀眼光芒的动物文明。动物除了吃喝玩乐等感官享乐的事以外，什么都不懂。但人被创造的目的，是为了让得到人体的灵魂苦修，以便重返家园、回归首神。

布茹阿玛对在宇宙中如何建造各种物质展示感到茫然不知所措；但就在他想潜入水中寻找方法及他的莲花座的来源时，他听到两次“塔帕(苦修)”的声音振荡。对渴求知识的学生来说，从事苦修是经历第二次出生。这节诗中的梵文“听到(upāśṛṇot)”一词意义重大。它类似乌帕纳亚纳(upanayana)一词，意思是“门徒为了走苦修之路而接近灵性导师”。布茹阿玛就是这样得到主奎师那(Kṛṣṇa)的启迪；就有关这一事实，布茹阿玛本人在《布茹阿玛·萨密塔》(Brahma-saṁhitā)中作了确认。在《布茹阿玛·萨密塔》的每一节诗中，布茹阿玛都要唱道：我崇拜存在中的第一位至尊主哥文达(govindam ādi-puruṣaṁ tam ahaṁ bhajāmi)。就这样，布茹阿玛经由主奎师那本人给他奎师那·曼陀(Kṛṣṇa mantra)得到启迪，在能够对巨大的宇宙进行创造前，成为了至尊主的奉献者——外士纳瓦(Vaiṣṇava)。《布茹阿玛·萨密塔》中说，主奎师那是用由十八个字母组成的奎师那·曼陀启迪布茹阿玛的。主奎师那所有的奉献者一般都会念这个曼陀。我们属于布茹阿玛传承(sampradāya)，所以也遵守同样的原则。布茹阿玛传承直接由布茹阿玛传给纳茹阿达，纳茹阿达传给维亚萨，维亚萨传给玛德瓦·牟尼(Madhva Muni)，玛德瓦·牟尼传给玛达文朵·普瑞(Mādhavendra Purī)，玛达文朵·普瑞传给伊士瓦尔·普瑞(īśvara)，伊士瓦尔·普瑞传给主柴坦亚(Caitanya)，这样代代相传直到我们神圣的导师——圣恩巴克提希丹塔·萨茹阿斯瓦提(Bhaktisiddhānta Sarasvatī)。

因此，只有在师徒传承中得到启迪的人，才能获得同样的结果或创造的力量。吟诵、吟唱这个神圣的曼陀，是没有物质欲望的纯粹奉献者唯一的庇护。至尊主的奉献者仅仅靠这样苦修，就会获得布茹阿玛所获得的一切完美成就。

第7节

निशम्य तद्वक्तृ दिदृक्षया दिशो
विलोक्य तत्रान्यदपश्यमानः ।
स्वधिष्ण्यमास्थाय विमृश्य तद्धितं
तपस्युपादिष्ट इवादधे मनः ॥ ७ ॥

niśamya tad-vaktṛ-didṛkṣayā diśo
vilokya tatrānyad apaśyamānaḥ
svadhiṣṇyam āsthāya vimṛśya tad-dhitaṁ
tapasy upādiṣṭa ivādadhe manaḥ

niśamya—听到后 / tat—那 / vaktṛ—发出声音的人 / didṛkṣayā—为了找出是谁在说话 / diśaḥ—四面八方 / vilokya—看到 / tatra—那

里 / anyat—任何其他 / apaśyamānaā—找不到 / svadhiṣṇyam—在他的莲花座上 / āsthāya—坐下 / vimṛśya—想着 / tat—它 / hitam—利益 / tapasi—苦修中 / upādiṣṭaḥ—正如他所得到的训示 / iva—追随 / ādadhe—给予 / manaā—注意力

译文 布茹阿玛听到这个声音后四下寻找，试图找到发声者。但他除了自己以外没有找到任何人，于是决定：明智的做法是在自己的莲花座上稳稳地坐下，按声音的指示集中精力苦修。

要旨 要想有成功的人生，就要以创造开始时的第一个生物体布茹阿玛为榜样。布茹阿玛自从得到至尊主让他苦修的启示，就坚定地依照指示去做。他虽然除了自己之外，并没有看到任何其他人，但却能明白：那声音是由至尊主本人发出的。当时，布茹阿玛是唯一的生物体，除他之外没有其他创造，也找不到其他生物体。《圣典博伽瓦谭》第1篇第1章的第1节诗中已经谈到，至尊主从布茹阿玛的内心启迪了他。至尊主以超灵的形式处在每一个生物体体内；祂之所以启迪布茹阿玛，是因为布茹阿玛愿意接受启迪。至尊主可以用同样的方式启迪每一个愿意接受启迪的人。

正如前面说明过的，布茹阿玛是宇宙中的第一位灵性导师。既然他是经至尊主本人启迪，而《圣典博伽瓦谭》的信息又是经师徒传承传递下来的；那么为了接受《圣典博伽瓦谭》的真正信息，人就应该去找在师徒传承中的一位在世的灵性导师，接受他的启迪，苦修奉爱瑜伽，为至尊主做奉爱服务。在如今这个年代，没人能像布茹阿玛那样纯洁，因此我们千万不要以为自己与布茹阿玛处在同一个层面上，所以至尊主也会直接在我们的内心启迪我们。布茹阿玛这一负责宇宙创造的职务，是由最纯洁的生物体担当的。人除非特别有资格，否则不能期望受到与布茹阿玛一样的直接对待。但是，通过至尊主纯粹的奉献者，《博伽梵歌》和《圣典博伽瓦谭》等启示经典的教导，以及诚恳的灵魂所依靠的真正灵性导师，人可以得到同样的灵修便利条件。谁如果在内心诚恳地想要为至尊主做服务，至尊主本人就会以灵性导师的身份出现在他面前。因此，诚恳的奉献者必须把自己遇到的真正的灵性导师，视为是至尊主最亲密的代表。一个人如果被安排接受这样一位真正的灵性导师的指导，那么毫无疑问，这个幸运的学生肯定得到了至尊主的恩典。

第8节　दिव्यं सहस्राब्दममोघदर्शनो
जितानिलात्मा विजितोभयेन्द्रियः ।
अतप्यत स्माखिललोक तापनं
तपस्तपीयांस्तपतां समाहितः ॥ ८ ॥

divyaṁ sahasrābdam amogha-darśano
jitānilātmā vijitobhayendriyaḥ
atapyata smākhila-loka-tāpanaṁ
tapas tapīyāṁs tapatāṁ samāhitaḥ

divyam—按高等星球上的半神人的 / sahasra—一千 / abdam—年 / amogha—纯洁无瑕 / darśanaḥ—有这种人生观的人 / jita—控制了 / anila—生命 / ātmā—心念 / vijita—控制 / ubhaya—两者 / indriyaḥ—有这种感官的人 / atapyata—苦修 / sma—过往 / akhila—所有 / loka—星球 / tāpanam—富有启发性的 / tapaḥ—苦修 / tapīyān—极为严格的苦修 / tapatām—属于所有从事苦修的人的 / samāhitaḥ—这样的情况

译文　按半神人的时间计算，主布茹阿玛苦修了一千年。他听到空中传来的这个超然的声音，把它视为是神性的，因此控制自己的心念和感官。他从事苦修一事，为众生上了重要的一课。他因此而被称为是最伟大的禁欲者、修道者。

要旨 布茹阿玛听到了塔帕(tapa)这一神秘的声音，但并没有看到发出这一声音振荡的人。尽管如此，他还是接受了他认为对他有益的教导，于是用天堂一千年的时间打坐冥想。天堂的一年等于我们地球的360年。布茹阿玛之所以能接收到那神秘的声音，是因为他能用正确的眼光看待至尊主的绝对本质。这使他没有把至尊主的教导与至尊主进行区分。尽管至尊主不在现场，但至尊主与至尊主发出的声音没有区别。学习超然知识的最佳方法是接受这种神性的教导，布茹阿玛作为众生的第一位灵性导师，为我们树立了生动的典范。尽管发出超然声音的人不在现场，但超然音振的力量却丝毫不会减少。正因为如此，我们永远都不要把《圣典博伽瓦谭》《博伽梵歌》或世上其他启示经典的教导，视为是没有超然力量的普通世俗声音。

我们应该从正确的来源接收超然的声音，把它接受为是真实，毫不犹豫地执行它的指示。灵修成功的秘诀是，从正确的源头——真正的灵性导师那里接收超然的声音。世俗的造作声音没有超然的力量，从没被授权的人那里接受的所谓的超然声音，也同样没有力量。人应该具备足够的资格能识别这种超然的力量。如果靠辨别或幸运，人能够从真正的灵性导师那里接受到超然的声音，那他的解脱之途就有了保证。不过，正如布茹阿玛执行他的灵性导师(至尊主本人)的教导，每一个门徒都必须准备执行真正的灵性导师的命令。执行真正的灵性导师的命令，是门徒唯一的责任。忠心耿耿、全心全意地执行真正的灵性导师的命令，就是成功的秘诀。

布茹阿玛用他的感官执行至尊主的命令，因此控制了他的感官知觉和感觉本身。所以，控制感官的意思是，用感官为至尊主做超然的服务。至尊主的命令透过师徒传承中真正的灵性导师传达下来，因此执行真正的灵性导师的命令，就是对感官的真正控制。充满信心、忠心耿耿地按至尊主的命令苦修，使布茹阿玛变得如此强大，以致成为宇宙的创造者。由于他能获得这样的力量，他被称为最伟大的禁欲者、修道者。

第9节

तस्मै स्वलोकं भगवान् सभाजितः
सन्दर्शयामास परं न यत्परम् ।
व्यपेतसङ्क्लेशविमोहसाध्वसं
स्वदृष्टवद्भिर्पुरुषैरभिष्टुतम् ॥ ९ ॥

tasmai sva-lokaṁ bhagavān sabhājitaḥ
sandarśayām āsa paraṁ na yat-param
vyapeta-saṅkleśa-vimoha-sādhvasaṁ
sva-dṛṣṭavadbhir puruṣair abhiṣṭutam

tasmai—向他 / sva-lokam—祂自己的星球或住所 / bhagavān—至尊人格首神 / sabhājitaḥ—因为对布茹阿玛的苦修感到满意 / sandarśayāmāsa—展示了 / param—至尊的 / na—不 / yat—那 / param—至尊的 / vyapeta—完全放弃了 / saṅkleśa—五种物质痛苦 / vimoha—没有错觉 / sādhvasam—对物质生存的恐惧 / sva-dṛṣṭa-vadbhiḥ—由那些完全觉悟了自我的人 / puruṣaiḥ—被人 / abhiṣṭu-tam—由……崇拜

译文　人格首神对主布茹阿玛的苦修很满意，于是高兴地展示了祂的私人住所外琨塔——超越所有其他星球的至尊星球。摆脱了由错觉引起的各种不幸及恐惧的觉悟了自我的人，都崇拜至尊主的这个超然住所。

要旨　主布茹阿玛所经受的苦修中的痛苦，无疑属于奉爱服务的范畴，否则至尊主不可能让他看到自己的个人住所外琨塔或称斯瓦珞卡么(svalokam)。至尊主的名叫外琨塔的个人住所，并不像非人格神主义者认为的那样，要么是神话，要么是物质的。但人只有通过当至尊主的奉献者，为至尊主做奉爱服务，才能认识至尊主超然的住所并进入其中。人在苦修时无疑会遇到很多麻烦。但是，在练奉爱瑜伽(bhakti-yoga)时所承受的麻烦从一开始就是超然的快乐；相反，在对外琨塔星球没有任何认识的情况下，按思辨瑜伽(jñāna-yoga)和冥想瑜伽(dhyāna-yoga)等觉悟自我的其他方法苦修，所承受的除了麻烦还是麻烦，没有更多的内容。击打空谷壳没有好处。同样道理，如果不通过练奉爱瑜伽觉悟自我，而以其他方式灵修，那么所承受的艰难困苦对人没有任何好处。

练奉爱瑜伽完全就像坐在由超然的人格首神的腹部长出的莲花上，因为布茹阿玛就曾经坐在那里。布茹阿玛能够取悦至尊主，至尊主便也高兴地把自己的私人住所展示给布茹阿玛看。圣吉瓦·哥史瓦米(Jīva Gosvāmī)在他对《圣典博伽瓦谭》的评注——《夸玛颂篇》(Krama-sandarbha)中，引用《嘎尔嘎奥义书》(Garga Upaniṣad)中的韦达证据道：雅格亚瓦勒克亚(Yājñavalkya)给嘎尔格伊(Gārgī)描述至尊主超然的住所，说那个住所超越宇宙中最高的星球布茹阿玛珞卡(Brahmaloka)。尽管《博伽梵歌》和《圣典博伽瓦谭》等启示经典都描述了至尊主的这个住所，但缺乏知识的智力欠佳人士仍认为那只不过是神话而已。这节诗中的梵文“由那些完全觉悟了自我的人(sva-dṛṣṭa-vadbhiḥ)”一句意义重大。真正觉悟了自我的人，也就了解了自己的超然形象。只认识到自我和至尊者的非人格特征的觉悟并不完整，因为它只是与物质的人格特征概念相反。人格首神和祂的奉献者全都是超然的；他们没有物质的躯体。物质躯体被愚昧、物质概念、执著、憎恨和沉溺于感官享乐这五种痛苦的情况包围着。人只要被这五种物质痛苦所征服，就根本进不了外琨塔星球。认为真正的自我没有人格特征，只是对物质的人格特征的否定、这种概念离认识真正存在的个人形象还差得很远。后面的诗中将会解释在超然住所中的各种个人形象。不仅如此，布茹阿玛也描述了众多外琨塔星球中最高的星球哥珞卡·温达文(Goloka Vṛndāvana)，至尊主以牧牛童的身份居住在那里，照看着超然的苏茹阿碧(surabhi)乳牛，身边有成千上万的幸运女神。

cintāmaṇi-prakara-sadmasu kalpavṛkṣa-
lakṣāvṛteṣu surabhīr abhipālayantam
lakṣmī-sahasra-śata-sambhrama-sevyamānaṁ
govindam ādi-puruṣaṁ tam ahaṁ bhajāmi

“我崇拜存在中的第一位至尊主、众生的祖先哥文达。在祂那用灵性珠宝建造的、由亿万棵如愿树环绕着的住所里，祂照顾乳牛，实现所有的愿望。成千上万的幸运女神——牧牛姑娘，怀着深深的敬意和爱侍奉祂。”(《布茹阿玛·萨密塔》5.29)

这节诗也证明了《博伽梵歌》第15章的第6节诗中的声明——“到达那里的人永不返回这个物质世界(yad gatvā na nivartante tad dhāma paramaṁ mama)”。梵文param的意思是超然的布茹阿曼(Brahman)。因此，至尊主的住所也是布茹阿曼，与至尊人格首神没有分别。梵文外琨塔的意思是“没有忧虑”，至尊主被称为外琨塔，祂的住所也被称为外琨塔。超然的形象和感官，允许人认识并崇拜外琨塔。

第10节　प्रवर्तते यत्र रजस्तमस्तयोः
सत्त्वं च मिश्रं न च कालविक्रमः ।
न यत्र माया किमुतापरे हरे-
रनुव्रता यत्र सुरासुरार्चिताः ॥१०॥

pravartate yatra rajas tamas tayoḥ
sattvaṁ ca miśraṁ na ca kāla-vikramaḥ
na yatra māyā kim utāpare harer
anuvratā yatra surāsurārcitāḥ

pravartate—生效 / yatra—那里 / rajaḥtamaḥ—激情属性和愚昧属性 / tayoḥ—两者的 / sattvam—善良属性 / ca—和 / miśram—混合 / na—永不 / ca—和 / kāla—时间 / vikramaḥ—影响 / na—也不 / yatra—那里 / māyā—外在能量、错觉能量 / kim—什么 / uta—有 / apare—其他 / hareḥ—至尊人格首神的 / anuvratāḥ—奉献者 / yatra—那里 / sura—由半神人 / asura—和恶魔 / arcitāḥ—被崇拜

译文 在至尊主的私人住所里没有物质的愚昧和激情属性，因此善良属性不受它们的影响。那里不受时间的控制，更不要说外在能量错觉了；它根本进不了那个区域。那里不分半神人和恶魔，大家都是奉献者，都崇拜至尊主。

要旨 神的王国外琨塔，被称为至尊主能量的四分之三区域(tripād-vibhūti)，比物质世界大三倍。这节诗和《博伽梵歌》中，都对它做了概括性的描述。我们身处的这个含有亿万颗星球的宇宙，只不过是至尊主的物质创造实体(mahat-tattva)中亿万个聚在一起的这类宇宙中的一个罢了。然而，亿万个这样的宇宙合起来也只不过占至尊主整个创造的四分之一。在这片物质天空之外，还有充满了外琨塔灵性星球的灵性天空，而所有灵性星球的总合占至尊主整体创造的四分之三。神的创造永远是无穷无尽的。人连一棵树上的叶子有多少片，一颗头颅上的毛发有多少根都数不清。尽管如此，尽管人连自己身上的一根毛发都造不出来，但愚蠢的人还是要骄傲地认为自己可以成为神。人也许发明了许多能用于旅行的神奇交通工具，但即使他大肆宣扬他用太空船可以抵达月球，他也不能在那里停留。因此，神志清醒的人不会狂妄地以为自己是宇宙之神。他们遵照韦达文献的教导，而这是获取超然知识最简易的方法。因此，让我们透过权威的《圣典博伽瓦谭》，去认识超越物质天空的超然世界所具有的本质和构造。那片天空里根本不存在物质属性，特别

是愚昧和激情属性。愚昧属性的影响使生物变得贪婪、渴求，这意味着在外琨塔星球上的生物没有这两种不良习性。正如《博伽梵歌》中证实的，觉悟了布茹阿曼(梵)的人，生活中不再有渴求和悲伤。因此结论是：与物质世界中被渴求和悲伤压得透不过气来的生物体不同，外琨塔星球上的居民全都是有布茹阿曼觉悟的生物。在物质世界中，人不受愚昧属性或激情属性影响时，就处在了善良属性的层面上。但物质世界里的善良属性有时也会被激情属性和愚昧属性所污染。可是，外琨塔星球中只有纯粹的善良属性。

那里完全没有外在能量的虚幻展示。错觉能量虽然也是至尊主所属的一部分，但与至尊主不同。尽管如此，错觉能量并不像一元论哲学家所声称的那样是假的。如果一个人把一根绳子当做一条蛇，那他是产生了错觉，但绳子和蛇都是真实存在。对在沙漠里找水的愚蠢动物来说，看到炎热的沙漠里有水的幻象是一种错觉，但沙漠和水本身是真实存在的。因此，对非奉献者而言，至尊主的创造或许是幻象、错觉；但对至尊主的奉献者来说，至尊主的物质创造也是真实存在，是祂外在能量的展示。至尊主的外在能量并不是一切。至尊主还有内在能量，这内在能量创造了称为外琨塔的星球，在外琨塔星球上既没有愚昧属性、激情属性、错觉、幻象，也没有过去、现在和未来。知识贫乏的人可能无法了解外琨塔星球上的这种情况，但并不能因此而否定外琨塔星球的存在。启示经典中描述了外琨塔星球，太空船到不了这些星球并不代表这些星球不存在。

正如圣吉瓦·哥斯瓦米为我们引述的韦达文献《纳茹阿达·潘查茹阿陀》(Nārada-pañcarātra)中所说：超然的世界——外琨塔星球，充满了超然的特性。只有通过为至尊主做奉爱服务，这些不同于物质的愚昧、激情和善良属性的超然特性才会向我们揭示出来。这种超然的特性不是非奉献者一类人所能获得的。《莲花往世书》(Padma Purāṇa)的最后一篇中说：在神的创造的四分之一之外，是四分之三的展示；在物质展示和灵性展示之间，有一条由至尊主身体流出的超然汗水形成的布茹阿佳(Virajā)圣河作为分界线，河水之外就是神的创造的四分之三展示；这部分展示永恒不朽，不会退化，而且无限，是最完美的生存环境。韦达文献《桑克亚·考穆迪》(Sāṅkhya-kaumudī)中说：超然——纯粹的善良属性，与各种物质属性刚好相反；在超然的环境中，所有的生物永恒地、永不中断地与至尊主交往联谊，至尊主是其中最首要的生物。在《阿嘎玛往世书》(Āgama Purāṇa)中也描述超然的住所说：在至尊主的创造内，与至尊主在一起的生物可以自由自在地到各处去；这个创造无穷无尽，尤其是四分之三区域。由于那区域的本质是无限的，处在其中的生物彼此往来也就没有开始和结束的时间。

可以下结论说：那里因为根本没有愚昧和激情这些物质属性，所以也就不存在创造和毁灭的问题。在物质世界中，一切都被创造，一切也都被毁灭，创造和毁灭之间持续的生存时间是短暂的。在超然的王国中没有创造，也没有毁灭，因此生存的时间无限永恒。换句话说，超然世界的一切事物，都是永恒不朽，充满知识和快乐，而且不会退化的。既然没有退化的问题，也就不存在过去、现在和未来的时间计算。这节诗中明确地说，那里不受时间的控制。整个物质存在因各种元素的作用与反作用而展示，使时间的影响以过去、现在和未来的形式明显地表现出来。但在超然的世界里，没有原因和结果的作用与反作用，因此也就不存在出生、成长、维持、繁衍、退化及灭亡这六种物质变化。那个超然的世界是至尊主能量的纯粹展示，其中没有我们在物质世界里经验到的错觉。在整个外琨塔区域内，每一个生物都是至尊主的追随者；至尊主是那里的领袖，没有人想与至尊主竞争当领袖，所有的居民都是至尊主的追随者。韦达经中确认说，至尊主是领袖，所有其他的生物都是祂的下属，因为只有祂才能满足所有其他生物的一切需求。

第11节 श्यामावदाताः शतपत्रलोचनाः
पिशङ्गवस्त्राः सुरुचः सुपेशसः ।
सर्वे चतुर्बाहव उन्मिषन्मणि-
प्रवेक निष्क ाभरणाः सुवर्चसः ॥११॥

śyāmāvadātāḥ śata-patra-locanāḥ
piśaṅga-vastrāḥ surucaḥ supeśasaḥ
sarve catur-bāhava unmiṣan-maṇi-
praveka-niṣkābharaṇāḥ suvarcasaḥ

śyāma—天蓝色 / avadātāḥ—发光的 / śata-patra—莲花 / loca-nāḥ—眼睛 / piśaṅga—黄色的 / vastrāḥ—衣着 / su-rucaḥ—极为吸引人 / su-peśasaḥ—成长中的青年 / sarve—所有人 / catuḥ—四 / bāhavaḥ—手 / unmiṣan—上升的光泽 / maṇi—珍珠 / praveka—高品质 / niṣka-ābharaṇāḥ—圆牌形饰物 / su-varcasaḥ—发光的

译文 外琨塔星球的居民们被描述为是有着天空般淡蓝色闪亮的皮肤。他们的眼睛仿佛莲花，衣服是淡黄色的，身材、外貌极有魅力。他们都是风华正茂的年纪，都有四只手臂，都戴着有圆形浮雕挂坠的珍珠项链，看上去都光芒四射。

要旨 外琨塔星球上的居民都是有着灵性身体特征的人物，物质世界里的人根本没有这种身体特征。在《圣典博伽瓦谭》等启示经典中，我们可以看到对他们的描述。经典中描述超然存在的非人格特征说：外琨塔星球上生物的身体特征，在物质宇宙中的任何地方都找不到。正如在同一个星球上的不同地区，生物体的身体特征不一样，不同星球上的生物体身体特征也不一样；同样道理，外琨塔居民的身体特征不同于物质宇宙居民的身体特征。例如，外琨塔居民有四只手，而这个物质世界里的人有两只手。

第12节 प्रवालवैदूर्यमृणालवर्चसः
परिस्फुरत्कुण्डलमौलिमालिनः ॥१२॥

pravāla-vaidūrya-mṛṇāla-varcasaḥ
parisphurat-kuṇḍala-mauli-mālinaḥ

pravāla—珊瑚 / vaidūrya—一种特殊的钻石 / mṛṇāla—天堂的莲花 / varcasaḥ—光线 / parisphurat—盛开的 / kuṇḍala—耳环 / mauli—头 / mālinaḥ—由花环

译文 他们颈戴花环，像盛开的莲花般容光焕发，有些人的肤色放射着珊瑚和钻石的光芒，有些人戴着耳环。

要旨 那里的有些居民获得了萨茹皮亚(sārūpya)解脱，也就是解脱后的灵性身体特征与人格首神的身体所具有的那些特征一样。外杜尔亚(vaidūrya)钻石是人格首神所专有的，但获得“拥有与至尊主同样身体特征”这种解脱的人，受到特殊的优待，也可以在身上佩戴这种钻石。

第13节 भ्राजिष्णुभिर्यः परितो विराजते
लसद्विमानावलिभिर्महात्मनाम् ।
विद्योतमानः प्रमदोत्तमाद्युभिः
सविद्युदभ्रावलिभिर्यथा नभः ॥१३॥

bhrājiṣṇubhir yaḥ parito virājate
lasad-vimānāvalibhir mahātmanām
vidyotamānaḥ pramadottamādyubhiḥ
savidyud abhrāvalibhir yathā nabhaḥ

bhrājiṣṇubhiḥ—由发光发亮的 / yaḥ—众多的外琨塔星球 / paritaḥ—四周有 / virājate—这样的情况 / lasat—光辉灿烂的 / vimāna—飞机 / avalibhiḥ—集合 / mahā-ātmanām—至尊主的伟大奉献者的 / vidyotamānaḥ—像闪电一样美丽 / pramada—女士 / uttama—天仙般 / adyubhiḥ—与肤色 / sa-vidyut—有闪电 / abhrāvalibhiḥ—有天空中的云朵 / yathā—好像是 / nabhaḥ—天空

译文　外琨塔星球周围的空中，飞着各式各样光辉灿烂的飞机。这些飞机都归至尊主伟大的奉献者(玛哈特玛)所有。外琨塔的女士们所具有的天国肤色，使她们像闪电一样美。所有的一切组成的景象，仿佛点缀着云朵和闪电的天空。

要旨　看来，在外琨塔星球上也有闪烁着耀眼光芒的飞机；拥有这些飞机的是至尊主伟大的奉献者，而与他们同坐飞机的，是些如闪电般美丽的仙女。外琨塔星球上有飞机，也一定有像飞机那样的各种交通工具，但它们不一定像我们在这个世界所经验到的——都由机器驱动。在那里的一切事物，因为都具有永恒、快乐和充满知识的本性，所以飞机和其他交通工具也无疑具有布茹阿曼(梵)的品质。尽管那里的一切都是布茹阿曼，但我们不要误以为那里只是一片虚空，没有多样化。人们之所以会这样认为，是因为缺乏知识的缘故，否则不会错误地认为布茹阿曼中空无一物。那里既然有飞机、绅士和淑女，就一定也有城市、房子及与那些星球相称的一切。我们不应该把对这个世界不完美的印象强加于超然的世界，而不考虑前面所讲的——那个环境的性质完全是免于时间影响的，等等。

第14节　श्रीर्यत्र रूपिण्युरुगायपादयोः
करोति मानं बहुधा विभूतिभिः ।
प्रेङ्खं श्रिता या कुसुमाकरानुगै-
र्विगीयमाना प्रियकर्म गायती ॥१४॥

śrīr yatra rūpiṇy urugāya-pādayoḥ
karoti mānaṁ bahudhā vibhūtibhiḥ
preṅkhaṁ śritā yā kusumākarānugair
vigīyamānā priya-karma gāyatī

śrīḥ—幸运女神 / yatra—在外琨塔星球中 / rūpiṇī—以她的超然形象 / urugāya—由伟大的奉献者所歌颂的至尊主 / pādayoḥ—在至尊主的莲花足下 / karoti—做 / mānam—可敬的服务 / bahudhā—多样化的设备 / vibhūtibhiḥ—由她的女伴陪同 / preṅkham—娱乐活动 / śritā—托庇于 / yā—谁 / kusumākara—春天 / anugaiḥ—由黑蜜蜂 / vigīyamānā—由歌曲追随 / priya-karma—最亲爱的人的活动 / gāyatī—歌唱

译文 以超然形象出现的幸运女神，为至尊主的莲花足做爱心服务。当她荡秋千时，春天里的黑蜂在她身边飞舞并高唱赞美她的歌。她与她永恒的同伴们不仅做多种多样的快乐事务——侍奉至尊主，而且还吟唱赞美至尊主活动的颂歌。

第15节 ददर्श तत्राखिलसात्वतां पतिं
श्रियः पतिं यज्ञपतिं जगत्पतिम् ।
सुनन्दनन्दप्रबलार्हणादिभिः
स्वपार्षदाग्रैः परिसेवितं विभुम् ॥१५॥

dadarśa tatrākhila-sātvatāṁ patiṁ
śriyaḥ patiṁ yajña-patiṁ jagat-patim
sunanda-nanda-prabalārhaṇādibhiḥ
sva-pārṣadāgraiḥ parisevitaṁ vibhum

dadarśa—布茹阿玛看见 / tatra—那里(在外琨塔星球) / akhila—整个 / sātvatām—伟大奉献者的 / patim—至尊主 / śriyaḥ—幸运女神

的 / patim—至尊主 / yajṣa—祭祀的 / patim—至尊主 / jagat—宇宙的 / patim—至尊主 / sunanda—苏南达 / nanda—南达 / prabala—帕巴拉 / arhaṇa—阿尔哈纳 / ādibhiḥ—由他们 / sva-pārṣada—自己的同伴 / agraiḥ—由一流的 / parisevitam—被怀着超然的爱的……所侍奉 / vibhum—伟大的全能者

译文　人格首神是全体奉献者的主人、幸运女神的夫君、一切祭祀之主和宇宙之主。在外琨塔星球中，布茹阿玛看到：南达、苏南达、帕巴拉和阿尔哈纳等至尊主最重要的仆人及亲密同伴，都在为至尊主服务。

要旨　我们一旦谈到国王，自然就知道国王的身边有秘书、私人秘书、侍从武官、大臣和顾问等他信任的人与他在一起。因此，我们看到至尊主时，也会看到祂不同的能量、亲信、贴身仆人等与祂在一起。所以，至尊主作为众生的领袖、全体奉献者的主人、一切财富之主、祭祀之主及祂的整体创造中一切事物的享受者，不仅仅是至尊的人，而且始终被祂亲密的同伴围绕着。他们全都忙着为祂做超然的爱心服务。

第16节　भृत्यप्रसादाभिमुखं दृगासवं
प्रसन्नहासारुणलोचनाननम् ।
किरीटिनं कुण्डलिनं चतुर्भुजं
पीतांशुकं वक्षसि लक्षितं श्रिया ॥१६॥

bhṛtya-prasādābhimukhaṁ dṛg-āsavaṁ
prasanna-hāsāruṇa-locanānanam
kirīṭinaṁ kuṇḍalinaṁ catur-bhujaṁ
pītāṁśukaṁ vakṣasi lakṣitaṁ śriyā

bhṛtya—侍奉者 / prasāda—疼爱 / abhimukham—亲切地面对 /

dṛk—情景 / āsavam—令人陶醉的 / prasanna—非常满意 / hāsa—微笑 / aruṇa—红色的 / locana—眼睛 / ānanam—脸庞 / kirīṭinam—有冠冕 / kuṇḍalinam—有耳环 / catuḥ-bhujam—有四只手 / pīta—黄色的 / aṁśukam—衣着 / vakṣasi—在胸膛上 / lakṣitam—标记 / śriyā—有幸运女神

译文 人格首神亲切地斜视着祂所爱的仆人们，眼神令人陶醉、极富魅力，显得非常满意。祂微笑的脸庞上泛着迷人的淡红色。祂身穿黄色礼服，戴着耳环和冠冕。祂有四只手臂，胸前有幸运女神的线形标志。

要旨 在《莲花往世书》最后一篇中(Uttara-khaṇḍa)，详细地描述了至尊主接见祂永恒的奉献者的地方——尤嘎·琵塔(yoga-pīṭha)。在那里，宗教的人格化身、知识的人格化身、财富的人格化身和弃绝的人格化身，全都坐在至尊主的莲花足旁；《瑞歌》(Ṛg,《梨俱》)、《萨玛》(Sāma,《娑摩》)、《亚诸尔》(Yajur,《耶柔》)及《阿塔尔瓦》(Atharva,《阿达婆》)这四部韦达经(Vedas)，也都在场给至尊主提建议；在场的还有以昌达(Caṇḍa)为首的十六种能量，昌达和库穆达(Kumuda)是第一道门的守卫，中间那道门的守卫是巴铎(Bhadra)和苏巴铎(Subhadra)，最后一道门的守卫则是佳亚(Jaya)和维佳亚(Vijaya)。那里还有其他的门卫，他们分别是库穆达、库穆达克沙(Kumudākṣa)、彭达瑞卡(Puṇḍarīka)、瓦玛纳(Vāmana)、珊库卡尔纳(Śaṅkukarṇa)、萨尔瓦内陀(Sarvanetra)和苏穆卡(Sumukha)等。至尊主的宫殿装饰得金碧辉煌、华美绝伦，并由上述的门卫守护着。

第17节 अध्यर्हणीयासनमास्थितं परं
वृतं चतुःषोडशपञ्चशक्ति भिः ।

युक्तं भगैः स्वैरितरत्र चाध्रुवैः
स्व एव धामन् रममाणमीश्वरम् ॥१७॥

adhyarhaṇīyāsanam āsthitaṁ paraṁ
vṛtaṁ catuḥ-ṣoḍaśa-pañca-śaktibhiḥ
yuktaṁ bhagaiḥ svair itaratra cādhruvaiḥ
sva eva dhāman ramamāṇam īśvaram

adhyarhaṇīya—极为值得崇拜的 / āsanam—王座 / āsthitam—坐在上面 / param—至尊者 / vṛtam—被……所包围 / catuḥ—物质自然(prakṛti)、主宰(puruṣa)、物质能量整体(mahat)及自我等四个 / ṣoḍaśa—十六个 / paṣca—五个 / śaktibhiḥ—由能量 / yuktam—赋予……力量 / bhagaiḥ—祂的种种财富 / svaiḥ—个人的 / itaratra—其他次等能量 / ca—还有 / adhruvaiḥ—短暂的 / sve—自己的 / eva—肯定地 / dhāman—住所 / ramamāṇam—享受着 / īśvaram—至尊主

译文　至尊主坐在祂的宝座上，簇拥在祂周围的是：四种能量、十六种能量、五种能量、六种自然财富和其他短暂显示的琐碎能量等至尊主的各种能量。但祂是真正的至尊主，享受着祂个人的住所。

要旨　至尊主本身具有六种财富：祂最富有，最有力量，最著名，最美丽，最有知识，最弃绝。就物质创造能量而言，有物质自然(prakṛti)、菩茹沙(puruṣa)、物质创造实体(mahat-tattva)和假我(ego)这四种；五种元素(土、水、火、气、空间)，五个感知器官(眼、耳、鼻、舌、皮肤)，五个工作感官(手、腿、胃、肛门、生殖器)和心念这十六种；以及包含形象、滋味、气味、声音和触碰对象在内的五个感官对象共二十五种能量。他们不仅都在物质创造中侍奉至尊主，而且也亲自在外琨塔为至尊主服务。八种微不足道的财富(瑜伽师为了得到短暂的控制权而练就的八种神通)也都受至尊主

的控制，但祂本人不用任何努力自然就充满了这类力量。正因为如此，祂是至尊主。

生物体靠严格的苦修和严酷的身体锻炼，可以暂时获得一些神通，但那并不能使他成为至尊主。至尊主本人的力量比任何瑜伽师都大，大无数倍；祂比任何思辨者都更有学问，学识无限；祂无限富有，比任何有钱人都富有；祂的美无与伦比，任何美丽的生物都比不上祂；祂无比仁慈，任何慈善家与祂相比都会汗颜无地。祂在一切之上，没有人与祂平等或比祂伟大。没人能靠任何程度的苦修或瑜伽锻炼，在上述神通方面到达祂那种完美的境界。瑜伽师要依靠祂的恩典。祂那无比仁慈的性格，使祂会出于怜悯把瑜伽师渴求的短暂力量，赐给他们一些。但对祂那些除了想为祂做奉爱服务而别无所求的纯粹奉献者，祂是那么高兴，甚至把自己交给他们，以回报他们为祂所做的纯粹奉爱服务。

第18节

तद्दर्शनाह्लादपरिप्लुतान्तरो
हृष्यत्तनुः प्रेमभराश्रुलोचनः ।
ननाम पादाम्बुजमस्य विश्वसृग्
यत्पारमहंस्येन पथाधिगम्यते ॥१८॥

tad-darśanāhlāda-pariplutāntaro
hṛṣyat-tanuḥ prema-bharāśru-locanaḥ
nanāma pādāmbujam asya viśva-sṛg
yat pāramahaṁsyena pathādhigamyate

tat—由于得见至尊主 / darśana—觐见 / āhlāda—喜悦 / paripluta—无限喜悦 / antaraḥ—在心中 / hṛṣyat—欣喜若狂 / tanuḥ—身体 / prema-bhara—怀着超然的爱 / aśru—眼泪 / locanaḥ—眼中 / nanāma—叩首 / pāda-ambujam—在莲花足下 / asya—至尊主的 / viśva-sṛk—宇宙的创造者 / yat—那 / pāramahaṁsyena—由伟大的解

脱了的灵魂 / pathā—途径 / adhigamyate—沿着

译文 看到作为整体的人格首神，主布茹阿玛心中不胜欢喜，充满了超然的爱，感到如痴如醉，眼里含着爱的泪水。他于是向至尊主顶礼，而这是至尊天鹅级的生物(帕茹阿玛汉萨)达到最完美境界的方法。

要旨 《圣典博伽瓦谭》一开篇便说：这部非凡的文献是专为至尊的天鹅(paramahaṁsa)编纂的。《圣典博伽瓦谭》专为完全没有敌意的人而编纂(paramo nirmatsarāṇṁ satām)。在受制约的生命状态中，怀有敌意的生活从顶端开始，也就是先对至尊人格首神怀有敌意。所有的启示经典中都确立了人格首神这一事实，《博伽梵歌》还特别谈到至尊主的个人特征，并在这部非凡的文献结尾时强调：人应该皈依人格首神，以获得拯救，摆脱痛苦的生活。不幸的是：不虔诚的人不相信人格首神；相反，尽管根本没有资格，每个人却都想成为神。受制约的灵魂心中所怀的这种恶意，使他甚至到了想要与至尊主合一的地步。因此，即使是整天思索要与至尊主合一的最了不起的经验主义哲学家，也因为心中怀有恶意而不能成为至尊天鹅。因此，只有坚定地练奉爱瑜伽的人，才能达到生命中至尊天鹅的阶段。当人确信，自己只要怀着超然的爱，全心全意地为至尊主做奉爱服务，就能上升到生命最高的完美境界，他就会开始走奉爱瑜伽之路。布茹阿玛相信奉爱瑜伽这门艺术；他对至尊主叫他苦修的训示充满信心，并怀着坚定的信心进行苦修，从而获得巨大的成功，得以亲眼看到众多的外琨塔星球，以及其中的情况。没人能靠心念或机器等机械的方式到达至尊主的住所，但只要按奉爱瑜伽的程序灵修，就能到那里去。这其中的原因是：至尊主只对练奉爱瑜伽的人展示祂自己。布茹阿玛当时其实正坐在莲花上极其认真地按奉爱瑜伽的程序苦修，结果竟然看到了外琨塔星球中丰富多彩的内容，以及至尊主本人和与祂在一起的众多人物。

任何人只要以布茹阿玛为榜样，按照这节诗中推荐的至尊天鹅到达完美境界的方法做，那么即使是现在，也可以达到他们所达到的完美境界。主柴坦亚也赞成这个年代里的人采用这种觉悟自我的方法。我们首先应该绝对相信人格首神圣奎师那，通过聆听祂在《圣典博伽梵歌》中的教导及《圣典博伽瓦谭》对祂的描述去认识祂，而不是试图靠思辨哲学去认识祂。至于聆听，我们应该从本身按《博伽瓦谭》的教导生活的人那里聆听启示经典的教导，而不是从那些以朗诵经典为职业赚钱的人或功利性活动者、思辨者、瑜伽师那里聆听。这是学习这门科学的秘诀。人不一定需要进入生命的弃绝阶层；他可以保持目前的状况，但必须寻找至尊主真正的奉献者的联谊，信心坚定地聆听奉献者讲述至尊主的超然信息。这就是这节诗里推荐的成为至尊天鹅的方法。至尊主的圣名多种多样，其中有一个是阿吉塔(ajita)，意思是永远不可能被征服的人。但是，祂却能被至尊天鹅所征服！伟大的灵性导师主布茹阿玛对此有实际的体验，给我们树立了榜样。他亲自推荐成为至尊天鹅的程序说：

jñāne prayāsam udapāsya namanta eva
jīvanti sanmukharitāṁ bhavadīya vārtām
sthāne sthitāḥ śruti-gatāṁ tanu-vāṅ-manobhir
ye prāyaśo 'jita jito 'py asi tais trilokyām

“我的主奎师那啊，奉献者不走目标是融入至尊存在的经验主义哲学思辨之途，而是聆听真正的圣人(sādhu)描述您的荣耀与活动；人通过履行自己的社会职责诚实过活，就能征服您那慈悲怜悯的心，尽管您是阿吉塔——不可征服的人。”(《圣典博伽瓦谭》10. 14. 3)

那就是布茹阿玛本人走过并在后来亲自推荐的至尊天鹅之路，它可以使人达到生命的完美境界。

第19节 तं प्रीयमाणं समुपस्थितं कविं
प्रजाविसर्गे निजशासनार्हणम् ।
बभाष ईषत्स्मितशोचिषा गिरा
प्रियः प्रियं प्रीतमनाः करे स्पृशन् ॥१९॥

tam̐ prīyamāṇam̐ samupasthitam̐ kavim̐
prajā-visarge nija-śāsanārhaṇam
babhāṣa īṣat-smita-śociṣā girā
priyaḥ priyam̐ prīta-manāḥ kare spṛśan

tam—向主布茹阿玛 / prīyamāṇam—值得珍爱 / samupasthitam—出现在……面前 / kavim—了不起的学者 / prajā—生物体 / visarge—就有关创造事宜 / nija—祂自己的 / śāsana—控制 / arhaṇam—正好适合 / babhāṣe—称呼 / īṣat—轻微的 / smita—微笑 / śociṣā—以富有启发性的 / girā—话语 / priyaḥ—被爱者 / priyam—爱的对象 / prīta-manāḥ—因为很高兴 / kare—用手 / spṛśan—握

译文 人格首神看到出现在自己面前的布茹阿玛，认为他有资格去创造受人格首神控制的生物体，所以对他很满意。至尊主握着布茹阿玛的手，微笑着对他说了如下的话。

要旨 物质世界的创造并不是盲目或偶然的。这是给永远受制约的生物(nitya-baddha)一个机会，以便在布茹阿玛等至尊主本人的代表指导下获得解脱。至尊主用韦达知识教导布茹阿玛，好让他把这知识传播给受制约的灵魂们。受制约的灵魂是些忘了自己与至尊主关系的灵魂，因此一段期间的创造和传播韦达知识的程序是至尊主需要从事的活动。主布茹阿玛肩负着拯救受制约的灵魂的巨大责任，至尊主因此很珍爱祂。

布茹阿玛也很完美地履行了他的职责；他不仅繁衍生物体，还扩大他那负责教化堕落灵魂的团队。这个团队称为布茹阿玛传承

(Brahma-sampradāya)。迄今为止，这个团队中的成员都自愿承担起拯救堕落灵魂的责任，以使他们能重返家园，回归首神。正如《博伽梵歌》中所声明的，至尊主十分渴望祂不可缺少的一部分能回到祂身边。正因为如此，祂最喜爱那些冒险教化堕落灵魂回归首神的人。

布茹阿玛传承中也有很多叛徒，他们唯一做的事情是使人更多地忘记至尊主，从而越来越受物质存在的束缚。至尊主从来不会喜欢这样的人，相反会把他们送到物质最黑暗的地带，使这种心怀恶意的恶魔永远认识不了至尊主。

布茹阿玛传承是经至尊主授权的奉爱宗；至尊主永远喜爱在布茹阿玛传承中传播至尊主使命的人，而且因为对这样一位传道者深感满意，也会十分高兴地去握他的手。

第20节 श्रीभगवानुवाच
त्वयाहं तोषितः सम्यग्वेदगर्भ सिसृक्षया ।
चिरं भृतेन तपसा दुस्तोषः कू टयोगिनाम् ॥२०॥

śrī-bhagavān uvāca
tvayāhaṁ toṣitaḥ samyag
veda-garbha sisṛkṣayā
ciraṁ bhṛtena tapasā
dustoṣaḥ kūṭa-yoginām

śrī-bhagavānuvāca—美丽绝伦的至尊人格首神说 / tvayā—被你 / aham—我是 / toṣitaḥ—高兴 / samyak—完全 / veda-garbha—体内蕴涵韦达经 / sisṛkṣayā—为了创造 / ciram—很长的一段时间 / bhṛtena—积聚 / tapasā—通过苦修 / dustoṣaḥ—很难讨好 / kūṭa-yoginām—对于假神秘主义者

译文 美丽的人格首神对主布茹阿玛说：体内蕴藏韦达经的布茹阿玛啊！我对你怀着创造的愿望长期进行苦修很满

意。冒牌的神秘主义者取悦不了我。

要旨　苦行、苦修分两类：一类是为了感官享乐，另一类是为了觉悟自我。很多假神秘主义者为了满足自己而从事严酷的苦行，另一种人则是为了满足至尊主的感官而苦修。举例说，为了发明核武器而辛勤工作这种苦行，永远不会令至尊主满意。按大自然的法律，每一个生物体都会面临死亡，但因一个人的苦行而加速另一个生物体的死亡，这种苦行就不会令至尊主满意。至尊主希望祂的每一个不可缺少的部分都能回到祂那里，过永恒、快乐的生活，创造整个物质世界就是为了这个目的。布茹阿玛为了弄清创造的程序而刻苦灵修，以便取悦至尊主。为此，至尊主对他很满意，把韦达知识灌输给他。韦达知识的最终目的是为了让人了解至尊主，而不是为达到其他目的而误用知识。不用韦达知识去了解至尊主的人，被称为别有用心、浪费生命的假超然主义者(kūṭa-yogīs)。

第21节　वरं वरय भद्रं ते वरेशं माभिवाञ्छितम् ।
ब्रह्मञ्छ्रेयःपरिश्रामः पुंसां मद्दर्शनावधिः ॥२१॥

varaṁ varaya bhadraṁ te
varešaṁ mābhivāñchitam
brahmañ chreyaḥ-parišrāmaḥ
puṁsāṁ mad-daršanāvadhiḥ

varam—祝福 / varaya—尽管要求 / bhadram—吉祥的 / te—向你 / vara-īšam—一切祝福的给予者 / mā (mām)—从我这里 / abhivāṣchitam—希望 / brahman—布茹阿玛啊 / śreyaḥ—最高的成就 / parišrāmaḥ—为了一切苦行 / puṁsām—对每一个人 / mat—我的 / daršana—觉悟 / avadhiḥ—直至……的界限

译文 我祝你好运。布茹阿玛啊！我是一切祝福的赐予者，你可以向我要求你想要的一切。你也许知道作为一切苦修的结果，最终的好处是通过觉悟看到我。

要旨 对至尊真理的最高认识，是了解至尊人格首神并与祂相见。觉悟人格首神不具人格特征的布茹阿曼(梵)和处在局部区域的超灵的特征，并不是最高的觉悟。人一旦觉悟到至尊主，就不必再为从事这种苦修而辛苦挣扎了；下一步是为了取悦至尊主而为祂做奉爱服务。换句话说，觉悟并看到至尊主的人已经达到了一切完美境界，因为一切都包括在那最高的完美境界中。然而，非人格神主义者和冒牌神秘主义者却不可能达到这个境界。

第22节 मनीषितानुभावोऽयं मम लोकावलोकनम् ।
यदुपश्रुत्य रहसि चकर्थ परमं तपः ॥२२॥

manīṣitānubhāvo 'yaṁ
mama lokāvalokanam
yad upaśrutya rahasi
cakartha paramaṁ tapaḥ

manīṣita—聪慧 / anubhāvaḥ—知觉 / ayam—这个 / mama—我的 / loka—住所 / avalokanam—以实际经验看到 / yat—由于 / upaśrutya—聆听 / rahasi—按严格的苦行 / cakartha—执行了 / paramam—最高的 / tapaḥ—苦修

译文 最完美的学识是亲眼看到我的住所，而你因为以服从的态度执行我的命令进行严格的苦修，所以得到了。

要旨 生命最高的完美境界是：凭借至尊主的恩典，对祂有实际感性的认识。任何人，只要他愿意按真正的灵性导师(ācārya)们所公认的启示经典中的教导为至尊主做奉爱服务，就能达到这个境界。例如《博伽梵歌》是商卡尔(Śaṅkara)、茹阿玛努佳(Rāmānuja)、玛德瓦、柴坦亚、维施瓦纳特(Viśvanātha)、巴拉戴瓦(Baladeva)、希丹塔·萨茹阿斯瓦提等所有伟大的灵性导师所公认的韦达文献。在《博伽梵歌》中，人格首神圣主奎师那要求我们要一直想着祂，永远当祂的奉献者，始终只崇拜祂，在至尊主面前永远都应该叩头顶礼。这样做，毫无疑问能使人重返家园，回归首神。在《博伽梵歌》的另一个地方，至尊主也命令说：人应该毫不犹豫地放弃所有其他的事务，完全皈依至尊主，至尊主就会给予这样的奉献者以全面的保护。这些都是达到最高完美境界的秘密。布茹阿玛极为谦卑地严格遵守这些原则，因此达到最高的完美境界，亲眼看到了至尊主的住所、至尊主本人和祂身边的一切。对至尊主身体发出的光芒不具人格特征的认识，以及对超灵的认识，都不是最高的完美境界。这节诗中的梵文“聪慧(manīṣita)”一词很有意思；每个人都或真或假地为自己有的那点儿所谓的学识感到自豪，但至尊主说：最完美的学识是了解祂和祂的住所，其中没有半点儿错觉。

第23节　प्रत्यादिष्टं मया तत्र त्वयि कर्मविमोहिते ।
तपो मे हृदयं साक्षादात्माहं तपसोऽनघ ॥२३॥

pratyādiṣṭaṁ mayā tatra
tvayi karma-vimohite
tapo me hṛdayaṁ sākṣād
ātmāhaṁ tapaso 'nagha

pratyādiṣṭam—命令 / mayā—由我 / tatra—因为 / tvayi—向你 / karma—职责 / vimohite—因为不知所措 / tapaḥ—苦修 / me—我 / hṛdayam—心 / sākṣāt—直接地 / ātmā—至关重要 / aham—我自己 / tapasaḥ—进行苦修之人的 / anagha—无罪的人啊

译文 清白无罪的布茹阿玛啊！我告诉你：当你对你的职责感到困惑时，是我命令你苦修的。这样的苦修我把它视为自己的生命，因此与我没有区别。

要旨 能使人面见人格首神的苦修，应该被视为是为至尊主做的奉爱服务，而不是别的，因为只有怀着超然的爱为至尊主做奉爱服务，才能使人接近至尊主。这样的苦行是至尊主的内在能量，与祂本人没有区别。内在能量的这种活动，是透过不依恋物质享乐表现出来的。生物的主宰倾向，使他们被囚禁在物质束缚的牢笼中。但是，人通过为至尊主做奉爱服务，变得不再有这种享乐精神。奉献者会自然而然变得不再喜欢世俗的享乐，这种不依恋是有了完美知识的表现。因此，奉爱服务包括知识和不依恋，而这就是超然力量的展示。

想重返家园、回归首神的人，不应该享受不实际的物质成功。只有对与至尊主交往的超然快乐一无所知的人，才会愚蠢地想要享受短暂的物质快乐。《永恒的柴坦亚经》(Caitanya-caritāmṛta)中说：如果有人一方面很真诚地想看到至尊主，一方面又想享受这个物质世界，那他会被认为只不过是个傻瓜而已。想继续留在物质世界里进行物质享乐的人，根本进不了神的王国。至尊主给予这种愚蠢奉献者的恩惠是：夺走他在物质世界里可能拥有的一切。如果这种愚蠢的奉献者试图恢复自己的地位，那么仁慈的至尊主就会再次夺走他可能拥有的一切。这种愚蠢的奉献者因为在争取物质成功方面一再失败，于是在朋友和家人当中变得十分不受欢迎。在物质世界中，朋友和家人都尊重那些不择手段赚取金钱并十分成功的人。至尊主用上述方法，仁慈地把祂愚蠢的奉献者置于不受欢迎的境地，强迫他苦修。最后，这样的奉献者会因为为至尊主做服务而变得快乐无比。所以，无论是自愿服从地从事为至尊主做奉爱服务这种苦修，还是被至尊主强迫从事做奉爱服务这种苦修，对要达到完美境界的人来说都是需要的。这种苦修是至尊主的内在力量。

但是，人在没有完全清除他的一切罪恶之前，不能从事做奉爱服务这种苦修。正如《博伽梵歌》中所说：只有完全摆脱所有恶报的人，才能崇拜至尊主。布茹阿玛没有罪，因此可以充满信心地执行至尊主的命令——“塔帕塔帕(苦修)”，使至尊主对他很满意，把他想要的结果奖给他。因此，只有把爱和苦修结合起来才能取悦至尊主，得到祂完全的仁慈。至尊主指导无罪的人，使无罪的奉献者达到生命的最高完美境界。

第24节　सृजामि तपसैवेदं ग्रसामि तपसा पुनः ।
बिभर्मि तपसा विश्वं वीर्यं मे दुश्चरं तपः ॥२४॥

srjāmi tapasaivedaṁ
grasāmi tapasā punaḥ
bibharmi tapasā viśvaṁ
vīryaṁ me duścaraṁ tapaḥ

srjāmi—我创造 / tapasā—凭借同样的苦修能量 / eva—肯定地 / idam—这个 / grasāmitapasā—我也借着同样的力量收回 / punaḥ—再次 / bibharmi—维持 / tapasā—通过苦修 / viśvam—宇宙 / vīryam—力量 / me—我的 / duścaram—严格的 / tapaḥ—苦修

译文　我用这种苦修能量创造这个宇宙，用同样的能量维系和全部收回它。因此，组成我能量的唯一成分就是苦修。

要旨　从事苦修时，人必须下定决心要重返家园，回归首神，必须决定为了达到这个目的不惜经历所有种类的磨难。即使为了获得物质的成功和名望，人也必须经历各种严酷的苦行，否则没人能成为这个物质世界里的重要人物。既然这样，要达到奉爱服务的完美境界为什么就不需要经历各种严格的苦修呢？回答是：安逸舒适的生活与达到超然觉悟的完美境界，不能齐头并进。至尊主比任何一个生物都更聪明，祂要看祂的奉献者在做奉爱服务时有多勤奋。至尊主要么直接给祂的奉献者下达命令，要么通过真正的灵性导师给奉献者下达命令；奉献者不辞辛劳地执行命令，就是在从事严格的苦修。严格遵守原则的人，肯定会得到至尊主的仁慈，获得最后的成功。

第25节

ब्रह्मोवाच
भगवन् सर्वभूतानामध्यक्षोऽवस्थितो गुहाम् ।
वेद ह्यप्रतिरुद्धेन प्रज्ञानेन चिकीर्षितम् ॥२५॥

brahmovāca
bhagavan sarva-bhūtānām
adhyakṣo ’vasthito guhām
veda hy apratiruddhena
prajñānena cikīrṣitam

brahmāuvāca—主布茹阿玛说 / bhagavan—我的主啊 / sarvabhūtānām—众生的 / adhyakṣaḥ—指挥者 / avasthitaḥ—处在 / guhām—在心中 / veda—知道 / hi—肯定地 / apratiruddhena—没有障碍 / prajṣānena—由高超智慧 / cikīrṣitam—努力

译文 主布茹阿玛说：人格首神啊！您作为至尊的指导者处在每一个生物体的心中，因此凭着您的高超智慧，毫不费力地知晓众生的一切努力。

要旨 《博伽梵歌》证实：至尊主作为见证者处在每个人的心中，因此是至高无上的批准长官。至尊主不批准，就没人能享受，但至尊主作为长官并不享受个体灵魂行为的果实。举例来说：

在禁酒的地方，有饮酒嗜好的人必须向管酒的长官提出饮酒申请；长官考虑到申请人的情况，批准他只能喝一定量的酒。同样道理，物质世界中每一个生物体都有他要享受的内容，而且非常强烈地想要满足自己的欲望，从这个意义上说，整个物质世界充满了醉汉。全能的至尊主对众生很仁慈，像父亲仁慈地满足儿子的愿望一样，祂也满足生物体幼稚的欲望。心中有享受欲望的生物体并没有在真正享受，只不过是在不必要地侍奉躯体的幻想而已，一点好处也得不到。喝酒对酒鬼没有任何好处，但因为他已经沉溺于酗酒，而且也不想戒酒，所以仁慈的至尊主便为他提供便利条件，以满足他喝酒的欲望。

非人格神主义者建议人应该变得没有欲望，其他人建议要去除所有的欲望。那是不可能的。没人能完全消除所有的欲望，因为欲望是生命的征象。没有欲望生物就会死，但他是活着的，活着就有欲望。当人想要为至尊主服务时，他的欲望就是完美的。至尊主也希望每一个生物体去除所有的个人欲望，配合祂的愿望。这是《博伽梵歌》最后的教导。布茹阿玛同意这个建议，因此被任命担任在空空荡荡的宇宙中负责创造生物体的职务。所以，与至尊主一体是指使自己的欲望与至尊主的欲望相吻合。这样，一切欲望就都是完美的了。

至尊主作为每个生物体心中的超灵，知道每个生物体心中的想法。没有至尊主在人的内心给予知识，人什么都做不了。至尊主凭祂高超的智慧，给每一个人机会，让他们尽量满足自己的欲望，其活动结果也是由至尊主赐予的。

第26节　तथापि नाथमानस्य नाथ नाथय नाथितम् ।
परावरे यथा रूपे जानीयां ते त्वरूपिणः ॥२६॥

tathāpi nāthamānasya
nātha nāthaya nāthitam

parāvare yathā rūpe
jānīyāṁ te tv arūpiṇaḥ

tathāapi—尽管如此 / nāthamānasya—要求的人的 / nātha—主啊 / nāthaya—请您赐予 / nāthitam—如所想欲 / para-avare—就世俗和超然的事情 / yathā—原本的 / rūpe—形象 / jānīyām—让别人知道 / te—您的 / tu—但是 / arūpiṇaḥ—没有形象者

译文 尽管如此，我的主人，我还是祈求您仁慈地满足我的愿望。我希望您告诉我，您形象超然，根本没有尘世的形象，但却是怎么呈现出尘世形象的？

第27节 यथात्ममायायोगेन नानाशक्त्युपबृंहितम् ।
विलुम्पन् विसृजन् गृह्णन् बिभ्रदात्मानमात्मना ॥२७॥

yathātma-māyā-yogena
nānā-śakty-upabṛṁhitam
vilumpan visṛjan gṛhṇan
bibhrad ātmānam ātmanā

yathā—怎么 / ātma—自己的 / māyā—能量 / yogena—经过组合 / nānā—各种各样 / śakti—能量 / upabṛṁhitam—以排列和组合 / vilumpan—有关毁灭的事情 / visṛjan—有关创造的事情 / gṛhṇan—有关接受的事情 / bibhrat—有关维系的事情 / ātmānam—自己 / ātmanā—由自我

译文 而且(请告诉我)，您是怎样以排列组合的方式，独自展示出用以毁灭、生产、容纳和维系的各种能量的？

要旨 正如阳光是太阳星球的能量展示，整个灵性世界和物质世界的展示，只不过是至尊主透过祂的内在、外在和边缘能量在展示祂自己而已。这些能量与至尊主既是一体同时又有区别，就像阳光与太阳星球既是一体又有区别一样。各种各样的能量按至尊主的指示，以排列组合的方式运作；布茹阿玛、维施努和希瓦等掌管这些能量的人物，也是至尊主不同的化身。换句话说，除了至尊主，什么都没有。尽管如此，至尊主仍然能不同于所有这些展示活动。为什么会这样，后面的诗节将予以解释。

第28节　क्रीडस्यमोघसङ्कल्प ऊर्णनाभिर्यथोर्णुते ।
तथा तद्विषयां धेहि मनीषां मयि माधव ॥२८॥

krīḍasy amogha-saṅkalpa
ūrṇanābhir yathorṇute
tathā tad-viṣayāṁ dhehi
manīṣāṁ mayi mādhava

krīḍasi—您玩耍时 / amogha—不可能犯错的 / saṅkalpa—决心 / ūrṇanābhiḥ—蜘蛛 / yathā—就像 / ūrṇute—遮盖 / tathā—以便 / tatviṣayām—所有那些话题 / dhehi—让我知道 / manīṣām—从哲学的角度 / mayi—向我 / mādhava—一切能量的主人啊

译文　一切能量的主人啊！请从哲学的角度告诉我有关这一切。您就像蜘蛛一样用自己的能量掩护自己。您的决心绝不动摇。

要旨　至尊主不可思议的能量使每一个创造元素都有它自己的力量，分别称为元素力量、知识力量、各种作用力和反作用力。至尊主的这些能量组合，使布茹阿玛、维施努、玛哈施瓦尔(Maheś-vara，希瓦)等代理人，可以在一定的时间内展示物质世界的创造、维系和毁灭。布茹阿玛负责创造，维施努负责维系，希瓦负责毁灭。但是，所有这些代理人和创造能量都是至尊主发散出来的。因此，除了至尊主，或说一个最高源头所展现的丰富多彩的多样化以外，别无他物。就有关这一方面，蜘蛛和蜘蛛网的例子最恰当。蜘蛛网由蜘蛛制作，也由蜘蛛维护；蜘蛛平时用蜘蛛网遮盖自己，但只要愿意，就可以立刻把整张网收进它体内。如果一只微不足道的小蜘蛛都如此有力，可以按自己的意愿行事，那为什么至尊生物就不能按照祂的意愿创造、维系和毁灭整个宇宙展示呢？像布茹阿玛那样的奉献者或他的师徒传承中的奉献者，凭借至尊主的恩典能够了解，全能的人格首神在祂不同的能量范围内永恒地从事祂超然的娱乐活动。

第29节 भगवच्छिक्षितमहं करवाणि ह्यतन्द्रितः ।
नेहमानः प्रजासर्गं बध्येयं यदनुग्रहात् ॥२९॥

bhagavac-chikṣitam ahaṁ
karavāṇi hy atandritaḥ
nehamānaḥ prajā-sargaṁ
badhyeyaṁ yad-anugrahāt

bhagavat—由至尊人格首神 / śikṣitam—教导 / aham—我自己 / karavāṇi—以行动 / hi—肯定地 / atandritaḥ—作为工具 / na—永不 / ihamānaḥ—虽然在行动 / prajā-sargam—制造生物体 / badhyeyam—受制约 / yat—事实上 / anugrahāt—凭借……的恩慈

译文 请告诉我这一切，以使我在人格首神的教导下，作为一个工具去创造生物体，但不受这种活动的制约。

要旨 布茹阿玛并不想依靠他个人的知识力量成为思辨者，受物质的束缚。所有的人都应该清楚：无论从事什么活动，自己只不过是一个工具而已。受制约的灵魂，是至尊主的外在能量(guṇa-mayī)——错觉能量(māyā)手中的工具；解脱的灵魂，则直接是按人格首神的意愿行事的工具。生物原本的自然状态就是作为工具直接按至尊主的意愿行事；相反，成为至尊主错觉能量手中的工具，是生物受物质束缚的状态。在那种受制约的状态中，生物对绝对真理和祂的各种活动进行思辨。但在不受制约的状态中，生物直接从至尊主那里接受知识。这样一个解脱了的灵魂，行为完美无瑕，没有思辨的习惯。《博伽梵歌》第10章的第10—11节诗明确地说：至尊主会直接给祂那些一直不断为祂做超然爱心服务的纯粹奉献者忠告，以使这样的奉献者能坚定地在回归家园、回归首神的路途上稳步向前。正因为如此，至尊主纯粹的奉献者不会为他们取得的显著进步而骄傲；相反，不做奉爱服务的思辨者却在错觉能量的黑暗中，为他靠自己主观臆测得出的骗人知识而骄傲不已。尽管布茹阿玛被放在宇宙中最崇高的地位上，但他不希望自己跌入骄傲的陷阱。

第30节　यावत्सखा सख्युरिवेश ते कृतः
प्रजाविसर्गे विभजामि भो जनम् ।
अविक्लवस्ते परिकर्मणि स्थितो
मा मे समुन्नद्धमदोऽज मानिनः ॥३०॥

yāvat sakhā sakhyur iveśa te kṛtaḥ
prajā-visarge vibhajāmi bho janam
aviklavas te parikarmaṇi sthito
mā me samunnaddha-mado 'ja māninaḥ

yāvat—就像 / sakhā—朋友 / sakhyuḥ—向朋友 / iva—像 / īśa—至尊主啊 / te—您 / kṛtaḥ—接受了 / prajā—生物体 / visarge—有关创造事宜 / vibhajāmi—我将会个别地做 / bhoḥ—我的主啊 / janam—那些出生的生物体 / aviklavaḥ—不受骚扰 / te—您的 / parikarmaṇi—有关服务事宜 / sthitaḥ—这样的情况 / mā—愿它永不 / me—向我 /

samunnaddha—导致……的升起 / madaḥ—疯狂 / aja—不经出生就存在者啊 / māninaḥ—被看成这样

译文 啊！我的主，不经出生就存在的人，您像朋友那样跟我握手(好像地位平等一样)。我将会创造各种各样的生物体，将为您做服务，而且将没有烦恼和担心。但我祈求，所有这一切都不会令我产生骄傲的心，以为自己是至尊者。

要旨 主布茹阿玛与至尊主的关系必定是朋友关系。每一个生物都永恒地以五种超然关系中的一种与至尊主永恒地连在一起，这五种超然的关系分别是：中性关系(śānta)、主仆关系(dāsya)、朋友关系(sakhya)、父母子女的关系(vātsalya)及爱侣关系(mādhurya)。我们已经讨论过生物与人格首神之间的这五种关系。这节诗中清楚地显示，布茹阿玛与人格首神的关系是超然的朋友关系。纯粹的奉献者可以通过五种超然关系中的任何一种关系与至尊主交往，甚至可以以父母的身份与祂交往，但无论如何，至尊主的奉献者永远是祂超然的仆人。没人与至尊主平等，或者比祂伟大。这就是《博伽梵歌》的观点。尽管布茹阿玛与至尊主有着永恒超然的朋友关系，尽管他在宇宙中的职位最高，被委派承担创造宇宙中各种等级的生物体的重任，但他始终保持清醒的头脑，明了自己的真实地位，即：他不是至尊主，也不是最有力量的人物。在宇宙内外有时会有一些极为有力的人物，甚至表现出比至尊主本人更有力量；但纯粹的奉献者知道：这种力量是至尊主授予那些人物的一种财富(vibhūti)，被授予了力量的生物永远不是独立的。圣哈努曼(Hanumān)一个跳跃就跨过印度洋，而圣主茹阿玛禅铎(Rāmacandra)却要搭桥过海，但这并不意味着哈努曼比至尊主更有力量。至尊主有时给予祂的奉献者以特殊的力量，但奉献者始终清楚：那力量属于人格首神，而他本人只不过是个工具而已。纯粹的奉献者永远不会像非奉献者那样骄傲，以为自己是神。看到那些生活中的每一步都要挨至尊主的错觉能量踢打的人，竟然还错误地想要与至尊主合一，真是令人惊讶。这种想法是错觉能量给受制约的灵魂设置的最后一个陷阱。人的第一个错觉是，想要靠积累钱财和力量成为物质世界的主人。但当他这种努力失败后，他就想要与至尊主合一。因此，想要成为物质世界里最有力量的人和想与至尊主合一这两种欲望，都是错觉能量设置的不同陷阱。纯粹的奉献者因为是皈依了至尊主的灵魂，所以不会落入玛亚的错觉陷阱。布茹阿玛是至尊主纯粹的奉献者，所以即使是物质宇宙中的第一位主管神明，能做出很多奇妙的事情，也永远不会像知识贫乏的非奉献者那样，竟敢想着与至尊主合一。因此，知识贫乏的人在骄傲地误以为自己可以成为神时，应该先看看布茹阿玛是怎么做的。

事实上，布茹阿玛并不创造生物体。在创造开始的时候，他被赋予权利，去按照生物在前一次创造期间从事过的活动，给予他们不同形状的躯体。布茹阿玛的责任是把生物从沉睡的状态中唤醒，安排他们承担适当的责任。布茹阿玛并不是随心所欲地去创造不同等级的生物体，而是被委以重任，创造适合不同生物寄居的躯体，以便他们按自己的欲望去活动。尽管他肩负重任，但他仍很清醒地知道自己只不过是个工具而已，这样就不会自以为是最强大的至尊主了。

至尊主的奉献者做至尊主给他明确指定的服务，而这些服务因为是至尊主让做的，所以奉献者可以顺利地完成任务。因此成功并不归功于做服务的人，而是归功于至尊主。但是，知识贫乏的人却把成功算在自己的帐上，而不把任何荣誉给予至尊主。那就是非奉献者的特征。

第31节　श्रीभगवानुवाच

ज्ञानं परमगुह्यं मे यद्विज्ञानसमन्वितम् ।
सरहस्यं तदङ्गं च गृहाण गदितं मया ॥३१॥

śrī-bhagavān uvāca
jñānaṁ parama-guhyaṁ me
yad vijñāna-samanvitam
sarahasyaṁ tad-aṅgaṁ ca
gṛhāṇa gaditaṁ mayā

śrī-bhagavānuvāca—至尊人格神首说 / jṣānam—知识 / parama—极为 / guhyam—机密的 / me—有关我 / yat—那是 / vijṣāna—觉悟 / samanvitam—协调的 / sa-rahasyam—与奉爱服务 / tat—那 / aṅgamca—需要具备的条件 / gṛhāṇa—尝试接纳 / gaditam—解释 / mayā—由我

译文 人格首神说：经典里阐述的有关我的知识是非常机密的，必须靠做奉爱服务觉悟它。我现在要解释执行那个程序所需要具备的条件，你应该仔细地加以吸收。

要旨 布茹阿玛是至尊主在宇宙中最重要的奉献者，因此人格首神用四节诗说明四个重点，以回答他询问的四个主要问题。这四节诗就是《博伽瓦谭》最原始的四节诗。布茹阿玛的四个问题是：(一)至尊主在物质世界和超然世界的形象是什么样子？(二)至尊主的各种能量是如何工作的？(三)至尊主怎样操作祂的各种能量？(四)布茹阿玛如何得到教导去执行委派给他的任务？至尊主在回答这些问题前说了一段话，这就是我们现在正讨论的这节诗。在这节诗中，至尊主告诉布茹阿玛：正如启示经典所说，有关祂——至尊绝对真理的知识，非常微妙；人除非靠至尊主的恩典觉悟了自我，否则理解不了。至尊主说，布茹阿玛可以把祂的解释作为答案。这意味着：如果绝对的至尊主本人想让人了解祂，那我们就可以理解有关祂的超然知识。世俗的思想家，无论他有多么了不起，也不可能靠他的心智思辨理解绝对真理。心智思辨者认识到至尊主不具人格特征的布茹阿曼(梵)，但事实上，有关超然的完整知识超越非人格布茹阿曼的知识，因此被称为最机密的知识。在众多解脱了的灵魂中，或许有些灵魂有资格了解人格首神。在《博伽梵歌》中，至尊主本人亲口说：在千万人中，也许只有一个人力求达到完美，而在达到完美的人中，很难有一个人真正了解祂。只有靠为人格首神做奉爱服务，才能获得有关祂的知识。梵文茹哈夏么(rahasyam)一词的意思是奉爱服务。主奎师那之所以通过宣讲《博伽梵歌》教导阿尔诸纳(Arjuna)，是因为祂知道阿尔诸纳是祂的奉献者和朋友。没有这样的资格，人不可能深入了解《博伽梵歌》的奥妙。人除非成为人格首神的奉献者，为祂做奉爱服务，否则不可能了解祂。秘密是：要爱神。这是了解难以了解的人格首神所需要的主要资格。要想对首神有超然的爱，人必须遵守奉爱服务的规范守则。梵文称规范守则是维迪·巴克提(vidhi-bhakti)，意思是为至尊主做的奉爱服务。初习者用现有的感官就可以练习去做。这些规范守则主要是以聆听和吟诵、吟唱至尊主的荣耀为基础，而这只有在奉献者相聚联谊时才能做到。正因为如此，主柴坦亚推荐人们，为了达到为至尊主做奉爱服务的完美境界，应该遵守五项重要的原则：(一)与奉献者联谊(聆听)；(二)吟诵、吟唱至尊主的荣耀；(三)聆听纯粹的奉献者讲述《圣典博伽瓦谭》；(四)住在与至尊主有关系的圣地；(五)怀着奉爱之情崇拜至尊主的神像。这些规范守则是奉爱服务的一部分。下面，应布茹阿玛的请求，人格首神将给布茹阿玛解释他所提出的四个问题，以及与这些问题有关的内容。

第32节　यावानहं यथाभावो यद्रूपगुणकर्मकः ।
तथैव तत्त्वविज्ञानमस्तु ते मदनुग्रहात् ॥३२॥

yāvān ahaṁ yathā-bhāvo
yad-rūpa-guṇa-karmakaḥ
tathaiva tattva-vijñānam
astu te mad-anugrahāt

yāvān—我真正的永恒的形象 / aham—我自己 / yathā—正如 / bhāvaḥ—超然的存在 / yat—那些 / rūpa—各种形象和颜色 / guṇa—特质 / karmakaḥ—活动 / tathā—等等 / eva—肯定地 / tattva-vijṣānam—真正的觉悟 / astu—随它去 / te—向你 / mat—我的 / anugrahāt—出于没有缘故的仁慈

译文 出于我没有缘故的仁慈，我要让你通过真正的觉悟，在心中恢复你对我的一切了解，包括我真正的永恒形象、我超然的存在、肤色、特质和活动。

要旨 要想理解有关绝对真理人格首神那错综复杂的知识，成功的秘诀在于：要靠至尊主没有缘故的仁慈。即使在物质世界里，有很多儿子的父亲，也会把自己的秘密告诉他最宠爱的儿子。父亲向他认为够资格的儿子吐露秘密。要想了解社会上的重要人物，只能靠他本人的仁慈才有可能做到。同样道理，人要想了解至尊主，必须让至尊主非常喜爱他才行。至尊主是无限的，没人能完全了解祂，但通过为至尊主做超然的爱心服务不断取得进步，就会使人有资格了解至尊主。透过这节诗我们可以看出，至尊主对布茹阿玛十分满意，因此赐予布茹阿玛没有缘故的仁慈，以使布茹阿玛可以仅仅靠祂的仁慈就能对祂有真正的认识。

韦达经中也说，世俗的教育或智力练习，不可能使人了解绝对真理人格首神。如果人能对真正的灵性导师和至尊主有坚定不移的信心，那他就能了解至尊真理。这种忠心耿耿的人，即使从世俗的角度看是个文盲，也可以凭借至尊主的仁慈自然而然就了解了至尊主。《博伽梵歌》中说：至尊主保留不向每一个人揭示祂自己的权利，祂用祂的内在迷惑能量(yoga-māyā)遮住自己，不让没有信心的人看。

至尊主向那些对祂忠心耿耿的人揭示自己的形象、特质和娱乐活动。至尊主并不像非人格神主义者错误构思的那样，是没有形象的；但祂的形象与我们所体验到的不同。至尊主向祂的纯粹奉献者揭示祂的形象，甚至连尺寸大小都告诉祂的奉献者，而这就是《圣典博伽瓦谭》最伟大的学者圣吉瓦·哥史瓦米解释的梵文“我真正的永恒形象(yāvān)”一词的意思。

至尊主揭示祂的超然本质。世俗的辩论家对至尊主的形象作出世俗的解释。启示经典中说：至尊主没有尘世的形象，知识贫乏的人因此得出结论说祂必定是没有形象的。他们分辨不了什么是尘世的形象，什么是灵性的形象。照他们的想法，没有尘世的形象就一定没有形象。这个结论本身就是世俗的，因为世俗的概念认为，有形象的反面是没有形象。对世俗概念的否定并不能建立超然的事实。《布茹阿玛·萨密塔》中说：至尊主有超然的形象，祂可以用祂的任何一个感官做祂想做的事情。例如：祂可以用祂的眼睛进食，用腿看东西。世俗的形象概念是：人不能用眼睛吃东西，用腿视物。这就是尘世的躯体与充满知识和快乐的永恒灵性身体(sac-cid-ānanda)之间的区别。灵性的身体并不是没有形象；它是另一种类型的身体，是我们用现有的物质感官所无法想象的。因此，没有形象的意思是没有尘世的形象；换句话说，是拥有一个非奉献者靠主观臆测所无法想象的灵性身体。

至尊主向奉献者揭示出祂有无数超然的身体，尽管都是祂的身体，但每一个身体的特征都与另一个的不同。至尊主的超然身体有的是黑色的，有的是白色的，有的是红色的，有的是黄色的；有些有四只手，有的有两只手；有的像鱼，有的像狮子。至尊主仁慈地向祂的奉献者揭示，祂本人有所有这些不同形象的超然身体。因此，非人格神主义者就有关至尊真理没有形象的错误论调，根本引不起至尊主的奉献者的注意，哪怕是在做奉爱服务的路途上不很进步的奉献者，对这种论调也不感兴趣。

至尊主有无数的超然特质，其中一项是祂深爱祂的纯粹奉献者。在尘世的世界历史中，我们也可以欣赏到祂的超然特质。为了保护祂的奉献者和消灭邪恶之徒，祂化身前来。祂所从事的活动都与祂的奉献者有关。《圣典博伽瓦谭》中充满了对至尊主与祂的奉献者有关的活动描述。非奉献者对至尊主的这些娱乐活动一无所知。至尊主在只有七岁时就举起哥瓦尔丹山(Govardhana)，保护祂在温达文地区的纯粹奉献者免遭因铎(Indra)怒火的伤害，因为因铎当时出于愤怒，要降雨淹没温达文。不信神的人也许不相信一个七岁的男童会举起哥瓦尔丹山，但奉献者们却绝对相信。奉献者相信至尊主的全能；不信神的人口头上说至尊主是全能的，但心里并不相信。这种知识贫乏的人并不知道，至尊主永远是至尊主，人不可能靠用千万年的时间冥想或亿万年的时间进行心智思辨来成为神。

这节诗清楚地说明至尊主有特质、形象、娱乐活动，以及人该有的一切，因此全面驳斥了世俗辩论者的非人格神主义论调。所有对人格首神超然本性的描述，至尊主的奉献者都能实际地觉悟到。至尊主出于没有缘故的仁慈，把这一切都揭示给祂的纯粹奉献者，而不是其他人。

第33节 अहमेवासमेवाग्रे नान्यद्यत्सदसत्परम् ।
पश्चादहं यदेतच्च योऽवशिष्येत सोऽस्म्यहम् ॥३३॥

aham evāsam evāgre
nānyad yat sad-asat param
paścād ahaṁ yad etac ca
yo 'vaśiṣyeta so 'smy aham

aham—我(人格首神) / eva—肯定地 / āsam—存在 / eva—只有 / agre—在创造之前 / na—永不 / anyat—任何其他的事 / yat—所有那些 / sat—效果 / asat—原因 / param—至尊 / paścāt—在最后 / aham—我(人格首神) / yat—所有这些 / etat—创造 / ca—还有 /

yaḥ—一切事物 / avaśiṣyeta—依然 / saḥ—那 / asmi—我是 / aham—我(人格首神)

译文　布茹阿玛，在创造之前，除了我自己——人格首神，什么都不存在。那时只有我，没有物质自然——这个创造的原因。你现在所看到的也是我——人格首神，毁灭后剩下的还是我——人格首神。

要旨　我们应该特别注意：人格首神在对布茹阿玛讲话时郑重强调，是祂——人格首神，存在于物质创造之前，是祂独自一人维系着整个创造，物质存在毁灭后留下的也只有祂一人。就连布茹阿玛都是至尊主创造的。就有关这节诗所说的“我”，非人格神主义者提出同一性理论说，既然布茹阿玛来自“我”——绝对真理，与“我”的构造一样，那他就与至尊主——“我”完全相同；因此，正如这节诗所解释的，除了“我”什么都没有。要接受非人格神主义者的论点，就要承认至尊主是创造者“我”，布茹阿玛是被创造的“我”；这样，两个“我”之间就有区别，一个是占支配地位的“我”，一个是被支配的“我”。所以，即使接受非人格神主义者的理论，还是不可避免地存在着两个“我”。但我们必须留意的是：韦达文献中是从质的角度接受这两个“我”的。《喀塔奥义书》(Kaṭhopaniṣad)中说：

nityo nityānāṁ cetanaś cetanānām
eko bahūnāṁ yo vidadhāti kāmān

“至尊主在所有永恒的生物当中，是至高无上的永恒生物，祂是一切生物的维系者。”

韦达经中所承认的事实是：创造者“我”和被创造者“我”在质上一样，因为两者都是“永恒的(nityas)”和“有情感意识的(cetanas)”。但是，创造者“我”是单数，而被创造者“我”是复数，因为有很多个像布茹阿玛那样的“我”和布茹阿玛的后代“我”。这是个简单的事实。父亲创造或生出儿子，儿子也创造或生出很多自己的儿子。以人类为例，尽管大家都是人，但父亲、儿子和孙子彼此之间是有区别的；儿子不能代替父亲，孙子也不能。父亲、儿子和孙子既一样，但同时又有区别。从人类的角度讲，他们是一样的，但相对来说彼此又有区别。正因为如此，韦达经中说：占支配地位的“我”是给被支配的众多的“我”提供食粮的人，因此两个“我”之间有着天壤之别。这样，韦达经便把创造者(支配者)与被创造者(被支配者)的不同之处区分开来。

这节诗的另一个特点是，没有人能因此否定至尊主和布茹阿玛两者都是人的事实。所以最终的结论是：支配者与被支配者都是人。这一结论反驳了非人格神主义者的“所有的一切最终都不具人格特征”的结论。这节诗中指出，占支配地位的“我”是绝对真理，而且是人；以此驳斥了缺乏智慧的非人格神主义学派所强调的“绝对真理不具人格特征”的谬论。被支配的“我”——布茹阿玛，也是人，但不是绝对真理。从灵性心理学的角度看，假定自己与绝对真理的构造相同可能比较方便觉悟自我，但正如这节诗中明确指出的：支配者和被支配者之间永远有区别。尽管如此，非人格神主义者硬是要曲解这节诗。至尊主的形象超然而永恒，即使在物质创造毁灭后仍保持原样，而布茹阿玛面对面地亲眼看到了他的支配者——至尊主。布茹阿玛所看到的至尊主的形象，在创造布茹阿玛之前就已经存在，而含有物质创造所有的成分及代理人在内的物质展示也是至尊主能量的扩展。在至尊主的能量展示结束后，唯一留下来的仍是同一位人格首神。因此，至尊主的形象在所有的情况下都长存不灭，无论是创造、维系或毁灭。韦达赞歌确认这一事实说：在创造之前，除了华苏戴瓦之外不存在任何人，没有布茹阿玛，也没有商卡尔；只有纳茹阿亚纳(Nāyāyaṇa)，没有其他人，没有布茹阿玛，也没有伊沙纳(vāsudevo vā idam agra āsīn na brahmā na ca śaṅkara eko nārāyaṇa āsīn na brahmā neśāna,etc)。圣商卡尔阿查尔亚在他评论《博伽梵歌》时也证实说：纳茹阿亚纳——人格首神，超越所有的创造，但整个创造都是“不展示者(avyakta)”的产物。因此，被创造者和创造者之间的分别始终存在，尽管他们在质上是一样的。

这节诗说明了另一个事实，那就是：至尊真理是人格首神——巴嘎万(Bhagavān)。前面已经解释过人格首神和祂的王国。首神的王国并不像非人格神主义者构想的那样，是虚空一片。外琨塔星球充满了超然的多样化，其中有长着四只手臂的居民，辉煌的财富和繁荣，甚至有飞机及其他供这些高级人物享受的舒适设备。所以，人格首神不仅在物质创造前就已存在，而且住在众多的充满了超然的丰富多彩事物的外琨塔星球上。《博伽梵歌》中也说，外琨塔星球是永恒的(sanātana)，即使展示了的物质宇宙毁灭后，这些外琨塔星球也不毁灭。那些超然星球的本质与物质世界的本质不同，不受制于物质的创造、维系和毁灭的定律。就像有国王就必定有王国一样，人格首神的存在必然包括外琨塔星球的存在。

在《圣典博伽瓦谭》和其他启示经典的很多地方，都谈到人格首神的存在。例如：在《圣典博伽瓦谭》第2篇第8章的第10节诗中，帕瑞克西特王问道：

sa cāpi yatra puruṣo
　viśva-sthity-udbhavāpyayaḥ
muktvātma-māyāṁ māyeśaḥ
　śete sarva-guhāśayaḥ

“还请您解释，人格首神是处在每一个生物体心中的超灵，是一切能量的主人，但祂的外在能量为什么却触碰不到祂。”

同样，维杜茹阿(Vidura)也问过类似的问题：

tattvānāṁ bhagavaṁs teṣāṁ
　katidhā pratisaṅkramaḥ

tatremaṁ ka upāsīran
ka u svid anuśerate

（《圣典博伽瓦谭》3.7.37)

施瑞达尔·斯瓦米(Śīdhara Svāmī)在他的笔记中解释说："在创造毁灭期间，谁侍奉躺在蛇沙(Śeṣa)上的至尊主……"这意味着，超然的至尊主与祂的名字、声望、特质及有关的一切都永恒地存在着。《斯康达往世书》(Skanda Purāṇa)的卡希篇(Kāśī-khaṇḍa)中也证实说：

na cyavante 'pi yad-bhaktā
mahatyāṁ pralayāpadi
ato 'cyuto 'khile loke
sa ekaḥ sarvago 'vyayaḥ

在整个物质世界毁灭的期间内，就连至尊主的奉献者都不会毁灭，更不要说至尊主本人了。在物质世界的三个变化阶段中，至尊主始终存在。

非人格神主义者举例说至尊者没有活动，但至尊人格首神在这节诗中对布茹阿玛说祂是有活动的。这就像祂有形象，有特质一样。应该明白：在宇宙展示被维系期间，布茹阿玛及其他半神人的活动就是至尊主的活动。在政府办公室里找不到国王或国家元首时，他也许正在享受王室的安逸或度假。但我们要明白：所有的事务都在按他的指示进行，大家都在按他的命令做事情。人格首神永远都不是没有形象的。在物质世界里，祂不让缺乏智慧的一类人看到祂本人的形象，因此有时被说成是没有形象的。但事实上，祂一直都以祂永恒的形象住在众多的外琨塔星球上，并以各种不同的化身形象出现在物质宇宙中的其他星球上。就有关这方面，举太阳的例子最能说明问题。人在夜晚用眼睛看不到太阳，但太阳一旦从地平线上升起，人们就看见了。在某一个区域看不到太阳时并不意味着太阳没有形象。

在《毕尔哈德·阿冉尼亚卡奥义书》(Bṛhad-āraṇyaka Upaniṣad)第1篇第4章的第1节赞美诗中说ātmaivedam agra āsīt puruṣa-vidhaḥ。这意思

是：至尊人格首神(奎师那)甚至在主宰(puruṣa)化身出现前就已经存在了。《博伽梵歌》第15章的第18节诗中说，主奎师那是至尊人物(Puruṣottama)，祂是超然的，甚至超越不犯错误(puruṣa-akṣara)的生物和会犯错误的生物(puruṣa-kṣara)。不犯错误的生物——玛哈·维施努(Mahā-Viṣṇu)，瞥视过物质自然(prakṛti)，但至尊人物在这件事发生前就已经存在了。正因为如此，《毕尔哈德·纳茹阿迪亚奥义书》证实了《博伽梵歌》中所声明的：主奎师那是至尊人物。

有些韦达经中也说，在开始的时候只存在非人格布茹阿曼(梵)。然而，按这节诗的说法，从至尊主身上放射出的耀眼光芒——非人格布茹阿曼，可以说是近因；但一切原因的起因或称远因，则是至尊人格首神。至尊主的非人格特征之所以存在于物质世界，是因为我们用物质的感官和眼睛感知不到、看不到至尊主。人如果期望看到或感知到至尊主，必须先把自己的感觉灵性化。在外琨塔星球上，祂永恒以祂具有人格特征的形象出现在外琨塔居民的眼前。因此，就像国家元首在政府办公室里也许显得没人情味，但在他家里并不是没有人情味一样；至尊主在物质世界里展示祂的非人格特征，但在祂那如《博伽瓦谭》一开篇中所说的“永远无法量度的(nirasta-kuhakam)”住所里，祂并不是不具人格特征的。因此，正如启示经典里谈到的，至尊主既有非人格特征，又有人格特征。《博伽梵歌》第14章的第27节诗中明确强调，这位人格首神是非人格布茹阿曼的基础(brahmaṇo hi pratiṣṭhāham)。总而言之，灵性知识的机密部分就是觉悟人格首神，而不是祂的非人格布茹阿曼的特征。正因为如此，人的最高目标应该是认识绝对真理的个人特征，而不是祂的非人格特征。瓶中天空和瓶外天空的例子，也许可以帮助学生领悟绝对真理的宇宙意识无所不在的特质。但那并不意味着至尊主不可缺少的部分——个体灵魂，可以光靠谎称自己是至尊就真能成为至尊者。这仅仅说明，在错觉能量所设置的最后一个陷阱中，受制约的灵魂成了牺牲者。声称与至尊主的宇宙意识合一，是错觉能量(daivīmāyā)设置的最后一个陷阱。因此，即使到了至尊主的非人格存在中，人也应该像在物质创造中一样，渴望认识至尊主的人格特征，而这就是“你现在所看到的也是我——人格首神，毁灭后剩下的还是我——人格首神(paścād ahaṁ yad etac cayo 'vaśiṣyeta so' smy aham)”这句话的意思。

布茹阿玛接受这一事实，他在教导纳茹阿达时说：

so 'yaṁ te 'bhihitas tāta
bhagavān viśva-bhāvanaḥ

（《圣典博伽瓦谭》2.7.50）

至尊人格首神哈尔依(Hari)是所有原因的起因，除祂之外没有其他的起因。正因为如此，这节诗中的梵文“我肯定地(ahameva)”一词，除了指至尊主外没有指任何其他人物。所以，我们应该走由布茹阿玛传给纳茹阿达，纳茹阿达传给维亚萨戴瓦……的布茹阿玛师徒传承指明的路，下定决心在有生之年觉悟到至尊人格首神哈尔依——主奎师那。至尊主给纯粹奉献者的这一极为机密的训示，既给了阿尔诸纳，也在创造开始时给了布茹阿玛。毫无疑问，布茹阿玛、维施努、玛黑施瓦尔(希瓦)、因铎(Indra)、昌铎(Candra)及瓦茹纳(Varuṇa)等半神人，都是至尊主在做不同的事情时所具有的不同形象；而物质创造的不同成分及多种多样的能量，也都是人格首神的。但所有这一切的根源就是至尊人格首神——圣主奎师那。人应该关心一切的根源，而不是被枝叶所迷惑。这就是这节诗的教导。

第34节 ऋतेऽर्थं यत्प्रतीयेत न प्रतीयेत चात्मनि ।
तद्विद्यादात्मनो मायां यथाभासो यथा तमः ॥३४॥

ṛte 'rthaṁ yat pratīyeta
na pratīyeta cātmani
tad vidyād ātmano māyāṁ
yathābhāso yathā tamaḥ

ṛte—没有 / artham—价值 / yat—那 / pratīyeta—看来像 / na—不 / pratīyeta—看来像 / ca—和 / ātmani—与我有关 / tat—那 / vidyāt—你应该知道 / ātmanaḥ—我的 / māyām—错觉能量 / yathā—就像 / ābhāsaḥ—反射光 / yathā—像 / tamaḥ—黑暗

译文　布茹阿玛啊！任何事物如果看上去有价值但跟我没关系，就不是真实的。要知道，那是我的错觉能量——出现在黑暗中的反射光。

要旨　前一节诗中已经总结说：在宇宙展示的任何阶段，无论是它出现、维系、成长、各种能量的相互作用、毁坏，还是它的消失，都与人格首神的存在有根本的关联。正因为如此，每当人忘了与至尊主的这种基本关系，每当人把事物接受为是与至尊主没有关系的真实，就说人的这种观念是至尊主错觉能量的产物。由于没有任何事物是脱离至尊主而独立存在的，我们应该知道，错觉能量也是至尊主的能量。至尊主的连接能量尤嘎玛亚，使人得出“把一切都与至尊主的关系相吻合”的正确决定；至尊主的错觉能量玛哈玛亚(mahā-māyā)，使人具有“把一切脱离与至尊主的关系”的错误观念。这两种玛亚都与至尊主有关，因为什么都不能脱离至尊主而独立存在。因此，认为“事物可以独立于至尊主而存在”的概念是错觉的产物。

把一事物误当做另一事物是错觉。例如把绳子看成蛇是错觉，但绳子并不是假的。在产生错觉的人眼前的那根绳子一点儿都不假，只不过是人错把它当做另一样事物了。所以，认为“这个物质展示是脱离至尊主的能量而独立存在的”这种概念是错觉的产物，但物质展示本身并不是假的。这种错觉性的概念被称为“真实在愚昧黑暗中的影像”。任何看起来显得“不是由我的能量产生的”，就是玛亚(错觉)。以为生物没有形象或至尊主没有形象的概念也是错觉。在《博伽梵歌》第2章的第12节诗中，至尊主站在两军阵前说：站在阿尔诸纳面前的战士、阿尔诸纳自己，甚至至尊主本人，以前存在，在库茹柴陀(Kurukṣetra)战场上存在，将来还会作为个体存在下去；现有的躯体毁灭后如此，摆脱物质存在的束缚后也如此。在所有的情况下，至尊主和生物都是个体人物，两者的人格特征永远不会消失；唯有错觉能量的影响——出现在黑暗中的反射光，会凭借至尊主的仁慈被移开。在物质世界里，无论是太阳光和月光都不是独立存在的。真正的光源是至尊主的超然身体放射出的梵光(brahmajyoti)；这光芒放射出各种各样的光，包括阳光、月光、火光、电光等。因此，认为个体自我是脱离至尊自我(至尊主)而独立存在的概念也是错觉；错误地声称“我是至尊者”，是至尊主的外在能量玛亚设置的最后一个错觉陷阱。

《韦丹塔·苏陀》(Vedānta-sūtra)一开篇就声明：一切都来自至尊者。因此，正如前一节诗所解释的：每一个生物体都产自至尊生物——人格首神的能量。布茹阿玛本人产自至尊主的能量，所有其他生物体则经由布茹阿玛这个代理从至尊主的能量产生出来；没有一个生物曾脱离至尊主而独立存在过。

生物体的独立性并不是真正的独立，而是至尊生物(至尊主)真正独立存在的影像。受制约的灵魂错误地宣称自己绝对独立，是产生错觉的结果。这节诗确认了这个结论。

知识贫乏的人产生错觉；因此，这些所谓的科学家、生理学家、经验主义哲学家等，才会因为被太阳、月亮和电等发出的耀眼光芒照花了眼而否认至尊主的存在，提出一些主观臆测的理论去谈论物质万物的创造、维系和毁灭。医生也许可以从人体生理构造的角度去否定灵魂的存在，但却不能让一具死尸复活，尽管那个躯体中的一切构造在人死亡后依然存在。心理学家把大脑当做产生心念的机器，因此极为认真地研究大脑的生理状况及构造；但人死后，心理学家却不能使那尸体恢复思想的功能。不考虑至尊主的存在而对宇宙展示或身体构造进行科学研究，只不过是在进行各种智力操练而已，最后得到的全都是错误观念，没有别的。与现代物质文明有关的所有这些科学进步和知识进步，都只不过是受错觉能量的蒙蔽所产生的结果。错觉能量的作用分两种，一种是蒙蔽，一种是投掷。错觉能量的投掷作用是，把生物投入愚昧的黑暗中；她的蒙蔽作用是，遮住知识贫乏者的眼睛，使他们看不到至尊人的存在，是这位至尊人启迪了这个宇宙中最高级的个体生物——布茹阿玛。这里并没有说布茹阿玛与至尊主在各方面都一样，因此知识贫乏之人用这节诗作出错误的声言，只不过是至尊主的错觉能量的另一次展示而已。在《博伽梵歌》第16章的第18—20节诗中，至尊主说：否认神存在的邪恶之徒被抛进越来越愚昧的黑暗中，在对至尊人格首神一无所知的情况下一世复一世地轮回。

然而，头脑清醒的人就会在权威的师徒传承中受到启迪。至尊主曾亲自教导布茹阿玛，亲自给阿尔诸纳讲述《博伽梵歌》，所以由他们两人开始的师徒传承，都是权威的师徒传承。阿尔诸纳接受至尊主所作的如下声明：

ahaṁ sarvasya prabhavo
mattaḥ sarvaṁ pravartate
iti matvā bhajante māṁ
budhā bhāva-samanvitāḥ

（《博伽梵歌》10.8）

“我是灵性世界和物质世界的源头。一切都来自我。精通这一点的明智之人为我做奉爱服务，诚心诚意地崇拜我。”

尽管至尊主放射的能量在知识贫乏者眼前展现各种幻象，但头脑清醒的人清楚：至尊主甚至可以在很遥远的地方通过祂的各种能量行事，就像火可以把光和热扩散到很远的地方一样。在古代医学阿尤尔·韦达(Āyur-veda)著作中，记载着以下表明接受至尊主最高地位的诗句：

jagad-yoner anicchasya
cid-ānandaika-rūpiṇaḥ
puṁso 'sti prakṛtir nityā
praticchāyeva bhāsvataḥ

acetanāpi caitanya-
yogena paramātmanaḥ
akarod viśvam akhilam
anityam nāṭakākṛtim

有一位至尊人，祂是这个宇宙展示的祖先，祂的物质能量——帕奎缇(prakṛti)的活动，像反射光一样使人眼花缭乱。帕奎缇的这种引起人错觉的活动，在至尊主的生命能量的配合下，甚至使死物都动了起来。所有的物质活动在愚昧者的面前表演着戏剧。无知的人甚至可以在帕奎缇演的这出戏中扮演科学家或生理学家。但头脑清醒的人知道，帕奎缇是至尊主的错觉能量。《博伽梵歌》所证实了的这个结论清楚地表明：正如物质世界是至尊主低等能量(aparā prakṛti)的展示，生物则是至尊主高等能量(parāprakṛti)的展示。尽管能量和能量的拥有者之间差别很小，但至尊主的高等能量也不能等同于至尊主本人。正如火与热的差别很小，火有热量，但热量并不是火。知识贫乏的人就连这种简单的常识都不懂，竟错误地声称火和热是一样的。这里把热这一火的能量解释为是反射光，而不直接是火。所以，以生物为代表的生命能量是至尊主的反射光，永远不是至尊主本人。作为至尊主的反射光，生物的存在有赖于至尊主——原光。至尊主的物质能量被比喻为黑暗，而且实际上就是黑暗，生物在黑暗中的活动只不过是原光的反射。我们应该从这节诗的内容了解至尊主。误认为至尊主的两种能量脱离至尊主而独立存在的概念，被解释为是玛亚——错觉。没人能只用光的反射来解决愚昧的黑暗问题。同样，没人能只靠普通人反射出的光线摆脱物质的存在；人必须接受原光的光芒。在黑暗中的阳光反射光不足以驱除黑暗，但原本的阳光却能完全驱逐黑暗。如果房间里一片黑暗，就没人能看见房里的事物。正因为如此，人在黑暗中时会害怕蛇和蝎子，尽管周围也许并没有这些东西。但在光线明亮的房间里，所有的东西都清晰可见，人对蛇和蝎子的恐惧就会烟消云散。为此，我们应该像《博伽梵歌》或《圣典博伽瓦谭》中所说的那样，托庇于至尊主的光芒，而不应该托庇于切断与至尊主联系的人的反射光。我们绝不应该去听不相信至尊主存在的人讲述《博伽梵歌》或《圣典博伽瓦谭》。这样的人已经在劫难逃，与这种注定要毁灭的人交往，会使自己也灾难临头。

《莲花往世书》(Padma Purāṇa)中记载，物质领域内有无数物质宇宙，全都处在黑暗中；所有的生物体，上至布茹阿玛(无数的宇宙中有无数的布茹阿玛)，下至微小的蚂蚁，全都诞生在愚昧的黑暗中。他们需要至尊主放射出的光芒以便直接看到祂，正如只有在阳光的直接照射下才能看见太阳，无论灯光等人造光的光线有多么强烈，都不能帮助人看到太阳。太阳本身揭示它自己。所以，只有当至尊主(人格首神)本人出于没有缘故的仁慈展示祂自己时，我们才能了解祂不同的能量所从事的活动。非人格神主义者说，神是不可能被看见的。但事实上，神是可以被看到的，只不过需要凭借神发出的光芒，而不是心智思辨的人造光。至尊主在这节诗里特意发出的光是“你应该知道(vidyāt)”，而这是给布茹阿玛下的命令。至尊主直接下的这道命令是祂内在能量的展现，而这种能量是使人得以面见至尊主的工具。不仅是布茹阿玛，任何人如果能得到至尊主的仁慈、直接的内在能量的恩典，就能在不需要心智思辨的情况下认识到至尊人格首神。

第35节　यथा महान्ति भूतानि भूतेषूच्चावचेष्वनु ।
प्रविष्टान्यप्रविष्टानि तथा तेषु न तेष्वहम् ॥३५॥

yathā mahānti bhūtāni
bhūteṣūccāvaceṣv anu

pravișțāny apravișțāni
tathā teṣu na teṣv aham

yathā—就像 / mahānti—宇宙的 / bhūtāni—元素 / bhūteṣu uccaavaceṣu—微小和庞大的 / anu—之后 / praviṣṭāni—进入 / apraviṣṭāni—不进入 / tathā—这样 / teṣu—在他们中 / na—不 / teṣu—在他们中 / aham—我自己

译文 布茹阿玛啊！请了解，物质创造的重大元素既进入宇宙，同时又不进入宇宙；同样，我本人也是既存在于被创造的万物之内，同时又在万物之外。

要旨 土、水、火、气、空间等物质创造的重大元素，不仅都进入海洋、山脉、水生物、植物、爬虫、飞禽、走兽、人类、半神人等宇宙内所有展示了的躯体内，同时还独立于所有展示了的躯体而存在。人类在意识的高级阶段，可以学习生理学和自然科学，但这些科学所研究的只不过是些物质元素而已。无论是人的躯体、山的躯体，甚至包括布茹阿玛在内的半神人的躯体，都是由土、水等同样的成分构成的，但这些元素同时也存在于躯体之外。元素是先被创造，然后进入躯体结构中；但在两种情况下，它们都既进入宇宙，同时也存在于宇宙之外。同样道理，至尊主以祂的内在能量和外在能量等不同的能量，既处在展示了的宇宙万物之内，同时又处在万物之外，住在前面描述过的神的王国(外琨塔珞卡)中。就有关这一点，《布茹阿玛·萨密塔》第5章的第37节诗中生动地描述说：

ānanda-cinmaya-rasa-pratibhāvitābhis
tābhir ya eva nija-rūpatayā kalābhiḥ
goloka eva nivasaty akhilātma-bhūto
govindam ādi-puruṣaṁ tam ahaṁ bhajāmi

“我崇拜至尊人格首神哥文达(Govinda)，祂通过扩展祂那超然、知识和快乐的内在能量自娱自乐，并与祂扩展的形象一起享乐。与此同时，祂还进入创造中的每一个原子。”

《布茹阿玛赞》第5章的第35节诗中，对祂的这个完整扩展更明确地解释说：

eko 'py asau racayituṁ jagad-aṇḍa-koṭiṁ
yac-chaktir asti jagad-aṇḍa-cayā yad-antaḥ
aṇḍāntara-stha-paramāṇu-cayāntara-sthaṁ
govindam ādi-puruṣaṁ tam ahaṁ bhajāmi

“我崇拜至尊人格首神哥文达，祂通过祂的完整扩展进入每一个宇宙和每一个原子微粒，以此在整个物质创造中无限地展示祂无穷的能量。”

非人格神主义者能够想象或甚至感知到至尊布茹阿曼(梵)是无所不在的，因此下结论说，祂不可能有个人形象。有关祂的超然知识存在着一个秘密。这秘密就是对首神超然的爱。对首神充满超然的爱的人，可以毫不困难地在每一粒原子中，每一个可移动或不可移动的实体中看到人格首神。不仅如此，他同时还可以在人格首神的私人住所哥珞卡中，看到至尊人格首神与祂永恒的同伴一起享受永恒的娱乐活动，而祂的这些同伴也是祂超然存在的众多扩展。正如至尊主在开始时所说的，对至尊人格首神充满爱可以使人培养超然的视力是灵性知识的真正秘密(sarahasyaṁ tad-aṅgaṁ ca)。这个秘密是有关至尊者的知识中最机密的部分，心智思辨者凭智力操练不可能揭开它。但是，布茹阿玛在他的《布茹阿玛·萨密塔》第5章的第38节诗中所推荐的程序，却能帮助我们揭开这秘密：

premāñjana-cchurita-bhakti-vilocanena
santaḥ sadaiva hṛdayeṣu vilokayanti
yaṁ śyāmasundaram acintya-guṇa-svarūpaṁ
govindam ādi-puruṣaṁ tam ahaṁ bhajāmi

“我崇拜存在中的第一位人格首神哥文达，奉献者总是用涂满了爱膏的眼睛看着祂。祂以祂夏玛逊达尔(Śyāmasundara)的永恒形象处在奉献者的心中。”

尽管至尊人格首神在每一颗原子中，不被进行枯燥思辨的人所见，但祂却神秘地展现在纯粹奉献者的眼前，因为他们的眼睛涂满了爱神的眼膏。这种对首神的爱，只能通过练习为至尊主做超然的爱心服务才能获得；除此之外没有其他办法。奉献者的眼睛不是普通的眼睛，而是经过奉爱服务的程序净化过的。换句话说，正如物质创造元素既在物质宇宙中又在物质宇宙外；启示经典中描述说，至尊主的名字、形象、特质、娱乐活动、随行人员等，既在离物质宇宙很遥远的外琨塔星球上展出，同时又被实际地播送到奉献者心中的屏幕上。即使靠物质科学，人也可以通过电视看到很遥远的事物，但知识贫乏的人了解不了这一事实。实际上，灵性上很进步的人能在自己心中的屏幕上一直不断地看神的王国播放的节目。那就是有关首神知识的神秘之处。

正如纳茹阿达所证实的，至尊主可以把解脱(mukti)赐给任何人，使其摆脱物质存在的束缚，却很少赐给人对首神的爱这一特权(muktiṁ dadhāti karhicit sma na bhakti-yogam)。为至尊主所做的超然的奉爱服务是如此神奇，使做服务的幸运奉献者始终全神贯注于绝对真理。因此，奉献者心中培育的对首神的爱，是极为神秘的。布茹阿玛曾经告诉纳茹阿达：由于他一直全神贯注地为至尊主做超然的爱心服务，他自己的愿望从来都没有未实现过；而且他心中除了想要为至尊主做超然的服务，也没有其他愿望。这就是奉爱瑜伽程序的美妙和神奇之所在。至尊主是阿秋塔(acyuta)——永不犯错的人，因此祂的愿望也是绝对正确的；同样，为至尊主做超然服务的奉献者，其愿望也是没有错误的。然而，对不知道奉爱服务奥秘的外行人来说，这一点很难理解，就像人们很难知道点金石的力量一样。点金石极为罕有，至尊主纯粹的奉献者也非常罕见，甚至在几百万个解脱了的灵魂中也很难见到一个(koṭiṣv api mahāmune)。在借各种各样藉灵修程序达到的完美境界中，奉爱瑜伽——练习做奉爱服务的程序使人达到的完美境界最高级、最神秘，甚至比练神秘瑜伽所获得的八种神通还要神秘。为此，在《博伽梵歌》第18章的第64节诗中，至尊主就有关练奉爱瑜伽的事宜告诫阿尔诸纳说：

sarva-guhyatamaṁ bhūyaḥ
śṛṇu me paramaṁ vacaḥ

“听我给你讲解《博伽梵歌》训示中最机密的知识。”就有关这一点，布茹阿玛对纳茹阿达也证实说：

idaṁ bhāgavataṁ nāma
yan me bhagavatoditam
saṅgraho 'yaṁ vibhūtīnāṁ
tvam etad vipulīkuru

“我对你讲述的有关《博伽瓦谭》的一切，都是至尊人格首神给我讲解的。我建议你详细说明这些论题，以使人们可以靠为至尊主做超然的爱心服务更容易地了解神秘的奉爱瑜伽。”

在此我们要留意：奉爱瑜伽的奥秘是由至尊主本人向布茹阿玛揭示的。布茹阿玛把这奥秘解释给纳茹阿达听，纳茹阿达随后给维亚萨解释，维亚萨又把它解释给舒卡戴瓦·哥斯瓦米听……这同样的知识就这样经过真正的师徒传承传了下来。人如果有足够的福气从这超然的师徒传承接受到这知识，就肯定会有机会了解至尊主和至尊主的声音化身《圣典博伽瓦谭》的奥秘。

第36节　एतावदेव जिज्ञास्यं तत्त्वजिज्ञासुनात्मनः ।
अन्वयव्यतिरेकाभ्यां यत्स्यात्सर्वत्र सर्वदा ॥३६॥

etāvad eva jijñāsyaṁ
tattva-jijñāsunātmanaḥ
anvaya-vyatirekābhyāṁ
yat syāt sarvatra sarvadā

etāvat—直到这个 / eva—肯定地 / jijṣāsyam—要询问 / tattva—绝对真理 / jijṣāsunā—由学生 / ātmanaḥ—至尊灵魂的 / anvaya—直接地 / vyatirekābhyām—间接地 / yat—不论什么 / syāt—可能 / sarva-tra—无论何时何地 / sarvadā—所有情况下

译文 追寻至尊绝对真理——人格首神的人，必须在所有的情况下，在所有的空间和时间里，直接和间接地寻找，直到发现这一事实。

要旨 正如前一节诗所解释的，揭开奉爱瑜伽的奥秘是一切询问的最后结果，是好奇爱问者的最高目标。每个人都在以不同的方式追求觉悟自我，这些方式分别是：活动瑜伽(karma-yoga)、思辨瑜伽(jñāna-yoga)、冥想瑜伽(dhyāna-yoga)、王道瑜伽(rāja-yoga)和奉爱瑜伽等。觉悟自我是每一个意识高度发展了的生物体的责任。意识高度发展了的人肯定会询问有关自我的奥秘、宇宙的情况，以及人生各方面的问题，内容涉及社会、政治、经济、文化、宗教和道德等各个领域。但这节诗里解释了所有这些询问的最终目标。

《韦丹塔·苏陀》哲学以询问生命为开始，《博伽瓦谭》则回答这些询问，直谈到“一切询问的奥秘”这一点。布茹阿玛希望至尊人格首神给他以完美的教育，至尊主便用短短的四节诗作答。这四节诗以梵文aham eva为开始，到etāvad eva结束，解释了所有觉悟自我的程序的最终目的。人们被黑暗中的反射光所迷惑，不知道生命的最高目标是至尊人格首神维施努，因此被不受控制的感官拖着进入物质生存最黑暗的地带。以性欲为基础的感官享乐，是整个物质世界存在的原因，结果尽管各方面的知识很多，但人们从事所有活动的最终目标是为了感官享乐。然而，这节诗里告诉我们人生的真正目标是什么，每一个人都应该向精通奉爱瑜伽科学的真正灵性导师——按《博伽瓦谭》的教导生活的人提问，以便了解这一目标。

为了了解人生的真正目标，大家都在查找各种各样的经典，以期得到答案，但《圣典博伽瓦谭》给追求觉悟自我的各种学生提供了答案，那就是：不付出巨大的努力，没有不屈不挠的精神，就不可能了解人生的这个最高目标。极为真诚地想知道答案的人，必须向布茹阿玛师徒传承中的真正的灵性导师询问：这就是这节诗中所给予的指示。因为至尊人格首神向布茹阿玛揭示了觉悟自我的这个秘密，所以人们应该向布茹阿玛传承中真正的灵性导师询问所有这些问题。真正的灵性导师直接是至尊主的代表，得到师徒传承的承认。这样一位真正的灵性导师，有能力通过直接和间接地引用启示经典中的证据，把所有的一切解释清楚。就有关这方面，每个人虽然都有查阅启示经典的权利，但还是需要一位真正的灵性导师的指导，而这就是这节诗所给予的指示。真正的灵性导师是至尊主最信任的代表，人必须像布茹阿玛从至尊人格首神圣主奎师那那里接受指示一样，以同样的态度接受灵性导师的教导。在真正的师徒传承中的真正的灵性导师，永远都不会自称是至尊主，尽管从他利用个人的觉悟体验把至尊主送到门徒面前的角度讲，他比至尊主还伟大。靠接受教育或想象力丰富的头脑并不能找到至尊主，但真诚的学生透过真正的灵性导师这一透明媒介却可以找到祂。

为了让人达到最高的目的，启示经典给予了明确的指示，但被迷惑的生物因为被黑暗中的反射光照瞎了双眼，所以找不到启示经典中所阐述的真理。例如在《博伽梵歌》中，所有的指导都指向至尊人格首神圣主奎师那，但很多未经授权的人因为不向布茹阿玛传承中的一位真正的灵性导师学习，且不具备当场聆听《博伽梵歌》的阿尔诸纳所具有的真诚学生的资格，便为了满足自己的奇思怪想，胡乱解释启示经典中的知识。《博伽梵歌》无疑被接受为是灵性天空的地平线上最光明的星星之一，但这部伟大的知识典籍却被那些人曲解得面目全非，以致学习《博伽梵歌》的学生仍处在闪烁着反射光的物质黑暗中。这些学生很难得到《博伽梵歌》的启示。《博伽梵歌》中的教导，实际上与《博伽瓦谭》最初的四节诗的教导一样，但未被授权的人的错误解释和为顺应潮流而作的曲解，却使人无法得到最终的结论。《博伽梵歌》第18章的第61节诗明确地说：

īśvaraḥ sarva-bhūtānāṁ
hṛd-deśe 'rjuna tiṣṭhati
bhrāmayan sarva-bhūtāni
yantrārūḍhāni māyayā

“阿尔诸纳啊！每个生物都坐在一台由物质能量制成的机器上，至尊主处在他们心中，指导他们周游四方。”

至尊主作为超灵处在每一个生物体的心中。在物质世界里，祂透过祂的外在能量控制着众生。因此，经典中明确地说至尊主是至高无上的控制者，而生物被至尊主所控制。在《博伽梵歌》第18章的第65节诗中，至尊主指示说：

man-manā bhava mad-bhakto
mad-yājī māṁ namaskuru
mām evaiṣyasi satyaṁ te
pratijāne priyo 'si me

“永远想着我，崇拜我，向我致敬，成为我的奉献者。这样，你就会成功地来到我这里。我向你保证这一点，因为你是我特别珍视的朋友。”

从《博伽梵歌》的这节诗中可以清楚地看到，至尊主给予的指示是：人应该一心一意地想着神，成为至尊主的奉献者、崇拜者；必须向至尊主奎师那表示所有的敬意。这样做的奉献者，毫无疑问将重返家园，回归首神。

它间接地说明，整个韦达社会结构的安排，是使每一个人都能作为至尊主整个身体不可缺少的一部分去活动。就至尊主的整个身体来说，知识分子——布茹阿玛纳(婆罗门)，在至尊主的脸部；行政管理阶层人士——查垂亚(kṣatriya，刹帝利)，在至尊主的手臂部位；生产阶层人士——外夏(vaiśya，吠舍)，在至尊主的腰部；劳工阶层人士——庶铎(śūdra，首陀罗)，在至尊主的腿部。因此，整个社会结构便是至尊主的身体。布茹阿玛纳、查垂亚、外夏和庶铎这些身体的各个部分，应该共同为至尊主的整个身体服务；否则，这些部分就与整体至尊意识不协调一致了。事实上，只有同心协力为至尊人格首神服务，才能获得宇宙意识，才能保证整个人类社会协调发展，共臻完美境界。在物质世界里，尤其是现代社会中，就连伟大的科学家、哲学家、心智思辨者、政治家、企业家、社会改革家等，都不能使动荡的社会减轻一丝一毫的痛苦；原因就在于他们不知道《博伽瓦谭》这节诗中所谈的成功秘诀，即人必须了解奉爱瑜伽的奥秘。《博伽梵歌》第7章的第15节诗中也说：

na māṁ duṣkṛtino mūḍhāḥ
prapadyante narādhamāḥ
māyayā 'pahṛta-jñānā
āsuraṁ bhāvam āśritāḥ

“邪恶之徒不皈依我。他们分别是：粗俗的愚氓，最低贱的人，被假象窃取了知识的人，以及有不信神的恶魔本性的人。”

由于人类社会中所谓的大领袖们对奉爱瑜伽这门非凡的知识一无所知，始终从事感官享乐的可耻活动，因而被至尊主的外在能量所迷惑。他们愚蠢、邪恶、低贱，因此顽固地反抗至尊人格首神的至尊地位，从不愿意皈依至尊主。尽管从物质的角度讲，这些不信神的人也许受过高等教育，但他们实际上是世上最愚蠢的人，由于受外在能量——物质自然的影响，他们得到的所谓知识根本没有实际的作用。现代物质文明中的一切知识进步，都被误用于猫和狗为了感官享乐而你争我夺的争斗上。在科学、哲学、艺术、国家主义、经济发展、宗教和各种重大活动方面获得的知识，都被滥用当做死人的服饰。这些覆盖死尸的服饰除了能从无知大众那里获取不实的称赞外，别无用处。为此，《圣典博伽瓦谭》再三强调：在没有练奉爱瑜伽之前，人类社会所有的活动都被认为是绝对失败的。《圣典博伽瓦谭》第5篇第5章的第5节诗中说：

parābhavas tāvad abodha-jāto
  yāvan na jijñāsata ātma-tattvam
yāvat kriyās tāvad idaṁ mano vai
  karmātmakaṁ yena śarīra-bandhaḥ

只要人不为了觉悟自我而探询知识，他所从事的物质活动无论有多伟大，都只不过是种种失败而已，因为那些不值得从事且没有利益的活动并不能帮助人实现人生的目标。人体的作用是使寄居其中的灵魂摆脱物质的束缚，但一个人只要还专注于物质活动，他的心就会在物质的旋涡中打转，使他一世复一世地被囚禁在物质躯体的牢笼中。《圣典博伽瓦谭》第5篇第5章的第6节诗中说：

evaṁ manaḥ karma-vaśaṁ prayuṅkte
  avidyayātmany upadhīyamāne
prītir na yāvan mayi vāsudeve
  na mucyate deha-yogena tāvat

是人的心念造就了不同种类的躯体，使人承受各种各样的物质痛苦。因此，心念一旦集中于功利性活动，就必然完全沉浸在愚昧中，使生物一次又一次地被不同的物质躯体所束缚，直到他培养了对至尊人华苏戴瓦超然的爱为止。专注于至尊人华苏戴瓦超然的名字、特质、形象和活动，意味着心念从物质拉回到了绝对知识上，这将使人走上认识绝对真理的路途，从而摆脱物质牢笼的囚禁，不再被关进各种物质的躯体。

为此，圣吉瓦·哥斯瓦米·帕布帕德在评论为至尊主做奉爱服务的奉爱瑜伽时，用了“一切时空(sarvatra sarvadā)”的说法，意思是适于所有的情况。奉爱瑜伽，所有的启示经典都推荐它，所有的权威人士都实践它；它在任何地方都很重要，在每一个因果中都有效。谈到所有的启示经典，吉瓦·哥斯瓦米引述《斯康达往世书》(Skanda Purāṇa)中布茹阿玛与纳茹阿达的对话说：

saṁsāre 'smin mahā-ghore
  janma-mṛtyu-samākule
pūjanaṁ vāsudevasya
  tārakaṁ vādibhiḥ smṛtam

物质世界充满着黑暗与危险，是由生与死及各种各样的焦虑组成的。要想摆脱这纠缠在一起的巨网，就必须为至尊主华苏戴瓦做超然的爱心服务。所有的哲学家都承认这一事实。

圣吉瓦·哥斯瓦米还从《莲花往世书》(Padma Purāṇa)、《斯康达往世书》和《林嘎往世书》(Liṅga Purāṇa)这三部启示经典中引叙它们共有的一节诗说：

ālodya sarva-śāstrāni
  vicārya ca punaḥ punaḥ
idam ekaṁ suniṣpannaṁ
  dhyeyo nārāyaṇaḥ sadā

“经过反复详查所有的启示经典及再三判断，现在得出的结论为，主纳茹阿亚纳是至尊绝对真理。因此，只有祂应该受到崇拜。”

就同样的真理，《嘎茹达往世书》(Garuḍa Purāṇa)中也间接阐明说：

pāraṁ gato 'pi vedānāṁ
  sarva-śāstrārtha-vedy api
yo na sarveśvare bhaktas
  taṁ vidyāt puruṣādhamam

“人即使熟读所有的韦达经，精通所有的启示经典，但如果不是至尊主的奉献者，就必定被认为是人类中最低贱的人。”同样，《圣典博伽瓦谭》第5篇第18章的第12节诗也间接地说：

yasyāsti bhaktir bhagavaty akiñcanā
  sarvair guṇais tatra samāsate surāḥ
harāv abhaktasya kuto mahad-guṇā
  mano-rathenāsati dhāvato bahiḥ

对至尊人格首神忠心耿耿的人，必定具有半神人所有的美好品格；相反，不是至尊主奉献者的人，必定在心智思辨的黑暗中徘徊，因而必然从事短暂的物质活动。《圣典博伽瓦谭》第11篇第11章的第18节诗说：

śabda-brahmaṇi niṣṇāto
na niṣṇāyāt pare yadi
śramas tasya śrama-phalo
hy adhenum iva rakṣataḥ

“一个人也许精通所有超然的韦达文献，但如果他不了解至尊主，那结论必然是，他所受的一切教育就像畜生背负的重担或养了一头不产奶的乳牛。”

至尊主赋予每一个人为祂做超然爱心服务的权利，就连妇女、庶铎(首陀罗)、森林部落里的人或其他出生在罪恶情况中的生物体也不例外。《圣典博伽瓦谭》第2篇第7章的第46节诗说：

te vai vidanty atitaranti ca deva-māyāṁ
strī-śūdra-hūṇa-śabarā api pāpa-jīvāḥ
yady adbhuta-krama-parāyaṇa-śīlaśikṣās
tiryag-janā api kimu śruta-dhāraṇā ye

“归依了的灵魂，哪怕是来自女人、劳动阶层、山地人和沙巴茹阿人等过着罪恶生活的群体，哪怕是有飞禽走兽的躯体，只要投靠至尊主纯粹的奉献者，向他们学习做奉爱服务，也能了解有关首神的科学，摆脱错觉能量的钳制并获得解脱。”

如果能得到精通为至尊主做超然爱心服务的真正的灵性导师的训练，那么就连人类中层次最低的人都可以被提升到过奉爱生活的最高层面。如果最低阶层的人都能得到这样的提升，还用说那些精通韦达知识的高级人士的处境吗？结论是：每一个人，无论他是谁，都有为至尊主做奉爱服务的权利。这就是奉爱服务适于所有情况、所有人的证明。

因此，经典奉劝每一个生物体，即使不属于人类，都要在真正的灵性导师的训练下，带着完美的知识去为至尊主做奉爱服务。就有关这一点，《嘎茹达往世书》证实说：

kīṭa-pakṣi-mṛgāṇāṁ ca
harau sannyasta-cetasām
ūrdhvām eva gatiṁ manye
kiṁ punar jñānināṁ nṛṇām

“就连虫子、飞禽和走兽，在完全皈依的情况下为至尊主做超然的爱心服务后都保证能上升到生命最完美的境界，更何况人类中的哲学家呢？”

因此，为至尊主做奉爱服务根本不需要具备什么资格，谁都可以做，无论他们是行为检点还是行为恶劣，是博学多才还是愚不可及，是十分依恋物质生活还是进入了生命的弃绝阶层，是解脱的灵魂还是期望得到救赎的灵魂，是精通奉爱服务还是不精通奉爱服务，所有的人都可以在正确的指导下做奉爱服务，从而被提升到最高的层面。对此，《博伽梵歌》第9章的第30节诗和第32节诗证实说：

api cet sudurācāro
bhajate mām ananya-bhāk
sādhur eva sa mantavyaḥ
samyag vyavasito hi saḥ

māṁ hi pārtha vyapāśritya
ye 'pi syuḥ pāpa-yonayaḥ
striyo vaiśyās tathā śūdrās
te 'pi yānti parāṁ gatim

“一个人即使从事过最令人憎恶的活动，但如果做奉爱服务，也就被认为是圣洁的，因为他下的决心是正确的。”

“普瑞塔的儿子啊！托庇于我的人，即使是妇女、外夏、庶铎或出身低贱的人，也能到达至高无上的目的地。”

真诚皈依，才是可以引导人达到生命最完美境界的唯一资格。

除非这种真诚之心复苏过来，否则从物质角度判断，就有清洁与不清洁，博学与无知之分。火永远是火，人只要去碰火，不管是有意的还是无意的，火都会烧到人。原则是：全能的至尊主能把奉献者的所有恶报都清除掉，就像太阳可以用它强有力的光线杀死所有的传染病菌一样(harir harati pāpāni duṣṭa-cittair api smṛtaḥ)。就有关这方面，启示经典中有成千上万的警句格言，例如："物质享乐的吸引力，影响不了至尊主纯粹的奉献者"；"为至尊主所做的超然爱心服务，甚至吸引觉悟了自我的灵魂(ātmārāmāś ca munayaḥ)"；"仅仅聆听和吟诵、吟唱，就能使人成为主华苏戴瓦伟大的奉献者(kecit kevalayā bhaktyā vāsudeva-parāyaṇāḥ)"(《圣典博伽瓦谭》6. 1. 15)；"分秒不离至尊主莲花足的人，被认为是最优秀的外士纳瓦(na calati bhagavat-padāravindāl lavanimiṣārdham api sa vaiṣṇavāgryaḥ)"；"纯粹的奉献者确信能与人格首神本人交往，因此一直不断地为至尊主做超然的爱心服务(bhagavat-pārṣadatāṁ prāpte mat-sevayā pratītaṁ te)"。因此，在所有的陆地、星球和宇宙，都流行为至尊主做奉爱服务——奉爱瑜伽，而这是《圣典博伽瓦谭》及同类经典的声明。所有的地方，意思是至尊主创造中的每一个部分。我们身上的每一个感官都可以用来侍奉至尊主，甚至只用心念也可以。只在心中用想的方式侍奉至尊主的那位南印度布茹阿玛纳(婆罗门)，也实际地觉悟到了至尊主。奉献者只要怀着奉爱之情全心全意地为至尊主做服务，那么无论他用他的哪一个感官去做，成功都是必然的。我们可以把一切用来为至尊主服务，哪怕是一朵花、一片叶、一个水果或一点水这些宇宙中随处可见，甚至不需要任何花费的最常见的东西都可以。因此，宇宙中的生物可以在宇宙中任何地方为至尊主服务。而且，为至尊主服务的方式也很简单，可以仅仅是聆听有关祂的一切，可以仅仅是吟诵、吟唱或阅读有关祂的种种活动，也可以仅仅是崇拜祂、承认祂。

《博伽梵歌》中说，人无论做什么，只要把自己工作的结果奉献给至尊主，就是为祂做服务了。一般人也许会说，他们所做的一切都是经由神的启示做的，但事实并非完全如此。其实，作为神的仆人，人应该为神而工作。至尊主在《博伽梵歌》第9章的第27节诗中说：

yat karoṣi yad aśnāsi
yaj juhoṣi dadāsi yat
yat tapasyasi kaunteya
tat kuruṣva mad-arpaṇam

“琨缇的儿子啊！无论你做什么，吃什么，供奉或施舍什么，从事什么苦行，都应该把它们当做给我的供奉去做。”

你无论自己做生意还是被雇用，就为至尊主而做。无论你吃什么，你先把食物供奉给至尊主，确信祂吃过后会还给你。祂是完整的整体，所以会接受并食用奉献者出于对祂的爱供奉给祂的食物，但随后会以帕萨达(prasāda)的方式回赠给奉献者，好让奉献者食用后能够快乐。换句话说，应该当神的仆人，怀着这种意识平静地生活，最终重返家园，回到首神身边。

《斯康达往世书》中说：

yasya smṛtyā ca nāmoktyā
tapo-yajña-kriyādiṣu
nūnaṁ sampūrṇatām eti
sadyo vande tam acyutam

“我虔诚地向祂——永不犯错的人顶礼，因为只要记住祂或发出祂圣名的声音，人就能达到从事一切苦行、祭祀或功利性活动所能达到的完美境界。而且，这个方法是随处通用的。”《圣典博伽瓦谭》第2篇第3章的第10节诗说：

akāmaḥ sarva-kāmo vā
mokṣa-kāma udāra-dhīḥ

tīvreṇa bhakti-yogena
yajeta puruṣaṁ param

“有高度智慧的人，无论内心是充满各种物质欲望，是根本没有物质欲望，还是想要得到解脱，都必须用尽所有的方法崇拜至尊的整体——人格首神。”

半神人的源头是至尊人格首神，因此人不必急着去取悦每一个半神人和女神。正如往树根浇水，树的枝枝叶叶就都得到了滋养；直接为至尊主做服务的人，自然而然也就侍奉了每一个半神人和女神，根本不需要做额外的努力。至尊主无所不在，所以为祂做的服务也无所不在。《斯康达往世书》中证实这一事实说：

arcite deva-deveśe
śaṅkha-cakra-gadā-dhare
arcitāḥ sarva-devāḥ syur
yataḥ sarva-gato hariḥ

人格首神哈尔依无所不在，所以当手持海螺、飞轮、大头棒和莲花的至尊主——人格首神受到崇拜时，所有的半神人无疑也自然而然受到了崇拜。因此，无论是什么人，在崇拜中起什么作用，在语法中是主格、受格、使役动词、与格、夺格、所有格还是支持格，每个人都会因为为至尊主做超然的爱心服务而受益。崇拜至尊主的人、被崇拜的至尊主本人、崇拜至尊主的原因、崇拜用品的供货源、举行这种崇拜的地方，等等，所有的一切都会因这样的活动而受益。

就连物质世界毁灭时，也可以用到奉爱瑜伽的程序。至尊主在物质世界毁灭时保护韦达经不遭毁灭，因此受到崇拜。祂在每一个年代(yu-ga)都受到崇拜。《圣典博伽瓦谭》第12篇第3章的第52节诗中说：

kṛte yad dhyāyato viṣṇuṁ
tretāyāṁ yajato makhaiḥ
dvāpare paricaryāyāṁ
kalau tad dhari-kīrtanāt

“在萨提亚年代靠冥想维施努所得到的结果，在特瑞塔年代靠举行祭祀所得到的结果，在杜瓦帕尔年代靠侍奉至尊主的莲花足所得到的结果，都可以在喀历年代中靠吟诵、吟唱哈瑞·奎师那玛哈·曼陀得到。”

《维施努往世书》(ViṣṇuPurāṇa)中写道：

sa hānis tan mahac chidraṁ
sa mohaḥ sa ca vibhramaḥ
yan-muhūrtaṁ kṣaṇaṁ vāpi
vāsudevaṁ na cintayet

“哪怕有一刻没有记住至尊人格首神华苏戴瓦，也是巨大的损失、最大的错觉、最反常的事。”

人在生命的每一个阶段都可以崇拜至尊主，帕拉德王(Mahārāja Prahlāda)和帕瑞克西特王甚至在母亲的子宫中就已经崇拜至尊主了；杜茹瓦王(Dhruva Mahārāja)在还是五岁的孩童时，就开始崇拜至尊主；安巴瑞施王(Mahārāja Ambarīṣa)从青春年少开始就一直崇拜至尊主；兑塔茹阿施陀(Dhṛtarāṣṭra)在他老年、沮丧的最后日子里开始崇拜至尊主；阿佳米勒(Ajāmila)则是在死亡时才崇拜至尊主。崇拜至尊主不分地点，祺陀凯图王(Citraketu)甚至在天堂和地狱里也崇拜至尊主。《尼尔星哈往世书》(Narasiṁha Purāṇa)中说，地狱里的居民一旦开始吟诵、吟唱至尊主的圣名，就开始从地狱向天堂提升。杜尔瓦萨·牟尼(Durvāsā Muni)也支持这种看法说：“地狱里的居民仅仅靠吟诵、吟唱至尊主的圣名，就被赦免，不必再在地狱中受惩罚(mucyeta yan-nāmny udite nārako ’pi)。”因此，在《圣典博伽瓦谭》中，舒卡戴瓦·哥斯瓦米对帕瑞克西特王总结说：

etan nirvidyamānānām
icchatām akuto-bhayam
yogināṁ nṛpa nirṇītaṁ
harer nāmānukīrtanam

“君王啊！无论是摆脱了一切物质欲望的人，想要进行所有物质享乐的人，还是凭借超然的知识而内心感到满足的人，总之对所有的人来说，按伟大的权威所推荐的方式一直不断地吟诵、吟唱至尊主的圣名，毫无疑问是不用惧怕的成功之路。”

同样，启示经典在很多地方都间接指出：

(一)一个人即使精通所有的韦达经典，但如果不是至尊人格首神(至尊主)的奉献者，就被认为是最低等的人。

(二)《嘎茹达往世书》《毕尔汉·纳茹阿迪亚往世书》(Bṛhan-Nāradīya Purāṇa)和《莲花往世书》中，都重复强调同一个事实，那就是：对不为至尊主做奉爱服务的人来说，韦达知识和苦行有什么用呢？

(三)上千的生物体祖先怎么能与一位至尊主的奉献者相比？

(四)舒卡戴瓦·哥斯瓦米在《博伽瓦谭》第2篇第4章的第17节诗中说：博学的大圣人、大布施者、为荣誉而工作的优秀工作者、大哲学家和神秘主义者，以及韦达赞歌的优秀吟唱者和韦达原则严格的追随者，如果不把他们的专长用于为至尊主服务，就不可能获得实质性的结果。

(五)如果在一个地方中没人歌颂外琨塔的至尊主或祂的纯粹奉献者，那么即使这地方比天堂还要壮丽，也应该立即离开。

(六)为了能为至尊主服务，纯粹的奉献者拒绝五类不同的解脱。

因此，最后的结论是：必须随时随地宣扬至尊主的荣耀。人应该聆听祂的荣耀，吟诵、吟唱祂的荣耀，始终记着祂的荣耀，那是生命的最高完美阶段。从事功利性活动只能让人得到一个可供享乐的躯体；练瑜伽只能使人得到一些神通；研究经验主义哲学，只能让人获得超然的知识；而超然知识只能使人获得解脱。人们采用这些方法求取进步时，无论怎么做都会有再坠落的危险。但采用为至尊主做超然的奉爱服务的方法，就没有限制，也不用害怕坠落。凭借至尊主的恩典，这个程序会自动把人送到终点。在做奉爱服务的初级阶段，看起来需要有知识，但到了高级阶段时，就不再需要这些知识了。因此，最好的、最有保证的进步途径是，奉爱瑜伽——做纯粹的奉爱服务。

非人格神主义者为了按自己的喜好解释经典，有时会把《圣典博伽瓦谭》上述这四节精华诗抽出来加以利用。但应该留意的是：这四节诗是人格首神本人吟唱出来的，非人格神主义者对人格首神根本没有概念，所以根本不可能了解它们真正的意思。非人格神主义者也许会按他们的意愿解释这四节诗，但正如下一节诗所阐明的：在布茹阿玛师徒传承受过教育的人，永远都不会接受他们的解释。此外，经典(śruti)证实，至尊真理——绝对的人格首神，永远都不会向那些因为自己有些纯理论知识就骄傲自大的人揭示祂自己。《喀塔奥义书》第1篇第2章的第23节诗清楚地说：

nāyam ātmā pravacanena labhyo
na medhayā na bahudhā śrutena
yam evaiṣa vṛṇute tena labhyas
tasyaiṣa ātmā vivṛṇute tanuṁ svām

至尊主本人解释了一切，但不了解至尊主个人形象的人，如果没有师徒传承中那些实际按《博伽瓦谭》教导生活的人的教导，就很难理解《圣典博伽瓦谭》的要旨。

第37节　एतन्मतं समातिष्ठ परमेण समाधिना ।
भवान् कल्पविकल्पेषु न विमुह्यति कर्हिचित् ॥३७॥

etan mataṁ samātiṣṭha
paramena samādhinā
bhavān kalpa-vikalpeṣu
na vimuhyati karhicit

etat—这个 / matam—结论 / samātiṣṭha—保持坚定地 / paramena—

由至尊 / samādhinā—集中注意力 / bhavān—你自己 / kalpa—局部毁灭 / vikalpeṣu—最后的毁灭 / navimuhyati—永远不会困惑 / karhicit—任何像自满自得的事

译文 布茹阿玛啊！只要你永远牢记这个教导，那么无论是在部分性毁灭发生时，还是在最终的毁灭来临时，你都不会被骄傲所打扰。

要旨 至尊人格首神——主奎师那，在《博伽梵歌》第10章中用以“我是灵性世界和物质世界的源头(ahaṁ sarvasya prabhavaḥ)”为开始的四节诗，把整篇对话作了个总结；同样，在《圣典博伽瓦谭》第2篇的这一章中，以“在创造之前，除了我自己——人格首神，什么都不存在(aham evāsam evāgre)”为开始的四节诗，也是整部《圣典博伽瓦谭》的概括。在这四节诗中，《圣典博伽瓦谭》的最初讲述者，也就是《博伽梵歌》的最初讲述者——至尊人格首神圣主奎师那，解释《圣典博伽瓦谭》最重要的结论中所蕴藏的秘密要旨。针对《圣典博伽瓦谭》这四节诗，有很多文法家和喜欢作物质性争论的非奉献者，都企图表达他们自己的错误解释，但至尊主亲自告诉布茹阿玛，不要偏离至尊主本人告诉过他的那个不变的教导。至尊主是用这四节诗说出《圣典博伽瓦谭》核心的老师，布茹阿玛则是接受知识的学生。非人格神主义者玩文字游戏，曲解梵文“我(aham)”这个字，严格遵循《圣典博伽瓦谭》教导之人的心不该因此而受到干扰。《圣典博伽瓦谭》是描述至尊人格首神和祂的纯粹奉献者(bhāgavata)的著作，任何外人都没有权利擅自解释这部奉爱服务的机密文献。但不幸的是：与至尊人格首神毫无关系的非人格神主义者，有时却企图用他们那点可怜、枯燥的思辨性知识和文法知识来解释《圣典博伽瓦谭》。正因为如此，至尊主警告布茹阿玛(并通过他警告布茹阿玛传承中所有未来的奉献者)说：永远不要被所谓文法学家或其他知识贫乏的人的结论所误导；必须永远牢记经师徒传承传下来的教导。人不应该试图凭借世俗知识去对这教导作新的诠释。因此，想要学习布茹阿玛接受到的知识，就应该先做一件事——找一位师徒传承中的真正的灵性导师(至尊主的代表)。人不应该试图用自己掌握的那点有缺陷的世俗知识去解释经典，并绞尽脑汁加进自己的意思。古茹(guru)——真正的灵性导师，有能力正确地按照所有权威的韦达文献的内容教导门徒。他不会靠玩文字游戏去迷惑学生。真正的灵性导师会以身作则教导门徒有关奉爱服务的原则。不为至尊主本人做奉爱服务的人，就会像非人格神主义者和进行枯燥的心智思辨的人那样，生生世世不停地进行主观臆测，永远得不出最终的结论。真正的灵性导师按照启示经典的原则教导学生，而学生只要按灵性导师的教导去做，就会上升到完美的知识层面；学生的不断进步，将表现为越来越不依恋物质世界的感官享乐。世俗的争辩者们，对一个人竟能不再进行感官享乐这件事感到惊讶，因此对他们来说，为认识神所进行的任何坚定的努力，都是神秘主义。这种对感官享乐世界的不依恋，称为觉悟的布茹阿玛·布塔(brahma-bhūta)境界，是超然的奉爱生活(parābhaktiḥ)的初级阶段。布茹阿玛·布塔觉悟，又称为阿特玛茹阿玛(ātmārāma)阶段，在这个阶段的人内心感到彻底的满足，不再渴求感官享乐。这种内心完全满足的状态，是想了解有关至尊人格首神超然知识的人所必须具备的条件。《圣典博伽瓦谭》第1篇第2章的第20节诗证实说：

evaṁ prasanna-manaso
　bhagavad-bhakti-yogataḥ
bhagavat-tattva-vijñānaṁ
　mukta-saṅgasya jāyate

“由于为至尊主做奉爱服务而心中快乐不已的人，这样处在纯粹的善良属性层面上后，切断所有的物质联系，获得有关人格首神的真正科学知识。”

在这种内心完全满足，不再依恋感官享乐的阶段，人就能理解神的科学中各种复杂的机密知识；研究文法或进行学术性思辨，并不能帮助人理解那些机密的知识。布茹阿玛因为在跟至尊主的交流过程中使自己具备了资格，取悦了至尊主，至尊主便向祂揭示了《圣典博伽瓦谭》的目的。正如《博伽梵歌》第10章的第10节诗所说，任何一个不依恋感官享乐的奉献者，都能得到至尊主的直接教导：

teṣāṁ satata-yuktānāṁ
bhajatāṁ prīti-pūrvakam
dadāmi buddhi-yogaṁ taṁ
yena mām upayānti te

“对一直以爱心侍奉我的人，我赐予他们理解力，使他们来到我这里。”

对一直不断地为至尊主做超然的爱心服务(prīti-pūrvakam)的奉献者，至尊主会出于祂没有缘故的仁慈直接教导他们，使他们能正确地走在回归家园、回归首神的路途上。所以，人不应该试图靠心智思辨来理解《圣典博伽瓦谭》的这四节诗，而应该直接感知至尊人格首神，以便能了解布茹阿玛所看到和体验到的至尊主的住所外琨塔。每一个通过为至尊主做奉爱服务而处在超然状态中的人，都有可能得到对外琨塔星球的这种认识。

《哥帕勒·塔帕尼奥义书》(Gopāla-tāpanī Upaniṣad)中说：至尊主以牧牛童的身份出现在布茹阿玛面前(gopa-veśo me puruṣaḥ purastād āvirbabhuva)，而这个身份是至尊人格首神——圣主奎师那(哥文达)的身份。《布茹阿玛·萨密塔》第5章的第29节诗描述这个身份说：

cintāmaṇi-prakara-sadmasu kalpavṛkṣa-
lakṣāvṛteṣu surabhīr abhipālayantam
lakṣmī-sahasra-śata-sambhrama-sevyamānaṁ
govindam ādi-puruṣaṁ tam ahaṁ bhajāmi

“我崇拜哥文达——存在中的第一位至尊主、众生的祖先。在祂那用灵性珠宝建造的、由亿万棵如愿树环绕着的住所里，祂照顾乳牛，实现所有的愿望。成千上万的幸运女神——牧牛姑娘，怀着深深的敬意和爱侍奉祂。”

因此，至尊主奎师那是至尊人格首神的原本形象(kṛṣṇas tu bhagavān svayam)。就有关这一点，上述这节诗中解释得很清楚。至尊人格首神是主奎师那，而不是祂随后的扩展纳茹阿亚纳或主宰化身(puruṣa-avatāra)。整部《圣典博伽瓦谭》就是为了帮助人了解至尊人格首神圣主奎师那，培养奎师那意识。《圣典博伽瓦谭》与《博伽梵歌》一样，是以声音形式展示的至尊主本人。所以，结论是：《圣典博伽瓦谭》是至尊主的科学，其中完美地描述了至尊主和祂的居所，以使人们对这一切有清楚的认识。

第38节

श्रीशुक उवाच
सम्प्रदिश्यैवमजनो जनानां परमेष्ठिनम् ।
पश्यतस्तस्य तद्रूपमात्मनो न्यरुणद्धरिः ॥३८॥

śrī-śuka uvāca
sampradiśyaivam ajano
janānāṁ parameṣṭhinam
paśyatas tasya tad rūpam
ātmano nyaruṇad dhariḥ

śrī-śukaḥuvāca—圣舒卡戴瓦·哥斯瓦米说 / sampradiśya—完整地教导布茹阿玛 / evam—如此 / ajanaḥ—至尊主 / janānām—生物体的 / parameṣṭhinam—向最高的领袖布茹阿玛 / paśyataḥ—当他看着时 / tasya—祂的 / tatrūpam—那超然的形象 / ātmanaḥ—绝对者的 / nyaruṇat—消失了 / hariḥ—至尊人格首神

译文 舒卡戴瓦·哥斯瓦米对玛哈茹阿佳·帕瑞克西特

说：至尊人格首神——哈尔依，让生物体的领袖布茹阿玛看了祂的超然形象并教导布茹阿玛后，便消失了。

要旨 这节诗中清楚地说，至尊主是至尊人(ajanaḥ)；祂在教导布茹阿玛，说出《圣典博伽瓦谭》的那四节总结性诗节时，向布茹阿玛展示了祂的超然形象(ātmano rūpam)。在所有的人(janānām)之中，祂是至尊人(ajanaḥ)。正如《喀塔奥义书》(Kaṭha Upaniṣad)中所确认的，所有的生物都是个体的人，而在所有这样的人当中，至尊主哈尔依是至高无上的(nityo nityānāṁ cetanaś cetanānām)。因此，与物质世界不一样，超然的世界里没有非人格特征的存在余地。凡有知识(cetana)的地方，就存在着人格特征。在灵性世界里，一切都充满知识。所以，超然世界里的大地、水、树木、山脉、河流、人、动物及飞禽等一切，都同样具有知识。正因为如此，那里的一切都是具有人格特征的个体。《圣典博伽瓦谭》作为至高无上的韦达文献，告诉我们这一讯息。不仅如此，至尊人格首神还亲自教导布茹阿玛这一讯息，好让这位众生的领袖能把讯息传遍整个宇宙，以便教导至高无上的知识——奉爱瑜伽。布茹阿玛接到《圣典博伽瓦谭》这一讯息后，便把它传给爱子纳茹阿达，纳茹阿达又原封不动地把它传给维亚萨戴瓦，维亚萨戴瓦再把它传给舒卡戴瓦·哥斯瓦米。靠舒卡戴瓦·哥斯瓦米和帕瑞克西特王的仁慈，我们大家得到了这部永恒的《圣典博伽瓦谭》，有机会学习有关绝对的人格首神——主奎师那的这门科学。

第39节 अन्तर्हितेन्द्रियार्थाय हरये विहिताञ्जलिः ।
सर्वभूतमयो विश्वं ससर्जेदं स पूर्ववत् ॥३९॥

antarhitendriyārthāya
haraye vihitāñjaliḥ

sarva-bhūtamayo viśvaṁ
sasarjedaṁ sa pūrvavat

antarhita—消失之后 / indriya-arthāya—向所有感官的对象至尊人格首神 / haraye—向至尊主 / vihita-aṣjaliḥ—双手合十 / sarva-bhūta—所有的生物体 / mayaḥ—充满 / viśvam—宇宙 / sasarja—创造 / idam—这个 / saḥ—他(布茹阿玛) / pūrva-vat—就像以前一样

译文　至尊人格首神——哈尔依，是奉献者感官的超然享受对象。祂从布茹阿玛面前消失后，布茹阿玛双手合十，开始宇宙的再创造，使它像从前那样充满了生物体。

要旨　至尊人格首神哈尔依是所有生物满足感官的对象。物质世界里的生物，被至尊主外在能量耀眼的反射光所迷惑，不正确地运用自己的感官去满足至尊主的愿望，而是崇拜自己的感官。

《哈尔依·巴克提·苏窦达亚》(Hari-bhakti-sudhodaya)第13章的第2节诗说：

akṣṇoḥ phalaṁ tvādṛśa-darśanaṁ hi
tanoḥ phalaṁ tvādṛśa-gātra-saṅgaḥ
jihvā-phalaṁ tvādṛśa-kīrtanaṁ hi
sudurlabhā bhāgavatā hi loke

“至尊主的奉献者啊！看的感官只有在看到您之后才达到它的目的，身体的触觉直到触碰到您的身体后才完成了它的任务。舌头的唯一用途是歌颂您的品格，因为在这个世界中，要找到至尊主的纯粹奉献者真是太难了。”

至尊主原本就是为了让生物能为祂或祂的奉献者做超然的爱心服务，才赐予生物感官的。但受制约的灵魂受物质能量的迷惑，所以迷恋感官享乐。培养神意识的整个程序，就是要纠正这种把感官用于受制约的感官活动的状况，让人重新用它们为至尊主直接做服务。布茹阿玛通过重新创造宇宙内部及在宇宙内活动的受制约的灵魂的方式，用他的感官为至尊主服务。因此，这个物质宇宙是凭至尊主的意愿被创造和被毁灭的。至尊主创造这个物质宇宙，是为了给受制约的灵魂一个为重返家园、回归首神而活动的机会。布茹阿玛、纳茹阿达、维亚萨及他们的同伴，都为了这同一个目的而忙碌，那就是：教化受制约的灵魂，使他们摆脱这感官享乐的场所，恢复到用感官为至尊主服务的正常状态。非人格神主义者不努力让受制约的灵魂改变他们的感官用途，相反设法使受制约的灵魂没有感官，把至尊主也说成是没有感官的。这样对待受制约的灵魂是错误的。感官患病时应该治疗患病的感官，而不是把感官全部摘除掉。眼睛有病时应该加以治疗，使眼睛能正常视物；摘除眼球并不是治疗。同样道理，感官享乐是物质疾病的根源，所以治愈这一疾病的方法是：用感官去看至尊主的美貌，聆听至尊主的荣耀，为至尊主做服务。正是为了达到这一目的，布茹阿玛才重新创造了宇宙中的一切。

第40节 प्रजापतिर्धर्मपतिरेक दा नियमान् यमान् ।
भद्रं प्रजानामन्विच्छन्नातिष्ठत्स्वार्थकाम्यया ॥४०॥

prajāpatir dharma-patir
ekadā niyamān yamān
bhadraṁ prajānām anvicchann
ātiṣṭhat svārtha-kāmyayā

prajā-patiḥ—众生的祖先 / dharma-patiḥ—宗教生活之父 / ekadā—有一回 / niyamān—规范守则 / yamān—控制原则 / bhadram—福利 / prajānām—生物体的 / anvicchan—希望 / ātiṣṭhat—处于 / svaartha—自己的利益 / kāmyayā—这样想

译文　这以后有一次，生物体的祖先兼宗教之父布茹阿玛，想要为众生谋福利，所以在按规范守则行事。

要旨　不按经典规定的规范守则生活的人，不配站在崇高的位置上。没有限制的感官享乐生活是禽兽的生活；主布茹阿玛为了教导、管理他所有的后代，以身作则向大家示范，为了履行更高的职责必须遵守控制感官的原则。他希望大家都成为神的仆人，都能过幸福快乐的生活。希望自己的家人和后代能幸福快乐的人，必须过有道德的宗教生活。最高道德标准的生活，是成为至尊主的奉献者，因为至尊主的纯粹奉献者拥有至尊主所有的美好品德。相反，不当至尊主奉献者的人，无论从世俗的角度看多有资格，都不是名副其实地具有美好的品德。像布茹阿玛那样的纯粹奉献者，以及师徒传承中的其他人，都是以身作则地教导跟随他们的人。

第41节　तं नारदः प्रियतमो रिक्थादानामनुव्रतः ।
शुश्रूषमाणः शीलेन प्रश्रयेण दमेन च ॥४१॥

taṁ nāradaḥ priyatamo
rikthādānām anuvrataḥ
śuśrūṣamāṇaḥ śīlena
praśrayeṇa damena ca

tam—向他 / nāradaḥ—伟大的圣人纳茹阿达 / priyatamaḥ—很亲切 / riktha-ādānām—儿子当中 / anuvrataḥ—非常恭顺 / śuśrūṣamāṇaḥ—总是愿意侍奉 / śīlena—以端正的行为 / praśrayeṇa—以谦卑 / damena—以控制感官 / ca—还有

译文　布茹阿玛最爱的儿子纳茹阿达，时刻准备为父亲做服务。他通过始终谦恭、控制感官，保持温文尔雅的态度，严格遵守父亲的指示。

第42节 मायां विविदिषन् विष्णोर्मायेशस्य महामुनिः ।
महाभागवतो राजन् पितरं पर्यतोषयत् ॥४२॥

māyāṁ vividiṣan viṣṇor
māyeśasya mahā-muniḥ
mahā-bhāgavato rājan
pitaraṁ paryatoṣayat

māyām—能量 / vividiṣan—想认识 / viṣṇoḥ—至尊人格首神的 / māyā-īśasya—一切能量的主人的 / mahā-muniḥ—伟大的圣人 / mahābhāgavataḥ—至尊主的一流奉献者 / rājan—君王啊 / pitaram—向他的父亲 / paryatośayat—很满意

译文 君王啊！纳茹阿达的所作所为使他父亲很满意；他因为是最伟大的圣人、最伟大的奉献者，所以很想了解一切能量的主人维施努的全部能量。

要旨 作为宇宙众生创造者的布茹阿玛，本就是达克沙(Dakṣa)、库玛尔四兄弟(catuḥ-sana)和纳茹阿达几位著名人物的父亲。韦达经所阐明的人类知识分三个部分，即功利性活动(karma-kāṇḍa)、超然知识(jñāna-kāṇḍa)和奉爱服务(upāsanā-kāṇḍa)。在布茹阿玛的这些儿子中，半神人中的圣人纳茹阿达从父亲布茹阿玛那里继承了奉爱服务，达克沙继承了功利性活动，萨纳卡(Sanaka)、萨纳坦(Sanātana)等则继承了超然知识。这两节诗中描述说，在所有这些儿子中，纳茹阿达是布茹阿玛最爱的儿子，因为他行为端正、谦恭温顺，而且愿意为父亲服务。不仅如此，纳茹阿达因为是最伟大的奉献者，所以还以最伟大的圣人闻名于世。他是至尊主的许多著名奉献者的灵性导师，帕拉德、杜茹瓦、维亚萨，甚至下至森林中的猎人克伊茹阿塔(Kirāta)，都是他的门徒。他唯一做的事就是，让每一个人转而为至尊主做超然的爱心服务。纳茹阿达之所以有所有这些特质，是因为他是至尊主一流的奉献者，而正是这些特质使他成为他父亲最爱的儿子。至尊主是一切能量的主人，奉献者永远渴望越来越多地了解有关至尊主的一切。《博伽梵歌》第10章的第9节诗证实说：

mac-cittā mad-gata-prāṇā
　bodhayantaḥ parasparam
kathayantaś ca māṁ nityaṁ
　tuṣyanti ca ramanti ca

“我的纯粹奉献者全神贯注于我，毕生为我服务。他们通过一直不断地谈论我和互相启发，得到极大的满足与快乐。”

至尊主是无限的，祂的能量也无穷无尽，没人能完全彻底地了解祂的能量。布茹阿玛作为这个宇宙中最伟大的生物体，又接受过至尊主的亲自教导，所以尽管掌握的知识也不一定全面，但必定要比这个宇宙中的任何其他人多。正因为如此，每一个人都应该向布茹阿玛师徒传承中的灵性导师询问有关无限的至尊主的事情。布茹阿玛师徒传承是由布茹阿玛传给纳茹阿达，纳茹阿达传给维亚萨，维亚萨传给舒卡戴瓦……这样传下来的。

第43节

तुष्टं निशाम्य पितरं लोक नां प्रपितामहम् ।
देवर्षिः परिपप्रच्छ भवान् यन्मानुपृच्छति ॥४३॥

tuṣṭaṁ niśāmya pitaraṁ
　lokānāṁ prapitāmaham
devarṣiḥ paripapraccha
　bhavān yan mānupṛcchati

tuṣṭam—满足了 / niśāmya—看见了以后 / pitaram—父亲 / lokānām—整个宇宙的 / prapitāmaham—曾祖父 / devarṣiḥ—伟大的圣人纳茹阿达 / paripapraccha—询问 / bhavān—你自己 / yat—原本地 / mā—从我 / anupṛcchati—询问

译文 伟大的圣人纳茹阿达看到他父亲布茹阿玛很满意的样子，便请求宇宙众生的祖先布茹阿玛详细回答他的问题。

要旨 从觉悟了自我的人那里了解灵性超然的知识，程序不完全像询问普通教师一个普通的问题。现代教师是领工资的讯息媒介，但灵性导师既不是领工资的教师，也不可能在没有被授权的情况下传授知识。就有关了解超然的知识这一点，《博伽梵歌》第4章的第34节诗指示说：

tad viddhi praṇipātena
paripraśnena sevayā
upadekṣyanti te jñānaṁ
jñāninas tattva-darśinaḥ

“为理解真理而向一位灵性导师皈依，以服从的态度向他请教，为他服务。觉悟了自我的灵魂看到了真理，因此可以把知识传授给你。”

至尊主告诉阿尔诸纳要以皈依、询问及服务的方式，从觉悟了自我的灵魂那里接受超然的知识。接受超然的知识不同于金钱交易；这种知识必须通过为灵性导师服务才能得到。布茹阿玛是使至尊主完全满意后，才从祂那里直接得到知识的；同样，使灵性导师满意后，我们才能吸收他传授的超然知识。因此，得到超然知识的方法是：使灵性导师满意。仅仅成为一个文法专家，并不能让人了解超然的知识。韦达经典《水塔刷塔尔奥义书》(Śvetāśvatara Upaniṣad)第6章的第23节诗宣告说：

yasya deve parā bhaktir
yathā deve tathā gurau
tasyaite kathitā hy arthāḥ
prakāśante mahātmanaḥ

“只有在人坚定不移地为至尊主和灵性导师做奉爱服务时，超然的知识才会自动向他揭示出来。”

门徒和灵性导师的这种关系是永恒的。现在是门徒的人，将成为下一位灵性导师。人除非完全服从自己的灵性导师，否则不可能成为真正的、被授权的灵性导师。作为至尊主的门徒，布茹阿玛得到了真正的知识，然后把这知识传授给他心爱的门徒纳茹阿达；纳茹阿达随后作为灵性导师，把这知识传授给维亚萨……知识就这样经师徒传承传了下来。布茹阿玛与纳茹阿达，或纳茹阿达与维亚萨之间的师徒关系，是实实在在的，不同于那些形式上是师徒，实质上是骗子与被骗者的关系。前两节诗中清楚地说，纳茹阿达不仅行为端正、谦恭、服从，而且还非常自制。不能自我控制，特别是在性生活方面控制不了自己的人，既当不了门徒，也成不了灵性导师。人必须经过纪律训练，做到能控制说话、愤怒、舌头、心念、肚腹和生殖器。控制住上述感官的人，被称为哥斯瓦米(gosvāmī)。在成为哥斯瓦米之前，人既没有资格当门徒，也没有资格当老师。控制不了自己感官的所谓灵性导师无疑是骗子，而当这种所谓的灵性导师的门徒就是被骗。

人不应该用我们在这个地球上的经验去想布茹阿玛是已经死去的曾祖父。他是最年长的曾祖父，但还活着，纳茹阿达也活着。《博伽梵歌》中谈到了布茹阿玛星球上的居民的年龄。我们这个小地球上的居民，甚至连布茹阿玛一天的时间长度都很难计算出来。

第44节　तस्मा इदं भागवतं पुराणं दशलक्षणम् ।
प्रोक्तं भगवता प्राह प्रीतः पुत्राय भूतकृत् ॥४४॥

tasmā idaṁ bhāgavataṁ
　purāṇaṁ daśa-lakṣaṇam
proktaṁ bhagavatā prāha
　prītaḥ putrāya bhūta-kṛt

tasmai—随即 / idam—这个 / bhāgavatam—至尊主的荣耀或有关

至尊主的科学 / purāṇam—韦达经补充读物 / daśa-lakṣaṇam—十个特点 / proktam—描述 / bhagavatā—由至尊人格首神 / prāha—说 / prītaḥ—心满意足 / putrāya—向儿子 / bhūta-kṛt—宇宙的创造者

译文 于是，父亲(布茹阿玛)愉快地对他儿子纳茹阿达，讲述了韦达文献的补充文献——由人格首神讲述并具有十大主题的《圣典博伽瓦谭》。

要旨 至尊主虽然只用四节诗讲了《圣典博伽瓦谭》，但它其中却含有十个主题，这将在下一章中予以解释。四节诗的第一句说，至尊主存在于创造之前；而我们现在阅读的《圣典博伽瓦谭》一开篇就用韦达知识的结论性格言说，绝对真理是展示了的宇宙的创造、维系和毁灭的根源(janmādy asya)。这句话是我们阅读的《圣典博伽瓦谭》的开始，但至尊主在祂讲的四节诗中说祂是一切的根源(从物质创造一直上到至尊主的最高住所)，这自然解释了十个主题。尽管如此，我们不应该误解，既然至尊主只讲四节诗就解释了一切，那我们现在读的《圣典博伽瓦谭》的其余七千九百九十六节诗都是没用的。下一章中将要解释的十个主题，需要很多节诗予以正确的解释。布茹阿玛在前面也建议纳茹阿达，要把他从布茹阿玛那里听来的一切加以详细地说明。圣主柴坦亚·玛哈帕布曾给圣茹帕·哥斯瓦米(Rūpa Gosvāmī)概括地讲了超然的知识，但茹帕·哥斯瓦米作为门徒则十分详尽地将超然的知识展开来讲。吉瓦·哥斯瓦米后来把这同一个内容进一步展开，圣维施瓦纳特·查夸瓦尔提·塔库尔(Viśvanātha Cakravartī Ṭhākura)则作了更进一步的展开。我们只是努力追随所有这些权威。因此，《圣典博伽瓦谭》不同于普通小说或世俗文献，它的力量是无限的；无论人怎样根据自己的能力去展开它的内容，它都不会有结束的那一天。正如至尊主既比原子还小，同时又比无垠的天空还大；作为至尊主的声音展现，《圣典博伽瓦谭》既可以用四节诗去解释，也可以用四十亿节诗去解释。这就是《圣典博伽瓦谭》的力量。

第45节　नारदः प्राह मुनये सरस्वत्यास्तटे नृप ।
ध्यायते ब्रह्म परमं व्यासायामिततेजसे ॥४५॥

nāradaḥ prāha munaye
sarasvatyās taṭe nṛpa
dhyāyate brahma paramaṁ
vyāsāyāmita-tejase

nāradaḥ—伟大的圣人纳茹阿达 / prāha—教导 / munaye—向伟大的圣人 / sarasvatyāḥ—萨茹阿斯瓦缇河的 / taṭe—在岸上 / nṛpa—君王啊 / dhyāyate—向在冥想的 / brahma—绝对真理 / paramam—至尊 / vyāsāya—向圣维亚萨 / amita—无限的 / tejase—向有力量的

译文　君王啊！伟大的圣人纳茹阿达接下来把《圣典博伽瓦谭》传给了有无限力量的维亚萨戴瓦。那以后，在萨茹阿斯瓦缇河岸边，维亚萨戴瓦开始冥想至尊人格首神，以这种方式为绝对真理做奉爱服务。

要旨　在《圣典博伽瓦谭》第1篇的第5章中，纳茹阿达教导伟大的圣人维亚萨戴瓦说：

atho mahā-bhāga bhavān amogha-dṛk
śuci-śravāḥ satya-rato dhṛta-vrataḥ
urukramasyākhila-bandha-muktaye
samādhinānusmara tad viceṣṭitam

“啊！无比幸运的人，虔诚的哲学家！你的名望传遍宇宙；你专注于绝对真理，因此个人品格毫无瑕疵、观点绝对正确。我请你冥想人格首神的活动，祂的活动是空前绝后的。”

所以，布茹阿玛师徒传承(Brahma-sampradāya)中并不忽视瑜伽打坐冥想的练习。但奉献者因为是奉爱瑜伽师(bhakti-yogī)，所以不会自找麻烦去冥想非人格布茹阿曼(梵)；正如这节诗里指出的，他们冥想至尊人格首神——至尊布茹阿曼(brahma paramam)。布茹阿曼觉悟从至尊主不具人格特征的光芒开始，但这种冥想再进一步就是冥想至尊灵魂，觉悟到超灵；更进一步，就是坚定于对至尊人格首神的觉悟。作为维亚萨戴瓦的灵性导师，圣纳茹阿达·牟尼很清楚维亚萨戴瓦的情况，因此通过说圣维亚萨戴瓦坚定地专注于绝对真理来证明圣维亚萨戴瓦的品质。纳茹阿达建议圣维亚萨戴瓦冥想至尊主的超然活动。不具人格特征的梵光中没有活动，但人格首神却从事很多活动；祂所从事的活动都是超然的，没有半点物质特性。如果至尊人格首神从事的活动是物质活动，纳茹阿达就不会建议维亚萨戴瓦去冥想它们了。正如《博伽梵歌》中所证实的，至尊人格首神(paraṁ brahma)，就是圣主奎师那。在《博伽梵歌》第10章中，当阿尔诸纳认识到主奎师那的真正地位后，他对主奎师那说：

paraṁ brahma paraṁ dhāma
pavitraṁ paramaṁ bhavān
puruṣaṁ śāśvataṁ divyam
ādi-devam ajaṁ vibhum

āhus tvām ṛṣayaḥ sarve
devarṣir nāradas tathā
asito devalo vyāsaḥ
svayaṁ caiva bravīṣi me

“您是至尊人格首神，终极的住所，至纯至粹者，绝对的真理。您是永恒、超然的第一个人，您不经出生就存在，最伟大。像纳茹阿达、阿西塔、戴瓦拉和维亚萨那样伟大的圣人，都确认了有关您的这一真理，而您现在又亲自对我说明。”(《博伽梵歌》10.12-13)

当维亚萨戴瓦全神贯注地冥想时，他处在奉爱瑜伽的灵性恍惚状态，真正看到了至尊人和与祂相对的错觉能量——玛亚。正如我们以前讨论过的，至尊主的错觉能量玛亚也是至尊主的一个代表，因为没有至尊主就没有玛亚。黑暗不可能在没有光明的情况下独立存在。没有光明，人就体验不到与光明相对的黑暗。然而，至尊主的这个错觉能量并不能战胜至尊人格首神，而只是离祂远远地站着(apāśrayam)。

因此，完美的冥想是冥想至尊人格首神和祂从事的各种超然活动。冥想不具人格特征的布茹阿曼对冥想者来说是很困难的事，正如《博伽梵歌》第12章的第5节诗所证实的："一心执著于至尊不展示的非人格特征，很难取得进步(kleśo'dhikataras teṣām avyaktāsakta-cetasām)。"

第46节　यदुताहं त्वया पृष्टो वैराजात्पुरुषादिदम् ।
यथासीत्तदुपाख्यास्ते प्रश्नानन्यांश्च कृ त्स्नशः ॥४६॥

yad utāhaṁ tvayā pṛṣṭo
vairājāt puruṣād idam
yathāsīt tad upākhyāste
praśnān anyāṁś ca kṛtsnaśaḥ

yat—什么 / uta—然而 / aham—我 / tvayā—由你 / pṛṣṭaḥ—我被问及 / vairājāt—从宇宙形象 / puruṣāt—从至尊人格首神 / idam—这个世界 / yathā—如实地 / āsīt—是 / tat—那 / upākhyāste—我将解释 / praśnān—所有的问题 / anyān—其他的 / ca—还有 / kṛtsnaśaḥ—极详尽的

译文　君王啊！你所问的有关宇宙如何从人格首神巨大的形象展现出来等许多问题，我要通过解释已经提到过的四节诗来详细回答。

要旨 正如《圣典博伽瓦谭》一开始所说明的，这部伟大的超然文献是韦达知识之树上成熟了的果实。因此，人类所能问的有关宇宙创造等宇宙事务的所有问题，《圣典博伽瓦谭》中都给出了答案。解释问题的人所具有的资格，会决定答案的质量。正如伟大的舒卡戴瓦·哥斯瓦米所解释的，《圣典博伽瓦谭》的十个主题涵盖了所有的问题，善于正确利用《圣典博伽瓦谭》智慧的聪明人将获得所有的知识。

到此为止，结束了巴克提韦丹塔对《圣典博伽瓦谭》第2篇第9章——“引用至尊主的说法作答”所作的阐释。

第十章

《博伽瓦谭》回答了所有的问题

第1节 श्रीशुक उवाच
अत्र सर्गो विसर्गश्च स्थानं पोषणमूतयः ।
मन्वन्तरेशानुक था निरोधो मुक्ति राश्रयः ॥१॥

śrī-śuka uvāca
atra sargo visargaś ca
sthānaṁ poṣaṇam ūtayaḥ
manvantareśānukathā
nirodho muktir āśrayaḥ

śrī-śukaḥuvāca—圣舒卡戴瓦·哥斯瓦米说 / atra—在这部《圣典博伽瓦谭》中 / sargaḥ—宇宙创造的说明 / visargaḥ—第二阶段创造的说明 / ca—还有 / sthānam—众星系 / poṣaṇam—保护 / ūtayaḥ—创造的推动力 / manvantara—玛努的更替 / īśa-anukathāḥ—有关神的科学 / nirodhaḥ—重返家园、回归首神 / muktiḥ—解脱 / āśrayaḥ—至善

译文 圣舒卡戴瓦·哥斯瓦米说，《圣典博伽瓦谭》中谈了十个主题，它们是：宇宙的创造，第二阶段创造，星系，至尊主给予的保护，创造的动力，玛努的更替，有关神的科学，回归家园、回归首神，解脱和至善。

第2节 दशमस्य विशुद्ध्यर्थं नवानामिह लक्षणम् ।
वर्णयन्ति महात्मानः श्रुतेनार्थेन चाञ्जसा ॥२॥

daśamasya viśuddhy-arthaṁ
navānām iha lakṣaṇam

varṇayanti mahātmānaḥ
śrutenārthena cāñjasā

daśamasya—至善的 / viśuddhi—隔离 / artham—目的 / navānām—其他九种的 / iha—在这部《圣典博伽瓦谭》/ lakṣaṇam—征象 / varṇayanti—他们描述 / mahā-ātmānaḥ—伟大的圣人 / śrutena—以韦达证据 / arthena—以直接的解释 / ca—和 / aṣjasā—概括地

译文 为了把至善这一主题的超然性突显出来，其余九个主题的内容有时由韦达的推论所阐释，有时是直接解释，有时则由伟大的圣人们进行概括的解释。

第3节 भूतमात्रेन्द्रियधियां जन्म सर्ग उदाहृतः ।
ब्रह्मणो गुणवैषम्याद्विसर्गः पौरुषः स्मृतः ॥ ३ ॥

bhūta-mātrendriya-dhiyāṁ
janma sarga udāhṛtaḥ
brahmaṇo guṇa-vaiṣamyād
visargaḥ pauruṣaḥ smṛtaḥ

bhūta—五个粗糙的元素(天空等) / mātrā—感官感知到的对象 / indriya—各个感官 / dhiyām—心念的 / janma—创造 / sargaḥ—展示 / udāhṛtaḥ—被称为创造 / brahmaṇaḥ—第一个生物体布茹阿玛的 / guṇa-vaiṣamyāt—由物质自然三种属性的相互作用 / visargaḥ—再创造 / pauruṣaḥ—结果性活动 / smṛtaḥ—如此被了解

译文 对五种元素(火、水、土、空气和天空)、声音、形象、滋味、气味、触觉，以及眼、耳、鼻、舌、皮肤和心念等十六种物质元素的初步创造，被称为萨尔嘎(sarga)，而物质自然属性相互作用后的结果被称为维萨尔嘎(visarga)。

要旨 这一章中连续用了七节诗，解释《圣典博伽瓦谭》(Śrīmad-Bhāgavatam)的十个主题，其中第一节诗的开头就在谈有关土、水等十六种元素的展示，以及由物质智力和心念组成的物质假我等。上述这十六种元素(能量)都来自至尊主哥文达(Govinda)的玛哈·维施努(Mahā-Viṣṇu)化身——第一位主宰化身(puruṣa)，接下来的创造都是它们相互作用的结果。在《布茹阿玛·萨密塔》(Brahma-saṁhitā)第5章的第47节诗中，布茹阿玛描述玛哈·维施努说：

yaḥ kāraṇārṇava-jale bhajati sma yoga-
nidrām ananta-jagadaṇḍa-saroma-kūpaḥ
ādhāra-śaktim avalambya parāṁ sva-mūrtiṁ
govindam ādi-puruṣaṁ tam ahaṁ bhajāmi

“我崇拜存在中的第一位至尊主哥文达，祂以祂的完整扩展玛哈·维施努形象躺在原因之洋中，所有的宇宙都从祂超然身体的毛孔中出来。祂处在永恒、神秘的瑜伽睡眠状态中。”

正如上一节诗中谈到的，韦达证据(śrutena)表明，是至尊人格首神直接展示祂的特定能量，才使创造得以发生。如果不看这些韦达证据，我们会以为创造是物质自然的产物。知识贫乏就会得出这种结论。根据韦达证据得出的结论是：包括内在能量、外在能量和边缘能量在内的所有能量，都是由至尊人格首神发出的。而前面所说的错误结论是：无生命的物质自然创造了一切。韦达结论是超然的光芒；相反，非韦达结论是物质的黑暗。至尊主的内在能量与至尊主完全相同，外在能量因为与内在能量接触而有了生气；与外在能量接触并使其有反应的内在能量的一部分，称为边缘能量——无数的生物。

因此，第一阶段的创造，是至尊人格首神——至尊布茹阿曼(Parambrahman)直接进行的；第二阶段的创造，作为原始创造成分反应的结果，是布茹阿玛进行的。整个宇宙的种种活动就是这样开始的。

第4节 स्थितिर्वैकुण्ठविजयः पोषणं तदनुग्रहः ।
मन्वन्तराणि सद्धर्म ऊतयः कर्मवासनाः ॥ ४ ॥

sthitir vaikuṇṭha-vijayaḥ
poṣaṇaṁ tad-anugrahaḥ
manvantarāṇi sad-dharma
ūtayaḥ karma-vāsanāḥ

sthitiḥ—恰当的情况 / vaikuṇṭha-vijayaḥ—外琨塔之主的胜利 / poṣṇam—维系 / tat-anugrahaḥ—祂没有缘故的仁慈 / manvantarāṇi—众多玛努的统治 / sat-dharmaḥ—完美的职责 / ūtayaḥ—工作的动力 / karma-vāsanāḥ—享受活动成果的欲望

译文 对生物体来说，最好的处境是：服从至尊主制定的法律，在至尊人格首神的保护下内心平静、稳定。玛努和他们制定的法律，都是为了给人生以正确的指导。想要从事功利性活动，是工作的动力。

要旨 凭至尊主的意志，这个物质世界被创造、维系一段时间，然后再被毁灭。主维施努(Viṣṇu)的第一位和第二位化身，首先创造了创造成分和次要创造者布茹阿玛(Brahmā)。第一个主宰化身(puruṣa avatāra)是玛哈·维施努(Mahā-Viṣṇu)；第二位主宰化身是孕诞之洋维施努(Garbhodakaśāyī Viṣṇu)，布茹阿玛由祂创造出来；第三个主宰化身是牛奶之洋维施努(Kṣīrodakaśāyī Viṣṇu)，祂作为超灵处在宇宙内的一切事物中，维系布茹阿玛的创造。希瓦(Śiva)是布茹阿玛众多儿子中的一个，祂负责毁灭这个创造。所以，这个宇宙的第一位创造者是维施努，祂还出于没有缘故的仁慈维系被创造的生物体。因此，所有受制约的灵魂都应该承认至尊主的功绩，从而成为纯粹的奉献者，在这个始终充满痛苦和危险的世界里平静地生活。受制约的灵魂把这个物质创造当做满足感官的地方，结果被维施努的外在能量所迷惑，一再受制于创造和毁灭的物质自然定律。

《博伽梵歌》(Bhagavad-gītā)中说，从这个宇宙最高的星球开始，下至最低的星球帕塔拉星球(Pātālaloka)，都是会毁灭的地方。受制约的灵魂可以凭借好或坏的活动及现代太空船，往返于这些星球；可尽管各个星球上的寿命长短不同，他们还是逃脱不了一死。要获得永恒生命的唯一方法是重返家园，回到首神那里去，那里与物质星球不同，不存在重复生死的问题。受制约的灵魂因为忘了他们与外琨塔(Vaikuṇṭha)的至尊主之间的永恒关系，所以不知道这非常简单的事实，反而试图制定出在这个物质世界里永生的计划。外在能量的迷惑，使他们整天忙于各种经济发展和宗教发展的事宜，忘了他们应该做的事情是重返家园、回归首神。玛亚(māyā)的影响使这种健忘如此彻底，以致受制约的灵魂根本不想回归首神。感官享乐使他们成为生死轮回的牺牲者，因而浪费了人生这一返回维施努身边的机会。各个年代的玛努(Manu)所制定的指导性经典称为人生指南(sad-dharma)，人类应该为了自己的利益善用所有这些启示经典，以使人生最终获得成功。物质创造并不虚假，但却是短暂的展示，目的是给受制约的灵魂一个回归首神的机会。回归首神的愿望和按这个方向去努力，是活动的正确途径。人一旦走上这条正路，至尊主就会出于祂没有缘故的仁慈全面保护祂的奉献者；与此同时，非奉献者则冒险从事那些使自己遭捆绑的功利性活动。从这方面说，梵文“完美的职责(sad-dharma)”一词意义重大。“完美的职责”——为回归首神而履行职责并成为祂纯粹的奉献者，是唯一虔诚的活动；所有其他的活动或许被从事它们的人称为是虔诚的，但实际上并不是。正因为如此，至尊主在《博伽梵歌》中劝人们停止从事一切所谓的宗教活动，只全心全意地为至尊主做奉爱服务，摆脱一切由物质生存的危险生活所引起的烦恼和焦虑。设法履行完美的职责，是人生的正确方向。人生的目标应该是重返家园、回归首神，而不是为了短暂的生存设法得到好或坏的躯体，受制于物质世界的生死轮回。这节诗中蕴涵着人生的智慧，人应该设法按其中的教导从事活动。

第5节 अवतारानुचरितं हरेश्चास्यानुवर्तिनाम् ।
पुंसामीशकथाः प्रोक्ता नानाख्यानोपबृंहिताः ॥ ५ ॥

avatārānucaritaṁ
hareś cāsyānuvartinām
puṁsām īśa-kathāḥ proktā
nānākhyānopabṛṁhitāḥ

avatāra—首神的化身 / anucaritam—各种活动 / hareḥ—至尊人格首神的 / ca—还有 / asya—祂的 / anuvartinām—追随者 / puṁsām—那些人的 / īś-kathāḥ—有关神的科学 / proktāḥ—据说 / nānā—各种各样的 / ākhyāna—叙述 / upabṛhitāḥ—描述

译文 有关神的科学描述了人格首神的众多化身，以及祂与祂伟大的奉献者们所从事的各种活动。

要旨 在宇宙展示的存在过程中，记录众生种种活动的历史年表被创造出来。一般人倾向于了解历史，阅读对各种人物和时间的叙述；但由于不知道有关首神的科学知识，他们不来研读有关至尊人格首神化身的历史。我们应该永远记住：至尊主是为了拯救受制约的灵魂才创造了这个物质世界。仁慈的至尊主出于祂没有缘故的仁慈，降临到物质世界里的各种星球上，为拯救受制约的灵魂而活动。这使得记载祂的历史和叙述值得我们阅读。《圣典博伽瓦谭》为我们提供了有关至尊主与祂伟大的奉献者的如此超然的话题，所以我们应该洗耳恭听与至尊主和祂的奉献者有关的内容。

第6节 निरोधोऽस्यानुशयनमात्मनः सह शक्ति भिः ।
मुक्ति र्हित्वान्यथा रूपं स्वरूपेण व्यवस्थितिः ॥ ६ ॥

nirodho 'syānuśayanam
ātmanaḥ saha śaktibhiḥ
muktir hitvānyathā rūpaṁ
sva-rūpeṇa vyavasthitiḥ

nirodhaḥ—宇宙展示的结束 / asya—属于祂的 / anuśyanam—主宰化身玛哈·维施努在神秘睡眠中躺下 / ātmanaḥ—生物体的 / saha—还有 / śktibhiḥ—以各种能量 / muktiḥ—解脱 / hitvā—放弃 / anyathā—以别的方法 / rūpam—形象 / sva-rūpeṇa—原本的形象 / vyavasthitiḥ—永久的处境

译文 宇宙展示被收起时，生物与他受制约的生存倾向便融入以神秘的睡眠状态躺着的玛哈·维施努体内。解脱是指生物停止更换粗糙和精微的物质躯体，恢复他永恒形象的状态。

要旨 正如我们已经多次谈过的，生物分两类：绝大部分是永远解脱的(nitya-muktas)，有些是永远受制约的。永远受制约的灵魂培养了主宰物质自然的心态。为此，物质的宇宙创造展示出来，给永远受制约的灵魂提供两种便利条件：一是使受制约的灵魂可以按他的愿望主宰宇宙展示，二是给予受制约的灵魂回归首神的机会。在宇宙展示收起来之后，大部分受制约的灵魂都会融入在神秘睡眠状态中躺着的人格首神玛哈·维施努的体内，等到下一次创造时再被创造出来。然而，有些受制约的灵魂因为追随以韦达文献的形式呈现的超然声音的教导，所以具备了回归首神的资格，在离开受制约的粗糙和精微的物质躯体后，得到原本的灵性身体。生物因为遗忘自己与首神的关系而培育出了物质的、受制约的躯体；在宇宙展示期间，至尊主的不同化身如此仁慈地编纂启示经典，帮助受制约的灵魂有机会恢复他们原本的生命状态。阅读或聆听这些超然的文献，帮助人甚至在物质存在受制约的状态中就成为解脱的人。所有韦达文献的最终目标，都是指向为人格首神做奉爱服务；人一旦坚定地这么做，就会立即从受制约的生命状态中解脱出来。受制约的灵魂的愚昧，使得他有物质的粗糙和精微的躯体；他一旦坚定地为至尊主做奉爱服务，就立刻有资格脱离受制约的状况。

至尊主是一切爱之情感的源头，而对至尊者的超然的爱构成奉爱服务。每个人都渴求享受愉快心情，但却不知道所有吸引力的最高源头(raso vai saḥ rasaṁ hy evāyaṁ labdhvānandī bhavati)。韦达赞歌告诉大家有关一切快乐的最高源头说，一切快乐无穷无尽的来源是人格首神。足够幸运的人透过《圣典博伽瓦谭》这样的超然文献得到这个讯息，就会得到永恒的解脱，在神的王国中享有适合他的一处地方。

第7节 आभासश्च निरोधश्च यतोऽस्त्यध्यवसीयते ।
स आश्रयः परं ब्रह्म परमात्मेति शब्द्यते ॥ ७ ॥

ābhāsaś ca nirodhaś ca
yato 'sty adhyavasīyate
sa āśrayaḥ paraṁ brahma
paramātmeti śabdyate

ābhāsaḥ—宇宙展示 / ca—还有 / nirodhaḥ—以及它的结束 / ca—还有 / yataḥ—从来源 / asti—是 / adhyavasīyate—展示了 / saḥ—祂 / āśayaḥ—本源 / param—至尊的 / brahma—生物 / paramātmā—超灵 / iti—因此 / śbdyate—称为

译文 以至尊人或至尊灵魂著称的至尊人物，是宇宙展示、维系和收回的最高源头，因此是至尊本源——绝对真理。

要旨 《圣典博伽瓦谭》的开篇中对“一切能量的至尊源头”一句，给予了几个意思相同的说法：第1篇第1章的第1节诗中解释说，绝对真理是展示了的宇宙的创造、维系和毁灭的根源(janmādy asya yataḥ)；第1篇第2章的第11节诗说，了解绝对真理的有学问的超然主义者，称这绝对的实体为至尊布茹阿曼(Parambrahma,至尊梵)、超灵(Paramātmā)或巴嘎万(Bhagavān,博伽梵)(vadanti tat tattva-vidas tattvaṁ yaj jñānam advayam/brahmeti paramātmeti bhagavān iti śabdyate)。这节诗中用“因此(iti)”一词完成了与上述意思相同的语句并用来指至尊人格首神——巴嘎万(Bhagavān)。就有关这一点，后面的诗将会作进一步的解释，但这个巴嘎万最终是指主奎师那，因为《圣典博伽瓦谭》已经承认至尊人格首神是奎师那(kṛṣṇas tu bhagavān svayam)。一切能量的源头——至善，就是被称为至尊布茹阿曼等的绝对真理，而巴嘎万是绝对真理的最高展示。同样，在称呼绝对真理的名字中，与巴嘎万相似的有纳茹阿亚纳(Nārāyaṇa)、维施努和菩茹沙等，但最高的称呼是奎师那。对此，《博伽梵歌》证实说：“我是灵性世界和物质世界的源头。一切都来自我(ahaṁ sarvasya prabhavo mattaḥ samaṁ pravartate)……”。除此以外，《圣典博伽瓦谭》作为至尊主的声音化身，本身就是主奎师那。第1篇第3章的第43节诗说：

kṛṣṇe sva-dhāmopagate
 dharma-jñānādibhiḥ saha
kalau naṣṭa-dṛśām eṣaḥ
 purāṇārko 'dhunoditaḥ

“这部《博伽梵往世书》(Bhāgavata Purāna)，像太阳一样辉煌，刚好在宗教和知识等伴随主奎师那离开地球回祂的住所后出现。在喀历(Kali)年代中，因愚昧的黑暗变得盲目的人，将从这部往世书中得到光明。”

总之，主奎师那是一切能量的源头，而梵文“奎师那(Kṛṣṇa)”也就是这个意思。编纂《圣典博伽瓦谭》的目的，就是要阐明奎师那和奎师那的科学。在《圣典博伽瓦谭》第1篇中，苏塔·哥斯瓦米(Sūta Gosvāmī)和绍纳卡(Śaunaka)等伟大的圣人，先以提问和回答的方式表明了这一真理，紧接着在第1章和第2章中作了解释，至于更详尽的解说则在第3章和第4章中。《圣典博伽瓦谭》第2篇进一步强调绝对真理是人格首神，并暗示祂就是至尊主奎师那。正如我们已经谈过的，至尊主所吟诵的那四节诗，言简意赅地概括了《圣典博伽瓦谭》的全部内容。就有关至尊人格首神是一切的源头这一点，布茹阿玛在他的《布茹阿玛·萨密塔》第5章第1节诗中证实说：“至尊主存在中的第一位人格首神圣奎师那，祂有着超然的身体，是一切原因的起因(īśvaraḥ paramaḥ kṛṣṇaḥ sac-cid-ānanda-vigrahaḥ)。”这也是《圣典博伽瓦谭》第3篇的结论。《圣典博伽瓦谭》第10篇和第11篇，对这整个主题作了更详尽的解释。至于斯瓦阳布瓦·玛努化身(Svāyambhuva-manvantara)和查克舒沙·玛努化身(Cākṣuṣa-manvantara)等玛努或玛努化身(manvantara)的更替事宜，《圣典博伽瓦谭》的第3篇、第4篇、第5篇、第6篇和第7篇也都进行了详细说明，其中都指明奎师那是至尊主。在第8篇中，外瓦斯瓦塔·玛努化身(Vaivasvata-manvantara)间接地解释了这一事实。第9篇中也谈了同样的内容。对这一主题，第12篇中作了更进一步的解释，并特别谈了至尊主的不同化身。因此，研究整部《圣典博伽瓦谭》后得出的结论是：圣主奎师那是终极的至善，一切能量的源头。崇拜者所处的层面不同，对绝对真理的解释不同，因此称呼也就不同，例如：纳茹阿亚纳、布茹阿曼、超灵等。

第8节 योऽध्यात्मिकोऽयं पुरुषः सोऽसावेवाधिदैविकः ।
यस्तत्रोभयविच्छेदः पुरुषो ह्याधिभौतिकः ॥८॥

yo 'dhyātmiko 'yaṁ puruṣaḥ
so 'sāv evādhidaivikaḥ
yas tatrobhaya-vicchedaḥ
puruṣo hy ādhibhautikaḥ

yaḥ—谁 / adhyātmikaḥ—拥有感官 / ayam—这个 / puruṣaḥ—人物 / saḥ—他 / asau—那 / eva—还有 / adhidaivikaḥ—负责控制的神明 / yaḥ—那个 / tatra—那里 / ubhaya—两者的 / vicchedaḥ—分隔 / puruṣaḥ—人 / hi—为了 / ādhibhautikaḥ—可见的身体或是有物质躯体的生物

译文 拥有各种感官工具的个人称为阿迪亚特密克人(adhyātmic)，负责控制感官的神明称为阿迪戴维克(adhidaivic)，而眼睛所看到的形象称为阿地宝提克(adhibhautic)。

要旨 有至尊控制权的至善，就是人格首神的完整扩展——超灵。《博伽梵歌》第10章的第42节诗中说：

athavā bahunaitena
kiṁ jñātena tavārjuna
viṣṭabhyāham idaṁ kṛtsnam
ekāṁśena sthito jagat

“但是，阿尔诸纳，这一切细节性的知识有什么用呢？我只以我极微小的一部分就遍布并维系了这整个宇宙。”

维施努、布茹阿玛和希瓦这些控制神明，都是至尊人格首神圣奎师那作为超灵所进行的不同展示。至尊主进入每一个从祂身体产生出来的宇宙，以上述这种方式展示祂自己。尽管如此，从表面上看控制者和被控制者还是分开存在的。举例说，在粮食管理部门内管理粮食的人，与被他管理的人有着同样的身体结构和组成。同样，物质世界内每一个生物体，都由更高级别的半神人所控制。我们有感官，但我们的感官由那些地位比我们高的控制神明控制着。没有光，我们就看不见东西，光的控制神明是太阳神。太阳神住在太阳星球上，我们这些住在地球的人或其他生物体的眼睛，都受太阳神的控制。同样，我们拥有的所有感官都由地位比我们高的半神人们控制着。这些半神人跟我们一样都是生物体，但他们被授权从事管理事务，而我们是被管理者。被控制、被管理的生物体称为拥有感官的人(adhyātmic)，管理者、控制者称为负责控制的神明(adhidaivic)。物质世界里所有这些地位都可以靠从事不同的功利性活动而得到。从事高级虔诚活动，可以使任何一个生物当上太阳神，甚至布茹阿玛或高等星球上的任何一个半神人；同样道理，从事低级功利性活动，就会使生物受高等半神人的控制。但是，所有的个体生物都受到超灵的最高控制，是祂把每一个生物置于控制者或被控制者的不同地位上。

把控制者和被控制者区分开来的物质躯体，称为眼睛所看到的形象(adhibhautic puruṣa)。正如韦达赞歌中证实，躯体有时被称为“菩茹沙”(sa vā eṣa puruṣo 'nna-rasamayaḥ)。这个躯体依靠食物才能成长、维系，所以又被称为“与食物有关的(anna-rasa)”身体。但是，被裹在物质躯体内的生物因为本质是灵性的，所以本身并不“吃”任何东西。物质躯体像一部机器一样有磨损、消耗，因此需要补充营养和进行细胞更换。普通生物体和负责控制的半神人之间的区别，就在于“有食物所滋养的躯体(anna-rasamaya)。太阳神可能有一个庞大的躯体，而普通人类的躯体比太阳神的躯体要小得多。尽管如此，用物质眼睛能看到的躯体都是由物质构成的；太阳神和普通人的关系虽然是控制者和被控制者的关系，但大家都是至尊生物不可缺少的一部分，都是灵性的生物。是至尊生物把祂不可缺少的不同部分安排在不同位置上的，因此结论是：至尊人才是所有生物的保护者。

第9节 एकमेकतराभावे यदा नोपलभामहे ।
त्रितयं तत्र यो वेद स आत्मा स्वाश्रयाश्रयः ॥ ९ ॥

ekam ekatarābhāve
yadā nopalabhāmahe
tritayaṁ tatra yo veda
sa ātmā svāśrayāśrayaḥ

ekam—一个 / ekatara—另一个 / abhāve—在没有的情况下 / yadā—因为 / na—并不 / upalabhāmahe—显而易见的 / tritayam—三个阶段 / tatra—那里 / yaḥ—谁 / veda—认识 / saḥ—他 / ātmā—超灵 / sva—自己的 / āśaya—庇护所 / āśayaḥ—庇护所的

译文 不同生物的上述三种存在状态相互关联，缺一不可。缺了一个，就理解不了另一个。但独立于所有这些的至尊人，照看每一个生物体，因此祂是至高无上的保护者。

要旨 物质世界里有无数的生物体，彼此以控制者和被控制者的关系相互依靠存在着。但如果没有感知的中间媒介，人就不知道谁是控制者，谁是被控制者。例如太阳神控制着我们的视力；我们能看到太阳是因为太阳有形体，阳光能起到照明的作用则是相对于我们有眼睛来说的。如果我们没有眼睛，阳光的照明作用就谈不上；但如果没有阳光，我们的眼睛也没有用。因此，两者是互相依赖的关系，任何一方都不是独立的。然而，接下来我们自然会问：是谁让两者有这种相互依赖的关系的？制造这种相互依赖关系的人，最终必定是完全独立的。正如《圣典博伽瓦谭》一开始就声明的：所有相互依赖的客观存在，最终都来自完全独立的主体。这个主体就是至尊真理——超灵，祂的存在不依赖任何事物。祂是至高无上的庇护者(svāśrayāśrayaḥ)，祂只依靠祂自己，一切都依赖祂，受祂的保护。绝对真理巴嘎万(博伽梵)是至尊人(Puruṣottama)，就连超灵和布茹阿曼(Brahman，梵)都来自祂，从属于祂。在《博伽梵歌》第15章的第18节诗中，主奎师那说祂是至尊人和万事万物的源头。因此我们得出结论：圣主奎师那是一切存在，包括超灵和布茹阿曼的源头及庇护者。人们即使接受超灵和个体灵魂没有区别的论点，也应该知道，个体灵魂要依靠超灵才能摆脱物质能量的迷惑。个体灵魂受错觉能量的钳制，因此尽管在质上与超灵一样，却在错觉能量的影响下把自己与物质相认同。为了纠正对真实生命的错误认知，个体灵魂必须依靠超灵，以便认识到自己与超灵在质上是一样的。从这个意义上说，超灵也是至尊庇护者。这一点是毫无疑问的。

个体灵魂吉瓦(jīva)忘了自己的灵性身份，但超灵从不会忘记自己的超然地位，因此个体灵魂永远要依靠超灵。《博伽梵歌》专门谈论了个体灵魂和超灵的不同地位。在第4章中，阿尔诸纳(Arjuna)代表忘了自己以前很多次出生的个体灵魂，但至尊主——超灵没有忘记。至尊主甚至记得祂在亿万年前教导太阳神《博伽梵歌》的事。至尊主记得百万年、亿万年前的事情，正如祂在《博伽梵歌》第7章的第26节诗中所说：

vedāhaṁ samatītāni
vartamānāni cārjuna
bhaviṣyāṇi ca bhūtāni
māṁ tu veda na kaścana

“阿尔诸纳啊！作为至尊人格首神，我知道过去发生的每一件事，现在正在发生的一切和将来要发生的一切；我还了解所有的生物。但是，没有谁了解我。”

有着永恒、快乐、全知身体的至尊主，完全了解过去发生的一切，现在进行的一切，以及将来要发生的一切。但虽然祂甚至是超灵和布茹阿曼的源头，知识贫乏的人却不了解真实的祂。

社会上就有关“个体生物的意识就是宇宙意识”的宣传，完全是误导人的；因为就连阿尔纳这样一直跟至尊主在一起的人或个体灵魂，都想不起他过去做的事情，更何谈那些错误地声称自己就是宇宙意识的渺小而普通的人？他们怎么可能知道自己的过去、现在和未来呢？

第10节 पुरुषोऽण्डं विनिर्भिद्य यदासौ स विनिर्गतः ।
आत्मनोऽयनमन्विच्छन्नपोऽस्राक्षीच्छुचिः शुचीः ॥१०॥

puruṣo 'ṇḍaṁ vinirbhidya
yadāsau sa vinirgataḥ
ātmano 'yanam anvicchann
apo 'srākṣīc chuciḥ śucīḥ

puruṣaḥ—至尊人——超灵 / aṇḍam—众多的宇宙 / vinirbhidya—使他们个别存在 / yadā—当……的时候 / asau—同一位 / saḥ—祂(至尊主) / vinirgataḥ—出来 / ātmanaḥ—祂自己的 / ayanam—躺在 / anvicchan—想 / apaḥ—水 / asrākṣt—创造了 / ściḥ—最纯洁的 / śucīḥ—超然的

译文 第一个主宰化身(菩茹沙·阿瓦塔尔)——至尊主巨大的宇宙形象(玛哈·维施努)，出现在原因之洋中。祂把不同的宇宙分隔开后，从原因之洋中出来，进入每一个宇宙中，想要躺在创造好的超然之水(嘎尔博达卡)的水面上。

要旨 圣舒卡戴瓦·哥斯瓦米(Śukadeva Gosvāmī)在分析了个体生物和所有个体生物所依赖的独立源头至尊主——超灵后，现在指出全体生物唯一的职责——为至尊主做奉爱服务的必要性。至尊主奎师那及祂所有的完整扩展和扩展的扩展彼此之间并没有分别，因此祂们每一个都是至尊独立的。为了证实这一点，舒卡戴瓦·哥斯瓦米(按照他对帕瑞克西特王的许诺)，在此描述人格首神主宰化身(puruṣa-avatāra)的独立性，甚至在物质创造范围内也不例外。至尊主的这些创造活动也是超然的，因此也是娱乐活动(līlā)。至尊主的这些娱乐活动十分有助于聆听它们的人觉悟自我、做奉爱服务。有些人也许会争论说，那我们为什么不去品尝至尊主在玛图茹阿(Mathurā)和温达文(Vṛndāvana)两地上演的超然娱乐活动呢？那些娱乐活动比世上的一切都甜美。对这个问题，圣维施瓦纳特·查夸瓦尔提·塔库尔回答说：至尊主在温达文从事的娱乐活动，是专门给至尊主的高级奉献者品尝的。初级奉献者——世俗的奉献者(prākṛta)，会曲解至尊主从事的那些最超然的活动，因此只适合欣赏至尊主在物质领域里从事的有关创造、维系和毁灭的娱乐活动。正如以身体锻炼为主的瑜伽系统，最适合那些过于依恋身体的人；同样，至尊主从事的与物质世界的创造和毁灭有关的娱乐活动，最适合那些太依恋物质的人聆听。因此，对这些世俗的人来说，通过了解身体运作及宇宙运作与至尊主的自然定律之间的关系，可以帮助他们了解法律的制定者至尊人格首神。盲目的科学家们用那么多物质定律的术语来解释物质的运作，却忘了定律的制定者。《圣典博伽瓦谭》指出了谁是定律的制定者。人不应该对引擎或发动机的复杂机械构造感到惊讶，而应该称赞发明了这部神奇机器的工程师。这就是奉献者与非奉献者之间的区别。奉献者总是衷心赞美制定了物质定律的至尊主。就有关至尊主指挥物质自然这一点，《博伽梵歌》第9章的第10节诗描述说：

mayādhyakṣeṇa prakṛtiḥ
sūyate sacarācaram
hetunānena kaunteya
jagad viparivartate

“琨缇的儿子啊！物质自然是我的一种能量，在我的指挥下活动，产生动与不动的一切。在物质自然的控制下，这个展示被再三地创造和毁灭。”

但是，知识贫乏的人在研究身体构造和宇宙展示时却因为其中的物质定律而惊叹不已，愚蠢地否定神的存在，理所当然地认为物质定律不受更高存在的控制，而是独立存在的。对这种愚蠢的想法，《博伽梵歌》第9章的第11节诗回答说：

avajānanti māṁ mūḍhā
　mānuṣīṁ tanum āśritam
paraṁ bhāvam ajānanto
　mama bhūta-maheśvaram

“当我以人的形象降临时，愚蠢的人轻视我。他们不知道我作为万事万物的至尊主所具有的超然性。”

由于在物质定律的活动范围内看不见至尊主，愚蠢的人便以为至尊主的超然身体像他自己的身体一样，因此想象不了至尊主有无比强大的控制力量。但是，当至尊主靠祂个人的能量亲自降临到地球上时，一般人就可以用肉眼看到祂了。主奎师那以祂原本的形象到来，从事神奇的活动，展示祂本人就是至尊主。《博伽梵歌》中谈的就是这些神奇的活动和知识。尽管如此，愚蠢的人就是不承认主奎师那是至尊主。他们因为自己不能变得无限小或无限大，所以一般就只关心至尊主那些无限小和无限大的特征。但人们应该知道，至尊主的无限大和无限小的特征，并不是祂最可夸耀的特征。当无限大的至尊主以我们中的一分子的样子展现在我们面前，让我们能看到祂时，那才是至尊主的力量最神奇的展示。祂这样出现在我们面前时，所从事的活动不同于我们这些有限的生物体。祂在七岁时举起一座大山，年轻时娶了一万六千位妻子。这些都是至尊主展示祂全能的一些例子，可愚蠢的人(mha)在看过或听过祂的事迹后，却把那些事迹贬为是传说，把至尊主当成他们中的一员。他们不明白：圣主奎师那虽然靠祂的内在能量以人的形象显现，但作为至高无上的控制者仍是全能的至尊主。

不过，这些愚蠢的人如果能以顺从的态度，专心聆听经由师徒传承传下来的《博伽梵歌》或《圣典博伽瓦谭》中有关至尊主的讯息，就也可以凭借至尊主纯粹奉献者的恩典成为至尊主的奉献者。正是为了这些知识贫乏的愚蠢之人的利益，《博伽梵歌》或是《圣典博伽瓦谭》中才描述至尊主在物质世界里所从事的娱乐活动。

第11节 तास्ववात्सीत्स्वसृष्टासु सहस्रं परिवत्सरान् ।
तेन नारायणो नाम यदापः पुरुषोद्भवाः ॥११॥

tāsv avātsīt sva-sṛṣṭāsu
sahasraṁ parivatsarān
tena nārāyaṇo nāma
yad āpaḥ puruṣodbhavāḥ

tāsu—在那个 / avātsīt—居住 / sva—自己的 / sṛṣṭāsu—就创造事宜 / sahasram—一千 / parivatsarān—以祂计算的年 / tena—为了那个原因 / nārāyaṇaḥ—名叫纳茹阿亚纳的至尊人格首神 / nāma—名字 / yat—因为 / āpaḥ—水 / puruṣ-udbhavāḥ—来自至尊的人

译文 这位至尊的人不是不具人格特征，而是非凡的人——拿茹阿(nara)。至尊拿茹阿创造的超然之水称为纳茹阿(nāra)，由于祂躺在那水面上，祂被称为纳茹阿亚纳。

第12节 द्रव्यं कर्म च कालश्च स्वभावो जीव एव च ।
यदनुग्रहतः सन्ति न सन्ति यदुपेक्षया ॥१२॥

dravyaṁ karma ca kālaś ca
svabhāvo jīva eva ca
yad-anugrahataḥ santi
na santi yad-upekṣayā

dravyam—物质元素 / karma—行动 / ca—和 / kālaḥ—时间 / ca—还有 / sva-bhāvaḥjīvaḥ—生物 / eva—肯定地 / ca—还有 / yat—其 / anugrahataḥ—凭借……的恩慈 / santi—存在 / na—并不 / santi—存在 / yat-upekṣayā—因为疏忽

译文 人应该明确地知道：所有的物质成分、活动、时间和属性，以及专门享受那一切的生物，都仅仅是靠祂的仁慈而存在着；祂一旦不照管他们，一切就不存在了。

要旨 一些生物因为想要主宰物质自然，所以成为物质成分、时间、属性等的享受者。至尊主是至高无上的享乐者，众生物的责任原本是协助至尊主享乐，参加大家在一起的超然享乐。享乐者和被享乐者本来是一起享乐的，但生物因为受错觉能量的蒙骗，想要成为像至尊主一样的享乐者，尽管他们本是以被享乐者的身份享乐，而不是以享乐者的身份享乐。《博伽梵歌》和《维施努往世书》(Viṣṇu Purāṇa)中都说，个体灵魂(jīva)是至尊主的高等自然(parā prakṛti)。因此，生物事实上永远都不是享乐者(puruṣa)，他们在物质世界里的享乐念头是错误的。生物在灵性世界里本是纯洁的，所以可以与至尊主一起享乐。在物质世界里，受物质自然法律控制的生物，由于活动(karma)不断受到挫折，他们享乐的念头越来越弱；这时，错觉能量就会在受制约灵魂的耳边告诉他们，他们应该与至尊主合一。这是错觉能量为受制约的灵魂设置的最后一个陷阱。生物凭借至尊主的恩典去除最后的错觉后，就会恢复他原本的状态，获得真正的解脱。为了让生物从物质钳制中真正解脱出来，至尊主创造了物质世界，使它维持一段时间(如前一节诗中所说，是祂的计算时间的一千年)，然后又用祂的意志毁灭它。所以，生物完全依赖至尊主的恩典；只要至尊主愿意，科技进步给我们带来的一切所谓的享乐，都会被碾成粉末。

第13节 एको नानात्वमन्विच्छन् योगतल्पात्समुत्थितः ।
वीर्यं हिरण्मयं देवो मायया व्यसृजत्त्रिधा ॥१३॥

eko nānātvam anvicchan
yoga-talpāt samutthitaḥ
vīryaṁ hiraṇmayaṁ devo
māyayā vyasṛjat tridhā

ekaḥ—祂独自一人 / nānātvam—各种各样的 / anvicchan—这样想 / yoga-talpāt—从神秘睡眠的状态中 / samutthitaḥ—就这样产生 / vīryam—精液 / hiraṇmayam—金色的 / devaḥ—半神人 / māyayā—由外在能量 / vyasṛjat—完美地创造了 / tridhā—三种特色

译文 独一无二的至尊主在神秘的睡眠状态中想要展示出各种各样的生物体，便通过祂的外在能量产生出具有三种特色的金色精液象征。

要旨 《博伽梵歌》第9章的第7—8节诗中，描述物质世界的创造和毁灭说：

sarva-bhūtāni kaunteya
prakṛtiṁ yānti māmikām
kalpa-kṣaye punas tāni
kalpādau visṛjāmy aham

prakṛtiṁ svām avaṣṭabhya
visṛjāmi punaḥ punaḥ
bhūta-grāmam imaṁ kṛtsnam
avaśaṁ prakṛter vaśāt

"琨缇的儿子啊！在一个周期之末，所有的物质展示都进入我的自然；在另一个周期开始时，我用自己的能量重新创造它们。整个物质自然都在我的控制下。宇宙秉承我的旨意而一再自动地展示，秉承我的旨意而最终归于毁灭。"

就这样，在物质宇宙创造或展示前，至尊主作为总体能量(mahā-samaṣṭi)存在。接着，祂想让自己以许许多多个体的形式分布开来，于是便扩展自己为多样化的总体能量(samaṣṭi)。从多样化的总体能量，祂又进一步扩展自己成前面解释过的“被控制的生物(adhyātmic)”“负责控制的生物(adhidaivic)”和“物质躯体(adhibhautic)”这三种存在状态的个体生物。所以，整个创造和创造能量同时既一样又不一样。他们之所以与至尊主既一样又不一样，是因为一切事物都来自至尊主(玛哈·维施努或称总体能量)，所有的宇宙能量都与祂是一体的；但同时，至尊主扩展出的所有这些能量在至尊主的安排下都各有自己的展示和要起的作用。生物也同样是至尊主的能量(边缘能量)，所以与祂即一即异。

在不展示的阶段，充满生气的能量被储存在至尊主体内，当至尊主把他们释放到宇宙展示中后，他们在物质自然三种属性的影响下按各自的愿望进行不同的展示。所以，在物质世界里，充满活力的能量的不同展示，是生物受制约的状态。然而，永恒(sanātana)展示的解脱了的灵魂，都是皈依了至尊主的、不受制约的灵魂，因此不受制于创造和毁灭。这个创造是至尊主在祂的睡床上于神秘睡眠的状态下瞥视了一眼物质自然而有的。所有的宇宙和宇宙内的控制神明布茹阿玛，就这样再三地被展示和被毁灭。

第14节 अधिदैवमथाध्यात्ममधिभूतमिति प्रभुः ।
अथैकं पौरुषं वीर्यं त्रिधाभिद्यत तच्छृणु ॥१४॥

adhidaivam athādhyātmam
adhibhūtam iti prabhuḥ
athaikaṁ pauruṣaṁ vīryaṁ
tridhābhidyata tac chṛṇu

adhidaivam—有控制权的生物 / atha—现在 / adhyātmam—被控

制的生物 / adhibhūtam—物质躯体 / iti—如此 / prabhuḥ—至尊主 / atha—这样 / ekam—独一无二的 / pauruṣam—祂的 / vīryam—能量 / tridhā—三个 / abhidyata—分成 / tat—那 / śṛṇu—就听我

译文 请听我告诉你，至尊主是怎样把祂的能量一分为三，按前面所谈的分为：负责控制的生物，被控制的生物和物质躯体。

第15节 अन्तः शरीर आकाशात्पुरुषस्य विचेष्टतः ।
ओजः सहो बलं जज्ञे ततः प्राणो महानसुः ॥१५॥

antaḥ śarīra ākāśāt
puruṣasya viceṣṭataḥ
ojaḥ saho balaṁ jajñe
tataḥ prāṇo mahān asuḥ

antaḥśarīre—在身体内 / ākāśāt—从天空 / puruṣasya—玛哈·维施努的 / viceṣṭataḥ—这样尝试或想的时候 / ojaḥ—感官的能量 / sahaḥ—心力 / balam—身体的力量 / jajṣe—产生了 / tataḥ—此后 / prāṇaḥ—生命力 / mahānasuḥ—一切生命的源头

译文 从处在玛哈·维施努超然体内的天空，产生出感官能量、心力、体力和总体生命力。

第16节 अनुप्राणन्ति यं प्राणाः प्राणन्तं सर्वजन्तुषु ।
अपानन्तमपानन्ति नरदेवमिवानुगाः ॥१६॥

anuprāṇanti yaṁ prāṇāḥ
prāṇantaṁ sarva-jantuṣu
apānantam apānanti
nara-devam ivānugāḥ

anuprāṇanti—追随着生命征象 / yam—谁 / prāṇāḥ—感官 / prāṇantam—努力 / sarva-jantuṣu—所有生物体当中 / apānantam—停止努力 / apānanti—所有其他都停止 / nara-devam—君王 / iva—像 / anugāḥ—随从

译文 就像君王的追随者跟随他们的主人一样，整体能量一动，所有其他的生物体便动起来；整体能量一旦停止活动，所有其他的生物体便停止感官活动。

要旨 个体生物完全依赖至尊主宰(puruṣa)的总体能量。正如电灯在没有电的情况下不可能发光，世上没什么是独立存在的。所有的电器都完全依靠发电厂的供电来运作，发电厂依靠水库储存的水才能发电，水的储存依靠能下雨的云朵，云朵的形成需要太阳光芒的照射，太阳是被创造出来的，而创造有赖于至尊人格首神的活动。因此，至尊人格首神是一切原因的起因。

第17节 प्राणेनाक्षिपता क्षुत्तृडन्तरा जायते विभोः ।
पिपासतो जक्षतश्च प्राङ् मुखं निरभिद्यत ॥१७॥

prāṇenākṣipatā kṣut tṛḍ
antarā jāyate vibhoḥ
pipāsato jakṣataś ca
prāṅ mukhaṁ nirabhidyata

prāṇena—由生命力 / ākṣpatā—受到刺激 / kṣut—饥饿 / tṛṭ—口渴 / antarā—从里面 / jāyate—产生 / vibhoḥ—至尊的 / pipāsataḥ—因为想止渴 / jakṣtaḥ—因为想吃 / ca—还有 / prāk—首先 / mukham—嘴巴 / nirabhidyata—张开了

译文 生命力受到至尊主巨大的宇宙形象(维茹阿特·菩茹沙)的刺激，产生饥饿和口渴的感觉。祂想要吃和喝的时候，就张开了嘴。

要旨 所有的生物体在母亲子宫中培育出感官和感官感觉的过程，跟所有生物的总体(virāṭ-puruṣa)培育感官的原理一样。因此，产生一切的最高原因并不是不具人格特征或没有欲望的。至尊者想要创造各种感官和感官感觉，因此个体生物的身上就有了这一切。欲望是至尊生物(绝对真理)自然就有的。由于祂有所有嘴巴的总和，每一个生物体才有嘴巴；同样，生物体的其他感官也是这么有的。这节诗中以嘴巴为例说明问题，因为同样的原理也适用于其他感官。

第18节 मुखतस्तालु निर्भिन्नं जिह्वा तत्रोपजायते ।
ततो नानारसो जज्ञे जिह्वया योऽधिगम्यते ॥१८॥

mukhatas tālu nirbhinnaṁ
jihvā tatropajāyate
tato nānā-raso jajñe
jihvayā yo 'dhigamyate

mukhataḥ—从嘴巴 / tālu—味觉 / nirbhinnam—产生了 / jihvā—舌头 / tatra—随着 / upajāyate—展示了 / tataḥ—接着 / nānā-rasaḥ—各种味道 / jajṣe—展示了 / jihvayā—由舌头 / yaḥ—那 / adhigamyate—品尝了

译文 从嘴巴，味觉展现了，接着舌头也产生出来。这之后，各种滋味形成，以使舌头能品尝它们。

要旨 这个感官的逐渐产生过程，使人联想到与之有关的控制神明(adhidaiva)瓦茹纳(Varuṇa)，他是一切可口液汁的控制神明。

用来品尝各种汁液的舌头栖息在嘴巴里，而瓦茹纳是各种汁液的控制神明。这暗示瓦茹纳是随着舌头的形成而产生的。舌头和味觉作为工具是物质展示(adhibhūtam)，控制它们的生物体是控制神明(adhidaiva)，而受这种控制的生物体是被控制的生物(adhyātma)。因此，这节诗也解释了，至尊主巨大的宇宙形象(virāṭ-puruṣa)的嘴巴张开后，上述这三种相关存在状态的产生。这节诗中提到的四种事物，有助于解释前面讲过的被控制的生物(adhyātma)、负责控制的生物(adhidaiva)和物质展示(adhibhūtam)这三种状态的存在。

第19节 विवक्षोर्मुखतो भूम्नो वह्निर्वाग्व्याहृतं तयोः ।
जले चैतस्य सुचिरं निरोधः समजायत ॥१९॥

vivakṣor mukhato bhūmno
vahnir vāg vyāhṛtaṁ tayoḥ
jale caitasya suciraṁ
nirodhaḥ samajāyata

vivakṣoḥ—需要说话的时候 / mukhataḥ—从嘴巴 / bhūmnaḥ—至尊者的 / vahniḥ—火或是控制火的神明 / vāk—振动 / vyāhṛtam—言语 / tayoḥ—由两者 / jale—在水中 / ca—不过 / etasya—所有这些的 / suciram—一段非常长的时间 / nirodhaḥ—暂停 / samajāyata—继续

译文 当至尊者想要说话时，嘴就发出言语的声音振动。接着，负责控制说话的火神从祂嘴里产生出来。但当祂躺在水里时，所有这些功能都处在暂停的状态。

要旨 每一个感官都有控制它的神明，而每一个神明都监督着他所控制的感官的逐渐发展。因此要明白：感官活动受至尊旨意的控制。可以说，至尊主给受制约的灵魂提供感官，并授权负责控制感官的神明加以管理，以使受制约的灵魂能正确地利用感官。违犯管理条例的人会受到惩罚，被降级到更低等的生命状态中。让我们以舌头和控制它的神明瓦茹纳为例思考一下：舌头是吃东西的工具，人、动物和飞禽因为被允许吃的东西不同，所以有不同的味觉。人和猪的味觉不一样。负责控制的神明按照各个生物在物质自然属性的影响下培养出的不同喜好赐给他们不同种类的躯体。人如果培养出猪的喜好，不加分辨、什么都吃，负责控制的神明就会在他下一次投生时赐给他猪的躯体。猪什么都吃，甚至包括粪便，人如果培养出这样的习惯，那么下一世就会在更低等的生命物种中投生。这也是神的恩典，因为是受制约的灵魂自己想要用那样的躯体去品尝某类食物。一个人如果得到了猪的躯体，必须要知道那是至尊主的恩典，因为至尊主按个体灵魂的愿望给他提供便利条件。死亡之后会再得到什么样的躯体，要由更高的控制神明来决定，而不是随便得到的。因此，人必须要小心他下一世会得到什么类型的躯体。所有的经典都声明，不加分辨、不负责任的生活太危险了。

第20节 नासिके निरभिद्येतां दोधूयति नभस्वति ।
तत्र वायुर्गन्धवहो घ्राणो नसि जिघृक्षतः ॥२०॥

nāsike nirabhidyetāṁ
dodhūyati nabhasvati
tatra vāyur gandha-vaho
ghrāṇo nasi jighṛkṣataḥ

nāsike—在鼻孔中 / nirabhidyetām—发展了 / dodhūyati—快速吹气 / nabhasvati—呼吸 / tatra—接着 / vāyuḥ—空气 / gandha-vahaḥ—闻气味 / ghrāṇaḥ—嗅觉 / nasi—鼻子里 / jighṛkṣataḥ—想闻气味

译文 随后，当至尊控制者(菩茹沙)想要闻气味时，鼻孔和呼吸便产生了，鼻子和气味随即形成。接着，负责控制携带气味之空气的神明也展现了。

要旨 当至尊主想要闻气味时，鼻子、气味、嗅觉和控制这些的神明等便同时展现出来。奥义书(Upaniṣad)的声明证实说：一切都是由至尊者先产生愿望，祂属下的生物体才能随后去行事；只有当至尊主看时，生物体才能看见；至尊主嗅时，生物体才能闻到气味……关键是，生物体无法独立地做任何事。他只能自己想要做某事，但却无法独立地去做。凭借至尊主的恩典，生物体有独立思考的能力，但只有靠至尊主的恩典，思想才能成为现实。正因为如此，常言道：谋事在人，成事在天(神)。整个解释的主题是：生物体的绝对依赖性和至尊主的绝对独立性。声称自己与神处在同一层面的智力欠佳之人，必须先证明自己是绝对和独立的，然后必须用实际行动证明他与神一样。

第21节 यदात्मनि निरालोकमात्मानं च दिदृक्षतः ।
निर्भिन्ने ह्यक्षिणी तस्य ज्योतिश्चक्षुर्गुणग्रहः ॥२१॥

yadātmani nirālokam
ātmānaṁ ca didṛkṣataḥ
nirbhinne hy akṣiṇī tasya
jyotiś cakṣur guṇa-grahaḥ

yadā—当……时 / ātmani—向祂自己 / nirālokam—没有光 / ātmānam—祂的超然身体 / ca—还有其他形状的身体 / didṛkṣataḥ—想看看 / nirbhinne—由于生长出 / hi—为了 / akṣuṇī—眼睛的 / tasya—祂的 / jyotiḥ—太阳 / cakṣuḥ—眼睛 / guṇa-grahaḥ—看的力量

译文 那时一切都处在黑暗中，当至尊主想要看祂自己和所创造的一切时，眼睛、负责照明的太阳神、生物体的视力和看的对象都展现了。

要旨 宇宙内原本是极为黑暗的。为此，梵文称整个创造是塔玛斯(tamas)——黑暗。黑夜是宇宙的真正特色，人在其中看不见任何事物，甚至包括自己。至尊主出于祂没有缘故的仁慈，想要看祂自己和宇宙内创造了的一切。于是，太阳展示出来，众生的视力和看的对象也随即展示出来。这意味着，整个现象世界在太阳被创造后变得可见了。

第22节 बोध्यमानस्य ऋषिभिरात्मनस्तज्जिघृक्षतः ।
कर्णौ च निरभिद्येतां दिशः श्रोत्रं गुणग्रहः ॥२२॥

bodhyamānasya ṛṣibhir
ātmanas taj jighṛkṣataḥ
karṇau ca nirabhidyetāṁ
diśaḥ śrotraṁ guṇa-grahaḥ

bodhyamānasya—想去了解 / ṛṣibhiḥ—由权威人士 / ātmanaḥ—至尊生物的 / tat—那 / jighṛkṣataḥ—当祂想开始 / karṇau—耳朵 / ca—还有 / nirabhidyetām—展示了 / diśḥ—方向或空气之神 / śotram—听的能力 / guṇa-grahaḥ—以及聆听的对象

译文 伟大的圣人们想要聆听有关至尊生物的知识。由于至尊主想满足伟大的圣人产生的这种求知欲，耳朵、听力、控制听力的神明，以及听的对象都展现了。

要旨 正如《博伽梵歌》中所说，人应该凭借知识的增长去设法了解至尊主，一切的至善。知识并不意味着只是由至尊主指导运作的自然法则或自然界的知识。科学家们渴望聆听有关在物质自然中运作的自然定律，渴望通过收音机和电视等传播媒介收听离他们很远的其他星球上发生的事情。但是，他们应该知道，听的能力以及用来聆听的工具，都是至尊主为了让人们聆听有关至尊主(至尊自我)而赐予他们的。不幸的是，世俗之人误用听的能力去听世俗之事。与他们相反，伟大的圣人们唯一感兴趣的是透过韦达知识聆听有关至尊主的一切。那是用听的能力接受知识的开始。

第23节 वस्तुनो मृदुकाठिन्यलघुगुर्वोष्णशीतताम् ।
जिघृक्षतस्त्वङ् निर्भिन्ना तस्यां रोममहीरुहाः ।
तत्र चान्तर्बहिर्वातस्त्वचा लब्धगुणो वृतः ॥२३॥

vastuno mṛdu-kāṭhinya-
laghu-gurv-oṣṇa-śītatām
jighṛkṣatas tvaṅ nirbhinnā
tasyāṁ roma-mahī-ruhāḥ
tatra cāntar bahir vātas
tvacā labdha-guṇo vṛtaḥ

vastunaḥ—一切事物的 / mṛdu—软 / kāṭhinya—硬 / laghu—轻 / guru—重 / oṣṇa—暖 / śtatām—冷 / jighṛkṣtaḥ—想感觉到 / tvak—触觉 / nirbhinnā—分布 / tasyām—在皮肤 / roma—身体上的毛发 / mahī-ruhāḥ—还有树木——控制毛发的神明 / tatra—那里 / ca—还有 / antaḥ—里面 / bahiḥ—外面 / vātaḥtvacā—触觉或是皮肤 / labdha—感觉到以后 / guṇaḥ—感官的对象 / vṛtaḥ—产生了

译文 当至尊主想要感知软硬、冷暖、轻重等物质特征时，皮肤、毛孔、毛发等触觉基础，以及它们的控制者(树木)便产生了。皮肤内外各覆盖着一层空气，使感知能力得以体现。

要旨 柔软等物质的物理特征，是触觉感官知觉的对象，因此物理方面的知识是触觉研究的对象。人可以通过用手触碰去测量物体的温度，可以用手提物去估量被提物体的重量。皮肤、皮肤上的毛孔及毛发，与触觉都是相互依赖的关系。在皮肤内外流动的空气也是感官知觉的媒介和对象。感官知觉也是获取知识的一种途径。正如前面谈过的，所有物理学或生理学方面的知识都从属于有关至尊主的知识。有关至尊主的知识包含了现象世界的知识，但有关大自然现象的知识却不能引导人认识至尊主。

身体上的毛发与地球表面的植物有着密切的关系。正如第3篇中说明的：蔬菜作为皮肤的食物和药物，对皮肤有滋养作用(tvacam asya vinirbhinnāṁ viviśur dhiṣṇyam oṣadhīḥ)。

第24节 हस्तौ रुरुहतुस्तस्य नानाकर्मचिकीर्षया ।
तयोस्तु बलवानिन्द्र आदानमुभयाश्रयम् ॥२४॥

hastau ruruhatus tasya
nānā-karma-cikīrṣayā
tayos tu balavān indra
ādānam ubhayāśrayam

hastau—双手 / ruruhatuḥ—展示了 / tasya—祂的 / nānā—各种各样 / karma—工作 / cikīrṣayā—由于这样想 / tayoḥ—属于他们的 / tu—不过 / balavān—赋予力量 / indraḥ—天帝因铎 / ādānam—手的活动 / ubhaya-āśrayam—依靠半神人和手

译文 那以后，至尊人想要从事各种各样的活动，于是双手、控制手的力量和半神人天帝因铎，以及依靠手和半神人的活动都展现了。

要旨 在每一个努力中的每一个阶段，生物体的感官都不是独立运作的：知道这一点对我们很有好处。至尊主被称为感官之主慧希凯施(Hṛṣīkeśa)。生物体的感官是凭借至尊主的旨意展示出来的，而且每一个感官都由某个半神人在控制，因此没人能说他是任何感官的拥有者。生物体受制于感官，感官受制于半神人，半神人是至尊主的仆人。这就是整个创造系统内的安排。一切最终都由至尊主控制，物质自然或生物体都不是独立的。声称自己是感官之主的被迷惑的生物体，被至尊主的外在能量紧紧地钳制着。我们应该明白：生物体只要继续为自己渺小的存在而骄傲，就说明他正处在至尊主外在能量的严密控制下；无论他如何大肆宣传自己是解脱了的灵魂，他都并没有从错觉(玛亚)的钳制下解脱出来。

第25节 गतिं जिगीषतः पादौ रुरुहातेऽभिकामिकाम् ।
पद्भ्यां यज्ञः स्वयं हव्यं कर्मभिः क्रियते नृभिः ॥२५॥

gatiṁ jigīṣataḥ pādau
ruruhāte 'bhikāmikām
padbhyāṁ yajñaḥ svayaṁ havyaṁ
karmabhiḥ kriyate nṛbhiḥ

gatim—行动 / jigīṣataḥ—这样想 / pādau—双腿 / ruruhāte—展示了 / abhikāmikām—有意义的 / padbhyām—从腿部 / yajñaḥ—主维施努 / svayam—祂亲自 / havyam—责任 / karmabhiḥ—由个人的职责 / kriyate—导致履行 / nṛbhiḥ—由个别的人

译文 接着，由于祂想要行动，祂的腿产生了，控制运动的神明维施努也随之从腿部展现出来。在祂本人的监控下，各种各样的人忙着履行他们的职责，举行祭祀。

要旨 从人们四处奔走的忙碌景象中，我们可以看出：所有的人都在履行他们各自的职责。这种人们匆匆忙忙穿梭往来的景象，在大城市里尤其显著，随处可见。人潮流动的景象不仅是在城市里，城市外也可以见到。人们借助各种交通工具，从一个城市到另一个城市，往来于各城市间；为了事业成功，人们乘坐汽车和火车在路上旅行，乘坐地铁在地下旅行，乘坐飞机在天上旅行。这种旅行的真正目的，是赚钱过舒适的生活。为了过舒适的生活，科学家、艺术家、工程师、技师等都在从事人类的各种各样活动。但是，他们并不知道怎样才能使各种活动更有意义，帮助实现人生的使命。由于他们不懂得这个秘密，他们从事一切活动的目的都只是为了进行不受控制的感官享乐，结果这些活动便把他们不知不觉地拖进黑暗的深渊。

他们被至尊主的外在能量所迷惑，完全忘了至尊主维施努，理所当然地认为在物质自然中所展示的这一生命，就是为了最大限度地进行感官享乐。但对生命的这种错误认识，并不能让人获得心灵的平静。正因为如此，尽管利用自然资源的科技知识越来越发达，但在这个物质文明中却没有人快乐。要获得快乐的秘密是：人们应该在活动的每一个阶段都举行祭祀，从而使世界变得和平。就有关这一秘密，《博伽梵歌》在第18章的第45—46节诗中告诫我们说：

sve sve karmaṇy abhirataḥ
saṁsiddhiṁ labhate naraḥ
sva-karma-nirataḥ siddhiṁ
yathā vindati tac chṛṇu

yataḥ pravṛttir bhūtānāṁ
yena sarvam idaṁ tatam
sva-karmaṇā tam abhyarcya
siddhiṁ vindati mānavaḥ

"按自己的本性去从事活动，能使人变得完美。现在请听我解释如何做。履行自己的职责，崇拜众生的源头——无所不在的至尊主，可以使人达到完美。”

人在一生中有不同的爱好并没有什么不好，因为每个人都可以按自己的能力制订计划，决定自己生活中该从事的不同职业。但是，人应该努力认清自己无疑绝对不是独立的，而是始终受至尊主和祂不同的代理人的控制。认清这一事实后，人应该按照那些精通为至尊主维施努做超然爱心服务的权威人士给予的指示，努力用自己的工作和劳动成果去为至尊主服务。在履行人生的这一职责时，腿是最重要的身体工具，因为没有双腿的帮助，人就无法从一个地方到另一个地方去。正因为如此，至尊主特意自己来控制所有人的腿——举行祭祀的工具。

第26节 निरभिद्यत शिश्नो वै प्रजानन्दामृतार्थिनः ।
उपस्थ आसीत्कामानां प्रियं तदुभयाश्रयम् ॥२६॥

nirabhidyata śiśno vai
prajānandāmṛtārthinaḥ
upastha āsīt kāmānāṁ
priyaṁ tad-ubhayāśrayam

nirabhidyata—出来 / śiśaḥ—生殖器 / vai—肯定地 / prajā-ānanda—性享乐 / amṛta-arthinaḥ—渴望品尝甘露 / upasthaḥ—男性或女性生殖器官 / āsīt—有了 / kāmānām—属于色欲的 / priyam—很亲切 / tat—那 / ubhaya-āśayam—两者的庇护

译文 随后，为了性享乐、生育后代和品尝天堂甘露，至尊主长出了生殖器，众生因此而有了生殖器官和控制它的神明帕佳帕提。性享乐的对象和其控制神明，都受至尊主生殖器的控制。

要旨 对受制约的灵魂来说，透过生殖器品尝到的性享乐是天堂般的快乐。女人是性享乐的对象，但性享乐的感官知觉和女人都由生物体的祖先帕佳帕提(Prajāpati)控制，而帕佳帕提受至尊主生殖器的控制。非人格神主义者必定能从这节诗中了解到，至尊主不是不具人格特征的，因为祂有生殖器这一性享乐所依赖的工具。如果没有通过性交品尝到天堂甘露般的滋味，就没有人会承担生儿育女的麻烦。创造这个物质世界是为了给受制约的灵魂一个重返家园、回归首神的机会。因此，为了维系创造，繁殖生物体是必要的。在繁殖后代的活动中，性享乐是推动力。人甚至可以用这种性享乐为至尊主服务。当因为这种性享乐而生下的孩子受到培养神意识的正确训练时，这种性享乐就被认为是在做服务了。进行物质创造的目的，就是要唤醒沉睡在生物体心中的神意识。在人体生命形式中，受制约的灵魂可以通过生产适合获得拯救的后代来为至尊主做服务；但其他种类的生物体在性享乐时，显然不存有为至尊主的使命而服务的动机。人如果能训练自己的孩子培养神意识，就可以生育数以百计的孩子，享受性交的天堂之乐。否则，他生孩子就和猪生孩子没什么两样。比较之下，猪比他更能干，因为猪一次可以生十多个小猪，而人一次只能生一个孩子。所以，人应该永远记住：生殖器、性快乐、女人和子女，全都与为至尊主服务有关联。忘了这一点的人，就在自然法律的制裁下承受物质存在的三种苦。对性快乐的感觉谁都有，就连狗也不例外，但狗没有神意识。人和狗的区别就在于有没有神意识。

第27节 उत्सिसृक्षोर्धातुमलं निरभिद्यत वै गुदम् ।
ततः पायुस्ततो मित्र उत्सर्ग उभयाश्रयः ॥२७॥

utsisṛkṣor dhātu-malaṁ
nirabhidyata vai gudam
tataḥ pāyus tato mitra
utsarga ubhayāśrayaḥ

utsisṛkṣḥ—想排泄 / dhātu-malam—食物的残渣 / nirabhidyata—打开了 / vai—肯定地 / gudam—排泄孔 / tataḥ—然后 / pāyuḥ—排泄器官 / tataḥ—随后 / mitraḥ—负责控制的神明 / utsargaḥ—排泄物 / ubhaya—两者 / āśrayaḥ—庇护

译文 当至尊主后来想要排泄食物的残渣时，排泄孔洞——肛门，以及感觉器官便与控制它们的神明弥陀一起产生了。感觉器官和排泄物，都受控制神明的操控。

要旨 就连排泄粪便一类的事都要受到控制，生物体怎样还能说自己是独立的呢？

第28节 आसिसृप्सोः पुरः पुर्या नाभिद्वारमपानतः ।
तत्रापानस्ततो मृत्युः पृथक्त्वमुभयाश्रयम् ॥२८॥

āsisṛpsoḥ puraḥ puryā
nābhi-dvāram apānataḥ
tatrāpānas tato mṛtyuḥ
pṛthaktvam ubhayāśrayam

āsisṛpsoḥ—想到各处去 / puraḥ—以不同的躯体 / puryāḥ—从一个躯体 / nābhi-dvāram—肚脐 / apānataḥ—展示了 / tatra—接着 / apānaḥ—生命力的停止 / tataḥ—随后 / mṛtyuḥ—死亡 / pṛthaktvam—分别地 / ubhaya—两者 / āśrayam—庇护

译文 接下来，当至尊主想要从一个躯体转到另一个躯体时，肚脐，以及离开躯体的气和死亡都被创造出来了。肚脐是死亡和离开之力的庇护所。

要旨 上行气(prāṇa-vāyu)使生命延续下去，下行气(apānavāyu)使生命力停止。这两种气流都产自肚脐。肚脐是一个躯体和另一个躯体的连接处。布茹阿玛的躯体作为与至尊身体不同的另一个躯体，是从孕诞之洋维施努(Garbhodakaśāyī Viṣṇu)的肚脐诞生出来的，其他普通生物体的诞生原理也都一样。孩子的躯体由母亲的躯体培育出来，把孩子和母亲分开的方法是剪断与母体相连的孩子肚脐上的脐带。而那就是至尊主展示自己为许多个体的方式。因此，生物体只不过是被隔开的部分，并无独立可言。

第29节 आदित्सोरन्नपानानामासन् कुक्ष्यन्त्रनाडयः ।
नद्यः समुद्राश्च तयोस्तुष्टिः पुष्टिस्तदाश्रये ॥२९॥

āditsor anna-pānānām
āsan kukṣy-antra-nāḍayaḥ
nadyaḥ samudrāś ca tayos
tuṣṭiḥ puṣṭis tad-āśraye

āditsoḥ—想有 / anna-pānānām—食物和饮料 / āsan—成为 / kukṣi—肚腹 / antra—肠子 / nāḍyaḥ—动脉 / nadyaḥ—河流 / samudrāḥ—海 / ca—还有 / tayoḥ—他们的 / tuṣṭiḥ—维生 / puṣṭiḥ—新陈代谢 / tat—他们的 / āśraye—源头

译文 当至尊主想要吃和喝的时候，腹部、肠子和动脉展示了。河流和海洋是它们存在及新陈代谢的源头。

要旨 控制肠子的神明是河流，控制动脉的神明是海洋。用食物和饮料填饱肚子可以维持生命，食物和饮料经新陈代谢后可以补充被消耗了的体能。因此，身体的健康有赖于肠子和动脉的正常运作。河流与海洋作为控制肠子和动脉的神明，使肠子和动脉保持健康状态。

第30节 निदिध्यासोरात्ममायां हृदयं निरभिद्यत ।
ततो मनश्चन्द्र इति सङ्कल्पः काम एव च ॥३०॥

nididhyāsor ātma-māyāṁ
hṛdayaṁ nirabhidyata
tato manaś candra iti
saṅkalpaḥ kāma eva ca

nididhyāsoḥ—因为想知道 / ātma-māyām—自己的能量 / hṛdayam—心念的所在 / nirabhidyata—展示了 / tataḥ—随后 / manaḥ—心念 / candraḥ—控制心念的神明(月亮) / iti—如此 / saṅkalpaḥ—决心 / kāmaḥ—欲望 / eva—就像 / ca—还有

译文 当至尊主想要思考祂能量的活动时，心脏(心念的所在地)、心念、月亮、决心和所有的欲望，便都展现了。

要旨 每一个生物体的心脏，都是至尊人格首神的完整扩展——超灵所在的地方。如果没有超灵，生物体就不能根据自己前世的所为参与物质能量的活动。在物质世界里受制约的生物，依各自的欲望在创造中展示自己，他们得到的各种物质躯体是物质能量按超灵的指示赐给他们的。对此，《博伽梵歌》第9章的第10节诗中给予了解释。当超灵处在受制约的灵魂心中时，受制约灵魂的心念就会形成，使他意识到自己的工作，就像人睡醒后意识到自己的责任一样。因此，生物体的物质心念是超灵坐在他心中时发展出来的；接着，控制心念的神明(月亮)和心中的各种活动(思想、感受及意愿)全都产生出来。在心脏没有展示前没有心念活动，而心脏是至尊主想看物质创造的各种活动时展现的。

第31节 त्वक्चर्ममांसरुधिरमेदोमज्जास्थिधातवः ।
भूम्यप्तेजोमयाः सप्त प्राणो व्योमाम्बुवायुभिः ॥३१॥

tvak-carma-māṁsa-rudhira-
medo-majjāsthi-dhātavaḥ
bhūmy-ap-tejomayāḥ sapta
prāṇo vyomāmbu-vāyubhiḥ

tvak—皮肤的表层 / carma—皮肤 / māṁsa—肉 / rudhira—血 / medaḥ—脂肪 / majjā—骨髓 / asthi—骨骼 / dhātavaḥ—元素 / bhūmi—土 / ap—水 / tejaḥ—火 / mayāḥ—占优势的 / sapta—七 / prāṇaḥ—呼吸 / vyoma—天空 / ambu—水 / vāyubhiḥ—由气

译文 表皮、真皮、肌肉、血、脂肪、骨头和骨髓这七种构成躯体的材料，都是由土、水和火构成的，生命的气息是由天空、水和气构成的。

要旨 显然，整个物质世界由土、水、火三种元素构成，生命力由天空、水和气构成，所以水是物质创造中所有粗糙和精微躯体的共有元素。在此应该注意的是：由于创造的需要，物质世界内有大量的水，而水是五种元素中最主要的一种元素。物质躯体是五种元素的组合体，其中由土、水和火构成的粗糙躯体可以被感知到。触觉是表皮对外界的感知，骨骼如石头般坚硬。生命的呼吸之气是天空、气和水的产物，因此户外的新鲜空气、有规律的沐浴和宽敞的生活空间，有利于健康，可以使人充满活力。大地生产的五谷和蔬菜等新鲜食物，以及新鲜的水和热力，都有利于保养粗糙的躯体。

第32节 गुणात्मकानीन्द्रियाणि भूतादिप्रभवा गुणाः ।
मनः सर्वविकारात्मा बुद्धिर्विज्ञानरूपिणी ॥३२॥

guṇātmakānīndriyāṇi
bhūtādi-prabhavā guṇāḥ

manaḥ sarva-vikārātmā
buddhir vijñāna-rūpiṇī

guṇa-ātmakāni—依赖各种物质属性 / indriyāṇi—感官 / bhūta-ādi—物质的假我 / prabhavāḥ—受到影响 / guṇāḥ—物质自然属性 / manaḥ—心念 / sarva—全部 / vikāra—情感(快乐和苦恼) / ātmā—形象 / buddhiḥ—智慧 / vijṣāna—深思熟虑 / rūpiṇī—特色

译文 感官有赖于物质自然属性，而物质自然属性是假我的产物。心念受所有种类的物质体验(快乐和痛苦)所支配，而智力是心念深思熟虑的特征。

要旨 生物在物质自然的迷惑下与假我认同。更清楚地说，生物一旦被物质躯体裹住，便立即与躯体认同，忘了自己是灵性的灵魂。这假我与各种物质自然属性接触，使感官变得依赖各种物质自然属性。内心是感受各种物质体验的工具，但智力却是作出慎重判断，能够把一切向更好的方向转化。正因为如此，智者可以靠正确地运用智力，摆脱物质存在的迷惑。有智慧的人能觉察到自己在物质存在中的尴尬处境，于是开始询问自己究竟是什么，为什么要受各样痛苦的摆布，如何才能摆脱一切痛苦。这样，靠良好的交往联谊，有高度智慧的人便能转而过更好的生活——觉悟自我的生活。为此，经典奉劝有智慧的人，要与那些走在解脱之途上的伟大圣人交往联谊。伟大的圣人所给予的教导，使受制约的灵魂越来越不依恋物质，所以与他们交往联谊可以使人接受这些教导。有智慧的人就是这样逐渐摆脱物质和假我的错觉罗网，提升自己，过永恒、快乐和有知识的真实生活。

第33节 एतद्भगवतो रूपं स्थूलं ते व्याहृतं मया ।
महादिभिश्चावरणैरष्टभिर्बहिरावृतम् ॥३३॥

etad bhagavato rūpaṁ
sthūlaṁ te vyāhṛtaṁ mayā
mahy-ādibhiś cāvaraṇair
aṣṭabhir bahir āvṛtam

etat—所有这些 / bhagavataḥ—属于至尊人格首神的 / rūpam—形象 / sthūlam—粗糙的 / te—向你 / vyāhṛtam—解释了 / mayā—由我 / mahī—土 / ādibhiḥ—如此 / ca—无限地 / avaraṇaiḥ—以覆盖物 / aṣṭabhiḥ—八个 / bahiḥ—外在的 / āvṛtam—遮盖了

译文 我刚刚给你解释过的所有这些，是至尊人格首神的粗糙形象。这个形象的外表由以土为开始的八层覆盖物包裹着。

要旨 正如《博伽梵歌》第7章的第4节诗中所解释的，人格首神分离出的物质能量有八种，它们分别是：土、水、火、气、空间、心意(心念)、智力和假我。这八种外在能量，都是人格首神发散出来的。它们一层一层形成遮盖，遮住至尊的形象，就像云层遮住太阳一样。云是由日照产生的，但却遮住人的视野，使人看不到太阳。事实上，太阳不可能被云层遮住，天空中一片最大的云层顶多只有几百英里的面积，但太阳却比它大几百万倍。一百英里的遮盖物不可能遮住数百万英里的事物。因此，至尊人格首神的能量之一当然不可能遮住祂本身。祂创造这些遮盖物，是为了遮住那些想主宰物质自然的受制约灵魂的眼睛。事实上，受制约的灵魂的眼睛，是被物质能量创造的错觉云朵遮住，至尊主保留不在他们眼前暴露自己的权利。受制约的灵魂因为没有超然的眼睛，因为看不到人格首神，所以就否定至尊主的存在，否认至尊主有超然的形象。这种知识贫乏的人被至尊主庞大的物质形象所覆盖。为什么会这样，下一节诗将作出解释。

第34节 अतः परं सूक्ष्मतममव्यक्तं निर्विशेषणम् ।
अनादिमध्यनिधनं नित्यं वाङ्मनसः परम् ॥३४॥

atah paraṁ sūkṣmatamam
avyaktaṁ nirviśeṣaṇam
anādi-madhya-nidhanaṁ
nityaṁ vāṅ-manasaḥ param

ataḥ—因此 / param—超然的 / sūkṣmatamam—比最精细的还要精细 / avyaktam—不展示的 / nirviśeṣaṇam—没有物质特征 / anādi—没有开始 / madhya—没有中间阶段 / nidhanam—没有结尾 / nityam—永恒的 / vāk—语句 / manasaḥ—心智的 / param—超然的

译文 而超越这个(粗糙展示)的，是比最精微的形象还要精微的超然展示。那个展示没有开始和中间阶段，也没有结束；它与物质概念完全不同，因此超出主观推测所能表达的极限。

要旨 至尊人格首神由外在能量构成的粗糙躯体，每隔一段时间就会展示一次，所以祂的外在特征或形象不是祂永恒的形象。至尊主的永恒形象没有开始存在的时间，没有中间阶段，也没有结束存在的时候。任何有开始存在、中间阶段和结束存在的一切，都是物质的。物质世界是由至尊主创造的，因此至尊主的形象无疑存在于物质世界开始存在之前，而且无疑是超然的，比最精微的物质概念还要精微。在物质世界中，空间被认为是粗糙元素中最精微的，但比空间更精微的是心念、智力和假我。所有这八种外在能量形成的遮盖，被解释为是绝对真理的表面遮盖。因此，绝对真理不在物质概念的表达和推测范畴内。祂毫无疑问超越所有的物质概念。这称为没有物质特性(nirviśeśaṇam)。但是，人不应该误解说，没有物质品质就意味着没有任何超然的特性。梵文viśeṣaṇam是特性的意思，前面加上nir意思就成了没有物质特性或多样化。这一否定式的表达方式，说明至尊主有不展示、超然、永恒和超越心智或言语极限这四项超然的品质。超越言语极限的意思是对物质概念的否定。人除非处在超然的层面上，否则不可能了解至尊主的超然形象。

第35节 अमुनी भगवद्रूपे मया ते ह्यनुवर्णिते ।
उभे अपि न गृह्णन्ति मायासृष्टे विपश्चितः ॥३५॥

amunī bhagavad-rūpe
mayā te hy anuvarṇite
ubhe api na gṛhṇanti
māyā-sṛṣṭe vipaścitaḥ

amunī—所有这些 / bhagavat—向至尊人格首神 / rūpe—在形象中 / mayā—由我 / te—向你 / hi—肯定地 / anuvarṇite—分别描述 / ubhe—两者 / api—还有 / na—永不 / gṛhṇanti—接受 / māyā—外在的 / sṛṣṭe—这样展示了 / vipaḥ-citaḥ—有学识的人知道

译文 非常了解至尊主的纯粹奉献者们，都不接受我刚才从物质角度给你解释的至尊主的那些形象。

要旨 正如上面谈到的，非人格神主义者以两种方式去想绝对的人格首神。他们一方面崇拜至尊主无所不在的宇宙形象(viśva-rūpa)，另一方面又想至尊主不展示的、无法描述的精微形状。泛神论和一元论的理论分别适用于至尊主的粗糙形象和精微形象这两种概念，但至尊主那些学识渊博的纯粹奉献者因为对真相很清楚，所以都排斥这两个概念。就有关这一点，《博伽梵歌》第11章中谈得很清楚，特别是第45节诗，阿尔诸纳在看到至尊主奎师那无所不在的宇宙形象后谈起自己的感受说：

adṛṣṭa-pūrvaṁ hṛṣito 'smi dṛṣṭvā
bhayena ca pravyathitaṁ mano me
tad eva me darśaya deva rūpaṁ
prasīda deveśa jagan-nivāsa

"看过这个我从未见过的宇宙形象后，我感到高兴，但我的心同时也因恐惧而不安。因此，一切主人的主人，宇宙的住所啊！请施恩于我，重现您人格首神的形象。"

作为至尊主纯粹的奉献者，阿尔诸纳以前从没有看过至尊主的宇宙形象。他在看到那个形象时好奇心是得到了满足，但却并不因为看到那个形象而感到高兴。这原因是，他作为至尊主的纯粹奉献者，依恋至尊主原本的形象。至尊主的庞大形象使他感到害怕，他因此而向至尊主祈祷，请求至尊主展示四臂的纳茹阿亚纳形象，或者奎师那的形象。事实上，只有奎师那的形象才能让阿尔诸纳感到开心。毫无疑问，至尊主所具有的至高无上的力量，使祂可以用多种形象展示自己，但祂的纯粹奉献者只对祂在祂的住所里永恒展示的形象感兴趣。祂的住所称为神的王国(tripād-vibhūti)，在那里祂以两臂形象或四臂形象展示自己。祂在物质世界里展示的宇宙形象无限大，其中有无数的手臂和无穷无尽的一切。至尊主的纯粹奉献者，崇拜至尊主在外琨塔星球上的纳茹阿亚纳形象或奎师那形象。有时，至尊主出于仁慈，也在物质世界内展示茹阿玛(Rāma)、奎师那和尼尔星哈戴瓦(Narasiṁhadeva)等祂在外琨塔星球上的形象，因此纯粹的奉献者也崇拜这些形象。至尊主在物质世界里通常展现的特征因为外琨塔星球上没有，所以纯粹的奉献者便不予以接受。纯粹的奉献者一开始就崇拜至尊主在外琨塔星球上的永恒形象。不是奉献者的非人格神主义者，想象至尊主的物质形象，最后融入至尊主不具人格特征的梵光(brahmajyoti)。与他们不同，至尊主的纯粹奉献者不论是在开始阶段还是在解脱的完美阶段，都始终崇拜至尊主本人。纯粹奉献者永不停止对至尊主的崇拜，而非人格神主义者则是在他们解脱并融入被称为梵光的至尊主的非人格形象后就停止崇拜。因此，至尊主的纯粹奉献者在此被描述为是，完美地了解至尊主的学识渊博的人(vipaścita)。

第36节 स वाच्यवाचकतया भगवान् ब्रह्मरूपधृक् ।
नामरूपक्रिया धत्ते सकमरकर्मकः परः ॥३६॥

sa vācya-vācakatayā
bhagavān brahma-rūpa-dhṛk
nāma-rūpa-kriyā dhatte
sakarmākarmakaḥ paraḥ

saḥ—祂 / vācya—凭借祂的各种形象和活动 / vācakatayā—以祂超然的特质和随从 / bhagavān—至尊人格首神 / brahma—绝对的 / rūpa-dhṛk—接受了可见的形象 / nāma—名字 / rūpa—形象 / kriyā—娱乐活动 / dhatte—接受 / sa-karma—忙于工作 / akarmakaḥ—不受影响 / paraḥ—超然性

译文 祂——人格首神，以祂超然的名字、特质、娱乐活动和超然的多样化等超然的形式展示自己。祂虽然不受这一切活动的影响，但却显得很忙碌。

要旨 每当需要创造物质世界，超然的人格首神便会为了创造、维系和毁灭等事宜降临物质世界。对此，我们应该有足够的智慧去了解祂活动的真实情况，而不要带着偏见下结论说：祂降临物质世界，接受了一个由物质自然创造的躯体。任何生物，只要他接受由物质自然创造的躯体，他就会受物质世界内的一切的影响。为了从事一段时间的物质活动而接受物质躯体的受制约的灵魂，必定受制于物质法律。可这节诗中却明确地说：至尊主的形象和活动看起来虽然与受制约的灵魂一样，但实际上却神奇、不可思议，对受制约的灵魂来说是无法企及的。祂——至尊人格首神，永远都不受祂所从事的活动的影响。在《博伽梵歌》第4章的第14节诗中，至尊主说：

na māṁ karmāṇi limpanti
na me karma-phale spṛhā
iti māṁ yo 'bhijānāti
karmabhir na sa badhyate

“我不受任何活动的影响，也不追求活动结果。了解关于我这一真理的人，不再受活动报应的束缚。”

至尊主永远不受任何活动的影响，哪怕这些活动表面上看是祂的各种化身从事的；祂也不追求活动的成果。至尊主绝对的富有、强大、著名、美丽、全知和弃绝，因此没有理由像受制约的灵魂一样劳作。谁能分清至尊主的超然活动和受制约灵魂的活动，谁就不受活动报应的束缚。至尊主分别以维施努、布茹阿玛和希瓦的形象掌管物质自然三种属性。维施努生出布茹阿玛，布茹阿玛则生出希瓦。布茹阿玛这个职位有时由维施努不可缺少的一部分担任，有时由维施努本人担任。布茹阿玛负责创造各种各样的生物体，让他们遍布整个宇宙。这意味着，至尊主要么自己，要么通过祂授权的代理人创造整个展示。

第37—40节 प्रजापतीन्मनून्देवानृषीन् पितृगणान् पृथक् ।
सिद्धचारणगन्धर्वान् विद्याध्रासुरगुह्यकान् ॥३७॥
किन्नराप्सरसो नागान् सर्पान् किम्पुरुषान्नरान् ।
मातृ रक्षःपिशाचांश्च प्रेतभूतविनायकान् ॥३८॥
कूष्माण्डोन्मादवेतालान् यातुधानान् ग्रहानपि ।
खगान्मृगान् पशून् वृक्षान् गिरीन्नृप सरीसृपान् ॥३९॥
द्विविधाश्चतुर्विधा येऽन्ये जलस्थलनभौकसः ।
कुशलाकुशला मिश्राः कर्मणां गतयस्त्विमाः ॥४०॥

prajā-patīn manūn devān
 ṛṣīn pitṛ-gaṇān pṛthak
siddha-cāraṇa-gandharvān
 vidyādhrāsura-guhyakān

kinnarāpsaraso nāgān
 sarpān kimpuruṣān narān
mātṝ rakṣaḥ-piśācāṁś ca
 preta-bhūta-vināyakān

kūṣmāṇḍonmāda-vetālān
 yātudhānān grahān api
khagān mṛgān paśūn vṛkṣān
 girīn nṛpa sarīsṛpān

dvi-vidhāś catur-vidhā ye 'nye
 jala-sthala-nabhaukasaḥ
kuśalākuśalā miśrāḥ
 karmaṇāṁ gatayas tv imāḥ

prajā-patīn—布茹阿玛和达克沙等他众多子 / manūn—外瓦斯瓦塔·玛努等周期性领袖 / devān—因铎、昌铎、瓦茹纳等 / ṛṣīn—布瑞古、瓦希施塔等圣人 / pitṛgaṇān—祖先星球上的居民 / pṛhak—分别地 / siddha—希达星球的居民 / cāraṇa—查冉纳星球的居民 / gandharvān—甘达尔瓦星球的居民 / vidyādhra—维迪亚达尔星球的居民 / asura—无神论者 / guhyakān—夜叉星球的居民 / kinnara—克伊纳尔星球的居民 / apsarasaḥ—阿普萨茹阿星球的美丽天使 / nāgān—纳嘎星球上的纳嘎 / sarpān—蛇星球上的居民 / kimpuruṣān—猿人星球上的猿人族 / narān—地球上的居民 / mātṛ—玛特瑞星球上的居民 / rakṣaḥ—茹阿克沙(恶魔星球的居民)/ piśācān—琵沙查星球的居民 / ca—还有 / preta—饿鬼星球的居民 / bhūta—恶灵 / vināyakān—小妖精 / kūṣmāṇḍa—小魔鬼 / unmāda—疯子 / vetālān—灵魔 / yātudhānān—一种妖精 / grahān—好和坏的星星 / api—还有 / khagān—飞禽 / mṛgān—森林里的动物 / paśūn—家畜 / vṛkṣān—鬼魂 / girīn—山 / nṛpa—君王啊 / sarīsṛpān—爬虫 / dvividhāḥ—动与不动的生物体 / catuḥ-vidhāḥ—胎生、卵生、汗水中生的和种子里出生的 / ye—其他 / anye—所有 / jala—水 / sthala—土地 / nabha-okasaḥ—飞禽 / kuśala—在快乐中 / akuśalāḥ—在苦恼中 / miśrāḥ—苦乐参半 / karmaṇām—根据自己过去的所作所为 / gata-yaḥ—……的结果 / tu—但是 / imāḥ—他们全部

译文 君王啊！请听我说，至尊主根据众生过去的所作所为创造了他们，这些生物体包括：布茹阿玛，达克沙等布茹阿玛的儿子们，外瓦斯瓦塔·玛努等周期性的领袖，因铎、昌铎和瓦茹纳等半神人，布瑞古、维亚萨和瓦希施塔等伟大的圣人，祖先星球(琵垂珞卡)和玄秘星球(希达珞卡)上的居民们，优伶仙(查冉纳)，歌仙(甘达尔瓦)，知识仙(维迪亚达尔)，恶魔，夜叉(亚克刹)，克伊纳尔，天使，蛇族(人蛇)，人猿(克伊么菩茹沙)，人类，玛特瑞星球上的居民，魔鬼，幽灵(琵沙查)，鬼魂，精灵，疯灵和恶灵，善与恶的恒星，小妖精，森林里的野兽，飞禽，家畜，爬虫，山脉。所有这些生物体，无论他们是移动着的还是站立着的，是胎生或是卵生的，是从汗液中还是从种子里出生的生物体，无论他们在水里、陆地上还是在天空中，无论他们是快乐的、不幸的，还是介于快乐与不幸中间的，都是至尊主按他们过去的所作所为创造出来的。

要旨 这节诗罗列出宇宙中上至最高的星球，下至最低的星球上所居住的各种生物体；所有这些不同种类的生命形式，毫无例外都是由全能的父亲维施努创造的。由此我们看出，没有谁是独立于至尊人格首神而存在的。正因为如此，在《博伽梵歌》第14章的第4节诗中，至尊主宣称众生都是祂的后裔说：

sarva-yoniṣu kaunteya
mūrtayaḥ sambhavanti yāḥ
tāsāṁ brahma mahad yonir
ahaṁ bīja-pradaḥ pitā

“琨缇的儿子啊！应该理解：各种各样的生物之所以能在这个物质自然中出生，是因为有我这个播种的父亲。”

物质自然被比喻为是母亲。尽管看起来众生都是从母亲体内出来的，但母亲其实还不是这种诞生的最初原因。父亲才是引起诞生的最初原因。没有父亲的种子，母亲不可能生出孩子。因此，无数宇宙中形象各异、地位不同的生物体之所以能出生，都是因为有全能的父亲——人格首神在播撒种子。只有知识贫乏的人才会以为自己产生于物质自然。在至尊主的物质能量控制下，所有的生物体，上至布茹阿玛下至小蚂蚁，都根据自己过去的所作所为而得到不同的躯体。

物质自然是至尊主的能量之一(《博伽梵歌》7.4)。与生物这种高等能量相比，物质自然是低等能量。至尊主的高等能量与低等能量结合，展示出宇宙中的万事万物。

尽管表面上有些生物在比较好的生活环境中相对快乐地生活着，而有些生物则生活得很痛苦，但其实没有一个生物在物质的生活环境中感到快乐。在监狱中，尽管有人住头等牢房，有人住三等牢房，但没人会感到监狱生活是快乐的。聪明人不应该为从三等牢房升入头等牢房而努力，相反应该设法使自己获释出狱。人有可能在一段时间里被提升住进头等牢房，但过一段时间又被降级，住回三等牢房。人应该设法不再过监狱生活，而是重返家园、回归首神。那才是所有种类的生物体所追求的真正目标。

第41节 सत्त्वं रजस्तम इति तिस्रः सुरनृनारकाः ।
तत्राप्येकैकशो राजन् भिद्यन्ते गतयस्त्रिधा ।
यदैकैकतरोऽन्याभ्यां स्वभाव उपहन्यते ॥४१॥

sattvaṁ rajas tama iti
tisraḥ sura-nṛ-nārakāḥ
tatrāpy ekaikaśo rājan
bhidyante gatayas tridhā
yadaikaikataro 'nyābhyāṁ
sva-bhāva upahanyate

sattvam—善良属性 / rajaḥ—激情属性 / tamaḥ—愚昧属性 / iti—如此 / tisraḥ—三者 / sura—半神人 / nṛ—人类 / nārakāḥ—正在地狱般的生活状况中受苦的人 / tatraapi—就算那里 / ekaikaśaḥ—另外一个 / rājan—君王啊 / bhidyante—分成 / gatayaḥ—运动 / tridhā—三个 / yadā—在那时候 / ekaikataraḥ—与其他有关的 / anyābhyām—有别于其他的 / sva-bhāvaḥ—习惯 / upahanyate—发展出

译文 按照生物受善良、激情和愚昧属性等不同物质自然属性控制的情况，世上有半神人、人类和在地狱中生活的各种生物体。君王啊！即使是某种属性与另外两种属性混合，也会一分为三。就这样，每一种生物体，都受到其他物质自然属性的影响，具有相应的习性。

要旨 每个生物体都受物质自然三种属性中一种的控制，但同时也有机会受另外两种自然属性的影响。在物质牢笼中受制约的灵魂，为了满足自己的欲望而企图主宰物质自然，因此一般都受激情属性的影响。尽管如此，由于接触外界的关系，每一个受制约的灵魂也总有机会受其他自然属性的影响。人如果有良好的交往和联谊，就可以培养善良属性；如果有不好的联谊，就会培养愚昧的黑暗属性。世上没有什么是一成不变的。好或坏的交往、联谊，都可以使人改变自己的习惯，所以人必须有足够的智慧能辨别好坏。最好的联谊方式是为至尊主的奉献者服务，靠这样的交往、联谊，人可以得到至尊主纯粹奉献者的恩典，因而成为最有资格的人。

正如我们看到的圣纳茹阿达·牟尼的一生；他仅仅靠与至尊主的纯粹奉献者联谊，就成为了至尊主最优秀的奉献者。纳茹阿达是一个女仆的儿子，不知道自己的父亲是谁，就连最低的教育都没有受过。尽管如此，他却通过与奉献者联谊，吃他们吃剩的食物，逐渐发展出奉献者的超然特质。仅仅凭这样的联谊，他就明显地喜欢上了吟诵、吟唱和聆听至尊主超然的荣耀。由于至尊主的荣耀与至尊主本人没有区别，他实际上靠至尊主的声音展示与至尊主作直接的交往。同样，第6篇中描述的阿佳米勒(Ajāmila)的一生，也是这方面的例子。阿佳米勒是布茹阿玛纳(婆罗门)的儿子，就有关如何正确履行布茹阿玛纳的职责接受过教育和训练。但是后来，他开始与一名妓女交往，这种不好的联谊使他堕落到人类的最低层面——吃狗肉者(caṇḍāla)的层面。正因为联谊是如此重要，《圣典博伽瓦谭》才会一直劝人要与伟大的灵魂(mahat)交往、联谊，以便打开救赎之门。与忙着要主宰物质世界的人交往、联谊，意味着进入地狱最黑暗的地带。人应该设法靠与伟大的灵魂交往、联谊来提升自己。那才是达到生命完美境界的方法。

第42节 स एवेदं जगद्धाता भगवान्धर्मरूपधृक् ।
पुष्णाति स्थापयन् विश्वं तिर्यङ्नरसुरादिभिः ॥४२॥

sa evedaṁ jagad-dhātā
bhagavān dharma-rūpa-dhṛk
puṣṇāti sthāpayan viśvaṁ
tiryaṅ-nara-surādibhiḥ

saḥ—祂 / eva—肯定地 / idam—这个 / jagat-dhātā—整个宇宙的维系者 / bhagavān—至尊人格首神 / dharma-rūpa-dhṛk—呈现了宗教原则的形象 / puṣṇāti—维持 / sthāpayan—建立了以后 / viśvam—众宇宙 / tiryak—比人类低的生物体 / nara—人类 / sura-ādibhiḥ—以半神人

译文 祂——人格首神，作为宇宙中一切的维系者，在创造之后以不同的化身显现，以便在人类、非人类及半神人中教化所有种类的受制约的灵魂。

要旨 至尊人格首神维施努在各种生物体中化身显现，以教化他们，使他们摆脱错觉的钳制。因此，至尊主并不只限于在人类社会中活动，祂甚至化身为鱼、猪、树木及许多其他的形象。但是，缺乏智慧的人不认识祂，甚至在祂以人的形象出现在人类社会中时还嘲笑祂。为此，至尊主在《博伽梵歌》第9章的第11节诗中说：

avajānanti māṁ mūḍhā
mānuṣīṁ tanum āśritam
paraṁ bhāvam ajānanto
mama bhūta-maheśvaram

"当我以人的形象降临时，愚蠢的人轻视我。他们不知道我作为万事万物的至尊主所具有的超然性。"

我们在前面诗节中谈过的结论是：至尊主永远不是物质创造的产物。祂超然的地位永不改变。祂的形象是永恒、快乐和充满知识的，祂用祂的各种能量去执行祂全能的旨意。正因为如此，祂从不受祂活动反应的影响。祂超越所有的业报概念。祂即使出现在物质世界里，也是凭祂的内在能量在展示，祂本人超越物质世界好与坏的概念。在物质世界里，鱼或猪被认为是低于人类的物种；但当至尊主以鱼或猪的形象显现时，从物质概念来看，祂两者都不是。祂出于没有缘故的仁慈，在每一个物种中显现，但我们永远不要以为祂属于这些物种中的一分子。物质世界中的好坏、高低、重要与微不足道等概念，都是对物质能量的评价，至尊主超越所有这些概念。梵文"超然的本性(paraṁbhāvam)"一词的意思是，永远都不能与物质概念相比较。我们不该忘记，全能的至尊主的力量永远是一样的，并不会因为至尊主以低等动物的形象出现而减弱。圣主茹阿玛、奎师那，与祂的鱼化身、猪化身没有区别。祂既无所不在，同时又出现在每一个局部地区。缺乏知识的愚昧之人不懂得至尊主的超然本性，所以无法了解至尊主怎么会以人或鱼的形象出现。就像井底之蛙以为海洋跟井一样大，这些人用自己的知识水准去衡量所有的事物。井底之蛙甚至想象不了海洋是什么样子，所以当它得知海洋的浩瀚时，它便设想海洋只不过比井口大一点点而已。因此，对至尊主的超然科学一无所知的人会发现，要理解“主维施努可以在每一个物种中显现同时力量丝毫不变”这一点太困难了。

第43节 ततः कालाग्निरुद्रात्मा यत्सृष्टमिदमात्मनः ।
सन्नियच्छति तत्काले घनानीकमिवानिलः ॥४३॥

tataḥ kālāgni-rudrātmā
yat sṛṣṭam idam ātmanaḥ
sanniyacchati tat kāle
ghanānīkam ivānilaḥ

tataḥ—随着、在结束时 / kāla—毁灭 / agni—火 / rudra-ātmā—以茹铎的形象 / yat—一切事物 / sṛṣṭam—创造了 / idam—所有这些 / ātmanaḥ—祂自己的 / sam—完全 / niyacchati—摧毁 / tatkāle—周年期之末 / ghana-anīkam—云朵 / iva—像那 / anilaḥ—空气

译文 那以后，在宇宙的寿命结束时，至尊主本人将以毁灭者茹铎的形象毁灭整个创造，仿佛狂风吹散乌云。

要旨 用云来比喻这个创造非常恰当。云在天空中形成、在天空中飘浮，被吹散后还是留在天空，只是没有展示而已。同样，至尊人格神以布茹阿玛的形象所创造的整个宇宙，由祂的维施努形象维系，最后由祂的茹铎(Rudra)，也就是希瓦形象在适当的时候加以毁灭。对物质宇宙的创造、维系和毁灭，《博伽梵歌》第8章的第19—20节诗中进行了生动的描述：

bhūta-grāmaḥ sa evāyaṁ
bhūtvā bhūtvā pralīyate
rātry-āgame 'vaśaḥ pārtha
prabhavaty ahar-āgame

paras tasmāt tu bhāvo 'nyo
'vyakto 'vyaktāt sanātanaḥ
yaḥ sa sarveṣu bhūteṣu
naśyatsu na vinaśyati

“普瑞塔的儿子啊！一次又一次，布茹阿玛的白天来临时，众生展示出来；布茹阿玛的夜晚降临时，众生无助地遭毁灭。超出这个展示和不展示的物质，还有一个永恒的、不展示的自然。它至高无上，永不毁灭。当这个世界里的一切都被毁灭时，那个永恒的自然照旧存在着。”

物质世界的本质是：它首先被创造得非常出色，接着很好地发展并保持现状很长一段时间(长得就连最卓越的数学家都计算不出)；但那之后，它就会在布茹阿玛的夜晚风卷残云般地被毁灭。布茹阿玛的夜晚结束后，它又再次被创造展示出来，并像前一个创造一样地被维系和毁灭。愚蠢的受制约的灵魂，把这个短暂的世界当做永久的住所。他们必须学习为什么会有这样的创造和毁灭，以使自己变得聪明一些。物质世界里的功利性活动者，热衷于利用至尊主的物质代理所提供的能量和元素，创大业、盖大厦、建大帝国、办大工业，做许多大事。受制约的灵魂用宝贵的精力和资源去满足自己的幻想，但却被迫离开自己开创的一切，进入另一种生命状态，就这样再三地做无用功。这些愚蠢的受制约的灵魂，就这样把精力浪费在短暂的物质世界中。至尊主为了给他们希望，便告诉他们存在着另外一个世界，那个世界永恒存在，不会反复地被创造或毁灭，以使受制约的灵魂能明白自己该做什么，怎样更有价值地利用自己宝贵的精力。凭至尊的旨意，物质的一切肯定会在一段时间后毁灭。因此，受制约的灵魂与其把精力浪费在物质事物上，不如用它来为至尊主做奉爱服务，以使自己能被转入另外那个没有生死、没有创造与毁灭，但却有永恒的生活、完整的知识及无限快乐的永恒世界。短暂创造的展示和毁灭，并不是为了让功利性活动者实现他们感官享乐的目的，而是为了把知识给予所有依恋短暂事物的受制约的灵魂，并给他们一个觉悟自我的机会。

第44节 इत्थम्भावेन कथितो भगवान् भगवत्तमः ।
नेत्थम्भावेन हि परं द्रष्टुमर्हन्ति सूरयः ॥४४॥

ittham-bhāvena kathito
bhagavān bhagavattamaḥ
nettham-bhāvena hi paraṁ
draṣṭum arhanti sūrayaḥ

ittham—在这些特征中 / bhāvena—创造和毁灭事宜 / kathitaḥ—描述 / bhagavān—至尊人格首神 / bhagavat-tamaḥ—由伟大的超然主义者 / na—不 / ittham—在这个 / bhāvena—特色 / hi—只是 / param—最光荣的 / draṣṭum—看 / arhanti—值得 / sūrayaḥ—伟大的奉献者们

译文 伟大的超然主义者们都这样描述至尊人格首神的活动，但纯粹的奉献者有资格看到至尊主更多、更超然的光荣事迹，那些事迹超越现在所描述的这些特征。

要旨 至尊主活动的内容并不只是用祂的各种能量创造和毁灭物质展示。祂不只是一个创造者和毁灭者，祂还有快乐的特质(ānanda)。祂的快乐特质只有祂纯粹的奉献者才了解，其他人是不知道的。非人格神主义者只满足于了解至尊主无所不在的影响。这称为对布茹阿曼(梵)的认识。比非人格神主义者层次高的是神秘主义者，他能看到至尊主在局部区域的代表——处在生物体心中的超灵。但至尊主纯粹的奉献者可以通过为至尊主做爱心服务，与至尊主进行实际地交流，直接参加至尊主的娱乐活动。至尊主在祂那永恒展示的住所外琨塔星球中，始终与祂的同伴在一起，享受祂的纯粹奉献者们在与祂的各种超然关系中为祂做的超然的爱心服务。因此，至尊主的奉献者便在创造的展示期间练习为至尊主做奉爱服务，充分利用这个展示使自己具备资格，以便能进入神的王国。《博伽梵歌》第18章的第55节诗证实这一点说：

bhaktyā mām abhijānāti
yāvān yaś cāsmi tattvataḥ
tato māṁ tattvato jñātvā
viśate tad anantaram

“只有做奉爱服务，才能如实地了解作为至尊人格首神的我。当人这样满怀对我的意识时，他就能进入神的王国。”

通过在真正的灵性导师的训练下为至尊主做纯粹的奉爱服务，人可以如实地了解至尊主，从而被允许以某种身份直接与至尊主交往。与至尊主最光荣、最亲密的交往，只有在哥珞卡·温达文(Golo-Ka Vṛndāvana)星球中才能得到；在那里，圣主奎师那与牧牛姑娘(gopī)和祂最喜爱的动物——苏茹阿比(surabhi)乳牛一起共度快乐时光。主奎师那所在的那片超然土地上的情况，《布茹阿玛·萨密塔》中有描述，而《布茹阿玛·萨密塔》被圣主柴坦亚(Caitanya)视为是有关这方面的最具权威的文献。

第45节 नास्य कर्मणि जन्मादौ परस्यानुविधीयते ।
कर्तृत्वप्रतिषेधार्थं माययारोपितं हि तत् ॥४५॥

nāsya karmaṇi janmādau
parasyānuvidhīyate
kartṛtva-pratiṣedhārthaṁ
māyayāropitaṁ hi tat

na—永不 / asya—属于创造的 / karmaṇi—就有关…… / janma-ādau—创造和毁灭 / parasya—属于至尊主的 / anuvidhīyate—是这样描述的 / kartṛtva—工程 / pratiṣedha-artham—抵消 / māyayā—由外在能量 / āropitam—展示了 / hi—为了 / tat—创造者

译文 物质世界的创造和毁灭并不是由至尊主亲自去做的。韦达经中之所以描述至尊主亲自操作这一切，只是为了消除“物质自然是创造者”的概念。

要旨 有关物质世界的创造、维系和毁灭，韦达文献中这样说明道：万事万物都由布茹阿曼(梵)创造，创造之后的一切都由布茹阿曼维系，毁灭之后一切都保存在布茹阿曼体内(yato vā imāni bhūtāni jāyante yena jātāni jīvanti yat prayanty abhisaṁviśanti)。对布茹阿曼、超灵和至尊人格首神(Bhagavān)一无所知的十足的物质主义者下结论说，物质自然是物质展示的源头；现代科学家也认为，物质自然是物质世界一切展示的起因。这种观点遭到所有韦达文献的驳斥。韦丹塔(Vedānta)哲学中说，布茹阿曼是一切创造、维系和毁灭的根源，对韦丹塔哲学的自然评论《圣典博伽瓦谭》中说：“祂是众多展示了的宇宙的创造、维系和毁灭的根源。祂直接、间接地知觉着一切展示。祂是独立的，因为除了祂，没有其他的原因(janmādy asya yato 'nvayād itarataś cārtheṣv abhijñaḥ svarāṭ)。”(《圣典博伽瓦谭》1. 1. 1)

无生命的物质无疑有相互作用的能力，但它本身并不能发动这种相互作用。正因为如此，《圣典博伽瓦谭》用梵文“完全知觉(abhijṇaḥ)”和“完全独立(svarāṭ)”这些词来评论“物质世界的创造、维系和毁灭(janmādy asya)”这个短句，说明至尊布茹阿曼并不是无生命的物质，而是至尊的意识，是完全独立的。所以，无生命的物质不可能是物质世界创造、维系和毁灭的根源。表面上，物质自然表面上看起来是创造、维系和毁灭的原因，但实际上是人格首神——有意识的至高无上的生物，为创造而启动了物质自然。祂是一切创造、维系和毁灭的幕后操纵者。对此，《博伽梵歌》第9章的第10节诗证实说：

mayādhyakṣeṇa prakṛtiḥ
sūyate sa-carācaram
hetunānena kaunteya
jagad viparivartate

“琨缇的儿子啊！物质自然是我的一种能量，在我的指挥下活动，产生动与不动的一切。在物质自然的控制下，这个展示被再三地创造和毁灭。”

物质自然是至尊主的能量之一，她在至尊主(adhyakṣeṇa)的指挥下工作。就像只有父亲与母亲结合后，母亲才能怀孕生小孩一样，只有在至尊主向物质自然投去超然的一瞥后，物质自然才能行动。尽管在外行人看来，是母亲在生孩子，但有经验的人知道，实际上是父亲给予孩子生命。同样道理，物质自然是经至尊父亲接触后才产生了物质世界动与不动的各种展示，她并不是独立完成这一切的。认为“物质自然是创造、维系和毁灭的原因”这一观点，被称为“山羊颈部乳头状凸起的逻辑(ajā-gala-stana-nyāya)”。有关这个逻辑，圣奎师那达斯·喀维茹阿佳·哥斯瓦米(Kṛṣṇadāsa Kavirāja Gosvāmī)，在他编纂的《永恒的柴坦亚经》(Caitanya-caritāmṛta)中描述说：

ataeva kṛṣṇa mūla-jagat-kāraṇa
prakṛti——kāraṇa yaiche ajā-gala-stana

(《永恒的柴坦亚经》上篇5.61)

“因此，主奎师那是宇宙展示的最初原因。物质自然(Prakṛti)就像山羊颈部的乳头状凸起，因为它们没有奶。”

对他的描述，圣恩巴克提希丹塔·萨茹阿斯瓦提·哥斯瓦米·玛哈茹阿佳(Śī Bhaktisiddhānta Sarasvatī Gosvāmī Mahārāja)解释说：“物质自然作为物质原因，被称为帕达纳(pradhāna)，作为有效原因被称为玛亚(māyā)。但由于它是无生命的物质，它并不是创造的原因。”

原因之洋维施努(Kāraṇārṇavaśāyī Viṣṇu)是奎师那的完整扩展，是祂激活了物质。在此，激活的例子相当能说明问题。一块铁当然不是火，但当铁被烧到炽热时，它所展示的燃烧能力说明它无疑具备了火的性质。物质就好比块铁，它被维施努的至尊意识和瞥视(操控)所激活(烧得炽热)。物质能量只有在这样被激活后，才展示各种各样的作用与反作用。因此，无生命的物质既不是宇宙展示的有效原因，也不是物质原因。圣卡皮拉戴瓦(Kapiladeva)说过：

yatholmukād visphuliṅgād
  dhūmād vāpi sva-sambhavāt
apy ātmatvenābhimatād
  yathāgniḥ pṛthag ulmukāt

(《圣典博伽瓦谭》3.28.40)

“火焰、火花和烟，虽然因为都产自熊熊燃烧的同一堆木柴而与整团烈火紧密相连，但却还是有别于整团烈火。”

一团烈火与它的火焰、火花和烟是一个整体；尽管如此，一团烈火还是不同于火焰、火花和烟，而火焰、火花和烟也互不相同。尽管在火焰、火花和烟都有火的本质，但它们还是各自以不同的状态存在着。宇宙展示被比喻为是烟，因为当烟飘在空中时，形状千姿百态，恰似许多已知和未知的展示。火花就好比生物体，而火焰被比作是物质自然(pradhāna)。我们必须知道：只有在一团烈火赋予它的火焰、火花和烟以火的性质后，它们才有各自的作用；同样道理，物质自然、宇宙展示和生物，都只不过是至尊主(整团烈火)不同的能量而已。因此，那些把物质自然当做是宇宙展示的根本原因的人，所下的结论并不正确(数论哲学说，创造的源头是物质自然)。物质自然不可能在没有至尊主的情况下而独立存在。正因为如此，否认至尊主是一切原因的根本原因的哲学，是试图在山羊颈部的乳头状凸起处挤奶的哲学。山羊颈部的乳头状凸起看似乳头，但试图从这些所谓的乳头挤出奶就太愚蠢了。

第46节 अयं तु ब्रह्मणः कल्पः सविकल्प उदाहृतः ।
विधिः साधारणो यत्र सर्गाः प्राकृतवैकृताः ॥४६॥

ayaṁ tu brahmaṇaḥ kalpaḥ
savikalpa udāhṛtaḥ
vidhiḥ sādhārano yatra
sargāḥ prākṛta-vaikṛtāḥ

ayam—这个创造和毁灭的过程 / tu—但是 / brahmaṇaḥ—属于布茹阿玛的 / kalpaḥ—他的一天 / sa-vikalpaḥ—以及各个宇宙存在的期间 / udāhṛtaḥ—典范 / vidhiḥ—规定原则 / sādhāraṇaḥ—撮要 / yatra—其中 / sargāḥ—创造 / prākṛta—有关物质自然 / vaikṛtāḥ—分散

译文 我在此扼要介绍的创造与毁灭的过程，既在布茹阿玛一天内有规律地发生，又在创造物质自然总体时有规律地发生。

要旨 创造分三类，梵文分别称为：玛哈·卡勒帕(mahā-kalpa)、维卡勒帕(vikalpa)和卡勒帕(kalpa)。在玛哈·卡勒帕创造中，至尊主扩展出第一位主宰(puruṣa)化身——原因之洋维施努(Kāraṇo-dakaśāyī Viṣṇu)。这个维施努有物质创造实体(mahat-tattva)的全部力量，以及物质创造的十六种原材料，其中十一种是工具，五种是物质原料，它们全部是物质假我的产物(mahat)。至尊主以祂的原因之洋维施努形象所进行的这些创造，称为玛哈·卡勒帕。创造布茹阿玛，以及物质成分的分布，称为维卡勒帕，布茹阿玛生命中每一天所进行的创造称为卡勒帕。正因为如此，布茹阿玛的每一天都称为一个卡勒帕，布茹阿玛的一个月中有三十个卡勒帕。对此，《博伽梵歌》第8章的第17节诗证实说：

sahasra-yuga-paryantam
ahar yad brahmaṇo viduḥ

rātiṁ yuga-sahasrāntāṁ
te 'ho-rātra-vido janāḥ

“人类的一千个年代之和等于布茹阿玛的一个白天，他的一个夜晚是同样长的一段时间。”

天堂星球上的一个白天和一个夜晚加起来的时间长度，相当于地球一整年的时间长度。这一事实得到太空人(宇航员)的证实和现代科学家的认可。同样，在比天堂星球更高的星球上，一个昼夜的时间长度比天堂星球一个昼夜的时间长度还要长。按照天堂的历法计算，四个年代(yuga)的总和长度为天堂星球的一万二千年。四个年代的总和被称为迪维亚年代(divya-yuga)，而一千个迪维亚年代是布茹阿玛的一天。布茹阿玛在他的一天内所进行的创造称为卡勒帕，创造布茹阿玛称为维卡勒帕。当玛哈·维施努呼气使众多的维卡勒帕成为可能时，这种创造就称为玛哈·卡勒帕。玛哈·卡勒帕创造、维卡勒帕创造和卡勒帕创造周而复始、定期而有系统地重复进行。为了回答帕瑞克西特王(Mahārāja Parīkṣit)询问的有关创造方面的问题，舒卡戴瓦·哥斯瓦米以《斯康达往世书》中的几节诗作答：

prathamaḥ śveta-kalpaś ca
dvitīyo nīla-lohitaḥ
vāmadevas tṛtīyas tu
tato gāthāntaro 'paraḥ

rauravaḥ pañcamaḥ proktaḥ
ṣaṣṭhaḥ prāṇa iti smṛtaḥ
saptamo 'tha bṛhat-kalpaḥ
kandarpo 'ṣṭama ucyate

sadyotha navamaḥ kalpa
īśāno daśamaḥ smṛtaḥ
dhyāna ekādaśaḥ proktas
tathā sārasvato 'paraḥ

trayodaśa udānas tu
garuḍo 'tha caturdaśaḥ

kaurmaḥ pañcadaśo jñeyaḥ
  paurṇamāsī prajāpateḥ

ṣoḍaśo nārasiṁhas tu
  samādhis tu tato 'paraḥ
āgneyo viṣṇujaḥ sauraḥ
  soma-kalpas tato 'paraḥ

dvāviṁśo bhāvanaḥ proktaḥ
  supumān iti cāparaḥ
vaikuṇṭhaś cārṣṭiṣas tadvad
  valī-kalpas tato 'paraḥ

saptaviṁśo 'tha vairājo
  gaurī-kalpas tathāparaḥ
māheśvaras tathā proktas
  tripuro yatra ghātitaḥ
pitṛ-kalpas tathā cānte
  yaḥ kuhūr brahmaṇaḥ smṛtā

布茹阿玛一个月中的三十个卡勒帕创造分别是：(1)施维塔·卡勒帕(Śveta-kalpa)；(2)尼拉楼黑塔(Nīlalohita)；(3)瓦玛戴瓦(Vāmadeva)；(4)嘎坦塔茹阿(Gāthāntara)；(5)娆茹阿瓦(Raurava)；(6)帕纳(Prāṇa)；(7)布瑞哈特·卡勒帕(Bṛhat-kalpa)；(8)康达尔帕(Kandarpa)；(9)萨迪尤塔(Sadyotha)；(10)伊沙纳(Īśāna)；(11)迪亚纳(Dhyāna)；(12)萨茹阿斯瓦塔(Sārasvata)；(13)乌达纳(Udāna)；(14)嘎茹达(Garuḍa)；(15)考尔玛(Kaurma)；(16)尼尔星哈(Nār- asiṁha)；(17)萨玛迪(Samādhi)；(18)阿格内亚(Āgneya)；(19)维施努佳(Viṣṇuja)；(20)骚茹阿(Saura)；(21)索玛·卡勒帕(Soma-kalpa)；(22)巴瓦纳(Bhāvana)；(23)苏普玛(Supuma)；(24)外琨塔(Vaikuṇṭha)；(25)阿尔祺沙(Arciṣa)；(26)瓦里·卡勒帕(Valī-kalpa)；(27)外茹阿佳(Vairāja)；(28)高瑞·卡勒帕(Gaurī-kalpa)；(29)玛黑施瓦尔(Māheśvara)；(30)派特瑞·卡勒帕(Paitṛ-kalpa)。

上述这些只不过是布茹阿玛每一天的名字，他要一天复一天、一月复一月、一年复一年地活上一百年。所以，我们可以想象一下，仅仅卡勒帕创造就有多少。接下来是《布茹阿玛·萨密塔》·第5章第48节诗中所描述的，由玛哈·维施努的呼气所引发的维卡勒帕：众多布茹阿玛的寿命，只有玛哈·维施努的一次呼气那么长(yasyaika-niśvasita-kālam athāvalambya jīvanti loma-vilajā jagadaṇḍa-nāthāḥ)。因此，维施努的一次呼气和吸气加起来是玛哈·卡勒帕。上述这一切的根源是至尊人格首神，因为除了祂，没有谁是一切创造的主人。

第47节 परिमाणं च कालस्य कल्पलक्षणविग्रहम् ।
यथा पुरस्ताद्व्याख्यास्ये पाद्मं कल्पमथो शृणु ॥४७॥

parimāṇaṁ ca kālasya
kalpa-lakṣaṇa-vigraham
yathā purastād vyākhyāsye
pādmaṁ kalpam atho śṛṇu

parimāṇam—量度 / ca—还有 / kālasya—时间的 / kalpa—布茹阿玛的一天 / lakṣaṇa—象征 / vigraham—形象 / yathā—正如 / pu-rastāt—此后 / vyākhyāsye—将会解释 / pādmam—以莲花为名 / kalpam—一天的时间 / atho—如此 / śṛṇu—请听

译文 君王啊！有关时间的长度，以及它的明显和精微的特征，我会在适当的时候加以解释。但现在，请允许我先给你解释莲花卡勒帕。

要旨 我们现在所处的这个布茹阿玛创造期，称为瓦茹阿哈·卡勒帕(Varāha-kalpa)或施维塔瓦茹阿哈·卡勒帕(Śvetavarāha-kalpa)，因为至尊主在布茹阿玛的这个创造中化身为瓦茹阿哈降临。由于布茹阿玛诞生在维施努肚脐长出的莲花上，这个瓦茹阿哈·卡勒帕又被称为莲花卡勒帕(Pādma-kalpa)。就有关这一点，吉瓦·哥斯瓦米(Jīva Gosvāmī)和维施瓦纳特·查夸瓦尔提·塔库尔(Viśvanātha Cakravartī Ṭhākura)等灵性导师(ācārya)都给予了证实，而他们所遵循的是《圣典博伽瓦谭》第一位评注者施瑞达尔·斯瓦米(Svāmī Śrīdhara)的评注。所以，布茹阿玛的瓦茹阿哈·卡勒帕和莲花卡勒帕这两种说法并不矛盾。

第48节 शौनक उवाच

यदाह नो भवान् सूत क्षत्ता भागवतोत्तमः ।
चचार तीर्थानि भुवस्त्यक्त्वा बन्धून् सुदुस्त्यजान् ॥४८॥

śaunaka uvāca
yad āha no bhavān sūta
kṣattā bhāgavatottamaḥ
cacāra tīrthāni bhuvas
tyaktvā bandhūn sudustyajān

śunakaḥuvāca—绍纳卡·牟尼说 / yat—正如 / āha—你说 / naḥ—向我们 / bhavān—您阁下 / sūta—苏塔啊 / kṣattā—维杜茹阿 / bhāgavata-uttamaḥ—至尊主最优秀的奉献者之一 / cacāra—修习 / tīrthāni—朝圣之地 / bhuvaḥ—在地球上 / tyaktvā—不理会 / bandhūn—所有的亲属 / su-dustyajān—很难放弃

译文 听了所有关于创造的事宜后，绍纳卡·瑞希询问苏塔·哥斯瓦米有关维杜茹阿的情况，因为苏塔·哥斯瓦米曾经告诉过他，维杜茹阿是怎么离开家，离开所有那些难舍难分的家人的。

要旨 以绍纳卡(Śaunaka)为首的圣人们(ṛṣis)，更渴望了解维杜茹阿(Vidura)的情况。维杜茹阿在进行环球旅行朝圣时遇到了麦垂亚圣人(Maitreya Ṛṣi)。

第49—50节 क्षत्तुः कौशारवेस्तस्य संवादोऽध्यात्मसंश्रितः ।
यद्वा स भगवांस्तस्मै पृष्टस्तत्त्वमुवाच ह ॥४९॥
ब्रूहि नस्तदिदं सौम्य विदुरस्य विचेष्टितम् ।
बन्धुत्यागनिमित्तं च यथैवागतवान् पुनः ॥५०॥

kṣattuḥ kauśāraves tasya
  saṁvādo 'dhyātma-saṁśritaḥ
yad vā sa bhagavāṁs tasmai
  pṛṣṭas tattvam uvāca ha

brūhi nas tad idaṁ saumya
  vidurasya viceṣṭitam
bandhu-tyāga-nimittaṁ ca
  yathaivāgatavān punaḥ

kṣttuḥ—属于维杜茹阿的 / kauśāraveḥ—如麦垂亚的 / tasya—他们的 / saṁvādaḥ—消息 / adhyātma—就有关超然的知识 / saṁśritaḥ—充满着 / yat—那 / vā—任何其他的事 / saḥ—他 / bhagavān—圣恩 / tasmai—向他 / pṛṣṭaḥ—询问 / tattvam—真理 / uvāca—答道 / ha—在过去 / brūhi—请你告诉 / naḥ—我们 / tat—那些事情 / idam—这里 / saumya—温柔的一位 / vidurasya—属于维杜茹阿的 / viceṣṭitam—各种活动 / bandhu-tyāga—离开亲朋好友 / nimittam—……的缘由 / ca—还有 / yathā—如 / eva—还有 / āgatavān—回来 / punaḥ—再次(回家)

要旨 绍纳卡·瑞希说：请告诉我们，维杜茹阿和麦垂亚两人谈论了哪些超然的话题？维杜茹阿问了什么问题，麦垂亚回答的内容是什么？也请告诉我们，维杜茹阿为什么要切断和他家人的联系？为什么又回到家中？还请告诉我们，维杜茹阿在圣地时所从事的活动。

要旨 苏塔·哥斯瓦米(Sūta Gosvāmī)正在讲有关物质世界的创造和毁灭，但以绍纳卡为首的圣人们看来更喜欢听那些比物质内容层次要高的超然主题。世上有两种人：一种是对粗糙躯体和物质世界着迷的人，另一种人层次更高、对超然的知识更感兴趣。《圣典博伽瓦谭》给每一个人提供便利条件，无论他是物质主义者，还是超然主义者。聆听《圣典博伽瓦谭》中对至尊主在物质世界和灵性世界从事的光荣活动的描述，可以使人得到同等的利益。物质主义者更喜欢了解物质法律及其运作方式；他们对物质的魅力赞叹不已。这些物质魅力甚至使他们忘了至尊主的荣耀。他们应该知道，物质活动和他们对物质活动的赞叹，都是由至尊主引发的。花园里的玫瑰花从抽芽到逐渐绽放为色彩艳丽、味道香甜的美丽花朵，尽管表面看来是死板的物质定律作用的结果，但事实并非如此。在物质定律的背后，是至尊主的完整意识所给予的指示，否则万物不可能这么有系统地呈现。画家运用他的艺术感觉，全神贯注地画出一朵美丽的玫瑰花，但再怎么样，画的玫瑰花也不如真正的玫瑰花完美。如果这是事实，我们怎么能说，在这朵真正的玫瑰花的美丽背后没有智慧的作用呢？只有缺乏知识的人才会得出这样的结论。从前面对创造和毁灭的描述中，我们必须认清，无所不在的至尊意识，能无微不至地照管一切。那是至尊主无处不在的事实。但是，比十足的物质主义者还要愚蠢的人，声称自己是超然主义者，声称自己有这种无所不在的至尊意识，但却拿不出任何证据。这种蠢人连隔壁发生什么事情都不知道，却还要狂妄地胡说自己拥有至尊人所具有的无所不在的宇宙意识。对他们来说，聆听《圣典博伽瓦谭》也能极大地帮助他们，让他们睁开眼睛看清楚，光是声称自己有至尊意识并不会使他的意识变得至高无上。人必须证明自己有这样的至尊意识。奈弥沙冉亚(Naimiṣāraṇya)森林中的圣人们，层次都比十足的物质主义者和假超然主义者高，因此总是渴望了解由权威人士所讨论的超然事件的真相。

第51节

सूत उवाच
राज्ञा परीक्षिता पृष्टो यदवोचन्महामुनिः ।
तद्वोऽभिधास्ये शृणुत राज्ञः प्रश्नानुसारतः ॥५१॥

sūta uvāca
rājñā parīkṣitā pṛṣṭo
yad avocan mahā-muniḥ
tad vo 'bhidhāsye śṛṇuta
rājñaḥ praśnānusārataḥ

sūtaḥuvāca—圣苏塔·哥斯瓦米回答说 / rājṣā—由君王 / parīkṣitā—由帕瑞克西特 / pṛṣṭaḥ—被问及 / yat—什么 / avocat—说 / mahā-muniḥ—伟大的圣人 / tat—那件事 / vaḥ—向你们 / abhidhāsye—我会解释 / śṛṇuta—请听 / rājñaḥ—由君王 / praśna—问题 / anusārataḥ—按照

译文 圣苏塔·哥斯瓦米解释说：我现在要告诉你们，伟大的圣人对帕瑞克西特王询问的问题所给予的回答。请仔细听我讲！

要旨 回答任何问题时都引用权威说的话作答，就会使神志健全的人感到满意。这一方法在法庭上也适用。最优秀的律师都会引用法庭判过的案子作证据，而不需要为辩护给自己找太多的麻烦。这称为师徒传承(paramparā)制度，有学识的权威人士都按师徒传承的讲法去讲，而不会自己去杜撰一些荒谬之辞。《布茹阿玛·萨密塔》第5章的第1节诗中说：

īśvaraḥ paramaḥ kṛṣṇaḥ
sac-cid-ānanda-vigrahaḥ
anādir ādir govindaḥ
sarva-kāraṇa-kāraṇam

"至尊主是存在中的第一位人格首神圣奎师那，祂有着永恒、极乐的超然身体，是一切原因的起因。我崇拜那位存在中的第一位至尊主哥文达。"

一切都在至尊主的掌握中，让我们全都服从祂吧！

到此为止，结束了巴克提韦丹塔对《圣典博伽瓦谭》第2篇第10章——"《博伽瓦谭》回答了所有的问题"所作的阐释。

【第二篇终】

圣帕布帕德小传

圣恩 A.C.巴克提韦丹塔·斯瓦米·帕布帕德于 1896 年在印度的加尔各答显世。

1922 年，帕布帕德在加尔各答首次与他的灵性导师圣巴克提希丹塔·萨茹阿斯瓦提·哥斯瓦米会面。巴克提希丹塔·萨茹阿斯瓦提作为一位杰出的宗教学者，在他的一生中创建了 64 所名为高迪亚·玛特的传播韦达文化的机构。巴克提希丹塔非常喜爱这位受过教育的年轻人，于是便说服他献身于传播韦达知识。帕布帕德成了巴克提希丹塔·萨茹阿斯瓦提的学生，并于 11 年后(1933 年)在阿拉哈巴接受了他的启迪，正式成为他的门徒。

在他们第一次会面时，巴克提希丹塔·萨茹阿斯瓦提曾要求帕布帕德用英语去传播韦达知识。为此，帕布帕德在随后的日子里用英文翻译、评注了《博伽梵歌》，参加高迪亚·玛特的传教工作，并在 1944 年独自创办了英语“回归首神”双月刊杂志。他自己编辑，打出原稿，校样，甚至逐本赠送、售卖，为维持杂志的出版艰苦奋斗。“回归首神”杂志自创刊后从未停刊，目前在西方正由他的门徒用 30 多种语言继续出版着。

高迪亚·外士纳瓦协会对帕布帕德的哲学造诣及奉爱精神推崇备至，于 1947 年授予他巴克提韦丹塔的称号。

1950 年，圣帕布帕德在他 54 岁时退出家庭生活，以便用更多的时间进行研究和写作。他到了圣地温达文，住在历史上著名的中世纪神庙——茹阿妲·达摩达尔庙，过着简朴的生活。在那里，他花了好几年的时间进行写作和深入的研究工作。

1959 年，圣帕布帕德在茹阿妲·达摩达尔庙接受萨尼亚希(托钵僧)称号，进入弃绝阶层。接着，他开始翻译、评注含有一万八千节诗的卷帙浩繁的《圣典博伽瓦谭》(《博伽梵往世书》)。这是他生活中的一部杰作。他还撰写了《简易的星际旅行》。

圣帕布帕德在出版了三篇《圣典博伽瓦谭》后，于 1965 年 9 月去了美国，以完成他灵性导师交给他的使命。在随后的岁月里，他写下的权威性翻译、评注和对有关印度哲学及宗教经典作品的综合研究论文，共有 60 多册。

圣帕布帕德乘货轮第一次到纽约时，几乎身无分文。仅仅一年后，他便克服巨大的困难，于 1966 年 7 月建立了国际奎师那意识协会。在 1977 年 11 月 14 日他离世前，他一直指导着协会，看着它成长为一个在全世界有超过一百所灵修所、学校、神庙、研究机构和集体农庄的联合体。

1968 年，圣帕布帕德在美国加利福尼亚州的一个山坡上创办了新温达文——实验性韦达社区。新温达文成了一个繁荣的、有超过两千英亩土地的集体农庄。新温达文的成功激励了圣帕布帕德的门徒。他们在美国和其他国家相继成立了几个同样的集体农庄。

1972 年，圣帕布帕德通过在美国得克萨斯州的达拉斯市创办灵性导师学校，把韦达制度的初级和中级教育引介给西方社会。从那以后，在他的监督、指导下，他的门徒在美国和世界其他地区开设了同样的儿童学校，其主要的教育中心设在印度的温达文。

圣帕布帕德还促成了几个规模宏大的国际文化中心在印度的兴建。坐落在印度西孟加拉圣玛亚普尔的中心，是计划中的灵性城市。这是一个雄心勃勃的计划，需要许多年才能实现、完成。在印度的温达文有宏伟的奎师那·巴拉茹阿玛庙宇、国际宾馆、圣帕布帕德纪念馆和博物馆，在孟买有文化和教育主中心。别的中心计划建在印度其他十二个重要地区。

然而，圣帕布帕德最重要的贡献是他的书籍。这些书籍因其深刻、清晰、具权威性而受到学术界的高度敬重，并在为数众多的学院里被当做典范性的教科书使用。他的著作以 50 多种语言翻译出版。于 1972 年成立的巴帝维丹达书籍信托基金会，负责出版圣帕布帕德翻译、评注、撰写的书籍。它目前已成为世上最大的、出版有关印度宗教及哲学书籍的出版机构。

圣帕布帕德不顾自己年事已高，仅仅在 12 年里就进行了 14 次环球旅行，走遍 6 大洲不断演讲。尽管旅程安排得如此紧凑，圣帕布帕德仍翻译、评注、撰写了大量的书籍。他的著作构成了一个名副其实的韦达哲学、宗教、文学和文化的图书馆。

圣帕布帕德著作一览表

《博伽梵歌原意》
《圣典博伽瓦谭》第 1—10 篇
《永恒的柴坦亚经》共 17 篇
《奎师那——快乐的泉源》共 2 卷
《主柴坦亚的教导》
《奉爱的甘露》
《教诲的甘露》
《至尊奥义书》
《博伽梵之光》
《简易星际旅行》
《主卡皮拉的教导》
《琨缇王后的教导》
《首神的讯息》
《觉悟自我的科学》
《瑜伽的完美境界》
《超越生死》
《通向奎师那之道》
《知识之王》
《培养奎师那意识》
《奎师那意识——无与伦比的礼物》
《奎师那意识——瑜伽体系的顶峰》
《完美的问答录》
《生命来自生命》
《回归首神杂志》（创办人）

对圣帕布帕德生前教导的汇编性书籍

《追求解脱》
《第二次机会》
《自我发现之旅》
《文明与超越》
《大自然的法律》
《凭智慧弃绝》
《寻求启发》
《通向超然存在之途》
《超越错觉、假象和疑惑》
《哈瑞·奎师那的挑战》

参考书籍

圣帕布帕德是根据公认的权威经典写作《圣典博伽瓦谭》要旨的，以下是他引用过的经典名称：

《阿尤尔·韦达》 (Āyur-veda)
《博伽梵歌》 (Bhagavad-gītā)
《博伽梵颂篇》 (Bhagavat-sandarbha)
《奉爱服务的纯粹甘露之洋》 (Bhakti-rasāmṛta-sindhu)
《布茹阿玛-萨密塔》 (Brahma-saṁhitā)
《布茹阿玛-外瓦尔塔往世书》 (Brahma-vaivarta Purāṇa)
《大森林奥义书》 (Bṛhad-āraṇyaka Upaniṣad)
《毕尔汉·纳茹阿迪亚往世书》 (Bṛhan-nāradīya Purāṇa)
《永恒的柴坦亚经》 (Caitanya-caritāmṛta)
《嘎尔嘎奥义书》 (Garga Upaniṣad)
《嘎如达往世书》 (Garuḍa Purāṇa)
《哥帕拉-塔帕尼奥义书》 (Gopāla-tāpani Upaniṣad)
《哈尔依·巴克提·苏宝达亚》 (Hari-bhakti-sudhodaya)
《至尊奥义书》 (Īśopaniṣad)
《喀塔奥义书》 (Kaṭha Upaniṣad)
《夸玛颂篇》 (Krama-sandarbha)
《林嘎往世书》 (Liṅga Purāṇa)
《玛哈巴茹阿特》(《摩诃婆罗多》) (Mahābhārata)
《玛努法典》 (Manu-saṁhitā)
《蒙达卡奥义书》 (Muṇḍaka Upaniṣad)
《纳茹阿达-潘查茹阿陀》 (Nārada-pañcarātra)
《尼尔星哈往世书》 (Narasiṁha Purāṇa)
《莲花往世书》 (Padma Purāṇa)
《茹阿玛亚纳》（《罗摩衍那》） (Rāmāyana)
《桑克亚·考穆迪》 (Sāñkhya-kaumudī)

《八条训规》	(Śikṣāṣṭaka)
《斯康达往世书》	(Skanda Purāṇa)
《圣典博伽瓦谭》	(Śrīmad-Bhāgavatam)
《奥义书》	(Śvestāśvatara Upaniṣad)
《瓦玛纳往世书》	(Vāmana Purāṇa)
《韦丹塔·苏陀》	(Vedānta-sūtra)
《维施努往世书》	(Viṣṇu Purāṇa)

词 表

- A -

Ācārya —以身作则，为整个人类树立灵修榜样的灵性导师。

Acintya-bhedābheda-tattva — 主柴坦亚的“神与祂的能量不可思议地既是一体又有区别”教义。

Ahiṁsā — 非暴力。

Ārati —迎接和崇拜至尊人格首神的一种仪式。在这个仪式中要一边吟唱至尊主的圣名，一边摇铃，一边向至尊主供奉香，点燃用纯净黄油做灯芯的油灯和用樟脑为燃料的灯，以及供奉盛在海螺中的水、一块精致的手帕、芬芳的鲜花、孔雀羽毛扇、牛尾毛做的拂尘。

Arcana —崇拜神像的奉爱程序。

Āśrama —一生中四个灵性阶段中的其中一个阶段。参看brahm- acarya，Gṛhastha，Vānāprastha和Sannyāsa

Aṣṭa-siddhis — 靠练瑜伽得到的八种神通。

Asura —无神论者、十足的物质主义者等不按经典原则做事的恶魔；嫉妒神，无视至高无上的绝对真理，反对为至尊主奎师那服务的人。

Avatāra —至尊主降临到物质世界里的化身。

Avyakta —不展示。

- B -

Bhagavad-gītā —《博伽梵歌》，至尊主奎师那与祂的奉献者阿尔诸纳在一场大战即将开始前的谈话，其中详细地解释说，奉爱服务既是最重要的灵修方法，也是最高级的灵性完美境界。

Bhakta —至尊主的奉献者。

Bhakti-yoga —通过做奉爱服务与至尊主相连的方法。

Brahmacarya —独身禁欲的学生生活，韦达制度中人生的第一个灵性阶段。

Brahman —绝对真理，特别指绝对真理的非人格方面。

brāhmaṇa —婆罗门，知识分子及祭司阶层。韦达社会制度中的最高阶层。

Brahmavādīs —超然主义者中的非人格主义者。

- C -

Cetana —有意义的生物。

- D -

Deva-dāsīs — 受雇侍奉神像的女性歌手和舞者。

Dharma —宗教原则，人的天职，尤其指每一个灵魂的服务本性。

- E -

Ekādaśī —用来增加对奎师那的想念的特殊日子，是满月和新月后的第十一天。经典规定在这一天禁食谷类和豆类。

- G -

Goloka Vṛndāvana (Kṛṣṇaloka) —最高的灵性星球，主奎师那的私人住所。

Gopīs —奎师那的牧牛姑娘朋友，是祂最顺从、最亲密的奉献者。

Gṛhastha —按经典的规定过有节制的居士生活的人；韦达灵性生活的第二个阶段。

Guru —灵性导师。

- H -

Hare Kṛṣṇa mantra —请看Mahā-mantra。

- J -

Jīva-tattva —个体生物，至尊主的微粒部分。

- K -

Kali-yuga — “纷争、伪善的年代”，是大周期循环中的第四个年代，也是最后一个年代，从五千年前开始。

Karatālas —在集体吟唱至尊主圣名时用手敲击伴奏的铙钹。

Karma —物质、功利性的活动及其报应。

Karma-kāṇḍa —韦达经中描述为获得物质利益而举行各种仪式的部分。

Karma-yoga —奉爱服务中的活动；也是按韦达教导从事的功利性活动。

Karmī —从事功利性活动的人；物质主义者。

Kīrtana —吟唱至尊主的圣名并赞美至尊主的奉爱服务程序。

Kṛṣṇaloka —请看Goloka Vṛndāvana

Kṣatriya —战士或管理者；韦达社会的第二个阶层。

- M -

Mahā-mantra —为得到拯救而吟诵、吟唱的伟大的曼陀：

哈瑞·奎师那 哈瑞·奎师那 奎师那·奎师那 哈瑞·哈瑞

哈瑞·茹阿玛 哈瑞·茹阿玛 茹阿玛·茹阿玛 哈瑞·哈瑞

Mantra —超然的声音振荡或韦达赞歌，它们可以使人摆脱心中的错觉。

Mathurā —主奎师那的住所及五千年前显现的地方，温达文就在那一区域内。主奎师那在温达文从事过孩提时期的娱乐活动后，又回到那里。

Māyā —至尊主的低等、错觉能量，负责统治这个物质创造并迷惑生物，使其遗忘自己与奎师那的关系。

Mayāvādī —持非人格神哲学观念的人。他们以为绝对真理最终没有形象，个体生物与神是平等的。

Mṛdaṅga —用黏土制作的鼓，在集体吟唱神的圣名时作伴奏用。

- N -

Nārāyaṇa-para—把自己的生命献给至尊主纳茹阿亚纳（奎师那）的人。

- P -

Paramparā —师徒传承，灵性知识经由传承中有资格的灵性导师传递下来。

Prajāpatis —负责繁殖宇宙中的生物体的半神人。

Prasāda（prasādam）—主奎师那的仁慈；以爱心供奉给至尊主后被灵性化了的食物或其他东西。

Prasūti — 斯瓦阳布瓦·玛努(Svāyambhuva Manu)的女儿，达克沙的妻子(Dakṣa)。

Priyavrata —斯瓦阳布瓦・玛努(Svāyambhuva Manu)的儿子，乌塔纳帕达(Uttānapāda)的兄弟，曾经统治过整个宇宙。

Pṛthu Mahārāja —主奎师那赋予了特殊力量和权力的化身，为世人树立了如何当一位理想统治者的榜样。

Puruṣa-avatāras —至尊主为创造物质宇宙所扩展出的三个主要的维施努化身。

- R -

Ṛṣi —圣人。

- S -

Sac-cid-ānanda —灵性生活的自然状态，即：永恒处在、充满知识和无限的快乐。

Sac-cid-ānanda-vigraha —至尊主的永恒、极乐、充满知识的超然形象。

Saṅkīrtana —聚众或集体赞美至尊主奎师那，特别是用吟唱至尊主的圣名的方法。

Sannyāsa —韦达灵性生活中的第四个阶段；弃绝的生活。

Sarva-jña —知道过去、现在和将来一切事情的人。

Śāstra —像韦达经典那样的启示经典。

Sattvika —在善良属性中。

Śravaṇam kīrtanaṁ viṣṇoḥ —聆听和吟诵、吟唱有关主奎师那(Viṣṇu)的一切的奉爱方法。

Śūdra —韦达社会制度中第四阶层的人——为其他阶层做服务的劳动者。

Svāmī —控制住自己的感官和心念的人；对托钵僧这种弃绝的人隆尼亚希(sannyāsī)的称呼。

- T -

Tapasya —苦修；为了取得灵性进步自愿承受某种物质的不便。

Tilaka —奉献者用圣泥在前额和身体的其他部位所画的标志。

- V -

Vaikuṇṭha —灵性世界，在那里没有焦虑。

Vaiṣṇava —至尊主维施努(Viṣṇu)——奎师那的奉献者。

Vaiṣyas —韦达社会制度中的第三阶层的人，即：农场主和商人。

Vānaprastha —退出家庭生活的人，韦达灵性生活的第三个阶段。

Varṇa —韦达社会制度中的四个阶层，由人所从事的工作性质和受哪一种物质属性影响所区分。请看Brāhmaṇa，Kṣatriya，Vaiśya和Śūdra。

Varṇāśrama-dharma —韦达社会制度中的四个社会阶层和四个灵性阶段。请看Varṇa和Āśrama。

Veda-vāda-rata — 按自己的看法解释韦达经的人；只注重韦达经中记载的仪式和规则，却不重视韦达经的真正目的——获得对奎师那的爱的人(smārta)。

Vedas —由主奎师那最先讲述的原始启示经典。

Vibhūti —至尊主的财富和力量。

Virāṭ-rupa —至尊主的宇宙形象。

Viṣṇu —至尊人格首神为了创造和维系物质宇宙而扩展出的四臂形象。

Viṣṇu-tattva —首神的地位和种类。用来指至尊主的主要扩展的词。

Vṛndāvana —奎师那永恒的住所，祂在那里完全展示了祂甜美的质量；这个地球上的一个村庄，至尊主奎师那五千年前在那里演出了祂孩提时的娱乐活动。

Vyāsadeva —主奎师那的文学化身，为人类编纂了韦达经(Vedas)、往世书(Purāṇas)、《韦丹塔·苏陀》(Vedānta-sūtra)和《玛哈巴茹阿特》(Mahābhārata)等韦达文献。

- Y -

Yajña —韦达祭祀；也是一切祭祀的目的和享受者至尊主的名字，意思是祭祀的人格体现。

Yogī —以某种方法努力与至尊者相连的超然主义者。

Yugas —计算宇宙寿命的年代，四个年代循环往复。

梵文发音指导

人们历来用不同的字母来代表梵文，但在印度被最广泛采用的是戴瓦讷嘎瑞(devanāgarī)字母。戴瓦讷嘎瑞的意思是，半神人的城市文字。戴瓦讷嘎瑞共含有 48 个字母；13 个元音，35 个辅音。古代的梵文语法家根据方便、实用的语言学原则，把这些字母加以排列，其排列顺序被所有的现代语言学者所接受。本书所用的拉丁语字母拼音系统，50 年以来一直被语言学家所采用。

元音

अ a　आ ā　इ i　ई ī　उ u　ऊ ū　ऋ ṛ
ॠ ṝ　ऌ ḷ　ए e　ऐ ai　ओ o　औ au

辅音

喉　音：	क	ka	ख	kha	ग	ga	घ	gha	ङ	ṅa
颚　音：	च	ca	छ	cha	ज	ja	झ	jha	ञ	ña
卷舌音：	ट	ṭa	ठ	ṭha	ड	ḍa	ढ	ḍha	ण	ṇa
齿　音：	त	ta	थ	tha	द	da	ध	dha	न	na
唇　音：	प	pa	फ	pha	ब	ba	भ	bha	म	ma
半元音：	य	ya	र	ra	ल	la	व	va		
丝　音：	श	śa	ष	ṣa	स	sa				
送气音：	ह	ha	鼻后音(anusvāra)：ं	ṁ						
无声音(visarga)：ः ḥ			省字号(avagraha)：ऽ							

数词

०-0　१-1　२-2　३-3　४-4　५-5　६-6　७-7　८-8　९-9

辅音后元音的写法

ा ā　ि i　ी ī　ु u　ू ū　ृ ṛ　ॄ ṝ　े e　ै ai　ो o　ौ au

例如：क ka　का kā　कि ki　की kī　कु ku　कू kū
कृ kṛ　कॄ kṝ　के ke　कै kai　को ko　कौ kau

一般来说当辅音是两个或两个以上一起时有特殊的写法，例如：क्ष kṣa त्र tra。

在辅音后没有标出元音时，应该当作有元音 a 来念。

当出现符号(्)时，表示没有元音，例如：क् 。

元音发音

a —如英语 but 中的 u
ā —如英语 far 的 a 而两倍长于 a
ai —如英语 aisle 中的 ai
au —如英语 how 中的 ow
e —如英语 they 中的 e
i —如英语 pin 中的 i
ī —如英语 pique 中的 i 而两倍长于 i
ḷ —如 lree
o —如英语 go 中的 o
ṛ —如英语 rim 中的 ri
ṝ —如英语 reed 中的 ree 而两倍长于
u —如英语 push 中的 u
ū —如英语 rule 中的 u 而两倍长于 u

辅音发音

喉音

k —如英语 kite 中的 i
kh —如英语 Eckhart 中的 kh
g —如英语 give 中的 g
gh —如英语 dig-hard 中的 g-h
ṅ —如英语 sing 中的 ng

唇音

p —如英语 pine 中的 p
ph —如英语 up-hill 中的 p-h
b —如英语 bird 中的 b
bh —如英语 rub-hard 中的 b-h
m —如英语 mother 中的 m

卷舌音

ṭ —如英语 tub 中的 t
ṭh —如英语 light-heart 中的 t-h
ḍ —如英语 dove 中的 d
ḍh —如英语 red-hot 中的 d-h
ṇ —如英语 sing 中的 n

颚音

c —如英语 chair 中的 ch
ch —如英语 staunch-heart 中的 ch-h
j —如英语 joy 中的 j
jh —如英语 hedgehog 中的 dgeh
ñ —如英语 canyon 中的 n

齿音

t —如英语 tub 中的 t
th —如英语 light-heart 中的 t-h
d —如英语 dove 中的 d
dh —如英语 red-hot 中的 d-h
n —如英语 nut 中的 n

半元音

y —如英语 yes 中的 y
r —如英语 run 中的 r
l —如英语 light 中的 l
v —如英语 vine 中的 v

丝音

ś —如德语 sprechen 中的 s

ṣ —如英语 shine 中的 sh

s —如英语 sun 中的 s

送气音

h —如英语 home 中的 h

鼻后音(anusvāra)

ṁ —如法语 bon 中的 n

无声音(visarga)

ḥ —字尾的 h 音（aḥ 发音如 aha；iḥ 发音如 ihi）

梵文音节的声调没有明显的起伏，在一行中字与字之间也没有间单，有的只是一个音节接着一个音节连绵不断地连接。有的音节短，有的音节长，而长音节的长度是短音节的二倍。长音节含有长元音(ā, ai, au, e, ī, o, ṝ ,ū)或短元音后加一个以上的辅音(包括 ḥ 和 ṁ)。丝音辅音——后面带 h 的辅音，只算单辅音。

梵文诗句索引

- A -

- B -

- T -

- U -

- V -

- Y -

中文译者简介

嘉娜娃（金磊），法籍华人，生于北京，医疗管理专科毕业。自 1991 年开始接触瑜伽后，深受印度古代文化的吸引，逐渐走上翻译这些经典的道路。迄今为止，她已经翻译、编辑了许多著名的古印度典籍，其中包括帕谭伽里的《瑜伽经》以及帕布帕德的《博伽梵歌原意》和《博伽梵往世书》（《圣典博伽瓦谭》）等 40 本印度古籍。此外，还有中国广大读者熟悉的《瑜伽的故事》和《瑜伽的艺术》（上、下）等。